Zu diesem Buch

Dieser in viele Sprachen übersetzte Roman bezaubert durch seine menschliche Wärme und seinen liebenswürdigen Humor. Er erzählt die Geschichte eines Familienstreits um ein Halbwaisenkind, einen australischen David Copperfield, der aber nicht durch Mangel an Liebe, sondern gerade durch die auf ihn konzentrierte Liebesfülle, mit der seine Tanten ihn verwirren, in frühe Konflikte gerät. Sinden, seine Mutter, eine junge, leichtlebige Schriftstellerin, nur flüchtig verheiratet mit dem ewigen Abenteurer und charmanten Taugenichts Logan, ist bei seiner Geburt gestorben. Ihr resignierter Ausspruch, er sei ein Post Scriptum zu ihrem Leben, trägt dem kleinen William Scott Marriott den Spitznamen P.S. ein. P.S. also lebt zunächst unbeschwert glücklich bei seiner kleinbürgerlichen und herzensguten Tante Lila, die ihn als Vermächtnis ihrer geliebten Schwester betrachtet. Bald aber schon macht eine andere Tante, die aus London kommende mondäne Vanessa, deren heimliche, unerfüllte Liebe dem Vater des Jungen gehört, Erziehungsrechte auf ihn geltend. Er weiß schließlich nicht mehr, wohin er gehört, zumal zwei weitere kinderlose Tanten, die unverheiratete, etwas schrullige Agnes und die verbummelte Vere, ihn auch noch bemuttern wollen. Schließlich kommt es zu einem verbissenen Vormundschaftsprozeß, bei dem der Junge Vanessa zugesprochen wird. Enttäuscht muß sie eines Tages einsehen, daß P.S. in der Kühle ihres eleganten Milieus niemals heimisch werden wird, sondern sich in das zwar bescheidene, aber warme Nest von Tante Lila und Onkel George zurücksehnt. Noch ehe das Schicksal entscheidend und tragisch eingreift, verzichtet Vanessa auf ihre ehrgeizigen Erziehungspläne und entläßt den inzwischen zu eigener Individualität herangereiften Knaben in das Heim seiner Kindheit.

Diese einfache Fabel ist mit großem Einfühlungsvermögen in die Psyche des Kindes und der jede auf ihre Weise im Leben zu kurz gekommenen Frauen erzählt. Nicht nur die Probleme eines kleinen Jungen, der zum einsamen und hilflosen Streitobjekt der Erwachsenen wird, rühren uns hier an; indem der Erzähler vor- und zurückgreifend gleichsam ein Familienalbum durchblättert, werden uns Menschen mit ihren Vorzügen und Schwächen vertraut, an deren Leben wir unmittelbar Anteil nehmen.

«Ein gelungener Wurf, künstlerisch, liebenswert, menschlich, Sympathie erweckend, lebensecht, wenn auch nicht alltäglich, fern von jeder Sensationsmache, aber doch spannend von Anfang bis Ende – kurz ein Unterhaltungsroman im besten Sinne des Wortes» (Evangelischer Literaturbeobachter).

Von Sumner Locke Elliott erschienen ferner im Rowohlt Verlag: «Der Apfel rötet sich in Eden» (1970) und «Der Mann, der verschwand» (1973).

Sumner Locke Elliott

Leise, er könnte dich hören

Roman

rororo

Rowohlt

Die Originalausgabe erschien bei Harper & Row, New York, Evanston und London, unter dem Titel «Careful, He Might Hear You»
Aus dem Amerikanischen übertragen von Eva Schönfeld
Umschlagentwurf Werner Rebhuhn

1.–30. Tausend	April 1970
31.–40. Tausend	November 1970
41.–50. Tausend	August 1971
51.–63. Tausend	Juli 1972
64.–73. Tausend	Dezember 1973

Ungekürzte Ausgabe
Veröffentlicht im Rowohlt Taschenbuch Verlag GmbH, Reinbek bei Hamburg, April 1970

Gesetzt aus der Linotype-Aldus-Buchschrift und der Palatino (D. Stempel AG)
Gesamtherstellung Clausen & Bosse, Leck/Schleswig
Printed in Germany
ISBN 3 499 11269 8

Für H. S. L.

Erstes Buch

«P.S.», sagten sie.

Und «Vanessa».

Manchmal auch «Ness».

P.S. P.S. P.S. Ness. Ness. Ness.

Für ihn, der im Halbschlummer lag, klang das, als knisterten Mäuse verstohlen in Seidenpapier herum. Es war so geheimnisvoll wie die späte Stunde – nach neun –, und es begab sich in nächster Nähe, hinter der Küchentür, die sie nur angelehnt hatten, damit sie ihn hörten, wenn er rief oder wieder Albdrücken hatte.

Er drehte sich auf die andere Seite und lauschte dem unverständlichen Geflüster, das gleichmäßig dahinfloß wie Wasser aus der Leitung und das nur zuweilen von anderen Geräuschen unterbrochen wurde, einem Husten, dem Scharren eines Stuhles auf dem Linoleum, dem Klirren eines Tellers. Von Zeit zu Zeit erhob sich eine einzelne Stimme über das stetige Gemurmel, immer mit demselben Wort, Vanessa, das die Nachtstille wie ein heller Gongschlag durchdrang, und dann hieß es sofort: «Schschsch... Was war das? Hat er gerufen?» und die alten Dielenbretter knarrten, weil jemand auf Zehenspitzen an die Tür schlich, während zugleich ein Schatten an der Zimmerwand größer und größer wurde und sich dann unförmig duckte, um zu horchen, ob er sich regte. Ärgerlich über ihre Geheimniskrämerei, stellte er sich schlafend, bis der Lauscher – wer es auch sein mochte – an seinen Platz in der Küche zurückkehrte und das Gezischel von neuem begann, als hätte man frische, noch feuchte Eukalyptusscheite ins Feuer geworfen.

Sie erzählten sich Geheimnisse mit Mrs. Grindel von nebenan. Er hatte das Quietschen des Gartenpförtchens gehört und dann ihre laute Stimme, die man sogleich mit einem «Pst» dämpfte. Mrs. Grindel hatte etwas über Kuchenbrötchen gesagt, und seine Tante Lila hatte geflüstert: «Du lieber Himmel, Kuchenbrötchen im Januar!»

Eine Zeitlang waren nur die wohlbekannten Sommernachtsgeräusche zu hören gewesen: das Öffnen und Schließen der Kühltruhe, das Puffen der Ingwerbierflaschen, die sein Onkel George aufmachte. Er hatte schon kläglich rufen wollen, es wäre so heiß im Bett – dann hätten sie ihm vielleicht einen Becher mit kaltem Ingwerbier gebracht –, aber da war es losgegangen mit dem Vanessa-Gezischel. Für ihn war das ein neues Wort, und es mußte ein furchtbares Wort sein, denn wenn sie es mal aus Versehen in seiner Gegenwart sagten, schauten sie gleich zu ihm hin, ob er etwas gemerkt hätte, wechselten warnende Blicke, zwinkerten einander zu und schüttelten fast unmerklich den Kopf – «Vorsicht, er hört zu!» sollte das heißen –, und dann fingen sie an, gewisse Wörter zu buchstabieren. Auf jeden Fall hatte Vanessa etwas mit dem Brief zu tun. In letzter Zeit redeten sie immerzu von dem Brief, holten ihn wieder und wieder aus der Kommodenschublade – viele blaßblaue Blätter, mit einer dünnen, steilen Erwachsenenschrift bedeckt. Ihm schien, es sei schon lange her, seit der Brief angekommen war. An einem glühend heißen Morgen kurz vor Weihnachten hatten sie den Pfiff des Postboten gehört, und Lila, schlapp wie ein nasser Lappen, war aus dem Dunst der Waschküche aufgetaucht. «Sieh mal nach, P.S., was uns der Briefträger bringt», hatte sie gesagt, und er war auf dem brüchigen Plattenweg, durch Löwenzahn und Zittergras, zur Gartenpforte gelaufen und hatte den Brief in Empfang genommen. Dann war er Lila in den weißen Dampf der Waschküche gefolgt, wo sie ihre beschlagene Brille putzte und den Brief aufriß. Aber kaum hatte sie ein paar Zeilen gelesen, da war sie – so kam es ihm wenigstens vor – ganz klein geworden, richtig zusammengesackt. Sie stützte sich auf den heißen Kupferkessel, verbrannte sich den Ellbogen, sagte «Autsch», setzte sich dann schwerfällig auf den Schemel und las den Brief sehr langsam, während ihre Wäsche und das Rührholz unbeachtet in der blubbernden Lauge verschwanden. Mit zittrigen Fingern wandte sie die Seiten um, und sie bewegte beim Lesen die Lippen, wie sie es tat, wenn sie ihre Ausgaben zusammenzählte. Und dann war Lila ins Haus gegangen und hatte seine andere Tante angerufen, Vere, die weit weg wohnte, auf der anderen Seite des Hafens, in King's Cross. «Vanessa kommt», hatte sie gesagt.

Damals, bei diesem Telefongespräch mit Vere, hatte die Buchstabiererei angefangen, und nachmittags, als sein Onkel George aus der Handelskammer nach Hause kam, schnurrte es bei Lila so komisch in der Brust, und sie atmete durch ihren Inhalator, und das bedeutete immer, daß Ärger in der Luft lag.

George las den Brief, während er seine Stiefel aufschnürte. Dann schleuderte er den einen Stiefel quer durch die Küche und sagte lachend, daß die Assyrerin also doch noch mal in den Schoß der Familie zurückkehrte.

«Wer?» fragte P.S.

Aber Lila wurde ärgerlich und meinte, zum Spaßen sei die Sache zu ernst. «Mach keine dummen Witze», fauchte sie und deutete auf bestimmte Zeilen in dem Brief und buchstabierte und atmete aufgeregt durch den Inhalator, bis George schließlich sagte: «Ab und zu – na, das ist ja nicht so schlimm.» Auf einmal bemerkten sie das neugierige Kindergesicht über der Tischkante und setzten ihr unechtes Geburtstagslächeln auf. Jeder wollte der erste sein, der es ihm mitteilte.

«Na, so eine Überraschung, P.S.!»

«Du hast wirklich Glück, mein Junge.»

«Paß auf, das wird herrlich!»

«Tante Vanessa besucht uns.»

Ja, Tante Vanessa kam aus England, also von weit, weit her, nach Australien zurück, und zwar auf einem «Piano-Schiff».

«Warum kommt sie denn auf einem Piano?» fragte er, und sie lachten, daß ihre Stühle ins Schaukeln gerieten. Für den Moment waren alle Sorgen vergessen.

«Nein, Herzchen, das hast du falsch verstanden. Nicht Piano, sondern *P. and O.*! So heißt die Linie, mit der sie fährt. Es ist ein *P.-and-O.-Schiff.*»

Aber er hatte sich schon ein Bild gemacht, und es ging ihm nicht mehr aus dem Kopf: Vanessa, mit Seilen an einem großen Klavier festgebunden, das sich durch riesige, schaumgekrönte grüne Wogen hindurchkämpfte. So ein ähnliches Bild gab es in dem Buch *Die kleinen Schiffbrüchigen,* wo der böse Kapitän die Kinder aussetzte und dann zur Strafe elend ertrank. Vielleicht ertrank auch Vanessa. Wie der kleine Junge, den seine Eltern am Strand nur mal schnell zum Eismann geschickt hatten und der dann... Er hatte Lila am nächsten Morgen beim Frühstück gefragt, ob Vanessa wohl unterwegs ertrinken würde, aber sie hatte ihm den Haferbrei hingestellt und ärgerlich geantwortet: «Natürlich nicht. Wie kommst du bloß auf so gräßliche Sachen, P.S.!» Und dann hatte sie ihm erklärt, Vanessas Schiff sei einer von den großen weißen Passagierdampfern, die sie manchmal aus dem Hafen ins offene Meer hinausfahren sahen.

Nun wälzte er sich im Bett und wünschte inbrünstig, Mrs. Grindel möge nach Haus gehen, damit das Geflüster da drüben endlich aufhörte. Er überlegte, ob er nicht rufen sollte, die Matratze wäre ganz verbeult und er könnte vor Hitze und Durst nicht schlafen – aber gerade in diesem Augenblick fiel das andere Alarmwort: Logan.

«Pst, war das der Kleine?» flüsterte Lila, und die drei wandten sich lauschend dem Flur zu. Nichts war zu hören als der leichte Luftzug, der durch die offene Haustür strich.

Lila bedauerte insgeheim, sie offengelassen zu haben. Die Wohnung wurde deswegen doch nicht kühler, und die Lampe im Flur hatte lediglich Mrs. Grindel angelockt, die allabendlich ein paar altbackene Kuchenbrötchen in eine Serviette wickelte und wie eine Riesenmotte auf der Straße herumflatterte, auf der Suche nach Licht und Gesellschaft.

Nun blieb Lila nichts anderes übrig, als sich wieder an den Tisch zu setzen, einen Bissen von dem trockenen Zeug hinunterzuwürgen und etwas Lobendes zu murmeln.

«Sie sehen furchtbar aus, Mrs. Baines», sagte Mrs. Grindel. «Einfach hundsmiserabel. Mit so einem Asthma gehört man eben ins Bett.»

«Ach was», erwiderte Lila und dachte dabei: Ja, es ist wahr, ich bin todmüde. Ich spüre jedes einzelne meiner einundvierzig Jahre, und ich wollte, du würdest endlich nach Hause gehen. Aber andererseits habe ich dich ja zum Bleiben aufgefordert und dir sogar noch ein zweites Stück Früchtekuchen angeboten, weil ich mich mal mit irgendwem aussprechen muß. Reden hilft manchmal. Und wenn du auch beim Kuchenessen ekelhaft schmatzt und überhaupt «ordinär» bist, wie meine Mutter das genannt hätte, so bist du doch selber eine Mutter und eine brave, schwer arbeitende Frau. George ist auch müde, und es ist eine Gemeinheit von mir, daß ich ihn hindere, schlafen zu gehen. Aber ... ach Gott, George ist seit Jahren müde. Müde und wortkarg vor lauter Enttäuschung.

«Essen Sie doch noch ein Stück Kuchen», sagte sie laut. «Er wird sonst nur alt.»

«Wenn Sie meinen ... Na ja, ehe Sie ihn wegwerfen ...»

Lila schnitt eine dicke Scheibe von dem Kuchen ab. Eine Sekunde lang konnte sie sich nicht mehr erinnern, weshalb sie eigentlich so bedrückt war. Dann schien in ihrem Kopf eine erbarmungslos helle Glühbirne aufzuflammen, und alles war wieder da.

«Vanessa», spann sie den Faden weiter, «Vanessa war die Familienschönheit, schon weil sie nicht dieses lange Kinn hat wie wir anderen Scotts. Bei uns hieß es immer: Vanessa hat ihre Schönheit, Sinden hat ihr Talent, Vere hat ihre Stimme, Agnes hat ihre Religion – und Lila hat George.»

Sie lächelte ihren Mann an. Dieses Lächeln war eine stumme Liebeserklärung, aber er reagierte darauf nur mit einem leicht verdutzten Blick. Ich darf mich jetzt nicht in Erinnerungen verlieren, dachte sie, sonst sitzen wir morgen früh noch hier.

«Nach Paters Tod ...» fuhr sie fort.

«Was war denn das für ein Pater, meine Liebe?»

«Mein Vater. Wir nannten unsere Eltern Pater und Mater, wissen Sie ... Also nach Vaters Tod kam die reiche Cousine meiner Mutter, Ettie Bult, zu uns, und als sie sah, was los war, sagte sie zu Mutter: ‹Ich will dir gern eins von den Mädchen abnehmen.› Wir wußten natürlich gleich, daß Vanessa gemeint war. ‹Paßt auf, sie nimmt Ness›, sagten wir untereinander, und so war es auch. Wenn wir zurückdachten, kam es uns vor, als hätte sich Vanessa seit Jahren darauf vorbereitet. Sie zog immer weiße Baumwollhandschuhe an, sogar für den Gang zum Gemüsehändler. Handschuhe wären das Kennzeichen einer Dame, sagte sie. Und sie ließ sich Visitenkarten mit ihrem Namen drucken, Vanessa Scott, und das fanden wir alle sehr komisch, weil sie die Karten doch nie benutzen konnte. Wir waren viel zu arm, um in Gesellschaft zu gehen, und Besuche machten wir nur bei alten, kranken Leuten in Vaters Kirchspiel. Aber Ness ließ sich nicht beirren und verwahrte die Visitenkarten zusammen mit den weißen Handschuhen in einem Kästchen aus Elfenbein. Sie wollte für alles gerüstet sein, sagte sie, und das war sie dann ja auch. Unsere Verwandte, Ettie Bult, nahm sie als Gesellschafterin mit nach England. Sie haben in London ein großes Haus geführt, mit Zofen und Dienstmädchen und einem Chauffeur, und sie sind sehr viel gereist, nach Paris, nach Rom ...»

«Na wennschon», sagte Mrs. Grindel.

«Wie bitte?» Lila war nun wieder so im Zug, daß sie keine Unterbrechung wünschte.

«Also mich könnte das nicht locken. Ich bin nun mal eine waschechte

Australierin, und zu Hause gefällt's mir am besten. Kommt nicht in Frage, daß ich je meine Heimat verlasse.»

Lila lachte ein wenig, sprach aber mit leicht erhobener Stimme weiter, um solche belanglosen Zwischenbemerkungen von vornherein zu verhindern. «Wir bekamen Geschenke», sagte sie, «Geschenke von überall her. Aus Ägypten zum Beispiel eine Kiste mit Datteln und Feigen. Und als Mater ... als meine Mutter vor ihrem Tode monatelang bettlägerig war, hat Vanessa zwei seidene Nachthemden aus Paris geschickt. Was wir viel dringender brauchten, waren natürlich Laken! Laken, Kissenbezüge, Handtücher – und ein Mietzuschuß. Mater wohnte doch in ihren letzten Jahren bei uns, und George hatte damals keine Arbeit.»

«Schon gut, schon gut», brummte George. «Du kannst sie eben nicht leiden.» Auf diesen Einwurf hin wartete Lila respektvoll, ob er wohl sonst noch etwas zu sagen hätte, aber sie wartete, wie üblich, vergebens. Und dabei hatte er früher in einem fort geredet!

«O doch, ich mag Vanessa sehr gern», beteuerte sie schließlich. «Daß wir nie so richtig vertraut miteinander waren – schon als Kinder nicht –, hat damit gar nichts zu tun. Gegenseitiges Verständnis läßt sich ja nicht erzwingen. Und glaub mir bitte, ich habe ihr nichts, wirklich nichts mißgönnt, obgleich es mein sehnlichster Wunsch war, wenigstens einmal im Leben nach Paris zu fahren.»

«Könnte mich überhaupt nicht locken», wiederholte Mrs. Grindel und beförderte ein Stück Kuchen in ihren Nilpferdschlund. «Für mich wäre das nichts, meine Liebe.»

«Ein bißchen ungerecht finde ich nur, daß ihr alles so in den Schoß gefallen ist. Sie hat nie um irgendwas kämpfen müssen. Stellen Sie sich nur vor, Mrs. Grindel: niemals Geldsorgen haben, herrlich und in Freuden leben und dafür auch noch bezahlt werden ... Ich möchte bloß wissen, warum Ness, die doch wirklich alles hat, nun auch noch P.S. haben will ...»

«Zeitweilig», warf George ein und schnürte seine Stiefel auf. «Zeitweilig ist ...»

«Ist was?» fragte Lila nach längerem Warten.

«Alles, was sie verlangt.»

«Er gehört zu uns», sagte Lila erregt. «Ein Kind kann nicht an zwei Stellen zu Hause sein. Soll das etwa heißen, daß du ihr recht gibst?»

George sah an ihr vorbei. Einen Stiefel in der Hand, starrte er aus dem Fenster ins Dunkel und war ihr schon wieder entglitten.

«*Ich* bin der gesetzliche Vormund. Ein zweiter Vormund ist überflüssig, und wenn Sinden wüßte, daß es ausgerechnet Vanessa sein soll, dann wäre es ihr Tod.» Lila lachte nervös auf, als ihr einfiel, daß Sinden ohnehin tot war.

«Ja, ganz bestimmt», pflichtete Mrs. Grindel ihr bei. «Das arme kleine Ding. Ich weiß noch, wie sie damals bei Ihnen gewohnt hat. Kein bißchen hochnäsig war sie. Kam einfach über den Zaun, marschierte schnurstracks in meine Küche und saß da in ihrem Jungenanzug, als wär's der Gouverneurspalast. ‹Keiner bäckt so wunderbare Kuchenbrötchen wie Sie, Mrs. Grindel›, sagte sie immer. ‹Darf ich noch eins haben?› – ‹Soviel Sie wollen, Kindchen›, habe ich dann gesagt. ‹Sie wissen doch, daß Sie jetzt für zwei essen müssen.› – ‹Für drei oder vier, meinem Umfang nach›, meinte sie und wollte sich vor Lachen ausschütten. Ach ja, die konnte einen schon aufmöbeln, egal, wie lausig ihr selber zumute war. Manchmal machte sie ja ein trauriges Gesicht, und wenn ich das sah, fragte ich sie: ‹Immer noch kein Brief? Läßt er nichts von sich hören?› Aber im nächsten Moment stand sie schon wieder auf einem Stuhl und imitierte die alte Queen Mary, mit meinem Teewärmer als Krone. Sie hat mir auch viel von ihrem Roman erzählt und von moderner Schriftstellerei, als ob ich was davon verstünde – nein, eingebildet war sie bestimmt nicht! ‹Ich mache Sie in einem meiner Bücher unsterblich, Mrs. Grindel›, hat sie oft gesagt, und dann sagte ich: ‹Das ist aber nett von Ihnen, Kindchen.› Ein paarmal kam sie rüber, als ich gerade Winnie stillte, und da fragte sie immer: ‹Ist es schön, wenn man einem Baby die Brust gibt? Wie macht man denn das?› – ‹Ach Gott, Kindchen, antwortete ich ihr, ‹wo Sie nun schon soweit sind, wird die Natur für das übrige sorgen. Das findet sich alles, nur keine Bange.› Ich glaube nicht, daß sie jetzt radschlagen würde vor Freude, weil so eine Ausländerin die Krallen nach P.S. ausstreckt.»

«Oh, Vanessa ist keine Ausländerin.»

«Aber sie lebt nicht hier, stimmt's?» Mrs. Grindel fegte mit ihren roten, plumpen Händen ein paar Krümel vom Tischtuch. «Waren Sie schon beim Rechtsanwalt, meine Liebe?»

«Ja. Er informiert sich gerade über die Bestimmungen.»

«Was für Bestimmungen denn?»

Lilas müde Gedanken gingen zurück zu der langen Unterredung, die vor einer Woche in Sam Hamiltons Büro stattgefunden hatte – ein endloses Durcheinander von juristischen Fachausdrücken: Vormundschaft, Verzichtleistung, Sorgerecht für ‹besagtes Kind›; ein Wirrwarr von Rechten und Pflichten, durch das ein Laie sich überhaupt nicht durchfinden konnte, besonders nicht, wenn man sich dauernd sagen mußte: Halte den guten Sam nicht zu lange auf; er bekommt ja kein Geld dafür. Und dazu diese pochende, unbestimmbare Angst in Herz und Hirn, und die schmerzenden Füße in den engen, billigen Schuhen . . .

Sie fuhr sich mit der Hand übers Gesicht, als wollte sie unsichtbare Spinnweben wegwischen, und warf einen Blick auf George, der mit dem Schlaf kämpfte. «Ich weiß nicht», sagte sie. «Vanessa kennt sich in juristischen Spitzfindigkeiten besser aus als ich. Logan hat das alles wohl gleich nach Sindens Tod festgelegt.»

«Logan!»

«Schsch . . . war das der Kleine? Hat er nicht eben gerufen?»

«Logan!»

«Leise, bitte . . . Ja, Logan.»

«Warum hat er denn den Jungen nicht behalten?»

«Weil es nicht ging. Keine Arbeit, keine feste Wohnung . . .»

«Und immer besoffen.»
«Nun ja, aber ...»
«Ein Schweinehund ist er, wenn Sie mich fragen.»
«Wie dem auch sei, sie hat ihn nun mal geliebt», sagte Lila schwach und hörte zugleich Sindens Stimme, damals im Carlton Hotel: ‹*Muß* man so einen Mann nicht heiraten?›
«Logan dürfte überhaupt nichts zu bestimmen haben. Ganz egal, was das Gericht sagt oder irgend so ein blöder Advokat ...»
«Als Vater ...»
«Na, als Vater hat er sich doch bloß in *einer* Weise betätigt, wenn Sie mich fragen.» Mrs. Grindel leckte an ihrem Zeigefinger, um die letzten Kuchenkrümel aufzustippen.
(Warum habe ich nur die Rede darauf gebracht? Jetzt wird sie noch stundenlang bleiben ... Da, sie schielt schon wieder nach dem Kuchen.)
Um es kurz zu machen und Georges Nachtruhe zu sichern, sagte Lila: «Jedenfalls sieht es so aus, als ob wir nachgeben müssen. Logan hat ausdrücklich verfügt, daß P.S. zeitweilig bei Vanessa leben soll.»
«Dann steckt er also mit ihr unter einer Decke.»
«Ach, sie haben sich ja nur ganz flüchtig gekannt, und das ist Jahre her – lange vor seiner Heirat mit Sinden.»
«Wo ist er jetzt?»
«Die letzte Nachricht von ihm kam vor zwei Jahren. EINE Postkarte aus irgendeinem gottverlassenen Goldgräbernest da oben im Norden. ‹Alles Gute›, stand drauf, weiter nichts.» Lila griff wieder nach ihrem Inhalator.
«Alles Gute!» knurrte Mrs. Grindel verächtlich. «Ein Tritt in den ... na, Sie wissen schon, was ich meine, das täte *ihm* gut. Wie kommt er bloß zu dieser Frechheit?»
(Nein, das kann ich ihr nicht auch noch erklären. Wenn ich die ganze Geschichte mit Ernest Huxley erzähle, rührt sie sich heute nacht nicht mehr von der Stelle.)
Lila stand auf, um die Teller vom Tisch zu räumen. «Ja», sagte sie, «da hilft nun alles nichts; Logan ist eben der Vater ...»
Die Küchenuhr holte schnurrend zum Schlag aus und verkündete hastig und verwischt eine späte Stunde. Lilas Blick wanderte von George, der mittlerweile eingeschlafen war, zu Mrs. Grindel, dieser großen, dikken Puppe in dem geschmacklosen Sommerfähnchen – das Muster sah aus wie geplatzte Wassermelonen. (Nein, es hat keinen Sinn, das alles immer von neuem durchzukauen. Aber ich bin jetzt so aufgedreht, daß ich bestimmt nicht einschlafen kann. Soll ich mich nicht doch lieber aussprechen? Warum erzähle ich nicht einfach die Sache mit Ernest Huxley und was dann noch passiert ist? Zwei Stunden mehr oder weniger spielen doch wirklich keine Rolle.)
Und schon hörte sie sich sagen: «Wie wär's mit dem Rest vom Kuchen, Mrs. Grindel?»
«Na ja, ehe Sie ihn wegwerfen ...»

Viel später, als sie Georges langsame, regelmäßige Atemzüge hörte – er atmete im Schlaf kaum anders als in wachem Zustand –, schlüpfte sie vorsichtig aus dem Bett und tastete nach der Hutschachtel, die darunter stand. («Ich habe das in der Rue de la Paix entdeckt, Lila; vielleicht gefällt es Dir. Herzlichen Gruß, Vanessa.») Sie trug die Hutschachtel in die Küche, knipste die Lampe an, die ein kaltes, weißes Licht verbreitete, setzte die Brille auf und löste den Knoten des fadenscheinigen grünen Bandes.

Die Schachtel enthielt Briefe, alle in derselben ungleichmäßigen Handschrift hingeworfen, meist mit Bleistift. Lila suchte den Brief heraus, um den es ihr ging. Als sie ihn las, ihn inhalierte wie reinen Sauerstoff, hörte sie Sindens helle, lebhafte Stimme, die besonderen Nachdruck auf das dreimal unterstrichene Datum legte: «28. Oktober – wirklich erst 1927? Muß wohl so sein, denn ich sollte mein Kind doch 1927 kriegen.» Unter dem Datum stand die Adresse: «Wartehalle – gemeinhin als Privatklinik *The Laurels*, Neutral Bay, bekannt. Liebste Lila! Ich bin froh, daß Du mich heute nicht besucht hast, denn ich will sehr früh schlafen gehen. Sonst tut sich *nichts*, altes Mädchen. Nur Sonne und blaue Schmetterlinge vor dem Fenster und hier drinnen die weiße Wand. Eben hat der Arzt wieder mal reingeguckt und gefragt: ‹Na Sie, wann geht's denn nun los mit den Wehen?› Ich habe vorgeschlagen, er soll mir Nitroglyzerin geben. Sie haben mir schon so viel Öl eingetrichtert, daß ich mir vorkomme wie eine Maschine. Die Artillerie poltert auch ganz schön, aber alles andere bleibt leider mucksmäuschenstill. Vere war gestern hier (außerhalb der Besuchszeit, sehr zum Ärger der Oberin); sie brachte Himbeertörtchen mit und borgte sich von mir ein Pfund. Ich wage gar nicht, an mein überzogenes Bankkonto zu denken. Aber am meisten schmerzt es mich, daß ich mein neues Buch eine Zeitlang liegen lassen muß, um irgendwo als Lohnsklave zu schuften, vorausgesetzt, daß mich mein Bummelbaby nicht bis zum Jüngsten Tag am Arbeiten hindert. Ach, Lila, wenn *Marmon* doch ein Bestseller geworden wäre, statt gute Kritiken zu bekommen! Die Kritiken bezahlen meine Rechnungen leider nicht. Logan schreibt mir aus einem Ort, der sich ‹Jakobsleiter› nennt; er ist voller Träume und Liebe und versichert immer wieder, er würde in den nächsten Tagen auf eine Goldader stoßen. Dann will er für mich und das Kind eine Prunkvilla kaufen, bei deren Anblick Vanessa vor Neid grün wird. Was wäre Logan für ein Mustergatte, wenn er das Geld dazu hätte! Ich könnte ja erst mal zu Pony Wardrop gehen, wenn ich hier raus bin, aber ihre chaotische Lebensweise würde mir wahrscheinlich den Rest geben. Ich denke sehnsüchtig an Deinen friedlichen Hafen und an Mrs. Grindels Kuchenbrötchen.»

Lila blätterte um, und die lebhafte Stimme senkte sich plötzlich zu einem vertraulichen Flüstern:

«Lila, *bitte*, erzähle Vere oder Agnes nichts davon, aber diese dumme Nierengeschichte macht mir Sorgen. Dir kann ich's ja ruhig eingestehen, daß ich Angst habe. Wenn mir etwas passieren sollte, würdet dann Ihr,

Du und George, mein Baby zu Euch nehmen? Logan weiß sich bestimmt keinen Rat, und außer Ernest seid Ihr die einzigen Menschen, denen ich mit gutem Gewissen mein P.S. anvertrauen könnte. Denn ein P.S. wird es sein – ein Postskriptum zu meinem lächerlichen Leben. Sinden.»

Lila faltete den Brief zusammen, und das nächtliche Schweigen senkte sich wieder auf sie herab. Sie legte das Schreiben sorgfältig in die Hutschachtel zurück und verschnürte sie mit dem grünen Band. Dann schaltete sie das Licht in der Küche aus und ging über den Flur zum Kinderzimmer. Das Knarren der Tür ließ sie zusammenzucken. Vor dem Fenster graute schon der Morgen. Sie sah den Jungen diagonal in seinem kleinen Bett liegen, das eine Bein wie zum Angriff unter der Decke vorgestreckt, den linken Arm zum Fenster zurückgeworfen, als wollte er den werdenden Tag an sich reißen.

Vorsichtig zog Lila die Decke über das nackte Bein, stopfte sie fest und hob dann den Oberkörper des Jungen an, um das Kissen auf die andere, kühle Seite zu drehen. Er stieß lediglich einen schlaftrunkenen Protestlaut aus, und als sie ihn hinlegte, kehrte er ihr augenblicklich den Rücken, schon wieder von seinem Traumgespinst zwischen Nacht und Tag umfangen.

Lila strich die Decke über ihm glatt, hauchleicht, ohne ihn zu berühren.

«Hab keine Angst, P.S.», flüsterte sie und beruhigte damit sich selbst.

«Paß mal genau auf, P.S.», sagte Vere. «Jetzt machen wir etwas ganz Ulkiges.»

Er kicherte schon im voraus, denn Vere machte mit ihm eigentlich nie etwas anderes als ulkige Sachen. Sobald sie zusammen waren, ging es los, auch wenn sie sich irgendwo auf der Straße trafen. Ganz gleich, wie viele Leute zuschauten – sie tat, als sähe sie ihn nicht, oder sie ergriff plötzlich kreischend die Flucht und schrie, er wäre ein aus dem Zoo entsprungener Tiger, eine gefährliche, blutrünstige Bestie. Er war überzeugt, daß sich Vere sogar vor eine Straßenbahn geworfen hätte, um ihn zum Lachen zu bringen.

Diesmal nahm sie einen Topf von dem puffenden Gaskocher, der auf der Marmorplatte ihres Waschtisches stand, und goß das heiße Wasser in eine Schüssel. Dann tänzelte sie durch das Zimmer und holte eine staubige, verkratzte Schallplatte von dem hohen Stapel, der seitlich überzukippen drohte.

«Jetzt machen wir was ganz Tolles mit Paul Whiteman», sagte sie und legte die Whiteman-Platte in das heiße Wasser. Das war sehr komisch, bestimmt einer ihrer besten Einfälle, und P.S. krümmte sich vor Lachen. Neugierig, wie es weitergehen würde, fragte er mit glucksender Stimme: «Warum wäschst du deine Platten, Vere?»

«Warte nur ab», antwortete sie. «In einer Minute wird sie weich.»

«Warum soll sie denn weich werden?»

«Weil wir sie dann in jede Form biegen können, die wir haben wollen. Aus dieser hier machen wir eine Vase.»

«Eine Vase?»

«Ja, eine hübsche Blumenvase. Wenn das Zeug wieder hart ist, malen wir's noch herrlich bunt an.»

Eine Blumenvase aus einer Schallplatte! Oh, Vere war fabelhaft, einfach fabelhaft. Lila kam nie auf die Idee, so lustige Sachen zu machen – sie war eben sehr, sehr alltäglich –, aber Vere steckte voller Überraschungen.

Er näherte sich dem Waschtisch und stellte sich auf die Zehenspitzen, um die eingeweichte Schallplatte zu betrachten.

«Vere . . .»

«Ja, mein Schatz?»

«Was wird aber mit dem kleinen Loch in der Mitte?»

«Ach, du bist doch wirklich ein kluger Junge!» rief sie und drückte ihn stürmisch an sich. «Auf das Loch kleben wir ein Pflaster aus rotem Siegellack. Wo hab ich bloß meine Zigarette gelassen . . . ah, da auf der Uhr. Gib sie mal rüber, Liebling, danke schön. Und jetzt paß auf – wir können alles machen, was wir wollen, Nadelbüchsen und Aschenbecher und kleine Krüge und Seifenschalen.»

«Alles aus Schallplatten?»

«Ja. Schau her . . .»

Vere fischte die Platte aus dem Wasser, und siehe da, das Ding war so weich wie ein nasser Strohhut. Mit ein paar raschen Handbewegungen – die Zigarettenasche rieselte ihr dabei übers Kleid – bog und drehte Vere die Platte nun so und so und so und stellte sie dann vor ihn hin. Tatsächlich, es war eine Vase daraus geworden, eine Vase für kleine Blumen, für Stiefmütterchen zum Beispiel.

«Fertig, mein Spatz. Wir müssen es nur noch hart werden lassen.»

«Machst du aus all deinen Platten solche Sachen? Können wir sie dann verschenken?»

«Nein, Liebling, die verschenken wir nicht.»

«Warum nicht?»

«Weil Vere sie verkaufen muß. Mr. Jacoby – das ist der Mann in dem kleinen Laden an der Ecke – gibt mir für jedes Stück einen Shilling.»

Ein Vermögen! «Für jedes?» fragte er ungläubig.

«Ja – der alte Geizkragen.»

«Aber warum verkaufst du sie denn, Vere?»

«Weil ich zur Zeit davon lebe, Schätzchen . . . Jawohl, Vere macht Blumenvasen aus alten Platten und lebt davon, hurra!»

Sie packte ihn unter den Armen, wirbelte ihn herum und schrie: «So, jetzt kriegst du Milch und Schokoladentorte – aber vorher freß ich dich auf, freß ich dich auf, freß ich dich auf!» Gierig knurrend bedeckte sie sein Gesicht und den Hals mit Küssen, bis er zu strampeln begann und sich lachend wand, um von ihr loszukommen.

Alles an diesem Tag mit Vere war herrlich gewesen. Lila hatte ihn mit der Fähre in die City gebracht. Er liebte Fährschiffe, weil sie so hohe schwarze Schornsteine und eine rote Reling hatten; er liebte das Geklapper der Laufplanken an jeder Anlegestelle und die hübschen Namen, die alle mit K anfingen: *Kuttabul, Kiandra, Kookaburra.* Sie waren am Circular Quay ausgestiegen, und hinter der Sperre hatte Vere schon auf sie gewartet; sie winkte mit ihren geflickten Handschuhen, ihr rotes Haar kringelte sich unter einem knallblauen Hut, und ihre lange Perlenkette pendelte hin und her. Natürlich hatte sie gleich wieder etwas Ulkiges gemacht: Sie starrte ihn mit weit aufgerissenen Augen an, als könnte sie sich beim besten Willen nicht erinnern, wer er war, und dann kreischte sie plötzlich so gellend auf, daß die Leute sich umdrehten, weil sie dachten, jemand hätte einen Taschendieb auf frischer Tat ertappt. Während sie mit allen Anzeichen der Angst vor ihm zurückwich, rief sie: «Lila, was hast du denn da mitgebracht? Das ist nicht P.S., das ist ein *wilder* Leopard!» Dann schien sie ihn aber an seiner Mütze zu erkennen, schloß ihn in die Arme, überschüttete ihn mit Küssen und jubelte: «Das ist ja doch mein Junge, mein süßer kleiner Junge!» Und Lila sagte: «Ich bitte dich, Vere. Die Leute ...» Lila genierte sich immer bei diesem Theater, denn was sollten die Leute davon denken?

Danach hatte es natürlich wieder dieses Erwachsenengeflüster über seinem Kopf gegeben und Winke und Räuspern, und als Lila aus ihrer Tasche eine Postkarte nahm, hörte er sie sagen: «Von Vanessa aus Colombo – jetzt dauert's nicht mehr lange.» Schließlich hatte Lila verkündet, sie würde ihn um fünf Uhr abholen, und war auf ihren schmerzenden Füßen vorsichtig über den Asphalt gestelzt, der in der Hitze so weich geworden war, daß er Blasen schlug. Vere und er stiegen in die Straßenbahn (Vere machte gleich wieder Witze mit dem Schaffner und tat so, als hätte sie ihr Portemonnaie verloren), und dann gingen sie ins Tageskino, das um diese Zeit so gut wie leer war. Sie suchten sich in der plötzlichen Dunkelheit mühsam den Weg nach vorn, zu den billigen Plätzen, während sich auf der Leinwand die riesigen grauen Gestalten bewegten, die er so gern sah. Der Film hieß, wie Vere ihm erklärte, *Die Goldgräber von 1933,* und das Mädchen, das außer einer großen Goldmünze nichts anhatte, hieß Ginger Rogers. Als der Film aus war, tauchte ein Mann aus dem Nichts auf, spielte, von rosafarbenem Licht umflossen, auf der Wurlitzer Orgel und sank dann ins Nichts zurück. Sie sahen sich noch die Wochenschau an und einen Trickfilm und Reklame und den Anfang der *Goldgräber,* und als Ginger Rogers den Schlager sang, bei dem sie hereingekommen waren, tasteten sie sich zum Ausgang. Draußen standen sie blinzelnd in der Sonnenglut und stellten fest, daß es schon lange nach Mittag war. Bei Sargent, wo sie eine Pastete aßen, hatte er Vere gefragt, ob Goldgräber ein guter Beruf sei, und sie hatte lachend erwidert: «O ja, Schätzchen – in diesem verdammten Leben muß man alles mitnehmen, was man kriegen kann; man ist noch lange genug tot.» Diese Antwort fand er ein bißchen seltsam, denn *Logan* war doch auch

Goldgräber, das wußte er – und trotzdem gehörte Logan zu den Dingen, von denen nicht laut gesprochen werden durfte.

Nun waren sie also wieder in Veres Zimmer in King's Cross, und da gefiel es ihm wegen der vielen interessanten Sachen am allerbesten. Vere sammelte nämlich alte Sachen, und ihre enge kleine Bude war zum Bersten vollgestopft. Wenn irgendwer etwas wegwerfen wollte, riß Vere es ihm aus der Hand und sagte: «Ach, geben Sie her, ich kenne eine arme Frau, die sich darüber freut.» Aber sie behielt alles selbst und warf nie etwas weg. Man konnte in ihrem Zimmer kaum sitzen, geschweige denn herumlaufen, und sooft sie den Kleiderschrank aufmachte, fielen ihr die Sachen nur so entgegen: Pappschachteln, Handtaschen mit schadhaften Bügeln, Schuhe, die ihr nicht paßten, von Motten zerfressene Pelze, Galoschen, Schirme, Zeitungen und uralte Magazine. Die Kleiderstange im Schrank hing so voller abgelegter Röcke und Jacken von anderen Leuten, daß Vere manchmal minutenlang zerren mußte, um das herauszuholen, was sie gerade brauchte. Überall im Zimmer lagen Berge von staubigen Briefen – Vere zerriß grundsätzlich keinen Brief, und P.S. hatte die anderen darüber witzeln hören, daß sie sogar die Zettel vom Milchmann aufbewahrte, auf denen etwa stand: «Sahne leider ausverkauft.» An den rosa getünchten Wänden waren mit Reißzwecken Hunderte von Fotos befestigt, und er kletterte gern auf einen Stuhl, um sie anzusehen und bekannte Gesichter herauszufinden. Da waren zum Beispiel Lila und George an ihrem Hochzeitstag vor einem Wasserfall (George saß in einem Korbsessel, und Lila stand in einem weißen Spitzenkleid neben ihm, die Hand auf seiner Schulter, als wollte sie ihn hindern, sich zu erheben), und da war Vere selbst in dem Kostüm, das sie getragen hatte, als sie auf einer richtigen Bühne in *Der Bettelstudent* mitwirkte, und da war die alte Mater Scott, die recht mißbilligend dreinschaute und ganz in Schwarz war, bis zum Hals zugeknöpft, und da war Pater Scott mit seinem weißen Spitzenbart, und da war ein großes Foto von der ganzen Familie: Pater und Mater in der Mitte und die fünf Mädchen um sie herumgruppiert – Lila und Agnes stehend im Hintergrund, Muschi (so mußte er seine Mutter auf Lilas Wunsch nennen) ein bißchen abseits, als gehöre sie gar nicht dazu, und vorn die beiden Jüngsten, mit langen Korkenzieherlocken und in duftigen weißen Kleidern.

«Das bin ich», sagte Vere und zeigte auf eine der Kleinen.

«Und die andere?»

«Das ist Vanessa.»

Er beugte sich vor, um die Vanessa von damals genauer zu betrachten. Sie war ein bildhübsches kleines Mädchen mit einem verträumten Gesichtchen. Den zarten Arm hatte sie auf Paters Knie gestützt, und ihr Kopf lag an seiner Weste – sie schmiegte sich an ihn wie ein weißes Kätzchen. Seltsam, heute starrten sie ihn alle so neugierig an, als wollten sie sagen: «Ja, um Himmels willen, wer bist denn du? Wessen kleiner Junge kannst *du* wohl sein?» Und Vanessa, an ihren Vater geschmiegt, schien ihn noch durchdringender anzustarren als die anderen.

Warum kam sie jetzt nach Australien zurück? Was wollte sie von ihm, diese Kleine in ihrem weißen Kleid mit der breiten Seidenschärpe? Gerade öffnete er den Mund, um Vere danach zu fragen, als es an der Tür klopfte und Veres Freundin Opal hereinkam. Opal war die schönste Frau der Welt. Sie trug immer weichfließende, schimmernde Kleider – bei jedem ihrer Besuche ein neues –, und ihre hübschen Schuhe waren ebenso wie die breitrandigen, mit Rosen garnierten Hüte stets auf die Farbe des Kleides abgestimmt.

«Nanu, wer ist denn dieser reizende junge Mann?» fragte Opal und bückte sich, um ihn zu küssen. Sie duftete nach Geisblattblüten.

«Wie geht's dir?» erkundigte sich Vere.

«Kind, ich bin total erledigt.»

«Das sind wir alle», sagte Vere. «Ich dachte, du wärst heute mit Archie beim Rennen.»

«Er kann nicht. Seine Frau ist hier.»

«Na, so ein Pech!»

«Ja, allerschwärzestes Pech. Jetzt ist er tagelang ans Haus gefesselt.»

«Kind, das ist ja gräßlich.»

«Gräßlich ist überhaupt kein Ausdruck. Ich bin total erledigt.»

«Hat er endlich mit ihr gesprochen? Deinetwegen, meine ich.»

«Er sagt, er muß warten, bis sie mal in der richtigen Stimmung ist.»

«Das heißt also, nie.»

«Da könntest du recht haben, Kind. Ich falle immer wieder auf solche Schlappschwänze herein. Das Ganze macht mich so fertig, daß ich's gar nicht beschreiben kann, aber irgendwie bin ich nun mal an den Kerl gebunden. Ich muß schleunigst was trinken. Bitte schau doch mal nach ...»

Vere zog eine große Flasche aus dem Einkaufsbeutel, den Opal mitgebracht hatte, und dabei kam auch ein schwarzes Spitzennachthemd zum Vorschein. Bei diesem Anblick kreischte Vere laut auf: «Kind, was ist denn *das*?»

«Das schenke ich dir», erklärte Opal, «weil es mich zu sehr an meinen anderen großen Irrtum erinnert. Aber trage es auch, zum Weglegen ist es zu schade. Du stopfst immer alles in diesen greulichen Schrank.»

Opal hatte inzwischen ihr Kleid und die Schuhe ausgezogen. Sie saß in einem gelben Unterrock auf dem Bett und zündete sich eine Zigarette an. Vere öffnete die Flasche, goß das goldfarbene, schäumende Getränk in zwei Erdnußbuttergläser und gab Opal eines davon. P.S. merkte, daß sie seine Anwesenheit längst vergessen hatten. Sie redeten über ihre Freunde und Freundinnen, die alle total erledigt waren, pleite, dem Wahnsinn nahe, in Selbstmordstimmung, jawohl. Herrliche Namen hatten diese Leute: Dodo, Ukulele, Widget und Gussy. Manche kannte er. Wenn sie Vere besuchten, brachten sie ihr alte Schuhschnallen mit und Broschen und Tiegel mit einem Rest Hautcreme und Kämme und vor allem diese großen, kühl aussehenden Flaschen, weil sie stets am Verdursten waren, jawohl, mein Kind, am Verdursten. Ihre Stimmen wurden in der Abenddämmerung immer heller und spitzer und schwirrten im Zimmer herum wie Vögel, die man aus dem Käfig gelassen hat, und alles, was sie über Tanzen und Gesellschaften sagten, klang so heiter, auch die geheimnisvollen Wörter, die Lila in seiner Gegenwart bestimmt buchstabiert hätte. Das Herz schwoll ihm in der Brust, wenn er daran dachte, daß er eines Tages zu den Erwachsenen gehören und alles verstehen würde, was sie sich unter lautem Gelächter erzählten.

«Du weißt ja noch gar nichts von unserem neuesten Malheur», sagte Vere.

«Was ist denn nun schon wieder passiert?»

«Ness kommt.»

«Nicht möglich! Wie soll's denn ohne sie in Hampton Court weitergehen?»

«Da wird wohl alles zusammenbrechen.»

«Kommt die liebe Cousine Ettie auch?»

«Natürlich. Sie und Ness hängen doch wie die Kletten aneinander.»

«Wie sieht's eigentlich mit Etties Finanzen aus, Vere?»

«Sie schwimmt im Geld.»

«Ich dachte, so was gäbe es gar nicht mehr.»

«Du ahnungsloser Engel! Etties scheußlicher Mann hat seinerzeit auf Teufel komm raus Aktien gekauft, und zwar von Broken Hill Mining und Dalgetty und Woolworth und ähnlichen unbedeutenden Unternehmen.»

«Himmel! Und wer erbt das alles, wenn Ettie eines Tages das Zeitliche segnet? Vanessa?»

«Du hast es erfaßt. Deswegen ist sie ja all die Jahre an Ettie hängengeblieben.»

«Klar. Die kluge Alice im Feenpalast. Na, da müssen wir wohl unsere Straußenfächer aus der Truhe kramen und den Hofknicks üben. Aber wieso –» Opal griff nach einer Zigarette – «wieso ist das eigentlich ein Malheur?»

«Weil Vanessa das K-i-n-d haben will.»

«*Nein!*»

«Pst... Ja. Sie hat in London irgendwas mit Ernest ausgeheckt.»

«Mit Sindens verflossenem Ernest?»

«Ja. Anscheinend hat er zu ihren Gunsten auf die Vormundschaft verzichtet.»

«Muß L-o-g-a-n da nicht erst seine Zustimmung geben?»

«Hat er wohl schon getan. Brieflich.»

«Wo ist er denn jetzt?»

«Über alle Berge. Gräbt irgendwo nach Gold.»

«Verrückt!»

«Verrückt war er schon immer, aber die ganze Geschichte ist höchst unangenehm.»

«Dann muß Lila also auf... auf *le petit* verzichten?»

«*Oui.* Zeitweilig jedenfalls.»
«Ist sie nicht total erledigt.»
«Erledigt ist überhaupt kein Ausdruck. Sie ist völlig gebrochen – die Aufregung und dazu ihr Asthma –, und sogar der arme verpennte George erwacht so langsam aus seiner siebenjährigen Trance. P.S.? Wo bist du, Liebling?»
«Unter dem Bett», antwortete er.
«Was machst du denn da, Schätzchen?»
«Ich suche Hester.»
«Paß auf, daß sie dich nicht kratzt, mein Engelchen.»
Er hatte die dicke alte Katze bereits gefunden und zerrte sie nun ans Licht, was gar nicht so einfach war, denn Vere hatte Koffer und allerlei merkwürdige Gegenstände unter das Bett geschoben. Hester mauzte und fauchte, aber er drückte sie zärtlich an sich, und ihr seidenweiches Schwanzende kitzelte ihn im Gesicht.
Über seinem Kopf ging das Gespräch weiter, und immerzu war die Rede von ihm und Vanessa und Logan und von einer Vormundschaft, die irgend jemand über ihn haben sollte. Was war das eigentlich – eine Vormundschaft? Ihm wurde sonderbar kalt und unbehaglich im Magen, und er wünschte nichts sehnlicher, als daß Vere und Opal endlich den Mund hielten.
Zum Glück klopfte es wieder an der Tür, und Gussy erschien. Er brachte ebenfalls eine Flasche mit und ein paar alte Schallplatten, die Vere zu Vasen umarbeiten konnte.
«P.S.», kreischte Vere, «komm und sag Gussy guten Tag!»
Gussy war nett, weil er immer Witze machte. Jetzt zum Beispiel tat er, als fiele er vor Erstaunen in Ohnmacht. Er sank in einen Sessel, schloß die Augen, kam wieder zu sich, sprang auf und ergriff zwei Topfdeckel, die er lärmend zusammenschlug. «P.S. ist hier!» schrie er. «Sklaven, schafft Trauben und Tänzerinnen herbei!» Dann improvisierte er einen Sklaventanz, und Vere füllte die Ernußbuttergläser von neuem mit der goldfarbenen Flüssigkeit. «Sing uns doch mal was vor, P.S.», rief sie ihm zu, und er sang *Auf Regen folgt Sonne,* ohne steckenzubleiben, was ihm begeisterten Beifall einbrachte. Etwas später kam die dicke, ulkige Dodo mühsam die Treppe heraufgekeucht und erklärte mit schriller Stimme, sie sei am Verdursten, und hinter ihr tauchte Ruby auf, der so groß war, daß er sich bücken mußte, um nicht oben an die Tür zu stoßen, und der das Zimmer auszufüllen schien wie ein breitästiger Baum. Immer wieder griff er mit seinen langen Armen nach Vere, bis sie ihn anschrie: «Laß das, du übler Bursche!» Alle waren jetzt sehr vergnügt, denn es ging auf den Abend zu, und abends machten sie nur noch Spaß und vergaßen, daß sie total erledigt waren, pleite, dem Wahnsinn nahe und in Selbstmordstimmung, jawohl.
Als Lila ihn abholte, war das kleine Zimmer schon so von Zigarettenrauch und Lärm erfüllt, daß niemand außer ihm sie bemerkte, wie sie da auf der Schwelle stand mit ihrem pflaumenfarbenen Hut und dem

blauen Kleid, das um die Taille herum ganz dunkelgeschwitzt war, weil sie von der Straßenbahnhaltestelle noch so weit hatte laufen müssen.

Lila schüttelte Veres Freunden die Hand und sah sie dabei mit dem gleichen Blick an, den sie manchmal dem Metzger zuwarf, wenn er schlecht wog; dann half sie ihm rasch in die Jacke. Ihr Mund war ganz verkniffen, weil sie die vielen Flaschen gesehen hatte.

«*Muß* das sein, Vere?»

«Herrje, Lila, ist doch bloß Bier.»

«Trotzdem, vor ... du weißt ja, vor wem.»

«Was hat der A-n-w-a-l-t gesagt?»

«Sam meint, es wäre juristisch einwandfrei. Wir können gar nichts machen.»

«Lila», rief Opal über das Stimmengewirr hinweg, «Vere hat mir gerade die Sache mit Vanessa erzählt. Gott, Sie Ärmste, so ein Malheur!»

Lila richtete sich hoch auf. Ohne zu verbergen, daß sie Opal nicht leiden konnte, sagte sie in ihrem höflichsten Besuchston: «Im Gegenteil, ich freue mich, meine Schwester nach so langer Zeit wiederzusehen. So, nun komm, P.S., sonst verpassen wir die Fünf-Uhr-dreißig-Fähre.»

P.S. ging von einem zum anderen und gab Abschiedsküßchen, ehrlich betrübt, daß der schöne Tag nun ein Ende hatte. Vere knutschte ihn wieder ab, schrie: «Ach, mein Süßer, ich könnte dich *fressen*», und steckte ihm ein Stück Schokoladentorte in einer fettigen Tüte zu. Dann schob Lila ihn hinaus und führte ihn die Treppe hinunter, an der Tür der bösen Hauswirtin vorbei. Auf der Straße brüllte ihnen ein Betrunkener zweimal etwas zu, was Lilas erhitztes Gesicht noch röter und ihre Schritte noch schneller werden ließ. «Komm, komm, P.S., wir verpassen die Fähre», drängte sie und zog ihn mit sich. Tatsächlich fuhr die Fünf-Uhr-dreißig-Fähre gerade ab, als sie von der Straßenbahnhaltestelle zum Pier rannten, und nun mußten sie eine halbe Stunde warten.

«Ich hab's ja gewußt», sagte Lila und schien sich zu freuen, daß sie recht behalten hatte.

TEMPEL DER IMMERWÄHRENDEN LIEBE

Unbefugten ist der Eintritt verboten

So stand es auf dem Schild zu lesen, das an der rostigen Gittertür hing. Lila stieß die Tür auf, trat ein und gelangte in ein amphitheatralisches Halbrund mit vielen Sitzreihen aus brüchigem Zement. Eine griechische Säulenhalle erhob sich majestätisch vor der dunkelnden Meeresbucht und ließ die einsame Gestalt, die sich dort unten auf den Besen stützte und die Augen gegen die sinkende Sonne abschirmte, zwergenhaft klein erscheinen.

«Ich bin es nur!» rief Lila ihrer Schwester Agnes zu und schwenkte beruhigend die Arme, während sie die hohen Stufen zwischen den Sitzreihen hinabstieg. Metallene Namensschilder kennzeichneten die Stammplätze der etwa hundert Jünger des Dr. Pollack, die an diesem Ort zusammenkamen, um gemeinsam den Tag des Jüngsten Gerichts zu erleben und zu sehen, wie das Meer seine Toten wiedergab. (Hier in der Balmoral Bay, dachte Lila, konnte es sich allenfalls um ein Dutzend Seelen handeln, da der Rettungsdienst vorzüglich organisiert war.)

Einige Namensschildchen hatten sich gelockert und waren verrostet; ihre Eigentümer, abgeschreckt durch zahlreiche blinde Alarme, schienen den Jüngsten Tag nunmehr auf eigene Faust zu erwarten.

Der Tempel, ein plumper Abklatsch der Akropolis, machte einen ziemlich verkommenen Eindruck. Lila bemühte sich, den Fußangeln der Lantana-Ranken auszuweichen, die überall aus den Zementspalten wuchsen, und ihr war, als hörte sie Sindens Lachen und ihre Frage: «Ja, Agnes, ich weiß, was in der Bibel steht, aber warum sollte der Herr am Jüngsten Tag ausgerechnet durch den Hafen von Sydney auf die Erde zurückkehren?»

Arme Agnes. Arme Agnes – das hatten sie von jeher gesagt und dazu lachend den Kopf geschüttelt. Auch jetzt ertappte sich Lila bei einem Kopfschütteln, das sie sofort bereute, als sie den enttäuschten Ausdruck auf dem Pferdegesicht ihrer Schwester sah. (Arme Agnes. Sie hat wohl gedacht, ich wäre eine neue Jüngerin.)

«Ich war gerade hier in der Gegend», sagte sie erklärend und setzte sich, um wieder zu Atem zu kommen, auf einen Platz, dessen Schildchen mit THOMPSON beschriftet war. Eine bessere Ausrede fiel ihr nicht ein, in Wirklichkeit hatte sie einer plötzlichen Laune nachgegeben, als sie sich entschloß, einen Umweg von einer halben Meile zu machen und den steilen Hügel zu erklimmen. «Große Neuigkeiten», fügte sie hinzu und kramte in ihrer abgewetzten Handtasche nach Vanessas Brief.

«Oh, diese Möwen!» rief Agnes unvermittelt und fuhr mit dem Besen auf den Platz neben THOMPSON los, wo ein frischer Möwenklacks lag. Während sie energisch fegte, erkundigte sie sich: «Woher hast du gewußt, daß ich heute hier bin?»

«Ich hab's nicht gewußt. Ich bin auf gut Glück gekommen.»

Agnes, die unter ihrem Dreispitz mehr denn je wie Lord Nelson aussah, warf Lila einen triumphierenden Blick zu.

«Aber ich bin sonst nie am Dienstag hier, Lila. Es hat dich *getrieben*!»

«Ja. Weil ich Nachricht von Ness habe.»

«Nein», sagte Agnes, «es ist ein Zeichen.»

Lila nickte, denn sie mußte zugeben, daß ihr Besuch im Tempel so etwas wie eine Eingebung war. Was Vorzeichen und Ahnungen betraf, so hatte sie viel mit Agnes gemein. Von Kind auf hatten sie beide in jeder alltäglichen Begebenheit einen überirdischen Hinweis gesucht, der sie in ihrer Hoffnung bestärkte, daß sich doch noch alles zum Guten wenden werde, daß sie zu Reichtum gelangen, daß Kranke genesen und ungetreue Freunde zurückkehren würden. («Letzte Nacht habe ich von der und der geträumt, Agnes, und heute bin ich ihr auf der Straße begegnet, ist das nicht *merkwürdig?*» – «Lila, ich wußte genau, daß es gleich läuten würde, ist das nicht *merkwürdig?*») So hatten sie in Waverly die Köpfe zusammengesteckt und aus den Fenstern des düsteren, engen Pfarrhauses nach dem Silberstreifen am Horizont ausgeschaut, krampfhaft bemüht, den ersten Lichtschein ihrer glanzvollen Zukunft zu erspähen.

Der einzige Unterschied zwischen uns beiden, dachte Lila, ist der, daß Agnes eine Art Lebensberuf daraus gemacht hat. Mater Scott, schwarzgekleidet und streng, tauchte vor ihrem inneren Auge auf und herrschte Agnes an: «Aberglaube! Ich dulde keinen Aberglauben in diesem anglikanischen Haus! Wähle zwischen deinem Vater und dem Satan!», und das nächste Erinnerungsbild war Agnes, die mit einem Pappköfferchen davonging, um ein Schiff nach Seattle zu besteigen und nach der Heilslehre eines gewissen Norman B. Pringle zu leben.

Arme Agnes!

Was war ihr zuteil geworden? Sie verbrachte ihre Tage in dem Bemühen, Traktätchen an mitleidlos spottende Passanten loszuwerden und Geld für einen zerbröckelnden Tempel aufzutreiben, hinter dem die finanzielle Unsicherheit der Ewigkeit stand, während sie selbst sich nicht einmal einen neuen Hut leisten konnte – noch immer zog sie in dem lächerlichen Dreispitz herum, mit dem sie damals so stolz aus Amerika zurückgekehrt war. Jetzt trug sie ihn wie die Verkörperung eines Armutsgelübdes und mußte deswegen höhnische Bemerkungen über sich ergehen lassen, wenn sie in den Parks von Sydney predigte, neben Kommunisten, Pazifisten, Temperenzlern und sonstigen Seifenkistenrednern, die einander unter den riesigen Feigenbäumen zu überschreien suchten, um die Aufmerksamkeit gleichgültiger Sonntagsspaziergänger auf sich zu lenken.

Lila beobachtete gedankenverloren, wie Agnes sich auf FAMILIE UPDIKE setzte und ihre Hornbrille hervorkramte. Das marineblaue Band an dem Dreispitz flatterte wie der tapfere kleine Wimpel eines sinkenden Schiffes. Sie zuckte zusammen, als Agnes, ohne den Brief entfaltet zu haben, fragte: «Kommt Ness zurück?»

«Ja. Woher weißt du das?»

Agnes lächelte. «Ich hab's gespürt.»

Was war das? Ein Zufallstreffer? Auch falsche Propheten treffen manchmal ins Schwarze.

«Ich hatte vor ein paar Wochen eine Offenbarung wegen Ness», erklärte Agnes.

«Da hättest du mich aber benachrichtigen sollen», meinte Lila lachend, während sie sich gleichzeitig fragte, ob Agnes wirklich seherische Fähigkeiten besaß. Sie dachte daran, wie Agnes vor langen Jahren ohne jeden äußeren Anlaß gesagt hatte: «Sinden wird nicht alt werden.» Die Schwestern hatten erschrocken protestiert und «Unsinn» geschrien, denn sie alle mochten Sinden insgeheim am liebsten und fürchteten, Agnes könnte wieder einmal recht haben. Sie brachten sie schleunigst zum Schweigen. Nicht auszudenken, wenn Sinden, die nebenan in der Vorratskammer war, den scheußlichen Ausspruch gehört hätte.

So ein Unsinn, Agnes! Sie waren wütend, daß die Schwester so etwas über Sinden sagte, die als einzige den Mut hatte, Agnes gegen Mater in Schutz zu nehmen – damals zum Beispiel, als Mater in Agnes' Zimmer die Aufzeichnungen *Gespräche und Auseinandersetzungen mit dem Evangelisten Johannes* gefunden hatte und laut daraus vorlas. Alle krümmten sich vor Lachen, nur Sinden nicht, die das schamrote junge Mädchen wie versteinert dastehen sah und Mater plötzlich das Heft entriß. «Nicht, Mutter», sagte sie. «Laß sie doch Gott auf ihre Weise finden.» Sie waren alle auf einen Wutanfall gefaßt gewesen, aber Mater hatte die Zurechtweisung schweigend und mit rotem Kopf hingenommen.

Einmal hatte Sinden bemerkt: «Von dem, was Agnes spricht, ist nur jeder zwanzigste Satz wichtig, aber den sollte man sich sehr genau anhören.» Daraufhin hatten sie manchmal im Lachen innegehalten und die Ohren gespitzt, für den Fall, daß Agnes gerade den zwanzigsten Satz von sich gab. Und Lila wußte, daß sie heute aus diesem und keinem anderen Grunde hier war, daß sie deshalb an der Straßenbahnhaltestelle kehrtgemacht hatte und den steilen, schattenlosen Weg zum Tempel hinaufgestiegen war.

Sie beobachtete das traurige Lord-Nelson-Gesicht, das sich unbewegt über Vanessas kleine Schrift beugte, und wartete, bis Agnes die letzte Seite gelesen hatte.

«Nun, was meinst du dazu?»

Agnes wandte den Kopf und blickte zwischen den Säulen hindurch in die Ferne, aufs offene Meer hinaus; sie kniff die Augen zusammen, als sähe sie schon jemanden nahen – aber nicht auf einem Schiff.

«Stell dich ihr nicht in den Weg, Lila», sagte sie.

«Warum nicht?»

«Sie wird dir Schwierigkeiten machen, wenn du es versuchst.»

(Ach, Agnes, als ob ich das nicht wüßte!)

«Das ist mir klar, Agnes. Sogar Sam Hamilton sieht keine andere Möglichkeit, als daß wir die endgültige Adoption beantragen, aber dazu müßten wir erst Logan ausfindig machen und ...»

«Verzichtet auf P.S. Überlaßt ihn Vanessa.»

«Findest du nicht, daß es eine haarige Unverschämtheit von ihr ist?»

«Es gibt einen Grund dafür, Lila.»

«Welchen denn, wenn ich fragen darf?»

«Einen Grund.» Agnes schloß die Augen. «Wenn du dich dagegen wehrst, bis du im Unrecht!»

«George und ich sollen uns einfach von ihr überrennen lassen?»

«Ich stehe auf dem Boden der Metaphysik», sagte Agnes kurz und knapp. «Alles hat seinen Grund, und wir müssen uns fügen, sonst gibt es eine furchtbare Katastrophe.» Sie reichte Lila den Brief zurück und fügte gelassen hinzu: «Außerdem kommt es kaum noch darauf an. Die Zeit ist nahe ...»

(Aha, die alten fixen Ideen! Ich hätte mir den Weg sparen können.)

«Dr. Pollack», sprach Agnes träumerisch weiter, «hat jetzt herausgefunden, wann es sein wird – das heißt, der Monat steht fest, der genaue Tag noch nicht. Jedenfalls werden wir alle im Oktober in die Seligkeit der letzten Erkenntnis aufgenommen werden.»

(Im Oktober! Wie *merkwürdig*!)

«Na schön, Agnes, ich wollte dich ja nur wissen lassen ...»

«Was?»

«Daß Ness kommt.»

Agnes stand auf und wandte sich dem Rundbau zu, der von Dr. Pollacks Jüngern «Der innere Kreis der Offenbarung» genannt wurde. Dabei äußerte sie etwas, was im Moment, in die Abendstille hineingesprochen, wirklich bedeutsam klang.

«P.S. muß noch das Wichtigste lernen.»

Ein Löwe brüllte ganz in der Nähe, und Lila zuckte zusammen, eine Reaktion, die weniger auf das Löwengebrüll als auf den Orakelspruch ihrer Schwester zurückzuführen war.

«Der Zoo», sagte Agnes.

«Was?»

«Der Zoo ist nicht weit entfernt. Oft, wenn ich hier allein bin, besonders in Mondnächten, höre ich sie vor Heimweh nach Afrika brüllen.»

«Was muß P.S. lernen?»

Aber Agnes war jetzt allem Irdischen entrückt, und so standen die Schwestern stumm nebeneinander, den Blick auf die Bucht gerichtet, in deren Dunkelblau sich schwärzliche Gegenströmungen mischten. Es sah aus, als werfe sich am Strand ein unruhiger Schläfer hin und her. In der Ferne zog ein Fährschiff vorüber, und der Leuchtturm an der Watson Bay begann im Zwielicht aufzublinken.

Ein sonderbares Gefühl der Zeitlosigkeit überkam Lila. Ihr schien, daß sie beide noch ewig so stehen, daß sie Wurzeln in dem geborstenen Zement schlagen könnten und daß es ihr doch nicht gelingen würde, der Erkenntnis näher zu kommen – ihr nicht, aber vielleicht Agnes?

«Oh, sieh doch!» Agnes schrie leise auf und zeigte auf den Boden. Ein toter Vogel lag zu ihren Füßen.

Ein toter Regenpfeifer. Und wie sie beide die Regenpfeifer verabscheuten – von jeher galten sie ihnen als Unheilsboten.

Lächerlich. Natürlich hatte das nichts zu bedeuten.

Und dennoch ... war es nicht *merkwürdig*?

Wieder einmal war ein Ausflug zu Muschis Gärtchen fällig. P.S. fuhr nicht ungern dorthin, und doch wäre er an diesem Samstagvormittag lieber zu Hause geblieben, um mit Winnie Grindel in ihrem Pfefferbaum Hochzeit zu feiern – diesmal sollte er die Braut sein. Aber Lila sagte: «Nein, du darfst jetzt nicht mit deiner guten Jacke durch den Zaun kriechen. Ich mache nur noch die Brote fertig, und dann fahren wir zu Muschis Gärtchen.»

«Warum fahren wir gerade heute?»

«Weil sie Geburtstag hat.»

Er lachte. Die Erwachsenen waren doch zu komisch! Wie konnte jemand Geburtstag haben, der gar nicht da war? Ob sie vielleicht eine Torte mitnahmen und Kerzen und Eis? Geburtstage waren Feste, wie Badengehen oder Zoobesuche oder die Filme, die er sich mit Vere ansah. Die Ausflüge zu Muschis Gärtchen empfand P.S. nicht als Fest, weil er sich dabei immer ein bißchen langweilte; das einzige, was wirklich Spaß machte, war die Fahrt. Zuerst ging es mit der Fähre quer über den Hafen zum Circular Quay und dann mit der Straßenbahn zum Hauptbahnhof, wo sie in den elektrischen Zug umstiegen, der ewig lange fuhr, auf vielen, vielen Stationen hielt, durch Tunnels und Bogengänge sauste und schließlich – das war das Schönste von allem – eine hohe eiserne Brücke überquerte, und wenn man dann die Nase ans Fenster preßte, konnte man tief unten den grünen Meeresarm sehen, in dem es von gelben Quallen wimmelte. Wenn man da runterfiel, brannten einen die Quallen im Handumdrehen tot. Das hatte ihm Winnie Grindel erzählt, als sie mal mitgekommen war. Von oben sahen die Quallen nicht größer als Untertassen aus, aber in Wirklichkeit, sagte Winnie, waren sie mindestens so groß wie Tortenplatten und hatten armlange Nesselfäden. Ein kleiner Junge, gerade in seinem Alter, war hier beim Rudern ins Wasser gefallen, und als man ihn herauszog, war er schon am ganzen Leibe von den furchtbaren Nesselfäden schwarz gebrannt. Es hatte sogar in der Zeitung gestanden, sagte Winnie, und er sollte bloß vorsichtig sein, denn diese Eisenbahnbrücke war uralt und konnte jede Minute zusammenbrechen, vielleicht sogar *heute*!

Natürlich dachte er auch diesmal an den armen kleinen Jungen, den man schwarz und tot aus dem Wasser gefischt hatte. Der Zug ratterte über die wacklige alte Brücke, und P.S. drückte die Nase am Fenster platt, um auf die scheußlichen Quallen mit ihren Nesselfäden hinabzublicken, als Lila ihr Gesicht neben das seine schob.

«Sieh mal das große Haus da drüben», sagte sie.

«Wo?»

«Da drüben, direkt am Wasser. Paß auf, wo ich hinzeige – schnell! Das große weiße Haus mit den vielen Balkons und den Türmchen auf dem roten Dach. Siehst du's jetzt?»

Wo? Ach ja. Er sah es gerade noch, bevor es verschwand.

«Das ist das Hotel», erklärte Lila, «in dem Muschi mit deinem Vater auf ihrer . . . ich meine, sie hat da mit ihm gewohnt.»

Sie hatte mit ihm zusammen *gewohnt*? Mit Logan? Muschi hatte mit einem Goldgräber in diesem riesengroßen Haus gewohnt, das einsam und verlassen dastand, von Trauerweiden umgeben, die sich über das dunkelgrüne Wasser neigten, und das Wasser war so furchtbar gefährlich, daß man nicht einmal den großen Zeh hineinstecken durfte.

Wie merkwürdig war das alles – und auch ein bißchen peinlich, denn Lila achtete sonst immer darauf, Logan nach Möglichkeit nicht zu erwähnen, und nun sprach sie auf einmal ganz laut von ihm, noch dazu im Zug, wo jeder sie hören konnte. Sicherlich war es unrecht von Muschi gewesen, einfach fortzugehen und mit Logan in diesem großen Haus zu wohnen. Andererseits hatte Muschi nie im Leben etwas Unrechtes getan. Das erzählten sie ihm doch dauernd. Sie war eine Heilige und ein Engel und zu gut für diese Welt, und deshalb hatte der liebe Gott sie zu sich gerufen.

Er hätte gern gefragt, warum sie eigentlich mit Logan fortgegangen war, aber Lila hatte sich hinter einer Zeitung verschanzt, und George schlief.

Warum ...?

An der Sutherland-Station stiegen sie aus (George vergaß seinen guten Regenmantel und mußte zurücklaufen), und dann gingen sie die Treppe hinauf und wieder über eine Brücke, zusammen mit vielen anderen Leuten, die fast alle ein paar Blumen in der Hand hatten, und dann eine staubige weiße Straße entlang und durch das große eiserne Portal.

Gleich hinter dem Portal saß eine dicke Frau auf einem Feldstuhl zwischen Eimern mit Blumen, und Lila blieb bei ihr stehen und fragte, was die Nelken kosteten, was die Astern kosteten, was die rosa Hortensien kosteten. Jedesmal, wenn die dicke Frau antwortete, schnalzte Lila mit der Zunge und sagte: «Nein, das ist viel zu teuer. Haben Sie nichts für anderthalb oder höchstens zwei Shilling?» Schließlich nahm sie Tausendschönchen, die schon ein bißchen braunfleckig waren, und zwei Veilchensträuße. «Geben Sie mir noch etwas Farnkraut dazu und einen Stengel Vergißmeinnicht», verlangte sie. George bezahlte die Blumen, und dann gingen sie unter den Gummibäumen weiter, und überall, rechts und links, waren Leute in den Gärtchen und taten Blumen in die Vasen.

Muschis Gärtchen lag nicht weit von dem großen Mittelweg und dicht am Brunnen – Gott sei Dank, wie Lila oft sagte, weil ihr die Füße so weh taten. Von dem trockenen roten Erdboden führte eine Steinstufe hinauf zu dem Gärtchen mit dem hohen weißen Marmorkreuz. Wie er von Lila wußte, standen oben auf dem Kreuz die Worte:

Sinden

GELIEBTE TOCHTER
VON
WILLIAM UND ANNIE SCOTT

«Dem Reinen ist alles rein»

und unten – aber um das zu lesen, mußte man erst Gras und Unkraut entfernen –:

LOGANS GELIEBTE FRAU

Sobald sie hier angelangt waren, gab es immer viel zu tun. George breitete Zeitungspapier auf den Boden, damit seine Hosen nicht schmutzig wurden; dann packte er die große Gartenschere aus und legte sein Jackett schön ordentlich auf die Steinstufe. P.S. hatte ihn einmal gefragt, warum er es nicht auf das große Kreuz hänge, das sich dafür doch sehr gut eigne, aber Lila und George hatten erschrocken geantwortet, nein, man dürfe das Kreuz nie als Garderobenständer benutzen, dazu sei es nicht da.

Wozu war es denn sonst da?

Während George das lange, trockene Gras schnitt – er beklagte sich jedesmal über die stumpfe Schere und sagte, man könne darauf nach Paris reiten –, sammelten P.S. und Lila die Marmeladengläser ein, die um das Kreuz herumstanden, schütteten das alte, schmutzige Wasser und die welken Blumen vom vorigenmal aus, füllten die Gefäße am Brunnen mit frischem Wasser und ordneten die neuen Blumen in ihnen an. Gesprochen wurde dabei nicht viel, und er war immer froh, wenn sie die Arbeit hinter sich hatten und, auf der Steinstufe sitzend, ihre Brote und die Thermosflasche mit Tee auspacken konnten. Lila sorgte auch immer für irgend etwas Nettes, Kekse oder Pflaumen oder kleine grüne Birnen, und sie genossen ihr Picknick, während ringsum die Grillen zirpten und glitzernde kleine Insekten durch die Luft schwirrten. Die Unterhaltung beschränkte sich auf ein gelegentliches «Noch etwas Tee?» oder «Wie wär's mit einem Schinkenbrot?» oder auf eine Bemerkung, wie hübsch die Pappeln da drüben beim neuen Krematorium aussähen. Nach dem Essen drehten sie sich alle drei um und starrten eine Weile stumm auf das Gärtchen, bis Lila sagte: «So, Liebling, nun verabschiede dich von Muschi.» Er fand es albern, sich von jemandem zu verabschieden, der gar nicht da war, aber aus Höflichkeit gehorchte er und flüsterte «auf Wiedersehen», so dumm er sich dabei auch vorkam.

Muschi war nicht hier. Sie war irgendwo im Hochgebirge – soviel hatte er immerhin schon herausgekriegt. Einmal, als er unter dem Küchentisch saß, war Tante Agnes zum Tee gekommen, und er hatte sie fragen hören: «Lila, warum nimmst du das Kind dorthin mit?»

«Um seiner Mutter willen.»

«Sinden ist doch gar nicht *dort*. Sie weilt auf dem höchsten Gipfel der Erkenntnis.»

«Mag sein. Aber woran soll sich unsereins halten, wenn ...»

Agnes hatte Lila ausgelacht. «Du mit deiner alten, verstaubten Theologie! Du bist ja schlimmer als Pater.»

«Ich glaube, Sinden würde ebenso denken wie ich.»

«Sie erinnert sich gar nicht mehr an diese Niederungen.»

«Trotzdem könntest du ihr ruhig mal ein Blümchen bringen.»

«So etwas lehne ich ab. All diese altmodischen Vorstellungen von Tod und Begräbnis ...»

«Willst du dich etwa *verbrennen* lassen?» rief Lila entsetzt.

«Das wird gar nicht nötig sein, Lila», erwiderte Agnes.

Seit diesem Gespräch betrachtete P.S. mit besonderem Interesse die bunten Plakate, die für Reisen in die Blue Mountains warben. Berggipfel waren genug darauf, aber welcher mochte der höchste Gipfel der Erkenntnis sein?

Als er Lila eines Tages danach fragte, entwortete sie lachend: «Liebling, das Gerede von Tante Agnes darfst du niemals ernst nehmen.»

Heute nun – sie hatten gerade angefangen, in Muschis Gärtchen zu arbeiten – hörte er plötzlich, wie Lila halblaut sagte: «George, in unserer Abwesenheit war jemand hier.»

George hielt im Grasschneiden inne und blickte auf.

«Diese blauen Schwertlilien sind noch ganz frisch, nicht älter als zwei, drei Tage. Von wem mögen die sein?»

«Von Vere», murmelte George.

«Nein, bestimmt nicht. Ich hab sie gefragt, ob sie heute mitkommen wollte, und sie sagte, sie hätte im Augenblick nicht mal das Fahrgeld übrig.»

George meinte, dann wäre es vielleicht eine von Sindens Freundinnen aus dem *Pen and Ink Club* gewesen, diese Pony Dingsda zum Beispiel.

«Pony Wardrop? Die erinnert sich gewiß nicht mehr an Sindens Geburtstag. An das andere Datum eher, aber nicht an den Geburtstag. Außerdem sehen diese Schwertlilien nicht so aus, als kämen sie von einer Frau. Ich kann mich irren, aber ... Keine Frau stopft einen Strauß so ungeschickt in ein Glas, ohne ihn aufzubinden. Das bringt nur ein Mann fertig.»

George und Lila blickten einander schweigend an, und P.S. beobachtete sie gespannt, bis George sich abwandte und knurrte: «Ist ja egal, wer's war. Ich wollte, er hätte wenigstens das verdammte Gras für uns geschnitten.»

«George! Wie kannst du hier fluchen!»

«Und die Schere ist wieder so stumpf, daß man darauf nach Paris reiten kann.»

«Gefällt mir gar nicht, daß Fremde hier herumschnüffeln», sagte Lila.

«Für *sie* wird's wohl kein Fremder gewesen sein», bemerkte George nach einer Weile und fuhr mit dem Grasschneiden fort.

Lila rückte die Schwertlilien in den Hintergrund und stellte ihre Tausendschönchen vor das Kreuz. Ihr war auf einmal sehr heiß, weniger von der Sonne als von einer alten, jäh aufsteigenden Eifersucht.

Fremde ...

Eigenartig, daß Sinden immer mit fremden Leuten zu tun gehabt hatte. Lila dachte zurück an jenen Tag vor langen Jahren, als sie aus einem Laden trat und Sinden, in ein angeregtes Gespräch mit einem jungen Mann vertieft, an der Straßenecke stehen sah («Wer war das?» – «Keine Ahnung, aber jedenfalls ein höchst interessanter Bursche.») Wie oft waren sie vor Angst und Sorge außer sich gewesen, weil Sinden nicht aus der Schule nach Hause kam; es wurde schon Abend, und sie erwarteten jeden Moment, daß ihnen ein Polizist das Schlimmste mitteilen würde. Und dann, wenn sie endlich erschien, ihre beiläufige Erklärung: «Ach, ich war noch ein bißchen mit einem Jungen spazieren – regt euch nicht auf, seine Schwester war auch dabei.» Maters Schelten war völlig zwecklos – sie hätte ebensogut gegen eine Mauer reden können –, und Lila, die sich als älteste Schwester verpflichtet fühlte, Sinden im Schlafzimmer unter vier Augen wenigstens andeutungsweise auf gewisse Gefahren aufmerksam zu machen, bekam nie etwas anderes zur Antwort als ein amüsiertes: «Oh, Lila, was du nicht alles weißt!»

Wildfremde Menschen kannten Sinden viel, viel besser als die eigene Familie – überall stieß man auf ihre Spuren. «Was für eine hübsche Jadebrosche, Sin! Wo hast du denn die her?» – «Von einem Bekannten.» Punkt und aus.

Später, nach Maters Tod, als die ganze Verantwortung auf Lilas Schultern lastete, hatte sich Sinden zeitweilig gleichsam in Luft aufgelöst, war dann ohne ein Wort der Erklärung zurückgekehrt und unversehens von neuem verschwunden. («Wo ist Sin?» – «Keine Ahnung. Sitzt wahrscheinlich irgendwo und schreibt.») Oder sie war auf «Materialsuche», wie sie das nannte. Mit der Zeit wurde ihnen klar, daß es völlig sinnlos war, Fragen zu stellen. («Um Himmels willen, bringst du in so einem Durcheinander überhaupt eine Zeile zusammen?» – «Man kann auf dem Rand der Badewanne schreiben, wenn einem wirklich was am Schreiben liegt.»)

All diese sonderbaren, ja mehr als sonderbaren Leute in ihrem Buch *Marmon* hatte sie vermutlich aus dem Leben gegriffen.

Und dann ... und *dann* ...

Plötzlich läutete in Lilas Erinnerung das Telefon.

«Hallo?»

«Bist du's, Lila?»

«Sinden! Ja, sag mal, wo steckst du denn bloß? Seit Tagen versuche ich ...»

«Augenblicklich bin ich in der Telefonzelle vom Carlton Hotel. Du, ich habe eben geheiratet.»

«Warum hast du nicht wenigstens einmal ange ... Was? *Was* hast du gesagt?»

«Ich bin seit einer halben Stunde mit Logan Marriott verheiratet. Du mußt sofort herkommen, Lila, und George natürlich auch. Vere ist schon da. Wir trinken Sekt und ... ach, Lila, ich bin einfach im siebenten Himmel! Stell dir vor, ich habe mir heute früh noch rasch ein bildschönes Brautkleid genäht. Aus dem Spitzenstoff von dir und der Seide, die Ness aus Paris geschickt hat ...»

«Sinden, wer ist Logan Marriott?»

Die Kränkung schmerzte noch heute. Lila beugte sich tiefer über das Grab und steckte das Farnkraut zwischen ihre kümmerlichen Tausendschönchen.

«Wäre nicht so ein Fremder gekommen», sagte sie zu George, «dann brauchten wir heute vielleicht keine Blumen hierher zu bringen.»

«Ohne Fremde», erwiderte George, «wäre *keiner* von uns hier.»

«Wie kannst du so reden! Noch dazu vor... na, du weißt schon.»

Als Lila den neugierigen Blick des Jungen sah, quälte sie sich ein Lächeln ab. «Ist das nicht hübsch geworden, P.S.? Gefällt dir Muschis frisch aufgeräumtes Gärtchen?»

«Ja, aber gibt's nicht bald was zu essen?»

Nun hatten sie es wieder einmal geschafft. Das zerknitterte Butterbrotpapier lag im Abfallkorb, die Gartenschere steckte in ihrer Tüte, und sie gingen auf dem roten Mittelweg dem Portal zu, in etwas beschleunigtem Tempo, weil am Himmel schwarze Wolken heraufzogen, die wie Wale aussahen und das Sonnenlicht zu einem unheimlichen Bleigrau dämpften.

«Ich hab's ja gewußt», sagte Lila. «Die Regenpfeifer waren heute früh besonders laut. Paßt auf, wir kriegen noch etwas ab, bevor wir im Zug sind.» Sie schwenkte den Schirm, sichtlich erfreut, daß ihre Ahnung sie nicht getrogen hatte.

P.S. aber wurde plötzlich auf eine Gruppe von Leuten aufmerksam, die in einem der Gärtchen um ein großes, gähnendes Erdloch herumstanden. Ein paar Männer ließen gerade an Seilen eine Kiste hinab, und die anderen schauten zu. Die Männer hatten alle den Hut abgenommen, und zwei von ihnen hielten eine Dame untergefaßt, die ganz in Schwarz war, mit einem Schleier vor dem Gesicht und einem weißen Blumenstrauß in der Hand.

Lila stieß ihn an und rief: «Sieh mal, Herzchen – nein, da drüben –, ist das nicht ein Kaninchen?»

In diesem Augenblick schrie die schwarze Dame gellend auf, riß sich von den Männern los und lief auf das Erdloch zu, als wollte sie sich hineinstürzen, aber die Männer packten sie und hielten sie zurück, und sie schrie immer weiter, so laut, daß sich die Leute in den anderen Gärtchen nach ihr umdrehten.

«Schnell, P.S.», drängte Lila, «trödle nicht, wir müssen zum Zug.» Damit fing sie an zu rennen und zerrte ihn mit sich.

«Was hat die Dame?» fragte er im Laufen.

«Nichts.»

«Warum schreit sie dann so?»

«Sie ist traurig.»

«Weil sie die Kiste nicht hergeben will?»

«Vielleicht. Ach, sieh doch den süßen Hund!»

«Was ist in der Kiste?»

«Alte Sachen wahrscheinlich... Flicken und was weiß ich.»

«Warum regt sie sich dann so auf?»

«Oh, der erste Regentropfen! Los, jetzt aber Trab!»

Da ging auch schon ein Platzregen nieder. Lilas Schirm klemmte und ließ sich nicht öffnen, und als sie den Bahnhof erreichten, waren sie alle drei bis auf die Haut naß.

Lila wischte und tupfte noch mit ihrem Taschentuch an ihm herum, als der Zug über den Wasserarm mit den Quallen ratterte. Diesmal machte er die Augen zu. Er wollte nicht sehen, wie einsam und verlassen das traurige Hotel in der bleigrauen Dämmerung stand.

Was mochte nur in der Kiste gewesen sein? Diese Sorte Kisten hatte irgend etwas mit dem Hotel zu tun. Das wußte er, ohne daß es ihm jemand zu sagen brauchte. Und das traurige Hotel hatte irgend etwas mit ihm zu tun.

«Weißt du, was wir morgen machen?» fragte er Winnie Grindel.

«Was denn?»

«Wir fahren zum Hafen und sehen uns das Piano-Schiff an.»

«Piano-Schiff? Was ist das»

«Das größte Schiff der Welt.»

«Ist ja nicht wahr.»

«Doch. Es ist größer als euer Haus.»

«Du lügst!»

«Ich lüge nie!»

Sie saßen in Winnies Pfefferbaum; sie war Tarzan, und er war Jane, weil er kleiner als sie war.

Mit Winnie ging es ihm komisch; er konnte sie eigentlich nicht leiden und fühlte sich doch zu ihr hingezogen. Sie war häßlich und sommersprossig und hatte meistens Lockenwickler in ihrem strähnigen Haar, und sie wollte dauernd kommandieren. Aber dafür wußte sie viele interessante Dinge, zum Beispiel, wo die kleinen Kinder herkamen. Sie kamen, wie sie ihm flüsternd erzählt hatte, aus dem Nabel der Mutter. Natürlich war das Quatsch, doch er hatte ihr nicht widersprochen, weil sie ihm dann immer den Arm verdrehte. Was die kleinen Kinder betraf, so war Winnie gewaltig im Irrtum. Babies wurden in Krankenhäusern gemacht, wie das Brot beim Bäcker. Muschi hatte ihn in einem Krankenhaus gekauft. Er wußte sogar, in welchem, denn Lila hatte es ihm einmal gezeigt und dazu gesagt: «Das ist *The Laurels*, wo Muschi dich bekommen hat.»

Im übrigen aber wußte Winnie wirklich eine Menge, und sie besaß sogar ein Bild von Gott. Gott hatte einen breiten schwarzen Bart und einen Schnurrbart und hieß Mr. Marx. Winnies Vater sagte immer, wenn die Leute auf Mr. Marx hörten, würde es nie mehr Wirtschaftskrisen oder Arbeitslosigkeit geben. P.S. hatte sich bei Lila nach Mr. Marx erkundigt, und sie hatte lachend geantwortet: «Nein, Liebling, Winnie meint nur, daß Mr. Marx für manche Leute so etwas wie ein Gott ist.» Winnie brauchte nicht in die Sonntagsschule zu gehen, und ihr Vater hatte der Klassenlehrerin in einem Brief mitgeteilt, seine Tochter dürfe am Empire-Tag weder die Flagge grüßen noch *Rule Britannia* singen.

Winnie starrte ihn mißtrauisch an, und ihre kleinen Knopfaugen schienen enger zusammenzurücken, wie es immer der Fall war, wenn sie fürchtete, er könnte recht haben und sie unrecht. Sie hatte einen dicken Heuhüpfer gefangen, den sie nun in der Hand hielt; von Zeit zu Zeit hob sie die Finger ein wenig, und dann begann der Heuhüpfer verzweifelt zu zappeln. Aber sein Fluchtversuch schlug jedesmal fehl, denn sobald er dachte, jetzt sei es soweit, schloß sich die Faust über ihm.

«Warum heißt es Piano-Schiff?» fragte Winnie.

«Das weiß ich nicht. Es heißt nun mal so.»

«Warum fahrt ihr da extra hin?»

«Weil Vanessa auf dem Schiff ist und wir sie abholen.»

«Wer ist Vanessa?»

«Meine Tante. Sie kommt von ganz weit her – aus England.»

«Ist sie ein Pommy?»

Er durfte diesen Spitznamen nicht gebrauchen. Lila hatte ihm eingeschärft: «Sag niemals Pommy, P.S., das ist unhöflich. Es heißt Engländer.»

«Nein», antwortete er, «sie ist – warte mal, ich glaube, sie ist eine Assyrerin.»

«Was hat sie dann in England zu suchen?»

«Das weiß ich nicht.»

«In England wohnt der König.»

«*Das* weiß ich.»

«Den werden sie nun bald erschießen», verkündete Winnie düster.

«Warum?»

«Weil er so viele Diamanten und Perlen hat und sich den ganzen Tag im Wagen rumfahren läßt.»

«Im Kinderwagen?»

«Herrje, bist du dumm! In einer goldenen Kutsche natürlich, und er wohnt in einem herrlichen Palast, aber die armen Leute müssen auf Parkbänken schlafen und haben nicht mal trockenes Brot zu essen, und darum werden sie ihn erschießen und all seine Diamanten und Perlen an die Armen verteilen.»

«Wer sagt das?»

«Es hat in der Zeitung gestanden.» Laut Winnie stand alles in der Zeitung.

Sie schüttelte ihre Faust, um den Heuhüpfer zum Zirpen zu bringen, kniff die Augen zu winzigen Schlitzen zusammen und sagte wichtigtuerisch: «Ich weiß ein Geheimnis.»

«Erzähl mal.»

«Was gibst du mir dafür?»

Habsüchtiges Ding! Immer war sie darauf aus, ihm etwas wegzunehmen. Wie oft mußte er die Hälfte seines zweiten Frühstücks opfern, um dafür «Geheimnisse» zu erfahren, die sich in den meisten Fällen als völlig uninteressant erwiesen, etwa: «Lorna Palmer kriegt eine kleine Schwester.» Heute forderte sie die Regenbogenkugel, von der er noch gar nicht viel abgelutscht hatte. Eine solche Kugel kostete einen Penny, und wenn man nicht zu rasch lutschte, hielt sie länger als eine Stunde vor; bis zum letzten Rest kam immer wieder eine andere Farbe zum Vorschein.

«Ich bin noch nicht mal an der Zitronenstelle», wandte er ein.

«Los, gib schon her! Du kriegst sie wieder, wenn ich an der Lakritze bin.»

Er wußte, daß er Winnie ebensowenig entrinnen konnte wie der Heuhüpfer in ihrer Hand. Also holte er die klebrige und fusselige Regenbogenkugel aus der Tasche und überreichte sie ihr.

«Jetzt erzähl aber dein Geheimnis!»

Winnie lutschte genießerisch, verdrehte die Füße, schüttelte die Faust mit dem Heuhüpfer und ließ ihn warten. Endlich brachte sie, behindert durch den Bonbon, ein paar unverständliche Laute hervor: «Muomm – äckon – ia . . .»

«Was?»

Winnie nahm die Regenbogenkugel aus dem Mund und sagte: «Du kommst weg von hier.»

Er starrte sie entgeistert an. In seinem Kopf summte es plötzlich so sonderbar, und ein Schauer überlief ihn, als wäre ein eiskalter Regentropfen auf seinen Nacken gefallen.

«Ist ja nicht wahr.»

«Doch.»

«Wer sagt das?»

«Deine Tante hat's meiner Mami erzählt.»

«Hat sie nicht getan!»

«Doch!»

«Nein!»

«Doch! Sie kommen in einem großen Wagen und holen dich weg. Für immer.»

«Nein! Wer ist das überhaupt – *sie*?»

«Irgendwelche ganz schlimmen Leute. Deine Tante hat's selber gesagt.»

«Du lügst! Du lügst!»

Winnie stopfte die Kugel wieder in den Mund, schnitt ihm eine Fratze und sprang vom Baum. Während sie mit den nackten Füßen den roten Staub im Hof aufwirbelte, stimmte sie einen Singsang an.

«P.S. muß weg, P.S. muß weg, P.S. muß weg . . .»

Vor seinen Augen sprühte plötzlich blaues Feuer. Er glitt blitzschnell vom Baum herunter – vor Angst und Wut fühlte er sich doppelt so groß wie er war – und schlug Winnie mit der geballten Faust ins Gesicht. Mitten auf den dummen Mund.

Sie fiel um wie ein Sack und brach in markerschütterndes Geheul aus. «Mami, Mami, P.S. haut mich!»

Er lief in wilder Hast auf das Loch im Lattenzaun zu, kroch hindurch und rannte mit weichen Knien über den Hof; ihm war so schlecht, als müßte er sich gleich übergeben, und hinter ihm streckten Vanessa und

«Nun, siehst du, und diesmal ist es genauso dumm, Angst zu haben, P.S.»

«Ich will nicht mit Vanessa gehen!» erklärte er, und als Lila stumm blieb – sie schien über seine Worte nachzudenken –, fügte er hinzu: «Und ich will auch nie in das *Hotel* da!»

«Wovon redest du denn? Was für ein Hotel?»

«Du weißt schon», sagte er, und sein Ton deutete an, er sei zu allem fähig: Er werde die ganze Stadt zusammenschreien, er werde kratzen, spucken, beißen und alles in Stücke schlagen. Und auf Muschis Foto herumtrampeln – das war das Ärgste, was er sich vorstellen konnte.

Lila drückte ihn an sich. «Komm, sei lieb, ich habe auch eine große Überraschung für dich.»

Er schüttelte trotzig den Kopf. «Ich will keine Überraschung.»

«Du wirst sie schon wollen, wenn du erst weißt, was es ist.»

«Nein, bestimmt nicht.»

«Na schön, dann brauche ich's dir ja nicht zu erzählen.»

«Was ist es?» fragte er unwillkürlich.

«Hättest du nicht gern mal Ferien?»

«Ich habe jetzt doch Ferien.»

«Ja, aber was ich meine, sind schöne freie Tage, an denen du leben kannst, wie es dir gefällt...» Sie sprach langsam, als müßte sie sich jedes Wort genau überlegen. «Wenn du nun sehr, sehr artig bist, darfst du vielleicht nächstens eine kleine Ferienreise machen.»

«Mit dir und George?»

«N-nein, das nicht. Wir haben ja keine Zeit, weißt du. Aber wir bringen dich hin und holen dich auch wieder ab.»

«Und wohin soll ich reisen?»

«Über den Hafen.»

«Sehr weit weg?»

«Nein, nein, du bleibst ganz in der Nähe. Wenn du abends aus dem Fenster siehst und wir hier aus unserem Fenster sehen, dann können wir dir übers Wasser zuwinken und rufen: ‹Gute Nacht, P.S.! Gefallen dir deine Ferien?›»

«Bei wem soll ich denn da wohnen?»

«Bei – äh – Cousine Ettie und...»

«Wer ist denn *das*?»

«Du meine Güte, Cousine Ettie ist die reizendste Dame, die du dir denken kannst, immer vergnügt, immer freundlich. Und du glaubst gar nicht, was sie einem für schöne Sachen schenkt. Sie ist so lieb, *beinahe* so lieb wie deine Tante Vanessa.»

«Mit *der* will ich nichts zu tun haben!»

«Aber P.S....»

«Ich erschieße sie!»

«Sei sofort still, P.S. Ich will das nicht noch einmal hören. Wie kannst du so häßlich über die arme Vanessa reden, die wochenlang auf dem Piano-Schiff gefahren ist, nur um dich zu besuchen und dir Geschenke zu bringen, und die mir so nett geschrieben hat: ‹Bitte, Lila, darf ich mir wohl deinen P.S. für ein Weilchen ausleihen ...›»

«Ich gehöre nicht zu ihr.»

«*Ausleihen* habe ich gesagt, P.S.»

«Ich gehöre zu dir und George.»

«Natürlich, deshalb hat sie ja auch erst um Erlaubnis gefragt. Genauso wie George es tut, wenn er sich Mr. Grindels Rasenmäher ausleihen möchte. Na, und hast du den Rasenmäher vielleicht schon mal schreien hören, daß er nicht zu Mr. Baines gehen will?»

Das war ein Witz, und er mußte ein bißchen lachen, als er sich den schreienden Rasenmäher vorstellte.

Lila sprach weiter. «Weißt du noch, wie du einmal bei Vere übernachtet hast, weil George und ich nach Wollongong fahren mußten?»

Er nickte, an ihre Brust geschmiegt.

«Da hast du dich doch herrlich amüsiert. Schon das Kofferpacken war ein Riesenspaß. Weißt du noch, du hast deinen guten Schlafanzug mitgenommen und die Zahnbürste und ein Buch zum Lesen im Bett ... Na, und diesmal wird es genauso schön. Nur daß du eben bei Vanessa übernachtest.»

«Aber die kenne ich ja gar nicht.»

«Dummerchen, du lernst sie doch kennen, wenn wir sie morgen vom Schiff abholen. Paß auf, sie gefällt dir bestimmt so gut, daß du von deinem Besuch bei ihr gar nicht mehr nach Hause zurückkommen magst.»

Plötzlich sprang Lila auf. «Mein Braten brennt an!» schrie sie, stürzte zum Herd, zog die Pfanne heraus und hatte es so eilig, das brutzelnde Kaninchen zu begießen, daß sie statt des Schöpflöffels die Tellerbürste ergriff. Darüber mußten sie beide schrecklich lachen. Sie vergaßen Vanessa und alle anderen Sorgen und überließen sich ungehemmt ihrer Heiterkeit. Lila lachte sogar Tränen. Wahrhaftig, die hellen Lachtränen rollten ihr über die Wangen, und sie mußte ins Schlafzimmer flüchten. Die Tür machte sie hinter sich zu.

Am nächsten Morgen wurde er vor Tau und Tag aus dem Bett geholt. Draußen war es noch dunkel – dabei ging die Sonne im Hochsommer sehr früh auf –, als George hereinkam, ihn wachkitzelte und sagte: «Raus aus den Federn, P.S., das Piano-Schiff legt schon zeitig an.» Er hatte sich noch nie bei Lampenlicht gewaschen und angezogen. George half ihm mit den Knöpfen und kämmte ihm das Haar nach der falschen Seite, ein Versehen, das P.S. mit einem im Zickzack verlaufenden Scheitel berichtigte. Dann gingen sie in die Küche, und draußen war es noch immer nicht hell, und Grindels Hahn krähte gerade zum erstenmal.

Es war auch seltsam, bei elektrischem Licht zu frühstücken, obendrein Setzeier, auf die keiner von ihnen Appetit hatte. Als der Tisch abgeräumt und das Geschirr gespült war, blieb ihnen noch eine gute Stunde Zeit. Lila hatte sie natürlich viel zu früh hochgescheucht. George sagte gähnend, Lila müsse offenbar überall die erste sein – sogar zu ihrer

Hochzeit sei sie früher erschienen als er, der Bräutigam. Lila erwiderte, man könne nie wissen; samstags gingen die Fähren nicht so oft, und wenn es nun eine Verkehrsstockung gäbe oder sie versehentlich auf den falschen Pier gerieten? Irgend etwas würde bestimmt nicht klappen, das sei immer so, und was sollten Vanessa und Cousine Ettie denken, wenn niemand sie am Hafen erwartete?

Mit dem Sonntagshut auf dem Kopf wanderte Lila von einem Zimmer ins andere, wischte hier Staub, räumte dort eine Schublade auf, kramte im Wäscheschrank, bis sie sich mit einem Aufschrei erinnerte, daß die Küchenuhr nachging, und nun war es natürlich zu spät statt zu früh, und sie rasten alle drei durch das Haus, um Türen und Fenster zu schließen, stolperten in der Eile übereinander, stellten fest, daß sie eigentlich noch mal hätten verschwinden müssen, und stürzten Hals über Kopf zur Tür hinaus, damit sie die Straßenbahn noch erwischten.

Auf der Fähre, die sie fast für sich allein hatten, las George die *Labor Daily*, und Lila redete durch das Blatt hindurch auf ihn ein. «Ich weiß noch genau, wie sie damals nach England abfuhren», sagte sie. «Mater konnte nicht mit uns gehen, weil sie schon die Sache mit ihrer B-l-a-s-e hatte, und Sinden verspätete sich – als sie atemlos angerannt kam, wurde die Gangway gerade eingezogen. Sie hatte ein kleines Abschiedsgeschenk mitgebracht, einen rosa Seidenbeutel für Toilettensachen, und sie wollte Vanessa um keinen Preis ohne dieses Andenken abfahren lassen. Es war so komisch; Vanessa schrie ihr zu: ‹Du kannst es ja nachschicken!› und ein Matrose beugte sich aus einer Luke und rief, Sinden sollte ihm das Ding geben, und einer von den Hafenarbeitern hob sie hoch, damit sie die Hand des Matrosen erreichen konnte. Ich machte die Augen zu, weil ich glaubte, sie würde ins Wasser fallen und zwischen Pier und Schiff zermalmt werden, aber es ging alles gut, und als der Matrose das rosa Beutelchen in der Hand hatte, schrien die Leute hurra.»

Lila redete und redete. Sie war wie aufgezogen und wirkte so lustig, so erwartungsfroh, als ginge es zu einem Picknick. Immer wieder holte sie den Taschenspiegel hervor, betrachtete ihr Gesicht mit einem Ausdruck des Erstaunens, als hätte sie es nie zuvor gesehen, rückte am Hut, zupfte das Haar unter der Krempe bald nach links, bald nach rechts und fragte besorgt: «Ist bei mir auch alles in Ordnung, George? Sitzt der Hut richtig?»

«Du siehst fabelhaft aus», antwortete George jedesmal, ohne hinzuschauen.

Lilas Redestrom versiegte erst, als die Wooloomooloo-Tram in die Hafenstraße einbog und George sagte: «Ich glaube, das ist es.» Alle drei starrten wie gebannt zu den beiden riesigen schwarz-gelben Schiffsschornsteinen hinüber.

Nun war es soweit. In wenigen Minuten sollte er Vanessa zu Gesicht bekommen. Er verspürte eine leichte Übelkeit, in seiner Magengrube kribbelte es, und ihm war genauso beklommen zumute wie manchmal, wenn er in stockfinsterer Nacht aufwachte und ringsum geisterhaft Laute hörte.

Am Eingang zum Pier blieb er ein wenig zurück und tat so, als wäre sein Schnürsenkel aufgegangen, aber Lila zog ihn mit einem «Nun komm schon» weiter, und sie hasteten durch den kühlen Schatten eines gewaltigen Wellblechschuppens, traten wieder ins Sonnenlicht hinaus und standen vor einem stillen, grauen Schiff, dem einige Matrosen einen neuen Anstrich gaben.

«Das ist es ja gar nicht!» rief Lila erschrocken.

«Immer mit der Ruhe», sagte George. «Reg dich nicht gleich so auf.»

«Aber wenn sie nun an Land gehen, bevor wir hinkommen!»

Sie eilten durch den dunklen Schuppen zurück, Lila und P.S. voran, als wäre es ihr innigster Wunsch, Vanessa zu sehen, und George sagte: «Keine Bange, die fliegen uns nicht davon.»

Und dann blinzelten sie im grellen Sonnenschein zu dem Piano-Schiff hinauf, das vor ihnen in den Himmel ragte, mindestens so hoch wie das Hauptpostamt. An den weißen Relingen drängten sich die Passagiere; einige der winzig kleinen Gestalten winkten den Leuten auf dem Pier zu, während andere regungslos hinunterstarrten. Aus den Löchern in der Schiffswand schoß grünes Wasser, und P.S. fragte: «Lila, wo kommt denn das Wasser her?»

«Ich weiß nicht, Liebling. Sieh mal zu, ob du Vanessa und Ettie entdecken kannst.»

«Aber ich kenne sie ja gar nicht.» Warum redete sie so dummes Zeug?

Eine Frau neben ihnen hüpfte wie ein Gummiball auf und ab und kreischte: «Da ist sie! Da ist Jean! Jean, Huhu-u-u!» Eine andere Frau hielt ein Baby hoch, und eine der Puppen an der Reling winkte wie wild und warf ihnen Kußhändchen zu. Ein Mann knurrte: «Treten Sie mir doch nicht *dauernd* auf den Fuß.»

Sie schoben sich weiter nach vorn. «Daß wir uns bloß nicht verlieren, George», rief Lila, und plötzlich tauchte Agnes mit ihrem komischen Dreispitz vor ihnen auf, in der Hand einen Fächer aus Palmblättern.

«Na, P.S., treffen wir uns auch mal wieder?» sagte sie und gab ihm einen Kuß. Ihr Gesicht war feucht wie Geleepudding, und sie hatte ein paar Nelken mitgebracht. «Riech mal», forderte sie ihn auf und hielt ihm die Blumen unter die Nase.

«Hast du sie schon gesehen?» fragte Lila.

«Nein, wir dürfen ja noch nicht an Bord.»

«Ich meine, ob du sie zufällig an der Reling entdeckt hast?»

«Ettie war vorhin da, aber nur kurz.»

«Wo?» Lila starrte angestrengt nach oben und bewegte stumm die Lippen.

«Auf dem unteren Deck. Dort, neben der Dame mit dem roten Hut.»

«Und Vanessa?»

«Die hat sich noch nicht blicken lassen.»

Sie standen Seite an Seite, schirmten die Augen mit der Hand ab und spähten hinauf. Um sie herum flimmerte die Luft in der zunehmenden Hitze, und das große weiße Schiff schien im grellen Sonnenlicht zu zittern. Messingteile funkelten gleißend auf. Wie sollten sie Vanessa ausfindig machen, geblendet, wie sie alle miteinander waren?

«Na, was sagst du dazu, mein Junge?» fragte George. «Hast du schon mal ein so großes Schiff gesehen?»

«Für mich ist das nichts Neues», warf Agnes ein. «Stell dir vor, P.S., auf so einem großen Schiff bin ich nach San Francisco gefahren. Es hieß *Sierra Leone,* und...» Ein spitzer Aufschrei unterbrach sie. Die vier wandten sich um und erblickten Vere, die sich einen Weg durch die Menge bahnte, und dabei rücksichtslos auf fremde Füße trat. Sie trug ein abgelegtes gelbes Kleid von Opal, einen grünen Strohhut, der ihr viel zu groß war, und eine rote Handtasche mit einem silbernen K darauf. Wie der Rattenfänger von Hameln kam sie angetänzelt, und sie machte natürlich gleich wieder einen Witz: Sie runzelte die Stirn und rief: «George, wo ist denn P.S.? Warum habt ihr P.S. nicht mitgebracht?»

Er rannte lachend auf sie zu. «Hier bin ich ja, Vere!»

«Was, *du* bist P.S.? Seh ich recht? Ist das wirklich mein Junge?» Freudenschreie und Küsse.

«Ich bitte dich, Vere! Die Leute...»

«Ach, Lila, sei doch keine Spielverderberin. Tag, Agnes... Puh, diese Hitze! Sag mal, stirbst du nicht in dem Wolldings da?»

«In gewissem Sinne sind wir alle Sterbende, Vere.»

«O Gott, fang bloß nicht damit an. Es ist zu früh am Morgen.»

«Es ist später, als du denkst.»

«Seht doch mal den hübschen Matrosen – hallo-o-o!»

«Vere», empörte sich Lila, «laß das Winken. Der Mann denkt womöglich, du meinst es ernst.»

«Kind, ich meine es ja auch ernst.» Vere tanzte vor ihnen her. Plötzlich deutete sie nach oben und kreischte: «Da!»

«Wo? Wo?» Eng zusammengedrängt, unverwandt auf das Schiff starrend, schoben sie sich vorwärts.

«Dort, neben dem Rettungsboot. Oh, sie hat uns gesehen.»

Ein Püppchen mit schwarzem Hut schwenkte ein Taschentuch.

«Huhu, Ettie!» Lila winkte aufgeregt. «Huhu-u-u! P.S., du mußt auch winken. Heb ihn hoch, George, damit sie ihn sehen kann. Etti-i-ie! Das ist P.S.!»

Die Puppe warf ihnen Kußhändchen zu.

«Wo steckt nur Vanessa?» fragte Lila.

In diesem Moment glaubte P.S., er hätte Vanessa erspät. Der schwarze Schatten, halb verborgen hinter dem Rettungsboot, das mußte sie sein. Sie hatte sich versteckt, um ihn heimlich belauern zu können. Häßlich war sie, häßlich wie die Sünde, dürr und verkrümmt, mit rotglühenden, stechenden Augen, grauen Haarzotteln unter dem Hexenhut und Raffzähnen. Auch der Besenstiel fehlte nicht, und nun sah er ganz deutlich, wie sie sich die dünnen Lippen leckte. «Na warte, wenn du mir in die Klauen fällst!» hörte er sie krächzen.

Aber Lila sagte: «Sie ist nicht da. Ein bißchen merkwürdig, nicht? Eigentlich müßte sie doch nach uns ausschauen.»

Vere legte die Hände wie einen Schalltrichter an den Mund. «Wo ist Ness?» schrie sie hinauf, und die Puppe, die Cousine Ettie sein sollte, winkte wieder.

«Sie versteht dich nicht, Vere.»

Wo konnte Vanessa nur sein, fragten sie sich. Warum stand Ettie allein an der Reling?

Neue Hoffnung regte sich in P.S. Vielleicht war Vanessa ertrunken. Sie hatte sich zu weit über das hohe Geländer gebeugt und war ins Meer gefallen, und nun brauchte er sie nicht kennenzulernen und sie nie in ihrem Haus zu besuchen.

«Vanessa ist über Bord gefallen», sagte er, aber die anderen hörten es nicht, denn gerade hatte man die Gangway heruntergelassen, und sie wurden von dem Menschenstrom mitgerissen, der sich an Deck wälzte.

«Ich komme mir vor wie ein Lachs, der zum Laichen flußaufwärts schwimmt», bemerkte Vere, und Lila meinte, hoffentlich sei die Gangway sicher. P.S. war von heißen Erwachsenenleibern eingekeilt und hatte die Nase im Rücken einer fetten Dame, die in einem fort sagte: «Drängle doch nicht so, Junge!» Sie schoben und wurden geschoben, zwängten sich stolpernd, taumelnd, nach Luft ringend durch den Engpaß, der zur Gangway führte, und plötzlich brachen sie durch und konnten nun zu zweien die Planken hinaufgehen, während unter ihnen, in schwindelnder Tiefe, das schmutzige Hafenwasser wippte. Noch ein Schritt über eine hohe Messingschwelle, dann standen sie an Deck, und P.S. wurde von George in die Arme einer kleinen rundlichen Dame gehoben. Sie hatte silberweißes Haar und war schwarz gekleidet. An der goldenen Kette, die sie um den Hals trug, pendelte ein winziges, glitzerndes Herz, und auch an ihren kleinen Händen blitzte und funkelte es. Sie drückte ihn an sich, und er stellte fest, daß sie angenehm morgenfrisch und ein bißchen nach Veilchen roch.

«Ich habe deine Mutter gekannt», sagte sie, «ach ja, deine liebe kleine Mutter!»

Eine Träne fiel auf ihn. Er beugte sich ein wenig zurück und entdeckte, daß sie ihn mit jenem wehleidigen Blick ansah, den die meisten Leute für ihn hatten und den er verabscheute. Ihr rosiges Gesicht war schrumplig wie ein alter Apfel und glänzte feucht von den Tränen, die ihre kleinen, mit sprühenden Steinen geschmückten Hände immer wieder wegwischten. So viele Diamanten und Perlen! Wenn Winnies Vater davon hörte, würde er Cousine Ettie bestimmt erschießen wollen, genau wie den König. Cousine Ettie küßte Lila und Vere, Agnes und George, tupfte mit dem Taschentuch an ihren Augen herum, lachte und sagte: «Ach, ihr Ärmsten, nun habt ihr so lange in der heißen Sonne gestanden! Ihr müßt ja völlig erschöpft sein und vor Durst umkommen.»

Alle redeten durcheinander, um ihr das Gegenteil zu versichern. Nein, keiner von ihnen war müde, erhitzt oder durstig. Sie waren lediglich entzückt, daß Cousine Ettie so blendend aussah, keinen Tag älter als damals. Ja, ganz ehrlich! Aber nein, ohne jede Schmeichelei. Hatte sie eine gute Reise gehabt? War die See ruhig gewesen? Und wo steckte Vanessa?

P.S. hielt den Atem an. Er wartete gespannt auf die Mitteilung, Vanessa sei infolge irgendeiner Unachtsamkeit über Bord gefallen und man habe es erst bemerkt, als es zu spät war, umzukehren und sie zu suchen. Aber statt dessen sagte Cousine Ettie, daß Ness in der Kabine sei. «Sie kümmert sich um das Gepäck. Ihr wißt ja, wie ordentlich und umsichtig sie ist. Ach, meine Lieben, wir haben den halben Haushalt mitgeschleppt, sogar Möbel!»

«Welche Kabine, Ettie? Nummer sechsundzwanzig, Deck A?» Lila übernahm jetzt das Kommando. Sie wies George und ihre Schwestern an, mit Ettie an Deck zu bleiben und sich nicht von der Stelle zu rühren, während sie mit dem Jungen zu Vanessa ging. Und schon zerrte sie ihn vorwärts, obwohl er sich sträubte, weil er zuerst die Schornsteine sehen wollte (alles, alles wollte er sehen, nur nicht Vanessa). Sie stiegen eine Treppe hinab, zwängten sich an den Leuten vorbei, die von unten kamen, wanderten durch endlose weiße Korridore, wo es nach Tran und Maschinen roch, schauten in leere Kabinen, und Lila fragte mehrmals mit ihrer Besuchsstimme: «Ach, bitte, Steward, wie komme ich wohl zur Kabine sechsundzwanzig?» P.S. hoffte, sie würden nie hinfinden, und wußte doch, daß der gefürchtete Augenblick mit jeder Sekunde näherrückte. Er sah, daß Lilas Gesicht kreidebleich war und daß sie genauso zitterte wie er, als sie endlich vor einer geschlossenen Tür stehenblieb und anklopfte.

«Herein», sagte eine gedämpfte Stimme.

Lila öffnete die Tür und schob ihn in die Kabine. Er kam sich winzig klein und leicht wie Papier vor.

Eine Gestalt, die über Koffer gebeugt stand, richtete sich auf. Im ersten Moment war sie nur eine schmale Silhouette vor dem hellen Bullauge, von blauem Zigarettenrauch umschwebt.

«Hallo, Lila», sagte die gedämpfte, ziemlich tiefe Stimme so gleichmütig, so gelassen, als läge die letzte Begegnung keine zwölf Stunden zurück.

Vanessa ging Lila entgegen, küßte sie flüchtig auf die Wange und wandte sich dann mit einer langsamen, sehr anmutigen Bewegung P.S. zu. Ihm stockte der Atem vor Staunen und plötzlicher Freude. Nie hätte er geglaubt, daß dies Vanessa oder auch nur ein Familienmitglied sein könnte. Abgesehen von dem roten Haar hatte sie nicht die geringste Ähnlichkeit mit den anderen, sie war überhaupt nicht tantenhaft, sondern groß und schön, wie aus Porzellan gemacht, so fein und zart, daß er sich nicht gewundert hätte, Lila rufen zu hören: «Nicht anfassen, Liebling, sie ist zerbrechlich!»

Das sollte Vanessa sein? Spielten sie ihm vielleicht einen Schabernack und gaben irgendeine Bekannte als Vanessa aus? Aber in diese Zweifel hinein sagte Lila: «Du hast dich kein bißchen verändert, Ness.»

Vanessa blickte ihn mit ihren sonderbaren grünen Augen unverwandt an, und er fühlte sich bis in die letzte Faser seines Herzens durchschaut – sie wußte alles, was er in seiner Dummheit je über sie gedacht hatte. Er wollte etwas sagen, etwas erklären – aber was?

Da ihm die Worte fehlten, hielt er stumm diesem Blick stand, bis Vanessa mit einem Lächeln, das ihre Augen plötzlich ganz hell werden ließ, einen Schritt auf ihn zutrat. Ihr weichfließendes graues Kleid umhüllte sie wie duftiger Nebel, und an ihren Handgelenken klingelten silberne Armreifen.

«Bist du vielleicht P.S.?» fragte sie mit ihrer gedämpften, englisch klingenden Stimme.

Und dann tat sie etwas höchst Seltsames. Statt in überschwengliche Entzückensschreie auszubrechen und ihn an sich zu reißen, wie er es von den anderen gewöhnt war, hielt sie ihm ihre makellos weiß behandschuhte Hand hin, als wäre er ein Erwachsener. Sie tauschten einen höflichen Händedruck.

«So, nun gib Tante Vanessa ein schönes Küßchen», forderte Lila ihn auf.

«‹Vanessa› genügt», meinte Vanessa. «Ich glaube, dein Bedarf an Tanten ist gedeckt.»

Sie beugte sich vor, hob sein Kinn mit dem behandschuhten Finger ein wenig an und küßte ihn auf den Mund. Dann sagte sie: «Nun, P.S. – *endlich.*»

Bevor er irgend etwas erwidern konnte, ertönte hinter ihnen ein würgendes Geräusch. Vanessa und er fuhren gleichzeitig herum und sahen, daß Lila grün im Gesicht war.

«Ness», stieß sie hervor, «wo ist die Toilette? Ich muß mich übergeben.»

Ich hab's ja gewußt, daß etwas schiefgehen würde, dachte Lila mit einer gewissen Befriedigung.

Wie peinlich, sich mitten im Badezimmer übergeben zu müssen, über den ganzen Fußboden hin, während Vanessa, ohne eine Miene zu verziehen, die Stewards herbeirief und für Wismut-Tabletten und Eau de Cologne sorgte, alles mit vollendeter Sachlichkeit.

(«Du hast wahrscheinlich etwas Unrechtes gegessen.» – «Nein, nein, auf einem Schiff geht's mir immer so.»)

Lila hatte sich in endlose Erklärungen gestürzt – daß sie sogar auf einem Schiff, das im Trockendock lag, seekrank werden würde, und wie grauenhaft es vor zwanzig Jahren auf ihrer Hochzeitsreise nach Tasmanien gewesen war –, und Vanessa hatte mit ihrem aufreizend mitleidigen Lächeln zugehört.

So etwas Dummes, gleich beim ersten Wiedersehen in derart ungünstigem Licht dazustehen! Sie waren noch nicht vom Schiff herunter, und schon ließ sich die Sache schlecht an. Bestimmt war das ein böses Omen. Lila nickte bei diesem Gedanken – sie *wußte*, daß es so war.

Und nun das Carlton Hotel!

«Warum steigen sie gerade hier ab?» flüsterte sie Vere zu, als sie in der verblichenen Pracht des Vestibüls standen, wo sich ein schwitzender Empfangschef um Ettie bemühte, während Vanessa die Koffer zählte.

Sie waren am Hafen in ein Mietauto gestiegen, und als der Wagen vor dem Carlton hielt, hatte Lila angstvoll gedacht: O nein, bitte *nicht* das Carlton! Wie soll ich auch das noch ertragen?

«Ausgerechnet im Carlton!» sprach sie leicht keuchend weiter. «Ist das nicht ein bißchen seltsam?»

«Wieso?» Vere spielte mit ihrer langen Perlenkette. «Du weißt doch, daß Ettie nicht gern im Metropol oder im Australia wohnt.»

«Ja, aber findest du es nicht trotzdem *merkwürdig*?»

«Warum eigentlich?»

«Vere! Das *Carlton*!»

«Um Himmels willen, Lila, sei doch nicht so krankhaft sentimental. Ich sitze hier oft mit Freunden bei einem Cocktail. *Daran* habe ich noch nie gedacht.»

«Ich bin eben nicht so kaltblütig wie du.» Lilas Blick glitt durch die marmorne Empfangshalle, hinweg über die Lampenschirme aus rosa Seide und Goldbrokat, und blieb an der mit Ahorn getäfelten Telefonzelle haften.

(«Wo steckst du denn, Sinden?» – «Im Carlton. Ich bin seit einer halben Stunde mit Logan Marriott verheiratet.»)

«Es ist irgendwie seltsam», sagte sie. «Als hätte uns Vanessa mit Absicht hierher gebracht. Ihr macht's natürlich nichts aus. Sie war ja damals weit vom Schuß, in London.» Lila schüttelte sich wie unter einem gespenstischen Anhauch. «Nein, mir gefällt das nicht. Hier hat das ganze Unglück angefangen, und nun sind wir wieder alle im Carlton versammelt.»

«Steht nicht irgendwo eine Flammenschrift an der Wand?» fragte Vere lachend.

«P.S.!» Lilas Stimme klang plötzlich scharf. «Lauf nicht herum. Du hast bei mir zu bleiben.»

Sie bemerkte, wie hingerissen er Vanessa anstarrte, die eben mit einem Gefolge von Pagen auf sie zukam.

«Tut mir leid, daß ihr warten mußtet», sagte Vanessa, «aber die Leute scheinen hier etwas vertrottelt zu sein. Und dieser gräßliche Akzent. Ich hatte das schon ganz vergessen. Also – *en avant*, wir können endlich hinauf.»

«Wo ist mein Süßer?» kreischte Vere. «P.S., komm her, mein Schätzchen. Denk mal, jetzt fahren wir alle in einem *Lift*!»

«Vere, pianissimo, bitte», mahnte Vanessa.

Ein betagter Fahrstuhl trug sie gemächlich nach oben, und sie betraten ein geräumiges Appartement. Vanessa schätzte die Zimmer mit einem raschen Blick ab und sagte: «Nun ja, es ist nicht das Ritz, aber ich denke, es genügt. Was meinst du, Ettie?»

«Ach, Liebste, wenn du zufrieden bist...» Ettie kramte ein paar Geldscheine aus ihrer Handtasche und verteilte Trinkgelder – unmoralisch hohe Trinkgelder, wie Lila fand. «Was wir jetzt am dringendsten brauchen, ist irgendein kaltes Getränk. Bitte, bestell doch Sekt für die armen durstigen Würmer.»

«Und für P.S.?»

«Orangeade», sagte Vere.

«Nein», widersprach Lila gereizt. «Limonade.»

«Bei *mir* trinkt er immer Orangeade», beharrte Vere.

«Ich glaube – haha – ich glaube, daß ich wohl am besten weiß, was ihm schmeckt.»

«Laßt ihn doch selbst entscheiden», warf Vanessa mit ihrer ruhigen Altstimme ein.

P.S. sah zu ihr auf. «Kann ich Ingwerbier haben?»

«Es heißt ‹darf ich› und ‹bitte›. Ja, du darfst.» Vanessa wandte sich den Pagen zu und erteilte ihre Befehle in einem Ton, der deutlich besagte: Ich erwarte, daß Sie dies alles bis aufs I-Tüpfelchen ausführen. Lila beobachtete sie und dachte: Erstaunlich, wie sie das macht! Aber sie war ja schon immer so selbstsicher, und da sie in England einen großen Haushalt geführt hat, ist sie an den Gehorsam von Dienstboten gewöhnt, die schlecht bezahlt werden und wahrscheinlich in keiner Gewerkschaft organisiert sind. Ganz so leicht wird sie's hier nicht haben – bei uns gibt es keine Klassenunterschiede, Gott sei Dank! Dafür sorgen anständige Leute, solche wie George. Arme Ness, du wirst dich wundern... Ach, was heißt hier ‹arme Ness›! Man braucht sie doch nur anzusehen – raffiniert angezogen und arrogant wie eh und je. Aber alles, was recht ist, sie sieht fabelhaft aus. Kein Mensch würde sie für sechsunddreißig halten. Ein paar Fältchen hier und dort, und ihr Kinn – nun ja, das war von jeher ein bißchen zu spitz. Möchte mal wissen , ob sie sich das Haar färbt. Immer noch das aparte Kastanienrot, wie Pater es hatte. Wir anderen sind alle mit dieser Karottenfarbe geschlagen. Und ich obendrein mit dem scheußlichen Muttermal über der Braue. Ness hat da natürlich wieder mal Glück gehabt. *Ihr* Muttermal ist winzig klein, wie ein Schönheitspflästerchen. Gott mußte sie von Anfang an besonders ins Herz geschlossen haben. Mit keiner von uns hat sie etwas gemein. War stets auf Abstand bedacht. Ich hab ihr nie nahekommen können, nicht mal in unserer Kinderzeit. Und wehe dem, der mit ihr aneinandergeriet! Wie damals, als ich den Fehler machte und Paters Zimmer abschloß. Der Blick in ihren Augen! Als wolle sie mich ermorden! Ich habe eine Todesangst ausgestanden. Aber was das betrifft – ich hatte eigentlich immer ein bißchen Angst vor ihr, und ich weiß heute noch nicht, warum.

«Geht's dir jetzt wieder besser, Lila?»

«O ja, Ness, danke. Viel besser. Zu dumm, daß ich dir solche Scherereien gemacht habe.»

Sie ist ja ganz freundlich – nach außen hin jedenfalls. Soll ich gleich offen mit ihr reden? Die Gelegenheit wahrnehmen, solange sich die anderen unterhalten? Sie lächelt so sonnig, und vielleicht wäre es günstig, sie jetzt in ruhigem, liebenswürdigem Ton zu fragen: Warum bist du eigentlich zurückgekommen, Ness? Was hast du vor?

Lila lächelte und klopfte einladend auf das Sofa neben ihrem Sessel, aber Vanessa hatte sich schon abgewandt und beteiligte sich an dem allgemeinen Gespräch. Ihrer Meinung nach verschandelte die neue Brücke den ganzen Hafen. Hatten die Amerikaner dieses Monstrum entworfen? Es sah so amerikanisch aus. «Nicht daß ich irgendwelche Vorurteile gegen die Amerikaner hätte, Agnes. In Europa haben wir einige kennengelernt, die sehr nett und wohlerzogen waren.»

Agnes brach daraufhin eine Lanze für Seattle, und bald überschnitten sich die verschiedenen Gespräche, verhäkelten und verwebten sich miteinander. Längst Versunkenes tauchte wieder auf – Maters Tod, das Jahr, in dem George für die Labour Party kandidierte, Agnes' Rückkehr aus Amerika, das Jahr, in dem Sindens Roman erschien, der Sommer, in dem Vere beinahe einen gewissen Gilbert Soundso geheiratet hätte...

Sie hatten sich inzwischen der Hüte und der Schuhe entledigt, lehnten bequem in Sesseln oder saßen auf harten vergoldeten Stühlchen und packten Vanessas Mitbringsel aus. Französische Handschuhe und italienische Schals für Lila und Agnes («Tausend Dank, Ness, genau das hab ich mir immer gewünscht!»). Eine florentinische Lederbrieftasche für George (der nicht mal eine Pfundnote bei sich hatte, um sie hineinzulegen, der arme, liebe Kerl). Für Vere gab es Parfum von Coty in einem türkisfarbenen Fläschchen (außerdem – aber das sah zum Glück nur Lila – ließ sie zwei Handtücher und einen Aschenbecher aus den Beständen des Carlton mitgehen). P.S. bekam eine französische Matrosenmütze mit rotem Pompon («Ist die nicht süß, Liebling?») und das Buch *Pu der Bär*.

Vanessa setzte sich neben ihn, als er darin blätterte. «Hoffentlich magst du Bücher.»

Lila, die ihre neuen Handschuhe anprobierte – natürlich waren sie eine Nummer zu klein –, antwortete rasch: «O ja, er ist sehr für Bücher, Ness. Das von Beatrix Potters, das du ihm geschickt hast, war gerade das Richtige für ihn.»

«Ich habe P.S. gefragt, Lila», sagte Vanessa ruhig und legte, sehr leicht, den Arm um seine Schultern. «Dies hier kennst du wohl noch nicht? Dann bin ich froh, daß ich es genommen habe. Magst du Peter Pan?»

«Wer ist Peter Pan?»

«Ein kleiner Junge, der niemals erwachsen wurde. Wenn du mal nach London kommst, mußt du dir sein Denkmal im Kensington-Garten ansehen. Aber inzwischen werde ich dir das Buch kaufen, und wir können es zusammen lesen. Würde dir das Spaß machen?»

«Ja.»

«Es heißt ‹ja, danke schön›», verbesserte Lila. «Haha, er ist zuerst immer ein bißchen schüchtern.»

«Das geht mir genauso», sagte Vanessa zu ihm.

Er lächelte mit niedergeschlagenen Augen.

«Wir müssen uns eben kennenlernen, nicht wahr, P.S.?»

Nicken.

«Was spielst du am liebsten?»

Lange Pause. «Ach, bloß so ... Ausgedachtes.»

«Ich auch. Wie wäre es denn, P.S., wenn du Cousine Ettie und mich mal besuchtest? Etwas länger als heute, meine ich.»

Heftiges Nicken. Er nickte so eifrig, daß Lilas Herz sich vor Eifersucht zusammenkrampfte und sie ihr ohnehin erhitztes Gesicht noch heißer werden fühlte.

Vanessa küßte ihn lächelnd auf die Stirn und stand auf, um sich dem Kellner zuzuwenden, der den Sekt brachte. «Wird ja auch Zeit», sagte sie. «Haben Sie etwa erst die Trauben auspressen müssen?»

Ihre kühle, fremdartige Stimme durchdrang Veres schrilles Geplapper und Etties Kichern. «Soll ich nicht gleich einen Imbiß bestellen, Ettie? Mögt ihr Hummer? Und Geflügelsalat? Gut, notieren Sie das bitte. Haben Sie auch *foie gras*? Ach so, Leberpastete nennt man das hier ... Klingt irgendwie unappetitlich. George, würdest du wohl einschenken? Ja, ich weiß, daß du nicht trinkst, aber heute, zur Feier des Tages ... Man wird dich schon nicht aus der Temperenzler-Liga hinauswerfen, nur weil du an einem Glas Sekt genippt hast. Also dann – auf euer Wohl!»

Sie tranken einander zu. Willkommen in der Heimat, Ettie! Willkommen zu Hause, Ness! Aber statt festliche Stimmung zu verbreiten, bewirkte der Sekt, daß sie sich plötzlich seltsam gehemmt fühlten. Sie nahmen ihre Zuflucht zu unaufrichtigen Komplimenten, verschanzten sich hinter nichtssagender Höflichkeit.

Natürlich, dachte Lila, wir erinnern uns eben alle daran, daß eine von uns fehlt. Wie anders sähe es hier aus, wenn sie dabei wäre! Dann würden wir uns nicht so stumm und verschüchtert unter Vanessas Zepter ducken. Wenn Sinden jetzt hereingestürmt käme, würden wir im nächsten Augenblick vor Lachen brüllen, und binnen fünf Minuten hätte sie dieser aufgeblasenen Vanessa allen Wind aus den Segeln genommen.

Lila trank einen Schluck von dem bereits lauwarmen Sekt und starrte auf den Teppich, durch dessen Rosen- und Rankenmuster sie ein Zimmer im unteren Stockwerk zu sehen glaubte, einen rosig erleuchteten Salon mit wohlgenährten Gips-Amoretten an den Wänden ... «Mrs. Marriotts Empfang ist im kleinen Salon, Madam.» *Mrs.* Marriotts Empfang? Das klang ja, als müßte Sinden für die Kosten aufkommen! Aber George sagte beschwichtigend: «Frag nicht danach, Lila, verdirb ihr die Freude nicht. Uns geht das schließlich nichts an.» Sie war empört. «*Meine* Schwester geht uns nichts an?» Drinnen wurde auf dem Klavier ein

Schlager getrommelt, und dann standen sie in einem heißen kleinen Raum, der voll von Sindens fremden Freunden war und noch voller wirkte, weil die fleckigen Wandspiegel alles vervielfachten und eine Menschenmenge vortäuschten, aus deren Mitte Sinden mit ausgebreiteten Armen auf die beiden zugestürmt kam.

«Lila, du Gute, da bist du ja! George!»

Sie trug einen verrückten Kopfputz aus Blumen und Spitzen, und der Saum des blauen Seidenkleides, das sie sich morgens in aller Eile zusammengestoppelt hatte, war hinten bereits aufgegangen. Alles nur geheftet, natürlich! Ihre Füße steckten in zierlichen blauen Sandaletten.

An die vielen Leute, die ihnen vorgestellt wurden, bewahrte Lila nur eine verschwommene Erinnerung. Sie sahen alle miteinander aus, als hätten sie sich bei einem Trödler eingekleidet. Im Hintergrund ertönte Veres schrilles Lachen. Irgendein ungeschickter Kerl goß Bier über Lilas Kleid, und dann – war es nicht gerade in dem Moment, als sie aufgeregt an ihrem Kleid herumrieb? – löste sich jemand aus dem Gewühl und kam auf sie zu, groß, ohne Eile, lässig.

«Das ist er», sagte Sinden.

Nun... kein Wunder.

Dieses Lächeln! Kein Wunder.

Selbst Lilas Groll geriet angesichts dieses Lächelns ins Wanken. Es mußte jeden überrumpeln. Es hatte auch Sinden überrumpelt.

«Hallo, Lila.»

Er hatte die gleiche heitere Beiläufigkeit wie Sinden, aber er verfügte auch über die Gabe, mit größter Aufmerksamkeit zuhören zu können und mit den Blicken zu sagen: Wie schön ist es, einem Menschen von so seltener Intelligenz zu begegnen. Bitte, schenken Sie mir Ihre Freundschaft.

Später hockten sie, eingequetscht zwischen Fremden, an einer Art Theke und tranken etwas Kühles, während Sinden und Logan erklärten, wie sie sich gefunden hatten. In Wirklichkeit erklärten sie jedoch überhaupt nichts. Sie schienen alle paar Minuten aufs neue zu entdecken, daß sie beisammen und sogar verheiratet waren; sie lachten, verstummten für kurze Zeit, ließen die Gespräche der anderen an sich vorbeiplätschern, und ihre Augen starrten gebannt auf das überirdische Wunder, das ihnen zuteil geworden war; sie umarmten einander, ohne sich zu berühren, und kehrten dann zögernd und widerwillig in die Gegenwart zurück. Wie bitte? Was hast du gesagt? Lila fühlte sich ausgeschlossen und im Vergleich zu den beiden geradezu unverheiratet; in dem strahlenden Glanz dieses jungen Glücks kam sie sich farblos wie eine Maus vor. Sie hörte längst nicht mehr zu, sondern beobachtete nur fasziniert das stumme Spiel der Hände, denn Sinden und Logan hatten genau die gleiche Art, fortwährend Linien in die Luft zu zeichnen.

Gelegentlich sickerten ein paar Worte in ihr Bewußtsein.

«Und dann sagte mein hinreißender Logan...»

«Aber meine impulsive Sinden erklärte...»

«Ach, du hast ja das Schönste ausgelassen ...»
«Nein, das hast *du* gesagt.»
«Wirklich? Ich dachte, du.»
«Wir kippten beinahe aus dem Wagen, als ...»

Wir. Wir – darauf lief alles hinaus, auf das wunderbare, berauschende Wir. Was sie erzählten, war ganz unwesentlich. Es ging um irgendwelche verlorenen Schuhe und eine mitternächtliche Droschkenfahrt zu einem Lokal, wo es Austern gab.

Sogar George lachte, aber Lila hatte die Pointe verpaßt. Sie wischte wieder an ihrem bierbefleckten Kleid herum, bis diese seltsame kleine Pony Wardrop (hatte Sinden sie nicht als *Miss* Wardrop vorgestellt? Wie konnte sie dann so verdächtig nach anderen Umständen aussehen?) ihr Glas schwenkte und schrie, jetzt müßten sie alle auf den fünften Gedenktag trinken.

Lila horchte auf. «Gedenktag?»

«Unserer ersten Begegnung», erklärte Sinden.

«Ach, habt ihr euch vor fünf Wochen kennengelernt?» fragte Lila.

Sie brach in schallendes Gelächter aus. «Vor fünf Tagen», riefen sie wie aus einem Munde, und als sie Lilas bestürzte Miene sahen, legten sie von rechts und links den Arm um sie und versicherten: «Aber es waren fünf welterschütternde Tage, Lila.» Für sie schien das ganz natürlich zu sein – zweifellos hätten sie es unvorstellbar spießig gefunden, erst nach reiflicher Überlegung zu heiraten –, und Lila, die auf beiden Gesichtern den gleichen Ausdruck heiterer Unschuld wahrnahm, sagte sich im stillen: Wie ähnlich sie einander sind.

Alles innere Sträuben nützt nichts. Gegen ihren Willen taute Lila von Sekunde zu Sekunde mehr auf, schmolz dahin, lächelte, und als Logan einmal ihren Arm drückte und ihr zublinzelte, kapitulierte sie vollends und beteuerte immer von neuem, wie sehr sie sich mit ihnen freue und wie fest sie darauf vertraue, daß er gut für ihre klein Sin sorgen werde.

Er schien erstaunt, daß sie es für nötig hielt, etwas so Selbstverständliches zu erwähnen, und begnügte sich mit einem flüchtigen Nicken, als hätte sie eine Bemerkung über das Wetter gemacht. Im nächsten Moment war die Unterhaltung bereits auf Lilas berühmtes Curry-Ragout umgeschwenkt. «Keiner kocht das so wunderbar wie Lila», schwärmte Sinden. «Mir läuft das Wasser im Mund zusammen, wenn ich nur daran denke.» Auch Logan lief das Wasser im Mund zusammen, er gehörte schon ganz zur Familie, und Lila, rot vor Vergnügen, gab ihr Küchengeheimnis preis: «Ach, es liegt nur am Ingwer, und manchmal tue ich noch ein paar kernlose Rosinen hinein.»

Da waren sie aber schon bei etwas anderem; sie wechselten immer wieder das Thema, und alles, alles kreiste um einen einzigen leuchtenden Punkt: sie selbst. Lila sank angesichts dieses ungeheuren Glücks in hilflose Lethargie zurück, aus der sie sich nur noch einmal aufraffte, um im Schutze des lauten Stimmengewirrs eine hastige, geflüsterte Frage zu stellen.

«Sin, was ist mit Ernest? Weiß er es?»
«Natürlich.»
«Ich meine ... Ist er nicht sehr unglücklich?»
«Aber Lila, Ernest und ich *lieben* einander!»
Punkt und aus.

Völlig sinnlos, dieses Mädchen irgend etwas zu fragen – Mater hatte immer gesagt: «Aus Sin bekommt ihr doch nichts heraus, verwendet euren Atem lieber dazu, auf das heiße Porridge zu blasen.» Außerdem entschlossen sich die beiden gerade in diesem Moment zum Aufbruch. Sie fuhren hoch, rissen Stühle um, verabschiedeten sich hastig – höchste Zeit, Liebling, höchste Zeit, tausend Dank allerseits, klar, wir bleiben in Verbindung ... Freigebige Abschiedsküßchen, wie auf einer Kindergesellschaft. Geräuschvoller Abmarsch die Marmortreppe hinunter, Vere bei Logan eingehakt, so daß Conchita Ewers, dieses ordinäre Riesenweib, mit dröhnender Stimme fragte: «Machen die etwa ihr Hochzeitsreise zu dritt?» Dann, auf der Straße, gab es ein großes Geschrei, weil Sinden natürlich ihren Koffer vergessen hatte, und irgendwer rannte zurück und holte ihn – ein jämmerlicher Koffer für eine Neuvermählte, mit baumelndem Griff, bis zum Platzen vollgestopft mit ihrer gesamten irdischen Habe. Und wo war Logan? Fort, spurlos verschwunden. «Er hat dich schon sitzenlassen!» jauchzten die Freunde, und ein Konfettiregen ergoß sich über Sinden, die mit ihrem schäbigen Koffer und dem hängenden Rocksaum an der Bordschwelle stand. Während Lila in ihrer Handtasche nach Sicherheitsnadeln suchte, erhob sich von neuem ein Jubelgeschrei, und Logan fuhr in einem wackligen Einspänner vor. Als er die Hand ausstreckte, um seiner jungen Frau in den Wagen zu helfen, sagte Sinden noch rasch zu Lila: «Verstehst du's nun? *Muß* man einen solchen Mann nicht heiraten?» Alles gut und schön – aber warum dieser uralte Einspänner? Warum nicht ein normales Taxi? Das Ding mußte ja zusammenbrechen, bevor sie dort ankamen, wo sie hinwollten. «Herrje, das ist doch gerade der Witz», sagte George. «Du hörst eben nie richtig zu. Sie haben's vorhin lang und breit erzählt – es ist *ihr* Einspänner, mit dem sie in der Nacht, in der sie sich kennenlernten, zu Tom Uglys Kneipe gefahren sind ... Du hörst eben nie richtig zu», wiederholte George. Daraufhin hielt Lila den Mund und blickte nur mißbilligend dem alten Klapperkasten nach, der durch die Castlereagh Street holperte und den Verkehr so sehr behinderte, daß ärgerliche Autofahrer laut auf «das verdammte Ding» schimpften. Wie peinlich! Was würden die Leute denken?

«Ein kluger Bursche», meinte George. «Der wird's noch weit bringen.»

«Mag sein», murmelte Lila, während die alte Droschke um die Ecke bog, «aber ich möchte doch wissen, wer diesen sogenannten Empfang bezahlt hat.»

Lila starrte noch immer auf die Straße, als irgend jemand sie etwas fragte – sie fing nur das Wort «Magen» auf. «Wie bitte?»

«Ich meine, ist dein Magen wieder so weit in Ordnung, daß du Hummer essen kannst?» Vanessa stand mit einem Teller vor ihr.

Richtig ... «Oh, vielen Dank, Ness. Ich habe geträumt – entschuldige. Ah, Hummer! So was gibt's bei uns nicht alle Tage. Wie nett, daß wir wieder zusammen sind. Na, das gefällt dir wohl, P.S., wie?»

Vanessa tat alles, was sie tat, ohne Eile. Wenn sie sich eine Zigarette anzündete, machte sie einen tiefen Zug, ließ das Streichholz brennen, bis das Flämmchen fast ihre Finger erreichte, brachte es dann zum Erlöschen, indem sie eine bläuliche Rauchwolke ausstieß. Auch ihr Lachen war langsam, ganz anders als Veres spitzes Aufkreischen. Es fing in ihrer Brust an, stieg allmählich in die Kehle und perlte dann leicht und silbrig wie Sodawasser aus ihrem Mund – ein angenehm klingendes Lachen, das ihr Gesicht erhellte und Fünkchen in den sonderbaren grünen Augen aufglimmen ließ.

Sie sprach auch langsam und gebrauchte wunderschöne Wörter, die P.S. nicht verstand, wie «evident» und «positiv» und «artifiziell». Wenn sie in einem Sessel saß, dann stets in anmutiger Haltung, die langen Beine übereinandergeschlagen; die eine Schuhspitze bewegte sich unablässig, wie das Schwanzende einer Katze, und ihre Finger spielten mit der Halskette oder tasteten nach dem schweren, dunkelroten Haarknoten, als wollte sie sich vergewissern, daß er noch da war.

Ihn aber, P.S., schien sie völlig vergessen zu haben. Sie redete jetzt nur mit den anderen, immer über seinen Kopf hinweg, so daß er sich Vorwände ausdenken mußte, um an sie heranzukommen und ihren Blick auf sich zu ziehen. Vergebens – sie beachtete ihn gar nicht und sprach kein Wort mit ihm. Nur einmal sagte sie in ziemlich scharfem Ton: «Paß doch auf! Du wirst dich an meiner Zigarette verbrennen.»

Sie stellte viele Fragen, wandte sich an alle außer an ihn. «George, was für Aufgaben hast du eigentlich in der Handelskammer? Oh, ihr entscheidet über Beschwerdefälle. Gibt es denn so was noch bei all der Arbeitslosigkeit?» – «Und wie steht's mit dir, Agnes? Ach, sieh mal an! Ja, weißt du, ich bin eine ungläubige Seele und lese grundsätzlich keine Traktätchen. Oh, *du* hast es geschrieben, nun, das ist etwas anderes. Sehr zugkräftiger Titel, nicht wahr?» – «Vere, wie stellst du's nur an, unter diesen Bedingungen nicht zu verhungern?»

Alle bemühten sich ganz offensichtlich um ihre Gunst, besonders Lila, die zu allem lachte, was Vanessa sagte, ob es nun komisch war oder nicht, aber es war jenes Lachen, das sie nur dann hören ließ, wenn sie sich gar nicht amüsierte, und das meistens mit dem Ausruf «Nein, so was!» endete. Einmal sagte Vanessa: «Erlaube mal, Lila, das ist mein voller Ernst», worauf Lila hastig beteuerte: «Ich weiß, Ness, ich weiß. Du lieber Himmel, so habe ich's doch gar nicht gemeint!»

Dann schrie Vere plötzlich auf – o Gott, es war ja schon nach vier, und sie hatte eine Verabredung. «Nein, leider ist er alles andere als nett, aber immerhin springt dabei eine Gratismahlzeit heraus.»

Nun brachen sie alle auf, und P.S. hörte Lila fragen: «Wie ist denn das, Ness ... Wann sprechen wir mal über die Sache?»

«Ach, ich weiß nicht», antwortete Vanessa, ohne den Blick von ihrem Streichholz zu wenden. «Es hat ja keine Eile. Zuerst müssen wir uns nach einem Haus umsehen.»

«Hast du unsere Telefonnummer?»

«Ihr steht doch im Buch, nicht wahr? Schön, ich rufe dann an. Auf Wiedersehen, Lila. Auf Wiedersehen, George. Freut mich, daß ich euch so wohl und munter angetroffen habe. *Au revoir*, Vere, und sprich draußen bitte ein bißchen leiser. Alles Gute, Agnes.»

Cousine Ettie beugte sich zu P.S., um ihm einen feuchten Abschiedskuß zu geben. Dann schoben sich alle zur Tür, noch immer schwatzend und lachend, während Vanessa an der Wand lehnte und ihnen zunickte; sie sah jetzt sehr gelangweilt aus und schien froh zu sein, daß sie endlich gingen.

Würde sie denn gar nichts mehr zu ihm sagen?

Er war, von Lila gezogen, schon halb aus der Tür, als er stehenblieb und Vanessa höflich die Hand hinstreckte. Sie blickte ihn an, als müßte sie erst überlegen, wer er war.

«Oh – P.S.», sagte sie dann. «Auf Wiedersehen.»

Sie reichte ihm die Hand, er murmelte einen Abschiedsgruß, und die Tür schloß sich hinter ihm.

Auf dem Weg zum Lift sagte Lila zu George: «Nicht ein Wort. Nicht die kleinste Andeutung. Ist sie nicht eine merkwürdige Person?»

P.S. sah zu ihr auf und zupfte sie am Ärmel. «Lila, warum hat mich Vanessa nicht zu sich eingeladen?»

«Keine Bange, das kommt noch», erwiderte Lila und kniff die Lippen zusammen.

Vanessa schloß die Tür. «Gott sei Dank, *das* wäre überstanden!»

Ohne Ettie zu beachten, die sich wieder gesetzt hatte und offensichtlich auf ein gemütliches Schwätzchen hoffte, ging sie rasch ins Schlafzimmer hinüber, zog die Schuhe aus und legte sich auf das Bett.

Nach einer Weile hörte sie Etties wohlbekanntes leises Trällern, das ihr sagen sollte: Wie du willst – ich kann warten. La – lala – lala. Schritte auf dem knarrenden Parkett, hin und her, Papiergeraschel. Laß dir nur Zeit, bedeutete das.

Aber Ettie war wie ein steuerloses Boot, solange sie sich nicht nach der Meinung eines anderen richten konnte; sie wünschte nichts sehnlicher, als auf geraden Kurs gebracht zu werden. Das Geträller bekam einen verzweifelten Unterton, das Parkettknarren näherte sich, und schließlich stand Ettie auf der Schwelle, zögernd, unsicher, mit glitzerndem Brillantherzchen, nervös flatternden Händen und ängstlichem Lächeln.

«Hast du dich hingelegt, Liebes?»

«Nein, ich hänge am Kronleuchter, wie du siehst.»

«Oh, Ness ... Bist du müde? Oder ärgerlich?»

Vanessa bedeckte die Augen mit dem Unterarm, um Etties Bild auszulöschen, seufzte und ließ sie warten.

«Ness ...?»

«Ja?»

«Es sind nette Menschen, nicht wahr?» Das war keine Feststellung, sondern eine zaghafte Frage.

Vanessa nahm langsam den Arm von den Augen. «Begreifst du jetzt endlich, Ettie, warum es so wichtig für mich war, zurückzukommen und mich um dieses Kind zu kümmern?»

«Ja, Ness.»

«Das freut mich.» Vanessa erhob sich, nahm vor dem Toilettentisch Platz und zog die Nadeln aus ihrem Haar, um es mit langen, harten Strichen zu bürsten. Im Spiegel sah sie, daß Ettie hinter ihr stand und gedulig wartete. Plötzlich ließ sie die Bürste sinken und sprach das aus, was ihre Gedanken beschäftigte. «Er ist wie Logan.»

Nach zwei Wochen war Lilas Asthma schlimmer denn je, und sie konnte nicht anders – sie mußte zum Telefon greifen, um sich Erleichterung zu verschaffen.

Das Carlton Hotel meldete sich.

«Mrs. Bult, bitte.»

«Bult? Einen Moment, ich verbinde.» Leises Knacken in der Leitung, und dann eine nervöse Kinderstimme: «Ja, hallo?»

«Ettie? Hier spricht Lila.»

«Ah, du Liebe. Wie süß von dir, daß du anrufst – bei dieser gräßlichen Hitze. Wie geht es dir?»

«Danke, gut.»

«Und dem goldigen Kleinen?»

«Danke, auch gut. Könnte ich wohl Vanessa sprechen?»

«Aber natürlich, Liebes. Einen Augenblick, bitte. Ness? Ness? Bist du noch im Bad? Lila ist am Telefon. Kannst du mal kommen?»

Gemurmel, Geflüster. Dann die beherrschte Altstimme: «Hallo?»

«Bist du's, Ness?»

«Ja. Wie haltet ihr's bloß in dieser Hitze aus? Ist hier im Januar immer so eine Glut? Ich kann mich gar nicht mehr erinnern.»

«In diesem Jahr ist es besonders schlimm, glaube ich. Kein Buster und ...»

«Kein was?»

«Buster. Südwind – du weißt doch. Der angenehme kühle Südwind, der abends aufkommt.»

«Ach, richtig. Der Buster aus dem Süden. Klingt wie ein Filmtitel.»

«Merkwürdig, im vorigen Sommer wehte er eigentlich jeden Abend, und diesmal merkt man überhaupt nichts davon. Das heißt, vor ein paar Wochen, kurz vor Weihnachten ...»

«Entschuldige, Lila, meine Zeit ist bemessen.»

«Natürlich, natürlich ... Ja, weißt du, Ness, ich dachte ... Also ich war ein bißchen in Sorge, weil wir so gar nichts mehr von dir gehört haben. Du hättest doch wirklich mal anrufen können, gestern abend habe ich noch zu George gesagt ...»

«Tut mir leid, daß du gewartet hast. Aber ... Moment, ich will mir nur eben eine Zigarette anzünden, geht schlecht mit einer Hand. So. Ja, du mußt das verstehen, wir waren die ganze Zeit auf der Suche nach einem Haus, sind herumgelaufen wie die Verrückten, immer ohne Erfolg. So was Unfähiges wie diese Australier ... Ich will ja nicht gehässig werden, aber zu Hause – ich meine, in England – tun die Agenten wenigstens was für ihr Geld. Wirklich, Lila, dieser Schlendrian hier kann einen zum Wahnsinn treiben! Immerhin haben wir jetzt endlich das Richtige gefunden. Ein hübsches, geräumiges Haus in Point Piper. Wir können es langfristig mieten, weil die Besitzer für zwei Jahre nach England gehen, die Glücklichen. Hallo, bist du noch da?»

«Ja.»

«Ich dachte, wir wären unterbrochen worden, weil du gar nichts sagtest.»

«Ich überlege nur, Ness. Sieh mal, P.S. muß nun bald wieder in die Schule ...»

«Wieso, geht er denn schon zur Schule?»

«Nun ja, in die Vorschule – so eine Art Kindergarten. Du weißt doch, wie das bei uns ist. In die *richtige* Schule kommt er natürlich erst nächstes Jahr.»

«Aha.»

«Ness, meinst du nicht, daß wir verschiedenes besprechen müssen?»

«Ja, aber nicht in Gegenwart des Jungen.»

«Willst du ihn denn gar nicht sehen?»

«O doch. Grüß ihn schön von mir.»

«Wann kannst du mal kommen? Oder soll ich dich lieber im Hotel besuchen?»

«Nein, ich würde mir doch sehr gern euer Haus ansehen.»

«Wie wär's mit morgen?»

«Morgen? Moment, da muß ich erst meinen Notizkalender holen. Ach, Ettie, gibst du mir bitte das kleine rote Buch rüber – nein, das andere, in rotem Maroquin. Ja, das ist es, danke. Entschuldige die Unterbrechung, Lila. Hm ... Nein, morgen geht's leider nicht. Da muß ich den Mietsvertrag unterschreiben.»

«Donnerstag?»

«Donnerstag ... ja, das ginge eher. Abends sind wir zwar eingeladen, bei irgendwelchen alten Freunden von Ettie, aber tagsüber hätte ich Zeit.»

«Gut, dann also Donnerstag. Komm doch zum Dinner.»

«Ich habe nur *tagsüber* Zeit, Lila. Spätestens um fünf muß ich zurück sein.»

«Haha, ich spreche ja vom Mittagessen. Wir sagen dazu Dinner.»

«Tatsächlich? Und wie nennt ihr das Abendessen?»

«Tee.»

«Tee ... Wie verwirrend! In London wird der Tee zwischen vier und fünf serviert, und die Abendmahlzeit heißt Dinner, außer sonntags, da heißt sie Supper. In der Woche wird diniert, und am Sonntag soupiert man. Gut, ich werde also am Donnerstag zum *Lunch* kommen.»

«Ja, zum Lunch. Und jetzt will ich dir noch rasch den Weg beschreiben. Die Fähre bringt dich vom Circular Quay nach Neutral Bay, und dann steigst du in die Straßenbahn nach ...»

«Viel zu umständlich, Lila. Da finde ich mich niemals zurecht. Ich nehme einfach ein Taxi.»

«Oh. Das wird ziemlich teuer werden, aber ...»

«Lila, bist du erkältet? Du sprichst so komisch.»

«Nein, nein, es ist nur mein Asthma.»

«Himmel, hast du das immer noch?»

«Ja, aber nicht mehr so oft.»

«Armes Ding. Entsetzlich. Jetzt fällt's mir wieder ein.»

Bevor sich Vanessa an diesem Abend zum Dinner umkleidete, öffnete sie ihre schwarze Aktentasche, zog einen Schnellhefter heraus und blätterte darin, bis sie den Brief fand, den sie suchte.

The Laurels (auch Wartesaal genannt), 25. Oktober 1927

Liebste Ness,

das reizende Babykleidchen und das Häubchen kamen gestern an und vertrieben meine schwarzen Gedanken. Auch P.S. schien sich zu freuen, denn er zappelte ganz gewaltig. Ich hatte direkt Hemmungen, die Schachtel aufzumachen, sie sah so hübsch und ordentlich aus, genau wie Du. *Aber wo bleiben meine Kinder?* P.S. scheint zwar munter und lebenslustig zu sein, weigert sich aber beharrlich, ans Licht zu kommen. Allerdings haben sie mich so viel Öl schlucken lassen, daß er wohl bald auf seinem kleinen Po in dieses Jammertal rutschen wird. Bei dem Gedanken, was aus uns dreien werden soll, bin ich manchmal der Verzweiflung nahe. Ness, wenn Logan auf Gold stößt – er behauptet, es könne jeden Tag soweit sein –, dann kommen wir alle nach England und nisten uns bei dir und Ettie in Eurem riesigen Haus ein, das Du so verlockend geschildert hast. Sei also auf der Hut! Ich sehne mich jetzt oft nach Dir und Deinem bewundernswerten Organisationstalent. Unter Deiner Leitung wäre die Sache mit dem Turm von Babel bestimmt nicht schiefgegangen. Wenn ich erst eine reiche Frau bin, werde ich Dich aus Etties Armen reißen, und dann führst Du meinen Haushalt und erziehst meine Bälger, während ich *den* großen australischen Roman schreibe. Ich habe ja schon immer gesagt: Ich kriege die Kinder, und Ness wird sie erziehen. Mein Buch verkauft sich wie alte Semmeln; um die Kasse ist es also nach wie vor kläglich bestellt. Aber ich gebe mir Mühe, nicht an kommendes Unheil zu denken, weil man es damit bekanntlich heraufbeschwört. So etwas darf sich nur Lila erlauben. Ich telegrafiere Dir die frohe Botschaft, sobald ich aus dem Kreißsaal gerollt werde. Logan, mein Fünfminutenmann, ist irgendwo im Norden; er leidet Höllenqualen (schreibt er), weil er in meiner schweren Stunde nicht bei mir sein kann, aber der Vormann ist verunglückt, und er *mußte* für ihn einspringen. Ach, Ness, ich wünschte ... (Hier waren einige Worte unleserlich gemacht worden.) P.S. strampelt eben wieder heftig, um mitzuteilen, daß er seine Lieblingstante und Cousine Ettie im fernen London grüßen läßt.

Deine Sinden

Die Schwestern saßen auf der Hinterveranda im Schatten, benommen von der Hitze und Lilas nahrhafter Hausmannskost.

Über ihnen, in dem weißlichen Dunst, ertönten die klagenden Rufe der Regenpfeifer.

«Hörst du?» fragte Lila.

«Ja, scheußliche Biester», erwiderte Vanessa. «Dieses Jammergeschrei ist mir von jeher auf die Nerven gegangen.»

«Mir auch. Ich habe immer das Gefühl, daß sie ... irgend etwas prophezeien.»

«Regen.»

«Ja, aber nicht nur Regen ... Sinden sagte oft, sie schrien wie die Seelen der Verdammten. In dieser Beziehung war sie abergläubisch.» Lila beugte sich vor und berührte Vanessas Knie. «An jenem Tag ... in der Klinik ... hat sie sie vor dem Fenster schreien hören.»

Das war, wie Lila fand, eine recht geschickte Überleitung. Vanessa aber starrte in die Ferne, als hätte sie etwas Ungewöhnliches am Horizont entdeckt.

«Sie lag in den Wehen», fuhr Lila fort, «und hörte immerzu die Regenpfeifer. Einmal sagte sie zu mir: ‹Lila, mach diesen verflixten Vögeln doch klar, daß es sich nicht um ein Begräbnis handelt, sondern um eine *Geburt.*› – ‹Liebling›, antwortete ich, ‹sie kündigen ja nur einen schönen, erfrischenden Regen an.› Darauf flüsterte sie: ‹Wenn Logan hier wäre, könnten sie meinetwegen alle in einer Reihe auf der Bettkante sitzen und *Waltzing Matilda* pfeifen.› Wenig später wurde sie in den Kreißsaal gebracht. Ach, Ness, alles schien gut zu gehen. Das Kind kam um sieben Uhr abends, und der Arzt sagte uns, es sei ein gesunder Junge, und wir brauchten uns nicht zu sorgen, Sinden schliefe jetzt, und es hätte wirklich keinen Zweck, daß wir noch länger in der Klinik blieben. Ich erinnere mich, daß wir auf dem Heimweg an dich und an Agnes telegrafiert haben. Wir waren kaum zu Hause, als ein furchtbares Gewitter losbrach, und ich dachte an die Regenpfeifer und ... Ness, ich weiß nicht, wieso, aber ich hatte plötzlich das sichere Gefühl, es sei etwas passiert. ‹George›, sagte ich, ‹mir läßt es keine Ruhe, ich *muß* die Klinik anrufen.› Wir hatten damals noch kein Telefon, und ich wollte gerade zu

Miss Gulf hinübergehen, da kam sie mir schon mit der Botschaft entgegengerannt, daß wir sofort in die Klinik kommen sollten. Und als wir dort eintrafen, sagte uns der Arzt ohne Umschweife: ‹Mrs. Marriott liegt im Sterben.› Sie hat uns nicht mehr erkannt, Ness. Sie umklammerte meine Hand und fragte immer wieder: ‹Wo ist er?› Ich wußte nicht, wen sie meinte, Logan oder ihren kleinen Jungen, und so antwortete ich nur: ‹Er kommt gleich, Liebling ...› Aber da war sie schon hinübergegangen, ganz einfach erloschen wie ein Licht.»

Lila stand auf und griff nach der Teekanne. «Noch eine Tasse, Ness?»

«Danke, nein.»

Lila setzte sich und rührte in ihrer Tasse.

«Du hast wohl gehört», sprach sie weiter, «daß er nicht zum Begräbnis gekommen ist. All die Jahre war er kein einziges Mal in ihrem Gärtchen.»

«In welchem Gärtchen?»

«Auf dem Friedhof. Wir nennen das Grab ‹Muschis Gärtchen›.»

Vanessa schlug die Beine übereinander und betrachtete ihre Schuhe.

«Glaubst du, daß *ihr* diese Bezeichnung gefallen hätte?» fragte sie nach kurzem Schweigen.

«Ach, weißt du, uns geht es dabei um P. S.», erklärte Lila. «Für ihn soll das Grab ein hübsches Gärtchen mit Blumen sein, keine Stätte der Trauer. Er versteht doch das alles noch gar nicht.»

«Natürlich nicht. Und da er sie nie gekannt hat, wäre es für ihn ohnehin keine Stätte der Trauer.» Vanessa lachte plötzlich auf. «Muschis Gärtchen ... Ich muß schon sagen, Lila, das könnte aus einem der rührseligen Romane von Ella Wheeler Wilcox stammen. Nebenbei bemerkt, halte ich es für grundverkehrt – entschuldige meine Offenheit –, ihn mit solchen Sentimentalitäten zu füttern. Er bekommt ja ein ganz falsches Bild von seiner Mutter.»

Lila preßte beleidigt die Lippen zusammen. Der Ärger über die Zurechtweisung verlieh ihr Mut.

«Vanessa –» sie sprach in dem feierlich ernsten Ton, dessen sie sich bei Hochzeiten, Beerdigungen und dem Vaterunser bediente – «George und ich waren sehr erstaunt über deinen Brief.»

Vanessa antwortete nur mit einem ruhigen Blick. In der Tiefe ihrer grünen Augen schien die leise Belustigung eines Erwachsenen zu flakkern, der es mit einem widerspenstigen Kind zu tun hat. Lila sah ihr eigenes Spiegelbild in Vanessas Pupillen und dachte: Nein, meine Liebe, mich kannst du mit deinen großen Unschuldsaugen nicht dumm machen – wir müssen die Sache ins reine bringen, und das werden wir tun, jetzt und hier!

Sie rückte ihren Stuhl etwas näher an Vanessa heran, zum Zeichen, daß sie den Kampf als eröffnet betrachtete.

«Außerdem», fügte sie hinzu, «bin ich erschüttert, daß Ernest Huxley, der doch Sindens bester Freund war, sich jetzt gegen sie stellt.»

«Gegen sie stellt? Wieso?»

«Für mein Gefühl ist es ein Verrat an ihrem Andenken, daß er sich bereit erklärt hat, die Vormundschaft an dich abzutreten. Sinden hat ausdrücklich Ernest und mich als Vormünder bestimmt, und sie wünschte, daß P.S. bei George und mir aufwachsen sollte. Diese Anordnung hätte weder von dir noch von irgend jemand anderem durchkreuzt werden dürfen.»

Vanessa stieß einen Seufzer aus und betrachtete ihre Fingernägel.

«Es hat damals viel Mühe und viel Schreiberei gekostet», fuhr Lila fort, «bis die Vormundschafts-Urkunde genau nach Sindens Wünschen ausgefertigt war, und Ernest hat *allen* Vereinbarungen zugestimmt.»

Nach einer Pause, in der nur das durchdringende Zirpen der Heuschrecken zu hören war, sagte Vanessa: «Würdest du mir bitte meine Handtasche reichen?»

Lila gab ihr die schwarze Krokodilledertasche. «Wenn Ernest nicht gewillt ist, sich an eine einmal getroffene Vereinbarung zu halten...»

«Einen Moment, Lila.»

Vanessa griff in die Tasche, holte einen Brief heraus, überflog ihn und legte ihn dann mit einer unerwartet raschen Bewegung vor Lila hin.

«Was ist denn das?» fragte Lila, bestürzt über das triumphierende Lächeln der Schwester. Sie erkannte Ernests aristokratische Handschrift.

Liebe Vanessa,

Sie haben mich gebeten, meine Gedanken schriftlich niederzulegen, und das fällt mir, wie ich gestehen muß, nicht ganz leicht. Gewisse Empfindungen vermag ich nicht einmal vor mir selbst in Worte zu fassen. Aber wie dem auch sei – nach unserem gestrigen Gespräch und Ihrer Mitteilung, daß Sie in Kürze nach Australien zurückkehren werden, bin ich mehr denn je überzeugt, daß Sie die einzige wirklich geeignete Person sind, meinen Teil der Vormundschaft zu übernehmen und dem Ehepaar Baines die Last zu erleichtern, die diese beiden nun schon sechs Jahre lang tragen. Sie, liebe Vanessa, verfügen über die Mittel, den Kleinen zu fördern, während ich leider nichts für ihn tun kann. Sindens Anordnung war von vornherein undurchführbar, denn sie wußte ja von meiner Absicht, in die Vereinigten Staaten überzusiedeln. Ich hätte niemals zulassen dürfen, daß man mich als Mitvormund einsetzte. Aber Sindens Brief erreichte mich erst einen Monat nach ihrem Tode, und wie hätte ich mich dieser postumen Bitte verschließen können? Meine Einwilligung wurde von Gefühlen diktiert, die mich damals bewegten. Jetzt aber geht es um die Zukunft des Jungen. Sollte es Ihnen gelingen, Logan Marriott in Australien ausfindig zu machen, so wäre es zweifellos das beste, wenn Sie unverzüglich die rechtsgültige Übertragung meiner Vormundschaft auf Sie in die Wege leiteten, möglichst solange ich noch in London bin. In Anbetracht Ihrer genauen Kenntnis der Situation überlasse ich es Ihnen, Logan Marriott und Lila klarzumachen, daß diese Neuordnung für alle, besonders für das Kind am vorteilhaftesten ist.

Mit den besten Grüßen, auch an Mrs. Bult, verbleibe ich

Ihr ergebener
Ernest Huxley

Lila blickte von dem Brief auf und glaubte für einen Moment, Ernest zu sehen, der unter dem Birnbaum stand, die Pfeife im Mund, und Sinden, in Khaki-Shorts und einem Männerhemd, kroch durch das Loch in Mrs. Grindels Zaun, rannte auf ihn zu, und er hob sie, trotz ihrer lachenden Proteste, wie ein Kind hoch in die Luft...

Das Bild zerfloß in der flimmernden Hitze, als Vanessa sagte: «Ein sehr ehrlicher und klarer Brief, nicht wahr?»

«Staubtrocken», erwiderte Lila. «Typisch Ernest. Kein Wort über seine Gefühle für Sin und ob er ihr je verziehen hat.»

«Ich finde, das steht deutlich genug zwischen den Zeilen.»

«So?»

«Was erwartest du von ihm? Eine Hymne in Versen?»

«Sinden hat Ernest sehr gern gehabt.»

«Ja, das ist anzunehmen», bestätigte Vanessa.

«Sie liebte ihn. Sie liebte alle Menschen.»

«Eben, das war ja gerade ihr Unglück.»

Lilas Stimme rutschte unversehens eine Oktave höher. «Nie wieder werden wir ihresgleichen finden!»

«Also, Lila, um sachlich zu bleiben: Es gibt Millionen Menschen, die so sind wie sie, besonders was das ungeordnete Gefühlsleben betrifft.»

«Ich möchte dich bitten, in meinem Hause nicht in diesem Ton von ihr zu sprechen.»

«Lila, du keuchst schon wieder. Beruhige dich. Auch ich habe Sinden geliebt, das weißt du. Aber du mußt doch zugeben, daß sie keinerlei praktischen Sinn hatte und ihr Leben lang nur Schmetterlingen und Phantasiegebilden nachgejagt ist.»

«Trotzdem hat sie eine Menge erreicht, und alles aus eigener Kraft. Sie ist immerhin eine berühmte Schriftstellerin geworden.»

«Sagen wir: eine bekannte. Aber darum geht es ja gar nicht. Ich spreche davon, daß sie, um etwas zu erreichen, dauernd Kontakte mit anderen Leuten suchen und sich überall anbiedern mußte.»

Ja, dachte Lila, da hat sie recht, aber ich werde mich hüten, *ihr* gegenüber das zuzugeben.

«Merkwürdigerweise», fuhr Vanessa fort, während sie sich eine Zigarette anzündete und das Streichholz brennen ließ, bis es ihr fast die Fingerspitzen versengte, «merkwürdigerweise hat Sinden sich nie um die Wesensart anderer Leute gekümmert. Sie liebte sie, und damit basta. Da sie gegen Fehler und Mängel blind sein *wollte*, trug sie stets Scheuklappen und führte auf diese Art ein sehr glückliches, wenn auch ziemlich verschwommenes Leben. Ettie macht es genauso. Sie sieht sich die

Leute nie richtig an, und daher findet sie alle reizend. Nun gut, jeder hat seine Methode, mit dem Leben fertig zu werden. Vere borgt sich ihres von anderen. Agnes erträgt ihr Dasein nicht, und daher betet sie, daß mit Gottes und Doktor Soundsos Hilfe das Ende der Welt kommen möge. Sinden hat einfach ihre Gefühle auf andere Menschen übertragen und sich eingeredet, daß *sie* so fühlten.»

«Bist du fertig?»

«Ja.»

«Vielen Dank.»

«Ist das da drüben ein Waratah-Strauch?»

«Ja, aber er hat schon lange nicht mehr geblüht.»

«Wird wohl am Boden liegen.»

«Wir haben ihn aus dem alten Garten mitgebracht. Vermutlich ist ihm das Umpflanzen nicht bekommen.»

«Lila, ich habe noch eine Frage. Warum hat Sinden wohl damals an Ernest geschrieben und ihn gebeten, die Vormundschaft zu übernehmen?»

«Nun, soviel ich weiß, hoffte sie, daß ihr nächstes Buch in Amerika erscheinen würde, und ...»

«Aha.»

«Laß mich ausreden, bitte. Sie wollte so bald wie möglich nach New York gehen und P.S. mitnehmen.»

Vanessa sah Lila scharf an.

«Heißt das, sie wollte Logan verlassen?»

«O nein, das glaube ich nicht. Aber ihr war wohl damals schon klargeworden, daß die Aufgabe, das tägliche Brot zu verdienen, immer ihr zufallen würde. Ich weiß natürlich nicht, was in den letzten Wochen in ihr vorgegangen ist – das einzige, worüber sie mit mir gesprochen hat, war der Amerika-Plan. Ich mußte ihr eine Karte besorgen, die sie neben ihrem Bett mit Reißzwecken an die Wand heftete, um sich ihre Reiseroute zusammenzusuchen. Sie wollte irgendwohin nach Arizona ... Wie hieß der Ort doch gleich? Gravestone? Nein, Tombstone. Sie fand, das klänge so hübsch. ‹Ich werde mich zu Fuß und per Anhalter nach Tombstone durchschlagen›, sagte sie, ‹mit P.S. auf dem Rücken, als wäre er ein Indianerbaby.› Mir kam das von Anfang an wie ein böses Omen vor. Ein Ort, der Tombstone heißt – Grabstein ...»

«Bitte, Lila, schweife nicht ab.»

«Du hast mich gefragt, und ich gebe dir Auskunft, so gut ich kann.» Lila schwieg eine Weile – warum sollte nicht auch Vanessa einmal warten? «Also jedenfalls wollte sie zuerst nach New York, wo Ernest ihr natürlich in jeder Weise behilflich gewesen wäre, und – warum lachst du?»

«Weil das so typisch für Sinden ist.»

«Was ist typisch?»

«Nun, diese Selbstverständlichkeit, mit der sie erwartete, daß Ernest die andere Wange hinhalten und ihr in New York Tür und Tor öffnen würde.»

«Schließlich kennt sich Ernest im Verlegergeschäft aus.»

«Gewiß.»

«Und da er schon *Marmon* lanciert hatte...»

«Entschuldige, Lila, aber was hat das alles mit P.S. zu tun?»

«Ja, ich für mein Teil glaube, sie wußte genau, daß sie die Brightsche Krankheit hatte...»

«Brightsche Krankheit? Was ist das?»

«Chronische Nierenentzündung.»

«Du brauchst nicht zu flüstern, wir sind ja allein.»

«Meiner Meinung nach war ihr in der letzten Zeit völlig klar, daß sie nie nach Amerika kommen würde, das arme kleine Ding. Aber wenigstens sollte ihr Kind eine Chance haben, und darum hat sie Ernest neben mir zum Vormund bestimmt.»

«Du mußt doch zugeben, Lila, daß sie nichts Unsinnigeres hätte tun können. Das ist wohl der verrückteste Einfall, den Sinden je gehabt hat. Ausgerechnet Ernest zuzumuten, daß er sich um Logan Marriotts Kind kümmert!»

«Aber sie hat es ausdrücklich gewünscht.»

«Das sind die eben erwähnten Scheuklappen.»

«Es war ihr letzter Wunsch, Vanessa, und wir mußten uns danach richten.»

«Und was hat Logan zu dieser lächerlichen Bestimmung gesagt?»

«Ach, Logan!» Lila hob die Hände, als müßte sie eine Vision verscheuchen. «Logan kam für einen Tag nach Sydney – für *einen* Tag. Er ging mit George und mir in Sam Hamiltons Büro und fragte bloß ‹Wo muß ich unterschreiben?› Nicht einmal durchgelesen hat er die Urkunde. Die Sache war in zehn Minuten erledigt, und dann rannte er los, um seinen Zug zu erreichen. Seither haben wir nichts mehr von ihm gehört, nur vor zwei Jahren kam mal eine Karte, auf der ‹Alles Gute› stand. Wie hast du ihn eigentlich ausfindig gemacht?»

«Ich habe mich an seine Schwester gewandt.»

«An Alice? Dann wundert's mich aber, daß sie mir nichts davon geschrieben hat.»

«Korrespondiert ihr denn miteinander?»

«Nein, aber es ist doch eigenartig. Na, die Marriotts scheinen alle recht eigenartig zu sein. Keiner von ihnen hat je das geringste Interesse für P.S. gezeigt.»

«Dann sollten wir um so dankbarer für kleine Gefälligkeiten sein», meinte Vanessa.

«Und hat Logan die Papiere, die du ihm schicktest, wirklich widerspruchslos unterschrieben?»

«Ja, und als die Sendung zurückkam, mußte ich Strafporto zahlen, weil er zuwenig Marken aufgeklebt hatte.»

Sie lachten beide, sagten «Nein, so was!» und «Typisch», bis Lila den Waffenstillstand mit der strengen Bemerkung beendete: «Es war sehr unrecht von ihm, die Dokumente zu unterschreiben, ohne mich auch nur um meine Meinung zu fragen.»

Vanessa lächelte. «Vielleicht mußte er wieder mal einen Zug erwischen.»

Ein Gummiball prallte auf den Tisch und warf eine Teetasse um. Die Schwestern wandten hastig den Kopf und sahen den barfüßigen P.S. durch das hohe Gras rennen, verfolgt von der sehr schmutzigen Winnie Grindel, die nur mit einer Turnhose bekleidet war.

«P.S.!» Lila übernahm sofort die Rolle der Erziehungsberechtigten. «P.S., der Ball hätte beinahe Tante Vanessa getroffen! Komm her und entschuldige dich. Nicht im Gras wälzen, Liebling. Winnie, laß das! Du darfst ihm nicht den Arm verdrehen. Er ist doch kleiner als du.»

«Er hat mich an den Haaren gerissen!»

«Ist ja nicht wahr!»

«Ruhe, Kinder!» Lila klatschte in die Hände. «Jetzt ist es genug. Wo habt ihr eure Hüte? Ihr wißt genau, daß ihr nicht ohne Hut in der prallen Sonne herumlaufen sollt.»

Sie kamen prustend zur Veranda gestürmt und wirbelten dabei wahre Staubwolken auf.

«Na, wer möchte ein Stück Kuchen? Halt, nicht grapschen! Winnie, das ist Miss Scott.»

«Guten Tag, Winnie.»

«Tag.»

Lila schnitt für jedes der Kinder ein Stück Kuchen ab.

«Wie sagt man?»

«... ke», sagte Winnie.

«... ke», sagte auch P.S.

«Es heißt danke», verbesserte Vanessa mit ruhiger Stimme.

Eine Tür fiel ins Schloß und Mrs. Grindel tauchte an der Hausecke auf, in ihrem Wassermelonenkleid und mit den unvermeidlichen Kuchenbrötchen.

«Hallo, meine Liebe! Ich hab eben gebacken, sie sind noch warm.»

«Oh, tausend Dank.»

Lila sah, wie Vanessa vor Mrs. Grindels ausgestreckter mehliger Hand zurückzuckte, und biß unwillkürlich die Zähne zusammen.

«Mrs. Grindel, das ist meine Schwester, Miss Scott.»

«Angenehm, meine Liebe.»

«Guten Tag.»

«Na, Miss Scott, wie bekommt Ihnen die Hitze?»

«Danke, ich muß mich erst wieder daran gewöhnen.»

«Kann ich mir denken. In England ist es immer bloß kalt und neblig, was?»

«Oh, es gibt auch heiße Sommer.»

«Wahrhaftig?»

«Aber als ich abfuhr, war ja tiefer Winter.»

«In England ist Winter, wenn wir Sommer haben», erklärte Lila.

Mrs. Grindel lachte nachsichtig über diese ausländischen Verrücktheiten und versuchte, die Sicherheitsnadel an ihrem Büstenhalter zu schließen. «Na, jedem das Seine. Wir hier sind froh, wenn's zu Weihnachten schön heiß ist und die Kinder baden gehen können. Und wie gefällt's Ihnen sonst in der alten Heimat?»

«Danke, gut», murmelte Vanessa und betrachtete angelegentlich ihre Schuhe.

«Zu Hause ist's doch am besten, was?»

«Hm ...» Vanessa nickte höflich, während sie über ihren tadellos glatten Rock strich.

«Ich bin nie aus unserem Staat rausgekommen», verkündete Mrs. Grindel, «und ich bin stolz darauf.»

«Ich mache uns gleich frischen Tee», sagte Lila hastig. Sie hatte Vanessas Blick auf die Armbanduhr bemerkt und dachte: Nein, sie darf nicht gehen. Wir haben ja noch gar nichts besprochen. Ich muß wissen, was sie im Schilde führt, sonst kann ich heute nacht kein Auge zutun. «Ness, willst du nicht Mrs. Grindels herrliche Kuchenbrötchen probieren?»

«Nein, danke. Wir hatten ja eben erst unseren Tee.»

«So früh?» fragte Mrs. Grindel erstaunt.

«Vanessa meint den *Nachmittagstee.*»

«Ach so. Ihre Schwester hat mächtig für meine Kuchenbrötchen geschwärmt – nicht wahr, Mrs. Baines?»

«Ja. Also ich glaube ...»

«Ich meine die kleine Muschi. Wissen Sie, Miss Scott, als sie hier bei Mr. und Mrs. Baines wohnte, da hab ich jedesmal, wenn sie in den Hof kam, gerufen: ‹Frische Kuchenbrötchen, kleine Mama!› So ließ sie sich zu gern von mir nennen. Sie hüpfte wie ein Känguruh über den Zaun, obgleich sie schon hoch in anderen Umständen war, und dann saß sie stundenlang bei mir in der Küche und schwatzte drauflos. Ach, die verstand's, einen aufzupulvern, ganz gleich, wie elend ihr selber zumute war. So was wie die gibt's nicht noch mal. Das war vielleicht eine Nummer!»

«Eine was?»

«Ein munteres Mädchen», übersetzte Lila. «Wollen Sie nicht ein Stück Kuchen *mitnehmen,* Mrs. Grindel?»

«... ke. Ehe Sie ihn wegwerfen ...» Mrs. Grindel kaute mit vollen Backen und sprach dabei unentwegt weiter. «Ja, Miss Scott, wir haben sie gut gekannt, die kleine Muschi. Morgens hat sie immer wie wild auf ihrer Maschine geklappert. Und danach hat sie hier draußen gesessen und Hüte gemacht... Wissen Sie noch, meine Liebe? Hütemachen war ihr größtes Vergnügen. Man brauchte ihr bloß irgendein Stoffrestchen zu geben, und schon wurde ein Hut daraus. Jeder mochte sie gern. Die ganze Straße hat getrauert, als sie uns verließ. Sie hätten die Menschenmenge sehen sollen, die beim Begräbnis dabei war. Sind Sie schon in Muschis Gärtchen gewesen, Miss Scott?»

«Wenn Sie das *Grab* meinen... Nein, ich war noch nicht da.»

«Ach so, Sie wissen wohl gar nicht, daß wir es Muschis Gärtchen...»

«Doch, doch, sie weiß es», sagte Lila rasch und dachte inbrünstig: Geh, geh!

«Es ist wirklich wunderhübsch. Und so'n schönes Kreuz haben sie ihr gesetzt. Mein Mann kennt jemand im Steinmetzgeschäft, und durch den kriegten sie's mit Rabatt. Ich war ja mehr für 'nen Engel, aber Mrs. Baines meinte, ein Kreuz wäre feiner und hielte auch länger – na ja, schließlich möchte man auf 'nem Grab was Solides haben. ‹Für die Kleine ist das Beste gerade gut genug›, hab ich gesagt, ‹denn sie war eine *Heilige*. Deshalb hat Gott sie so jung zu sich gerufen.› Herrje, haltet doch endlich den Schnabel, ihr Biester!» Der letzte Satz war an die Regenpfeifer gerichtet. «Entschuldigen Sie, mir ist die Zunge ausgerutscht.» Mrs. Grindel lächelte Vanessa zu, tippte ihr dann mit einem roten Wurstfinger aufs Knie und fragte: «Na, wie finden Sie denn unseren P.S.? Nicht schlecht für ein Flaschenkind, was? Und groß für seine sechs Jahre, stimmt's?»

Vanessa schwieg und blickte an Mrs. Grindel vorbei ins Leere.

«Ich will Ihnen was sagen, Miss Scott. Er hat hier ein wunderbares Zuhause und die besten Pflegeeltern, die's überhaupt gibt. Wie das eigene Kind behandeln sie ihn. Er hatte ja auch schon angefangen, sie von sich aus Mama und Papa zu nennen, bis Mrs. Baines zu ihm sagte: ‹Nein, Liebling, deine Mama, das ist Muschi, die jetzt im Himmel ist, und dein Papa ist auch nicht mehr da.› Aber Mr. Baines ist wirklich wie ein Vater zu ihm, er würde sich für den Jungen das Essen vom Mund absparen, wenn's nötig wäre, und...»

Lila bemerkte ein Flackern in Vanessas Augen und fiel Mrs. Grindel ins Wort. «Oh, sehen Sie doch die Wolkenwand! Die Regenpfeifer hatten wieder mal recht. Wir kriegen heute noch einen Guß.»

Vanessa erhob sich. «Für mich wird es Zeit, glaube ich.»

«Winnie!» schrie Mrs. Grindel. «Wir gehen nach Hause. P.S. kann nach dem Tee rüberkommen und mit dir spielen.» Sie wuchtete sich aus dem Korbsessel hoch. «Ist das Ihr Auto da draußen, Miss Scott? Vorhin, wie ich den Wagen kommen sah, hab ich zu Mrs. Andrews gesagt – das ist meine Nachbarin auf der anderen Seite –: ‹Gucken Sie mal, Mrs. Baines kriegt heute ganz vornehmen Besuch – vielleicht hat sie hinter Georges Rücken ein Techtelmechtel mit dem Herzog von York.› Spaß muß sein, nicht? Sonst könnten wir uns ja gleich aufhängen. Hat mich sehr gefreut, Miss Scott. Machen Sie's gut.»

«Auf Wiedersehen.»

Lila folgte Vanessa ins Haus.

«Entschuldige die Störung, Ness. Zu dumm, daß sie ausgerechnet jetzt hereinplatzen mußte. Weißt du, die Grindels sind ganz einfache Leute, aber die Frau war immer reizend zu Sinden.»

«Hm.»

«Und die Kleine bringt P.S. von der Schule nach Hause, da brauche ich ihn nicht abzuholen ...»

«Ich verstehe.»

P.S. war den Schwestern ins Schlafzimmer gefolgt. Er hockte auf dem Ehebett und sah zu, wie sich Vanessa die Lippen nachzog.

«Wann besprechen wir denn nun die Sache?» fragte Lila.

«Sobald Ettie und ich in dem neuen Haus wohnen.»

«Und wann wird das sein?»

«Ende des Monats, nehme ich an.»

«Ness, könntest du mir nicht wenigstens andeuten, was du vorhast?»

«Offen gestanden, bin ich mir darüber noch nicht im klaren.»

«Aber irgendwas mußt du dir doch gedacht haben ...»

«Wir bleiben in Verbindung.»

«Entschuldige, Vanessa, aber George und ich möchten *gleich* wissen, wie... wie das alles arrangiert werden soll. Dienstag in einer Woche fängt die Schule wieder an.»

Vanessa setzte ihren Hut auf, wandte sich vom Spiegel ab und sagte ruhig: «P.S., würdest du wohl für ein paar Minuten aus dem Zimmer gehen?»

«Warum?»

«Weil ich dich höflich darum bitte.»

«Liebling», mischte sich Lila hastig ein, «es handelt sich um die große Überraschung, von der ich dir erzählt habe, weißt du?»

P.S., der es nicht gewohnt war, aus dem Zimmer gewiesen zu werden, entfernte sich sehr langsam, sehr zögernd und blieb in der Diele stehen. Daraufhin ging Vanessa zur Tür und schloß sie.

«O nein, laß sie offen!» rief Lila. «Wir machen nie eine Tür vor ihm zu. Er hat sich deswegen mal fürchterlich aufgeregt, weil er dachte, wir wollten ihn aussetzen, und seitdem ...»

«Die zwei Minuten wird er's schon ertragen, Lila. Verhätschle ihn doch nicht wie ein Baby.»

Und du, dachte Lila, kommandiere mich gefälligst nicht in meinem eigenen Haus herum, du mit deinem Pommy-Akzent und deiner hochnäsigen Art, auf uns herabzublicken und die Nachbarn vor den Kopf zu stoßen.

Sie tat einen Schritt auf die Tür zu, aber Vanessa versperrte ihr den Weg, und plötzlich fühlte sich Lila in die dunkle muffige Diele des Elternhauses in Waverly zurückversetzt. (Gib mir den *Schlüssel*, Lila!)

«Ich begreife nicht, warum du aus alledem ein solches Drama machst», sagte Vanessa. «Mir liegt nichts ferner, als irgendwelche einschneidenden Veränderungen vorzunehmen. P.S. wird nach wie vor bei dir und George wohnen. Ich habe nicht die Absicht, seinen Lebensrhythmus zu stören. Aber ich möchte gern, daß er für den Anfang – ich meine, bis wir klarer sehen – jedes... nun, sagen wir, jedes zweite Wochenende und einen Teil der Ferien bei mir verbringt. Vorausgesetzt natürlich, daß ihr nichts dagegen einzuwenden habt.»

«Nein», sagte Lila, «dagegen wäre wohl nichts einzuwenden.»

«Und es wird euch hoffentlich nicht kränken, wenn ich mich auch finanziell ein bißchen beteilige.»

«Oh, George und ich würden niemals Geld von Ettie annehmen!»

Vanessas Lippen wurden schmal, und Lila begriff, daß sie einen Fehler gemacht hatte.

«Ich habe mein eigenes Einkommen, Lila, und außerdem Zinsen von einem Kapital, das mir Ettie vor langen Jahren überschrieben hat. Sei also unbesorgt, es geht mir nicht schlecht, und ich sehe wirklich nicht ein, warum du mir das Recht absprechen willst, dem Jungen hin und wieder ein paar Sachen zu kaufen. Ich bin sicher, daß Sinden genauso gedacht hätte wie ich.»

«Ja...» Lila fühlte sich gleichsam erdrückt, und das Zimmer schien von Minute zu Minute kleiner und schäbiger zu werden.

«Also dann», sagte Vanessa in dem ruhigen, ernsten Ton einer Dame, die ihr Dienstmädchen zurechtweist, «dann ist mir unklar, worüber du dich so aufregst. Ich denke nicht daran, dir deine Autorität streitig zu machen. Aber es liegt doch auf der Hand, daß ihr beide eure liebe Not gehabt habt, P.S. ganz allein aufzuziehen, ohne den geringsten Zuschuß von Logan – der sich wirklich schämen sollte.»

«George hat jetzt eine gute Stellung bei der Gewerkschaft, erwiderte Lila. «Wir sind nicht auf Unterstützung angewiesen, Vanessa. Unser Haus ist zwar klein und nicht sehr komfortabel, aber der Besitzer hat versprochen...»

«Lila, du brauchst dich doch nicht zu entschuldigen.»

Die Tür öffnete sich, und George, der von der Arbeit kam, fragte: «Was ist denn los? Warum habt ihr den Jungen ausgesperrt?» Hinter ihm tauchte das gekränkte Gesicht von P.S. auf.

«Wir hatten etwas unter vier Augen zu bereden.» Vanessa griff nach ihrem rotseidenen Schirm, der so eng zusammengerollt war, als sei er noch nie aufgespannt worden.

«Aussperren ist bei uns nicht üblich», sagte George. Und zu P.S. gewandt: «Schon gut, mein Junge.»

«Ich bin gerade beim Aufbruch», erklärte Vanessa und berührte im Vorbeigehen leicht Georges Arm. «Wie geht's dir, George? Deine Frau kocht einfach wunderbar. Vielen Dank, P.S., daß du so geduldig gewartet hast.» Ein flüchtiges Streicheln über den Kopf des Kindes, ein angedeuteter Kuß auf Lilas Wange. «Adieu, Lila, und mach dir keine unnötigen Sorgen.»

Die drei beobachteten, wie sie den Gartenweg entlangging, die Pforte hinter sich offenließ und mit Hilfe des Chauffeurs in den Wagen stieg. Noch ein Winken des weißen Handschuhs am Fenster, und sie war verschwunden.

«Alles Angabe», murmelte George und schloß die Gartentür.

«Sie hat mich nicht mitgenommen», sagte P.S. in beleidigtem Ton.

«Das kommt noch, Liebling», tröstete Lila. Und nicht nur für ein

Wochenende, dachte sie. Die behält dich für immer, wenn sie ihren Kopf durchsetzen kann. Aber ich werde mich wehren, mich mit aller Kraft wehren, so wahr mir Gott helfe! Laut sagte sie: «So, nun wasch dir die Hände. Heute abend gibt's Püfferchen.»

Sie gingen durch das schmiedeeiserne Tor, und als sie von der kreisförmigen, mit rotem Kies bestreuten Auffahrt zum Haus hinüberblickten, stellte Lila fest, daß es in seiner Art genau wie Vanessa war. Vornehm, distanziert, selbstbewußt stand es auf einer Bodenerhebung, pompejanischrot, mit spitzem Ziegeldach und vielen Schornsteinen; die Fenster mit den Markisen davor glichen halbgeschlossenen Augen, die lediglich mildes Erstaunen darüber ausdrückten, daß die Frau und dieses Kind sich zu nähern wagten – nun aber keinen Schritt weiter! Dennoch setzten die beiden tapfer ihren Weg fort, betrachteten stumm die weiten Rasenflächen und die leise rauschenden Zitterpappeln.

Ein Haus ohne Leben – sämtliche Bewohner schienen sich in aller Stille mit Gas vergiftet zu haben. Die Ruhe war so unheimlich, daß sie fast ängstlich an der halb offenen Haustür stehenblieben. Aus dem Dunkel der Halle drang nur das regelmäßige Ticken einer Standuhr. Lila drückte auf den Klingelknopf und sah P.S. mit einem gekünstelten Lächeln an – sie mußte ja so tun, als stünde ihm für dieses Wochenende ein Hochgenuß bevor –, und er erwiderte ihr Lächeln, nervös und doch voller Vorfreude auf das ungewöhnliche Abenteuer.

Sie warteten. Nichts geschah, und Lila fragte sich, ob die Klingel etwa nicht funktionierte. Was sollte sie tun? Einfach hineingehen? Oder setzte sie sich damit in ein schlechtes Licht? Aber sah es nicht noch dümmer aus, wenn sie schüchtern vor der offenen Tür standen? Was schrieb die Etikette in diesem Fall vor? Zu Hause, bei Freunden und Nachbarn riß man ohne weiteres die Hintertür auf und rief: «Huhu, wo seid ihr? Wir sind da!»

Sie läutete noch einmal. Um ihren Mund zuckte es, und die so mühsam errungene Ruhe verflüchtigte sich. Sie fühlte ihre Beine dick und schwer werden, und in ihren Händen kribbelte es, so daß sie fast ihre Tasche und den Ranzen des Jungen hätte fallen lassen.

Endlich ertönten irgendwo in den Tiefen des Hauses rasche Schritte, und gleich darauf erschien ein atemloses Mädchen mit sehr rotem Gesicht, sehr großen Füßen und fahlbraunem Haar, auf dem, etwas verrutscht, ein weißes Häubchen saß.

P.S. wollte ihr höflich die Hand geben, aber Lila lachte und sagte: «Nein, Liebling, das ist die Hausgehilfin.» Sie lächelte das Mädchen an, um sich für ihr undemokratisches Benehmen zu entschuldigen. «Ich bin Mrs. Baines», erklärte sie und fügte unnötigerweise hinzu: «Ich bringe meinen Neffen.»

«Ja, ist gut», antwortete das Mädchen mit dickstem australischem Akzent und ließ sie eintreten. Offenbar war auch sie in den Regeln der Etikette nicht bewandert. Mit einem breiten Grinsen, das zwei Reihen in grellrosa Haftplatten gebetteter falscher Zähne enthüllte, nahm sie Lila den Schirm und den Ranzen ab. Dann ging sie auf Zehenspitzen zur Treppe, räusperte sich und rief hinauf: «Misscot – Besuch!»

Oben wurde eine Tür geöffnet, hohe Absätze klapperten, und Vanessa kam die Treppe heruntergeeilt, während sie einen funkelnden Clip an ihrem beigefarbenen Seidenkleid befestigte. Noch heller als der Clip strahlte das Lächeln, das sie zur Begrüßung aufgesetzt hatte.

«Hallo, hallo! Herzlich willkommen! Habt ihr euch ein bißchen verfrüht, oder habe ich mich etwa verspätet? Na, ist ja egal.» Die letzte Stufe knarrte, und nun durchquerte sie die Halle. Ihre zweifarbigen Schuhe – weiß und braun – traten glättend auf ein paar Falten im Teppich, so daß selbst ihr Gang eine Funktion erfüllte.

«Diana, stellen Sie den Schirm in den Ständer, da gehört er nämlich hin. Und dann tragen Sie Master Marriotts Gepäck hinauf und sagen Sie Mrs. Bult, daß Mrs. Baines gekommen ist.»

«Ja, ist gut.»

«Ja, *Miss Scott.*»

«Ja, Misscot.»

Diana entschwand, und Vanessa führte die Besucher ins Wohnzimmer.

«Ich weiß nicht, ob ich dieses Mädchen auf die Dauer behalten kann», sagte sie zu Lila. «Sie ist ungeschickt bis dorthinaus, und stell dir vor, so ein plumpes Geschöpf heißt Diana! Ich soll sie ‹Di› nennen, sagt sie, aber das ist ja noch gräßlicher. Unsere Dienstmädchen in England haben wenigstens vernünftige Namen wie Annie oder Maude. Nun, immerhin gibt sie sich Mühe, die Ärmste. Macht es euch bequem, bitte. Leider herrscht noch ein ziemliches Durcheinander bei uns. Wir konnten unsere Möbel erst aufstellen, nachdem die Hausbesitzer ihre Sachen abgeholt hatten – sie waren übrigens entsetzlich geschmacklos eingerichtet.»

«Das ist aber ein bezauberndes Zimmer, Ness.»

«Ja, vor allem ist es schön groß. Ich muß Platz haben, weißt du. Und die Glyzinien da draußen halten das Zimmer auch in der größten Sommerhitze angenehm kühl.»

Die Glyzinien, die sich um die Säulen der Seitenveranda rankten und in dichten Trauben herabhingen, tauchten den Raum in eine geheimnisvolle grünliche Aquariumbeleuchtung. Der Eindruck, unter Wasser zu sein, wurde noch verstärkt durch das Licht- und Schattenspiel auf dem Teppich und an der Decke, das mit seinem wellenförmigen Hin und Her an Algen erinnerte. Sie hätten Taucher sein können, die ein versunkenes Schiff erforschten.

«Meinst du nicht, daß es im Winter ein bißchen zu dunkel wird?» fragte Lila.

«Ach, das machts nichts. Im Winter ist es ja am gemütlichsten, wenn man bei geschlossenen Fensterläden sitzt. In London haben wir immer schon zur Teestunde die Lampen angezündet.»

Vanessa war, während sie sprach, zu dem hohen Kamin gegangen und drehte nun einen Schalter. Indirektes Licht strahlte unter einem Goldrahmen auf, und Sinden blickte plötzlich auf sie herab.

«Herrgott!» rief Lila. «Ist das nicht das Porträt, das Walter Hatfield von ihr gemalt hat?»

«Ja.»

«Aber es war doch spurlos verschwunden. Nicht mal Walter wußte, was daraus geworden war. Wie hast du es wiedergefunden, Ness?»

«Es war bei Ernest.»

«All die Jahre?»

«Ja. Er hat es mir in London geschenkt, und ich habe es rahmen lassen.»

«Hm... Sinden mochte es nicht besonders. Der Zug um den Mund stimmt nicht.»

«So? Kann ich nicht finden.»

«Sie sagte, sie sähe aus, als hätte sie gerade schlechte Nachrichten bekommen.»

«Mir gefällt es sehr.»

«Schau, Liebling, das ist Muschi.»

«Deine *Mutter*», verbesserte Vanessa.

Er sah einen Moment hin, wandte sich dann uninterssiert ab, und Vanessa knipste das Licht aus.

Sie führte die beiden in ein großes, feierliches Speisezimmer mit einem gewaltigen Büfett und einem langen Mahagonitisch, um den herum in strenger Symmetrie acht steife Empirestühle gruppiert waren, wie zu einer Außenministerkonferenz, und dann ging es weiter in den altmodischen Anrichteraum («Sieh nur, P.S.», rief Lila fröhlich, «da würde unsere ganze Küche hineinpassen!») und von dort in die Küche, die so groß wie ein Krankensaal und doppelt so sauber war. Diana, durch ihren plötzlichen Eintritt aufgescheucht, klapperte mit Geschirr, und die grobgesichtige Köchin nahm Vanessas Befehl: «Sofort den Tee, Ellen, Mrs. Baines hat es eilig», mit einem Nicken und einem «Ja, Miss Scott» zur Kenntnis. Durch eine Tür mit grüner Friesportiere gelangten sie in ein düsteres Arbeitszimmer mit vielen Bücherschränken, einem Klavier und Ledersesseln, nach dessen Besichtigung sie in die Halle zurückkehrten, wo sie mit Ettie zusammenstießen, die sie unter schrillen kleinen Entzückensschreien umarmte – «Ach, ihr Süßen, ihr Lieben, wie reizend, daß ihr in dieser schrecklichen Hitze gekommen seid!» –, und dann wurde in dem Zimmer mit der Aquariumbeleuchtung der Tee serviert, zu dem es kleine Gurken-Sandwiches und sehr dünn geschnittenen Kuchen gab. Vanessa schien von dem Rundgang ermüdet zu sein. Sie hüllte sich in Schweigen und sah zweimal auf ihre Armbanduhr, während Lila und Ettie ein schleppendes Gespräch über Rosen führten.

In der Halle zog Lila ihre Handschuhe an und beugte sich zu P.S., dessen Miene nun doch recht ängstlich geworden war.

«Denk dran, Liebling», flüsterte sie, «es ist ja nur bis Sonntag abend. Dann kommt George und holt dich nach Hause. Und vergiß nicht, wenn dir ein bißchen einsam zumute ist, brauchst du nur aus dem Fenster zu schauen. Wir stehen drüben und winken dir zu.»

«Wo?»

«Dort, am anderen Ufer.»

«Aber man sieht ja gar nichts vor lauter Bäumen.»

«Nun ... du weißt jedenfalls, daß wir da sind. Hab keine Angst, wir *entweichen* bestimmt nicht.» Lila küßte sein bekümmertes Gesicht.

«Mir gefällt's nicht in diesem Haus.»

«Schsch. Es ist ein wunderschönes Haus. Du wirst es hier so gut haben wie ein Prinz aus dem Märchen.» Lila küßte ihn noch einmal und richtete sich hastig auf, als Vanessa nähertrat:

«Vielen Dank, daß du ihn selbst hergebracht hast, Lila.»

«Ich dachte, das erste Mal wäre es besser, wenn du keinen Wagen schicktest. Er hätte sich sonst g-e-ä-n-g ...»

«Ja, ich verstehe. Soll ich dir nicht ein Taxi kommen lassen?»

«Nein, vielen Dank, ich hab's ja nicht weit bis zur Haltestelle. Auf Wiedersehen, P.S.»

Lila eilte die Freitreppe hinunter und ging mit schnellen Schritten auf das Tor zu, bemüht, das elende Gefühl der Einsamkeit zu verdrängen, das sie bei dem Gedanken überkam, zum erstenmal für mehr als ein paar Stunden von P.S. getrennt zu sein. Am Tor drehte sie sich noch einmal um. Er stand an der Haustür. Sie winkte und warf ihm Küsse zu, aber er reagierte nicht. Er stand nur regungslos da, sehr allein, sehr fern – und dann erschien Vanessa, führte ihn ins Haus und schloß die Tür.

Nun mußte er also lernen, wie ein Erwachsener auf einem der hohen, harten Eßzimmerstühle zu sitzen, gleich weit von Cousine Ettie und Vanessa entfernt, die ihre Plätze am oberen und unteren Ende des langen Tisches hatten. Er mußte lernen, sich von den Platten, die Diana ihm hinhielt, selbst zu bedienen, ohne dabei das schneeweiße Tischtuch zu bekleckern, und er durfte erst anfangen zu essen, wenn Cousine Ettie und Vanessa versorgt waren, was ihm sehr dumm vorkam, denn das Essen wurde ja kalt. Obwohl draußen noch heller Tag war, brannten Kerzen in hohen Silberleuchtern. Vanessa erklärte mit ihrer ruhigen, gedämpften Stimme, wie er sich zu benehmen hatte, Punkt für Punkt. Es begann mit der Serviette, die er sich wie gewöhnlich in den Kragen stecken wollte.

«Das gehört auf den Schoß, P.S.»

«Aber zu Hause mach ich's doch immer so.»

«Eine Serviette legt man sich auf den Schoß. Nur Vertreter und solche Leute stecken sie sich in den Kragen.»

Vertreter? War George ein Vertreter? George steckte sich die Serviette immer in den Kragen.

Cousine Ettie schien zu verstehen, was in ihm vorging, denn sie nickte ihm lächelnd zu, so lebhaft, daß ihr Brillantherz im Kerzenlicht glitzerte. Aber als sie sich mit ihm über die Schule und seine Lieblingsspiele unterhalten wollte, schnitt ihr Vanessa ziemlich scharf das Wort ab.

«Bitte, Ettie, laß ihn jetzt essen.» Es war ganz anders als zu Hause, wo Lila und George dauernd redeten und er mitreden durfte. Hier herrschte tiefes Schweigen, außer wenn Vanessa kurz sagte: «Falscher Löffel, Diana», oder: «Sie können die Gemüseschüssel mit hinausnehmen.» Nach jedem Gang schwenkte sie eine kleine Glasglocke. Dann kam Diana aus der Küche gerannt, und das Servieren begann von neuem.

Als sie fertig waren, sagte Vanessa: «Na, wie wäre es jetzt mit einem lauen Bad und einer Gutenachtgeschichte?»

«Es ist ja noch gar nicht Nacht», widersprach er.

«Aber für dich wird es Zeit, schlafen zu gehen.»

«Ach wo, ich bleibe nach dem Tee immer noch lange auf.»

«Es heißt nicht Tee, sondern Dinner. Wann bringt dich denn Lila zu Bett?»

«Wenn es dunkel ist.»

«Aber im Sommer wird es doch erst sehr spät dunkel.»

«*Zu Hause* nicht», murrte er.

Vanessa lachte ein wenig. «Ah – ich verstehe. Nun, P.S., solange du hier bist, ist *dies* dein Zuhause. Ist das klar? So, und jetzt sag Cousine Ettie gute Nacht.»

Cousine Ettie, die schon dabei war, Karten zu legen, beugte sich zu ihm und schloß ihn in eine lavendelduftende Umarmung. «Schlaf gut und träume süß, mein Lämmchen. Kriege ich noch einen Kuß? Oh, was für ein wunderschönes Küßchen!»

Dann stieg er mit Vanessa in den ersten Stock hinauf, wo es offenbar Schlafzimmer über Schlafzimmer gab. «Dort drüben schläft Cousine Ettie», erklärte Vanessa, «hier ist mein Zimmer, und das ist deines.» Sie stieß eine Tür auf, und er sah sein neues Zimmer: blauer Teppich, blaue Vorhänge, ein großes weißes Bett mit einem Moskitonetz, ein Regal mit vielen Büchern in funkelnagelneuen Einbänden. Das einzige in all der Pracht, was noch an die Wirklichkeit erinnerte, war sein Ranzen, der auf einem Schemel lag.

«Sieh mal», sagte Vanessa. Sie öffnete einen blauen Kleiderschrank, und P.S. erblickte eine lange Reihe von Anzügen und Jacken. «Die gehören alle dir.»

Alle? Das war doch nicht möglich! Sogar George hatte nur zwei Anzüge, einen für werktags und einen für sonntags. Auf dem Boden des Schrankes standen Sandalen, Halbschuhe und ein Paar merkwürdig hohe Stiefel.

«Die sind zum Reiten», teilte Vanessa ihm mit.

Sie zog die Schubladen der Kommode auf und zeigte ihm Stapel von Hemden, Unterhemden, Unterhosen, Taschentüchern, Socken und Handschuhen. War das etwa auch alles für ihn? In zwei Tagen konnte er das doch niemals aufbrauchen! Oder durfte er die Sachen am Sonntagabend mitnehmen?

«Nun schau mal unter das Bett», sagte Vanessa.

Er legte sich auf den Bauch und sah ein knallrotes Wägelchen, gerade groß genug, daß er darin sitzen und sich von Winnie ziehen lassen konnte. Das war fein, wirklich! Nur – wie sollte er den Wagen in der Straßenbahn nach Hause bringen,

«Na, ist das hübsch?»fragte Vanessa hoch über ihm.

«Doll», sagte er.

«Sehr hübsch», verbesserte sie, ließ ihr Streichholz abbrennen und erkundigte sich dann: «Zufrieden?»

«Ja.»

«Gefällt dir auch das Zimmer?»

«Ja, klar – danke», fügte er rasch hinzu, als ihm einfiel, daß es sich so gehörte.

«Freut mich, daß ich's dir recht gemacht habe.» Sie hockte sich neben ihn. «Willst du mir nicht einen Kuß dafür geben?»

Natürlich – das mußte ja kommen.

Er küßte sie flüchtig auf die Wange. Sie sah ihn mit ihren großen grünen Augen nachdenklich an. Vielleicht war sie enttäuscht, denn sie erhob sich hastig. Sie klapperte auf ihren hohen Absätzen über den Korridor ins Badezimmer und drehte die Wasserhähne auf. Dann kam sie zurück, um ihm beim Ausziehen zu helfen. Er wagte ihr nicht zu sagen, daß er keine Hilfe brauchte.

«Von wem hast du denn diese Krawatte?»

«Von Vere. Es ist eine Mickymaus-Krawatte.»

«Ja, das sehe ich.»

Sie faßte die Krawatte mit spitzen Fingern an, als wäre es eine Giftschlange, knöpfte ihm das Hemd und die Unterhose auf. Als er nackt vor ihr stand, kam er sich irgendwie komisch vor – ganz anders als bei Lila. Zum Glück hüllte sie ihn gleich in ein blaues Bademäntelchen. Sie führte ihn in das große, grüngekachelte Badezimmer, drehte das Wasser ab und klappte den Klosettdeckel hoch.

«Kannst du das schon allein?»

«Ja.» Lieber Himmel, natürlich konnte er das seit Jahren – aber nicht, wenn jemand dabeistand und zusah.

«Ich muß jetzt nicht», sagte er.

«Gut, dann erledigen wir das nach dem Baden. Hier, diese Morny-Seife hab ich für dich aus London mitgebracht.» Sie hob ihn in die Wanne, holte ein Glasgefäß aus dem Wandschrank und schüttelte ein paar rosa Kristalle ins Wasser. «Damit du nachher gut duftest.»

Die Wanne fühlte sich schön glatt an, viel glatter als die alte Zinkwanne zu Hause. Aber er vermißte sein Schiffchen.

«Ich habe mein Schiffchen vergessen.»

«Oje, und ich habe keins für dich. Man kann ja nicht an alles denken. Nächstes Mal bekommst du ein Schiffchen.»

Nächstes Mal?

Vanessa seifte ihm den Rücken ein und kümmerte sich um seine Ohren, genau wie Lila, nur daß sie einen großen Schwamm statt des Waschlappens benutzte. Der Schwamm quoll im Wasser gewaltig auf; er war gelbbraun und voller Löcher und erinnerte ihn an die Quallen. Dann rubbelte sie ihn rasch mit einem Badetuch ab, das in der Größe für zwei Kinder gereicht hätte, bestäubte ihn mit Puder, hüllte ihn wieder in den Bademantel, sah zu, wie er sich mit der neuen, sehr harten Bürste die Zähne putzte, sagte: «So, nun erledige noch das ...» und ging, Gott sei Dank, hinaus.

In seinem Zimmer lag ein hellblauer Pyjama auf dem Bett.

«Ich habe doch meinen Schlafanzug mitgebracht», sagte P.S. «Er ist im Ranzen.»

Vanessa runzelte die Stirn, ging aber zum Schemel und ließ den Ranzen aufschnappen. «Flanell!» Sie lachte. «Nimm lieber meinen, P.S., der ist kühler.»

Als er im Bett lag, setzte sie sich neben ihn auf einen Stuhl und schlug ein Buch auf. «Jetzt kommt das erste Kapitel von *Peter Pan*», verkündete sie.

Vanessa las sehr schön vor, besser als Lila und viel besser als George, der sich so oft versprach. Manchmal hielt sie inne, um irgend etwas zu erklären, zum Beispiel, was eine englische «Nanny» war. Keine Ziege, nein – eine Kinderfrau! In England hatten alle «guten» Familien Kinderfrauen, die auf die kleinen Jungen und Mädchen aufpaßten.

Inzwischen war es so dunkel geworden, daß er Vanessas Gesicht nur noch verschwommen sehen konnte, als sie sich zum Gutenachtkuß über ihn beugte.

«Wir haben noch nicht gebetet», erinnerte er sie.

«Oh ... Nun, heute wirst du eben still für dich beten. Gute Nacht.»

«Nicht die Tür zumachen!»

«Hör mal, P.S., ein großer Junge wie du braucht sich im Dunkeln doch wirklich nicht zu fürchten.»

«Aber Lila läßt immer ...»

«Nein, so etwas wollen wir gar nicht erst einführen. Schlaf jetzt.»

Sie ging hinaus und schloß die Tür hinter sich, so daß nun im Zimmer schwarze Nacht herrschte. P.S. wartete, bis er sie die Treppe hinuntergehen hörte, kletterte dann aus dem Bett und versuchte die Tür zu öffnen. Es gelang ihm nicht; seine Finger rutschten immer wieder von dem Glasknopf ab. Er stand da und horchte auf die ungewohnten Geräusche: Blättergeraschel am Fenster, Automotoren in der Ferne, Hundegebell irgendwo in der Dunkelheit. Schließlich klopfte er ein paarmal an die Tür, doch die einzige Antwort war das Schlagen der Standuhr in der Halle. «Ich will zu Lila», sagte er vor sich hin. «Ich will nach Hause.» Leise wimmernd tappte er in dem großen Zimmer umher, bis er seinen Ranzen fand, und holte den alten Schlafanzug heraus. Er wollte den neuen ausziehen, aber Vanessa hatte die Schleife doppelt gebunden, und unter seinen ungeschickten Fingern wurde der Knoten vollends unlösbar. So blieb ihm nichts anderes übrig, als den eigenen Schlafanzug über den anderen zu ziehen.

Dann kletterte er auf das breite Fensterbrett. Durch die leicht bewegten Baumkronen sah er in der Ferne den Hafen, die Lichter der großen Brücke und der Fährboote und dahinter, sehr weit weg, den schwachen Schimmer erleuchteter Häuser. Aber welches war sein Haus? Wo war sein Küchenfenster? Und schauten Lila und George wirklich hinaus und winkten ihm zu, wie sie es versprochen hatten? Für den Fall, daß sie dort drüben standen, winkte er mehrmals und fühlte dabei einen Klumpen im Hals, als hätte er eine Regenbogenkugel ungelutscht verschluckt. «Sonntag geh ich nach Hause», sagte er laut, und die fernen Lichter blinkten, zitterten, verschwammen in heißen Tränen und erloschen schließlich in wirren Träumen ... Er flüchtete vor einem Gespenst, das lange Gummiarme nach ihm ausstreckte, ihn einfing, hoch in die Luft schwang und durch die Dunkelheit trug. Dann lag er plötzlich im Bett, und die Gummiarme umschlangen ihn, und als er sich verzweifelt dagegen wehrte, wachte er für einen Moment auf und sah Vanessas Gesicht.

«Schsch», machte sie – oder sagte sie etwas von Schäfchen, oder stellte sie eine Frage? Er wußte es nicht, denn er war schon wieder eingeschlafen.

Am nächsten Morgen war er sehr erstaunt, daß er nicht in seinem eigenen Bett lag und Lila in der Küche mit Geschirr klappern hörte, sondern daß er sich in diesem fremden, großen, viel zu blauen Zimmer befand, in das die Sonne von der falschen Seite hereinschien. Im Haus rührte sich nichts. Die Tür war jetzt nur angelehnt, also mußte wohl Vanessa in der Nacht bei ihm gewesen sein. Er schlüpfte aus dem Bett und spähte durch den Türspalt. Kein Mensch auf dem Flur, alle Türen geschlossen. Waren Vanessa und Cousine Ettie entwichen? Die Treppe lockte ihn, schien ihn aufzufordern, ebenfalls zu entweichen, bevor sie sich anders besannen und zurückkamen.

Er zerrte an dem Pyjama-Band, aber der Knoten wollte und wollte nicht aufgehen. Na schön, dann würde er eben seine Sachen über den Pyjama ziehen. Wo waren sie bloß? Vanessa hatte alles in den riesengroßen Kleiderschrank gehängt, und er reichte nicht an den Schlüssel heran. Er mußte also im Schlafanzug nach Hause gehen, wie Wee Willie Winkie. Das war ein Malheur – so hätte Vere es genannt –, aber ihm machte es gar nichts aus, in der Straßenbahn angestarrt zu werden. Hauptsache, er kam richtig nach Hause. Und dieser Spaß, wenn er so, wie er war, in die Küche marschierte! Lila und George würden vor Freude und Überraschung bis an die Decke springen.

Er blickte in den Ranzen, aber es war nichts darin außer einem Lineal und seinem Taschengeld – eine Sixpence-Münze und zwei einzelne Pennies. Gott sei Dank, daß er wenigstens das hatte. Damit kam er auf jeden Fall bis Neutral Bay, und von da aus konnte er laufen. Er ließ die beiden Schlösser des Ranzens einschnappen, zog die neuen Hausschuhe an und stahl sich aus dem Zimmer. Aber er hatte kaum den Fuß auf die erste der knarrenden Stufen gesetzt, als sich hinter ihm eine Tür öffnete.

«Guten Morgen, P.S.»

Sie war also doch nicht entwichen ... Sie trug einen langen, blaßrosa Morgenrock, und das dunkelrote Haar hing ihr in einem Zopf über die Schulter.

«Es ist ja erst sieben», sagte sie. «Hast du gut geschlafen?»

«Hm.»

Vanessa lächelte. «Willst du einkaufen gehen?» erkundigte sie sich mit einem Blick auf den Ranzen, und darüber mußte er lachen. Eigentlich war sie ja sehr nett und witzig. Er begriff auf einmal nicht mehr, warum er hatte weglaufen wollen; jetzt mochte er sie wieder gern.

«Weißt du», fuhr sie fort, «ich glaube, es ist keine *sehr* gute Idee, auf dem Fensterbrett zu schlafen. Denk nur, wenn du rausgefallen wärst. Dazu müßtest du schon Flügel haben wie Peter Pan.»

Später, als sie ihm einen neuen sandfarbenen Anzug und harte neue Sandalen anzog, wollte sie wissen, wer ihm das Haar geschnitten hatte. Der Friseur, antwortete er. «Mit Messer und Gabel, was?» fragte sie und auch darüber mußte er lachen. Dann sagte sie: «Nun geh hinunter ins Speisezimmer; Diana wird dir dein Frühstück bringen.»

Er frühstückte allein. Wie ein König thronte er an der langen Tafel, und Diana baute alles vor ihm auf und steckte ihm die Serviette in den Kragen, wie er es gewohnt war. Statt Porridge gab es hier eine halbe Grapefruit und ein hübsches braunes Ei, das aber viel zu weich war, richtig glibbrig, nicht so, wie Lila die Eier kochte und wie er sie gern hatte. Er hielt sich an Toast, Orangenmarmelade und Milch schadlos. Diana stand in ihrem steifgestärkten blauen Kleid neben ihm und schwatzte. Sie würden sich schon gut vertragen, meinte sie. Er erfuhr, daß sie vom Lande war, aus der Gegend von Bunderberg, wo sie jeden Tag zwanzig Kühe gemolken und für ein Dutzend Farmarbeiter gekocht hatte. Aber ihr Vater war vom Traktor gefallen und hatte sich das Rückgrat verletzt, und deshalb waren sie alle in die Stadt gegangen, um Arbeit zu suchen, nur gab es leider keine ordentlichen Stellen, und sie hatte sich als Putzfrau und Wäscherin durchgeschlagen. Ihr Vater war dann ins Krankenhaus gekommen, aber so richtig gesund würde er wohl nie mehr werden, und da war es doch ein Glück, daß sie jetzt diesen feinen Posten gekriegt hatte. Ein so vornehmes Haus und so guter Lohn und jede Woche einmal Ausgang, und die alte Mrs. Bult war einfach reizend zu ihr und die Tante Vanessa auch – allerdings mußte man sich bei der mächtig in acht nehmen, daß man nichts Falsches tat oder sagte.

Ellen, die Köchin, riß die Tür auf: Miss Scott hätte geklingelt, und Diana sollte machen, daß sie mit dem Frühstückstablett nach oben käme. Schuldbewußt eilte Diana auf ihren großen Füßen davon.

Als er fertig gegessen hatte, trug er mit Dianas Hilfe das glänzend rote Wägelchen die Treppe hinunter und in den Garten. Er trabte damit ein Weilchen zwischen Haus und Gittertor hin und her; aber ohne einen Spielgefährten, der ihn mal ziehen konnte, machte es nicht viel Spaß. Gelangweilt wanderte er über die Rasenflächen, betrachtete die Rosen und die Hibiskussträucher, blickte in die rebenübersponnene Laube und in das Treibhaus, das voller Blumentöpfe und Kästen mit hängendem Schleierkraut war; dann schlenderte er am Haus entlang, und dort, wo die Glyzinien waren, stieß Diana gerade ein Fenster auf, um ihr Staubtuch auszuschütteln.

«Na, Süßer, spielst du schön?» rief sie ihm zu.

Er nickte, las ein paar Steinchen auf und warf sie an das Spalier, um ihr zu beweisen, wie gut er sich amüsierte. Als er weitertrottete, kam er an einen Lattenzaun mit einer Pforte darin. Er stellte sich auf die Zehenspitzen, um hinüberzuschauen. Auf der anderen Seite war ein Gemüsegarten, und ein Mann in grauem Hemd lockerte mit einem Spaten die Erde um die Tomatenpflanzen herum. P.S. winkte, und der Mann öffnete ihm das Pförtchen.

«Tag, Kleiner», sagte der Mann. «Wie heißt du denn?»

«P.S.»

«Pe Ess? Komischer Name. Ist wohl 'ne Abkürzung, was? Wovon denn?»

«Ach, das hab ich vergessen.» Er hatte keine Lust, von Muschi und all diesen Geschichten zu reden, weil ihn der Mann dann sicherlich genauso angesehen hätte wie alle anderen, wenn sie davon hörten – traurig und mitleidig.

«Ich heiße Jocko», sagte der Mann, lehnte sich an den Zaun und begann eine Zigarette zu drehen. Er war sehr verschwitzt, und seine Brust unter dem offenen Hemd erinnerte an eine Kokosmatte. «Wohnst du hier?»

«Nein, in Neutral Bay.»

«Und was machst du hier?»

«Ich bin zu Besuch.»

«Aha.»

«Morgen fahre ich aber wieder nach Hause.»

«So? Und was hast du hier alles angestellt?»

«Nichts.»

«Nichts. Ach herrje, da mußt du dich ja gräßlich langweilen. Und dabei ist heute so ein schöner Tag. Warum spielst du nicht mit anderen Kindern?»

«Ich kenne doch keine.»

«Hier gibt's massenhaft Kinder», sagte Jocko.«Kennst du nicht die kleinen Lawsons?»

«Nein.»

«Wohnen in dem großen weißen Haus da.» Jocko deutete mit seinem schwärzlichen Zeigefinger. «Bei denen arbeite ich montags. Die spielen immer Krocket auf dem Rasen und haben auch Hunde. Geh doch einfach rüber.»

«Aber ich *kenne* sie ja nicht.»

«Mächtig schüchtern, was? Bist tiptop angezogen und kannst nichts mit dir anfangen, stimmt's? Ist ja direkt ein Jammer. Weißt du, was wir jetzt machen? Du ziehst diesen piekfeinen Anzug aus, und ich brause dich mit dem Gartenschlauch ab. Na, ist das 'ne Idee?»

«Prima», sagte P.S. und lächelte Jocko an.

Aber in diesem Augenblick kam Ellen aus der Küchentür und rief: «Jocko, Miss Scott läßt sagen, Sie möchten bitte weiterarbeiten und nicht mit dem Kleinen reden.»

Jocko spie aus. «Teilen Sie der Dame mit, daß ich jetzt meine Zigarettenpause mache.»

«Das können Sie ihr selber mitteilen. Wozu haben Sie Ihren Mund?» Ellen wandte sich P.S. zu und schwenkte die Hände, als wollte sie Hühner verscheuchen. «Du sollst *vor* dem Haus spielen, sagt deine Tante. Nun lauf schon, Jungchen, sonst kriegen wir Ärger.»

Jocko zwinkerte ihm zu. «Da haben wir beide unser Fett weg, was? Na, auf ein andermal.» Er schloß die Pforte, nahm seinen Spaten, und ging wieder an die Arbeit.

Der Vormittag schleppte sich endlos hin. P.S. wanderte vor dem Haus auf und ab, fand eine große grüne Heuschrecke, drehte sie auf den Rükken und beobachtete, wie sie zappelte. Als ihm das zu langweilig wurde, ging er die Auffahrt hinunter zu dem schmiedeeisernen Portal und steckte den Kopf durch das Gitter. Über der langen, öden Straße flimmerte die Hitze im Takt des eintönigen Grillenzirpens; die Gummibäume ließen traurig die Blätter hängen, kein Lüftchen regte sich, keine Katze war zu sehen, keine Kinder auf Fahrrädern oder Rollern – nichts als die leere Straße, in der alles Leben erloschen schien.

Wie lange dauerte es noch bis zum Sonntag?

Plötzlich ertönte vom Haus her ein Gong, und er hörte Diana rufen: «Lunch, Master Marriott, Lunch!»

Vanessa, die ein schwarzes Kleid und eine schwarze Kappe mit goldenem Pompon trug, saß bereits auf ihrem Platz am Tischende.

«Guten Tag, mein Kleiner, wie geht es dir?» sagte sie so förmlich, als hätte sie ihn nie zuvor gesehen. «Hast du einen netten Vormittag gehabt?»

«Ja.»

«Es heißt: Ja, danke, Vanessa.» Sie neigte den Kopf etwas zur Seite und sah ihn mit ihren sonderbaren grünen Augen an, bis er den Satz wiederholt hatte. Zum Glück erinnerte er sich, wo sie die Serviette haben wollte. Sie nickte anerkennend. «Wir nehmen unseren Lunch heute so früh», erklärte sie dann, «weil wir nachher ausfahren.»

«Wohin?»

«Das wirst du schon sehen.» Offenbar machte ihr diese Geheimnistuerei Spaß. «Diana, das Brot fehlt.»

Nach dem «Lunch» ging er mit Vanessa zum Tor, wo ein großes schwarzes Auto wartete. «Guten Tag, Galbraith», sagte Vanessa zu dem Mann, der in einer Uniform mit Silberknöpfen neben der offenen Wagentür stand und salutierte. Sie stiegen ein und wurden in die City gefahren. In der Pitt Street ließ Vanessa halten, um rote Rosen zu kaufen, und dann ging es weiter, aus der City hinaus, durch Vororte, die ihm irgendwie bekannt vorkamen, und schließlich über eine Brücke. P.S. sah einen Wasserarm mit vielen gelben Quallen und platzte heraus: «Ach, jetzt weiß ich – wir fahren zu Muschis Gärtchen.»

Vanessa antwortete nicht. Sie runzelte nur leicht die Stirn, schlug die langen Beine übereinander und betrachtete ihre schmalen schwarzen Schuhe.

Als sie vor dem wohlbekannten Portal ausstiegen, sagte P.S.: «Ich zeige dir, wo es ist.»

Es war nett, etwas zu wissen, was Vanessa nicht wußte. Er führte sie zwischen all den anderen Gärtchen hindurch. «Da rüber –» er deutete mit dem Finger – «und jetzt hier rum.»

«Das ist es», sagte er endlich, stolz auf *sein* Gärtchen.

Sie stand da, den Rosenstrauß im Arm, und schien die Worte auf dem Kreuz zu lesen. P.S. nahm eines der Einmachgläser und warf die verwelkten Blumen weg, die Lila bei ihrem letzten Besuch gebracht hatte.

«Ich hole frisches Wasser», rief er und rannte in munteren Sprüngen zum Brunnen.

LOGANS GELIEBTE FRAU, las Vanessa ...

«Nun erzähl schon!»

«Was?»

«Du wolltest gerade etwas erzählen, und dann hast du den Mund wieder zugemacht.»

Sie saß in einem weißen Musselinunterrock vor dem Spiegel, und Sinden bürstete ihr das Haar. Die beiden befanden sich in dem engen Schlafzimmer, das sie in dem alten Pfarrhaus teilten. Sie teilten auch die verbotene Zigarette, und sie sprachen sehr leise, denn die Holzwände waren dünn.

«Sin, kennst du Alice Marriott?»

«Nein.»

«Sie hat ab und zu für Cousine Ettie Bult genäht. Ein nettes, dralles Mädchen vom Lande – aus Bacchus Marsh in Victoria. Als ich vorigen Monat in Melbourne war, wollte Ettie wieder verschiedenes genäht haben, und weil Alice nicht in die Stadt kommen konnte, fuhren wir für ein paar Tage nach Bacchus Marsh. Ganz anständiges kleines Hotel, wenn man bedenkt, daß dieses Nest nur ein Kuhdorf ist. Aber landschaftlich sehr hübsch, mit saftig grünen Wiesen, ungefähr so, wie ich mir England vorstelle ...»

«Ness, du schweifst ab.»

«Rauch nicht die ganze Zigarette auf. Komm, laß mich mal ziehen. Danke. Ja, also Alice Marriott und ich sind zu einer Tanzerei gegangen. Zusammen mit ihrem Bruder.»

«Nett?»

«Ach Gott, so eine ländliche Hopserei ...»

«Ich meine den Bruder, du Schaf.»
«Ja, sehr nett.»
«Sieht er gut aus?»
«Hm ... ja ... doch. Jedenfalls hat er prachtvolle Zähne und so ein ironisches Lächeln.»
«Ironisch? Na, wunderbar! Was könnte schöner und aufreizender sein?»
«Jetzt bist du wieder dran mit der Zigarette.»
«Weiter, Ness, weiter!»
«Also tanzen konnte er großartig, aufmerksam war er auch, und für einen Burschen vom Lande hatte er ausgezeichnete Manieren. Sehr schlagfertig. Verblüffende Geistesblitze.»
«Wie aufregend, Ness! Gutaussehend *und* geistreich! Geld?»
«Nicht einen Penny.»
«Natürlich. Mir wär's ja egal, aber wie ich *dich* kenne ...»
«Soll ich weitererzählen oder nicht?»
«Entschuldige.»
«Nach ein paar Tänzen fuhr Logan mit mir ...»
«Logan heißt er? Hübscher Name.»
«Nicht wahr? Ja, er fuhr mit mir in seinem alten Klapperkasten durch die Gegend, zeigte mir die Sehenswürdigkeiten und ... na, kurz und gut, wir erlebten ein paar wunderbare Minuten.»
«Warum nur ein paar?»
«Mehr Zeit hatten wir nicht.»
«Na, in ein paar Minuten kann schon allerlei passieren.»
«Und dann sind wir noch mal an einem zauberhaften Abend rausgefahren, haben auf einer dunklen Wiese geparkt und stundenlang miteinander geredet.»
«*Geredet?*»
«Pst, schrei nicht so, du weckst ja Agnes und Vere.»
«Habt ihr wirklich nur *geredet*?»
«Ja. Ist das so sonderbar?»
«Weiter ist also gar nichts passiert?»
«Ach, weißt du ... Wir fanden beide, es hätte keinen Sinn, sich in irgendwelche Gefühle zu verstricken, weil wir uns ja wahrscheinlich nie wiedersehen würden.»
«Das wäre doch erst recht ein Grund gewesen ...»
«Nein. Wir haben natürlich auch darüber gesprochen.»
«Das sollte man nie tun. Wenigstens nicht *vorher*.»
«Bitte, Sinden! Du denkst, es läuft immer nur *darauf* hinaus. Laß dir von mir sagen, daß es viel mehr sein kann – sehr viel mehr. Wir waren restlos glücklich. Er hat mir sein Herz ausgeschüttet. Nichts hat er mir verschwiegen. Er will unter die Goldgräber gehen. Davon träumt er Tag und Nacht. Er hielt meine Hand und sprach von seinen Träumen.»
«Ness, du hast dich in ihn verliebt!»

«Für ein paar Minuten, wie ich bereits sagte.»

«Und trotzdem war nichts ...?»

«Ach, hör auf! Es tut mir schon leid, daß ich dir überhaupt davon erzählt habe.»

«Aber *warum* denn nicht?»

«Mein liebes Kind – sein Vater ist Bäcker.»

«Himmel, was bist du für ein Snob!»

«Ich als Schwiegertochter eines Bäckers – kannst du dir das vorstellen?»

«Wer hat denn was von Heirat gesagt? Er?»

«Nein, aber ...»

«Na bitte, dann hättest du es doch riskieren können. Ein zauberhafter Abend, eine dunkle Wiese und ...»

«Gib mir die Bürste, bitte. Ich mache das lieber selbst.»

«Ist auch besser. Die Haare stehen dir schon zu Berge vor Selbstkasteiung.»

«Ich hätte gar nicht mit dir darüber reden sollen.»

«Aber Ness, ich meine ja bloß ... Du bist doch so hübsch, und für wen bewahrst du dich eigentlich auf? Wenn ich diesen Logan lieben würde ...»

«*Liebte,* heißt es.»

«... dann könnte er von mir aus ein Lumpensammler sein.»

«Ich will mich nicht von meinen Gefühlen überrumpeln lassen.»

«Warum nicht? So ist es doch am schönsten.»

«Gib auf die Zigarette acht. Der ganze Boden ist schon voll Asche.»

«Ness, möchtest du denn nicht ... Hast du etwa Angst?»

«Daß du auch immer so schlampig bist!»

«Hast du Angst?» bohrte Sinden weiter. «Wünschst du dir nicht ...»

«Was ich mir wünsche, ist ein eigenes Schlafzimmer! Und täglich frische Wäsche. Und ein Bad, in dem ich Stunden verbringen kann, ohne daß einer von euch an die Tür trommelt. Ich wünsche mir, daß ich nie mehr Geschirr zu spülen brauche und nie mehr in einer heißen, vollen Straßenbahn eingekeilt stehen muß, um nach Hause zu kommen. Ich wünsche mir silberne Haarbürsten mit meinem Monogramm darauf und so viele Schuhe, daß ich's niemals nötig habe, ein Paar neu besohlen zu lassen. Ich wünsche mir Wildlederhandschuhe. Und eine Reise nach Paris. Ich wünsche mir ...»

«Ness, du weinst ja! Wünschst du dir das alles so sehr?»

«Hier kannst du die Rosen reintun.»

«Was für Rosen?»

Vanessa zuckte zusammen und sagte in scharfem Ton: «Bitte, schleich dich nicht so von der Seite an!» Ihr Hals war voll merkwürdiger roter Flecke. «Entschuldige», fügte sie rasch hinzu. «Ich war in Gedanken – sei mir nicht böse, P.S.»

Mit ihrem freundlichsten Lächeln gab sie ihm den Rosenstrauß. Er steckte die Blumen in das Einmachglas und stellte sie vor das Kreuz. Vanessa half ihm nicht; sie stand wie angewurzelt.

«Sehr hübsch hast du das gemacht, P.S.», lobte sie ihn, als er fertig war.

«Dies ist das Kreuz», sagte er, und sie nickte, ohne hinzusehen. «George schneidet immer das Gras, wenn wir hier sind.»

«So? Wie nett von ihm.»

«Hätte Jocko heute nicht mitkommen und das Gras schneiden können?»

«Wer ist Jocko?»

«Der Mann in deinem Garten.»

«Ach, der Gärtner. Halt, P.S., da darf man sich nicht hinsetzen!»

«Aber wir sitzen immer hier und essen ... *Lunch.*»

«Wir haben unseren Lunch zu Hause gegessen, und Gräber sind nicht zum Sitzen da.»

Gräber? Er sah fragend zu ihr auf.

«Die ist ein Grab», erklärte sie. «Deine Mutter liegt hier.»

«Hier?»

«Ja. Wo sollte sie denn sonst sein?»

«Agnes sagt, sie ist auf dem höchsten Gipfel der Erkenntnis.»

«Du lieber Himmel ... Weißt du nicht, daß man auf Agnes nicht hören darf?»

«Und Lila sagt, sie ist im Himmel.»

«Die Menschen sterben, P.S. Auch deine Mutter ist gestorben. Sieh mal, sie war ein kleines, zartes Mädchen ...»

«Ein kleines Mädchen? Wie Winnie?»

«So meine ich's nicht. Sie war eine erwachsene Frau, aber sehr zierlich, sie ging mir nur bis hierhin, schau ... Und sie war nicht sehr kräftig. Es war nicht leicht für sie, ein Kind zu bekommen, und du hast dich noch dazu erheblich verspätet.»

Was war das? Konnte er etwas dafür?

«Verspätet?»

«Ja, sie mußte lange auf dich warten. Das hat sie sehr angestrengt, und sie ist vor Erschöpfung gestorben.»

Es war also wirklich seine Schuld!

«Nein, es war nicht deine Schuld», sagte Vanessa, die seine Gedanken erriet. «Fast jede Geburt ist schwierig. Meine Mutter hatte es auch sehr schwer mit mir, und sie rieb mir das unter die Nase, so oft sie nur konnte – mit anderen Worten: fast täglich.»

Sie schien mit sich selbst zu sprechen; ihre Miene war eisig geworden, und sie schlug gereizt nach einer Biene, die um sie herumschwirrte.

P.S. hörte hingerissen zu. Das war ja viel aufregender als die Ausflüge mit Lila! Fragen über Fragen drängten sich ihm auf.

«Haben sie Muschi in eine Kiste gelegt?»

«Bitte, Liebling, sag nicht immer ‹Muschi›. Sie hätte das gar nicht gern gehabt. Es heißt ‹Mutter›.»

«Ja, aber ist ... ist sie in einer Kiste?»
«In einem Sarg, ja.»
«Da unten?»
«Ja.»
«Jetzt auch noch?»
Vanessa räusperte sich. Nach einer Weile antwortete sie: «Jetzt ist wohl nicht mehr viel übrig – nach all den Jahren.»
Regenpfeifer flogen über den Friedhof.
«Aber *du* bist noch da», fügte Vanessa hinzu. «Du bist das, was von ihr übriggeblieben ist.»

An diesem Abend stand er im Wohnzimmer lange vor dem Bild seiner Mutter, und er hatte den Eindruck, daß sie ihn ärgerlich anblickte. Ob sie ihm böse war, weil er sich verspätet hatte? Aber wo war er denn damals gewesen, und warum konnte er sich überhaupt nicht daran erinnern? Sie schien gar nichts mit ihm zu tun zu haben, und er begriff nicht, weshalb die Leute ihn immer so traurig und mitleidig ansahen, wenn von ihr die Rede war. Auch Cousine Ettie sah ihn so an, als sie ins Zimmer gehuscht kam, mit Schuhschnallen, die im rötlichen Lampenlicht blinkten, und mit den Glitzerringen an ihren unruhigen kleinen Händen.
«Ja, mein Lämmchen», sagte sie, «das ist deine kleine Mama.»
«Ich weiß.»
«Sie war ein elfenhaftes Geschöpfchen, immer heiter, immer vergnügt. Ach, wenn du sie doch gekannt hättest! Wir haben sie alle so liebgehabt!» Und nun mußte sie ihn natürlich trösten, ihn auf den Schoß nehmen und streicheln. Er saß höchst unbequem, denn er war ja schon viel zu groß, um ein Schoßkind zu sein, ganz abgesehen davon, daß auf dem Schoß einer so kleinen Person wie Ettie allenfalls ein Zwerghündchen Platz hatte.
«Gefällt dir unser Haus, Schätzchen?» schmeichelte sie.
«Ja», antwortete er höflich und wünschte inbrünstig, es gäbe einen Knall und es wäre Sonntag.
«Und magst du dein Zimmer?»
«Ja.»
«Und den großen Garten, in dem du spielen kannst?»
«Hm.»
«Weißt du, Cousine Ettie möchte dir gern etwas sehr Schönes schenken. Was wünschst du dir denn am allermeisten?»
«Daß ich nach Hause darf.»
Erschrocken hielt sie ihn ein wenig von sich ab, um ihm ins Gesicht zu sehen, und fragte leise: «Heimweh, mein Lämmchen?»
Er nickte nur, und sie drückte seine Hand.
«Aha», sagte sie mit zitternder Stimme. «Aha. Hör zu, Herzenskind, jetzt will ich dir ein Geheimnis verraten. Ettie hat auch Heimweh – nach ihrem schönen Haus in London und nach all ihren lieben Freunden und Bekannten. Aber wir müssen beide tapfer sein, weißt du? Deine süße

Tante Vanessa hat alles aufgegeben, um nach Sydney zu kommen und sich um dich zu kümmern, und sie beklagt sich nie, darum dürfen auch wir uns nicht beklagen. Vor Jahren hat sie schon einmal alles aufgegeben; damals tat sie's der armen alten Cousine Ettie zuliebe, und diesmal tut sie's für dich, verstehst du? Wir beide müssen ihr also sehr dankbar sein und sie liebhaben, weil sie so gut zu uns ist, und wir dürfen sie nicht ärgern oder aufregen. Laß sie nicht merken, Lämmchen, daß du Heimweh hast, denn wir sind doch nur deinetwegen dreizehntausend Meilen..» Sie brach mitten im Satz ab, als sich draußen rasche Schritte näherten. «Und kein Wort darüber, daß Cousine Ettie auch Heimweh hat, hörst du?» flüsterte sie und kniff ihn ziemlich kräftig in den Arm.

Vanessa trat ein und fragte, als sie die beiden so eng aneinandergeschmiegt sah: «Na, große Geheimnisse?»

Cousine Ettie lachte. «Wenn du's genau wissen willst: Wir haben darüber gesprochen, wie sehr wir beide unsere Vanessa lieben.»

«Tatsächlich? Da bin ich aber tief gerührt. P.S., in deinem Alter sitzt man besser auf einem Stuhl als auf dem Schoß einer Dame.»

Er war froh, daß er sich endlich Etties Umarmung entziehen konnte.

«Ich fand ihn vor dem B-i-l-d», erklärte Ettie leise. Vielleicht hättest du ihn lieber nicht zu dem G-r-a-b mitnehmen sollen.»

Vanessa antwortete nicht; sie setzte sich und betrachtete längere Zeit ihre Fingernägel. Dann blickte sie auf, lächelte und fragte: «Kennst du das Sprichwort: Viele Köche verderben den Brei?»

«La-lala-lala.» Ettie summte vor sich hin, sah Vanessa forschend an, streifte P.S. mit einem raschen Blick, machte ein Schmollmündchen und sagte schließlich: «Ich glaube, ich nehme einen kleinen Sherry vor dem Dinner, wenn du nichts dagegen hast.»

«Dort ist die Klingel», erwiderte Vanessa in liebenswürdigem Ton, «und du bist die Herrin des Hauses. Du kannst hier alles tun, was du willst, sogar radschlagen.»

«O Ness, bist du mir böse?»

«Keineswegs. Ich schätze nur diesen Ton nicht, der andeutet, ich sei kleinlich und tyrannisch.»

«Ness, das habe ich doch nie...»

«Ich bitte dich nur um eines: Versuche, dich mit *einem* Glas zu begnügen, solange *le petit* hier ist. Ich wünsche nicht, daß sich gewisse Dinge zu L. und G. herumsprechen.» Damit verließ Vanessa das Zimmer.

Etties Gesicht sank immer tiefer in die weichen, ringförmigen Falten ihres Halses; sie sah aus wie eine betrübte Schildkröte. «Oooh», jammerte sie leise, «Ness ist böse. Nein, nicht auf dich, Lämmchen. Dich mag sie ja viel zu gern – du bist ihr Liebling. Ich glaube», fügte sie lachend hinzu, während sie auf den Klingelknopf drückte, «ich glaube, sie hat dich sogar lieber als mich! Ach, wieviel Spaß werden wir drei miteinander haben!»

Wann? dachte er.

In dieser Nacht, als er gerade von einem jungen Hund träumte, wurde er durch ein Geräusch aus dem Schlaf gerissen, das sich anhörte wie der Kanonendonner am Empire-Tag. Vielleicht war wirklich Empire-Tag, denn es schien auch Feuerwerk zu sein. Jemand rüttelte ihn an der Schulter und sprach auf ihn ein, und als er die Augen öffnete, sah er im Schein der Nachttischlampe, daß es Vanessa war. Das rote Haar hing ihr wirr über das Nachthemd, und ihr ungeschminktes Gesicht war kreidebleich.

Er wehrte sich schlaftrunken, wollte sich wieder ins Kissen kuscheln und weiterträumen, aber Vanessa ließ es nicht zu. Sie packte ihn an den Armen, zerrte ihn aus dem Bett, zog ihm hastig die Hausschuhe und den Bademantel an und redete dabei in einem fort. Er sah nur, wie sich ihre Lippen bewegten; verstehen konnte er nichts bei dem Lärm draußen. Jetzt merkte er, daß es keine Kanonen waren, sondern Donnerschläge. Das Gewitter mußte genau über ihnen sein. Plötzlich wurde es vor dem Fenster taghell, und das Haus erzitterte in seinen Grundfesten. Vanessa fuhr zurück und preßte, vor Angst schlotternd, die Hände auf den Mund; dann aber riß sie P.S. an sich, hob ihn hoch und eilte mit ihm auf den matt erleuchteten Flur.

«Wo gehen wir denn hin?» murmelte er.

«Nach unten», stieß sie hervor. «Da sind wir sicher.»

«Warum?»

Ohne zu antworten, lief sie die Treppe hinunter. In der Halle setzte sie ihn ab, kauerte sich auf den Fußboden und nahm ihn fest in die Arme.

«Hier bist du sicher», flüsterte sie, noch immer zitternd, und er hörte ihr Herz an seinem Ohr trommeln. Dann begann sie: «Es waren einmal drei Schweinchen ...»

Wollte sie ihm etwa jetzt die alte Geschichte erzählen, mitten in der Nacht, während das Haus wackelte und der prasselnde Regen das Deckenoberlicht zu zersprengen drohte? Gleich darauf aber verstummte sie und lockerte die Umarmung ein wenig, um ihn anzustarren. Sie war ganz anders als sonst, und er erkannte sie kaum wieder mit ihren weißen Lippen und den Augen, die so weit aufgerissen waren, daß sie jeden Moment herauskullern konnten wie grüne Murmeln. Beim nächsten Donnerschlag riß sie ihn von neuem an sich. Sie lagen auf dem harten Boden, hielten einander umschlungen, und sie flüsterte ihm wieder und wieder ins Ohr: «Hab keine Angst. Ich halte dich ganz fest.»

Ihm aber schien, daß er es war, der *sie* festhielt. Und später, viel später, als das Gewitter murrend über den Hafen zur offenen See hin abzog, fühlte er im Einschlafen Vanessas schweres Gewicht über sich hinsinken und hörte sie murmeln: «Halte mich, halt mich fest.» Aber sie sprach wohl schon im Schlaf, denn sie nannte ihn mit einem verkehrten Namen.

«Halt mich fest, Logan», sagte sie.

Als er erwachte, war schon hellichter Tag, und zu seiner Überraschung kam Diana herein, um ihm beim Waschen und Anziehen zu helfen. Sie machte das Fenster auf und sagte: «Ah, schön! Nach dem Regen hat sich's ein bißchen abgekühlt.»

Im Speisezimmer saß Vanessa bei einer Tasse Kaffee, rauchte eine Zigarette und las die Zeitung. Sie war von Kopf bis Fuß untadelig gekleidet, in ihrem Haarknoten steckte ein schwarzes Samtschleifchen, sie hatte wieder rote Lippen, und ihre Augen verrieten überhaupt nichts.

«Guten Morgen», begrüßte sie ihn lächelnd. «Was für ein schöner Tag! Der Regen hat die schreckliche Hitze vertrieben.»

Sie schien vergessen zu haben, was in der Nacht geschehen war. Aber vielleicht war gar nichts geschehen. Er mußte geträumt haben. Die feine, vornehme Vanessa würde sich doch bestimmt nicht wie eine Verrückte aufführen, wenn es nachts mal ein bißchen donnerte.

Er aß sein Ei und beobachtete heimlich Vanessa, die ab und zu einen Schluck Kaffee trank, während sie die Seiten der Sonntagszeitung sorgsam umblätterte. Sie sagte kein Wort, als er Eidotter auf das Tischtuch kleckerte, und sie bedachte sogar Diana, die abräumen kam, mit einem freundlichen Lächeln.

P.S. wartete geduldig auf Anweisungen, was er tun sollte. Endlich ließ Vanessa die Zeitung sinken, faltete sie so ordentlich zusammen, daß es aussah, als hätte noch niemand darin gelesen, stand auf und betrachtete sich sehr genau in dem Spiegel des großen Büfetts. Offenbar gefiel ihr das, was sie sah, denn sie nickte ihrem Spiegelbild anerkennend zu. Dann drehte sie sich um und sagte: «P.S., ich möchte dich bitten, mit niemandem über heute nacht zu reden. Abgemacht?»

Also hatte er doch nicht geträumt – sie war die Verrückte mit den bleichen Lippen gewesen.

«Okay», antwortete er.

«Es heißt: Ja, Vanessa.»

«Ja, Vanessa.»

«Vor allem darfst du Lila und George nicht davon erzählen. Versprichst du mir das?»

P.S. zögerte, denn er hatte Lila und George noch nie etwas verschwiegen, nicht einmal das, was der Junge von gegenüber eines Tages gemacht hatte. Aber Vanessa wartete. Sie kam an den Tisch zurück und küßte ihn auf die Stirn. «Versprich's mir», bat sie mit ihrer tiefen Stimme.

«Okay», sagte er wieder.

«Du mußt bedenken», fuhr sie fort, «daß solche Gewitter sehr gefährlich sind; man kann vom Blitz erschlagen werden, besonders wenn man am Fenster steht oder unter einem Baum oder wenn Metall in der Nähe ist. Übrigens, sag nicht immer ‹okay›, das ist amerikanisch.»

Er schwieg.

«Ein Versprechen unter Freunden ist eine ernste Sache, P.S. – etwas Heiliges.»

«Ja», sagte er.

«Und wir sind Freunde», erinnerte sie ihn nachdrücklich. «So – wie wär's jetzt mit einem Spielchen?»

Sie spielten Ludo. Vanessa schien nicht viel davon zu verstehen, denn er gewann fortwährend, und das machte ihm bald keinen Spaß mehr.

Der Sonntag wollte nicht enden. Vanessa folgte P.S. auf Schritt und Tritt. Im Garten ließ sie ihn keine Sekunde allein, und sie saß neben ihm, als er in den neuen Bilderbüchern blätterte.

«Wie spät ist es?» fragte er einmal.

«Warum? Langweilst du dich?»

«Nein.»

«Es ist doch schön hier, nicht wahr?»

«Ja.»

«Ja, danke, Vanessa.»

Er widerholte es artig. Sie schien zu erwarten, daß er noch irgend etwas Nettes sagte oder tat, aber er konnte an nichts anderes denken als daran, daß George um fünf Uhr kommen würde. Vielleicht irrte sich Lila wieder einmal in der Zeit und schickte ihn schon ein bißchen früher.

Um fünf Uhr stand er am Fenster, starrte sehnsüchtig hinaus und wurde immer unruhiger. Wenn nun alles ein riesengroßer Schwindel war und George überhaupt nicht kam? Wenn er noch eine Nacht hierbleiben mußte und morgen und übermorgen auch, und ...

«Woran denkst du?» fragte Vanessa hinter ihm.

«An nichts», antwortete er.

Aber da kam ja George in seinem blauen Anzug die Auffahrt herauf! Wie ein Pfeil flog P.S. aus dem Zimmer und zur Haustür hinaus, raste auf George zu, der bei dem Anprall ins Wanken geriet, und umklammerte ihn mit beiden Armen, als wollte er ihn nie wieder loslassen.

«Herrje», rief George, «ich glaube, mich hat ein Grizzlybär erwischt! So freudig werde ich ja selten begrüßt.» Er gab ihm einen feuchten, stachligen Kuß.

Vanessa, die an der Haustür stand und alles mit angesehen hatte, nickte George zu. Sie wechselten ein paar höfliche Worte und lächelten – mit den Lippen, aber nicht mit den Augen. Als Diana den Ranzen brachte, beugte sich Vanessa zu P.S., küßte ihn zum Abschied und flüsterte ihm ins Ohr: «Denk an dein Versprechen. Ich kann spüren, ob du es hältst oder nicht.»

P.S. nickte. Ihm war jetzt alles egal – Hauptsache, er kam von hier weg. Beglückt ging er an Georges Hand davon, und nach ein paar Schritten begann er vor Freude zu hüpfen.

Dort, wo die Auffahrt einen Bogen machte, drehte er sich um. Vanessa stand noch auf der Freitreppe. Er winkte und rief: «Wiedersehen!» Sie hob nur leicht die Hand. Jetzt schien sie nicht größer zu sein als er selbst, und obwohl der Garten zwischen ihnen lag, merkte er, daß sie traurig war. Er wollte ihr noch irgend etwas Nettes zurufen, aber sie hatte sich schon umgedreht und ging die Stufen hinauf, zurück in das dunkle Haus.

Zweites Buch

«Beresford!»
«Hier, Miss Pile.»
«Boynton-Jones!»
«Hier, Miss Pile.»
«Lawson!»
«Hier, Miss Pile.»
«Steck dein Jo-Jo in die Tasche, Cynthia. Während des Unterrichts wird nicht Jo-Jo gespielt. MacArthur-Bode!»
«Hier, Miss Pile.»
«Marriott!»
Keine Antwort.
«Marriott!»
Scharren, Kichern, Köpfewenden.
«Du dort, der Neue. Wie heißt du, mein Kind?»
«P.S.»
Das Kichern steigerte sich zu unterdrücktem Gelächter. Zwölf Augenpaare starrten ihn an. Miss Pile gebot Ruhe, indem sie auf das Katheder klopfte.
«Wie ist dein Name?»
«P.S.»
«Und weiter?»
«In *meiner* Schule ...»
«Du bist jetzt in *unserer* Schule, und hier werden die Kinder mit dem Familiennamen aufgerufen. Heißt du mit Nachnamen Marriott?»
«Ja.»
«Ja, Miss Pile.»
«Jamisspile.»
«Merke dir: Wenn dein Name aufgerufen wird, stehst du auf, hältst dich kerzengerade, schaust zur Wandtafel und meldest dich laut und deutlich mit den Worten: ‹Hier, Miss Pile.› Also gib acht: Marriott!»
«Hiermisspile.»
«Rutherford!»
«Hier, Miss Pile.»
So ging es weiter bis W – Wiggham –, während P.S. auf seine funkelnagelneue Federtasche starrte.
«Gut, Kinder, nun die Hymne. Schnell, wir haben uns heute ein wenig verspätet.»

«God save our gracious King,
long live our noble King,
God save the King.

Send him victorious,
happy and glorious,
long to reign ov-er us.
Go-od save the King.»

«*... the King.*» P.S. klapperte nach.

«So, Kinder, nun ist es genug mit dem Lachen über Marriott. Er ist neu, und ihr müßt dafür sorgen, daß er sich bei uns einlebt. Wer hat die Aufsicht?»

«Ich, Miss Pile.»

«Gut, Cynthia, dann nimm deine Pfeife und gib das Zeichen zum Anfang. Setzen.»

P.S. saß mucksmäuschenstill, während die Lehrerin Rechenaufgaben an die älteren Kinder und Schreibvorlagen an die jüngeren verteilte. Schließlich kam sie auch zu ihm. Sie war eine vierschrötige Dame in einem braunen Samtkleid, und sie hatte einen Schnurrbart wie George. Beim Lächeln zeigte sie die gleichen sehr gelben Zähne, die Reineke Fuchs im Bilderbuch hatte.

«Nun also zu dir, Marriott. Hast du schon Schreibunterricht gehabt?»

«Ja.»

«Ja, Miss Pile.»

«Jamisspile.»

«Wie viele Buchstaben kennst du?»

«Alle von A bis ... bis Mm.»

«Em, nicht Mm.»

«Meine Lehrerin hat aber Mm gesagt.»

«In der Tat? Das muß ja eine merkwürdige Lehrerin sein. In welcher Schule warst du bisher, Marriott?»

«In der von Neutral Bay.»

«Aha. Eine staatliche Schule. Nun, hier bist du in einer guten Privatschule, wo großer Wert auf korrekte Aussprache gelegt wird. Sprich mir nach: Ein Stück Kuchen.»

«Ein Stück Kuchen.»

«Aain – Stück Kuuchän. Ich möchte gern ain schöönes Stück Kuuchän.»

«Ich möchte gern ein schönes Stück Kuchen.»

«Nicht ‹mechte› – möchte. Ich möchte gern ...»

«Ich möchte ...»

«Ö, ö, ö. Achte darauf, wie ich die Lippen bewege. Möchte – die Mundstellung ist ganz anders als bei ‹mechte›. Siehst du den Unterschied? Gut. Und jetzt nehmen wir einen Satz mit A: Barbara saß nah am Abhang ...»

In seinen Ohren klang das alles sehr geziert – «affig», wie Winnie es genannt hätte –, aber er machte das Spiel mit, bis Miss Pile es satt bekam und ihm ein paar Reihen A und B zum Abschreiben vormalte. Seine Zunge beulte die Wange aus, während er sich bemühte, die Rundungen der Buchstaben recht schön hinzukriegen, und er kroch förmlich in das Heft hinein, denn das war ja der einzige Platz, wo er sich vor den anderen verstecken konnte.

Als Cynthia auf der Trillerpfeife das Ende der Stunde ankündigte, stürmten alle hinaus in den strahlenden Herbsttag. Der Spielplatz lag neben einer Bucht, in der viele Boote und Jachten an ihren Bojen auf und ab wippten. P.S. starrte angelegentlich dorthin und tat so, als merkte er nicht, daß die Kinder ihn immer enger umkreisten. Nach vielem Geflüster und Gekicher kam einer der größeren Jungen auf ihn zu und fragte: «Was macht ein Boot, wenn es in den Hafen kommt?»

Er sagte, er wisse es nicht.

«Leine hoch und Anker runter!» Damit riß ihm der Junge die Krawatte nach oben und trat ihm gleichzeitig derb auf den Fuß. P.S. schrie vor Schreck und Schmerz auf, und die Zuschauer wollten sich vor Lachen ausschütten.

«Wie heißt du?» fragte Cynthia.

«P.S.»

«Was soll denn das bedeuten?»

«Weiß ich nicht.»

«Haha, aber *ich* weiß es.»

«Kannst du ja gar nicht wissen!» rief P.S. erbittert.

«Kann ich wohl», erwiderte Cynthia, «und werd ja nicht frech, du, ich habe diese Woche die Aufsicht, verstanden? P.S. bedeutet Peter Simpel, da hast du's!»

Cynthias Geistesblitz war ein Riesenerfolg. Drei Kinder wälzten sich vor Begeisterung auf dem Rasen und schrien immerfort: «Peter Simpel, Peter Simpel», bis die anderen einfielen und eine Art rhythmischen Singsang daraus machten: «Peter Sim-pel, Pe-ter Sim-pel ...»

Cynthia, die sich sehr wichtig vorkam, rief schließlich im gebieterischen Ton der Aufsichtführenden: «Ruhe! Ihr habt gehört, was Miss Pile gesagt hat. Wir sollen nett zu dem Neuen sein.» Sie lächelte P.S. an. «Wie ruft dich denn deine Mutter?»

(Warum mußten bloß alle Leute *davon* reden?)

«Gar nicht», murmelte er.

«Gar nicht!» Lautes Gelächter.

Der sommersprossige Junge, der Cynthias jüngerer Bruder war, sagte grinsend: «Guten Tag, Garnicht. Wie geht's dir, Garnicht? Komm doch mal her, Garnicht ...»

«Sei still, Ian!» fuhr ihm seine Schwester über den Mund. «Das hier ist meine Sache.» Und zu P.S. gewandt: «Du brauchst keine Angst vor ihm zu haben. Na, also wie ist das? Irgendwie muß dich deine Mutter doch nennen.»

«Ich habe keine Mutter», sagte P.S. widerwillig.

Cynthia spielte mit der Trillerpfeife. «Wer war denn die Dame, die dich heute früh hergebracht hat?»

«Vanessa.»

«Wer ist das?»
«Meine Tante.»
«Wohnst du bei ihr?»
«Nein, ich wohne bei Lila und George.»
«Was sind denn das nun wieder für Leute?»
«Meine Tante und mein Onkel.»
«Und wo wohnen die?»
«In Neutral Bay.»
«Warum kommst du dann in unsere Schule?»
«Darum.»

Er hatte nicht die Absicht, dieser Cynthia die ganze Geschichte zu erzählen. Sie war furchtbar neugierig, das merkte man sofort, aber es ging sie doch wirklich nichts an, weshalb er jetzt die ganze Woche bei Vanessa wohnte und nur noch von Freitagmittag bis Sonntagabend nach Hause durfte. Außerdem wußte er selbst nicht, wie das alles gekommen war. Eines Tages, als er in seiner alten Schule mit den anderen Kindern unter dem Gummibaum im Hof saß, war plötzlich Vanessa aufgetaucht. Sie hatte ihn von weitem beobachtet, ohne ihn zu rufen, und dann hatte sie die Lehrerin angesprochen und war mit ihr weggegangen, und ihm war ganz schlecht geworden, weil er spürte, daß irgend etwas in der Luft lag. Am Abend hatte es in der Küche aufgeregtes Geflüster gegeben, und am nächsten Tag führte Lila, die wieder schreckliche Atembeschwerden hatte, ein langes Telefongespräch mit Mr. Hamilton, dem Rechtsanwalt. Und eine Woche später hieß es auf einmal, daß er nicht mehr in seine alte Schule gehen sollte, und Lila sagte zu ihm: «Junge, was hast du für ein Glück, du kommst in eine feine neue Schule, ist das nicht großartig?» Er hatte sich gesträubt – nein, da müßten sie schon einen Polizisten holen, der ihn hinschleppte! Aber es nützte alles nichts. Eines Sonntagabends war Lila mit ihm zu dem großen Haus gefahren und hatte ihn für die ganze Woche bei Vanessa abgeliefert, so daß ihm gar nichts anderes übrigblieb, als sich von Vanessa wiederum in einem Haus abliefern zu lassen, das *Point Piper Yacht Club* hieß und in dem Miss Pile vormittags kleine Jungen und Mädchen unterrichtete, die aus guter Familie waren und englische Nannies hatten wie in *Peter Pan*. Aber Lila hatte ihm beim Abschied gesagt: «Es ist bestimmt nicht für lange, mein Herzchen, darum finde dich mir zuliebe damit ab. Und ärgere Vanessa nicht – *bitte!*»

Cynthia lächelte ihn an, also lächelte auch er.

«Na schön», meinte sie. «Willst du in unseren Geheimklub eintreten?»

«Wenn du nicht eintrittst», erklärte Ian, «darfst du nie mit uns spielen, und keiner spricht ein Wort mit dir.»

«Tritt lieber ein», riet Cynthia.

«Wir sind alle drin», fügte Ian hinzu.

«Ich bin die Vorsitzende», sagte Cynthia. «Wenn du nicht dazu gehörst, wirst du nie zum Geburtstag bei uns eingeladen. Na, willst du Mitglied werden oder nicht?»

Es muß wohl sein.

«Okay», sagte er.

Cynthia streckte fordernd die Hand aus. «Dann gib mir den Beitrag. Dein Taschengeld.»

Er kramte in seiner Hosentasche. Vanessa hatte ihm noch nie Geld gegeben, aber er besaß neun Pence von Lila, und die hatte er in sein Taschentuch geknüpft – für den Fall, daß er einmal mit der Straßenbahn entweichen mußte. Nun rückte er seinen Notgroschen widerstrebend heraus.

«Ist das alles?» fragte Cynthia mißtrauisch. «Wieviel gibt dir dein Vater pro Woche?»

«Ich habe keinen Vater», sagte P.S.

«Wieso? Ist er tot?»

«Nein.»

«Wo ist er denn?»

«Weiß ich nicht. Er ist Goldgräber.»

«Was ist denn das für ein Beruf?»

«Na, er gräbt eben nach Gold.»

«Wo?»

«Weiß ich nicht. Weit weg.»

Cynthia riß die Augen auf. Nun wußte sie Bescheid. «Du hast ihn wohl noch nie gesehen?» fragte sie sehr freundlich.

«Nein», antwortete P.S.

Cynthia drehte sich um, flüsterte ihrem Bruder etwas zu und rief: «Weitersagen!» Ian tuschelte mit einem anderen Jungen, fügte ebenfalls hinzu: «Weitersagen» und brach in lautes Lachen aus.

Die Mitteilung ging von Mund zu Mund; sie schien sehr wichtig und sehr komisch zu sein. Vier Kinder, die in einem Grüppchen zusammenstanden, bekamen es als letzte zu hören. Ihr Entzücken war so groß, daß sie Luftsprünge vollführten. Schließlich konnten sie nicht länger an sich halten.

«P.S. ist ein Bastard!» schrien sie los, und alle anderen stimmten ein, nur Cynthia nicht. «P.S. ist ein Bastard, P.S. ist ein Bastard . . .»

Ein Bastard? Vere gebrauchte das Wort oft um ihrem Ärger Luft zu machen. Der geizige Mr. Jacoby zum Beispiel, für den sie die Vasen machte, war ein Bastard. Und ihren Teekessel fuhr sie manchmal an: «Koch endlich, du Bastard!» Aber wieso war er, P.S., ein Bastard?

Na, den Kindern schien es jedenfalls Spaß zu machen. Er buchte das als einen kleinen Erfolg und lächelte bescheiden.

«Nun hör mal gut zu», sagte Cynthia. «Wenn du nicht in unseren Klub eintrittst, erzählen wir allen Leuten, daß du ein Ba-stard bist.» Sie sprach das Wort mit so feinem Pommy-Akzent aus, als hätte sie bei Vanessa hinter der Tür gelauscht. «Komm jetzt», befahl sie und ergriff seine Hand. «Du mußt eingeweiht werden.»

Sie zerrte ihn vorwärts, und die anderen, die lachend und prustend folgten, knufften ihn in den Rücken.

Unter Schieben und Stoßen zwängten sich alle in eine Art Höhle zwischen den Zementpfeilern, die das Gebäude des Yachtklubs trugen. Hier lagen leere Bierflaschen und tote Krabben herum, und es roch nach fauligem Tang.

«Wo ist unser Stock?» fragte Cynthia.

Ein Junge holte hinter einer Kiste eine lange Gerte hervor, die von einem Rosenstrauch stammte und mehrere beachtliche Dornen aufwies. Cynthia nahm die Gerte, ließ sie durch die Luft sausen und sagte zu P.S.: «Los, Hosen runter!»

Was ... vor all den Mädchen?

«Nein.»

«Wie du willst. Dann nehmen wir dich nicht in den Klub auf und erzählen allen ...»

«... daß du ein Bussard bist», ergänzte Ian.

«Bin ich ja gar nicht!»

«Doch! P.S. ist ein feiger Bussard! P.S. ist ...»

«Meinetwegen», sagte P.S. Er drehte sich um und ließ seine neuen grauen Kniehosen herunter.

«Die Unterhose auch», befahl Cynthia.

Er gehorchte, und sie fuhr fort: «Jetzt bück dich. Und daß du nicht etwa schreist, verstanden? Wenn du nur einen Laut von dir gibst, verdresche ich dich morgen noch mal und übermorgen auch – immer weiter, bis du's gelernt hast.» Damit versetzte sie ihm den ersten Schlag, der wie Feuer und Pfeffer auf seinem nackten Hinterteil brannte. Er konnte den Schrei, der sich ihm entringen wollte, gerade noch zu einem erstickten Ächzen dämpfen, indem er sich auf die Lippen biß. Den zweiten und dritten Schlag spürte er kaum, aber der vierte war wieder so, daß es in seinen Ohren summte und in den Augen stach. Dann hatte er das Gefühl, sein Körper werde auf einer glühenden Herdplatte geröstet, und beim sechsten Hieb stöhnte er tonlos: «Hör auf.»

Cynthia ließ die Gerte sinken, verbot ihm aber, sich aufzurichten. Er blieb vornübergebeugt stehen, während die anderen sich um ihn scharten.

«Ja, er ist ganz schön zerkratzt», stellte Ian fest.

«Jetzt kannst du dich umdrehen», sagte Cynthia. «Sprich mir nach: Ich schwöre hoch und heilig, keinem Menschen davon zu erzählen.»

Er murmelte den Eid. Seine Striemen taten so schrecklich weh, daß er sich nicht einmal mehr schämte, weil die anderen ihn ohne Hosen sahen.

«Und ich schwöre, die Geheimnisse unseres Klubs zu wahren.»

Er wiederholte auch das.

Cynthia nickte. «Gut. Nun darfst du mein Freund sein und meinem Klub angehören.»

Ein schrilles Klingelzeichen übertönte das Sirren und Summen in seinem Kopf. Die Kinder krabbelten aus der dunklen Höhle ins Sonnenlicht hinaus, und P.S. hörte, wie Miss Pile sie rief.

Er zog die Hosen hoch und folgte den anderen. Miss Pile stand an der Tür und zählte lächelnd ihre Schäflein ab. Zu ihm, der als letzter angeschlichen kam, sagte sie: «Merke dir, Marriott: Wenn du die Glocke hörst, ist die Spielpause vorbei.»

Vanessa saß in der Bibliothek, und sie hatte Besuch: eine fremde Dame, die mit ihrem buntkarierten Kleid und dem Mützchen auf dem jungenhaft kurzgeschnittenen Haar wie ein Schotte aussah.

«Da bist du ja, P.S.», sagte Vanessa. «Na, wie ist es dir ergangen?»

«Gut.»

«Der erste Tag in einer neuen Schule ist immer ein bißchen schwierig, nicht wahr? Waren die anderen Kinder wenigstens nett zu dir?»

«O ja.» Seine Striemen brannten, und in ihm fraß der Haß.

«Dies ist Miss Colden», fuhr Vanessa fort. «Sag ihr schön guten Tag.»

«Tag, Miss Colden.»

«Was für ein süßer kleiner Junge», rief Miss Colden, ohne den Blick von Vanessa abzuwenden.

«Sing Miss Colden etwas vor», forderte Vanessa ihn unerwartet auf.

«Was denn?»

«Irgendein Lied. Du brauchst dich nicht zu genieren. Denk mal nach, dann wird dir schon was einfallen. Lila sagt, du singst gern. Also?»

«Ich kann bloß Schlager.»

«Macht nichts.»

Er hatte nicht die geringste Lust, irgend etwas zu singen. Nach oben laufen, sich aufs Bett werfen und heulen – das war es, wozu er Lust hatte. Und dann: entweichen, mit der Straßenbahn zum Circular Quay fahren ... Aber Cynthia hatte ihm ja all sein Taschengeld weggenommen. Er starrte stumm auf den Teppich.

«Wir warten, P.S.», sagte Vanessa.

Er räusperte sich und begann unsicher:

«Wenn du mal an trüben Tagen ...»

«Lauter, P.S.! Miss Colden möchte dich hören!»

«... nah daran bist zu verzagen,
such dir in dem Wolkengrau
rasch ein Stückchen Himmelsblau ...»

«Ausgezeichnet», lobte Miss Colden, nachdem er sich durch sämtliche Strophen hindurchgequält hatte. «Er ist hochmusikalisch.» Sie sprach so begeistert, als wollte sie gleich aufspringen und einen schottischen Tanz vorführen.

«Miss Colden wird dir Klavierstunden geben», sagte Vanessa. «Jeden Montagnachmittag.»

Miss Colden lachte. «Oh, wir werden uns herrlich amüsieren. Mit Tonleitern und Arpeggien kann man wunderschöne Spiele machen. Alle meine Schüler sind davon entzückt, Miss Scott. Und wie sie auf diese Art weiterkommen! Cynthia und Ian Lawson spielen sogar schon vierhändig. Ach, was sind das für reizende Kinder! So wohlerzogen!»

«Kennst du die kleinen Lawsons, P.S.?» erkundigte sich Vanessa.

«Ja.»

«Sehr liebe, freundliche Kinder», versicherte Miss Colden und hielt dienstbeflissen einen Aschenbecher bereit, während Vanessa das Zündholz, wie immer, herunterbrennen ließ und dabei P.S. ansah.

«Aber das ist ja nicht anders zu erwarten», fuhr Miss Colden fort. «Ihre Mutter ist eine geborene MacArthur, und ihr Vater ist Präsident der Englisch-Schottisch-Australischen Bank.»

Vanessa nickte zerstreut und blies endlich das Zündholz aus.

«Sie spielen doch gewiß Klavier, Miss Scott», meinte Miss Colden.

«Nein. Ich bin leider in jeder Hinsicht unbegabt. Die einzige von uns, die wirklich Talent hatte, war meine Schwester.»

«Mir fielen Ihre Hände auf», erklärte Miss Colden. «Wenn ich so sagen darf – Sie haben Pianistenhände. Kräftig und dabei sehr, sehr schön.» Sie starrte auf Vanessas Hände, als hätte sie nie zuvor etwas Ähnliches gesehen.

«P.S.», sagte Vanessa, «mir scheint, du bist etwas mitgenommen. Geh in dein Zimmer und ruh dich vor dem Essen noch ein Weilchen aus.»

«Wir werden uns herrlich miteinander amüsieren, P.S.», wiederholte Miss Colden, ohne ihn anzuschauen. Sie hatte nach wie vor nur Augen für Vanessa. Als er die Tür hinter sich schloß, fing er noch den Satz auf: «Dieses Zusammensein mit Ihnen ist wie ein Heimathauch.»

Auf dem obersten Treppenabsatz machte er halt. Cousine Etties Tür war offen; sie selbst stand im Zimmer, mit dem Rücken zu ihm, und hielt etwas an ihren Mund. Gleich darauf drehte sie sich um, und als ihr Blick auf P.S. fiel, zuckte sie zusammen. Er sah, daß sie hastig ein kleines, mit einer honigfarbenen Flüssigkeit gefülltes Glas wegstellte, bevor sie auf ihn zugeflattert kam.

«Ach, mein Lämmchen», rief sie. Ihre Augen waren gerötet, und sie schnupfte ein paarmal durch die Nase. «Komm, sei lieb zu Ettie!»

Er umarmte sie und roch Lavendel und noch etwas anderes, angenehm Süßes.

«Mein Engelchen», sagte sie. «Ja, halte Ettie recht fest – noch viel fester. Ettie ist heute traurig. Sehr, sehr traurig ist sie, und nichts auf der Welt kann sie trösten, außer daß du sie ordentlich umarmst, mein Herzchen.»

Er preßte sie so kräftig an sich, daß er kaum noch atmen konnte.

Plötzlich trat Ettie ein wenig zurück, lachte und fragte: «Magst du ein Pfefferminz?»

Sie hielt ihm ihre kleine Hand hin, in der zwei Pfefferminzplätzchen lagen. Er nahm eines und bedankte sich.

«Mein Lämmchen.» Sie küßte ihn. «Sag nichts, mein Engel, kein Wort, hörst du?»

Abends, als Vanessa ihn auszog, sagte sie auf einmal: «Dreh dich um. Was sind dann das für schreckliche Kratzer?»

«Ich weiß nicht», murmelte P.S.

«Natürlich weißt du's. Wie ist das passiert?»

Er gedachte des heiligen Eides, den er geschworen hatte. «Ich mußte mal austreten ... im Gebüsch.»

«Aber P.S.!»

«Wenn ich doch mußte ...»

«Warum hast du Miss Pile nicht gefragt, wo die Toilette ist?»

«Weil ... weil sie nicht da war.»

«Dann hättest du eines von den Kindern fragen sollen. In die Büsche gehen – so etwas tut man nicht.» Sie ließ ihn in die Badewanne steigen, wusch ihn vorsichtig und puderte dann sein Hinterteil mit besonderer Sorgfalt. «Ist es jetzt besser?»

«Ja.»

«Ja, danke.»

«Ja, danke.»

«Wie gefällt dir die neue Schule, P.S.?»

«Nicht so gut wie die alte.»

«Warum?»

«Darum.»

«Was soll das heißen?»

«Na, eben ... darum.»

«P.S.!»

«Ich möchte viel lieber in meine alte Schule gehen. Winnie geht ja auch hin.»

«Ist das die Kleine von nebenan?»

«Ja.»

«Diese Winnie ist aber sehr *gewöhnlich*, P.S.»

Als er im Bett lag, zeigte sie ihm ein Buch. «Hier, eine Überraschung für dich. *Doktor Doolittle und seine Tiere.* Hübsche Bilder, nicht wahr?»

«Hm.»

«Soll ich dir daraus vorlesen?»

«Ja.»

«Ja, bitte, Vanessa.»

«Ja, bitte, Vanessa.»

«Bekomme ich dafür auch einen Kuß?»

Küsse, Küsse, nichts als Küsse. Die Erwachsenen hatten immer nur das im Kopf – das und ihre Geheimnisse.

«Nennst du *das* einen Kuß? Na ja ...» Sie seufzte und sah ihm mit einem langen, forschenden Blick in die Augen. «P.S. ...?»

«Was denn?»

«Nichts. Hier, dies ist das Stoßmich-Ziehdich. Es hat zwei Köpfe, an jedem Ende einen. Ulkig, nicht?»

Lila saß in Veres Zimmer. Sie keuchte ein wenig, denn der Raum war blau von Zigarettenqualm. Es roch nach ranzigem Fett, stark parfümiertem Puder und Katze.

«Vere, kannst du nicht mal ein bißchen das Fenster aufmachen?»

«Um Himmels willen, bei dieser Kälte?»

«Aber die Luft ist hier sehr schlecht.»

«Kind, ich bin doch so kälteempfindlich.»

«Ja, weil du kein Fleisch auf den Knochen hast. Wenn du nicht soviel rauchtest und dich vernünftiger ernährtest ...»

«Okay, *Mater!*»

Vere bahnte sich einen Weg durch das Chaos und öffnete das Fenster. Vom Hof drangen die melancholischen Töne eines Waldhorns herauf: *Lang, lang ist's her ...* Vere nahm hastig zwei verstaubte Pennies aus einem Tassenkopf, warf sie hinunter und schrie: «Gehen Sie weg! Hier liegt ein Schwerkranker! Sie stören!»

«Aber Vere, der arme Mensch ...»

«Waldhorn, und noch dazu in der Abenddämmerung – das ist mehr, als ich ertragen kann. Ich kriege davon das heulende Elend, und mir geht's wahrhaftig schon dreckig genug. Stell dir vor, dieser Jacoby, der Bastard, für den ich die Vasen gemacht habe, ist bei Nacht und Nebel getürmt, ohne mir die letzte Lieferung zu bezahlen. Ich bin völlig pleite.»

«O Vere! Nach all der Arbeit!»

«Nimm du mir wenigstens eine Vase ab.»

«Ja, einen Shilling kann ich wohl gerade noch entbehren ...»

«So war das nicht gemeint, Lila. Du sollst sie als Geschenk nehmen. Irgendwie muß ich die ekelhaften Dinger ja loswerden. Na, wenn du durchaus willst ... Danke schön. Damit ist immerhin die nächste Schachtel Zigaretten gesichert.»

Vere ließ den Shilling in die Tasche des Herrenbademantels gleiten, den sie trug und in dem sie wie eine Strafgefangene aussah. Sie reichte Lila eine angeschlagene Tasse mit der Aufschrift *Café Kookaburra* und setzte sich neben die Schwester auf das ungemachte Bett, nachdem sie die beleidigte Katze Hester auf den Fußboden befördert hatte.

«So», sagte sie, «und jetzt zeig mir Ponys Brief.»

Lila öffnete ihre kunstlederne Handtasche und zog einige Bogen billigen Konzeptpapiers hervor, die mit fahrigen, violetten Schriftzügen bedeckt waren.

«20. Mai», begann Vere laut zu lesen. «Liebe Lila Baines! Wo ist der Schnee vom vergangenen Jahr? Erinnern Sie sich überhaupt noch an mich, Pony Wardrop, die mit allen Fasern ihres geschundenen Herzens an Ihrer zauberhaften kleinen Schwester hing? Keiner aus unserem Kreis hat Sinden je vergessen. Die Welt wurde um ein Licht ärmer, als sie ihre geistreiche Feder niederlegte, weil der Große Verleger sie zu sich rief...»

Vere unterbrach sich. «Der Große Verleger! Du lieber Himmel!»

«Lies weiter, Vere.»

«Der Grund meines Schreibens ist (entschuldigen Sie das miserable Konzeptpapier), daß unser *Pen and Ink Club* am Samstag in zwei Wochen ein Treffen in Fairyland veranstaltet (die Dampfer fahren um elf, zwölf und ein Uhr vom Circular Quay ab). Der Reinertrag kommt bedürftigen Schriftstellern und Künstlern zugute, die bekanntlich von der Regierung nicht unterstützt werden und auf milde Gaben angewiesen sind. Zu den Schriftstellern, deren Andenken wir in einer Gedächtnisfeier ehren wollen, gehört auch unsere geliebte Sinden, und wir würden uns sehr freuen, wenn eine ihrer Schwestern oder sogar alle (stimmt es, daß Vanessa aus dem Mutterland zurückgekehrt ist?) an der Zusammenkunft teilnehmen könnten. Vor allem aber hoffen wir, Sindens kleinen Sohn bei uns zu sehen, den sie nach ihren eigenen Worten uns allen als ihr P.S. hinterlassen hat. Er soll wissen, wie eng wir uns ihm verbunden fühlen und wie sehr wir seine tapfere kleine Mama verehren. Für Spiele und Erfrischungen wird gesorgt, und Queenie Waters führt mit ihrer Eurhythmie-Gruppe einige Tänze vor. Grüßen Sie den Kleinen (ist es zu glauben, daß er bald sieben wird?), und seien Sie selbst vielmals gegrüßt von Ihrer Pony Wardrop. – P.S.: Mein eigenes Wunschkind ist schon sieben und hat kürzlich einen Preis für den besten Aufsatz bekommen. Vielleicht lernen sich die beiden Jungen eines Tages kennen und schließen Freundschaft. Aber werden sie je etwas von den Träumen und Irrfahrten ihrer Mütter begreifen und von dem allzu festen Stoff, aus dem wir gemacht sind?»

Vere ließ den Brief sinken. «Kein Wunder, daß Pony, was Männer betrifft, von jeher unter Gefühlsverwirrungen gelitten hat; sie bringt ja sogar die Zitate durcheinander.»

«Der Brief hat mich trotzdem gerührt», sagte Lila. «Du weißt, daß ich Ponys Lebenswandel nie gutgeheißen habe – ein uneheliches Kind und dazu all diese Propaganda für freie Liebe –, aber sie war nun mal eine von Sins besten Freundinnen, und darum möchte ich mit P.S. zu der Veranstaltung gehen.»

«Nanu? Früher hast du diese Leute doch immer Pseudo-Bohemiens genannt, Schnorrer, Faulenzer und Taugenichtse.»

«Ja, aber sie waren ihre Freunde.» Lila atmete keuchend; ihr Blick war auf Sindens mit Fliegenschmutz betupfte Fotografie an der Wand gerichtet. «Außerdem lasse ich mir von Vanessa keine Vorschriften machen.»

«Aha, das ist es also!»

«Wir hatten eine Auseinandersetzung deswegen. Sie wünscht nicht, daß ich P.S. mitnehme.»

«Klar. Pony war ihr von jeher verhaßt.»

«Das ist noch lange kein Grund, mir Befehle zu erteilen! Nächstens wird sie verlangen, daß ich sie vor jedem Schritt um Erlaubnis bitte. Es gab einen ziemlich heftigen Wortwechsel, leider in Gegenwart des Jungen. Ich hätte ihr natürlich die ganze Sache verschweigen können, aber ich dachte, sie würde vielleicht mitkommen wollen. Klüger wär's gewesen, keinen Ton zu sagen und einfach mit dem Jungen hinzufahren. Am Wochenende gehört er ja mir, aber ich wollte doch fair sein, verstehst du? Na, sie sah mich von oben herab an – du kennst ihre Art – und erklärte: ‹Er wird nicht an diesem Treffen teilnehmen. Ich verbiete es hiermit ausdrücklich.› Als ob ich ihr Dienstmädchen wäre: Bitte, Ness›, sagte ich, ‹sprich nicht in diesem Ton zu mir, besonders nicht, wenn das Kind dabei ist.› Und darauf *sie*: ‹Solltest du dich meinen Anordnungen widersetzen, Lila, so wird es dir leid tun, denn ich muß dann energische Gegenmaßnahmen ergreifen.› Damit ging sie hinauf in ihr Zimmer und knallte die Tür zu. P.S. hörte sich das alles natürlich sehr interessiert an, und die arme Ettie zitterte am ganzen Leibe. Übrigens, Vere, ist dir in letzter Zeit nichts an Ettie aufgefallen?»

«Nein, ich habe die beiden seit einer Ewigkeit nicht gesehen. Ich hasse dieses prunkvolle Leichenschauhaus. Aber erzähl doch weiter.»

«Ja, also es war ein schrecklicher Auftritt. Ich hatte die ganze Nacht so schwere Anfälle, daß der arme George kein Auge zutun konnte, weil er mir immerzu meinen Inhalator . . .»

«Lila, mußt du denn ausgerechnet wegen eines blöden Ausflugs einen Krieg vom Zaun brechen?»

«Es geht hier ums Prinzip, Vere! Du weißt ja, George und ich haben schon in der Schulangelegenheit nachgeben müssen. Wir konnten einfach nicht gegen Vanessa ankommen, denn sie drohte uns mit einem Prozeß. Ich habe Sam Hamilton um Rat gefragt – er nimmt keinen Penny von uns und tut das alles nur, weil er Sin so gern gehabt hat –, und sogar er meinte, wir sollten lieber zustimmen, sonst würde Ness womöglich versuchen, die alleinige Vormundschaft zu erhalten. Das wollten wir natürlich nicht riskieren. Aber ich hoffte wenigstens – und George dachte es auch –, daß sie sich nach diesem Sieg zufriedengeben und uns in Ruhe lassen würde. Muß sie sich nun auch noch in *meine* Wochenenden einmischen? Da möchte ich denn doch einen Riegel vorschieben, Vere. Was ich samstags und sonntags tue, ist meine Sache, und davon gehe ich auf keinen Fall ab. Wenn ich jetzt auf den Ausflug verzichte, muß ich ihr künftig in allem und jedem nachgeben.»

Vere seufzte. «Mein Gott, was für ein Dilemma.»

«Findest du nicht, daß ich recht habe?»

«Doch, schon, Lila . . . Aber in gewisser Weise hat auch Vanessa recht, finde ich. Mich brächten keine zehn Pferde zu diesem Treffen. Sin ist tot, und man soll die Toten ruhen lassen. Herrje, ist das Leben nicht schon schwer genug zu ertragen? Müssen wir auch noch von den lieben Mitmenschen dauernd an *sie* erinnert werden?»

Bei den letzten Worten brach Vere in Tränen aus. Lila biß sich auf die Lippen und dachte: Ich hätte nicht davon reden sollen. Sie hat es noch immer nicht verwunden. Wie merkwürdig. Aber bei Vere weiß man ja nie, woran man ist...

Und plötzlich sah sie sich an Miss Gulfs Telefon stehen, im Morgengrauen, mit wankenden Knien, und hörte Veres verschlafene Stimme.

«Ja? Wer ist da?»

«Vere, wir versuchen seit elf Uhr, dich zu erreichen...»

«Ach, du bist es, Lila. Du weißt doch, daß ich eingeladen war.»

«Vere...»

«Was ist denn los mit dir?»

«Ich muß dir etwas Furchtbares sagen.»

«Was?»

«Sie ist tot.»

«Was?»

«Ja, Vere. Sie ist von uns gegangen. Ganz unerwartet. Heute nacht gegen elf Uhr.»

Stille. Nur das Ticken einer Uhr drang an Lilas Ohr.

«Vere, bist du noch da?»

«Ja.»

«Liebes, es tut mir so leid, daß ich...»

«Du hast doch gesagt, ich... ich könnte ruhig ausgehen.»

«Ja, Liebes, ich weiß. Keiner von uns hat geahnt...»

«Ich könnte ruhig ausgehen, hast du gesagt.»

«Vere, es tut mir so schrecklich leid...»

«O mein Gott!»

«Aber das Kind, Vere, das Kind lebt. Es ist ein kleiner Junge, gesund und... Hörst du mich?»

«O Gott! Und ich war auf einer *Party*!»

Wolken von orangeduftendem Puder nebelten die Erinnerung ein. Vere tilgte vor dem zersprungenen Spiegel ihre Tränenspuren, malte einen dunkelroten Mund in das weiße Clownsgesicht. Sie hat es mir nie verziehen, dachte Lila. Sie denkt, sie trüge mir nichts mehr nach, aber ich weiß es besser...

Vere wandte sich von dem dreibeinigen Frisiertisch ab, goß achtlos Tee in ihre Tasse und sagte: «Lila, ich misch mich ja nicht gern ein, aber ihr beide, du und Ness, tut alles, um in P.S. einen Haß auf Sin großzuzüchten.»

«Vere!» Lila, deren Mitleid jäh erloschen war, fühlte heißen Tee auf ihr Knie schwappen. «Wie kannst du so ungerecht...»

«Dieser Totenkult, zu dem du ihn zwingst...»

«Nie habe ich das getan! Ich zwinge ihn doch nicht!»

«Dauernd dieses Gerede von seiner Muschi. Warte nur ab, du wirst schon sehen, was passiert.»

«Ich habe niemals...»

«Wenn sie ihn *mir* überlassen hätte...» Der Satz blieb in der Luft hängen. Vere starrte auf einen Stoß verstaubter Briefe, als befinde sich darin der eine, den sie nie erhalten hatte («Liebste Vere, falls mir etwas zustoßen sollte, möchte ich, daß *Du* ...»).

Dabei haben sie sich tatsächlich nahegestanden, dachte Lila. Näher jedenfalls als Sin und ich. Vere war es, die als erste zur Hochzeitsfeier kam. Vere war es, die am offenen Grab zusammenbrach. Nun zehrt sie von den Überresten des Bohemelebens, das sie einst mit Sinden geführt hat. Aber ohne Sins Schwung, ohne ihre Unternehmungslust ist es ein Scheindasein geworden ...

Arme Vere. Da will sie nun ihre Niederlage nicht wahrhaben, läßt sich eine Chance nach der anderen entgehen, weil sie unentwegt hofft, etwas noch Besseres zu finden – wie damals, als sie den reichen Gilbert hätte heiraten können. Ich habe doch wenigstens George. Und P.S.

«Ja», sagte sie laut, «um auf den Ausflug zurückzukommen ...»

«Müssen wir darauf zurückkommen?»

«Ich wollte nur wiederholen, daß ich fest entschlossen bin, P.S. mitzunehmen, ganz gleich, wie Vanessa sich dazu stellt. Aber versprich mir, daß du ihr nichts verrätst.»

«Meine liebe Lila, ich habe wahrhaftig andere Sorgen. Schließlich bin ich drei Wochen mit der Miete im Rückstand.»

«Oh!»

«Hast du was dagegen, wenn ich mir einen genehmige? Bin heute total erledigt.»

Agnes stieg die Stufen des Tempels der Immerwährenden Liebe hinauf, und Vanessa folgte ihr. Überall Unkraut, bröckelnder Zement und tiefe Risse, von Lantana-Ranken überwuchert. Was für eine jämmerliche Ruine, dachte Vanessa. Und sie auch. Zwei Ruinen.

«Wenn du ein Vöglein wärst», sagte Agnes heiter, «und immer geradeaus flögst – in dieser Richtung, siehst du? –, dann kämst du nach Jerusalem.»

«Wenn ich ein Vöglein wär», erwiderte Vanessa, «würde ich bestimmt nicht nach Jerusalem fliegen.»

Sie holte ihre Zigaretten aus der Handtasche, aber Agnes rief in scharfem Ton: «Bitte, nicht *hier*!»

«Ach, entschuldige. Ich vergaß, daß wir uns in einer Kirche befinden.»

«Hast du nicht das Gefühl einer unsichtbaren Gegenwart?»

Ein Löwe brüllte in der Nähe, und Vanessa sagte lächelnd: «Doch, unbedingt.»

«Siehst du, das wußte ich. Deshalb lag mir ja soviel daran, dich einmal hierher zu führen. Auf diesen Steinsitzen mit den Namenschildern werden wir alle gemeinsam des Glücks der letzten Erkenntnis teilhaftig werden.» Vanessa setzte sich, und Agnes fügte mit gedämpfter Stimme hinzu: «Ende Oktober ist es soweit – höchstwahrscheinlich am dreißigsten.»

«Wirklich?» fragte Vanessa höflich. «Schon so bald?»

«Ohne jeden Zweifel.»

Agnes gab nun einen Überblick über die Geschichte des Tempels, aber sie war sich nicht im klaren, ob Vanessa ihr zuhörte. Sie erinnerte sich, daß es auch früher oft so gewesen war: Vanessas grüne Augen verschlossen sich gegen die Umwelt, und das schöne Gesicht erstarrte gleichsam zu Marmor, an dem jedes Wort zersplitterte. «Wenn Ness nichts hören will», hatte Sinden einmal gesagt, «dann hört sie eben nichts, selbst wenn man ihr zuruft, daß ihr Kleid brennt.»

Vanessa hatte in der Tat einen inneren Schalter gedreht und den Ton abgestellt, so daß sie Agnes' Predigt nur noch wie einen Stummfilm wahrnahm und inzwischen ungestört ihren eigenen Kommentaren lauschen konnte. Dieser Dreispitz! Dieses formlose marineblaue Kostüm! Man setze sie auf ein Pferd, und jedermann hält sie für ein Reiterstandbild Lord Nelsons. Sie ist verrückt. Nicht wie Ophelia, mit Stroh und Blumen im Haar – nein, ihre Verrücktheit ist mehr von der unauffälligen Art. Sie hat sich dazu gebracht, all den Unsinn zu glauben. Aber warum? Was hat sie bewogen, auf verschlungenen Pfaden zu wandeln, bis sie zu dieser Schießbudenfigur wurde, die von Gott und dem Ende der Welt schwatzt? Sind die Vorstellungen vom Jüngsten Gericht nicht ebenso veraltet wie ihr Hut? Höllisches Feuer ... Ah, einen Moment ... Was war das? Kommt mir da nicht eine Erinnerung?

Mitternacht. Donner und Blitz. Das alte hölzerne Pfarrhaus bebt, ächzt und knarrt, und Mater, streng und mißbilligend wie Königin Viktoria, sagt: «Nein, Vanessa, du mußt dir jetzt endlich diese alberne Gewitterfurcht abgewöhnen!»

«Ach bitte, bitte, Lila soll kommen und bei mir schlafen.»

«Lila wird *nicht* kommen. Und du hörst mit dem Geschrei auf, verstanden? Du weckst ja die anderen.»

Mater geht und schließt die Tür hinter sich. Vanessa ist allein und erstickt ihre Schreie im Kissen, während sich draußen, immer mit Blitz und Schlag zugleich, das furchtbare Gewitter entlädt. Nach einer Weile wird die Tür leise geöffnet, und Agnes schaut herein.

«Was ist denn los, Ness?»

Lautes Schluchzen. Mater ist so gemein, so ekelhaft gemein.

Agnes schlüpft zu ihr ins Bett. Biederer Geruch des frischgewaschenen Nachthemds aus rosa Flanell, magere Arme, die sie tröstlich umschlingen.

«Hab keine Angst, Ness. Ich bleibe bei dir.»

«Agnes ...»

«Ja?»

«Sie sagt, der Blitz tut einem nichts, aber das stimmt nicht. Ich weiß, daß er einen erschlagen kann.»

«Pst, nicht so laut, sonst hört sie dich.»

«Soll sie doch. Ich *hasse* sie!»

«Ness!»

«Mir egal – wenn es doch wahr ist. Ich habe ein Foto gesehen – ein kleines Mädchen, das vom Blitz getroffen war. Ganz schwarz, völlig verkohlt ... Ich hab's selbst gesehen!»

Blitz und Schlag, langhallendes Donnergrollen ...

«Halt mich fest, Agnes!»

«Aber ich halte dich ja, Dummchen.»

«Fester, viel fester!»

«Herrje, ich möchte bloß wissen, warum du solche Angst hast. Ich finde es wunderbar.»

Agnes springt aus dem Bett und zieht den Vorhang ein wenig zur Seite.

«Nicht!»

«Aber schau doch, Ness, es ist wirklich großartig – wie das Ende der Welt.»

«Ich will nichts vom Ende der Welt hören.»

«Warum denn nicht? Denk doch, wie schön es wird, wenn nach dem großen Sturm Jesus kommt und alle aus den Tiefen der See ruft.»

«Wen ruft er?»

«Alle, die je ertrunken sind. Sie steigen singend herauf. Und die Toten verlassen ihre Gräber ...»

«Sei still!»

«Aber Ness, davor braucht man sich doch nicht zu fürchten. Es wird herrlich sein – Schönheit, Frieden, rosiges Licht ...»

«Woher willst du das wissen?»

«Ich hab's im Traum gesehen. Es war die reine Seligkeit und ...»

Rollender Donner.

«Agnes, komm her, bitte!»

Nun liegen sie wieder beide unter der Decke.

«Halt mich fest!»

«Ja, Ness, ich halte dich und ... Mr. Pringle.»

«Wen?»

«Mr. Pringle», wiederholte Agnes und fegte Möwenkot von den Stufen. «Norman B. Pringle aus Seattle. Er hat sich von den Theosophen losgesagt und die Sieben Gipfel der Erkenntnis entdeckt ...»

Vanessa wandte den Blick von dem begeistert strahlenden Pferdegesicht unter dem Dreispitz ab und erhob sich. Der Zement war kalt.

«Du könntest wenigstens zuhören», sagte Agnes gekränkt.

Vanessa lächelte, betrachtete wohlgefällig ihre schweinsledernen Handschuhe und fragte dann unvermittelt: «Bist du eigentlich gern zurückgekommen?»

«Zurückgekommen?» Agnes, von ihrem «Höchsten Gipfel» heruntergerissen, sah sie verständnislos an.

«Nach Sydney. Nach Hause – wenn man's so nennen will.»

Agnes zögerte einen Augenblick. «Man kann nicht immer dort leben, wo es einem am besten gefällt.»

«Sehnst du dich nach Amerika?»

«Manchmal ja. Zuerst war es schrecklich, und ich konnte mich hier nicht wieder eingewöhnen. Ich vermißte den Enthusiasmus und die herzliche Art der Amerikaner. In Seattle habe ich meine Vorträge in überfüllten Sälen gehalten und wurde überall mit größtem Respekt behandelt. In Portland, Oregon, ist sogar eine meiner Schriften in der Zeitung erwähnt worden!» Agnes blickte lange zum Himmel auf. «Aber das alles liegt ja schon so weit zurück, daß es gar nicht mehr wichtig ist.» Sie lächelte. «Bald wird überhaupt nichts Irdisches mehr wichtig sein.»

Die Kookaburras, die in den staubigen Gummibäumen saßen, brachen in heiseres Gelächter aus.

«Ich hasse Kookaburras», sagte Vanessa. «Ich hasse Regenpfeifer. Und», fügte sie leise hinzu, «ich hasse es, wieder hier zu sein.»

«Warum bist du dann zurückgekommen?»

Vanessa starrte auf die triste Bucht, hörte den Verkehr über den Trafalgar Square brausen, entsann sich der Hoffnungen, die sie hegte, und erwiderte: «Wegen P.S.»

«Du hättest es ja gar nicht nötig gehabt, dich um ihn zu kümmern.»

«Doch.»

«Warum denn?»

«Ich will ihn haben.»

Agnes sah sie groß an. Ihr Blick schien in Vanessa hineinzuleuchten wie in einen dunklen Schrank, der zu ihrem Erstaunen höchst seltsame Dinge enthielt.

Vanessa schlug ihr jedoch die Schranktür vor der Nase zu, indem sie sich abwandte und die Stufen hinunterschritt; ihr würdevoll steifer Rükken und das scharfe Klapp-klapp der hohen Absätze auf dem Zement sagten unmißverständlich: Unser Gespräch ist beendet.

«Merkwürdig», murmelte Agnes hinter ihr. «*Ich* habe nie Kinder gewollt. Auch keinen Mann. Männer waren mir von jeher zuwider. Wenn einer auch nur versucht hätte, mich anzufassen, wäre mir auf der Stelle schlecht geworden. Wie hat Mater das nur all die Jahre ausgehalten? Sieben Kinder – denn die beiden toten muß man ja mitrechnen.» Agnes schüttelte sich. «Aber *warum* willst du P.S. haben?»

«Ich war beunruhigt über die Nachrichten, die ich von hier erhielt», antwortete Vanessa. «All diese Unzulänglichkeiten – und da Ernest nicht in der Lage war, etwas zu unternehmen...» Sie fuhr mit ihrer sorgsam zurechtgelegten Rede fort, bis sie bemerkte, daß die Schranktür wieder offenstand. Da verstummte sie jäh und wurde blutrot, als Agnes feststellte: «In dir wohnen zwei Seelen, Ness, und eine davon spricht nicht die Wahrheit.»

Vanessa blickte auf ihre Schuhe und dann wieder auf ihre Schwester. Diese arme Irre in dem uralten, schlecht geschnittenen marineblauen Kostüm! Eine arme Irre – und doch konnte sie in einen hineinsehen, besser als alle anderen.

Agnes starrte Vanessa noch immer unverwandt an. In das Schweigen hinein gellte plötzlich die Sirene eines Fährschiffes, und wie zur Antwort rief Agnes warnend: «O Ness – *sieh dich vor!*»

Vanessa fröstelte. Ihr war, als hätte sie ein Alarmsignal gehört. Aber es bezog sich nicht auf den Weltuntergang, sondern auf etwas viel weniger weit Entferntes.

Auch Lila hörte es, als sie in den Morgenhimmel blinzelte, nach Regenpfeifern forschte und sich nervös fragte, ob sie Schirme und Gummimäntel mitnehmen müßten. Sollten sie überhaupt zu dem Schriftsteller-Treffen gehen? Wie dumm, so etwas ausgerechnet Ende Mai zu veranstalten! Um diese Zeit war das Wetter so unsicher; jeden Augenblick konnte es umschlagen. Typisch für Pony und ihre Schriftstellerfreunde, daß sie sich auf den Zufall verließen. Während Lila den blauen – vermutlich trügerisch blauen – Himmel betrachtete, ließ eine Vorahnung nahenden Unheils ihr Herz schneller schlagen. Sie zwang sich zur Ruhe und dachte an das, was sie sich gelobt hatte: Niemals würde sie dulden, daß Vanessa sie beherrschte. Außerdem waren die Wurstbrötchen für den Ausflug schon eingepackt.

«Wir fahren», teilte sie dem Himmel mit, und in der Küche bekam es auch der verschlafene George zu hören. «Wir fahren», sagte sie zu P.S., während sie ihm die Serviette umband.

Er zerrte die Serviette herunter und legte sie sich auf den Schoß.

«Liebling, was machst du denn da?»

«Servietten gehören auf den Schoß.»

«Na schön – wie du meinst.»

Wirklich, es war nicht leicht, die Ruhe zu bewahren. Neuerdings gab P.S. dauernd Belehrungen von sich, als stünde Vanessa unsichtbar hinter ihm und stieße ihn mit dem Finger an.

«Willst du nicht mitkommen?» wandte sich Lila an George, während sie den Tee einschenkte.

«Nein, danke.»

«Bestimmt nicht?»

«Wenn ich nein sage, heißt es auch nein.»

«Ich dachte nur, es würde dich interessieren. Schließlich wird eine Gedächtnisrede auf Sinden gehalten, und ...»

«Mein Wochenende ist mir zu schade für diese verrückte Bande.»

«George!»

«Ich grabe lieber ein paar Beete um und höre mir die Rennberichte an.»

«Wie du willst. Vorwärts, P.S., iß dein Ei und trödle nicht so herum.»

«Lila, ich mag nicht mitgehen.»

«Nanu? Seit wann hast du was gegen Ausflüge?»

«Ich darf doch nicht.»

«Du darfst. Ich hab's dir erlaubt.»

«Aber Vanessa hat gesagt ...»

«Hier bestimme *ich*. Nicht Vanessa. Merke dir das bitte.»

«Lila, du bringst ihn ja ganz durcheinander.»

«Ich kann nicht zulassen, daß er denkt, nur *sie* hätte über ihn zu bestimmen. Wirklich, George ...»

«Ich darf nicht», wiederholte P.S.

«Du darfst. Wie oft soll ich dir das noch sagen?»

«Aber Vanessa will ...»

«Was Vanessa will oder nicht will, ist mir egal. Du fährst mit mir nach Fairyland zu Muschis Freunden.»

«Ich hab gar keine Lust.»

«Natürlich hast du Lust. In Fairyland gibt's Schaukeln und Rutschbahnen und alles mögliche. Und du darfst Eis essen.»

«Aber was soll ich sagen, wenn sie wissen will, wo ich war?»

Lila zögerte, und George sah sie über den Rand seiner Zeitung hinweg an.

«Ja, was soll er sagen?» fragte auch er.

«Glaub mir, P.S.», versicherte Lila, «es wird keinen Ärger geben. Und wenn, dann braucht dich das nicht zu kümmern, denn niemand wird mit *dir* schelten. Ich nehme alles auf mich.» Sie knallte das Frühstücksgeschirr ins Spülbecken und drehte den Wasserhahn auf. Über den Abwasch gebeugt, sagte sie zu George: «Ich weiß, du hältst es für falsch, aber das kann ich nicht ändern. Für mein Gefühl ist es richtig. Seine Mutter hätte gewollt, daß wir gehen – und das genügt mir.»

Die Blechbuchstaben, die sich quer über die Anlegestelle zogen, verkündeten: FAIRYLAND.

Hinter der Mole erstreckte sich ein trostloses Ausflugsgelände, dessen abgetretener Rasen mit kahlen Stellen durchsetzt war. Unter den alten Gummibäumen standen Sommerlauben, windschief und dem Zusammenbruch nahe. An einem Kiosk, von dem die Farbe längst abgeblättert war, baumelte ein Schild mit der Aufschrift: HEISSES WASSER. SARGENTS FLEISCHPASTETEN. Man hatte Tische und Bänke aufgestellt: auch ein paar ausgeleierte Wippen waren vorhanden, und mehrere Schaukeln hingen müde über dem staubgrauen Boden. Neben dem Kiosk befand sich ein hölzernes Podium, und von Baum zu Baum zogen sich Girlanden mit Fähnchen und bunten Glühbirnen – ein ungeschickter Versuch, das trübselige Landschaftsbild festlich zu beleben. Wie ein Bahrtuch lag die Erinnerung an längstvergangene Amüsements über dem Platz. Rostige Konservendosen, leere Bierflaschen, weiße Hühnerknochen, zerfetzte Badekappen und vergilbte Zeitungen, die träge über den Boden flatterten und sich um Tischbeine wickelten – das waren die kläglichen Überbleibsel fröhlicher Picknicks. Trauriger noch als der Anblick der welken Blätter und verdorrten Beeren, die unablässig niederrieselten, stimmten einen diese Spuren ranzig gewordener Freuden. Wo waren sie nun, die Liebesleute, die tanzenden Paare, die Mandolinenspieler, die Kinder mit Springseilen und Ringel-Ringel-Rosenkranz, die bierbeschwingten Romantiker in den Ruderbooten? Die Tänzer waren in alle Winde zerstreut, die Liebenden von dornigen Ranken erwürgt; die

Skelette der hüpfenden Kinder lagen irgendwo im Gestrüpp; die lyrisch angehauchten Ruderer waren im grünlichen Schlamm versunken ...

Was ist nur aus Fairyland geworden? dachte Lila, als die Fähre den morschen Landesteg ansteuerte. Es sieht aus wie der Schauplatz eines Verbrechens. Was ist hier geschehen? Mord? Giftmischerei? Ein Überfall der Rasiermesser-Bande?

Sie sah einen toten Hund im Wasser treiben und deutete hastig auf die zerfetzten Fähnchen.

«Schau mal dorthin, P.S. – ist das nicht hübsch?»

(Was war hier geschehen?)

Kaum hatten sie und eine Handvoll mutlos dreinblickender Ausflügler den Landesteg betreten, als die Sonne hinter den Wolken verschwand. Die baufälligen Lauben waren nun in fahles Licht getaucht, und das verstärkte den Eindruck, dies sei eine ehemals prunkvolle Bühnendekoration, die man auf einen Schuttabladeplatz geworfen hatte, um sie dort zu verbrennen.

(Wir hätten nicht fahren sollen ... Aber jetzt ist es zu spät.)

Eine hagere Frau in grellbuntem Dirndlkleid verkaufte Eintrittskarten. Über ihrem Tisch hing ein Transparent:

HERZLICH WILLKOMMEN
SCHREIBERLINGE UND FARBENKLECKSER
VON 1934

Lila näherte sich lächelnd dem Tisch.

«Fünf Shilling, Kinder die Hälfte», sagte die Frau.

«Ich bin Mrs. Baines», erklärte Lila in ihrem liebenswürdigsten Ton. «Sinden Scotts Schwester.»

Die Frau starrte sie mit unbewegten Fischaugen an. Lila errötete ein wenig und fügte hinzu: «Dies ist ihr Sohn. Wir sind eingeladen.»

«Davon weiß ich nichts», sagte die Frau.

Lila, die einen ganz anderen Empfang erwartet hatte, wiederholte mit Nachdruck: «Wir sind *eingeladen.* Ich bin Sinden *Scotts* Schwester! Pony Wardrop hat ...»

«Na, dann warten Sie mal.» Die Frau fuhr fort, Eintrittskarten zu verkaufen und Gutscheine für Geschirr, heißes Wasser und Tee auszugeben.

Lila kramte Ponys Brief aus ihrer Handtasche und hielt ihn der Frau hin. «Bitte sehr, dieser Brief wird Ihnen sagen, wer wir sind – die Angehörigen der verstorbenen Schriftstellerin Sinden Scott.»

«Hier sind lauter Schriftsteller», brummte die Frau.

Wie peinlich! Wie kränkend! Das sah denen wieder mal ähnlich, ein Weibsbild an den Eingang zu stellen, das strohdumm, gewöhnlich und obendrein abschreckend häßlich war! Nicht zu wissen, wen sie vor sich hatte! Arme kleine Sin ... So rasch wurde man also vergessen.

«Stellen Sie sich da rüber», befahl die Frau. «Sonst kann ja keiner durch.»

Lila und P.S. traten beiseite. Wie arme Verwandte, dachte Lila. Fünf Shilling! Und zweieinhalb für P.S.! Sie sah unschlüssig in ihr Portemonnaie. Für siebeneinhalb Shilling konnte sich George den neuen Hut kaufen, den er so dringend brauchte. Das war nun der ganze Erfolg ihres Aufbegehrens gegen Vanessa: Sie mußten wie Bettler am Gitter stehen.

«Mir hat keiner gesagt, daß ich irgendwen ohne Eintrittsgeld durchlassen soll», erklärte die Frau. «Das ist doch 'ne Wohltätigkeitsveranstaltung. Für Schriftsteller.»

«Meine verstorbene Schwester ...» begann Lila in einem Ton, als sei sie mit der Grundsteinlegung eines Ehrenmals beauftragt, aber die Frau hatte sich schon abgewandt und schrie gellend: «Digger! Digger, komm doch mal her!»

Ein junger Mann in schmuddlig-weißen Hosen und Wollpullover löste sich aus einer Gruppe biertrinkender Jünglinge und kam zum Eingang gerannt. Er hatte schütteres sandfarbenes Haar, und sein linkes Augenlid zuckte alle paar Sekunden.

«Digger, sieh doch mal zu, ob du Pony finden kannst.»

«Digger *Ewers*!» rief Lila erstaunt.

Der junge Mann drehte sich um. Sein Lid zuckte, als er sie anstarrte.

«Ich bin Mrs. Baines – Lila Baines. Sinden Scotts Schwester.»

«Ach ja, wie geht's denn?» Er nahm ihre ausgestreckte Hand und drückte sie kraftlos.

«Nein, so was, Digger! Als ich Sie zuletzt gesehen habe, waren Sie noch ein kleiner Junge. Ist Ihre Mutter auch hier?»

«Ja. Sie sitzt da drüben unter der Kiefer.»

«Wirklich? Daß sie mit ihrem kranken Bein ...»

«Digger», unterbrach die Frau, «lauf doch mal zu Pony und sag ihr Bescheid. *Ich* habe keine Ahnung, ob ich wen ohne Eintrittsgeld durchlassen darf.»

Diggers Lid zuckte. «Geht in Ordnung, Daisy. Mrs. Baines ist unser Gast.»

«Hör mal, Herzchen», erwiderte die Frau säuerlich, «ich denke, der Reinertrag soll notleidenden Schriftstellern zugute kommen. Wenn wir jetzt anfangen, Hinz und Kunz umsonst reinzulassen, wird kaum was übrigbleiben.»

«Vielen Dank, aber wir sind nicht Hinz und Kunz», warf Lila ein und packte energisch Diggers dünnen Arm.

«Am besten bringe ich Sie erst mal zu Mama», meinte Digger, als sie den staubigen Abhang erklommen. «Und dann suche ich Pony. Vorhin war sie drüben im Zelt und hat wahrgesagt.»

Lila schaute vergebens nach begeisterten Gesichtern und ausgestreckten Händen aus, die Sinden Scotts Angehörige willkommen hießen.

Alles, was sie sah, war ein Klumpen apathischer Leute am Glücksrad, drei oder vier Männer, die ‹Kopf oder Wappen› spielten, und ein paar Zuhörer rings um das hölzerne Podium, auf dem eine Sängerin viel zu nah am Mikrophon stand und *An der Straße nach Gundagai* zum besten gab.

Digger führte Lila und P.S. zu einer Gruppe, die es sich unter einer Kiefer bequem gemacht hatte. Einige Herren taten, als wollten sie sich höflich erheben, ließen es aber bei dieser Andeutung bewenden. Alle tranken Tee aus Emaillebechern.

Conchita Ewers saß in einem Liegestuhl. Genauer gesagt, sie quoll nach allen Richtungen über. Sie glich einem riesigen Ochsen in grauer Seide. Ihre Hufe steckten in grauen Wildlederschuhen, ihre Hörner waren von einem grauen Filzhut bedeckt, auf dem sich ein bösartiger Raubvogel niedergelassen hatte, ihre massigen Flanken drohten die Nähte des Kleides zu sprengen. In einer ihrer teigigen Hände hielt sie einen Bergstock, in der anderen ein Stück Gebäck, das mit Sahne gefüllt war und irgendwie obszön wirkte. (Wer hatte doch damals gesagt, Conchita sei in Wirklichkeit William Randolph Hearst in Frauenkleidern? Sinden hatte tagelang über diesen Witz gelacht, aber Lila begriff noch immer nicht, was daran so komisch war.)

«Mama», sagte Digger, «hier ist Lila Baines.»

Conchita ließ ein Ächzen hören. Der Kuchen fiel in den Staub, als sie ihre gewaltigen Arme ausbreitete. Lila tauchte für einen Moment in die wabbelnde Masse, richtete sich auf, rückte ihren Hut zurecht und rief: «Conchita! Nein, daß wir uns hier wiedersehen!»

«Lila!» Conchita hatte eine klangvolle Tragödinnenstimme. «Lila Baines, die Schwester unserer geliebten kleinen Sinden ...»

«Digger hat uns an der Kassiererin vorbeigeschleust. Wir sind eben mit dem Fährschiff gekommen.»

«Unsere geliebte kleine Sin!» wiederholte Conchita in einem Ton, als wollte sie alle Anwesenden zu einer Schweigeminute auffordern. «Sinden Scott», erläuterte sie, zu den anderen gewandt.

«Ach ja, *Marmon*», sagte ein weißhaariger Mann in Shorts. «Gutes Buch. Ich hab sie mal in irgendeinem Klub kennengelernt.» Die übrigen nickten ohne jede Begeisterung.

«Digger, hol Tee für Lila», befahl Conchita und wandte sich P.S. zu, der halb versteckt hinter Lila stand. «Und das ist ...»

«P.S.», ergänzte Lila stolz und schob ihn vor.

Conchita musterte ihn durch ein schadhaftes Lorgnon. «Es gibt kein P.S.», verkündete sie dann.

Lila machte eine hastige Bewegung.

«Ich weiß, daß sie ihn so genannt hat», knurrte Conchita und angelte nach Kuchenkrümeln, die sich zwischen ihren Mammutbrüsten verfangen hatten. «Aber ein Mensch wie sie hinterläßt kein Postskriptum. Mit ihrem Leben endete alles.»

Das gehorsame Grüppchen ihrer Anhänger nickte abermals. Lila lachte nervös, setzte sich auf das äußerste Ende einer Bank und zog die Hose von P.S. hoch, die ins Rutschen geraten war.

«Ein Kunstwerk wie sie bedarf keines Nachsatzes», fuhr Conchita fort und winkte P.S. zu sich. «Darum nenne ich dich einfach ‹Junge›.» Sie quittierte das Beifallsgemurmel der Gruppe mit einem huldvollen Nicken. «Deine kleine Mama, Junge, war die größte von uns allen.»

«Nicht größer als du, Conchita», sagte der Weißhaarige in Shorts und rieb sich fröstelnd die Knie.

«Ich werde zu meinen Lebzeiten keine Anerkennung mehr finden», erwiderte Conchita. «Man ist von jeher achtlos an mir vorübergegangen. Geschäftstüchtige Kitschfabrikanten beherrschen das Feld. Aber nach meinem Tode wird man mich entdecken.»

Conchitas stattliches Gesamtwerk umfaßte eine Trilogie über die Koptischen Kriege, *Bonaparte, eine intime Studie*, und das Versdrama *Johanna hörte Stimmen* in vier Akten, dreiundzwanzig Bildern und mit achtundvierzig Personen.

«Seit meinem Unfall», fügte sie dumpf hinzu, «habe ich keine Zeile mehr geschrieben.»

Conchita war vor Jahren zwischen einem Fährschiff und der Mole ins Wasser gefallen. Sie wurde mit einem Enterhaken herausgefischt und erklärte unmittelbar danach dem ersten und einzigen Zeitungsreporter, der sie je interviewt hatte, sie ziehe sich nunmehr aus der Öffentlichkeit zurück. Seither sann sie in ihrem baufälligen alten Haus am Wasser über ihre Mißerfolge nach, schlürfte gierig die Komplimente derer, die sich noch an ihre nie wieder aufgelegten Bücher erinnerten, und umgab sich mit einem Häuflein auserwählter Jünger, die zu ihren Füßen saßen und demütig die sauren Trauben aus ihrer Hand entgegennahmen.

«In diesem Land», sagte Conchita und griff nach einem der zerdrückten Wurstbrötchen, die Lila ihr anbot, «werden Kricketspieler zu Nationalhelden erhoben, aber ein Künstler gilt weniger als nichts.»

Ihre Jünger sogen diesen Ausspruch wie reinen Sauerstoff in sich ein und lebten sichtlich auf.

«Hat Sin Geld hinterlassen?» fragte Conchita unvermittelt.

«Geld? Ach, du meine Güte – nein!» Lila wollte sich in eine Aufzählung der Krankenhaus- und Begräbniskosten stürzen, aber Conchita schnitt ihr das Wort ab.

«Da seht ihr's», sagte sie mit einer majestätischen Geste. «Die größte von uns allen starb ohne einen roten Heller.»

«So ist es ja immer!» kreischte ein aufgeregter junger Mann mit abgeknabberten Fingernägeln. «Wenn man ein Künstler ist, denkt jeder, da stimmt was nicht! Jeder hält einen für schwul!»

Conchita warf ihm einen schrägen Blick zu. «Oscar Wilde wurde als Schwuler gebrandmarkt», verkündete sie, als sei dies die neueste Neuigkeit. «Wir müssen uns damit abfinden, Harry. Sie haben den unglücklichen Oscar an den Pranger gestellt, sie haben dasselbe mit unserem Gus Trencherman getan, der sich darauf eine Kugel in sein begnadetes

Gehirn jagte. Die Mutter dieses Jungen hier hat die Episode in *Marmon* verwendet – eines der schönsten Kapitel, die je über ambivalente Liebe geschrieben worden sind. Szenen von wahrhaft biblischer Größe. Und wie passend die Namen der beiden Zuckerrohrschneider gewählt sind – Dave und John. Habe ich nicht recht, Lila?»

Lila warf einen raschen Blick auf P.S., aber der Junge war zum Glück mit einem Heuhüpfer beschäftigt.

«Es ist ein großartiges Buch», antwortete sie und atmete keuchend. Was (redet Conchita bloß zusammen? Ich habe *Marmon* doch auch gelesen, aber *das* ist mir wirklich nicht aufgefallen. Sinden wird doch nicht etwa ... Ich muß es unbedingt noch einmal lesen.)

«Die Mutter dieses Jungen», fuhr Conchita fort, «hatte mehr Talent als wir alle zusammen. Sie lebte unter uns, absorbierte und hämmerte uns auf ihrem Amboß zu den Gestalten zurecht, die sie brauchte, und bei jedem Hammerschlag sprühten Funken in die Nacht unserer Zeit. Ich hatte ihr ein kleines Zimmer in meinem Haus eingeräumt, und dort saß sie bis zum Morgengrauen, und ihre Maschine klapperte und klapperte ...»

«O nein, nachts hat sie nie gearbeitet!» Dieser Ausruf trug Lila einen vernichtenden Blick von Conchita und ein «Pst!» aus dem Hörerkreis ein.

«Bis zum Morgengrauen klapperte ihre Maschine», wiederholte Conchita unnachgiebig, «denn Sinden ahnte, daß ihr nicht mehr viel Zeit blieb, ihre Botschaft zu Papier zu bringen. Und dann ertönte die Botschaft vor den tauben Ohren von Sportlern! Heutzutage sind Kricketspieler unsterblich – Sinden Scott hingegen ist Staub und Asche.»

«Hat sie nicht noch ein anderes Buch geschrieben?» fragte der Weißhaarige mit den nackten Knien.

«Unvollendet», antwortete Conchita dumpf.

Unvollendet! Das war so ganz nach dem Herzen ihrer Jünger. Man erging sich in wonnevollen Seufzern und heuchelte Trauer.

«Ihr *bestes.*» Conchita verabfolgte ihnen noch diesen Bonbon und wandte dann ihr großflächiges, weißes Gesicht P.S. zu. «Junge, willst du nicht auf meinen Schoß kommen?» Sie griff nach ihm und hob ihn trotz seines Widerstrebens auf ihre gewaltigen Schenkel. «Wenn du groß bist, Junge, wirst du das Buch deiner Mutter fertigschreiben. Willst du das tun?»

Er beugte sich erschrocken zurück und stemmte beide Hände gegen ihre Brust.

«Er ist etwas s-c-h-e-u», teilte Lila der Gruppe mit.

«Willst du das für deine kleine Mama tun?»

In seinem Bestreben, Conchita zu entrinnen, drückte sich P.S. heftig von ihrer Brust ab und erreichte mit einem Satz festen Boden. Der Liegestuhl aber kippte langsam zur Seite, und Conchita sank in den Staub. Die männlichen Mitglieder der Gruppe beeilten sich, ihrer entthronten Königin aufzuhelfen.

«Das war aber sehr unartig», tadelte jemand.

«Ein Kind versteht's eben nicht besser», gab Lila wütend zurück. Sie stopfte P.S. ein Wurstbrötchen in den zum Heulen verzogenen Mund und fuhr herum, als hinter ihr ein Schuß knallte. «Was ist denn das schon wieder? Ach so, das Sackhüpfen der Damen! Sieh doch mal, Liebling, wie drollig sie springen!»

«Schon die Mutter dieses Jungen», sagte Conchita nicht ohne Stolz, «hat einmal einen Aschenbecher nach mir geworfen, aber ich habe es ihr verziehen. Ich habe ihr alles verziehen. Sogar das, was sie Ernest Huxley angetan hat.»

(Lieber Himmel, hört sie denn überhaupt nicht mehr auf? Soll das den ganzen Nachmittag so weitergehen? Wo ist Pony? Da kommt Digger mit unserem Tee. Schrecklich, dieser nervöse Tick! Na, ist ja kein Wunder. Conchita wird ihn nie aus ihren Klauen lassen, solange sie lebt – und sie wird ewig leben. P.S., ich werde dir bestimmt nicht wie ein Klotz am Bein hängen, wenn du einmal groß bist und eigene Wege gehen möchtest.)

«Vielen Dank, Digger», sagte sie. «Heißer Tee – wie schön! Und sogar eine Limonade für P.S. Ist es nicht reizend hier, Liebling?»

«Pony ist noch drüben beim Wahrsagen, aber sie kommt gleich», berichtete Digger.

«Oh, danke.»

«Wohin gehst du, Digger, mein Junge?»

«Ich wollte ein bißchen schwimmen, Mama.»

«Dazu ist es nicht warm genug.»

«Das Wasser ist gar nicht kalt, Mama.»

«Nicht warm genug für *dich*. Digger hat nämlich einen Herzfehler.»

«Oh.»

«Alf und Rexie baden ja auch.»

«Alf und Rexie sind kräftige Burschen, denen macht das nichts aus. Komm jetzt und setz dich endlich ruhig hin; die ganze Zeit rennst du in der Gegend herum. Ach, heb mir doch mal meinen Stock auf. Danke. Ich erzähle gerade von Sinden Scott ...»

Und das Geschwätz ging weiter. Der Himmel verdunkelte sich, wurde heller, verdunkelte sich von neuem. Sie tranken bitteren Tee. Im Lautsprecher knackte es, und dann kam eine Ansage: «Achtung, Achtung! Wir hören jetzt Elsie Chaffey mit einer Rezitation.»

Eine dünne, nasale Kinderstimme leierte:

«Mein Land, von Meer umgürtet,
mein Land ist groß und frei,
mein goldnes Land Australien
von Gott gesegnet sei ...»

«Das ist Sid Chaffeys Kleine.»

«So was hat hier gerade noch gefehlt. Stinklangweiliges Picknick, finde ich.»

«Einfach gräßlich.»

«Früher waren doch wenigstens ein paar witzige Leute dabei. Was ist aus denen geworden?»

«Alle tot. Oder sie waren so vernünftig, gar nicht erst zu kommen.»

«Ich wünschte, ich wäre auch so vernünftig gewesen. Wollen wir mal sehen, ob wir irgendwo Bier kriegen?»

«Guter Gedanke.»

Ein lautes «Huhu-u-u!» unterbrach das eintönig dahinplätschernde Gerede, und als Lila sich umdrehte, sah sie ein Mädelchen in rotem Kleid über die Wiese laufen. Je näher die Kleine kam, desto älter wurde sie, und als sie ihre dünnen Arme um Lilas Hals schlang, war sie an die Vierzig.

«Lila!» jubelte Pony Wardrop. «Hurra! Ich hab Sie schon überall gesucht.»

«Pony ... du meine Güte, Sie haben sich aber gar nicht verändert.»

«Danke für die Blumen!» Ponys welkes Koboldgesichtchen strahlte. Sie küßte Lila noch einmal, bevor sie sich P.S. zuwandte. «Großer Gott, ist er das?» Sie betrachtete ihn einen Augenblick lang und zog ihn dann an sich. «Mein Gott, er ist ihr ja wie aus dem Gesicht geschnitten!» Tränen rollten ihr über die Wangen. Sie küßte ihn, und plötzlich brach sie in Lachen aus. «Das ist also P.S. – das Wunschkind!»

Lila fühlte einen Stich im Herzen. Sie hatte Sindens Scherz vergessen – *beinahe* vergessen: «Woran ich jetzt arbeite? An meinem Wunschkind.»

«Denk mal, Herzchen», sagte Lila zu P.S., «Pony hat deine Muschi gekannt.»

Auf seinem Gesicht stand deutlich zu lesen: Schon wieder eine!

«Aber was macht ihr hier?» fragte Pony. «Ihr solltet doch bei meiner Gruppe sein.»

«Ja, ich weiß auch nicht recht; am Eingang gab's Schwierigkeiten, und dann kam Digger Ewers und brachte uns zu Conchita ...»

«Egal, nun hab ich euch jedenfalls.» Pony nahm Lila und P.S. bei den Händen und hüpfte zwischen ihnen in ihren Kleinmädchensandalen dahin. «Wir sitzen in einer von den Lauben und trinken Bier. Charlie Seay und die Howard-Mädels sind auch da – erinnern Sie sich noch an die?» Sie zog die beiden über die staubige Festwiese und winkte im Laufen einigen Leuten zu. «Ich hatte ja keine Ahnung, daß Sie bei Conchita hängengeblieben sind. Gräßlicher Gedanke, daß Sin sterben mußte, während diese alte Schmierkomödiantin noch immer die Luft verpestet. So was Verlogenes wie die mit ihrem ewigen Bla-bla-bla über ihre ‹geliebte kleine Sinden›, wo sie doch immer nur grün vor Neid war. Solange Sin ebensowenig anerkannt wurde wie Conchita, ging's ja noch, aber als sie dann den Literaturpreis für *Marmon* bekam – also das war zuviel für die alte Giftnudel. Wußte sich einfach nicht anders zu helfen, als von der Fähre zu fallen, damit sie auch mal ein bißchen Aufmerksamkeit erregte.»

«Oh – aber die Ärmste hätte doch ertrinken können!»

«Die?» Pony bog sich vor Lachen. «Kennen Sie übrigens die schöne Geschichte? Irgend jemand erzählte Walter Hatfield, Conchita sei von der *Kathleen* gefallen, und da sagte Walter: ‹Kathleen? Nanu, seit wann ist denn die lesbisch?›»

«Ach?»

«Ist das nicht wonnig?»

«O ja. Sehr komisch.»

(Unglaublich! Und das alles vor den Ohren eines Kindes! Was hatte Sin nur an Pony Wardrop gefunden? Sie war doch recht ordinär. Und mußte sich eine Frau in ihrem Alter wie ein zehnjähriges Mädchen anziehen?)

«Sie kennen Walter Hatfield, nicht wahr?» fragte Pony.

«O ja, gewiß. Er hat Sinden einmal porträtiert. Das Bild befindet sich jetzt bei Vanessa.»

«Er ist übrigens der Vater *meines* Wunschkindes», sagte Pony.

«Ist Ihr Junge heute auch hier?» erkundigte sich Lila hastig.

«Nein. Mein jetziger Freund kann Kinder nicht vertragen, darum habe ich ihn zu einer Cousine aufs Land gegeben. Ein verrückter Bengel, mein Kleiner. Aus dem wird mal was. So, da sind wir.»

Am Eingang prallte Lila unwillkürlich zurück. Die wacklige Laube war voll von merkwürdigen Gestalten, die Bier tranken und so laut durcheinanderschrien, daß es klang, als zankten sie sich. In einer Ecke küßte eine Frau ungeniert einen jungen Mann ab. Sie trug ein Kleid mit Leopardenmuster, und in ihren hennaroten Locken war eine künstliche Weintraube befestigt.

«Ich glaube, für uns ist kein Platz mehr», murmelte Lila.

«Rück mal ein bißchen zur Seite, Dot!» rief Pony. «Hier kommen Lila Baines und P.S. Alle herhören: Dies ist P.S.!»

Gerötete Gesichter wandten sich ihnen zu. Man schrie «Hallo» und «Guten Tag». Zwei Männer standen leicht schwankend auf, um Lila ihren Platz anzubieten.

«Gebt Lila ein Bier!»

«O nein, danke ... Ich trinke nie Bier.»

«Warum eigentlich nicht, Herzchen? Was kann das schlechte Leben nützen? Na, dann nehmen Sie wenigstens einen Shandy. Löscht erstklassig den Durst. Musette, gieß Lila einen Shandy ein. Lila, kennen Sie Musette noch? Musette Munson, auch unter dem Namen ‹die treue Nymphe› bekannt.»

Musette hatte ein Pferdegesicht und trug einen Luftanzug. Sie streckte Lila einen blaurot gefrorenen Arm entgegen.

«Hallo! Haben wir uns nicht mal getroffen, als Sie mit Sin in dem Irrenhaus am Cross wohnten?»

«Nein, das war meine Schwester Vere.»

«Ach, wie geht's denn der verrückten Vere?» fragte Pony. «Und der närrischen Agnes? Und Vanessa? Warum sind sie nicht mitgekommen?»

Lila begann, die Familiengeschichte zu erzählen, merkte jedoch bald, daß kein Mensch zuhörte. Irgendwer schob ein Glas vor sie hin. «Was ist das?» erkundigte sie sich mißtrauisch.

«Ein Shandy, Herzchen. Limonade mit einem kleinen Schuß Bier.»

«Gebt dem Wunschkind doch auch 'ne Limonade!» rief Pony.

«Heiliger Bimbam, ist das Sindens Junge?»

«Du merkst auch alles, du Schaf.»

«Reich mir die Flosse, Genosse», lallte ein Mann, aber P.S. wich ängstlich vor der riesigen roten Hand zurück.

«Er ist etwas s-c-h-e-u», erklärte Lila mit keuchendem Atem. Der Mann lachte.

«Der wird schon werden», sagte er. «Hat 'nen guten Kopf, der Junge.»

Lila kicherte nervös und wandte sich wieder an Pony. «Wissen Sie zufällig, wann die Fährschiffe gehen?»

«Aber Lila, darum brauchen Sie sich doch jetzt noch nicht zu kümmern.»

«Wir können nicht allzu lange bleiben. Mein Mann ist nicht ganz auf dem Posten, und ...»

«Sie müssen aber unbedingt warten, bis P.S. seinen Bumerang gekriegt hat.»

«Einen Bumerang?»

«Zur Erinnerung an Sin. Ziemlich blöd, meiner Meinung nach, aber der alte Champion, unser Vorsitzender, hört sich nun mal gern reden, und diesmal werden beim Festakt Bumerangs an die Angehörigen unserer verstorbenen Mitglieder verteilt. So eine Art Memento morti oder wie das heißt. Er hat auch ein Gedicht auf Sin geschrieben. Ich hab ihm gesagt, daß Sie kommen, und wenn Sie nachher nicht da sind, wird er verrückt. Trinken Sie doch aus, Liebste.»

Lila gehorchte.

(Es schmeckt ja wirklich nicht schlecht, und sie meinen es gut ... Ich darf sie nicht beleidigen.)

Nun sprachen auf einmal alle von Sinden. Die gute alte Sin, die arme kleine Sin, die engelhafte, verrückte, tapfere, reizende, temperamentvolle Sinden Scott. Jeder behauptete, er habe sie so gut gekannt wie kein anderer. Lila hatte jedoch den Eindruck, daß die aufgetischten Anekdoten vorwiegend dem Zweck dienten, die Intelligenz und den Witz des jeweiligen Sprechers ins rechte Licht zu rücken. «Und *ich* sagte zu ihr ...» – «*Meiner* Ansicht nach ...» – «Ja, aber *mir* hat sie im Vertrauen erzählt ...» Das Bier floß in Strömen, während Sinden aus dem Grabe heraufbeschworen und durch eine Reihe unwahrscheinlicher Episoden gezerrt wurde. Es war, als liefe ein alter, verregneter, vielfach geflickter Film ab. Von Zeit zu Zeit rief Pony laut dazwischen: «Scheiße mit Reis! Nie hat sie so was getan!»

Jemand berührte Lilas Arm, und als sie sich umdrehte, sah sie in das sympathische Gesicht eines Mannes in mittleren Jahren.

«Sin würde sich schieflachen, wenn sie das hier hörte, nicht wahr?»

«O ja!» Lila war glücklich, wenigstens mit einem der Anwesenden übereinzustimmen.

«Sie erinnern sich wohl nicht mehr an mich, Mrs. Baines?»

«Ihr Gesicht kommt mir bekannt vor, aber ...»

«Charlie Seay.»

«Ach ja, Mr. Seay, natürlich. Sin hatte so viele Freunde, daß ich ...»

«Darf ich Sie etwas fragen?» Er senkte die Stimme, schien von nervöser Spannung erfüllt. «Hat Sin jemals von mir gesprochen?»

«Oh, ganz bestimmt hat sie das getan», erwiderte Lila höflich.

«Ich meine, als sie schon krank war ... ganz zuletzt. Hat sie nie nach Charlie gefragt?»

«Nicht, daß ich wüßte.»

Er war sichtlich niedergeschlagen; seine schönen Augen nahmen einen gekränkten Ausdruck an.

«Ich war damals nicht hier», sagte er. «Ich habe es erst aus der Zeitung erfahren.»

«Es kam ja auch so plötzlich.»

«Und ich war verreist!» Er deutete mit dem Kopf auf die Umsitzenden. «Hat einer von denen sie besucht?»

«Nur Pony», antwortete Lila.

«Ja, Pony ist eine treue Seele», sagte Charlie Seay. «Die anderen denken bloß an sich. Sie haben Sin einfach ihrem Schicksal überlassen. Und jetzt ... Hören Sie nur, wie sie sich jetzt aufspielen! Oder nein – hören Sie lieber nicht hin.» Ein vergrübelter, bitterer Blick traf Lila. «Ich hätte bei ihr bleiben sollen.»

(Wieso?)

«Aber eines können Sie mir vielleicht doch sagen.» Er sprach sehr leise, und Lila mußte sich weit vorbeugen, weil sie ihn sonst in all dem Lärm nicht verstanden hätte. «Erinnern Sie sich an einen großen Strauß blauer Schwertlilien? Ist er richtig angekommen?»

«Meinen Sie in der Klinik?»

«Nein, hinterher. Ohne Karte. Nur blaue Schwertlilien.» Es klang, als hinge sein Leben davon ab.

«Das weiß ich nun wirklich nicht mehr. Wir waren alle so durcheinander ...» In Lilas Brust rasselte es plötzlich. «Aber jetzt fällt mir ein, daß ich vor einiger Zeit blaue Schwertlilien gesehen habe, und zwar auf ... in ihrem Gärtchen, wie wir's nennen. Da hatte jemand blaue Schwertlilien hingestellt ...»

Er nickte. «Ich gehe hin, so oft ich nur kann.»

«Oh! Wie nett von Ihnen ... wirklich rührend.»

«Wir haben einmal zusammen in einem Wochenendhäuschen am Strand gewohnt. In Narrabeen. Nur das eine Mal. Da wuchsen blaue Schwertlilien im Garten.»

(Richtig, jetzt erinnere ich mich: Manchmal gab der Laufbote aus dem Blumengeschäft Searl eine Schachtel mit blauen Schwertlilien bei uns ab. «Wie entzückend, Sin! Hat Ernest dir die geschickt?» Und Sindens höhnisches Lachen: «Ernest? *Der* und Blumen?» – «Aber von wem sind sie denn?» – «Ach, von einem Bekannten.»)

«Sehr aufmerksam von Ihnen», sagte Lila steif. «Sin würde sich bestimmt freuen, wenn sie wüßte, daß einer ihrer Freunde sich soviel Mühe macht.»

«Von Mühe kann da keine Rede sein», erwiderte Charlie Seay. «Und von *Freundschaft* auch nicht.» Er blickte über die Wiese, als sähe er etwas in weiter Ferne.

«Haben Sie Sin lange gekannt?» Die Frage ging in dem Stimmengewirr unter, und Lila mußte sie wiederholen.

«Nein, nicht sehr lange», antwortete er.

(Ein Häuschen am Strand. Eine jener Gelegenheiten, bei denen sie wortlos verschwand, und niemand wußte wohin. Typisch Sinden: Sie zog den Vorhang zu, und basta.)

«Ich dachte nur, sie hätte in ihren letzten Tagen einmal von mir gesprochen.»

«Es ist bald sieben Jahre her, Mr. Seay. Vielleicht hat sie's getan, und ich habe es nur vergessen.»

(Nein. Für sie gab es damals nur Logan. Das weißt du auch ganz genau; ich sehe es dir am Gesicht an. Aber warum kränkt dich das so sehr? Was ist da geschehen?)

«Es tut mir so leid», fügte sie hinzu, und sie sagte es im Namen ihrer Schwester.

«Ist schon gut», murmelte er.

Lila wurde von Nervosität plötzlich gesprächig und stürzte sich in eine wortreiche Schilderung jener letzten Tage. Die Klinik, der Doktor, der ihnen gesagt hatte, sie sollten ruhig nach Hause gehen ... Ein junger, unerfahrener Arzt, hatte es nachher geheißen, aber bei der Brightschen Krankheit konnte man ja nie wissen ...

Charlie Seay erhob sich unvermittelt. «Leben Sie wohl, Mrs. Baines. Ich muß jetzt gehen.»

«Oh, schon? Wollen Sie nicht noch rasch Sindens kleinen Sohn begrüßen?»

«Nehmen Sie's mir nicht übel», sagte er, «aber ich finde das hier einfach widerlich.» Er wies mit dem Kinn auf die lärmende Gesellschaft in der Laube und auf die Leute, die draußen umhergingen. «So etwas Vulgäres habe ich mein Lebtag noch nicht gesehen, und wenn ich Sie wäre, würde ich den Jungen schleunigst von hier wegbringen.» Damit entfernte er sich.

Lila stieß Pony an, die ihr gegenüber saß, P.S. auf dem Schoß hatte und sich heftig mit der Leoparden-Dame zankte.

«Pony, können Sie nicht mal rüberkommen? Ich mag nicht so schreien.»

«Ja, was ist denn, Liebste?» Pony quetschte sich neben sie, ohne P.S. aus den Armen zu lassen. Er sah Lila jammervoll an und fragte, ob sie nicht bald nach Hause gingen.

«Ja, Liebling, gleich. Oh, sieh mal, ist das nicht der Eismann? Lauf und hol dir eine Waffel. Hier, Schätzchen, verlier das Geld nicht... Pony, wer war dieser Mann?»

«Welcher Mann?»

«Charlie Seay.»

«Ach, erinnern Sie sich nicht mehr an Charlie? Sie sind ihm doch bestimmt mal irgendwo begegnet. Waren Sie nie bei den Dichterlesungen im Blauen Teesalon?»

«Er scheint Sin gut gekannt zu haben.»

«Das kann man wohl sagen. Er war mächtig verknallt in sie. Armer alter Charlie – der hoffnungslose Liebhaber wie er im Buche steht. Immer war er um Sinden herum und schmachtete sie melancholisch an.»

«Wann? Wann war das?»

«Oje, das weiß ich nicht mehr so genau. Ungefähr um die Zeit, als sie mit Ernest verlobt war.»

«Zur *gleichen* Zeit?»

«Ja, stimmt, jetzt fällt's mir wieder ein. Wir fanden es alle irrsinnig komisch.»

«Aber er sagte, sie hätten zusammen in einem Häuschen am Strand gewohnt.»

Pony ließ ein schrilles Kleinmädchen-Gekicher hören. «Richtig! Sin nannte es ‹Villa Seitensprung›.»

Lila hustete. «War es... eine längere Affäre?»

«Ach wo! Sie hat Charlie doch nie ernst genommen. Er nahm es natürlich todernst. ‹Weg mit dem *Ernest*›, sagten wir immer zu ihm, aber ich glaube, er hat das Wortspiel nie kapiert. Charlies größter Fehler ist, daß er dauernd mit einer Leichenbittermiene herumläuft.»

«Er scheint sehr um Sinden zu trauern.»

«Ach, der würde sogar trauern, wenn Sie ihm den Gouverneurspalast mit allem Drum und Dran schenkten. Er ist der geborene Trübsalbläser. Nach seinem Heiratsantrag sagte Sin zu mir...»

«Er wollte sie *heiraten*?»

«Ja. Und Sin sagte zu mir: ‹Pony, er hat wunderschöne Hände und sehr gute Manieren, aber als Ehemann... Also ich glaube, da würde es sogar mit dem Erzbischof von Canterbury mehr Spaß machen.› Wir haben gebrüllt vor Lachen!»

(Und trotzdem sieben Jahre lang blaue Schwertlilien! Was hatte Vanessa doch gleich von Sindens Scheuklappen gesagt?)

Lila keuchte.

«Fehlt Ihnen was, Herzchen?»

«Es ist nur... mein Asthma. Der Wind muß sich... gedreht haben.»

«Trinken Sie noch einen Shandy. Der möbelt Sie wieder auf. Musette, einen Shandy für Lila!»

«Nein, danke, ich möchte nicht ...»
«Tut Ihnen aber bestimmt gut, Lila. Na?»
«Ist da auch wirklich kein Alkohol drin?»
«Ach was, nichts als Limonade und ein Tröpfchen Bier. Davon wird nicht mal ein Baby betrunken.»
«Erfrischend ist es ja, das stimmt. Ach, Pony, dieser arme traurige Mensch geht mir nicht aus dem Kopf.»
«Kindchen, um Charlie brauchen Sie sich keine Sorgen zu machen.»
«Ich finde es so seltsam, daß sie ihn nie erwähnt hat. Vorgestellt hat sie ihn mir wohl mal, aber nur so beiläufig, wie einen Zufallsbekannten.»
(Dieser Pony hat sie sich natürlich anvertraut. Und Vere war wohl auch über alles im Bilde. Nur mir hat sie nie etwas erzählt.)
«Nun ja, Charlie hat ihr eben nicht das geringste bedeutet. Er war bloß einer von den Knüffen, die sie sich versetzt hat, um zu sehen, ob sie noch lebte.»
«Wie meinen Sie das?»
«So sagte sie immer. Wenn sie mit Ernest böse war oder wenn er sie vernachlässigte ...»
«Ernest hat sie nie vernachlässigt!»
«Oh, sehr oft sogar. Ernest ist doch der Typ, der grundsätzlich alles auf die lange Bank schiebt. Immer wenn Sin von Heiraten sprach, hatte er irgendeine blöde Ausrede. Entweder mußte er gerade nach Neuseeland, oder er hatte mit einer Neuerscheinung zu tun, oder er meinte, sie sollten doch lieber das Ende der Hitzewelle abwarten. Wie oft ist sie damals zu mir gekommen, um sich auszuheulen! Ich höre sie noch: ‹Pony, was soll ich bloß tun?› Das arme kleine Wurm. ‹Ich halt's nicht mehr aus mit Ernest. Bis der sich entschließt, bin ich ja vierzig. Wann werde ich endlich mein *Kind* kriegen?› Aber er zögerte die Sache immer weiter hinaus, von Monat zu Monat, bis wieder ein Jahr rum war. Ich spürte genau, daß über kurz oder lang etwas passieren würde. Sin war wie ein blubbernder Teekessel, der endlich vom Herd genommen werden will. Na, und dann ist es ja auch passiert.»
«Ja, es ist passiert», murmelte Lila.
«Genauso, wie ich's mir gedacht hatte. Und es war ausgerechnet Charlie Seays Verdienst. Das nennt man Ironie des Schicksals.»
«Wieso? Was heißt das?»
«Charlie hat Sin doch mit Logan bekannt gemacht.»
«Ich ... wir dachten immer, sie hätte Logan auf einer Gesellschaft kennengelernt?»
«Hat sie auch. Charlie brachte ihn mit.»
«War er denn mit ihm befreundet?»
«Ach wo. Die beiden hatten sich an dem Abend zufällig in einer Bar getroffen.»
«Pony!»
«Ja, wie das so ist – man trinkt ein Bier im Carlton, man kommt ins Gespräch ...»

«Im *Carlton*!»

«Ja, in der Bar.»

«Im Carlton – wie *merkwürdig*!»

«Was ist daran merkwürdig? Charlie war dort Stammgast, und eines Abends stieß er auf Logan Marriott, der an der Theke klebte und in seiner unnachahmlichen Art die tollsten Geschichten erzählte. Die Jungen hörten ihm so andächtig zu, als wäre er das Orakel von Delphi, und um sechs, als Sperrstunde war, nahm Charlie ihn mit in seine Wohnung, und Logan redete weiter, bis Charlie sagte, er müsse noch zu einem Kostümfest – lauter verrückte Künstler und Schriftsteller – und ob Logan nicht mitkommen wolle, und Logan sagte, warum nicht, für ein paar Gratisschnäpse sei ihm kein Opfer zu groß – na, und so ergab es sich eben.»

«Hat Sin Ihnen das alles erzählt?»

«Ich war ja dabei, Liebste. Wenn ich mich recht erinnere, ging ich als Jackie Coogan oder so was – jedenfalls als Junge. Ernest und Sin kamen als König Kophetua und das Bettlermädchen. Abgebrannt, wie sie damals war, hatte sie einfach ein altes blaues Chiffonkleid ein bißchen zerfetzt. Dazu offenes Haar und nackte Füße – fertig war die Bettlerin. Für Ernest hatte sie aus einem alten roten Samtvorhang einen Königsmantel zusammengesteckt, mit einem Kaninchenfell als Kragen, und dazu trug er eine Krone aus Goldpapier. Mein Gott, wie einem das alles wieder einfällt, wenn man ein bißchen getrunken hat und neben Sins Schwester sitzt – Ernest in dem roten Samtvorhang, mit seinen soliden Sportschuhen und der gräßlichen Pfeife, und sie wie eine sechzehnjährige Unschuld! Na, gegen Mitternacht ging's schon ziemlich hoch her, und da standen sie auf einmal in der Tür – Charlie Seay und Logan, beide leicht angesäuselt. Donnerwetter, dachte ich, das ist mal ein Teufelskerl! Bei dem würde ich in einer kalten Winternacht bestimmt nicht nein sagen ... Sie erinnern sich wohl, Lila, der Bursche brauchte nur ins Zimmer zu kommen, und gleich sah jeder andere Mann neben ihm wie ein Jammerlappen aus. Also er steht auf der Schwelle und blickt lächelnd umher, so von oben herab – na, Sie wissen schon, Lila. Jeder Zoll der Herr Graf, der seinen Bauern beim Tanz zusieht.»

«O ja, ich weiß genau ...»

«Es dauert keine Minute, da hat er Sin entdeckt. ‹Wer ist das?› erkundigte er sich bei Charlie, und dieses arme Schaf führt ihn doch zu ihr und macht die beiden miteinander bekannt. Sin legt den Kopf schräg, wie es so ihre Art war, und fragt: ‹Sind Sie schon auf Gold gestoßen?› Charlie wundert sich: ‹Woher weißt du denn, daß er Goldgräber ist?› Und Sin antwortet: ‹Es gibt nur einen Logan Marriott auf der Welt, und der ist aus Bacchus Marsh. Meine Schwester Vanessa hat ihn da kennengelernt.» Logan steht wie angewurzelt, bringt keinen Ton heraus und schaut sie immer nur an, bis sie noch einmal fragt: ‹Wie ist es also, Logan, haben Sie Gold gefunden?› Und er, ohne den Blick von ihr zu wenden, sagt: ‹Jetzt – ja.›»

Ein überlautes, blechernes Schmettern ließ Lila zusammenzucken. Sie wandte sich um und sah sechs plumpe Mädchen in weißem Tüll auf dem Podium herumhüpfen, während aus dem Lautsprecher der ‹Tanz der sieben Schleier› quoll.

«Wenn Logan doch nur . . .» begann sie.

«Wenn, wenn, wenn!» Pony drehte sich mit ihren nikotingelben Fingerchen eine Zigarette. «Sie mußten einander begegnen, das war unvermeidlich. Kismet. Schicksal. Bestimmung.»

«Glauben Sie an so etwas, Pony?»

«*Sie* wußte es, *er* wußte es, jeder von uns wußte es. Sogar der arme Charlie. In dieser einen Minute entschied sich alles.» Pony kicherte und riß ein Streichholz an. «Ich sehe immer noch Ernest vor mir, wie er gegen zwei Uhr morgens in seinem roten Samtmantel durch den Saal wanderte und jeden fragte, wo Sin eigentlich sei. Irgendwer sagte: ‹Ach, die ist mit dem großen, gutaussehenden Kerl von vorhin weggegangen›, und Ernest rief empört: ‹Aber sie hat ja keine Schuhe an!› Typisch Ernest! Wir kreischten vor Lachen. Der Himmel stürzt über ihm ein, und seine einzige Sorge ist, daß sie in ihren blauen Fetzen und barfuß durch die Stadt läuft. ‹Wo kann sie zu dieser nachtschlafenden Zeit nur sein?› fragte er dann, und ich dachte: Im siebenten Himmel, mein Junge, und *du* wirst sie bestimmt nicht wiederfinden. Natürlich hatte ich recht. Fünf Tage später telegrafierte sie mir: ‹Habe Logan Marriott geheiratet. Komm sofort ins Carlton.›»

(«Lila, ich bin seit einer halben Stunde mit Logan Marriott verheiratet.»)

«Pony, hätte Ernest das nicht verhindern können?»

«Ernest? Daß ich nicht lache!»

«Sie hatten doch soviel Gemeinsames.»

«Ja, Bücher.»

«Aber Bücher waren ihr Leben, Pony.»

«Ach was, sie selbst war ihr Leben, und dafür wollte sie Ernest nicht als Verleger haben. Und andere als verlegerische Fähigkeiten hat er ja nie besessen.»

«Er hat den Boden angebetet, über den sie ging.»

Pony kicherte. «Vorausgesetzt, daß er diesen Boden für sie ausgesucht hatte.»

Lila wischte sich das Gesicht in einem schon feuchten Taschentuch ab. Trotz des kühlen Tages war sie wie in Schweiß gebadet.

«Ich wußte ja nicht . . .» murmelte sie. «Ich habe immer gedacht, Sinden und Logan hätten sich auf einem Ball kennengelernt.»

Auf einem ehrbaren, gutbürgerlichen Ball natürlich – lange weiße Handschuhe, Walzer, Logan im Frack. Kein Wunder, daß Ernest ihr niemals verziehen hatte. Was war das für eine Art, mitten in der Nacht barfuß mit einem Fremden wegzulaufen! Und diese Pony lachte noch heute darüber!

«Ich finde das alles gar nicht komisch, Pony.»

«Aber ich.»

«Sie hätte wenigstens zu Ernest gehen und sagen können: ‹Mr. Marriott bringt mich nach Hause.›»

Das schien Pony noch mehr zu belustigen. Ihr helles Kichern regte die Kookaburras in einem nahen Baum zur Nachahmung an, so daß die Festwiese von spöttischem Vogelgelächter widerhallte.

«Es war grausam von ihr», sagte Lila in den Lärm hinein.

«Ah bah, Scheiße mit Reis!»

«Und das, was sie Charlie Seay angetan hat, war ebenso grausam – sich hinter seinem Rücken über ihn lustig zu machen ...»

«Das war nun mal ihre Art, Lila.»

«Ich verstehe das nicht. Ich habe es nie verstanden. In meinen Augen ist so etwas kein Witz.»

(Das ist viel zu schwach ausgedrückt. Mir graust vor Sindens Kaltherzigkeit. Ich habe mich immer nach gewissen Anstandsregeln gerichtet, denn ich finde, an bestehende Regeln muß man sich halten. Du hast dich darüber hinweggesetzt, Sinden, und du bist dafür gestraft worden. Logan war nicht einmal in der Stunde deines Todes bei dir. Du hast alles über den Haufen geworfen, um mit einem Wildfremden davonzulaufen, der dir ein Lächeln schenkte. Geschieht dir recht, daß es schiefgegangen ist, meine Liebe. Ja, ich weiß, du bist tot, und man soll von Toten nichts Schlechtes denken, aber ich kann's nun mal nicht ändern. Ich bin sehr ärgerlich auf dich. Oder ärgere ich mich nur, weil Vanessa dich besser gekannt hat als ich?)

Unbezähmbarer Groll stieg in Lila auf, und sie erschrak über die Heftigkeit ihrer Gefühle.

Sie erhob sich; ihr Atem ging rasselnd. Das wird eine schreckliche Nacht werden, dachte sie. Wahrscheinlich muß der arme George wieder mal seinen Schlaf opfern.

«P.S., komm her!» rief sie mit sonderbar schriller Stimme.

Der Junge rührte sich nicht. Er stand vor dem Podium und sah selbstvergessen den Tänzerinnen zu. Sein Hemd war mit geschmolzenem Eis bekleckert.

«P.S.! Kannst du nicht hören?»

Er drehte sich erstaunt um, denn so gereizt fuhr sie ihn selten an.

«Komm her. Nun sieh bloß, wie du dich vollgeschmiert hast – überall Eis auf dem guten Hemd. Hier, spuck mal auf mein Taschentuch, damit ich dir wenigstens das Gesicht abwischen kann. Wir fahren nach Hause.»

Proteste wurden laut. «Sie dürfen noch nicht gehen, Lila! Sie müssen doch auf den Bumerang warten!» Hände griffen nach ihr, jemand versuchte, ihr Glas neu zu füllen, die Person in dem Leopardenkleid stellte sich ihr mit ausgebreiteten Armen in den Weg. Lila schob sie beiseite. Diese schauderhafte Bande! Wahrscheinlich waren sie damals alle auf dem Kostümfest gewesen, hatten über Sinden geklatscht und gespottet. Und jetzt amüsierten sie sich über die dumme Lila Baines. Nun, mochten sie lachen! Kein Wunder, daß sie alle Nieten waren, bei diesem totalen Mangel an Moralbewußtsein.

Sie wischte dem Jungen das Gesicht ab, wischte diesen Tag und die Vergangenheit weg.

«Leben Sie wohl», sagte sie, nahm P.S. an die Hand und zerrte ihn aus der Laube. Pony eilte ihr nach.

«Was ist denn los, Lila?»

«Ich glaube, um vier Uhr geht eine Fähre, und die möchte ich erreichen.»

«Ist Ihnen nicht gut? Ich hole Ihnen gern eine Tasse Tee ...»

«Danke, *nein*!»

«Herrje, reißen Sie mir bloß nicht den Kopf ab!» Pony blickte zu ihr auf wie ein gekränktes Kind. «Schließlich waren wir doch alle Sins Freunde und haben sie gut gekannt.»

Weiß Gott, dachte Lila.

Es knackte im Lautsprecher. Die Stimme des Ansagers verkündete: «Und nun kommen wir zum Höhepunkt des heutigen Tages ...»

Pony packte Lilas Arm. «Jetzt werden die Bumerangs verteilt. Da *können* Sie einfach nicht ausreißen.»

Die Eurhythmie-Gruppe hatte das Podium geräumt, und am Mikrophon stand ein weißhaariger alter Herr, der mit Papieren raschelte, während eine Dame in blauem Voilekleid mehrere vergoldete Bumerangs auf ein Tischchen neben ihm legte.

Lila saß in der Falle. Es gab kein Entrinnen, sie mußte sich im Schwarm der anderen auf das Podium zudrängen lassen. Der weißhaarige Herr wurde als «Mr. Champion, unser Vorsitzender» angekündigt und mit dünnem Applaus begrüßt. «Bravo, Champ!» schrie eine Stimme aus dem Hintergrund.

Mr. Champion ordnete seine Papiere, rückte die Brille zurecht und begann mit einer langatmigen Danksagung an das Festkomitee, die Kartenverkäufer, den Pianisten und die Teeköchinnen.

«Mensch, nun mach schon», knurrte Lilas Nachbar, ein Mann, der stark nach Bier roch.

Vereinzelte Regentropfen fielen in den Staub, als Mr. Champion zur Totenehrung überging. Er sparte dabei nicht mit jenen Klischees, die alle Betroffenen ihr Leben lang zu vermeiden gesucht hatten: Die verblichenen Autoren, die Bewahrer des nationalen Erbes, wurden in die Ruhmeshalle aufgenommen, wo sie thronten, während die Fackel, die sie weitergereicht hatten, mit reiner Flamme die Welt erleuchtete. Mr. Champions barock verschnörkelte Prosa feierte Triumphe. Hinterbliebene wurden aufgerufen, kletterten die Holzstufen zum Podium empor und nahmen mit verlegenem Lächeln das Symbol der Wiederkehr, den goldenen Bumerang, entgegen. Der Himmel verdunkelte sich bedrohlich, es regnete, immer mehr Zuhörer ergriffen die Flucht, vom Wasser klang das klagende Tuten der Fähre herüber, und Mr. Champion redete, redete unentwegt weiter. Nun pries er endlich Sinden Scott, die tapfere junge Seele, die in der Blüte ihrer Jahre dahingerafft wurde, gerade als sie die Ernte einbringen und die Früchte ihrer Arbeit genießen wollte. Hier erhob sich Mr. Champion zu lyrischem Schwung. «Der Tod...» deklamierte er,

«Der Tod riß ihr des Lebens Trank vom Munde
und riß sie selber aus dem Arm des Gatten.
Sie eilte, ach, zu früh ins Reich der Schatten,
ein Jahr nur Gattin, Mutter eine Stunde
und unser aller Schwester, unvergessen.
Wer sie gekannt, wird unser Leid ermessen.»

P.S. zupfte Lila am Rock. «Lila, ich muß mal!»

«Schsch. Gleich. Hör zu, er redet von Muschi.»

«Und nun überreiche ich ihrem Söhnchen den goldenen Bumerang zum Zeichen...»

«Geh aufs Podium und hol dir den Bumerang, Liebling.»

«Nein!»

«Aber es ist ein Geschenk für dich.»

«Nein!»

«Komm, wir gehen zusammen.»

«Nein! Nein!» Er zog wütend an ihrer Hand. «Ich muß doch so nötig!» Unter dem Gelächter der wenigen Leute, die noch ausgeharrt hatten, stolperte Lila auf die hölzerne Plattform, drückte Mr. Champions Hand, nahm den klebrigen goldenen Bumerang in Empfang, drehte sich um und sagte: «Im Namen ihres Sohnes...»

Sie stand allein da. Der Nieselregen war unversehens zu einem Wolkenbruch geworden und hatte die letzten Zuhörer vertrieben. Nicht einmal Pony, die so enthusiastisch gewesen war, hatte das Ende der Feier abgewartet.

Erst am späten Abend, nachdem George seine Frau hinreichend versorgt und gescholten hatte, merkte Lila, daß der Bumerang auf der Fähre liegengeblieben war.

George brachte P.S. in eine merkwürdig gespannte, fast unheimliche Atmosphäre zurück. Diana, die ihnen die Tür öffnete, zog den Jungen mit einem «Na, heute kommt er aber spät» ins Haus und schlug dem armen George die Tür vor der Nase zu. Ihr Hals war rot angelaufen. «Deine Tante ist oben», flüsterte sie P.S. zu und schob ihn zur Treppe. «Brauchst keine Angst zu haben, Jungchen», fügte sie hinzu.

Er stieg langsam die Stufen hinauf und hielt sich dabei am Geländer fest. Oben angelangt, blieb er stehen.

«Geh, Jungchen, geh», drängte Diana. «Laß sie nicht warten. Sei lieb, bitte. Wir müssen's sonst wieder ausbaden.»

Diana rannte zur Küche, und er hörte sie schluchzen. Ihm war klar, was er gefragt werden würde.

Der Flur im Obergeschoß war leer, Vanessas Zimmertür geschlossen. Er stand unschlüssig davor, als sich die Tür plötzlich öffnete und Vanessa heraustrat. Beinahe wäre sie über ihn gestolpert.

«Was soll das?» fragte sie gereizt. «Weißt du nicht, wie man an eine Tür klopft?»

«Doch.»

«Dann mach es mir einmal vor.» Sie kehrte ins Zimmer zurück, schloß die Tür und sagte von innen: «So, nun klopfe.»

Sie liebte solche Spiele, also tat er ihr den Willen.

«Darf ich hereinkommen?» Sie soufflierte ihm, was er sagen sollte.

«Darf ich hereinkommen?» wiederholte er gehorsam.

Vanessa öffnete die Tür zum zweitenmal. «Aber ja, du darfst. Willkommen zu Hause, P.S. Hast du ein schönes Wochenende gehabt?»

«Ja.»

«Ja, danke, Vanessa.»

«Danke, Vanessa.»

«Warum kommst du so spät?»

«Wir haben die Fähre verpaßt.»

«Wer hat dich hergebracht?»

«George.»

«Habe ich dir eigentlich erlaubt, dich zu setzen? Ein andermal fragst du vorher, verstanden?»

Es schien noch schlimmer zu werden, als er gedacht hatte, und schuld daran war nur dieser blöde Ausflug. Aber er durfte Lila nicht in Schwierigkeiten bringen; sie war so krank.

«Wie habt ihr das Wochenende verlebt?»

Was für ein großer Mond heute am Himmel stand!

«Ich habe dich etwas gefragt, P.S.»

«Äh ... Wie immer.»

«Seid ihr ausgegangen?»

Wenn sie ihn nun am nächsten Freitag nicht nach Hause ließ!

«Nein.»

«Ihr seid überhaupt nicht fort gewesen?»

«Nein.»

So, das hatte er gut gemacht. Lila war gerettet.

Vanessa nahm ein Schlüsselbund von der Kommode und sagte: «Komm mit, P.S.»

Sie führte ihn über den Korridor zu einem der Gästezimmer, schloß die Tür auf und knipste das Licht an.

Man hatte das Bett herausgenommen, und auf dem Fußboden war eine wunderschöne bunte Spielzeugstadt aufgebaut, umgeben von Eisenbahnschienen. Meter und Meter von Schienen. Und Weichen. Und Signale. Vor einem grün und rot angemalten Bahnhofsgebäude wartete der Zug auf die Abfahrt: eine prachtvolle schwarze Lokomotive, auf der BRITISH RAILWAYS stand, sechs Wagen mit richtigen Fenstern und ein roter Gepäckwagen mit Schiebetüren. Auf dem Bahnsteig standen winzige

Milchkannen, fertig zum Verladen, und Leute und ein Schaffner mit einer Trillerpfeife.

«Nun paß auf», sagte Vanessa. Sie kniete sich auf den Boden und drehte einen Schalter. In allen Wagen flammte Licht auf, der Zug setzte sich mit einem kleinen Ruck in Bewegung, sauste rings um die Spielzeugstadt, über eine Brücke, auf ein Seitengleis, wo er rangierte, um dann weiterzufahren, immer wieder um die Stadt herum.

«Oh...» machte P.S. überwältigt.

«Gefällt es dir?»

«Ja, o ja!»

Platt auf dem Boden liegend, beobachtete er, wie die Bahn angeflitzt kam, und die Brücke verwandelte sich für ihn in jene große, die über den Meeresarm mit den Quallen führte.

Plötzlich erloschen die Lichter, und der Zug blieb stehen. P.S. hob verdutzt den Kopf.

«Wir haben einen ganzen Nachmittag gebraucht, um dies als Überraschung für dich aufzustellen», sagte Vanessa. «Und nun kommst du nach Hause und lügst mich an.» Ihre Stimme klang nicht wütend, sondern traurig. «Zwischen Freunden darf es keine Lügen geben, und ich dachte, wir wären Freunde.»

Sie hatte es also doch gemerkt! Er starrte auf den Zug. Ob sie nun alles an das Spielwarengeschäft zurückschickte?

«Nichts ist schmerzlicher, als von einem Freund belogen zu werden», sprach Vanessa weiter. «Steh auf, bitte.»

Er gehorchte. Was kam nun?

«Lila hat dich zu diesem Picknick mitgenommen, nicht wahr?»

«Ja.»

«Warum hast du mir dann erzählt, ihr hättet das Haus nicht verlassen?»

«Ich weiß nicht.»

«Vielleicht, weil ich den Ausflug verboten hatte?»

«Ja.»

«Dachtest du, daß ich dich bestrafen würde, wenn ich dahinterkäme?»

«Ich weiß nicht.»

«P.S., wie alt bist du?»

«Das weißt du doch.»

«Antworte bitte.»

«Sechseinhalb.»

«Mit sechseinhalb bist du alt genug, um zu wissen, daß ich dich niemals für etwas bestrafen würde, was nicht deine, sondern Lilas Schuld ist. Nicht wahr, du weißt das?»

Er nickte.

«Bist du gegen deinen Willen mitgenommen worden?»

Er bückte sich und fingerte an der Lokomotive herum.

«Laß das, P.S. Antworte. *Mußtest* du mitgehen?»

«Ja.»

«Hat man dir erklärt, warum?»
«Weil – weil da Leute waren, die Muschi gekannt haben.»
«Du solltest diesen albernen Namen nicht gebrauchen. Es heißt ‹meine Mutter›.»
Plötzlich verlor er die Fassung. Er brach in Tränen aus und lehnte sich hilflos schluchzend an Vanessa. Sie streichelte sanft seinen Kopf.
«War es so schrecklich?» fragte sie.
«Ja», stieß er zwischen zwei Schluchzern hervor. «Ja, ja, es war schrecklich.» Er hätte jetzt zu allem ja gesagt, nur um mit Vanessa ins reine zu kommen, um die Sache endlich hinter sich zu bringen. Es war gar kein richtiges Picknick gewesen, berichtete er ihr. Er hatte niemanden zum Spielen gehabt und die ganze Zeit bei den Erwachsenen sitzen müssen, die immerzu tranken, und ein kleines Mädchen, das Pony hieß, hatte allen Leuten erzählt, seine Mutter sei immer barfuß gegangen und mitten in der Nacht mit einem fremden Mann weggelaufen – «stell dir das vor!» Und eine scheußliche alte Frau, die Conchita hieß und viele Schwule kannte, hatte ihn immerzu ‹Junge› genannt und behauptet, es gebe gar keinen P.S. Und geregnet hatte es! Und er wollte keine Geschichten schreiben. Er wollte auch Muschis Buch nicht fertigmachen – niemals. «Scheiße mit Reis!» fügte er wütend hinzu.
«Von wem hast du denn das gehört?»
«Von Pony.»
«Versprich mir, daß du es nie wieder sagst.»
«Okay.»
«Nicht ‹okay›. Ich verspreche es dir, Vanessa.»
«Ich verspreche es dir, Vanessa.»
«Und von ‹Schwulen› darfst du auch nicht reden. Das ist ein sehr häßlicher Ausdruck. Ein Schimpfwort, verstehst du?» Sie trocknete ihm die Augen. «Nun sei wieder vergnügt, mein Junge.»
Merkwürdig, sie schien gar nicht mehr böse zu sein. Seine Angst war ganz unnötig gewesen. Vanessa lächelte jetzt sogar, ihre Augen funkelten, ihre Stimme klang sanft und heiter, und sie streichelte ihn, als wäre er in Miss Piles Schule Erster geworden.
«Darf ich jetzt mit der Eisenbahn spielen?» fragte er.
«Morgen. Komm, wasch dir die Hände; heute gibt's ein feines Hühnchen zum Abendessen.»
Sie schloß das Gästezimmer ab, führte P.S. ins Bad, wickelte ein neues Stück Morny-Seife für ihn aus.
«Und denke daran, P.S., es hat keinen Sinn, mir Lügen zu erzählen, weil ich es sofort merke.»
Die Seife duftete herrlich. Viel besser als die gewöhnliche gelbe Kernseife zu Hause.

Vanessa überquerte den Flur und öffnete Etties Tür. Bei ihrem Eintritt versteckte Ettie hastig etwas im Kleiderschrank und kam dann glitzernd und händeschwenkend auf sie zugetänzelt.

«La-lala-lala...» summte sie.

«Ich wußte doch», sagte Vanessa, «daß Lila ihn zu diesem widerwärtigen Picknick mitnehmen würde, wenn ich mich nur genügend dagegen stemmte.»

«Oh, wie entsetzlich!» Etties flatternde Hände drückten Besorgnis aus, und sie machte ein paar aufgeregte Tippelschrittchen, hielt jedoch überrascht inne, als sie Vanessa lachen hörte.

«Es scheint die gewünschte Wirkung auf ihn gehabt zu haben», bemerkte Vanessa.

«Ah!» Ettie begriff nichts weiter, als daß Vanessa anscheinend recht zufrieden war. Sie stand da und wartete ungeduldig auf nähere Erklärungen, während Vanessa mit offenbarem Wohlgefallen ihre Fingernägel betrachtete.

«Der arme Kleine war völlig hysterisch.»

Nun hatte Ettie ihr Stichwort. «Ach du meine Güte – der arme Kleine!»

«Er hat sich weinend an mich geklammert, Ettie.»

«Ja, Ness, das kann ich mir vorstellen.»

Vanessa zündete sich eine Zigarette an, ließ das Streichholz zwischen den Fingerspitzen herunterbrennen und sagte: «Nun, warten wir's ab. Wir dürfen nichts überstürzen, aber...» Ihr Blick richtete sich auf den Mond vor dem Fenster, als hätte sie dort oben etwas erspäht. «Ich habe dir ja versprochen, Ettie, daß wir nicht ewig in dieser Strafkolonie bleiben würden. Wer weiß, vielleicht sind wir schneller wieder in London, als wir denken.»

«Ness, o Ness, du Gute!»

«So, jetzt wird gegessen», sagte Vanessa kühl und ging zur Tür. Ohne sich umzudrehen, fügte sie hinzu: «Übrigens brauchst du vor mir keine Flaschen zu verstecken, Ettie. Niemand hindert dich, gelegentlich ein Gläschen Sherry zu trinken, aber du solltest es nicht heimlich tun.»

Lila schob den Kaninchenbraten in den Ofen, schlug die Tür zu und verbrannte sich dabei ein wenig am Handgelenk. Sie lutschte an der schmerzenden Stelle.

«Kein Brief», sagte sie zu George. «Die ganze Woche kein Brief, kein Anruf – ich finde das so beunruhigend. Und als ich heute hinkam, um P.S. abzuholen, stand das Mädchen mit ihm schon am Tor. Ich dachte jeden Augenblick, Ness würde wie eine Furie aus dem Haus stürzen, aber nichts rührte sich, und die Jalousien waren alle heruntergelassen, als wäre niemand da.»

«Gut.»

«Nein, das ist kein gutes Zeichen. Wenn sich Vanessa in Schweigen hüllt, muß man auf alles gefaßt sein. Mater hat immer gesagt: ‹Ness ist heute so still; nehmt euch in acht.› Stell dir vor, sie hat dem Jungen eine Eisenbahn geschenkt, die ein ganzes Zimmer ausfüllt und... George, hör doch zu, lies nicht die Zeitung, wenn ich mit dir rede! Also sie hat ihm eine Eisenbahn geschenkt, aber er durfte nicht eher damit spielen, als bis er ihr gesagt hatte, wo er mit mir war. Bitte sehr, das ist glatte Erpressung. Natürlich hat er ihr von dem Ausflug nach Fairyland erzählt – ging ja gar nicht anders. Nun bedrückt es ihn, daß er mich verpetzt hat. Er hat auf dem Nachhauseweg kaum gesprochen und wollte nachmittags nicht mal sein Marmeladenbrot essen. Und bei allem und jedem fragt er: ‹Darf ich›, wie sie es ihm eingetrichtert hat. Er verändert sich zusehends, jede Woche ein bißchen mehr. Wie lange soll das so weitergehen?»

«Die Frage ist, wie lange es mit uns noch weitergeht», erwiderte George. «Ich habe meine Stellung verloren.»

«Was?»

«Ja, sie haben mir heute gekündigt.»

Lila setzte sich schwerfällig an den Küchentisch und schloß die Augen. Das kann er nicht gesagt haben, dachte sie, bleib ruhig, gleich wird sich alles aufklären. Aber schon im nächsten Moment wurde sie sich der schwarzen Realität des Gehörten bewußt.

«Mein Gott!»

«Sie sagen zwar, es wäre nur vorübergehend . . .»

«Nein, das ist doch nicht möglich. Leute, die für die Gewerkschaften arbeiten, können nicht entlassen werden.»

«Auch die Gewerkschaften sind pleite. Dave Petrie war fünfzehn Jahre lang dabei, und trotzdem haben sie ihn rausgesetzt.»

«George!»

«Ein halbes Monatsgehalt, und damit hat sich's.»

«Mein Gott», stieß Lila hervor, «und ich habe Vere heute zwei Pfund geborgt! Dieser Kerl, mit dem sie jetzt Schlagertexte macht, hat in betrunkenem Zustand . . .»

«Wir können nicht für die ganze Familie sorgen, Lila.»

«Aber für *ihn* müssen wir sorgen. Er gehört doch zu uns.»

«Ja, das ist klar.»

Vanessa darf das nicht erfahren, dachte Lila verzweifelt. Jedenfalls nicht, bevor wir irgendeinen Ausweg gefunden haben. Vor ihrem inneren Auge tauchte ein altes Plakat auf: WÄHLT GEORGE BAINES! «Und so», sagte sie laut, «behandeln sie einen Mann, der sich sein Leben lang für die Labour Party eingesetzt hat! Der beinahe ins Parlament gekommen wäre!»

«Sehr passend, mich gerade jetzt daran zu erinnern», knurrte George.

Die Kinder standen in Mrs. Grindels Waschküche und ließen in der flekkigen Zinkwanne Schiffchen schwimmen.

«Geht ihr jetzt auch stempeln?» fragte Winnie.

«Was heißt stempeln?»

«Na, so nennt man's doch, wenn der Vater arbeitslos ist – wie Mr. Baines.»

«Ist er ja gar nicht.»

«Ist er doch. Sie haben ihn rausgeschmissen. Meine Mami sagt, du wirst jetzt für immer zu deiner anderen Tante ziehen.»

«Ich denke nicht dran.»

Er versenkte sein Schiffchen mit einem wütenden Faustschlag.

«Wenn du aber mußt?»

«Ich tu's einfach nicht!» Ob das stimmt? dachte er. «Warum soll ich denn weggehen?»

«Weil sie dich nicht länger durchfüttern können.»

Sein Herz klopfte auf einmal sehr heftig. Er sah Winnie an, die zahnlückig grinsend vor ihm stand, mit Lockenwicklern in dem strähnigen Haar und einem getrockneten Marmeladenrand um den Mund. Ein scheußlicher Balg! Immer wußte sie besser Bescheid als er und jagte ihm Angst ein. Die Lawson-Kinder hätten sich ein Vergnügen daraus gemacht, Winnie mit ihrem langen, dornigen Stock auszupeitschen.

«Ach, du bist ja *gewöhnlich*», versetzte er. Das war das Schlimmste, was man in Miss Piles Schule zu jemandem sagen konnte.

Winnies Gesicht verzog sich, wurde braunrot, und sie begann, wie es ihre Art war, stoßweise zu schlucken und zu schniefen. Weinend rannte sie ins Haus.

«Mami! Mami! P.S. sagt, ich bin gewöhnlich!»

«Ist das wahr?» Mrs. Grindels Stimme klang sehr scharf, und als er beschämt in der Küche erschien, war ihr Gesicht ebenso rot wie das ihrer Tochter. «Hast du Winnie gewöhnlich genannt?»

«Sie hat gesagt ...»

«Egal, was sie gesagt hat. Hast du sie gewöhnlich genannt?»

«Ja.»

«Aha. Dann verzichtet Winnie ein für allemal darauf, mit dir zu spielen. Geh nach Hause. Na, wird's bald?»

«Es tut mir leid.»

«Halt den Mund und verschwinde! Mit dir kann's Winnie immer noch aufnehmen, merke dir das. So was hab ich gern – hier bei uns den feinen Herrn markieren, bloß weil du die Woche über in 'ner protzigen Villa wohnst und vorne und hinten bedient wirst. Wozu kommst du überhaupt noch her? Bleib doch in Point Piper und spiel mit den eingebildeten Gören, die alle so vornehm tun wie der Prinz von Wales!»

Es hatte keinen Sinn, der erbosten Frau zu sagen, daß die Kinder von Point Piper ihn verachteten, weil er keinen Vater hatte und ein Bastard war. Niedergeschlagen trat er den Rückzug an. Er kroch durch das Loch im Zaun, sah Lila, die im Hof Wäsche aufhängte, und stürzte auf sie zu, zwischen nassen Laken und Unterhosen hindurch.

«Was ist denn los, Liebling?»

«Winnie hat gesagt ...»

Mrs. Grindels rotes Gesicht tauchte über dem Zaun auf. «Bitte, Mrs. Baines», rief sie in hochmütigem Ton, «ich möchte Sie mal 'ne Minute sprechen.» Lila ging zum Zaun, und P.S. hörte halblautes Stimmengemurmel. Ein paar Sätze verstand er: «Ich sage Ihnen, der Junge braucht 'ne gehörige Abreibung. Wie kann sie ihn so gegen uns aufhetzen? Für seine leibliche Mutter waren wir fein genug!»

Er verbarg sich hinter der flatternden Wäsche, bis Lila zurückkam.

«P.S., du hast Winnie sehr gekränkt.»

«Sie hat gesagt, ich müßte für immer zu Vanessa.»

«Wie oft soll ich dir denn noch ...»

«Sie hat gesagt, George wäre arbeitslos, und deshalb müßte ich weg.»

«Nun hör mal gut zu, Liebling. George hat seine Stellung verloren, aber ...»

«Ich will bei euch bleiben. Ich will nicht in dem Haus da wohnen – ich will nicht!»

«Schrei nicht so und hör zu. Ja, also George hat im Moment keine Arbeit ...»

«Müssen wir stempeln gehen?»

Lila wandte sich für einen Augenblick ab. Sie sah, daß George ein neues Gemüsebeet anlegte, ausgerechnet an einer Stelle, wo nie ein Sonnenstrahl auf die Pflanzen fallen würde.

«Nein, vom Stempelngehen ist gar keine Rede.» Aber was soll denn nur aus uns werden? Darüber darf ich jetzt nicht nachdenken. Zuerst muß die Sache mit dem Jungen in Ordnung gebracht werden.

«Hör zu», wiederholte sie eindringlich. «Du bist und bleibst *unser* kleiner Junge, und du gehörst zu uns, als ob wir deine richtigen Eltern wären. Ganz gleich, was geschieht, hier bist du zu Hause. In der Villa wohnst du nur von Montag bis Freitag, weil es von dort näher zur Schule ist. Und noch etwas, Liebling – paß genau auf, ja? Vanessa darf nicht erfahren, daß George arbeitslos ist.»

«Warum nicht?»

«Weil sie ... weil sie sich nur unnötig aufregen würde. Also erzähle ihr nichts davon. Vergiß es nicht, bitte.»

«Und wenn sie mich fragt?»

«Dann sagst du einfach, daß George jetzt zu Hause arbeitet.»

«Aber das ist eine Lüge. Sie hat gesagt, wenn ich lüge, merkt sie's sofort.»

Herrgott, wie sollte sie ihm das erklären? «Ja, sieh mal, er ... er arbeitet doch wirklich zu Hause. Da hinten gräbt er im Garten – ist das etwa keine Arbeit? Du lügst also gar nicht. Du sollst nur nicht erwähnen, daß er seine Stellung verloren hat.»

«Ja, aber wenn sie fragt ...»

«Du brauchst ihr doch nicht *alles* zu erzählen! Verschweigen ist nicht dasselbe wie lügen. Du mußt lernen, daß es Dinge gibt, über die man nicht spricht.» Wie ungeschickt ich mich ausdrücke, dachte sie verzweifelt. «Es kommt nur darauf an, ihr nicht zu sagen, daß George arbeitslos ist.»

Zuerst der Ausflug nach Fairyland und nun dies! Schon spannte sich ein Lügengewebe zwischen den beiden Häusern. Lila fragte sich wieder einmal, wie viele Dinge das Kind ihr auf Vanessas Befehl verschwieg.

Jede von ihnen war ängstlich darauf bedacht, einen Teil ihres Lebens vor der anderen geheimzuhalten. Lila hatte das deutliche Gefühl, der Spalt unter ihren Füßen werde sich zum Abgrund erweitern, über den ganzen Hafen hinweg, bis Vanessa und sie durch eine unüberbrückbare Kluft getrennt waren. Und dann... Nicht auszudenken, was dann alles geschehen konnte!

Sie seufzte und versuchte es mit einem lahmen Trost. «Laß nur, Liebling, das kommt schon alles in Ordnung. Geh, hol deinen Baukasten und bau mir ein schönes Haus... Und nach dem Tee bringst du Winnie ein großes Stück Kuchen und entschuldigst dich noch mal.»

P.S. trollte sich. Lila blickte zu George hinüber und sah, daß er, auf seinen Spaten gestützt, ins Leere starrte. Wovon träumte er? Von einer neuen Stellung? Von Geld? Von einem Sitz im Parlament und anderen unerreichbaren Dingen?

«Warum denn gerade da?» rief sie ihm zu.

Er zuckte zusammen. «Was?»

«Ich meine, warum gräbst du gerade da, wo die Sonne nie hinkommt? So was muß doch sogar der Dümmste merken.»

George war so erstaunt, daß es ihm die Sprache verschlug. Und er staunte noch mehr, als Lila plötzlich auf ihn zulief und ihn umarmte.

«Verzeih... Ich möchte ja nur...» Sie hielt inne und flüsterte dann an seinem Hals: «... daß wenigstens etwas gelingt.»

Als das Telefon klingelte, ließ George die Zeitung sinken und nahm den Hörer ab.

«Hallo?»

Schweigen.

«Hallo?» fragte er noch einmal.

«Ist dort... ist dort Y 2892?»

«Ja.»

«George?»

«Ja.»

«Hier ist Vanessa.»

«Ach... Wie geht's denn?»

«Ich dachte schon, ich wäre falsch verbunden. Auf *deine* Stimme war ich nämlich nicht gefaßt. Ist Lila nicht da?»

«Doch. Augenblick bitte.» Er rief, und Lila kam aus der Küche gelaufen, mit mehligen Händen und fragendem Blick.

«Vanessa», sagte er.

«O Gott, und du hast dich gemeldet», flüsterte Lila. «Ich habe dich doch gebeten, nicht ans Telefon zu gehen, für den Fall, daß sie...»

«Es ist immer noch *mein* Telefon. Und *mein* Haus.»

«Schsch...! Hallo, Ness?»

«Tag, Lila, wie geht es dir?»

«Danke, blendend. Tipptopp. Und dir? Und Ettie?»

«Lila, ich wollte dich nur bitten, die Hemden des Jungen nicht mehr zu waschen.»
«Was?»
«Du wäschst immer seine Hemden. Das ist wirklich nicht nötig. Ich habe eine sehr tüchtige Waschfrau, die zweimal wöchentlich kommt.»
«Ness, ich schicke ihn aber nicht gern mit schmutzigen Sachen zurück, und...»
«An dem blaugestreiften Hemd fehlt ein Perlmuttknopf.»
«Ach je, der ist wohl beim Bügeln abgegangen. Ich werde gleich mal...»
«Bist du *sehr* böse, wenn ich dich bitte, die Sorge für seine Wäsche mir zu überlassen?»
«Also wirklich – jetzt kann ich schon kein Hemd mehr waschen, ohne daß du mich abkanzelst, aber ich möchte dich bitten, nicht *meine* Hemden zu waschen.»
«Na schön, wie du willst.»
«Übrigens, was ist mit George?»
«Nichts. Wieso?»
«Ich wundere mich nur, daß er am Montagnachmittag zu Hause ist.»
«Ach... Ja, weißt du, er ist stark erkältet, und da hat er sich heute mal krank gemeldet.»
«Du scheinst ziemlich aufgeregt zu sein.»
«Offen gestanden, ich schätze es nicht, herumkommandiert und verhört zu werden. Ich stecke meine Nase ja auch nicht in deine Angelegenheiten.»
«Geh doch nicht gleich in die Luft. Man wird wohl noch fragen dürfen.»
«Also wenn du nur wegen der Wäsche angerufen hast...»
«Noch etwas, Lila. Ich hoffe, du hast inzwischen eingesehen, daß es ein Fehler war, P.S. zu diesem sogenannten Picknick mitzunehmen.»
Pause. Keuchendes Atmen.
«Tut mir leid, Vanessa, wenn du dich deswegen aufgeregt hast...»
«*Er* hat sich aufgeregt. Die Begegnung mit all den schrecklichen Leuten war ein ziemlicher Schock für ihn. Hoffentlich vergißt er dieses Erlebnis recht bald. *Ich* werde es allerdings nicht vergessen.»
Knack.

Auch P.S. hörte das Knacken, als Vanessa die Verbindung unterbrach. Dann folgte das wohlbekannte Klappern der hohen Absätze – hart auf dem Parkett der Halle, gedämpft auf dem Teppich, dann wieder hart vor der Tür des Zimmers, in dem er an Miss Coldens Seite Tonleitern übte.
Vanessa trat ein, und Miss Colden zuckte zusammen.
«Oh, wir sind noch nicht ganz fertig, Miss Scott.»
«Ich glaube, für heute genügt es.»
«Gewiß, gewiß.» Miss Colden ergriff ihre Noten und sprang so hastig auf, als wollte sie in ihrem Schottenrock einen Purzelbaum schlagen.

«Fleißig üben, P.S., fleißig üben», sagte sie und verschlang dabei Vanessa mit den Blicken. «Wie zauberhaft sind Sie wieder angezogen! Dieses Türkisgrün bringt Ihre Augen ganz wunderbar zur Geltung. Ich Ärmste kann leider kein Türkis tragen. Macht mich so fahl. Vielen Dank noch für den Tee. Sie sind die einzige, die daran denkt, mir Tee anzubieten. In Ihrem Hause fühle ich mich überhaupt am wohlsten.»

Als Miss Colden gegangen war, setzte sich Vanessa neben P.S. und legte ganz leicht den Arm um ihn.

«Ich möchte dich etwas fragen, P.S.»

Er fing an, eine Tonleiter zu spielen. Vanessa schloß sanft den Kalvierdeckel.

«Wie geht es Lila und George?»

«Gut.»

«Aber George ist stark erkältet, nicht wahr?»

«Nein. George arbeitet im Garten.»

«Ach, das freut mich. Dann ist er also nicht krank.»

«Nein. Er arbeitet im *Garten.*»

«Das hast du eben schon gesagt. Warum machst du so ein böses Gesicht? Ich finde es gar nicht nett, wenn man mich böse ansieht.»

Er starrte auf den geschlossenen Klavierdeckel und wünschte, daß es nicht Montag, sondern schon wieder Freitag wäre. Freitags durfte er um fünf Uhr seinen Ranzen nehmen und zum Tor gehen, und dann ...

«Seit gestern abend», sagte Vanessa in scharfem Ton, «bist du irgendwie verändert. Was ist mit dir los?»

«Nichts.»

«Zwischen uns darf es keine Geheimnisse geben, P.S. Ich liebe das nicht.»

Und er liebte es nicht, daß sie dauernd von ‹uns› sprach. Das klang ja, als gehöre er zu *ihr.*

«Ich will jetzt wissen, was los ist.»

Nach seinen Erfahrungen war es das beste, ihr irgend etwas zu erzählen, weil sie sonst bis zum Schlafengehen nicht lockerließ.

«Ich hab Winnie zum Heulen gebracht.»

«Womit?»

«Ich hab gesagt, sie wäre gewöhnlich.»

«Nun, damit hattest du ja durchaus recht. Sie ist gewöhnlich. Aber so was darf man nur denken, nicht aussprechen.»

«Wenn sie aber gesagt hat ...»

«Was?»

«Ich hab's vergessen.»

«Gewiß war es etwas sehr, sehr Häßliches.»

«Ja.»

«Oh, dann weißt du es also doch noch.»

«Nein.»

«Ich verstehe – du willst es mir nicht sagen. Hast du es Lila erzählt?»

«Ja.»

«Natürlich.» Sie machte jetzt das traurige Gesicht, das er schon an ihr kannte. «Und Lila hat dich getröstet, nicht wahr? Sich auf deine Seite gestellt?»

«Ja.»

Wieder legte sie den Arm um ihn. «Ich wäre ja auch gern auf deiner Seite, wenn ich nur wüßte, womit dieses dumme kleine Ding dich geärgert hat.»

«Sie hat mich angeschwindelt.»

«Ach?»

«Sie hat gesagt, wir müßten stempeln gehen.»

«Oh – stempeln? Weißt du überhaupt, was das ist?»

«Ja, das ist, wenn man von der Wohlfahrt Essen und Sachen kriegt, weil man selber kein Geld hat.»

«Die Wohlfahrt unterstützt nur ganz, ganz arme Leute, die nichts verdienen.»

«Ja, ich weiß.»

«Dann hattest du recht, auf Winnie böse zu sein, denn das ist ja nun wirklich nicht wahr. Allerdings wäre es taktvoller gewesen, wenn du dich wie ein kleiner Gentleman benommen und einfach gesagt hättest: ‹Entschuldige, Winnie, aber du irrst dich. Mein Onkel George hat eine gute Stellung.›»

P.S begriff, daß er jetzt überaus vorsichtig sein mußte, denn ihre Augen funkelten wieder so verdächtig.

«Winnie dachte wohl», fuhr sie fort, «daß George seine Stellung verloren hätte.»

«Hat er nicht!»

«Pianissimo, bitte. Ich bin nicht taub.»

«Er ist *nicht* arbeitslos! Wir gehen *nicht* stempeln!»

«Hat Lila dir aufgetragen, das zu sagen?»

«Nein.»

Und wenn sie ihn noch so liebevoll streichelte, er würde sich sein Geheimnis nicht entreißen lassen.

«Weißt du noch, was ich dir neulich über Lügen zwischen Freunden gesagt habe?»

«Ja.»

«Sieh mir in die Augen, P.S. Ist George arbeitslos?»

«Nein! Er arbeitet im Garten!»

Vanessa seufzte, stand auf und ging rasch hinaus. Die Tür ließ sie hinter sich offen. Er hörte das Klappern ihrer Absätze, bis sie am Telefon stehenblieb. Sie blätterte im Buch, drehte eine Nummer und fragte: «Ist dort die Handelskammer? Mr. Baines, bitte.» Nach einer kurzen Pause sagte sie: «Oh – ja, ich verstehe. Danke sehr.» Sie legte auf, kam zurück und winkte P.S. mit ihrem langen Zeigefinger zu sich.

«P.S., du darfst mir nichts verheimlichen. Es ist sehr unrecht von Lila, daß sie dich dazu anhält, aber von dir ist es ebenso unrecht, ihr zu gehorchen. Es wird Zeit, daß du das einsiehst. Du bleibst jetzt bis zum

Abendessen in deinem Zimmer und denkst darüber nach. Ich weiß, du hast Lila sehr gern, aber ich kann nicht dulden, daß sie dich auffordert, mich zu belügen. Ich habe dieselben Rechte auf dich wie sie und behandle dich doch gewiß ebenso gut. Überlege dir das alles mal ganz genau, und wenn du dann noch Fragen hast, werde ich sie dir gern beantworten. So nun geh.»

Verflucht und zugenäht! Verdammter Mist! Bastard! Er durchsuchte sein Gedächtnis nach den übelsten Schimpfwörtern. Scheiße mit Reis! Nun hatte er doch wieder alles verraten, genau wie die Sache mit dem Ausflug nach Fairyland.

Als er langsam die Treppe hinaufging, kam ihm Cousine Ettie entgegen, die sich schwer auf das Geländer stützte.

«Oh, oh, was für ein trauriges Gesicht! Wo fehlt's denn, mein Lämmchen?»

«Ettie?» rief Vanessa. Und dann – er hatte inzwischen das obere Stockwerk erreicht – sagte sie: «George hat seine Stellung verloren.»

«O Gott, der Ärmste! Wo es doch schon Tausende und Tausende von Arbeitslosen gibt! Die arme Lila ... Was können wir da tun, Ness? Soll ich ihnen einen Scheck ausschreiben?»

P.S. beugte sich über das Geländer und spitzte die Ohren, um Vanessas Antwort zu verstehen, aber er hörte nur ein undeutliches Gemurmel, Schritte, die sich in Richtung des Salons entfernten, und das Geräusch einer sich schließenden Tür.

Vanessa machte die Tür zu und fuhr in ihrem Bericht fort.

«Lila wollte es natürlich vor mir verheimlichen. Was sie sich davon versprochen hat, weiß ich nicht; über kurz oder lang wäre ich ja doch dahintergekommen. Mich ärgert am meisten, daß sie sich solcher Mittel bedient, um einen Keil zwischen mich und P.S. zu treiben.»

«Ach, Ness, ich glaube nicht ...»

«Entschuldige, Ettie, das weiß ich besser. Sie hat es von jeher meisterhaft verstanden, aus traurigen Anlässen irgendwelche Vorteile für sich herauszuschlagen.»

Es dämmerte bereits. Vanessa ging zum Lichtschalter, überschritt dabei eine unsichtbare Schwelle und fand sich plötzlich im alten Pfarrhaus von Waverly wieder. Es roch nach Krankenzimmer, Tod und Blumen, und Lila, schon in Schwarz, stand auf dem Korridor vor Paters still gewordenem Zimmer.

«Ich will Pater noch einmal sehen.»

«Nicht jetzt, Ness.»

«Warum nicht?»

«Mater sagt, erst wenn der Mann vom Bestattungsinstitut dagewesen ist.»

«Das sagst *du*!»

«Ness, warum denkst du immer, ich wäre gegen dich?»

«Die anderen waren alle drinnen. Agnes hat's mir erzählt.»

«Du meine Güte, und ich habe Agnes doch eingeschärft...»

«... mich nicht zu wecken, nicht wahr? Dabei hatte ich mich nur für fünf Minuten hingelegt. .»

«Ness, wir hatten keine Zeit.»

«Keine Zeit, mich zu rufen?»

«Wir waren alle so durcheinander.»

«Was ist passiert? Agnes sagt, er hätte eine Wunde am Kopf.»

«Daß diese Agnes auch alles ausplappern muß! Ich habe sie doch gebeten, dir nichts zu sagen! Ach, Ness, er ist im Todeskampf mit dem Kopf an den Bettpfosten geschlagen. Es war kein friedliches Ende, und deshalb dachte ich ... und Mater hielt es auch für besser ... gerade weil du so sehr an ihm gehangen hast...»

Zum tausendsten Male drängte sich Vanessa in der Erinnerung an Lila vorbei, wollte die Tür des Sterbezimmers öffnen und fand sie verschlossen.

«Gib mir den Schlüssel, bitte.»

«Nicht jetzt, Ness. Warte doch.»

«Den Schlüssel, bitte!»

«Er soll in seinem blauen Anzug aufgebahrt werden, und ich will ihm das Haar so kämmen, daß die kleine Wunde verdeckt wird. Und ich gebe ihm Großvaters Gebetbuch in die Hände. Ich möchte, daß du ihn schön und friedlich siehst, Ness.»

«Du, du! Immer soll es nach *deinem* Willen gehen.»

«Ness, bei deiner Neigung zu Albdrücken ...»

«Gib mir den *Schlüssel*, Lila!»

«Schsch, nicht so laut... Ich habe Mater mit Mühe und Not überredet, sich hinzulegen. Sei doch vernünftig, Liebes, mach jetzt keine Szene. Wenn du ihn nachher siehst, wirst du froh sein, daß du gewartet hast, und du wirst es mir dein Leben lang danken ...»

Vanessa sang jetzt mit Lila, bemühte sich verbissen, die kräftige, arbeitsharte Hand der Schwester zu öffnen.

«Vanessa! Wie kannst du nur, hier vor seiner Tür... Das ist ja schrecklich!»

«*Du* bist schrecklich!»

«Ich will dir doch nur einen unnötigen Schmerz ersparen! Ich verstehe dich einfach nicht... Ich dachte, du würdest mir dankbar sein.»

Lila brach in Tränen aus, warf den Schlüssel auf den Boden, lief davon, und dann wechselte das Bild: Sie schritt hinter dem Sarg her – an Maters Seite, weil sie die Älteste war. Vanessa folgte mit Agnes, Vere und Sinden, und als sie am offenen Grab stand, entdeckte sie, daß ihre gelben Rosen nicht auf dem Sarg lagen. Lilas scheußliche Lilien waren *natürlich* da, aber nicht ihre gelben Rosen. Sie blickte über die Gruft zu Lila hinüber, und Lila erwiderte den Blick mit dem wehmütig tränenfeuchten Lächeln der Mittrauernden.

Alles Schwindel!

«Alles Schwindel!» wiederholte sie laut.

«Ach, Ness, sie sitzen doch wirklich in der Klemme», sagte Ettie zaghaft.

Vanessa schaltete das Licht ein, und die Geister der Vergangenheit flüchteten in die dunklen Ecken des großen Zimmers.

«O ja, da hast du recht», erwiderte sie und lachte. Sie fühlte sich wunderbar frisch, ihr Kopf war klar, und in Gedanken begann sie einen Brief zu entwerfen.

Von nun an schien alles auf ein bestimmtes Ziel zuzudrängen, und sogar die Wintertage vergingen schneller als sonst. P.S. hatte das Gefühl, daß sich irgend etwas Ungewöhnliches vorbereitete. Einmal, als er aus der Schule kam, saß Vanessa mit Ettie im Salon und las ihr einen Brief vor, den sie bei seinem Eintritt rasch in die Schreibmappe schob. «Nächsten Monat also», sagte sie dann zu Ettie.

Es hatte sich manches geändert. Bei Vanessa bekam er jetzt Reit- und Tanzstunden, und es wurde viel geflüstert. Bei Lila verschwanden die silbernen Löffel, George rauchte nicht mehr, und es wurde ebenfalls viel geflüstert.

«Wo sind denn unsere Löffel?» fragte er einmal.

«Die haben wir verborgt – an sehr nette Leute.»

«Kriegen wir sie auch wieder?»

«Aber ja, bald.»

Bald. Immer hieß es jetzt «bald». Auch Vanessa sagte sehr oft «bald» und «wir werden ja sehen».

«Ich rieche den Braten», hörte er Diana zu Ellen, der Köchin, sagen, er wunderte sich, denn es roch in der Küche gar nicht nach Braten.

Eines Tages fuhr Vanessa mit ihm in die Stadt und kaufte ihm einen neuen Anzug aus grauem Flanell.

«Nächste Woche brauchen wir ihn aber bestimmt», mahnte sie den Verkäufer, als sich herausstellte, daß einige Änderungen notwendig waren. Nächste Woche. War da etwas Besonderes los?

Während sie vor dem Geschäft auf ein Taxi warteten, erspähte er seine Tante Agnes, die wie immer ihren komischen Dreispitz trug. Sie stand an einer zugigen Ecke und verteilte Flugblätter an die vorbeihastenden Leute.

«Sieh mal», sagte er, «da ist Agnes.»

«Ja, ich weiß.»

«Wollen wir nicht zu ihr hingehen?»

«Heute nicht. Wir haben keine Zeit mehr.»

«Der Tag ist nahe», rief Agnes den Passanten zu.

Vanessa hielt ein Taxi an, und sie stiegen ein. P.S. winkte im Vorbeifahren, aber Agnes bemerkte ihn nicht.

«Der Tag ist nahe», rief sie unentwegt.

«Welcher Tag?» fragte er Vanessa.

«Liebling, du weißt doch, daß Agnes ein bißchen sonderbar ist. Deshalb kommen wir ja auch so selten mit ihr zusammen.»

«Ja, aber was meint sie mit dem Tag?»
«Nichts.»
«Passiert da was?»
«Bestimmt nicht das, was sie denkt.»
«Etwas Schönes?»
«Wir werden ja sehen.»

Nur Vere schien sich nicht im geringsten verändert zu haben. Ganz unerwartet durfte er eines Nachmittags, als er keine Extrastunden hatte, mit ihr ausgehen. Sie erschien nach dem Lunch, in einem purpurroten Kleid, das ihr eine Nummer zu groß war, und mit einem Herrenschirm in der Hand. Natürlich machte sie gleich wieder Witze. Er krümmte sich vor Lachen, als sie vorgab, das Tor nicht zu finden, und sich anschickte, über den Zaun zu klettern. Seelenvergnügt fuhren sie mit der Straßenbahn in die Stadt, gingen ins Kino, wo sie sich einen Film mit Maurice Chevalier ansahen, kauften dann Windbeutel und stiegen, den Chevalier-Schlager singend, die muffige Treppe zu Veres Zimmer hinauf. Hester lag wie immer auf dem ungemachten Bett, und es gab die herrlichsten Sachen zu sehen. Seit seinem letzten Besuch war einiges dazugekommen: ein Grammophon, das allerdings nicht funktionierte, ein leerer Vogelkäfig, eine Schildpatt-Uhr, an der ein Zeiger fehlte, und eine große Schachtel voller Krawatten. Handbemalte Krawatten waren Veres neuester Broterwerb. Während das Teewasser heiß wurde, zeigte sie ihm, wie man die Farben mit einem dünnen Pinsel auf den Stoff tupfte. Sie hatte eigens für ihn eine wunderschöne Krawatte gemacht, mit einem Koalabären darauf und seinen Initialen P.S. Die Linien waren alle ein bißchen schief geraten, zum Teil auch verlaufen, aber er fand, daß er nie etwas Hübscheres besessen hatte, und bewunderte sich in dem zersprungenen Spiegel, als Vere ihm die Krawatte umband. Hoffentlich mochte Vanessa dieses Geschenk leiden und verlegte es nicht, wie es ihr leider mit der Mickymaus-Krawatte passiert war. Merkwürdig, daß sie immer gerade die Sachen verlegte, die er von Lila oder Vere hatte.

«So, mein Süßer», sagte Vere und drückte ihn an sich.

Es war doch zu schön, wieder einmal bei Vere zu sein. Sie fragte ihn nicht aus und sagte auch nicht bei jeder Kleinigkeit, davon dürfe Vanessa – beziehungsweise Lila – nichts wissen. Und sie hatte die komischsten Einfälle, über die sie sich beide halb totlachten. Als sie den Tee und die Windbeutel servierte, trug sie eine Schürze und auf dem Kopf ein Tellerdeckchen und mimte eine schwerhörige Kellnerin, die alles falsch verstand, Salz statt Zucker brachte und Seife statt Butter. P.S. bekam vor Lachen den Schluckauf, und Vere mußte ihm auf den Rücken klopfen. Und dann kam die schöne Opal zu Besuch, diesmal in einem meergrünen Kleid und mit einem großen schwarzen Samthut. Opal war in Melbourne gewesen, und zwar mit einem Mann namens Archibald, den sie als ausgesprochene Niete und entsetzlich stupiden Kerl bezeichnete, und die ganze Geschichte war ein Reinfall gewesen, die größte Pleite des Jahrhunderts. Natürlich war Opal vor Durst nahezu am Verschmachten, und sie ließ sich auf das Bett fallen, um ihren kläglichen Zustand zu beweisen. Zum Glück hatte sie eine Flasche mitgebracht, aus der sie und Vere sich stärken konnten, und bald flatterten die Stimmen der beiden wie aufgeregte Vögel durch das Zimmer. P.S. hörte sie von Dod, Widget und Steamboat sprechen, die alle erledigt waren – «total erledigt, mein Kind» –, weil ihnen irgendwelche Schufte, Schweine oder Idioten den Rest gegeben hatten. Vere und Opal lachten über das alles, und P.S. lachte mit.

Nach einer Weile legte Opal ihren duftenden Arm um ihn und fragte: «Na, wie geht's denn der Königin Vanessa?»

«Danke, gut», erwiderte er höflich.

Vere erzählte daraufhin, daß es Ettie nicht so besonders ginge und daß Vanessa die üblichen Schwierigkeiten mit ihr hätte, und Opal schien genau zu wissen, um was es sich handelte, während P.S. keine Ahnung hatte, worauf Vere anspielte. Als Opal erfuhr, daß er jetzt in Miss Piles Privatschule ging, bekam sie einen Lachkrampf und rief, niemand außer der Königin Vanessa hätte eine Lehrerin mit einem so blöden Namen ausfindig machen können. Dabei fiel ihr offenbar etwas anderes ein, denn sie wandte sich an Vere und sagte: «Kind, rate mal, wer in dem Zug war, mit dem ich von Melbourne zurückgekommen bin.»

Sie buchstabierte sehr schnell einen Namen, und Vere stellte erschrokken ihr Glas hin.

«Bist du ganz sicher?»

«Ich glaube schon. Beim Umsteigen in Albury ist er dicht an mir vorbeigegangen. Ich könnte schwören, daß er's war.»

«Nach all der Zeit? Und du hast ihn doch damals nur kurz gesehen.»

«Ja, aber einen Mann wie den vergißt man nicht, Kind.»

«Du lieber Gott!»

«Ob Lila und Vanessa davon wissen?»

Wovon sollten sie wissen? P.S. hatte plötzlich keinen Appetit mehr auf Kuchen, als er den seltsamen Blick bemerkte, mit dem Vere und Opal ihn streiften. Hing das mit dem Tag zusammen, von dem Agnes behauptete, er sei nahe? Und mit dem Braten, den Diana gerochen hatte?

Es mußte wohl so sein.

«Was ist denn los?» fragte er. «Sagt es mir doch.»

Zuerst glaubte er, Vere sei in Lachen ausgebrochen, aber dann sah er die Tränen. Opal legte den Arm um ihre Schultern, die genauso zuckten wie beim Lachen – nur die Laute, die sie ausstieß, klangen ein bißchen anders –, und er zupfte sie am Kleid.

«Bitte, sagt es mir doch!»

«P.S.», erwiderte Opal, «freu dich auf die Zeit, wo du kein Kind mehr bist. Das sagt dir eine, die Bescheid weiß.»

Vere putzte sich geräuschvoll die Nase und riß P.S. mit einem ihrer Entzückensschreie an sich.

«Ach, mein Goldkind! Mein süßer, süßer Junge! Ich könnte dich fressen!»

Im nächsten Moment kreischte sie entsetzt auf, weil ihr Blick auf Opals Uhr gefallen war, ergriff P.S., seinen Mantel, ihre Hut und ihre Tasche, und schon rannten sie Hals über Kopf die Treppe hinunter und über die breite dunkle Straße zur Haltestelle, wie entsprungene Sträflinge, denen die Spürhunde auf den Fersen sind.

«Vere», sagte er in der Straßenbahn, «wer war in dem Zug? Wen hat Opal gesehen?»

«Ach, irgendeinen Bekannten.»

«Kennt Lila ihn auch? Und Vanessa?»

«Nein.»

Das war eine ausgemachte Lüge. Nicht einmal auf Vere war Verlaß!

Das große Haus sah ihnen mit vielen zornig funkelnden Fensteraugen entgegen, als sie die Auffahrt entlanghasteten. Ihr habt euch verspätet hieß das.

«Ihr habt euch verspätet», tadelte auch Vanessa. «Es ist gleich sieben. Ich dachte schon, es wäre etwas passiert, und habe mir die größten Sorgen gemacht.»

«Entschuldige, Ness.»

«Ich habe dich ausdrücklich gebeten, ihn spätestens um sechs wieder abzuliefern.»

Vere sagte etwas Schnelles, Unverständliches, dann folgte ein hastiges Hinundhergeflüster, und schließlich gingen die beiden Schwestern in den Salon. Durch die geschlossene Tür hörte P.S. ihre erregten Stimmen. Er wartete angstvoll, denn ihm war klar, daß es sich jetzt nicht mehr um ihr Zuspätkommen handelte. Nach einer Weile öffnete Vanessa die Tür und sagte, noch innerhalb des Zimmers: «Misch dich gefälligst nicht ein, Vere. Diese Angelegenheit geht nur Lila und mich an, und du hast überhaupt kein Mitspracherecht, Gott sei Dank.»

«Der Dank gebührt wohl eher Ernest und Etties Geld», versetzte Vere.

«Jetzt sei aber still.»

«Du kannst sicher sein, daß ich ihn aufsuchen und ihm haargenau sagen werde, wie ich über Lila und dich denke.»

«Bitte, verlaß mein Haus.»

«*Dein* Haus! Daß ich nicht lache! Muß ein schönes Gefühl sein, niemals Sorgen wegen der Miete zu haben. Was bist du doch für ein widerlicher Schmarotzer! Seit Jahren saugst du Ettie aus, und zu allem Überfluß hast du sie auch noch nach Sydney zurückgeschleppt, wo sie sich einsam und unglücklich fühlt. Kein Wunder, daß sie wieder säuft.»

P.S. sah, daß Vanessa an Vere herantrat, und er stürzte sich mit dem Schrei: «Laß Vere in Ruhe!» zwischen die beiden. Vanessa fuhr erschrokken herum, und gleichzeitig kam Ettie aus dem Nebenzimmer, schwenkte aufgeregt die Hände und rief leise: «Pst... die Dienstboten! Denk doch an die Dienstboten, meine liebe, süße Vere!» Und nun klammerten sich sowohl Ettie als auch P.S. an Vere, um sie zu beruhigen, und Ettie drückte Vere etwas in die Hand und flüsterte: «Da kauf dir was

Schönes, Liebste.» Vere küßte sie beide zum Abschied und ging und knallte die Haustür ins Schloß, als wollte sie Vanessa, die diese Szene schweigend beobachtet hatte, noch einmal so richtig ärgern.

«Danke», sagte Vanessa. «Vielen herzlichen Dank euch beiden.»

Beim Dinner herrschte eine unbehagliche Stille, die nur von Besteckgeklapper und Dianas Hinundhergehen unterbrochen wurde, bis Vanessa schließlich fragte: «Was ist denn das für eine abscheuliche Krawatte? Ordinärer geht's wirklich nicht mehr.»

«*Ich* finde sie schön», erwiderte er trotzig. «Vere hat sie für mich bemalt.»

«An Vere scheinst du ja sehr zu hängen», bemerkte Vanessa scharf.

Er blickte auf seinen Teller, und Ettie murmelte: «Ach, die arme, arme Vere...»

Vanessa stand unvermittelt auf. «Logik ist in diesem Hause ein unbekannter Begriff», sagte sie laut, warf ihre Serviette auf den Tisch und verließ das Zimmer. P.S. hatte den Eindruck, daß sie weinte, aber das war wohl ein Irrtum, denn Vanessa weinte ja nie, höchstens bei Gewitter, und als er später nach oben ging, war sie so sachlich wie immer, paßte auf, daß er Seife und Zahnbürste benutzte, und brachte ihn zu Bett.

«Wir haben einen Film mit Maurice Chevalier gesehen», sagte er und bot ihr damit die Friedenspfeife an. Sie antwortete nicht, ließ die Jalousie herunterrasseln, als wollte sie sich an ihr rächen, knipste das Licht mit hartem Griff aus und wandte sich schweigend, offensichtlich tief gekränkt zum Gehen. An der Tür, in dem Lichtstreifen, der vom Korridor hereinfiel, blieb sie stehen.

«Hat dir Vere eine so schöne Eisenbahn geschenkt wie ich?» fragte sie.

«Nein.»

«Hast du von Vere Bücher, Wäsche und Anzüge bekommen? Hat sie dir Reitunterricht geben lassen?»

«Nein, aber...»

«Hat Vere dir zuliebe auf alles verzichtet, was ihr im Leben gefällt? Ist sie Tausende von Meilen gereist, nur um sich deiner anzunehmen?»

«Nein, aber...»

«Immer noch ‹aber›? Ich begreife dich nicht, P.S. Gute Nacht.»

Aus ihrer Stimme klang kein Ärger, sondern etwas Schlimmeres. Sie sprach traurig, gequält, halb erstickt, als hätte sie Halsschmerzen... Stunden später betrat sie wieder sein Zimmer, drehte ihn sanft auf die andere Seite und riß ihn dadurch für einen Augenblick aus seinen Träumen. Wo war er? Bei Vanessa? Oder war es Lila, die ihn umdrehte und ihm zuflüsterte: «Mach dir keine Sorgen, P.S.»

Der «Tag» kam. Er folgte unmittelbar auf diese Nacht – ein düsterer, regnerischer Tag, genauso wie ein Tag sein mußte, der schon wochenlang seine Schatten vorausgeworfen und die Erwachsenen zum Flüstern genötigt hatte. P.S. wußte sofort, was los war, als Diana nach der Pause im Schulzimmer erschien und leise mit Miss Pile sprach. Die Lehrerin sah ihn über die Brille hinweg an und sagte: «Marriott, hol dir deinen Regenmantel und die Gummischuhe. Du darfst heute früher gehen.»

Auf seinem Weg zur Tür folgten ihm die neugierigen Blicke der anderen Kinder. Cynthia Lawson lächelte listig und machte das Klubzeichen. Später mußt du uns alles erzählen, bedeutete das.

Als er neben Diana durch den Regen trottete, beschloß er, keine Fragen zu stellen, denn der Tag war ja nun gekommen, und alles, was geschehen sollte, würde nicht mehr lange auf sich warten lassen. Er fühlte sich ein bißchen schwindlig, als wäre er gerade von einem Karussell abgestiegen.

Sie gingen durch die Hintertür ins Haus, und als sie von der Küche her in die Halle traten, hörte P.S. Stimmengemurmel hinter der geschlossenen Salontür.

«Erst mal rauf, Schätzchen, umziehen», flüsterte Diana und drängte ihn zur Treppe. Auf seinem Bett lag der neue graue Anzug.

Es war soweit.

Vanessa hatte geredet, bis ihr die Kehle trocken wurde und ihre Stimme heiser klang, aber sie hatte ihre Argumente gut vorgetragen, das spürte sie selbst: klar, logisch, absolut fair gegen Lila und George, sorgsam darauf bedacht, Übertreibungen und boshafte Seitenhiebe zu vermeiden. Ihre Rede war planvoll aufgebaut, dabei aber – sie konnte nicht umhin, sich zu diesem Talent zu gratulieren – recht geschickt mit Stegreifwendungen und Humorfünkchen versehen, die den Anschein des Spontanen erweckten und sie, Vanessa, von der liebenswürdigsten Seite zeigten. Sie war auf Unterbrechungen gefaßt gewesen, aber Logan nickte nur und ließ gelegentlich ein lautes, dröhnendes Lachen hören, wobei er den Kopf in den Nacken warf und zur Decke hinaufblickte. In den Händen drehte er unablässig einen Schäfer aus Royal-Doulton-Porzellan, den er vom Tisch genommen hatte. Der Satz: «Bitte spiel nicht mit der Figur, sie ist zerbrechlich», lag Vanessa auf der Zunge, ebenso die Ermahnung, er möge gefälligst geradesitzen und sein ziemlich fettiges Haar nicht mit dem Brokatbezug von Etties Lehnstuhl in Berührung bringen. Aber sie beherrschte sich und unterbrach ihren Vortrag nur, wenn sie sich von Zeit zu Zeit eine Zigarette anzündete. Je länger sie sprach, desto zuversichtlicher wurde sie. Anfangs war sie etwas gehemmt gewesen, denn Logan hatte natürlich – typisch für ihn! – ihr minuziös ausgeklügeltes Programm über den Haufen geworfen, indem er plötzlich unangemeldet vor der Tür stand, naßgeregnet, ohne Hut und Mantel («Hallo, Ness, wie geht's?», als hätten sie sich erst vor acht Tagen getrennt), und das, nachdem sie dreimal im Hotel Waratah angerufen und hinterlassen hatte, wann sie ihn erwartete. Ein Glück, daß sie wenigstens anständig angezogen war und den ersten Schreck so einigermaßen hinter dem hohen Islandmohn verbergen konnte, den sie gerade im Salon in eine Vase stellte. Ihr Ärger, daß er sie vierundzwanzig Stunden lang ohne Nachricht gelassen hatte, die Angst, er sei zuerst bei Lila gewesen – alles ging im Schock dieses überraschenden Wiedersehens unter. Es war lächerlich, aber sie zitterte und konnte nur ein paar banale Redensarten von sich geben – nein, dieser Regen, war es denn in Bacchus Marsh auch so kalt, hatte er eine gute Reise gehabt, und wie ging es seinen Geschwistern? Dann hatte sie mit ungeschickten Fingern das Feuer im Kamin angezündet und dabei gedacht: Wie schade, er sieht nicht mehr so gut aus wie früher. Sein Gesicht ist ein bißchen gedunsen, er hat Falten bekommen, die Augen sind kleiner geworden und sie sind bernsteinfarben. Komisch, ich hatte sie blau in Erinnerung... Seine Mutter war gestorben. Nein, wirklich? Wie leid ihr das tat! Sie hatte es nicht gewußt, sonst hätte sie natürlich Blumen geschickt und an Alice geschrieben. Er hatte ein Magengeschwür und rauchte nicht mehr. Wirklich? Oh, da mußte sie noch rasch in der Küche Anweisungen für den Lunch geben. Vertrug er ein leichtes Soufflé? (Übrigens, sollten Leute mit Magengeschwüren nach Whisky riechen, noch dazu um elf Uhr vormittags? Nun, vielleicht hatte er sich nur Mut antrinken wollen.) Armer Logan. Ja, ja, ja. Sie stimmte bereitwillig jeder seiner nichtssagenden Bemerkungen zu, im feinsten Londoner Gesellschaftston – «Ja, in der Tat! Gewiß, das finde ich auch» –, bis sie ihn bei einem unverschämten Grinsen ertappte. Machte er sich über sie lustig? Wollte er sie als lächerliche Figur hinstellen? Das würde ihm schwerlich gelingen, aber sie mußte trotzdem auf der Hut sein – für sie stand viel auf dem Spiel. Sie holte tief Atem und begann: «Logan, ich habe dich aus mehreren Gründen hergebeten...»

Damit stürzte sie sich in ihren Bericht. Ihre Ankunft. Lilas schwache Gesundheit. Georges finanzielle Lage. P.S. zwischen zwei Welten. Volksschule kontra Miss Piles Privatinstitut. Winnie Grindel kontra Cynthia Lawson. Linksgerichtete Gewerkschaft kontra Klavier- und Reitstunden. Vere. Agnes an Straßenecken und im zerfallenden Tempel. Das Schriftstellertreffen. Und schließlich – sehr behutsam, um den Vogel nicht zu verscheuchen – Sinden und ihr letzter Brief nach London. Ohne Ernest Huxley zu erwähnen, hatte Vanessa damit die Rede auf London gebracht. London war das Ziel, auf das jede Wendung ihrer Geschichte hinsteuerte.

Nun war sie erschöpft, aber ihres Sieges sicher – fast sicher. Wenn er einwilligte und unterschrieb, konnte alles noch heute erledigt werden, und in vier Wochen waren sie dann vielleicht schon auf dem Wege nach England. Wie klug von ihr, daß sie sich monatelang in Geduld gefaßt und es Lila überlassen hatte, Fehler auf Fehler zu machen; die Zeit und die Handelskammer hatten für sie gearbeitet. Vanessa sah P.S. bereits in einer englischen Schuluniform. In welches Internat sollte sie ihn schikken? Nach Cheam vielleicht; aber das konnte sie später entscheiden. Später, später... wenn das P. & O.-Schiff aus dem Hafen heraus war und alles hinter sich gelassen hatte: Australien, Lila und Sindens sterbliche Überreste. Und auch Logans Überreste. Er mußte endlich begraben werden, dieser lebende Leichnam, der sich jahraus, jahrein frech in ihr Zimmer stahl, der bei Blitz und Donner in ihr Bett schlüpfte, wenn sie vor Angst verging, weil ihr leeres Dasein schütterte und vibrierte wie ein Zug auf der Fahrt vom Nichts ins Nichts.

In Gedanken zielte sie mit einem Spielzeugrevolver auf Logans Kopf, drückte ab und schrie: Du bist tot, Logan – merkst du nicht, daß du tot bist?

In Wirklichkeit sagte sie ruhig: «Nun, was meinst du dazu?»

Sie war fertig. Da es nichts mehr zu sagen gab, faltete sie die Hände im Schoß und wartete.

Und während sie wartete, wurde der weiche Sessel unversehens zu einer harten Holzbank, und sie saß unter den nackten rosa Glühbirnen, die den Gemeindesaal von Bacchus Marsh erleuchteten. Die Kapelle spielte *Drei Uhr morgens,* und die Bauernburschen mit dem pomadisierten Haar und den billigen Sonntagsanzügen stapften quer über die Tanzfläche und streckten ihre derben roten Hände nach den Dorfmädchen aus, die kichernd dasaßen, alle in selbstgeschneiderten Abendkleidern aus grellfarbigem Tüll oder Satin, übermäßig gepudert, ungeschickt geschminkt, mit goldenen Armreifen, durch die sie ihr schönstes Spitzentaschentuch gezogen hatten. Vanessa fühlte sich in ihrem mattblauen Voilekleid und den städtischen Seidenschuhen fehl am Platze. Sie umklammerte das Perlentäschchen, das Ettie ihr letzte Woche in Melbourne gekauft hatte, und starrte mit dem geheuchelten Gleichmut des Mauerblümchens unentwegt geradeaus. Sie wußte genau, daß sie eine Niete war. Ihr Tänzer hatte sie soeben mit sichtbarer Erleichterung auf der Bank abgesetzt. Es war entsetzlich demütigend gewesen, mit diesem schwitzenden Tölpel, der den Abdruck seiner Riesenpranke auf ihrem Rücken hinterlassen hatte, durch einen One-Step zu stolpern. Überall anstoßend, unter beiderseitigem Zähneknirschen und Entschuldigungsgemurmel («Pardon . . .» – «Oh, es war meine Schuld . . .») hatten sie sich abgequält, bis der Tölpel sie endlich an ihren Platz zurückbrachte und sich schleunigst verdrückte. Die Mädchen kicherten und flüsterten über «Alice Marriotts Freundin aus der Stadt». Am liebsten hätte sie sich zu den älteren Damen geflüchtet, die am anderen Ende des Saales saßen, aber dort hatte sie vorhin schon Schutz gesucht und war für dieses regelwidrige Benehmen mit brühheißem Kaffee, auf dem eine ekelhafte Milchhaut schwamm, einem gigantischen Stück Marmorkuchen und betulichen Trostreden gestraft worden. «Machen Sie sich nichts draus, liebes Kind, für Sie wird sich auch noch ein Tänzer finden. Leider sind ja die Mädchen immer in der Überzahl. Ach, da ist Alfie Watson. He, Alfie, kommen Sie doch mal her! Kennen Sie schon Alice Marriotts Freundin aus Sydney?» Auf diese Weise war sie an ihren tölpelhaften Partner geraten.

Sie spürte die mitleidigen Blicke der Damen und wandte sich rasch Alice zu, um es den anderen Mauerblümchen gleichzutun, die sich sprühend lebhaft gaben und einander Komplimente über ihre Kleider und die mit der Brennschere geformten Frisuren machten. Aber in diesem Moment stand Alice auf und tanzte in ihrem grellblauen Spitzenkleid mit Jim Clark davon, und so blieb Vanessa nichts anders übrig, als zum soundsovielten Male ihr Perlentäschchen zu öffnen und angelegentlich darin zu kramen. Wo, wo war nur Alices gutaussehender Bruder geblieben? Beim ersten Foxtrott hatte er sie einmal rund um den Saal manövriert, und nur ihre blödsinnige Schüchternheit war schuld daran, daß er seine Unterhaltungsversuche bald aufgegeben und sich in Schweigen gehüllt hatte. Dann war er mit ein paar jungen Leuten, die er ihr offenbar vorzog, von der Bildfläche verschwunden, vielleicht um draußen unbeobachtet ein Bier zu trinken.

Vanessa gab das alberne Theater mit dem Täschchen auf und starrte statt dessen auf das Musikpodium, als sei sie voller Bewunderung für die schadhafte Kulisse im Hintergrund, die einen englischen Park mit grünem Rasen, Springbrunnen und einem biskuitfarbenen Herrenhaus darstellte. Nun kamen mehrere junge Leute von der Terrasse herein, blieben an der Tür stehen und machten, nach ihrem Gelächter zu urteilen, freche Bemerkungen über die Mädchen. Logan war auch dabei. Er unterschied sich von den anderen durch sein gutes Aussehen und das arrogante Lächeln. Plötzlich löste er sich von der Gruppe und schlenderte zwischen den tanzenden Paaren hindurch auf Vanessa zu, lässig, ohne Eile, als sei er sicher, daß der Walzer ewig dauern werde und sie auf ihn, nur auf ihn warte.

«Na, wie wär's?» fragte er lächelnd.

«Danke, gern», erwiderte sie und sprang auf. Atemlos vor Erleichterung und Nervosität, folgte sie ihm auf die Tanzfläche. Aber sie verfehlte schon den ersten Schritt, weil sie völlig verkrampft war.

«Lassen Sie *mich* führen, dann wird's besser klappen», sagte Logan.

Auf einmal hatte sie den Dreh heraus, und nun ging alles wunderbar. Von der Musik getragen, schwangen sie sich inmitten eines Gewoges von Gesichtern und Armen vorwärts und rückwärts, hin und her, und plötzlich stellte Vanessa zu ihrem größten Erstaunen fest, daß nicht nur Logan, sondern auch sie den Schlagertext mitsang.

Alice tanzte mit Jim Clark vorbei und rief ihr zu: «Na, amüsierst du dich, Vanessa?»

«O ja, danke!» rief sie freudestrahlend und sah mit leuchtenden Augen zu Logan auf. Wenn der Walzer doch nie enden wollte! Die Burschen fingen an, die Luftballons abzureißen, mit denen der Saal dekoriert war. Auch Logan schlang, während er Vanessa herumwirbelte, die Schnur eines großen roten Ballons um ihren Arm.

Als der Walzer zu Ende war, sagte Vanessa «Danke» und wollte kehrtmachen, in dem Glauben, Logan werde sie zu ihrem Platz zurückbegleiten. Er hielt sie jedoch an der Hand fest.

«*Jolly Miller!*» rief der schwitzende Festordner.

Mädchen im Kreis links herum, Burschen rechts herum. Gehen, bis die Musik verstummt, sich dem Zufallspartner zuwenden, tanzen. Es widerstrebte Vanessa, sich von ihm trennen zu müssen, doch wie durch ein Wunder stand er ihr jedesmal gegenüber, wenn die Musik abbrach. Einmal riß er sie buchstäblich aus den Armen eines etwa vierzehnjährigen

Jungen, der sich mit einem Fußball-Sprung auf sie gestürzt hatte, und nun merkten auch die anderen, daß sie begehrt war. Die Mädchen warfen ihr neidische Blicke zu, die beiseite gedrängten Partner schauten beleidigt drein, aber das kümmerte sie nicht – es war herrlich, im Mittelpunkt zu stehen, eine köstliche Genugtuung nach all den stupiden Tanzereien, die sie in ihrem Leben stumm und gequält über sich hatte ergehen lassen, da sie nun einmal unfähig war, ihre Hemmungen zu überwinden und mit den anderen lustig zu sein. Jetzt war sie heiter und gelöst, wie beschwipst von Kaffee und Ingwerbier. Aus einem Kanonenrohr herausgeschossen, schwebte sie unter frenetischem Beifall durch die Lüfte. Sie war hinreißend, betörend, die beste Tänzerin, die Schönste weit und breit, ihr Kleid und die Seidenschuhe hatten nicht ihresgleichen. Alles war, wie es sein sollte. Sie sang die Schlager mit und betete zum Himmel, die Zeit möge stillstehen, damit es niemals Morgen würde. Aber es half nichts: Schließlich war es doch so weit, daß die Männer Haltung annahmen, die alten Damen von ihren Stühlen hochgewuchtet wurden und die Kapelle mit unziemlicher Hast *God save the King* herunterspielte.

Ein Menschenschwarm ergoß sich auf die nachtstille Straße. Autos wurden angekurbelt, Lastwagen voll lärmender Farmarbeiter fuhren ab, ein paar Pferdewagen folgten, und man sah ihre Lampen hüpfend im warmen Dunkel verschwinden. Kußgeräusche, Lachen, Ermahnungen todmüder Mütter. «Gracie, komm jetzt, steh nicht mit Alfie herum!» – «Gleich, Mama, gleich.» – «Wird höchste Zeit für uns; morgen früh sind acht Kühe zu melken.» – «Nächsten Samstag im Kino, ja?» – «Halt, wartet noch einen Moment, Elsie hat ihre Tasche liegengelassen.»

Vanessa sah sich suchend um. «Wo ist Alice?»

«Wozu brauchen Sie Alice?» fragte Logan und nahm ihren Arm. Sie gingen die Straße entlang, die zum Hotel führte, summten die Walzermelodie, tanzten ein paar Schritte, setzten ihren Weg fort.

«Bleiben Sie lange hier?»

«Vielleicht bis Freitag. Kommt ganz darauf an, wann Alice mit der Näherei für meine Verwandte fertig ist.»

«Ich werde ihr sagen, sie soll sich Zeit lassen.»

Vor dem Hotel reichten sie einander die Hand.

«Gute Nacht, Logan.»

«Gute Nacht, Vanessa.» Er behielt ihre Hand in der seinen. «Wie werden Sie eigentlich von Ihren Freunden genannt?»

«Ness.»

«Gute Nacht, Ness.»

Sie schlich auf Zehenspitzen durch das heiße, dunkle Schlafzimmer, um die friedlich schnarchende Ettie nicht zu wecken, öffnete die Balkontür und sah mit wonnewollem Schrecken, was sie halb und halb erwartet hatte: Er stand noch im gelblichen Lichtkreis des Hoteleingangs und schaute lächelnd zu ihr hinauf. Dann machte er eine tiefe Verbeugung und verschwand in der nächtlichen Finsternis. Vanessa lauschte noch eine Weile den kräftigen Schritten, die sich entfernten.

Am nächsten Morgen dachte sie beim Erwachen: Was ist nur geschehen? Etwas Neues, Wundervolles – aber was? Ach ja, richtig ... Sie zog ihren besten Rock und die schönste Bluse an, hantierte ungewöhnlich lange mit Haarnadeln und Kämmchen herum, hatte keinen Appetit auf das üppige ländliche Frühstück, fertigte die liebevoll besorgte Ettie mit einsilbigen Antworten ab, spähte immer wieder zur Tür und verschüttete fast ihren Tee, als sie plötzlich Logan auf der Schwelle des Speisesaales erblickte. Mit stockendem Atem stellte sie ihn Ettie vor und warf in ihrer Aufregung die Zuckerdose um.

«Ich freue mich sehr», sagte Ettie.

«Ich freue mich auch», murmelte sie.

«Können wir gehen?» fragte Logan.

«Ness, Liebling, nimm meinen Sonnenschirm mit.»

Er führte sie in die Bäckerei, wo sie seine Brüder kennenlernte – Dave, Jock und Alan, die mit ihren mehlweißen Gesichtern und Armen ein wenig gespenstisch aussahen. Sie hießen Vanessa im Glutbereich ihrer Öfen willkommen, witzelten gutmütig über den faulen Bruder, behaupteten, Mama habe ihn unglaublich verzogen, und rieten ihr, diesem Burschen kein Wort zu glauben. Und natürlich mußte Vanessa sofort ein frischgebackenes Brötchen probieren. Alles war so warm und anheimelnd wie der Geruch in der Backstube. Vanessa wußte, daß der Duft frischgebakkenen Brotes sie ihr Leben lang an diesen Tag erinnern würde, den ersten von vielen wunderschönen Tagen, an denen sie in seinem uralten Wagen über die Landstraßen ratterten, sich in der kühlen Molkerei zwischen Reihen gelangweilt wiederkäuender Kühe hindurchschlängelten oder Seite an Seite durch endlose Weizenfelder wanderten.

Sooft Vanessa aufblickte und Logan neben sich sah, wurde sie sich des Wunders von neuem bewußt. Seine Nähe wirkte dermaßen auf ihre Sinne, daß sie manchmal vor unerträglichem Glück zu ersticken glaubte. In solchen Momenten suchte sie seine körperliche Gegenwart zu vergessen, damit sie sich sein Bild ganz zu eigen machen und es in die Welt ihrer Phantasie mitnehmen konnte. Denn sie hatte entdeckt, daß ihr höchstes Glück in den leeren Zeiträumen der Trennung lag, in den Stunden, da sie alles Erlebte auf ihre Art nacherlebte und sich ungestört an den Geschenken der Liebe ergötzen durfte. Meistens verabschiedete sie sich nachmittags geradezu mit Erleichterung von ihm, weil sie darauf brannte, wie ein Geizhals den Gewinn der vergangenen Stunden zu zählen, und diesem erlesenen Genuß widmete sie die Zeit bis zum Abend, der weitere Reichtümer brachte. Solange sie mit Logan zusammen war, fühlte sie eigentlich nichts; sie war nur imstande, jeden Blick und jedes Wort von ihm in einen riesigen Sack zu stopfen, den sie später in ihre Schatzhöhle schleppte. Logan schien etwas von diesem verstohlenen Treiben gemerkt zu haben, denn es kam öfter vor, daß er sich mitten im Satz unterbrach und sie, die gerade wieder beim Einsacken war, auf frischer Tat ertappte.

«Hallo», sagte er dann, «und wie geht's *dir*?»

«Ich habe genau zugehört», beteuerte sie und wurde rot, weil er so verwirrend unverschämt lachte und ihr damit zu verstehen gab, daß er sie durchschaute und sich königlich amüsierte. Nun hatte sie Gelegenheit, mit heimlichem Entzücken die Empörte zu spielen und ihn zu fragen, was es da, bitte, zu lachen gebe, und das brachte ihr gewöhnlich ein weiteres Beutestück ein, weil er ihr dann die Hand auf die Schulter legte oder sogar ihren Nacken unter dem roten Haarknoten umfaßte und sie anlächelte, nun aber ernsthaft und zärtlich, so zärtlich, daß ihr vor aufquellender Seligkeit schwindlig wurde. Und doch bedeutete ihr das, was hier und jetzt geschah, viel weniger als die Erinnerung daran, die sie später unersättlich auskostete.

Eines Tages sagte Alice, die im Hotelzimmer eine Batistbluse für Ettie säumte, zu der traumwandlerisch vorbeigehenden Vanessa: «Logan scheint ja mächtig in dich verknallt zu sein.»

Nicht daran rühren, das ist meine Privatangelegenheit, hätte sie am liebsten gerufen. Aber sie zwang sich zu einem Lächeln und antwortete ein wenig abweisend: «Er zeigt mir doch nur die Gegend, Alice.»

«Du weißt ja wohl, daß er zu Hause der Liebling ist. Mama und meine Schwester Jean haben ihn von klein auf verwöhnt.» Alice beugte ihr Pferdegesicht wieder über die Batistbluse und ließ einige Bemerkungen fallen, die sich auf Sorgenkinder, schwarze Schafe und die Tatsache, daß Blut dicker als Wasser ist, bezogen. Die ganze Familie bangte um Logan, der immer so rastlos war und nichts ernst nahm. Wenn er doch endlich etwas gesetzter würde! Es gab da ein Mädchen, fügte Alice hinzu und biß einen Faden ab, ein wirklich nettes Mädchen, drüben in Parwan, gar nicht weit von hier. Sie hofften alle so sehr, daß die beiden ...

Vanessa umklammerte ihren imaginären Sack und wünschte einen tödlichen Blitzstrahl auf dieses Mädchen herab. Allerdings wußte sie nicht recht, was Alice mit ihren Andeutungen bezweckte. Vielleicht sollte es eine freundschaftliche Warnung sein, vielleicht aber auch ein leiser Wink, daß die Familie bereit sei, jedes nette Mädchen, sogar Vanessa, mit offenen Armen aufzunehmen, wenn das liebe Sorgenkind dadurch endlich solide würde.

Darüber sinnierte sie später im flimmernden Dunkel des Kinos, während Norma Talmadge, schwarzlippig und von Glyzerintränen überströmt, unter dem Geklimper eines verstimmten Klaviers auf schwellende Diwankissen sank und sich gegen Convay Tearles lüsterne Zudringlichkeiten zur Wehr setzte. Die stummen Schmähungen, die Normas schöner Mund formte, wurden in einem Zwischentitel mit «Laß ab von mir, Schurke!» wiedergegeben, was die Dorfjugend zu Buhrufen, Pfiffen und wildem Getrampel hinriß. Irgend jemand schrie: «Na, los doch, leg sie aufs Kreuz, du Idiot!»

«Hallo, und wie geht's *dir*?» drang seine Stimme aus dem Dunkeln an ihr Ohr.

«Ich sehe zu.»

«Komm raus», sagte er. «Ich habe genug von dem Blödsinn.»

Sie drängten sich aus der Reihe, stießen an fremde Knie und zogen den Kopf ein, damit ihr Schatten nicht auf die Leinwand fiel. Dann traten sie hinaus in die angenehm frische Nachtluft, und Logan half Vanessa in seinen alten Wagen.

«Wohin fahren wir?» fragte sie.

«Nur ein bißchen spazieren.»

Er kurbelte den Motor an, der Wagen ratterte davon, und eine Serie von Fehlzündungen brachte die Fensterscheiben der schlafenden Hauptstraße zum Klirren. Vorbei an schlafenden Farmhäusern fuhren sie auf der holprigen Landstraße in eine Nacht voll leuchtender Tieraugen und gelangten durch ein offenes Gatter auf eine Viehweide. Logan hielt an und schaltete die Scheinwerfer aus. Finsternis hüllte sie ein.

«Hier ist es schön kühl», sagte er.

«Ja.» Sie stellte fest, daß ihre Stimme seltsam heiser klang.

«Zigarette?»

«Ja, bitte.» Jetzt wollte sie die erste Zigarette ihres Lebens rauchen. Zum Teufel mit Mater, Spitzengardinen und Makartbuketts! Zum Teufel mit Lila und ihrenAbstinenzlervorträgen über den Dämon Alkohol! Der Zigarettenrauch brannte sie in der Nase und rief einen heftigen Hustenanfall hervor, der sie um den letzten Rest ihrer Fassung brachte. Logan griff lachend nach der Zigarette, warf sie aus dem Fenster und zog Vanessa an sich.

Sie war nicht überrascht. Was hier geschah, war ihr ja in Gedanken schon tausendmal geschehen, wenn sie in ihrem Hotelzimmer allein war, wenn sie beim Dinner Interesse für Etties Geschwätz heuchelte, wenn sie im dörflichen Kramladen Gummiband kaufte ... Tausendmal schon hatten sie und Logan sich leidenschaftlich geküßt und sich ewige Liebe geschworen.

Aber diese tausend Male waren von einer inneren Wahrheit gewesen, von der jetzt keine Rede sein konnte. In der wirklichen Umarmung war sie allein. Sie fühlte seine Arme, seinen Mund, den Schlag seines Herzens, und gleichzeitig stand sie als kühle Beobachterin daneben, sah zu, wie sie sich an Logan schmiegte, wie sie nach allen Regeln der Verführungskunst geküßt und geliebkost wurde, und registrierte sachlich ihre Reaktionen. In einem jähen Aufwallen verzweifelter Sehnsucht rief sie sich zu: Hör auf zu denken! Sei restlos beteiligt. Jetzt, *jetzt* muß es wahr werden!

Sie schloß die Augen. Oh, sich verlieren können, sich vergessen, sich auflösen, hinsinken und sterben, für immer mit ihm vereint ... Sie bot all ihre Willenskraft auf. Verrecke, du Beobachterin da draußen, verrecke! Ich will nur *ein* Wesen sein! Ich kann es, ich erzwinge es!

Aber es war vergebens. Sie konnte sich nicht einmal an sein Gesicht erinnern, weil die Dunkelheit es jetzt verbarg. Statt dessen rollte ein lächerlicher Stummfilm vor ihrem inneren Auge ab: Sie sah zwei Leute, die sich in einer alten Karre auf der Kuhweide zusammenquetschten, sie sah ihre höchst unvorteilhaft um die Gangschaltung gekrümmten Beine und den zerknitterten, hochgerutschten Leinenrock, unter dem die Strumpfhalter hervorschauten, sie sah den sich lösenden Haarknoten, die fallenden Nadeln, und sie sah einen gesichtslosen Mann mit lockigem Haar, der so schwer auf ihr lastete, daß sie zu ersticken glaubte.

«Ich kann nicht!» schrie sie. «Ich kann nicht!»

Sie stieß ihn heftig zurück, setzte sich auf und zerrte ihren Rock über die Knie, denn jetzt war es Lila, die zusah und an die Windschutzscheibe klopfte, und Mater kam wie eine Furie über die Weide gerannt, die anderen Mädchen lachten sie aus, alle, alle hatten zugesehen! Sie war entehrt und ruiniert, sie war eine Verworfene – nein, schlimmer noch, sie war *gewöhnlich.* Knutschte mit dem Bäckerjungen auf einer dunklen Viehkoppel herum, und ihr Vater hatte in Cambridge studiert! Sie, Vanessa! Geschieht ihr recht, sagte Mater. Da sieht man, was in ihr steckt. Wie vulgär – wie gewöhnlich, gewöhnlich.

Wütend stieß sie ihre Haarnadeln in die Kopfhaut, absichtlich, um sich zu strafen.

Nach langem Schweigen fragte Logan: «Was ist denn mit dir los?»

«Ich kann nicht.» (Laß ab von mir, Schurke!)

«Fehlt dir was?»

«Ich kann einfach nicht. Tut mir leid.»

«Habe ich dich erschreckt?»

«Erschreckt? Nein, natürlich nicht. Das wäre ja albern. Schließlich bin ich dreiundzwanzig und kein Schulmädchen mehr.»

«Aber du benimmst dich wie ein Schulmädchen.»

«Wirklich? Du weißt wohl nicht, daß es so etwas wie Anstand gibt.»

«Ach, komm von *der* Tour runter. Was Besseres fällt dir wohl nicht ein?»

«Ich meine ... na ja, man muß doch zwischen Falsch und Richtig unterscheiden.»

«Und das hier hältst du für falsch?»

«Du nicht?»

«Nein. Und du auch nicht, sonst hättest du dich ja nicht mit mir eingelassen.»

Eingelassen! Was für ein ordinärer Ausdruck!

«Also was ist der wahre Grund?»

Wie sollte sie eine Unberührbarkeit erklären, die sie selbst nicht verstand? Hastig suchte sie nach einer Ausflucht.

«Und dein Mädchen?»

«Welches Mädchen?»

«Alice hat gesagt...»

«Ach, *die* steckt dahinter!»

«Hast du ein Mädchen oder nicht?»

«Ich geh manchmal mit einer tanzen. Sie heißt May.»

«Alice sagt, die ganze Familie hofft, daß du...»

«Mein Gott, Alices Geschwätz kann dir doch gleichgültig sein!»

Damit hatte er allerdings recht. Aber...

«Ich möchte diesem Mädchen nicht weh tun.»

«Aha. Du scheinst das alles sehr schwer zu nehmen.»

«Ja, es bedrückt mich. Sieh mal, ich weiß, wie mir im umgekehrten Fall zumute wäre und ...»

«Das heißt also: Wenn es kein anderes Mädchen gäbe, nie ein anderes Mädchen gegeben hätte, dann würdest du nichts dabei finden, aufs Ganze zu gehen?»

«So ist es.» (Wenn du es unbedingt *so* formulieren mußt.)

«Ich verstehe. Sehr erfreulich, daß es heutzutage noch Mädchen mit solchen Skrupeln gibt.»

«Ich hoffe sie zu behalten.»

«Oh, keine Sorge! *Die* wirst du behalten, Vanessa. Und manches andere auch.»

«Ich lege nun einmal Wert auf ...»

«Auf Würde, Stolz und *Ehrbarkeit*, nicht wahr? Das alles ist besser als ungezügelte Leidenschaft, wie?»

«Ja, o ja, Logan!»

Endlich hatte er sie verstanden. Nun würde alles wieder gut werden. Sie streckte die Hand aus, streichelte seinen Nacken und wartete sehnsüchtig auf die sanfte, süße Umarmung ihrer Träume, auf den hygienisch einwandfreien Kuß, den sie beseligt in ihre Schatzkammer tragen konnte. Sie wartete auf Liebesbeteuerungen, auf das Versprechen, sie in Sydney zu besuchen.

«Lieber, lieber Logan», flüsterte sie.

Er lachte laut auf.

«Wahrhaftig, du bist nicht zu überbieten! Wenn es ums Schwindeln geht, bist du einfach nicht zu schlagen!»

Er stieg aus, kurbelte den Motor an, und dann brausten sie in einem Tempo davon, daß sich Vanessa am Türgriff festhalten mußte, um nicht vom Sitz geschleudert zu werden. Aufgescheuchte Kaninchen ergriffen die Flucht, ein kleines Känguruh geriet in den Lichtkegel der Scheinwerfer. Betäubt von der Plötzlichkeit des Aufbruchs, von Demütigung und Schmerz, vermochte Vanessa nichts anderes zu denken, als daß nun alles aus war, daß er sie bloßgestellt, verhöhnt und ausgelacht hatte und daß ihr gehorteter Schatz für immer entwertet war, falls es ihr nicht in letzter Minute gelang, die Sache in Ordnung zu bringen. Sie mußte ihn bewegen, noch einmal anzuhalten, bevor sie die Stadt erreichten. Aber was sollte sie ihm sagen? Sie fühlte sich wie eine ertappte Taschendiebin, der keine andere Ausrede einfällt, als daß sie in der fremden Tasche ihren Lippenstift gesucht hätte. Irgendwie mußte sie es ihm erklären – irgendwie. Sie durfte nicht so starr und stumm neben ihm sitzen, während jedes Schlagloch sie der Stadt näher brachte! Schnell, schnell – die weißen Pfosten der letzten kleinen Straßenbrücke kamen schon in Sicht.

Jetzt gab es nur eines: reden, bekennen, alles versprechen, was er verlangte, damit diese wilde Jagd ins Vergessen zum Stillstand kam. Aber sie blieb stumm, und er – er sang, sang ihr zum Hohn *Drei Uhr mor-*

gens und schien die Situation sehr zu genießen. Singend fuhr er über die klapprige Holzbrücke und bog in die Straße ein, die zum Hotel führte. Noch einmal flackerte Hoffnung in Vanessa auf, als er den Wagen in das dunkle Gäßchen neben dem Hotel lenkte, aber dann merkte sie, daß er nur wenden wollte, und ihre Verzweiflung wuchs ins Ungemessene.

Sie hätte am liebsten geschrien, geweint, mit den Füßen gestampft und ihm bittere Vorwürfe gemacht, weil er sie nicht verstand – niemand hatte sie je verstanden, außer Pater, und Pater war tot! Und nun war sie ganz allein, voller Lebensangst und ohne jede Erfahrung ... Sie pfiff auf Würde und Ehrbarkeit, ihr lag ja nur an ihm, Logan ... Wie gern hätte sie ihn schluchzend angefleht, ihr nicht böse zu sein, sie werde es nie wieder tun, ihm nie wieder etwas vormachen, er solle doch an ihre Liebe glauben und ihr großmütig verzeihen.

Aber alles, was sie über die Lippen brachte, war die konventionelle Höflichkeitsfloskel: «Vielen Dank fürs Nachhausebringen, Logan. Gute Nacht.»

«Nacht, Vanessa.» Ein wütendes Aufheulen des Motors, und fort war er. Das rote Schlußlicht verschwand am Ende der Straße.

Sie lag bis zum Morgen wach und dachte sich Erklärungen aus. «Weißt du, es war ja nur ...» – «Dein Ärger ist durchaus berechtigt, aber ...» – «Ich bin eigentlich froh über das, was gestern passiert ist, denn seltsamerweise sind wir uns dadurch nähergekommen ...» Die ganze Nacht führte sie vernünftige Reden, und Logan lauschte aufmerksam, drückte ihre Hand und stimmte allem zu.

Vanessa stand früh auf, erschöpft, aber ruhig und zuversichtlich. Ettie und sie wollten nachmittags abreisen; er mußte also kommen, um sich von ihnen zu verabschieden – das war einfach ein Gebot der Höflichkeit. Sie zog sich mit großer Sorgfalt an und half beim Kofferpacken. Im Laufe des Vormittags wurde sie jedoch von einer Nervosität befallen, die sich ständig steigerte. Sie ging immer wieder in die Hotelhalle hinunter, angeblich wegen der Schlüssel, der Fahrpläne, des Taxis, und zuletzt rief sie sogar schamlos in der Bäckerei an, unter dem Vorwand, sie wolle den Brüdern auf Wiedersehen sagen. Die Brüder wünschten ihr gute Reise und hofften, es hätte ihr in Bacchus Marsh gefallen. Vanessa wagte nicht zu fragen, ob Logan da sei. Schweigend half sie Ettie ins Taxi. Mit der Aussprache unter vier Augen war es nun nichts mehr, aber er kam ja bestimmt an den Zug.

Aufgeregt ließ sie ihre Blicke über den Bahnsteig schweifen, doch von den Marriotts war nur Alice in Begleitung einer albern kichernden Freundin erschienen, um ihnen halb verwelkte Blumensträuße in das Abteil erster Klasse zu reichen und die üblichen Abschiedsphrasen zu äußern. Ein- oder zweimal glaubte Vanessa in Alices Augen den mitfühlenden Blick eines anhänglichen, aber nicht sehr intelligenten Hundes zu entdecken. Die Pfeife des Schaffners schrillte, der Zug ruckte an, Alice und die Freundin schwenkten ihre Taschentücher, wurden kleiner und kleiner, und Bacchus Marsh löste sich in Weizen- und Luzernefelder auf, in Kuhweiden und Reklameschilder für Dr. Morses Leberpillen.

Vanessa saß kerzengerade, blätterte in *Women's Weekly*, stieß auf eine Kurzgeschichte von Sinden und versuchte, sich darauf zu konzentrieren. Es war ein Glück, daß sie das Abteil für sich allein hatten und Ettie bald nach der Abfahrt den Waschraum aufsuchte, denn so konnte Vanessa ihren Tränen freien Lauf lassen. Sie preßte die Stirn an die rußige Fensterscheibe und wünschte sich den Tod. Aber plötzlich stand wieder ihr zweites, beobachtendes Ich neben ihr und stellte fest, daß sie gar nicht um Logan weinte, sondern um sich selbst, um die verpaßte Gelegenheit, in jene geheimnisvollen Regionen ihres Wesens einzudringen, die zu betreten sie sich von jeher gescheut hatte und vor denen die Tür nun krachend ins Schloß gefallen war. Das zweite Ich ergriff diese Erkenntnis wie einen Speer und stieß ihn so lange in das weinende Mädchen am Fenster, bis die Tränen versiegten und die flirtlustige Vanessa, die das Unheil verschuldet hatte, als ausgebluteter Leichnam in der Ecke lehnte.

Dann, über das Räderrattern und den plötzlich ans Fenster prasselnden Regen hinweg, hörte sie, daß jemand etwas sagte. Aber was?

«Wie bitte?» Sie kehrte mit einem Ruck in die Gegenwart zurück, in den Salon, zu dem Mann, der sich in Etties Sessel rekelte.

«Hallo, und wie geht's *dir*?» fragte Logan.

Vanessa richtete sich auf und entfernte mit dieser Bewegung die welken Blätter von Bacchus Marsh, die sich in ihrem Schoß angesammelt hatten. Zu dumm, daß sie sich wieder hatte ertappen lassen – noch dazu bei der Beschäftigung, Blumen auf ihr eigenes Grab zu legen. Er wußte, wo sie während der langen Gesprächspause gewesen war – sie erkannte es an seinem belustigten Blick, dem verschmitzten Lächeln und der kindischen Freude, die es ihm bereitete, sie an dieses alte «Hallo, und wie geht's *dir*?» zu erinnern. Es war lächerlich. Nein, geschmacklos. Nein, mitleiderregend. *Er* war mitleiderregend mit seinem schütteren Haar und seinem Magengeschwür. Ein abgetakelter Don Juan. Noch ein paar Jahre, dann war er ein alter Schmutzfink, der kleine Mädchen in der Straßenbahn lüstern beäugt – widerlich. Insgeheim freute sie sich, daß seine Macht hinschwand. Logan dagegen schien sich dessen noch nicht bewußt zu sein; er stand da, grinste sie an und drehte die kostbare Porzellanfigur unablässig in seinen großen Händen.

Vanessa erwiderte den Blick mit einem kalten, strahlenden Lächeln. «Entschuldige, aber könntest du wohl aufhören, mit dem Ding herumzuspielen? Es ist zerbrechlich.»

«Du meinst: Es gehört *Ettie*.»

Noch immer lächelnd erhob sie sich und fragte: «Wie wär's mit einem Sherry vor dem Lunch?»

«Wenn du nichts anderes hast...»

«Ich habe nur Sherry.»

Sie reichte ihm ein Glas, setzte sich wieder und wartete, fest entschlossen, kein Wort mehr zu sagen, bevor er sich zu ihrer langen Rede geäußert hatte. Aber nun schien er es zu sein, der dem schwachen Nachhall der Vergangenheit lauschte, denn er starrte an ihr vorbei auf die Veranda mit den nassen Glyzinienranken und pfiff leise vor sich hin.

Die Uhr schnarrte und begann zu schlagen.

«Wo steckt denn das Wunschkind?» fragte Logan.

«Wer? P.S.?»

«Ach so, das kannst du ja nicht wissen. Ein Familienscherz.»

Er glaubte wohl, damit einen Punkt gewonnen zu haben, aber Vanessa übertrumpfte ihn, indem sie nicht darauf einging.

«Das Mädchen ist schon unterwegs zur Schule, um ihn zu holen. Wenn du dich telefonisch angemeldet hättest...»

«Weiß er, daß ich in Sydney bin?»

«Nein.»

«Wird es dann nicht ein Schock für ihn sein?»

«Ich finde, es ist besser, Kinder vor vollendete Tatsachen zu stellen. Sie machen sich sonst im voraus unnütze Gedanken.»

«Aha. Bei deiner enormen Erfahrung mit Kindern mußt du's ja wissen.»

«Außerdem wollte ich dir gegenüber fair sein, Logan. Ich möchte, daß du seine ungeschminkte Reaktion siehst, nicht irgendeine einstudierte Szene. Deswegen habe ich ja auch Lila nicht ins Vertrauen gezogen. Sie ist so leicht erregbar, geradezu hysterisch... Sie hätte ihm eingepaukt, er solle dir das und das sagen – Gott weiß *was*. Ich erwähnte ja schon, daß sie ihn des öfteren dazu verleitet hat, mir Dinge zu verheimlichen, ja mich sogar zu belügen.»

Logan lachte.

«Hältst du das etwa nicht für bedenklich?» fragte sie streng.

«O doch», erwiderte er. «Ich weiß ja, wie großen Wert du schon immer auf Ehrlichkeit gelegt hast.»

Sie hatte den einen oder anderen Hieb erwartet, aber plötzlich begann die alte Wunde zu schmerzen. Um die Röte, die ihr ins Gesicht stieg, zu verbergen, wandte sie sich zum Kamin und stocherte in dem Feuer herum. Dann sagte sie scheinbar ruhig: «Alles, was ich dir berichtet habe, kann bewiesen werden.»

«Oh, daran zweifle ich nicht, Ness. Aber natürlich möchte ich auch Lilas Version hören.»

«Selbstverständlich. Ich bestehe sogar darauf.»

«Ich wollte sie heute früh anrufen, aber ihr Telefon ist offenbar nicht in Ordnung.»

«Man hat ihnen den Anschluß gesperrt. Sie sind in einer scheußlichen Lage. Vollständig pleite.»

«Das ist heutzutage jeder.»

Außer mir, dachte Vanessa. Sieh dich doch mal im Zimmer um, mein Lieber. Der Teppich zum Beispiel ist ein Aubusson; aber das sagt dir wohl nichts – du kennst ja nur Linoleum. Queen-Anne-Stühle sind dir natürlich auch kein Begriff. Und woher solltest du wissen, daß es Amontillado ist, den du herunterkippst wie Sherry von der billigsten Sorte? Du bist von alledem nicht beeindruckt. Du *willst* dich nicht beeindrucken lassen. Bis jetzt hast du noch kein Wort über das Haus verloren – und über mich auch nicht. Wie findest du mich? Sehr verändert? Altjüngferlich vielleicht? Nun, jedenfalls bin ich nicht mehr das unerfahrene Mädchen, das dich angehimmelt hat, als wärst du der Schöpfer aller Dinge. Ich würde dir gern mal sagen, wie *du* aussiehst, mein Teurer. Leider muß ich es mir verkneifen, weil ich etwas von dir will.

Laut sagte sie: «Wenn du Lila anrufen möchtest, kannst du sie über die Nummer einer Nachbarin erreichen. Aber vielleicht solltest du damit lieber warten, bis wir alles ins reine gebracht haben.»

«Wie du wünschst.»

«Ich bin dir dankbar, daß du sie nicht besucht hast, bevor du zu mir kamst.»

«Oh, ich habe meine Instruktionen mit gebührender Sorgfalt gelesen.»

«Logan, ein paar Bedingungen *mußte* ich stellen.»

«Schon recht, Ness. Bedingungen gehören bei dir nun mal dazu. Und da du die Unkosten trägst ...»

«Mit einem Ferngespräch hätten wir das wohl kaum erledigen können.»

«Das stimmt.»

«Ich wäre ja gern mit P.S. nach Bacchus Marsh gekommen, aber ich wollte nicht, daß er die Schule und all seine Privatstunden versäumte. Außerdem wäre es nicht fair gegen Lila gewesen.»

«Sehr richtig.»

«Außerdem wußte ich nicht, ob ich dich in Bacchus Marsh antreffen würde.»

«Außerdem. Außerdem. Außerdem.»

«Wie bitte?»

«Nein, es war nichts.»

«Deshalb hielt ich es also für das beste, dich herzubitten.»

«Danke. Gut erzogen, wie ich bin, möchte ich mich vielmals für die Einladung bedanken, Ness.»

«Ich bin sicher, daß Lila und George, wenn sie das Geld gehabt hätten ...»

«Nimm meinen tiefgefühlten Dank entgegen. Dürfte ich noch einen Schluck Sherry haben?»

«Bekommt dir das auch?»

«Hast du Angst, ich könnte mich schlecht benehmen?»

«Du benimmst dich immer gut, Logan.»

«Und du hast auf alles die passende Antwort, nicht wahr?»

«Bitte, Logan, versuch nicht, mit mir zu streiten.»

«Wer will denn hier streiten? Ich gewiß nicht, liebes Kind. Ich habe dich lediglich um einen Schluck Sherry gebeten. Und um ganz aufrichtig zu sein, Ness: Ich habe mir schon ein paar hinter die Binde gekippt, bevor ich herkam.»

«Ach?»

«Tu nicht so erstaunt. Du hast es doch von Anfang an gewußt.»

«Ja.»

«Und du weißt auch den Grund.»

«Hier ist dein Sherry, Logan. Aber trink langsam.»

«Langsam ... Haha, ja. Du weißt den Grund, nicht wahr? Wie soll ich mich dem Jungen gegenüber verhalten?»

«Gib dich so, wie du bist.»

«Und wie bin ich? Was bin ich? Oder vielmehr: Was bin ich für ihn?»

«Das kann ich dir nun wirklich nicht sagen, Logan.»

«Hör mal, Ness, stell dich nicht dumm. Du hast mich hergelotst, und du darfst mich jetzt nicht im Stich lassen. Gib mir wenigstens einen kleinen Wink. Wie soll ich ihm die Sache erklären?»

«Das mußt du selbst wissen.»

«Ich bitte dich, Ness! Du kennst ihn. Ich nicht. Für ihn bin ich ein wildfremder Mensch. Wie bringe ich's ihm bei?»

«Ich kann dir nicht helfen.»

«Aber du kennst ihn und mich auch – du mußt doch wissen, was ich ... Wie verhalte ich mich, wenn der Junge kommt?»

Sie stand neben dem Brokatsessel, und Logan blickte zu ihr auf, mit dem Gesicht seines Sohnes, wenn er, frisch gewaschen und leicht beunruhigt, fragte, wohin sie gingen. Ja, dachte sie, du hast Angst; unter deiner Schutzschicht hast du eine Todesangst, und das geschieht dir recht.

Von ihrer sicheren Höhe aus genoß sie es, ihn unterlegen zu sehen, und betrachtete ihn einen Augenblick mit unverhohlener Genugtuung. Dann beschloß sie, ihn mit einem Kompliment zu entschädigen.

Sie legte die Hand leicht auf seine Schulter. Die kräftigen Muskeln, die sie unter dem Anzug spürte, erinnerten sie an jenen Abend auf der dunklen Viehweide.

«Armer Logan», sagte sie. «Sei einfach nett zu ihm.»

«Ja, aber *wie*?»

«Das solltest du doch wissen.» Sie sprach jetzt sehr leise. «So wie du damals zu mir warst.»

Sie hatte kaum zu Ende gesprochen, als sie das triumphierende Glitzern in seinen Augen sah, das unverschämte Auflachen hörte.

«Das *mußte* ja kommen! Ich hab's gewußt!»

Ihre Hand zuckte zurück, als hätte sie einen Skorpion berührt. Mit diesem alten Trick hatte er sie wieder einmal heimtückisch von ihrem Piedestal gestürzt, und nun zappelte sie hilflos im Schmutz, während er ihr den Fuß auf die Brust setzte.

«Sag mir nur das eine, Ness: Warum willst du ihn ganz für dich haben? Warum willst du ihn unbedingt nach London verschleppen?»

Nun durchschaute sie seine sorgsam ausgetüftelte Taktik, die darauf abzielte, sie aus dem Gleichgewicht zu bringen. Er war wie ein Untersuchungsrichter, der den Zeugen zuerst mit honigsüßen Worten umgirrt und dann unversehens die belastende Aussage aus ihm herauspeitscht.

Von Anfang an hatte er sich bemüht, sie zu verwirren und ihr damit die Waffen aus der Hand zu schlagen. Er wollte, daß sie auf den Knien um P.S. bettelte. Nun, das würde er nicht erleben! Eher bildete sich draußen im Garten ein Gletscher, als daß sie sich vor ihm demütigte.

Dieser Bäckerssohn!

Backe, backe Kuchen, der Bäcker hat gerufen ...

Vanessa zündete sich umständlich eine Zigarette an, sah zu, wie das Streichholz herunterbrannte. Erst als sie ihre Fassung wiedererlangt und den Wunsch, Logan zu ohrfeigen, zurückgedrängt hatte, blies sie das Hölzchen aus, setzte sich und begann von neuem zu reden.

Erstens war es wohl klar, daß ein Kind nicht zwischen zwei Häusern hin- und hergezerrt werden konnte, ohne daß es in seelische Konflikte geriet und schließlich überhaupt nicht mehr wußte, wohin es gehörte. Zweitens waren Lila und George finanziell nicht mehr in der Lage, für P.S. zu sorgen. Sechseinhalb Jahre lang hatten sie es in bewunderungswerter Weise getan, und es war nun an der Zeit, sie von dieser Last zu befreien. Drittens lagen die Vorteile einer Übersiedlung nach London auf der Hand. Eine wirklich gute Schule, Gelegenheit zu Reisen nach Frankreich und in andere europäische Länder und später die Möglichkeit, in Cambridge zu studieren wie Pater – dies natürlich nur, wenn P.S. es wollte; sie würde ihn nicht dazu zwingen. Und viertens hätte Sinden diese Pläne bestimmt gebilligt.

«Woher willst du das wissen?»

«Es geht aus dem Brief hervor, den sie mir kurz vor ihrem Tode geschrieben hat.»

«Sinden schrieb dauernd Briefe.»

«Aber nicht solche.»

Sie präsentierte ihr Beweisstück Nummer eins. Logan las es mit ausdrucksloser Miene durch.

«Der Satz ‹Ich kriege die Kinder, und Ness wird sie erziehen› ist doch wohl eindeutig», sagte sie.

«Eins ihrer Bonmots, weiter nichts.»

«Jedenfalls habe ich's schwarz auf weiß.»

«Wahrscheinlich warst du an dem Tag gerade dran. Wetten, daß sie Lila das gleiche gesagt hat? Und Vere? Und sogar Agnes? Ein Glück für den Jungen, daß eure Eltern nicht noch mehr Töchter in die Welt gesetzt haben. Sonst würde sich jetzt ein Hockey-Team von Tanten um ihn schlagen.»

«Ich bin sicher, daß es ihr bei mir Ernst war.»

«Aha. Darf ich fragen, warum?»

«Aus zwei Gründen. Ich verfüge über die nötigen Mittel.»

«Ja, allerdings. Und der zweite Grund?»

«Ich stand ihr am nächsten.»

«Scheibenkleister.»

«Wie bitte?»

«Laß das.» Er stand auf und schien sie plötzlich wie ein Turm zu überragen. «Den zweiten Grund solltest du lieber nicht anführen, Vanessa. Du hast sie ja nicht mal von weitem gekannt.»

«Willst du etwa behaupten ...?»

«Keiner aus eurer Familie hat sie gekannt. Höchstens Vere, aber auch nur ein bißchen. Nicht der Rede wert. Ich kannte sie durch und durch.»

«Natürlich.»

«Durch – und – durch.» Er trat an den Wandschrank und goß sich ein weiteres Glas Sherry ein.

«Und deswegen», sagte Vanessa spöttisch, «hat sie dich vermutlich ihren Fünfminutenmann genannt. Aber das kannst du natürlich nicht wissen. *Unser* Familienscherz.»

«Nett. Klingt ganz nach ihr. Sie konnte in fünf Minuten mehr erleben als du in fünf Jahren.»

«Ja, sonst wäre sie auch nicht so früh auf den Woronora-Friedhof gekommen. Was mich betrifft, so hast du durchaus recht. Ich lebe lieber langsam und vergeude mich nicht, besonders nicht in Gefühlsdingen. Übrigens hat Sinden wohl darauf angespielt, als sie von meinem bewundernswerten Organisationstalent sprach.»

«Mit diesem Wort hat sie dich treffend charakterisiert.»

«Ja. Und ich glaube, daß sie zuletzt – ganz zuletzt – dringend jemanden wie mich gebraucht hätte. Zweifellos hatte sie das Chaos und ... und die Unsicherheit bis obenhin satt. Sie schrieb, das Kind wäre das Postskriptum ihres *lächerlichen* Lebens. Und ihr Leben *war* lächerlich. Immer mußte sie aus der Reihe tanzen, immer um jeden Preis ‹originell› sein. Disziplin war ihr ein unbekannter Begriff.»

«Warum so wütend, Ness?»

«Ich bin nicht wütend. Mir tut es nur leid. Warum sollte ich wütend sein?»

«Das müßtest *du* doch am besten wissen.»

«Großer Gott, ich bin nicht wütend. Ich bin lediglich dankbar, sehr dankbar, daß ich anders geartet bin und immer weiß, wie weit ich gehen darf. Das ist alles. Und du kannst es mir glauben, Logan, zuletzt hat sie bestimmt gewünscht, sie hätte ein bißchen von meiner Vernunft abbekommen.»

«Woher weißt du so genau, was sie zuletzt gewünscht hat? Du warst ja nicht bei ihr. Du saßest in London und spieltest die feine Dame.»

«Und du? Wo warst du?»

Da hast du's, dachte sie. Diesmal bin ich obenauf. Nun sieh zu, wie du dich herausredest.

Er stellte das Sherryglas auf den Tisch, und sie bemerkte mit Genugtuung, daß seine Hand zitterte.

«Frierst du?» fragte sie gelassen. «Leg doch ein bißchen Holz nach.»

Er bückte sich gehorsam, warf ein paar Scheite ins Feuer und blieb dann, ohne sich umzuwenden, vor dem Kamin stehen.

«Warum hast du mir P.S. zugesprochen?» fragte Vanessa.

«Ich habe ihn nicht dir allein zugesprochen», erwiderte er heiser.

«Aber immerhin zur Hälfte. Warum hast du eingewilligt, daß ich Ernest Huxleys Vormundschaft übernahm?»

«Alice und Mutter meinten...»

Sie wartete. Schließlich half sie nach. «Was?»

«Alice und Mutter haben immer große Stücke auf dich gehalten. Mutter sagte oft... ach, ist ja egal. In Wahrheit ging's ihnen gar nicht um dich, sondern um das Geld. Klingt hundsgemein, aber so ist es nun mal. Alice und Mutter meinten, mit Etties Vermögen im Hintergrund könnte der Junge alles haben, was das Herz begehrt.»

«Glaubst du mir, daß ich mein möglichstes für ihn getan habe?»

«Ness, hör auf mit dem Gerede, ja? Ich bin plötzlich so müde. Zum Umfallen müde.»

«Nur noch diese eine Frage, Logan. Bitte! Glaubst du mir, daß ich zumindest versucht habe, mein Bestes zu tun?»

«Wie soll ich das wissen? Wahrscheinlich ja. Zum Teufel, ich habe doch keine Ahnung. Ich bin sicher, daß du ihn nicht schlägst oder im Keller einsperrst. Aber sonst? Was weiß denn ich? Auf deine Art bewährst du dich vermutlich grandios.»

«Dann gib mir Gelegenheit, mich noch besser zu bewähren. Ich bin fest überzeugt, daß nur ein einziger Weg aus dieser Sackgasse herausführt: Du mußt mir erlauben, P.S. mit nach London zu nehmen.»

Es klopfte, und Dianas verängstigtes Gesicht erschien im Türspalt.

«Er ist da, Misscot.»

«Komm herein, P.S.», rief Vanessa. «Na, komm schon, Liebling.»

Logan hörte leichte Kinderschritte in der Halle. Er blieb vor dem Kamin stehen und starrte ins Feuer, denn er hatte Angst, sich umzudrehen.

Vanessa küßte ihn, und er sah in ihren Augen jenes erregte Funkeln, das er so gut kannte. Wer war der Mann da drüben am Kamin, der mit der Schuhspitze die Holzscheite zurechtstieß? Hatte der Mann etwas mit dem *Tag* zu tun? Oder war er ein neuer Lehrer? *Noch* mehr Privatstunden?

«P.S.», sagte Vanessa, «das ist dein Vater.»

Er starrte sie an und überlegte, ob das ein Witz sein sollte. Aus dem Augenwinkel bemerkte er, daß der Mann sich umwandte und ihn anblickte, und nun wandte auch er den Kopf und blickte den Mann an. So standen sie geraume Zeit, bis der Mann mit tiefer, barscher Stimme «Hallo, P.S.» sagte. (Die Stimme klang wie die von George, wenn er beim Vorlesen einen Bären nachmachte.)

«Meinst du nicht, du solltest Logan einen schönen Kuß geben?» fragte Vanessa.

Logan? Das konnte doch nicht Logan sein! Der Mann sah überhaupt nicht so aus, wie er sich Logan vorgestellt hatte. Und ihn küssen? Ein gräßlicher Gedanke! Er schmiegte sich an Vanessa und starrte auf ihre Gürtelschnalle. Schließlich faßte sie ihn an den Schultern und schob ihn mit sanfter Gewalt vorwärts. Der Mann kam auf ihn zu, schien aber nicht zu wissen, was er tun sollte; er kramte in seiner Tasche und fischte etwas heraus, was in braunes Papier eingewickelt war.

«Hier», sagte er, «ein Geschenk für dich.»

«Was ist es denn?» fragte P.S., und der Mann erwiderte: «Pack's doch aus und sieh nach.»

Er machte das Päckchen auf und war recht enttäuscht, als er nur einen Stein darin fand, einen ganz gewöhnlichen mit ein paar glitzernden Stellen.

Der Mann sagte: «Das ist Gold, P.S. Ich habe dir einen Goldklumpen mitgebracht.»

Natürlich war es kein Gold, das sah doch jeder, aber Vanessa tat sehr entzückt und rief: «Oh, wie schön! Wie wunderschön! Denk nur, P.S., das hat Logan für dich aus der Erde gegraben. Ich finde wirklich, du solltest ihm dafür einen Kuß geben.»

Der Mann bückte sich und küßte ihn mit trockenen Lippen; sein Anzug war aus sehr rauhem Stoff und sein Atem roch süßlich, genauso wie Etties Atem manchmal roch. Und dann nahm ihn der Mann plötzlich in die Arme, stöhnte «Mein Gott!» und drückte ihn an sich. Weiter tat oder sagte er nichts, er hielt ihn nur fest umschlungen, bis P.S. sich ein wenig zurückbeugte, damit er wieder Luft bekam, denn die Erkenntnis, daß dies wirklich Logan war, hatte ihn fast umgeworfen. Es mußte ja Logan sein, weil nur er nach Gold grub; außerdem schwindelte Vanessa niemals. Der *Tag* war also viel, viel schlimmer, als P.S. gedacht hatte. Logans Kommen bedeutete zweifellos, daß etwas Furchtbares bevorstand. Winnie hatte ja schon immer prophezeit: «Sie werden dich wegholen.»

Logan lachte jetzt und murmelte in einem fort: «Ach Gott, ach Gott.» Vanessa nahm den Stein, legte ihn auf den Tisch, faltete das Einwickelpapier sorgfältig zusammen, wie es ihre Gewohnheit war, und sagte zu P.S.: «Weißt du was? Du könntest Logan dein Zimmer zeigen, während ich mich um den Lunch kümmere. Bleibt's bei einem Soufflé für dich, Logan? Gut. P.S., deine Eisenbahn wird Logan bestimmt gefallen, vergiß nicht, sie ihm zu zeigen.» Damit ging sie absatzklappernd hinaus, und P.S. blieb mit Logan allein.

Vanessa hatte kaum das Zimmer verlassen, als Logan eine Flasche aus dem Wandschrank nahm, sein Glas füllte und es sehr schnell austrank.

«Wo ist denn die Eisenbahn?» fragte er dann.

«Oben», hauchte P.S.

«Willst du sie mir zeigen?»

Er nickte. Es hatte ja keinen Sinn, sich zu weigern; er konnte sich nirgends verstecken und auch nicht weglaufen, weil es draußen regnete. Er führte Logan die Treppe hinauf, und sie schwiegen beide, bis P.S. im Korridor stehenblieb und sagte: «Das da ist mein Zimmer.» Sie traten ein und standen herum und wußten nicht, was sie tun sollten. «Das ist mein Bett», erklärte P.S., und dann zeigte er Logan den Kleiderschrank, die Bücherregale und seinen kleinen Sessel, zog eine Kommodenschublade nach der anderen auf, um auch seine Socken, Handschuhe und Taschentücher zu zeigen. Obwohl er bemerkte, daß Logan die Sachen gar nicht sah, sondern immer nur ihn, machte er weiter, bis es im Schlafzimmer nichts mehr zu zeigen gab. «Die Eisenbahn ist drüben», murmelte er, und sie gingen ins Gästezimmer hinüber, das jetzt nicht abgeschlossen war. Nachdem sie eine Weile auf die Schienen gestarrt hatten, kniete sich P.S. hin, drehte den Schalter, und der kleine Zug schoß davon, raste immer rundherum, und sie sahen minutenlang schweigend zu. Dann hockte sich Logan neben P.S. auf den Teppich und sagte: «Donnerwetter, das ist aber wirklich eine feine Eisenbahn. Ich bin mit einem großen Zug aus Melbourne gekommen. War eine lange Reise. Zuerst mußte ich von Bacchus Marsh nach Melbourne fahren, und da bin ich in den großen Zug umgestiegen, und erst am nächsten Morgen war ich in Sydney.» Logan schien das großartig zu finden, denn er gab P.S. einen Klaps auf den Rücken und fragte: «Hast du nicht Lust, mal mit mir in dem großen Zug zu fahren und alle deine Verwandten in Bacchus Marsh kennenzulernen?»

War das der Braten, den Diana gerochen hatte? Wollte Vanessa ihn mit Logan fortschicken? Der bloße Gedanke war so entsetzlich, daß P.S. drauf und dran war, aus dem Zimmer zu stürzen und schleunigst zu entweichen, ohne Regenmantel, ohne alles. Entweichen, durch den Regen rennen, auf eine Straßenbahn springen, mit der Fähre den Hafen überqueren und nach Hause laufen, wo Lila ihn an einem sicheren Ort verstecken würde... Er rückte zur Seite, damit Logan ihn nicht plötzlich packen konnte, rückte so weit wie möglich zur offenen Tür hin und saß sprungbereit. Logan schien das bemerkt zu haben, denn sein Lächeln erlosch, und er wechselte hastig das Thema.

«Du gehst in den Kindergarten, was?»

Nein, erwiderte P.S. fast flüsternd, er ging jetzt in die Privatschule von Miss Pile. Ja, danke, es gefiele ihm da sehr gut. Ja, er hätte sehr nette Kameraden, danke. Ja, die Klavierstunden machten ihm Spaß, danke. Und Reiten und Tanzen auch. Ja, danke.

Er konnte doch einem fremden Mann wie Logan nicht erzählen, daß er Miss Piles Privatschule mitsamt den bösartigen Kindern verabscheute, daß ihm die vielen Unterrichtsstunden am Nachmittag eine Qual waren und daß es nichts Schlimmeres gab, als jeden Sonntagabend zu Vanessa zurückkehren zu müssen. Wenn er das sagte, nahm Logan ihn ganz bestimmt in dem großen Zug mit. Zum Glück schienen Logan keine weiteren Fragen einzufallen; er saß nur da, räusperte sich ab und zu, als hätte er eine Fliege verschluckt, und starrte unverwandt auf die Spielzeugeisenbahn. P.S. folgte seinem Beispiel, und außer dem Schwirren des elektrischen Zügleins und dem Prasseln des Regens war nichts mehr zu hören. Er wünschte inbrünstig, Vanessa möge kommen und ihn erlösen, oder – noch besser – Logan möge fortgehen und niemals wiederkommen.

Das ist Gold . . .

Zuviel Alkohol auf nüchternen Magen und dazu das Katze-und-Maus-Spiel mit Vanessa, die dich festzunageln, dir eine Hutnadel durch die Eingeweide zu stechen suchte, als wärst du ein toter Schmetterling für ihre Sammlung. Und nun noch der Junge! Dieser kleine Blaßschnabel, der eine Todesangst vor dir hat und deine idiotischen Fragen so nichtssagend höflich beantwortet, wie sie es ihm beigebracht hat. Ja, danke. Sehr gut, danke. Aber du weißt ja sowieso nicht, worüber du mit ihm reden sollst. Herrgott, was für eine verfahrene Situation! Warum bist du überhaupt gekommen? Was kannst du tun? Was kannst du ihm sagen? Etwa: «Ich bin dein Vater. Deine Mutter und ich haben uns ein Kind gewünscht, und deshalb bist du auf der Welt.» Wahrscheinlich würde er auch darauf nichts anderes antworten als «danke». Und das ist Sindens Kind! Sie würde aus der Haut fahren, wenn sie wüßte, was ihm hier angetan wird – mit deiner Einwilligung.

«Logan», hörte er wie aus weiter Ferne, «nimm uns nicht das ganze Bett weg. Wir brauchen auch ein bißchen Platz.»

Nein, daran darfst du jetzt nicht denken! Und sitz nicht so stumm da mit deinem Verlegenheitsräuspern. Sag doch was zu ihm!

«Logan, schläfst du?»

Nein, nein ...

Er drehte sich auf die andere Seite, um sie in den Arm zu nehmen. «Hallo, und wie geht's *dir*?»

«Danke, gut. Kennen wir uns eigentlich?»

«Eine formelle Vorstellung hat meines Wissens nicht stattgefunden, aber Sie sind sehr nett, gnädige Frau.»

«Sie auch, mein Herr.»

«Hör mal, du kannst doch unmöglich schon *wir* sein.»

«Warum denn nicht?»

«Wie willst du das nach vier Tagen so genau wissen?»

«Ich bin eben hellseherisch veranlagt. Oder nennt man das übersinnlich?»

«Wenn du deiner Sache so sicher bist, mein Mädchen, dann ist meine Aufgabe wohl erfüllt. Ich werde mich also empfehlen. Man reiche mir Hut und Gamaschen.»

«Halt, hiergeblieben! Du rührst dich in den nächsten sechsundvierzig Jahren nicht von der Stelle, sonst kannst du was erleben!»

«Ich werd's mir aufschreiben, damit ich's nicht vergesse.»

«Eine kurze Notiz genügt. ‹Ich verpflichte mich, sechsundvierzig Jahre lang mit Sinden im Bett zu bleiben. Gezeichnet L. Marriott.›»

«Bißchen lästig für das Hotel, meinst du nicht?»

«Ach wo, ist doch eine phantastische Reklame. ‹Dieses Hotel beherbergt die ausdauerndsten Flitterwöchner der Weltgeschichte!› Von Zeit zu Zeit erscheinen wir auf dem Balkon und winken der Menge zu.»

«Okay. Später gehen wir dann auf Tournee.»

«Mit unserer zahlreichen Nachkommenschaft.»

«Aber deine Schriftstellerei könnte darunter leiden.»

«Na wenn schon. Um der Sache willen muß man eben Opfer bringen.»

«Richtig. Die Sache ist wichtiger als alles andere. Wo ist das Kissen? Natürlich schon wieder auf dem Boden. Heb mal einen Moment den Kopf. Gut so?»

«Mmmmmm. Himmlisch. Absolut himmlisch.»

«Liegt ihr bequem, ihr beiden?»

«Ja, danke. Er ist wunschlos glücklich.»

«Ach, wird es ein Er?»

«Kann gar nichts anderes werden. Ich konzentriere mich mit aller Kraft auf männliche Gegenstände, zum Beispiel Rasierpinsel und Fußballstiefel und Bruyèrepfeifen und Dynamos und ... mmmmmm ... Schwergewichtler und die Statue von Laokoon mit den beiden anderen.»

«Was waren denn die Burschen im Zivilberuf?»

«Weiß nicht. Jedenfalls ist es ein Knäuel von großen, muskelstarken Männern und Schlangen.»

«Damit wirst du's schon schaffen.»

«Bestimmt, Liebster.»

«Mach nur fleißig so weiter.»

«Genau das habe ich vor.»

«Bist du dir auch schon im klaren, wie er werden soll?»

«Selbstverständlich. Dick und stämmig. Laut und ungezogen – nicht gemein, sondern keck. Temperamentvoll und draufgängerisch. Er wird durch das Haus toben, Tische und Stühle umkippen, nach Essen schreien, uns Blindschleichen und Kröten ins Bett setzen, sich vor nichts fürchten. Kurzum, er wird so sein wie alle Marriott-Jungen, vielleicht mit einem Spritzer von Veres Humor. Manchmal ein bißchen ernst und nachdenklich und dann wieder, wie du, von Lachanfällen geschüttelt, weil diese ganze feierliche Welt so absurd ist. Und wenn er groß ist, wird er eines Tages aus heiterem Himmel in das Leben einer Frau fallen, genau wie du in meines, Liebster, denn du bist mir ja auch vom Himmel gefallen. Ach, alles in allem wird er sich schon sehen lassen können. Langweilig oder wichtigtuerisch oder pedantisch wird er bestimmt nicht. Ich glaube, er wird Licht und Freude verbreiten, wohin er auch geht ... Übrigens vielen herzlichen Dank für ihn. Möglicherweise bekommst du sogar ein Dankesküßchen ...»

Großer Gott, Sin, und nun sitzt er neben mir, und ich weiß ums Verrecken nicht, was ich mit ihm reden soll! Zuviel Alkohol. Verzeih mir, Sin. Es tut mir so leid, so leid, so leid, daß ich damals nicht bei dir war. Und als es dich nicht mehr gab, war mir alles egal. Mein Gott, ich fange gleich an zu heulen. Jesus, laß mich nicht heulen – nicht vor dem Kind!

Wo bleibt nur Vanessa? P.S. begann zu fürchten, daß sie den ganzen Tag hier sitzen und auf seinen kleinen Zug starren würden. Dann hörte er auf einmal ein sonderbares Geräusch, und als er den Kopf wandte, sah er zu seinem Entsetzen, daß Logan weinte. Er wurde vor Verlegenheit blutrot. Rasch schaltete er die Eisenbahn ab und ging zum Waschbekken, unter dem seine Boote säuberlich aufgereiht standen. Die große Segeljacht war noch nie im Wasser gewesen. Er betrachtete sie, betastete sie, lauschte, ob das Schluchzen nicht endlich verstummte. Einmal, vor langer Zeit, hatte er George im Garten stehen und weinen sehen. Als er zu ihm hinrannte und sich an seine Knie klammerte, hatte George sich sofort beruhigt, ihn mit einem freundschaftlichen Klaps «alter Bursche» genannt und gesagt, er wäre zu nahe an eine Zwiebel herangekommen. Aber zu Logan konnte er nicht so einfach hinlaufen. Und umarmen konnte er ihn erst recht nicht, denn sie waren einander fremd; außerdem bestand die Gefahr, daß Logan ihn packte und mit ihm aus dem Haus rannte. Hier mußte Vanessa Rat schaffen. P.S. schob sich auf die Tür zu, um Vanessa zu rufen, aber Logan sagte: «Moment», putzte sich geräuschvoll die Nase und fügte hinzu: «Entschuldige, mein Junge. Ist schon vorbei. Schon vorbei.» Er erhob sich steifbeinig vom Boden und murmelte noch ein paarmal: «Schon vorbei.» Und dann: «Du brauchst keine Angst zu haben.»

«Hab ich auch nicht», behauptete P.S.

«Du darfst dich vor nichts fürchten», sagte Logan. «Vor gar nichts. Deine Mutter hat sich nie gefürchtet, und sie wollte nicht, daß ihr Sohn ein Angsthase würde. Laß dich von niemandem einschüchtern und herumkommandieren, hörst du? Tu immer nur, was du selber willst, hörst du?»

Eine großartige Idee – aber wie macht man das? Die Erwachsenen schrieben einem doch haargenau vor, was man zu tun und zu lassen hatte, was man anziehen und wo man wohnen sollte – alles. P.S. hätte diesen Einwand gern vorgebracht, aber die Kehle war ihm wie zugeschnürt. Er blickte auf sein Segelboot.

«Sie sorgen einstweilen für dich, weil ich's nicht kann», sprach Logan weiter, als wüßte er, was den Jungen bewegte. «Aber wenn sie dich zu etwas zwingen wollen, was dir zuwider ist, dann wehre dich und schrei, ja? Schrei aus Leibeskräften und wehre dich mit Händen und Füßen. Verstanden?»

Sich schreiend gegen Vanessa zur Wehr setzen – wie stellte sich Logan das vor? Der Mann hatte ja keine Ahnung. Im Grunde war es übrigens eine tolle Idee. P.S. sah bewundernd zu Logan auf und dachte: Vielleicht ist er gar nicht so übel.

«Hör zu», sagte Logan. «Jetzt verrate ich dir ein Geheimnis. Sie will mit dir fortgehen.»

Das war es also! Nicht von Logan drohte ihm Gefahr, sondern von Vanessa.

Heute schon? Wohin? Ihm wurde ganz übel. «Wohin?» flüsterte er.

«Nach England», antwortete Logan.

England – das war so weit weg wie der Mond. Von da aus konnte er freitags bestimmt nicht nach Hause. Nie mehr!

«England ist weit weg», sagte auch Logan. «Und du sollst dort bleiben, bis du erwachsen bist.»

Erwachsen! Das bedeutete Jahre und Jahre – eine Zeitspanne, die über seine Begriffe ging. Er starrte Logan entgeistert an. Und wieder schien Logan ihn ohne Worte zu verstehen, denn er beugte sich zu ihm und fragte leise: «Wäre dir das recht? Möchtest du nach England?»

P.S. schüttelte den Kopf.

«Das dachte ich mir», sagte Logan. «Na, mach dir keine Sorgen, mein Junge. Ich werde ihr schon die Suppe versalzen.» Er lachte und schien plötzlich ganz vergnügt. «Ihr blaues Wunder soll sie erleben. Siehst du, das ist wenigstens etwas, was ich tun kann, für *dich* tun kann. Nicht viel, wenn man's auf sieben Jahre verteilt, aber immerhin etwas. Du wirst zwar weiterhin bei ihr wohnen müssen; das hab ich versaut. Aber ich erlaube nicht, daß sie dich nach England bringt und einen hochnäsigen Tommy aus dir macht. Also keine Sorge!»

P.S. sah ihn verschwörerisch zwinkern und begriff, daß Logan trotz allem sein Freund war. Er hätte gern etwas zu ihm gesagt – danke oder so. Und ihn nach der Goldgräberei gefragt und nach Muschi und nach dem Hotel an dem Meeresarm mit den Quallen. Was war dort geschehen?

Er wußte nun, daß Logan ihn retten wollte, und das gab ihm ein Gefühl der Sicherheit, wie er es sonst nur freitagnachmittags empfand, wenn Lila kam, um ihn abzuholen. Er war erleichtert, beinahe glücklich, und auf einmal fielen ihm Fragen über Fragen ein. Wo lag Bacchus Marsh? Warum wohnte Logan dort und nicht in Sydney? Gehörte er, P.S., noch zu Logan, und wenn ja, durfte er dann allen Kindern sagen, daß er einen Vater hatte? Was war in Wirklichkeit mit Muschi passiert? Und war es seine Schuld? Was sollte er zuerst fragen? Nur schnell, bevor Vanessa kam und sie störte. Jetzt wünschte er Vanessa nicht mehr herbei. Jetzt wollte er den ganzen Tag mit Logan hier oben bleiben und sich vielleicht sogar auf seine Knie setzen; er wollte ihn ausfragen und ihm erzählen, was er alles erlebt hatte und was er dachte und daß er Lila und George am liebsten mochte, aber ...

Aber da hob Logan ihn hoch, drückte ihn an sich, küßte ihn hart auf den Mund, stellte ihn ab und verließ das Zimmer.

«Geh nicht fort», rief P.S., doch es war zu spät. Logan war schon halb die Treppe hinunter; er rannte, er entwich.

P.S. eilte ihm nach und hatte gerade den oberen Treppenabsatz erreicht, als Vanessa aus den Wirtschaftsräumen in die Halle trat. Im nächsten Augenblick war zwischen Logan und ihr ein heftiger Wortwechsel entbrannt, sehr zornig dem Ton nach, aber nicht laut genug, als daß P.S. irgend etwas hätte verstehen können. Er spähte vorsichtig durch das Geländer. Logan lief aufgeregt hin und her und fuchtelte mit den Armen, während Vanessa ruhig und hochaufgerichtet dastand, wie es ihre Art war, wenn sie strenge Befehle erteilte. Die Stimmen der beiden, durch das Regengetrommel auf dem Oberlicht gedämpft, klangen wie fernes Hundegebell. Lange ging das so, mit Stockungen und neuen Ansätzen, bald lauter, bald leiser, bis das ganze Haus von ihrem Zorn zu beben schien. P.S. fing gelegentlich ein paar abgerissene Worte auf, aber er begriff nicht, um was es ging. Hinter der Küchentür sah er einen Schimmer von Dianas weißem Häubchen; dort wurde also auch gelauscht. Vanessa versuchte plötzlich, Logan in den Salon zu ziehen. Er schüttelte sie ab, lachte ihr höhnisch ins Gesicht und ging, noch immer lachend, zur Haustür und riß sie auf. Regen und nasse Blätter wehten herein, die Bilder an der Wand zitterten vor Angst, und auch Vanessa schien Angst zu haben, denn sie stürzte auf Logan zu und hielt ihn mit beiden Händen fest. Er stieß sie zurück und rannte in den Regen hinaus, und sie rief ihm lange nach, so lange, bis er wohl das Tor erreicht und die Gitterpforte hinter sich zugeschlagen hatte. Dann schloß sie die Tür, und im Haus war es auf einmal totenstill; man hörte nur noch das Prasseln des Regens.

Vanessa stand wie versteinert da und starrte auf den Boden. P.S. wußte nicht, ob sie weinte, denn er sah nur ihr dunkelrotes Haar mit dem scharf gezogenen Scheitel. Nach einer Weile hob sie den Kopf, und ihr Blick fiel auf P.S. Sie weinte nicht. Schweigend schauten sie einander über die Entfernung hinweg an; Vanessas Gesicht war so ausdruckslos, als hätte sie ihn nie zuvor gesehen. Schließlich näherte sie sich der Treppe und stieg mit schnellen Schritten zu ihm hinauf. Ihr Gesicht war kreidebleich, und am Hals hatte sie ein paar große rote Flecke. Sie wirkte seltsam verändert.

«Hast du gehorcht, P.S.?» fragte sie. Sogar ihre Stimme war anders als sonst, schrill, fast quäkend. «Komm mit.» Sie schob ihn vor sich her in sein Zimmer, wo sie sich auf das Bett setzte und damit gegen die eigenen Anordnungen verstieß.

«Es tut mir leid, daß du diese Szene miterlebt hast», sagte sie. «So etwas wird nicht wieder vorkommen. Er ist ja nun fort, du brauchst also keine Angst mehr zu haben. Wenn es nach mir geht, wirst du ihn nie wiedersehen. Er ist ein schrecklicher Mensch. Ein abscheulicher, gemeiner Kerl. Er hat von jeher versucht, mich zu kränken – schon lange vor deiner Geburt. Ein Glück, daß du heute selbst gesehen hast, wie gemein er ist, denn nun wirst du wohl ermessen können, welchem Schicksal du entronnen bist und wie dankbar du dafür sein mußt. So wäre es bei euch alle Tage zugegangen, wenn deine Mutter am Leben geblieben wäre. Dein Vater ist ein schlechter Mensch.» Merkwürdigerweise klang das wie der Anfang eines Märchens: Es war einmal ein schlechter Vater und eine gute Mutter und ein kleiner Junge …

«Alle Tage hätte es Streit gegeben», fuhr Vanessa fort. «Ist es für deine arme Mutter nicht besser, daß sie tot ist? Und bist du nicht froh, daß ich dich vor ihm beschütze und für dich sorge? Hm?»

Sie redete mit ihm, als wäre er ein Baby – das tat sie sonst nie. Und nun streckte sie sich auch noch auf seinem Bett aus!

«Komm her», murmelte sie mit geschlossenen Augen. «Nimm mich in die Arme und tröste mich. Gib mir einen lieben Kuß.»

Als er unbeweglich stehenblieb, griff sie nach ihm, zog ihn auf das Bett, legte seine Arme um ihren Hals und preßte ihn an sich.

«Hab keine Angst», sagte sie. «Logan kann dich nicht wegholen; du gehörst mir, und ich gehöre dir. Weißt du, ich habe große Pläne, und ich werde nicht dulden, daß Logan sich mir in den Weg stellt. Mach dir keine Sorgen, mein liebster Kleiner, mein Engel.» Sie bedeckte sein Gesicht mit Küssen. «Paß auf, es wird einfach herrlich. Und wenn du erst groß bist und die Schule hinter dir hast – denk nur, was wir dann alles unternehmen können. Auch für mich wird es wunderschön sein, einen Begleiter zu haben, der mit mir ins Theater und in die Oper geht ...»

Wo? In England? Erwachsen und noch immer mit *ihr*?

«Nein», stieß er hervor.

Was hatte Logan gesagt? Wehre dich! Schrei!

«Nein!» schrie er, riß sich los und sprang vom Bett herunter, fort von Vanessa und ihren Küssen. «Ich will nicht!»

Vanessa setzte sich mit einem Ruck auf. Das Haar hing ihr wirr um den Kopf, und das eine Augenlid zuckte ein wenig.

«Ich will nicht!»

«Hat Logan dich aufgehetzt?»

«Ich gehe mit dir nirgendwohin!»

«Hat er dir befohlen, das zu sagen?»

«Nein.»

«Hat er ...»

«Ich fahre nicht mit dem Schiff weg! Ich ... Ich hole die Polizei!»

«P.S., dieser Ton gefällt mir gar nicht.»

«Ich wehre mich mit Händen und Füßen! Ich ...»

«Wir machen ja keine Schiffsreise – vorläufig jedenfalls nicht. Aber sollte es einmal dazu kommen, dann erwarte ich, daß du dich nach meinen Wünschen richtest.»

«Tu ich nicht!»

«Jetzt ist es genug. Bitte, sei still.»

«Nein!»

«Muß ich dir erst eine Ohrfeige geben?»

«Ist mir egal.»

«Hör zu, P.S., ich habe heute schon genug ausgestanden, auch ohne daß du dich so häßlich benimmst.»

«Ich will nicht weg von Lila und George!»

Vanessa saß einen Moment sehr still. Ihr Lid zuckte.

«Hast du das auch zu Logan gesagt?»

«Nein.»

«Doch, du hast es ihm gesagt. Ich weiß es genau. Du hast zu Logan gesagt, daß du lieber bei Lila wohnen möchtest.» Sie packte ihn an den Schultern und schüttelte ihn. «Nicht wahr, das hast du gesagt?»

«Nein.»

«Mein Gott, wie ähnlich du ihm bist. Genauso gemein wie er.»

«Er ist nicht gemein!»

«Setz dich bitte in deinen Sessel. Wir wollen uns mal in aller Ruhe unterhalten.»

«Nein.»

«Wirst du wohl gehorchen!»

Und schon klatschte die Ohrfeige. Das weiße Gesicht war dem seinen sehr nahe; die Augen sprühten grünes Feuer.

Er rannte aus dem Zimmer, zögerte eine Sekunde, als er Diana, die Hände wie im Gebet erhoben, auf der Treppe stehen sah, stürzte dann ins Badezimmer, schlug die Tür zu und verriegelte sie. Gleich darauf ertönten draußen Vanessas Schritte. Nachdem sie vergebens den Türknopf gedreht hatte, klopfte sie einen harten Wirbel.

«Geh weg!» schrie er.

Nun hörte er Vanessa in scharfem Ton zu Diana sprechen, die ihr weinerlich antwortete. Nach einem kurzen Wortwechsel zwischen den beiden wurde es still, bis auf das Absatzgeklapper, das Vanessas Hinundhergehen begleitete. Einmal kam sie an die Badezimmertür und fragte: «Amüsierst du dich gut da drinnen?»

«Geh weg», sagte er, diesmal in ruhigerem Ton. «Ich will allein sein.»

Sie entfernte sich. Er hörte sie das Gästezimmer abschließen. Etwas später kam sie wieder und klopfte leicht an die Tür. «Wir werden ja sehen, wer es am längsten aushält», rief sie, und dann klapperten ihre Absätze die Treppe hinunter. Außer dem eintönigen Rauschen des Regens drang kein Laut mehr an sein Ohr, und er fühlte sich großartig. Jetzt konnte er tun, was er wollte. Er setzte sich auf den Toilettendeckel und überlegte, womit er anfangen sollte. Ach ja, die Wanne ... Er drehte den Kaltwasserhahn auf, und als die Wanne fast bis zum Rand gefüllt war, ließ er die Seifenschale hin und her schwimmen. Ungezogen sein war einfach herrlich. Sie hatte gesagt, er wäre gemein. Schön, jetzt wollte er ihr mal zeigen, wie gemein er sein konnte. Von nun an würde er bei jeder Gelegenheit schreien, strampeln, Radau machen, sich weigern, ins Bett zu gehen, und sich weigern zu essen. Er würde ihr Streiche über Streiche spielen, genauso wie er es sich immer gewünscht hatte. Der wollte er die Suppe versalzen! Staunen sollte sie! Schade, daß er nicht schon viel früher auf die Idee gekommen war. Dabei war es so einfach: Er brauchte nur derart gemein und böse zu sein, daß sie es nicht mehr mit ihm aushielt. Dann schickte sie ihn bestimmt für immer nach Hause, um ihn loszuwerden.

Der Gedanke begeisterte ihn. Er sah sich suchend um, aber in einem Badezimmer konnte man leider nicht viel Unheil anrichten. Schließlich stieg er auf den Schemel und öffnete das Schränkchen, das über dem Waschbecken hing. Es enthielt eine Menge Sachen von Vanessa: Fläschchen und Puderschachteln und irgendein Zeug, mit dem sie ihre Achselhöhlen besprühte, Parfumzerstäuber, Stifte, Nagelscheren und Pinzetten, Badesalz, Zahnpasta, Mundwasser und so weiter. Er nahm Stück für Stück heraus und legte alles auf den Boden. Dann kletterte er auf den Deckel der Toilette, um das Fenster zu öffnen. Es dauerte ziemlich lange, die Flaschen, Schachteln und Tuben eine nach der anderen hinauszuwerfen; als er es endlich geschafft hatte, war er naß von dem hereinsprühenden Regen und auch ein bißchen müde. Obendrein hatte er Hunger. Er schloß das Fenster und setzte sich wieder auf die Toilette. Die Uhr in der Halle schlug zwei. Niemand kam. Im Haus war es still wie um Mitternacht; sogar der Regen hatte aufgehört. Ob Vanessa ausgegangen war – entwichen? Und wo steckte eigentlich Ettie? Mußte denn keiner mal auf die Toilette? Ach, richtig, unten war ja noch eine für Gäste. Was sollte er machen, wenn Vanessa ihn einfach im Badezimmer sitzenließ? Wie lange konnte er das durchhalten? Bis zum Freitag waren es noch zwei volle Tage. Ob man in zwei Tagen verhungerte? Ihm wurde ein wenig ängstlich zumute. Wenn sie nun alle fortgegangen waren und ihn zur Strafe im Hause eingeschlossen hatten? Ach was, er brauchte ja nur zu telefonieren. Aber dann fiel ihm ein, daß Lilas Anschluß gesperrt war, und die Nummer der Nachbarin wußte er nicht. Er schlich auf Zehenspitzen zur Tür und lauschte. Sein Herz klopfte heftig, und daran merkte er, daß er nun wirklich Angst hatte. Vielleicht war es doch nicht sehr klug, gleich derart gemein zu sein – er mußte es ein bißchen verteilen, damit er wenigstens zu essen bekam. Immerhin hatte er in dieser Woche noch zwei Tage Zeit, sich von seiner schlechtesten Seite zu zeigen. Ja, das war ein guter Gedanke. Morgen würde er sich zum Beispiel weigern, in die Tanzstunde zu gehen – oder besser noch, er würde hingehen und dann furchtbar ungezogen sein, der Lehrerin, Miss McDonald, die Zunge herausstrecken und Cynthia Lawson kräftig in den Bauch boxen. Sehr schön. Aber für heute war's wohl genug ...

Er wollte gerade die Tür aufschließen, als er Vanessas Schritte hörte. Sie kam auf das Badezimmer zu, stellte draußen irgend etwas auf den Boden und rief: «Falls es dich interessiert, ich habe dir ein Geflügel-Sandwich und ein Glas Milch gebracht.»

Die Schritte entfernten sich, und das Haus wurde still wie zuvor. P.S. zählte bis zwanzig, bevor er die Tür so geräuschlos wie möglich eine Handbreit öffnete und vorsichtig hinausspähte. Der Teller mit dem Sandwich und das Glas Milch standen an der Wand. Kein Mensch war zu sehen.

Er huschte aus dem Badezimmer, ergriff den Teller und das Glas und wollte damit in sein Zimmer schleichen, als er Vanessa erblickte, die bei offener Tür in ihrem großen, mit gelber Seide bezogenen Lehnstuhl saß und eine Zigarette rauchte. Eine Zeitlang sahen sie einander über den Korridor hinweg unverwandt an.

«Hallo», sagte Vanessa schließlich. «Was ich dich fragen wollte: Kennst du eigentlich die Geschichte von der Schildkröte und dem Hasen? Die beiden hatten sich zu einem Wettlauf verabredet, was allen anderen Tieren ganz sinnlos vorkam, denn jeder weiß, daß der Hase sehr schnell rennen kann, die Schildkröte dagegen überhaupt nicht. Nun wirst du staunen, wie die Sache ausging. Der Hase war so siegessicher, daß er sich unter den Baum setzte und erst mal ein Nickerchen machte, und derweil kroch die Schildkröte ganz gemütlich an ihm vorbei. Sie kam als erste ans Ziel und gewann. Und glaube mir, P.S.: *Ich* bin die Schildkröte.»

Damit schien die Geschichte aus zu sein, und P.S. ging in sein Zimmer. Nachdem er das Sandwich gegessen und die Milch getrunken hatte, wurde er plötzlich so müde, daß er sich ins Bett legte. Im Halbschlaf hörte er Vanessa in ihrem Zimmer leise vor sich hin singen.

Lila deckte den Eßzimmertisch mit Maters bestem Damasttuch, dessen Stopfstellen kaum zu sehen waren, und holte das gute Geschirr aus dem Schrank. Silber war nicht mehr da; sie mußte die einfachen Bestecke auflegen, aber vielleicht merkte Logan den Unterschied nicht. Das Huhn war im Ofen, und sie ermahnte sich zum soundsovielten Male, nicht daran zu denken, was das alles kostete, das Huhn und die paar Meter Kretonne, die sie morgens in fliegender Hast zusammengeheftet hatte, um die Risse des ledernen Sessels darunter zu verbergen. Sie hatte genug andere Sorgen und kämpfte mit Asthmaanfällen, seit Vere sie über Miss Gulf von Logans Ankunft benachrichtigt hatte. Wie im Fieberwahn war sie immer wieder zu der Nachbarin hinübergelaufen, jedesmal mit drei Pence für den Anruf bei Vanessa in der Tasche. Aber Vanessa hatte sich verleugnen lassen; sie war ausgegangen, nicht abkömmlich, unauffindbar, wie das Mädchen oder die Köchin behaupteten. Schließlich war es Lila gelungen, Ettie zu erwischen, die ihr sagte, Logan wohne im Hotel Waratah, und so drang sie zu guter Letzt bis zu Logan vor und hörte mit Schrecken seinen bruchstückhaften Bericht.

In Gegenwart der neugierigen Schwestern Gulf wagte Lila keine allzu deutlichen Fragen zu stellen, und Logans Antworten waren so unbestimmt, daß sie ihn am liebsten sofort im Hotel aufgesucht hätte. Aber davon wollte Logan nichts wissen. Nein, er würde zu ihr kommen, morgen abend zum Tee, und dann könnten sie sich gründlich aussprechen. Inzwischen solle sie unbesorgt sein, er sei ja auf *ihrer* Seite. «Gute alte Lila» nannte er sie, und im Hintergrund hörte sie Stimmengewirr, heiseres Gelächter und das Klimpern einer Ukulele. Offenbar hatte er eine heftige Auseinandersetzung mit Vanessa gehabt und sie aufgefordert, sich zum Teufel zu scheren, doch das verstärkte nur Lilas schlimme Vorahnungen. Die Regenpfeifer hatten ohnehin den ganzen Tag gelärmt.

Als George nach Hause kam, verrieten ihr sein müdes Gesicht und die hängenden Schultern, daß er wieder einmal kein Glück bei der Arbeitssuche gehabt hatte, und so bagatellisierte sie ihre Befürchtungen. In der Nacht aber wurde sie, nach Luft ringend, von Angstträumen gequält. Immer wieder sah sie sich an Bord eines riesigen Schiffes, rannte durch endlose weiße Korridore, suchte P.S., stieß statt dessen auf Logan, flehte ihn an, die Adoptionspapiere zu unterzeichnen, aber dann hatten sie beide nichts zum Schreiben bei sich, und die Papiere wurden in ihrer Hand zu schlaffen Lappen.

Erschöpft und zittrig stand sie im Dunkel des Wintermorgens auf und machte sich an die Arbeit. Sie scheuerte und schrubbte, reinigte den Teppich im Wohnzimmer mit feuchten Teeblättern und kämpfte verbissen gegen ihr Asthma an. George, der sie auf den Knien liegen und Staubflocken hervorkehren sah, sagte ironisch: «Na ja, als erstes wird er bestimmt unters Bett schauen.» Aber dann benahm er sich rührend: Er borgte sich Grindels Unkrautstecher, jätete das Stückchen Rasen im Vorgarten und schwärzte die Stufen vor der Haustür mit Herdfarbe.

Als sie die Margeriten, für die sie einen Shilling geopfert hatte, in Sindens himmelblauer Vase anordnete und in die Tischmitte stellte, überkam sie trotz allem das freudige Lampenfieber der Gastgeberin. Ihr Haus ließ sich zwar nicht mit Etties protziger Villa vergleichen, aber dafür war es ein Heim, in dem ein Mensch wie Logan sich wohl fühlen mußte, und das konnte einen Punkt zu ihren Gunsten ergeben. Sie schüttelte die Sofakissen noch einmal auf, sah nach dem Huhn und nach der Rhabarbertorte, und nun war ihr schon besser. George rasierte sich im Badezimmer.

«Nimm nicht das Gästehandtuch, das ist für Logan!» rief sie im Vorbeigehen.

«Denkst du, ich wische den Boden damit auf?» erwiderte er.

Sie schlüpfte rasch in ihr dunkelblaues Kleid, legte die rosa Wachsperlenkette um und steckte Maters Brosche an. Ein paar Tupfer Rouge, Lippenstift – na ja, was war bei dem typischen Scott-Gesicht und dem Muttermal schon zu machen? Dann, im Wohnzimmer, legte sie die Fotos von P.S. zurecht, die sie Logan zeigen wollte, eine sorgfältige Auswahl glücklicher Augenblicke: P.S. am Strand, P.S. im Zoo, P.S. beim Auspusten der Geburtstagskerzen, P.S., der zusammen mit George auf einem Kamel ritt.

George kam in seinem guten blauen Anzug herein und vertiefte sich sofort in die Zeitung. Er wird wieder mal alles mir überlassen, dachte Lila. Ich muß sehen, wie ich allein mit Logan fertig werde. Armer, lieber George.

Um sechs Uhr öffnete sie die Haustür, um auf die dämmerige Straße hinauszuspähen. Eine neue Sorge begann in ihr zu keimen.

«Er scheint die Fünf-Uhr-dreißig-Fähre verpaßt zu haben», sagte sie.

«Logan wäre nicht er selbst, wenn er pünktlich käme», bemerkte George.

In der nächsten halben Stunde lief sie viermal zur Gartenpforte, um Ausschau zu halten.

«Laß das doch», sagte George. «Ein Topf, auf den man achtgibt, kommt nie zum Kochen.»

«Was meinst du damit?»

«Vielleicht hat er's vergessen.»

«Vergessen!»

«Du hast mir doch erzählt, er hätte am Telefon leicht angesäuselt gewirkt.»

«Ja, aber ... nein, nein, er kann's nicht vergessen haben. Ich hab ihm ausdrücklich gesagt, nimm die Fünf-Uhr-dreißig-Fähre, und er hat's wiederholt, und dann sagte ich, an der Ben Boyd Road mußt du aus der Straßenbahn aussteigen, und er hat sich's aufgeschrieben ...»

«Woher weißt du, daß er sich's aufgeschrieben hat?»

«Es klang so. Er fragte: ‹Wie schreibt sich Ben Boyd?›, und ich hab's ihm buchstabiert. Nein, nein, er kommt. Ich ärgere mich nur, weil das Huhn verschmort, das ist alles.»

Nach einer Pause fügte sie hinzu: «Er muß ja kommen, denn schließlich steht die Zukunft des Jungen auf dem Spiel.»

«Ja, das ist zweifellos Logans größte Sorge», meinte George.

Gleich darauf klappte die Gartenpforte.

«Ich hab's ja gesagt!» triumphierte Lila, lief mit ausgebreiteten Armen in die Diele, um den Gast zu begrüßen, und blieb wie erstarrt stehen, als sie Miss Gulf vor sich sah.

«Telefon, Mrs. Baines.»

«Oh, ist es ein Herr ...? Wir erwarten nämlich ...»

«Ein Mann. Seinen Namen hat er nicht genannt.»

Lila hastete neben der Nachbarin die dunkle, kalte Straße entlang, an erleuchteten Fenstern vorbei.

«Wir waren gerade beim Tee», sagte Miss Gulf.

«Ach, entschuldigen Sie bitte. Aber der Anruf ist bestimmt wichtig.»

«Wir sind Ihnen ja gern gefällig. Es ist nur ... Sie wissen doch, meiner Schwester geht's nicht gut, und jedes Telefonklingeln erschreckt sie. Wenn man nervös ist ...»

«Ich weiß. Es tut mir so leid.»

Keuchend betrat sie Miss Gulfs muffige Diele und nahm den Hörer auf.

«Hallo?»

«Hallo, wer ist da?»

«Lila. Bist du's, Logan?»

«Ach so, Lila.» Er sprach mit schwerer Zunge. «Na, wie geht's denn *dir*?»

«Logan, ist etwas passiert? Von wo sprichst du?»

«Ich sitze mit Vere in Carlton. Hab die gute kleine Vere aufgestöbert, und jetzt trinken wir hier einen Schluck wie in alten Zeiten. Wunderbares Mädchen, die Vere, hat sich kein bißchen verändert ...»

«Logan, das Essen ist längst fertig, und wir warten ...»

«Hallo? Lila? Bist *du* das?»

«Ja, natürlich. Hör doch mal, Logan ...»

«Lila, ich hatte deine Telefonnummer verbummelt, weißt du, und da mußte ich Vere anrufen, und jetzt sitzen wir also im Carlton bei einem Glas ...»

«Logan, sag Vere, daß wir dich ...»

«Tut mir leid, Lila, heute abend wird's nichts mit uns. Ich muß meinen Zug erwischen.»

«Deinen Zug? Was soll das heißen? Den Zug nach Melbourne? Willst du etwa abreisen? Heute noch?»

«Ness hat mir einen Rechtsanwalt auf den Hals gehetzt. Mit 'nem Dokument wegen P.S. Will mich unter Druck setzen, der Kerl. So was kann ich nicht vertragen, Lila. Ich hab ihn hochkant rausgeschmissen. Du weißt ja, ich bin auf deiner Seite. Also mach dir keine ... Moment, Vere sagt gerade was.»

Lila hörte im Hintergrund Veres schrille Stimme. Dann wurde es still; offenbar hatte Logan die Hand auf das Mundstück des Hörers gelegt.

«O mein Gott!» ächzte Lila. «Logan! Logan, bist du noch da? Hallo!»

«Was? O ja, hallo, Lila. Hör zu. Vere meint, wir könnten uns in der Stadt treffen.»

«Ja, aber wo denn? Wo?»

«Am Zug. Wir fahren jetzt gleich zum Bahnhof. Gleis – wie war das, Vere? – richtig, Gleis zwei. Aber erzähl's Ness nicht, hörst du? Ich hab keine Lust, Ness oder ihren blöden Rechtsanwalt zu sehen. Okay?»

«Ich komme sofort.» Mein Gott, auch das noch!

«Eine schlechte Nachricht, Mrs. Baines?»

«Nein, Miss Gulf. Nochmals vielen Dank, und entschuldigen Sie bitte die Störung.»

Sie rannte zurück, stürmte ins Haus, prallte in der Diele mit George zusammen, sprudelte die niederschmetternde Neuigkeit hervor, riß Hut und Mantel aus dem Schrank und schrie: «Wann fährt der Melbourne-Expreß?»

(Und selbst wenn wir's noch schaffen – wie sollen wir uns in so kurzer Zeit wegen der Adoption einigen, noch dazu mit einem Betrunkenen?)

Sie ließen alles stehen und liegen, knipsten nicht einmal das Licht aus, schlugen die Haustür hinter sich zu und rasten zur Straßenbahnhaltestelle.

Auf der Fähre, die entsetzlich langsam dem Circular Quay entgegenstampfte, versuchte Lila ihre Gedanken zu sammeln. Sie bewunderte Georges Gemütsruhe. Er unterhielt sich mit seinem Sitznachbarn über den lebensgefährlich anwachsenden Hafenverkehr: zu viele Überseedampfer, die alle zu schnell einliefen und sich nicht um die Vorschriften kümmerten. Eines Tages, sagte George, würde es einen schweren Zusammenstoß geben. Und das viele Öl verunreinigte die Badestellen ... Er hielt wieder einmal eine Abgeordnetenrede. Lila schwankte zwischen Bewunderung und Erbitterung und war dann fast zu Tränen gerührt, als er am Quay ein Taxi nahm. Der Chauffeur sagte, der Melbourne-Expreß fahre um acht Uhr ab. Die großen Zeiger der Turmuhr standen auf Viertel vor acht, als der Wagen vor dem Hauptbahnhof hielt.

«Bahnsteig eins», brüllte ein Gepäckträger auf Lilas atemlose Frage. Sie eilten in die Halle, die mit ihrer gewölbten Decke und den vielen Nischen einer Kathedrale glich, schlängelten sich durch die Menge, gerieten an den falschen Zugang, dann an den richtigen, verloren einander in der Menschenflut, die aus einem soeben eingetroffenen Zug strömte, fanden sich in der Schlange wieder, die vor dem Bahnsteig eins stand.

Der Mann an der Sperre bellte sie an: «Bahnsteigkarten!»

«Was? Wie?»

«Sie müssen Bahnsteigkarten haben, meine Dame. Schalter vier. Durch den Bogen da drüben und dann links.»

«Warte hier», sagte George.

«Beeil dich!» rief sie überflüssigerweise, denn er rannte schon in wilder Hast auf die ferne Schalterhalle zu. Rannte, wie Lila dachte, für die Fehler eines anderen, für das Kind eines anderen.

Sie spähte durch das Gitter auf den belebten Bahnsteig und versuchte, Logan oder Vere in dem trüben Lampenlicht ausfindig zu machen. Koffer und Postsäcke wurden in den Gepäckwagen verladen, weiter vorn beugten sich Reisende aus den Abteilfenstern und sprachen mit ihren Freunden, die auf dem Bahnsteig standen. Schon wurden Abschiedsküsse getauscht; Nachzügler eilten durch die Sperre. Der Zug ruckte zurück als die Lokomotive angekuppelt wurde. Die kostbaren Minuten verflogen.

«Lassen Sie mich doch durch», flehte sie den Kontrolleur an. «Ich muß unbedingt jemanden sprechen.»

«Nur mit Bahnsteigkarte, meine Dame.»

«Jesus!» Noch nie hatte sie diesen Namen als Fluch gebraucht, aber sie hatte auch noch nie eine so ohnmächtige Wut empfunden. Sie blickte verzweifelt zur Schalterhalle hinüber, sah endlich George im Sturmschritt angelaufen kommen – fast hätte er ein Kind über den Haufen gerannt –, trieb ihn mit heftigem Winken zur Eile an, und dann jagten sie durch die Sperre auf den qualmigen Bahnsteig.

«Siehst du ihn?» rief Lila, während ihr Blick die lange Reihe erleuchteter Abteilfenster entlangglitt.

«Such du rechts, ich suche links», rief George zurück, und sie liefen weiter, musterten die Gesichter an den Fenstern, die Gestalten, die in den Abteilen bereits Proviantkörbchen auspackten, die eng umschlungenen Liebespaare, die weinenden und die tröstenden Leute auf den Bänken des Bahnsteigs. Der Zug schien sich ins Endlose zu erstrecken. Der vorletzte Wagen ... der letzte ... die Lokomotive, von deren feuerspeiendem Rachen sich die Silhouetten schaufelnder Männer abhoben. Ratlos kehrten sie um. Schon wurden die Türen zugeschlagen, als Lila plötzlich ein knallrotes Kleid erspähte.

«Das ist Vere!» schrie sie.

Vere und Logan saßen friedlich auf einer Bank und aßen Kartoffelchips aus einer fettigen Tüte. Neben Logans verbeultem Koffer stand eine Flasche Pilsener.

«Logan!» rief Lila.

Er erhob sich leicht schwankend und starrte sie verwirrt an. Dann brüllte er: «Lila!» stolperte grinsend auf sie zu, hob sie hoch, drückte sie an sich und küßte sie. «Gott segne dich», sagte er mit belegter Stimme, stellte sie auf die Füße und umarmte George. «Guter alter George! Gott segne euch beide. Kommt, trinkt 'nen Schluck mit.»

«Wo habt ihr denn bloß gesteckt?» fragte Vere. Ihr strahlendes Gesicht war gerötet, und sie lachte viel zu laut.

Die vier drängten sich auf der Bank zusammen, und Logan küßte Lila noch einmal.

«Logan, fahr nicht weg...»

«Ist ja noch massenhaft Zeit», meinte er und griff nach der Flasche.

«Fahr nicht heute abend», beschwor sie ihn. «Komm mit uns nach Hause. Wir *müssen* doch alles besprechen.»

«Ist ja noch massenhaft Zeit», wiederholte er.

Vere kramte aus ihrer Handtasche eine Teetasse, die Logan mit Bier füllte.

«So, jetzt trinken wir mal alle 'nen Freundschaftsschluck», sagte er. «Kinder, ist das 'ne Freude, euch wiederzusehen!» Er schlug George aufs Knie.

«Logan, bleib hier. Komm mit uns nach Hause.»

«*O Vater, mein Vater, komm mit uns nach Haus*», sang Logan.

«Er muß der jungfräulichen Königin entwischen», erklärte Vere, und Logan schlang lachend den Arm um sie.

«Ja, muß der jungfräulichen Königin entwischen», bestätigte er. «Jungfräuliche Königin hat Do... Dokumente. Ist aber schon alles in Ordnung. Ich hab's in Ordnung gebracht.»

«Wie denn, Logan? Was hast du unternommen?»

«Herrje, ist das nett, dich wiederzusehen, Lila.»

«Logan, ich bitte dich...»

«Wie geht's dir denn so, Lila?»

«George, kannst *du* es ihm nicht begreiflich machen?»

«Hör mal, alter Freund», sagte George, «es ist wirklich besser, du kommst jetzt mit uns nach Hause.» Er nahm ihn am Arm, und sie standen alle auf.

«*Kathleen, o Kathleen, kehr doch zurück*» sang Logan, leerte die Tasse, riß Vere an sich und wirbelte sie im Walzerschritt herum. Zwei Männer, die aus einem Abteilfenster blickten, wieherten vor Lachen und applaudierten.

«Einsteigen! Türen schließen!» rief eine Stimme, und die Pfeife schrillte.

«Muß jetzt gehen, Süße», lallte Logan und bückte sich unbeholfen nach seinem Koffer. Lila klammerte sich an ihn.

«Logan, wir wollen doch P.S. haben.»

«Ist mir recht.»

«Du mußt dich mit der Adoption einverstanden erklären.»

«Natürlich, Süße. Machen wir alles schriftlich.»

«Nein, nein – du mußt hierbleiben und die Papiere unterschreiben.»

«Kommt nicht in Frage. Kann keine Papiere mehr sehen. Will nichts unterschreiben.»

«*Zurückbleiben! Fertig!*»

«Ich hab Vanessa gesagt, sie soll sich zum Teufel scheren. Sie darf ihn nicht außer Landes bringen. Alles in Ordnung, Süße.»

«Aber das hilft uns doch nicht weiter. Du mußt ihn Vanessa wegnehmen! *Wir* sind seine Eltern ...»

Der Zug ruckte an und setzte sich langsam in Bewegung.

«Paß auf, Lila, ich schreib dir 'nen langen Brief, dann wird die verdammte Sache schon klappen. Verlaß dich drauf, Süße, die jungfräuliche Königin muß ihn rausrücken ...»

«Aber ... großer Gott ... Logan ...»

«Logan, der Zug fährt ab!» kreischte Vere.

Er fuhr herum, griff nach Vere und küßte sie.

«Cheerio, Schätzchen!»

«Cheerio, Schätzchen», gab Vere zurück. «Und immer senkrecht bleiben.»

Logan küßte auch Lila noch einmal, wandte sich taumelnd zu George, sah, daß George Miene machte, ihn zu packen, wich erstaunlich geschickt aus und stolperte auf den fahrenden Zug zu, dessen letzte Abteiltür von einem Schaffner offengehalten wurde. Lila und George stürzten ihm nach, aber der Schaffner faßte ihn hilfsbereit am Arm, zerrte ihn in den Wagen und warf die Tür zu. Gleich darauf beugte sich Logan aus dem Fenster und reichte Lila die Hand.

«Wir schicken dir die Papiere», rief sie, neben dem Zug herlaufend. «Du mußt ihn uns zusprechen – anders kriegen wir ihn nicht!»

Er lächelte, nickte, winkte. «Alles in Ordnung», schrie er. «Ich geh jetzt in den Norden, zum Roper-Fluß. Da gibt's *Gold*, Lila! Ich schick euch massenhaft Geld. Adieu, Lila!»

«Tu etwas, Logan! Um Gottes willen, tu etwas!» Ihre gellende Stimme übertönte das Zischen und Stampfen des Zuges.

Logan, noch immer lächelnd und nickend, glitt schneller und schneller davon, und bald verschmolz sein winkender Arm mit anderen winkenden Armen.

«Tu etwas!» schrie Lila noch einmal. Sie ging langsam weiter und starrte auf die Schlußlichter des Zuges. «Du widerst mich an», stieß sie hervor. «Du mit deinen großspurigen Reden, mit deinen Plänen, aus denen nie was wird ... Nichts hast du erreicht, als daß sie allein gestorben ist.» Sie blieb stehen, wiederholte leise: «Allein gestorben», und eine ihrer untrüglichen Vorahnungen sagte ihr, daß keiner von ihnen Logan je wiedersehen würde.

Sie kehrte um. An Vere vorbei, die noch immer mit tränenüberströmtem Gesicht ins Leere winkte, ging sie zu George, nahm seinen Arm und verließ mit ihm den Bahnhof.

«Ich möchte bloß wissen, was du dir so denkst», sagte die Köchin Ellen grimmig, nachdem sie die letzten Flaschenscherben in den Mülleimer geworfen und den Deckel zugeknallt hatte. Aus ihrem Kinn wuchs ein einzelnes langes Haar, wie P.S. feststellte, der neben ihr im Küchengarten unter dem Badezimmerfenster stand.

«Du weißt hoffentlich, daß die arme Diana deinetwegen vor die Tür gesetzt worden ist», fuhr Ellen fort. Sie sprach sehr laut, damit Jocko, der Gärtner, es hörte. «Reizende Zustände, das muß ich schon sagen, wenn Rotznasen wie du alles tun können, was sie wollen, und wir müssen es ausbaden. Bist du zufrieden mit deiner Heldentat? Ein armes Mädel mit 'nem kranken Vater um ihre Stellung zu bringen! Gar nicht davon zu reden, daß ich jetzt die ganze Arbeit am Hals habe. Darauf kannst du wirklich stolz sein!»

Sie ging ins Haus, schlug die Fliegentür hinter sich zu, und P.S. hörte sie leise vor sich hin schimpfen, während sie mit dem Abwasch klapperte. Gleich darauf ertönte der Summer, und Ellen, zudringlich wie eine Hornisse, erschien hinter dem Fliegendraht.

«Hörst du? Da klingelt die alte Mrs. Bult nach dem Frühstück, und ich muß mit dem Tablett rauf und runter rennen – alles deinetwegen.»

Vanessa knöpfte ihn mit kühler Gelassenheit in seinen Schulmantel.

«Wenn du wieder einmal den Wunsch verspürst, etwas aus dem Badezimmerfenster zu werfen», sagte sie, «dann gebe ich dir geeignete Gegenstände und warne die Leute, in den Küchengarten zu gehen, bevor du fertig bist.» Ihre Bewegungen wurden schneller. «Zufällig waren die meisten Flaschen aus Paris und sind in diesem sogenannten Land nicht erhältlich.» Sie drückte ihm die Mütze auf den Kopf, als korke sie eine Flasche zu, und das tat weh an den Ohren. «Aber dies läuft nur neben der Tatsache her, daß du jemanden ernstlich hättest verletzen können.»

Cynthia Lawsons Mutter nahm ihn im Auto zur Schule mit, wo die Kinder ihn mit Fragen bombardierten. Warum war er gestern so früh abgeholt worden?

«Ich mußte zum Zahnarzt», antwortete er.

«Das ist gelogen», sagte Cynthia.

«Nein.»

«Doch. Und weißt du, was wir in unserem Klub mit Lügnern machen? Die werden noch mal eingeweiht.»

«Halt den Mund», fertigte er sie ab, verbrachte jedoch die Pause vorsichtshalber im Waschraum.

«Feiger Bastard», rief Cynthia, als er wieder in der Klasse auftauchte. «Wir dulden keine Feiglinge in unserem Klub.»

«Na wennschon», erwiderte er. «Wer will denn überhaupt in eurem dämlichen Klub sein?»

Zu Hause fand er all seine Bücherregale leer; auch der funkelnagelneue Doktor-Doolittle-Band war nicht mehr da.

«Vierzehn Tage lang gibt's keine Bücher», verkündete Vanessa. «Und keine elektrische Eisenbahn.» Sie war im Begriff auszugehen und zog sich gerade ihre weißen Handschuhe an. «Du kommst noch sehr gut davon, aber ich bitte mir aus, daß du gründlich über das alles nachdenkst. Und ganz besonders solltest du über die Geschichte von dem Wettlauf zwischen dem Hasen und der Schildkröte nachdenken. Versuche etwas daraus zu lernen.»

Er blickte ihr nach, als sie in königlicher Haltung über den knirschenden Kies zu dem Auto schritt, das vor dem Tor wartete.

«Komm zu mir, mein Liebling», rief Ettie aus ihrem Zimmer, und er gehorchte gern. Ettie saß in einem violetten Morgenrock vor ihrem Frisiertisch und betupfte sich die Schläfen und den faltigen Hals mit Eau de Cologne.

Sie umarmte ihn, und er merkte an den heftigen Atembewegungen ihrer Brust, daß sie weinte.

«Sie ist sehr aufgebracht und beleidigt, mein Lämmchen», stieß sie hervor, «aber das ist nicht deine Schuld – jedenfalls nicht nur deine.» Sie hielt ihn ein wenig von sich ab, und er sah, daß ihr Gesicht rot und verzerrt war. «Und meine Schuld ist es auch nicht», fügte sie in gereiztem Ton hinzu. «Ich will nicht immerzu Vorwürfe hören. Ich will nicht mein Leben lang der Sündenbock sein. Was ist das für eine Art, mich herunterzuputzen, nur weil ich nichts sehnlicher wünsche, als wieder nach Hause zu kommen!»

«Ich möchte auch nach Hause», sagte P.S., aber Ettie hörte nicht hin.

«Verdammt!» rief sie unvermittelt, ergriff eine silberne Haarbürste und schleuderte sie quer durch das Zimmer. Sie zitterte vor Erregung. «Immer soll ich schuld sein. Sie will mich loswerden, das ist alles!»

Damit legte sie den Kopf auf den Frisiertisch und brach in lautes Weinen aus.

«Ach, mein Lämmchen, was sollen wir nur machen?»

Plötzlich hatte P.S. eine großartige Idee. Das war viel besser als «gemein» sein, und es ging schneller.

«Wir könnten entweichen.»

Unten ertönte der Gong, als hätte Ellen an der Tür gelauscht und schlüge nun Alarm. (Die Gefangenen sind entwichen! Alle Straßen sperren!)

«Was?» schluchzte Ettie.

«Wir könnten entweichen», flüsterte er.

Ein zweiter Gongschlag dröhnte durch das Haus, und als er verhallt war, schienen die Wände noch immer vor Grauen zu beben. P.S. sah Ettie und sich selbst in stockdunkler Nacht in schwarzen Mänteln über den Rasen huschen; im Schatten wartete Lila in einer Kutsche, und George saß maskiert auf dem Bock, bereit, die Pferde anzutreiben und mit ihnen allen über Stock und Stein zu galoppieren, bis sie bei Logan in Bacchus Marsh in Sicherheit waren.

Aber nein – so was gab es ja nur in Büchern. Sie mußten fort, solange Vanessa noch nicht zurück war. Unverzüglich, ohne Zeitverlust. In einem Taxi.

Er zupfte Ettie am Ärmel. «Komm doch!»

«Ach, mein gutes Kind –» Ettie griff nach der Kölnischwasserflasche – «niemand kann so ohne weiteres entweichen. Wir sind alle aneinander gebunden – das ist ja das Unglück, mein Lämmchen. Auch du wirst das eines Tages erkennen.»

«Es ist angerichtet, *bitte!*» schrie Ellen von unten.

Na schön, die alte Ettie konnte vielleicht nicht mehr entweichen, weil es bei ihr mit dem schnellen Laufen haperte. Aber er – er war flink wie ein Wiesel.

Ettie schickte ihn hinunter und schloß sich in ihrem Zimmer ein. Er verzehrte seinen Lunch, ohne Ellens wütendes Gesicht zu beachten, und als Mrs. Lawson ihn zur Tanzstunde abholte, ging er widerspruchslos mit, weil sein Plan nun gefaßt war.

Beim Dinner sagte Vanessa in das Schweigen hinein: «Übrigens, falls es dich interessiert, dein Vater ist abgereist.»

Logan war also entwichen. Der wußte Bescheid. Na, warte nur, rief P.S. stumm, während Vanessa sich junge Erbsen nahm und die verdrossene Ellen lächelnd daran erinnerte, daß Mrs. Bult in ihrem Zimmer zu speisen wünschte.

Am Freitagnachmittag war es kalt und windig. Diesmal kam George, um P.S. abzuholen, und als Vanessa ihn auf das Haus zustapfen sah, sagte sie: «Da kommt George. Merk dir, P.S., du kannst ihnen erzählen, was du willst. Mir ist es egal, wie du ihnen den Besuch deines Vaters schilderst. Aber wenn du auch nur einen Funken Verstand hast, dann sprich nicht über die Sache mit dem Badezimmer. Ich an deiner Stelle täte es jedenfalls nicht.»

Die Klingel schrillte, als wäre George wütend. Vanessa lächelte.

«Also auf Wiedersehen am Sonntag. Wir wollen dann ein neues Blatt aufschlagen, ja?» Sie wandte sich zur Treppe. «Ellen, ich bin nicht da.»

«Sie ist nicht da», sagte Ellen zu George.

«Ich werde warten.» George setzte sich auf einen der steifen Stühle, die in der Halle standen. Ellen zuckte die Achseln und ging leise murrend in die Küche zurück.

Nach ungefähr zwanzig Minuten seufzte George tief auf und erhob sich.

«Na, dann komm, mein Junge. Wir werden zu Hause über alles sprechen.»

Lila lag auf der Couch im Wohnzimmer, inhalierte und hörte sich den Bericht des Jungen an. Seit der abendlichen Szene auf dem Bahnsteig hatte sie sich innerlich derart verausgabt, daß sie nichts mehr zu empfinden vermochte als unsägliche Müdigkeit. Sooft sie sich zu konzentrieren suchte, war ihr, als lese sie bei schlechter Beleuchtung ein winzig klein gedrucktes Buch. Sie schloß die Augen und sah die Ereignisse, von denen P.S. sprach, als Groteskfilm ablaufen: Logan und Vanessa bewarfen einander mit Sahnetorten; Venassa – in Polizeiuniform – schlug P.S. mit einem Gummiknüppel nieder; P.S. stand im Badezimmer und warf Parfumflaschen aus dem Fenster, während hysterische Kammerkätzchen kreischend im Garten hin und her rannten.

Lila fühlte sich benommen und hilflos wie in ihren Träumen, wenn das Haus brannte und sie durch Sirup waten mußte, um Löschwasser zu holen.

Sie wollte schlafen, nur schlafen... Aber irgend etwas mußte ja geschehen.

«Hier muß was geschehen», sagte sie zu George, als sie abends, noch immer wie betäubt, das Geschirr spülte. «Ich werde mit Sam Hamilton sprechen.»

George machte eine Bemerkung über Rechtsanwälte und Geld.

«Und zwar aus folgendem Grund...» Lila verstummte, denn es gab so viele Gründe, daß sie keinen herausgreifen, sondern nur dastehen konnte, die Hände in dem tröstlich warmen Abwaschwasser. Es war ja nicht nur eine Frage des Geldes (und das erinnerte sie daran, daß ihr keine andere Wahl blieb, als in den nächsten Tagen einen Untermieter aufzunehmen); nein, es war auch eine Frage der Kampfbereitschaft. So wie ihr im Augenblick zumute war, schien ihr jeder Kampf undenkbar, geschweige denn ein Kampf gegen Vanessa. Sie wünschte sich nichts weiter, als alles zu vergessen, in einem stillen Gebirgsdorf Zuflucht zu suchen und sich von vorn und hinten bedienen zu lassen. Ein Jahr lang nicht denken müssen – wie schön wäre das! Sie verbrachte das Wochenende in einer Art Trancezustand, konnte sich zu nichts aufraffen, verlegte Scheren und ließ Töpfe überkochen.

Der Sonntag schleppte sich dahin. Gegen fünf Uhr ging Lila an den Zaun, und P.S., der mit Winnie auf Grindels Veranda spielte, vernahm den wohlbekannten, verhaßten Ruf: «P.S., wir müssen uns fertigmachen.»

Er kam ins Schlafzimmer, wo Lila auf dem Bett saß und einen Strumpf stopfte, und sie wußte sofort, was er sagen würde.

«Ich will nicht zurück.»

Er schien plötzlich um einen halben Zoll gewachsen zu sein.

Lila legte das Stopfei hin und breitete automatisch die Arme aus, aber P.S. klammerte sich an das Messinggestell des Bettes, offensichtlich bereit, jedem Versuch, ihn fortzuschaffen, mit erbittertem Widerstand zu begegnen. Sein kleines Gesicht zeigte einen so verbissenen, unnachgiebigen Ausdruck, daß Lila das Gefühl hatte, sie sei jetzt das Kind, er der Erwachsene.

«Hör zu, Liebling...» begann sie.

«Ich will nicht zurück.»

«Nur dieses eine Mal noch...»

«Ich will nicht zurück. Ich *will* nicht!»

«Sei doch vernünftig...»

«Ich will nicht!»

«Liebling, ich möchte dir ja nur etwas erklären. Weißt du, was Adoption ist? Das bedeutet, man muß zum Gericht gehen und den Richter bitten, daß er einem das Kind zuspricht. Nun haben George und ich sowieso vor, gleich morgen früh Mr. Hamilton aufzusuchen, unseren Rechtsanwalt, und mit dem gehen wir dann zum Richter...»

«Nein!»

«Herzchen, das ist aber der einzig mögliche Weg. Sobald der Richter sein Urteil gesprochen hat, brauchst du nie mehr zurück.»

«Nein!»

«P.S., wenn du heute schon hierbleibst, bringst du Vanessa nur gegen uns auf, und dann sagt der Richter vielleicht, wir hätten unrecht. Es ist viel klüger, du wartest noch eine Woche – oder auch zwei. Höchstens bis zu den Schulferien.»

«Ich will nicht zurück».

«Warte doch wenigstens, bis wir mit Mr. Hamilton gesprochen haben.»

«Nein.»

(Er wird sich nicht umstimmen lassen. Und ich bin mit meinen Überredungskünsten am Ende. Ich kann ihm nicht länger vorschwindeln, das Ganze sei nur zu seinem Besten arrangiert worden, weil Miss Pile eine feinere Schule hat und so weiter... Er weiß jetzt, was gespielt wird. Er ist kein kleines Kind mehr. So etwas! Er ist kein kleines Kind mehr, und ich habe das bis jetzt gar nicht bemerkt.)

Sie stand auf. Ihre Mattigkeit war verflogen. Mochte nun kommen, was wollte – sie war unsäglich dankbar, daß P.S. ihr die Entscheidung abgenommen hatte.

«Also gut», sagte sie so sachlich, wie man mit einem großen Jungen sprechen sollte. «Aber Vanessa muß es von dir selbst erfahren.»

«Nein», rief er, überlegte kurz und fragte dann: «Warum?»

«Weil sie dir eher glauben wird als mir.»

«Was wird sie mir glauben?»

«Daß es dein eigener Entschluß ist.»

«Dann muß ich also nicht mehr zurück?»

«Nein. Aber ich möchte, daß du es ihr selbst sagst – am Telefon –, damit sie merkt, es ist kein Schwindel, den ich mir ausgedacht habe, verstehst du?» Sie strich ihm das Haar aus der Stirn. «Du mußt ihr zeigen, daß du kein Baby mehr bist und daß es dein eigener Entschluß ist. Willst du das tun?»

Er nickte, und Lila sagte: «Gut, dann wollen wir sie gleich anrufen.»

Sie ging in die Küche, sah, daß George über der Sonntagszeitung eingeschlafen war, blieb einen Moment unschlüssig stehen und nahm dann drei Penny-Münzen aus dem Marmeladenglas auf dem Küchenschrank.

P.S. zog sie mehr zu Miss Gulfs Haus, als daß er sich führen ließ. Nachdem Lila die üblichen Entschuldigungen gemurmelt hatte – ihr Herz hämmerte jetzt wie rasend –, stellte sie die Verbindung her, teilte Ellen mit, sie müsse Vanessa in einer dringenden Angelegenheit sprechen, und vernahm schließlich ein kühles «Hallo».

«Ein unerwarteter Zwischenfall», sagte Lila. «Ich kann nichts dafür, Vanessa. Nein, nein, beruhige dich, er ist wohlauf. Er möchte selbst mit dir sprechen.»

Sie nickte P.S. zu. Er nahm den Hörer und erklärte sehr laut, sehr deutlich: «Ich komme nicht zurück.» Und er fügte hinzu: «Es ist mein eigener Entschluß.»

Das Telefon blubberte. Blubberte und blubberte, so daß Lila die Hand nach dem Hörer ausstreckte, um sich einzuschalten. Aber wieder faßte P.S. einen eigenen Entschluß: Er legte auf.

«Nun weiß sie's», sagte er.

Lila, die ihn anblickte, spürte in diesem Moment alle künftigen Schrekken geballt auf sich zukommen und wurde dennoch von heißer Freude durchflutet.

Drittes Buch

Die Buchstaben auf der schmutzigen Fensterscheibe ergaben die Worte ELTNEG DNA; draußen hasteten die Beine der Passanten durch den Regen, und einmal schaute eine Katze durch das DNA in das muffige Büro hinunter, in dem er und Lila nun schon stundenlang saßen. Es war kalt, obwohl in der Ecke eine große Heizsonne mit einem Drahtgitter über dem glutroten Auge stand. Der Raum roch nach Schule, nach Tinte, Papier und alten Schränken und nach Mr. Gentles Pfeife. Mr. Gentle war noch sehr jung – vierzehn oder fünfzehn, dachte P.S. –; er hatte sprödes gelbes Haar, das ganz kurz geschoren war, und auch auf den Händen wucherte gelbes Haar. Lila schien nicht besonders glücklich über Mr. Gentles Jugend zu sein, denn vorhin, in Mr. Hamiltons Zimmer, hatte sie gesagt: «Er ist so jung, Sam ... Ein erfahrener Rechtsbeistand wäre mir sehr viel lieber.» Mr. Hamilton hatte etwas erwidert, was P.S. nicht verstand, und Lila hatte mit einem Seufzer gesagt: «Nun ja, Bettler dürfen nicht wählerisch sein, aber mit Ihnen würde ich mich viel sicherer fühlen.» Darauf hatte ihr Mr. Hamilton erklärt, er habe drei Scheidungen und die Anfechtung eines Testaments laufen, und Mr. Gentle sei für sie genau der Richtige. «Genau der Richtige», wiederholte er, während er P.S. den Kopf streichelte, und fügte hinzu: «Ich habe deine liebe kleine Mama gekannt, P.S., und wir werden die Sache schon deichseln, mach dir nur keine Sorgen.» Dann war Mr. Gentle erschienen und hatte sie in dieses Büro geführt, das mit Sachen vollgestopft war, fast so wie Veres Zimmer, nur daß es hier gar nichts Interessantes oder Lustiges zu sehen gab. Mr. Gentle setzte sich hinter einen riesigen schwarzen Schreibtisch, der mit Aktenbündeln bedeckt war, rauchte seine Pfeife und begann Fragen zu stellen, die sich samt und sonders auf das Leben in der Villa und auf «Tante Nessie» bezogen. P.S. war sicher, daß sich Vanessa diese Anrede nicht hätte gefallen lassen, und im Geist sah er, wie sie hochaufgerichtet dastand, Mr. Gentle den Gebrauch dieses «albernen» Namens strengstens verbot und ihn zur Strafe ins Bett schickte.

Sooft P.S. eine Frage nicht beantworten konnte und Lila ihm einhelfen wollte, klopfte Mr. Gentle scharf auf den Tisch und sagte: «Bitte, Mrs. Baines! Ich möchte das von dem Jungchen selbst hören.» Mit Kindern kenne er sich aus, erklärte er, denn er habe einen kleinen Sohn namens Bruce.

Dann kam Lila an die Reihe, Mr. Gentle Auskunft zu geben, und P.S. durfte derweil mit einer Glaskugel spielen, in der ein rotes Häuschen war. Wenn man die Kugel schüttelte, wirbelten Schneeflocken um das Häuschen. Mr. Gentle schrieb alles auf, was Lila berichtete; er unterbrach sie jedoch häufig oder schnitt ihr mit einem «Das ist unwesentlich» das Wort ab, und wenn Lila dann sagte: «Oh, ich halte das aber für sehr wichtig», meinte er nur: «Wir werden sehen» oder: «Der Prozeß wird auch ohne das gut für uns ausgehen.»

Der Prozeß. Alles drehte sich um den Prozeß; in letzter Zeit sprachen die Erwachsenen von nichts anderem mehr. Lila hatte P.S. erklärt, daß demnächst eine Verhandlung vor dem Gerichtshof stattfinde, und wenn alles gut ginge, würde der Richter ihn George und ihr für immer zusprechen. P.S. stellte sich den Gerichtshof wie König Arthurs Hof vor, mit rotgoldenen Bannern, funkelnden Rüstungen, Schwertern und einem hohen Thron. Als er sich damit vor Winnie brüstete, lachte sie ihn aus und riß dabei den Mund so weit auf, daß ihre lakritzegeschwärzten Zähne zu sehen waren. Das sei ja alles Quatsch, sagte sie, und höchstwahrscheinlich würde er ins Gefängnis kommen, denn dazu verurteile man die Leute vor Gericht. *Das* wisse sie ganz genau. Er würde im Gefängnis von Long Bay enden, wo schon viele in Ketten schmachteten, bei Wasser und Brot. P.S. widersprach wütend. In seinem Fall konnte ja nichts schiefgehen. Wenn die Gerichtsverhandlung vorbei war, gehörte er wieder zu Lila und George, und alles war in Ordnung.

Trotzdem ... Der Prozeß! So ganz geheuer war ihm die Sache nicht.

Er dachte an den Abend, an dem Vanessa im Auto gekommen war, einen Tag nach seiner Weigerung, zu ihr zurückzukehren. Um die Essenszeit – die Straßenlaternen wurden gerade angezündet – hatte er vom Vorderzimmer aus den großen Wagen heranfahren und vor der Gartenpforte halten sehen. Angstvoll wollte er sich im Wäscheschrank verstecken, aber Lila sagte: «Stell dich nicht so an. Sie kann dich nicht mit Gewalt wegholen.» Er beobachtete aus sicherer Entfernung, wie Lila die Haustür öffnete. Draußen stand ein fremder Herr, schwarzhaarig und schwarz angezogen. Er überreichte Lila einen Brief, den sie sofort las, an den Türrahmen gelehnt und leise keuchend. Dann sagte sie: «Die Antwort ist nein. Richten Sie meiner Schwester aus, daß der Junge nicht zurückkommt.» Der Herr erklärte, diese Eigenmächtigkeit könne ernste Folgen für Lila haben, und es sei außerordentlich fair von Miss Scott, ihr eine letzte Chance zu geben. Lila aber blieb bei ihrem Nein und wollte die Tür schließen. Da sagte der Herr in strengem Ton, wenn Lila «besagtes Kind» nicht binnen achtundvierzig Stunden zurückschicke, werde Miss Scott beim Obersten Gerichtshof die alleinige Vormundschaft beantragen. Nach einer längeren Unterhaltung im Flüsterton band Lila ihre Schürze ab und ging mit dem fremden Herrn zum Wagen. P.S. wartete in dem stillen Haus, lauschte auf das Ticken der Küchenuhr und wünschte inbrünstig, daß George nach Hause kommen und Vanessa vertreiben möge. Es dauerte eine Ewigkeit, bis Lila wiederkam. Sie war sehr blaß und schluckte krampfhaft. «Vanessa möchte dich sprechen», sagte sie, und als er sich an einem Bein des Küchentisches festklammerte, fügte sie hinzu: «Keine Angst, Liebling, ich begleite dich. Du mußt ihr nur noch einmal in Gegenwart des Rechtsanwaltes sagen, daß du nicht zu ihr zurück willst.» So ging er denn mit Lila hinaus, obwohl ihm ein wenig übel war und seine Knie zitterten. Im Auto brannten zwei rosa Lämpchen; die Wagentür stand offen. Neben dem schwarzgekleideten Herrn saß Vanessa, die einen großen Hut aufhatte. Sie beugte sich vor und lächelte P.S. an.

«Hallo», begrüßte sie ihn, und auch er murmelte ein «Hallo».

«Was ist eigentlich los, P.S.?» fragte Vanessa. «So etwas sieht dir gar nicht ähnlich.»

«Ich komme nicht zurück», sagte er. «Es ist mein eigener Entschluß.»

Der schwarzgekleidete Herr flüsterte Vanessa etwas zu. Sie nickte, klopfte mit der langen, schmalen Hand auf den Sitz neben ihr und sagte freundlich: «Weißt du was, P.S.? Setz dich doch einen Moment zu mir, damit wir alles in Ruhe besprechen können.»

Vanessa war sehr freundlich, nicht die Spur wütend, und es tat P.S. plötzlich ein bißchen leid, daß er so gemein zu ihr sein mußte. Sie lächelte, der fremde Herr lächelte, sogar der Chauffeur drehte sich um und lächelte. Alle lächelten ihm ermunternd zu. Er brauchte nichts weiter zu tun, als für einen Moment in den Wagen zu steigen und so nett wie möglich zu erklären, daß er sich nur bei Lila und George zu Hause fühle, und dann war die Sache ausgestanden.

Er setzte den Fuß auf das Trittbrett, aber gerade als Vanessa zugriff, um ihm zu helfen, kreischte Lila laut auf und riß ihn zurück.

«Ich hab's gesehen!» schrie sie den Chauffeur an. Dann, zu Vanessa gewandt: «Ganz genau hab ich's gesehen! Was für ein ekelhafter, schmutziger Trick!»

«Mrs. Baines, mäßigen Sie sich!» mahnte der fremde Herr.

«Er wollte die Tür zuschlagen!» zeterte Lila, und plötzlich fuhren sie aufeinander los wie wilde Katzen – Lila fauchte Vanessa an, und Vanessa fauchte zurück, und ihre Stimmen wurden immer lauter, bis die Nachbarn an den Fenstern erschienen. Die beiden warfen einander schreckliche Beleidigungen an den Kopf – «Kidnapperin» und «Verrückte» –, und zwischendurch sagte Lila zu P.S.: «Lauf ins Haus, ich komme gleich nach.» Er blieb aber hinter der Gartenpforte stehen und sah zu, wie die Leute von allen Seiten herbeiströmten. «Laßt den Jungen in Ruhe!» rief Mrs. Grindel, und jemand anders brüllte: «*Hier* ist er zu Hause!» Wie Flammen zuckten die erregten Stimmen durch das Dunkel, loderten immer von neuem auf, und das Zentrum der Feuersbrunst war der kleine Lichtkreis rings um das Auto, wo Vanessa und Lila haßerfüllt einander beschimpften. «Untersteh dich...» und «Ich verbitte mir...» so ging es hin und her, bis sich der fremde Herr zu Vanessa beugte und auf sie einredete. Plötzlich erlosch das Licht, und der Wagen schoß davon. Ein paar Leute schrien hurra, die Grindels führten Lila ins Haus, und erst nach geraumer Zeit kam jemand auf die Idee, P.S. zu suchen; man fand ihn, noch immer an den Gartenzaun geklammert, inmitten der Hortensienbüsche, wo er sich gerade übergeben hatte.

Seither redeten sie von nichts anderem mehr als von dem Prozeß, und es gab unerwartete Veränderungen. Eines Abends, bald nach dem

Auftritt mit Vanessa, wurde beim Essen viel gemurmelt und buchstabiert, und am nächsten Tag zog Agnes als Untermieterin bei ihnen ein. Sie bekam das Hinterzimmer und schmückte es mit einem Bild, das Jesus darstellte, wie er auf den Wassern der Balmoral Bay wandelte, ganz in der Nähe des Zoos. Wenn Agnes am Küchentisch saß, hielt sie meistens die Augen geschlossen und lächelte, als male sie sich etwas Wunderschönes aus. Einmal sagte sie zu Lila, es sei gar nicht wichtig, wer den Prozeß gewinne, denn die Menschheit werde ja nun bald alles Irdische von sich abschütteln. Lila antwortete mit einem Seufzer: «Mag sein, Agnes, aber deswegen brauchst du nicht schon heute dein Essen eiskalt werden zu lassen.» Agnes strich P.S. über das Haar. «Du unschuldiges Kind, bald wirst du die himmlische Glorie sehen, die dir bereitet ist», sagte sie, und Lila murmelte: «Hoffen wir, daß der *Richter* sie sieht.»

Zu Unterhaltungen mit P.S. hatte Lila in diesen Tagen kaum Zeit. Sie mußte jetzt immer für zweimal kochen, weil George schon um fünf Uhr zu Abend aß und dann zur Arbeit ging. Er war als Nachtwächter in einer Fabrik beschäftigt und gab acht, daß keine Einbrecher kamen. Deshalb wurde auch P.S. tagsüber immer wieder ermahnt, schön leise zu sein, damit er den armen müden George nicht störte, der nach dem Frühstück zu Bett ging und erst nachmittags aufstand. P.S. lebte in einer verkehrten Welt, und dazu paßten die Spiegelschriftbuchstaben auf der Fensterscheibe des Anwaltbüros. ELTNEG DNA.

Mr. Gentle sprang auf, rieb sich die Hände, als wüsche er sie in der kalten Luft, und sagte: «Na schön, Mrs. Baines, wir werden sehen.»

«Aber ich habe Ihnen ja noch gar nicht alles erzählt», wandte Lila ein.

«Das können wir jederzeit im Protokoll nachtragen.»

Lila griff nach Handtasche, Schirm und Handschuhen. «Sind Sie wirklich überzeugt, Mr. Gentle, daß wir Aussichten haben?» fragte sie ängstlich.

Mr. Gentle sah ihr kühn ins Auge. «Meines Erachtens sind wir durchaus berechtigt, optimistisch zu sein, um so mehr, als unser Richter wahrscheinlich Mr. Hay-Piggott sein wird.»

«Ja? Wie ist er denn?»

«Stahlhart, aber gerecht – sehr gerecht. Und er hält große Stücke auf Sam Hamilton. Sie sind beide im *Rose Bay Golf Club*.» Als Mr. Gentle den Hoffnungsschimmer auf Lilas Gesicht sah, fügte er lachend hinzu: «Das könnte allerdings auch ein Nachteil für uns sein – manchmal wirkt sich so eine Klubbruderschaft katastrophal aus. Na, wir werden sehen, wir werden sehen.» Er sauste strahlend zur Tür und sagte beim Öffnen: «Die übrigen Zeugen habe ich bereits zu mir gebeten.»

Im Vorzimmer saß Diana. Sie hatte einen grünen Regenmantel an und bemühte sich, ihre großen Hände hinter einer kleinen Ledertasche zu verbergen. «Hallo, Master Marriott!» rief sie. Freudig überrascht lief P.S. auf sie zu, und Lila begann: «Wir sind Ihnen so dankbar, daß

Sie...» Aber sogleich trat Mr. Gentle dazwischen, murmelte etwas von «unbeabsichtigtem Zusammentreffen», scheuchte Diana lachend vor sich her in sein Büro und schlug die Tür zu.

Als sie in den Regen hinaustraten, fragte P.S.: «Gehen wir jetzt zum Gerichtshof?»

«Heute noch nicht», antwortete Lila. «Aber wenn es soweit ist, wird Mr. Gentle mit dem Richter sprechen und alles in Ordnung bringen.»

Und ihr Gesicht sagte: Hoffentlich schafft er's ...

«Hoffentlich schafft er's», sagte Lila zu George, während sie die Thermosflasche und ein Päckchen Tomatenbrote in seinen Proviantbeutel schob. «Er behauptete... also zumindest nahm er an, der Richter würde auf unserer Seite sein, weil er mit Sam Hamilton gut befreundet ist.»

«Na, ich weiß nicht...» brummte George. «Zu schade, daß Sam sich nicht selbst um den Fall kümmern kann. Dieser Gentle scheint mir ein recht grünes Bürschchen zu sein.»

Hoffentlich schafft er's, dachte Lila später, als sie P.S. mit seinem neuen Freund – Alan von gegenüber – im Wohnzimmer lachen hörte. Sie suchte die nagenden Zweifel zu verscheuchen, indem sie alle positiven Faktoren aufzählte. Aber die Stimme, die im Untergrund ihrer Gedanken dieses lasche «Hoffentlich schafft er's» flüsterte, wollte nicht verstummen.

«Ich hatte heute eine herrliche Offenbarung», sagte Agnes, während sie ihren Dreispitz abnahm.

«Ach, wirklich?»

«Ja, und ich wäre dir dankbar, wenn du zuhörtest, statt dauernd im Herd herumzustochern.»

«Ich höre ja zu.»

«Heute nachmittag hat Sinden im Tempel zu mir gesprochen... Lila, du hörst *nicht* zu.»

«Doch, aber ich muß den Kartoffelauflauf rausnehmen.»

«Wenn dir ein Kartoffelauflauf wichtiger ist als meine Offenbarung...»

«Gewiß nicht. So, da steht er. Jetzt bin ich ganz Ohr.»

«Danke. Ja, heute nachmittag als ich gen Jerusalem blickte...»

«In diesem Regen?»

«Lila, wenn du nicht willst, daß ich dir von meiner...»

«Verzeih. Bitte, sprich weiter.»

«Als ich gen Jerusalem blickte, vernahm ich plötzlich Sindens Stimme, ganz klar und deutlich.»

«Ach, und was hat sie gesagt?»

«Das will ich dir ja gerade erzählen, also unterbrich mich bitte nicht dauernd. Sinden sprach zu mir. Sie wünscht, daß ihr beide, du und George, den Prozeß gewinnt... Nun, hast du *dazu* nichts zu sagen?»

«Du hast dir doch jede Unterbrechung verbeten.»

«Hoffentlich bist du dir über die Wichtigkeit dieses Ereignisses im klaren. Es handelt sich hier um Tatsachen, nicht etwa um Hirngespinste. Sinden wünscht ausdrücklich, daß P.S. mit dir und George zusammen ist, wenn der Tag kommt.»

«Welcher Tag?»

«Der *Tag,* Lila! Barmherziger Himmel, da fragst du noch?»

«Ach so, *den* Tag meinst du. Entschuldige, ich habe im Moment nicht daran gedacht.»

«Ich kann dir nur raten, immer daran zu denken. Sinden ist durchaus dagegen, daß P.S. den Tag an Vanessas Seite erlebt, und deshalb hat sie mich gebeten, vor Gericht zu euren Gunsten auszusagen.»

«Aha.»

«Ich habe es ihr versprochen. Ich habe ein feierliches Gelöbnis abgelegt.»

«Sehr schön. Die Sache ist nur so, Agnes . . .»

«Ich werde meine Aussage zu Protokoll geben, und darüber hinaus bin ich entschlossen, vor Gericht zu erscheinen und eure Sache zu verfechten. Jawohl, das werde ich tun.»

«Wie lieb von dir, Agnes. Aber . . .»

«Von ‹lieb› kann hier keine Rede sein, Lila. Du solltest dich endlich einmal von dieser irdischen Betrachtungsweise frei machen. Es handelt sich um *Sindens* Wunsch. Das werde ich dem Richter klipp und klar auseinandersetzen.»

«Äh – hm. Ja, weißt du, Mr. Gentle meint, wir hätten schon genug Zeugen: George und Vere und das Dienstmädchen und Mrs. Grindel und . . .»

«Sie sind alle nicht in Kontakt mit dem höchsten Gipfel, wie ich es bin.»

«Natürlich nicht, aber . . . Agnes, du schätzt Rechtsanwälte und Richter nicht ganz richtig ein.»

«Ich bin über Rechtsanwälte und Richter genau im Bilde. Schließlich bin ich ja kein Dummkopf, Lila. Ich habe vor Tausenden von Leuten gesprochen, hier und in Seattle. Wenn du mich auch für einen Niemand hältst . . .»

«Das tue ich gar nicht, Agnes. Nur . . . sieh mal, wir alle wissen, wie ernst es dir mit deinem Glauben ist, aber fremde Leute könnten . . .»

«Was, bitte?»

«Sie könnten deine Ansichten ein *bißchen* . . . seltsam finden.»

«Was sollte daran seltsam sein?»

«Nun . . .»

«*Ich* bin seltsam. Ich bin närrisch. Nicht wahr, so meinst du es doch?»

«Das habe ich nicht gesagt, Agnes.»

«Aber du denkst es. Ihr alle denkt es – außer Sinden, die es besser weiß und mir von jeher mehr Liebe entgegengebracht hat als ihr anderen. Sie saß und lauschte, wenn ich sprach. Damals war sie noch nicht in allem meiner Meinung, aber sie hörte wenigstens zu. Habt ihr euch je zu dieser einfachsten Höflichkeit bequemt? Was wißt ihr also von mir und meinem Lebenswerk? Wenn du nur skeptisch wärst, Lila – aber nein, du bist auch heuchlerisch. Ins Gesicht nennst du mich ‹liebe Agnes›, und hinter meinem Rücken lachst du über mich ...»

«Liebe Agnes, das ist wirklich nicht ...»

«Ich habe oft genug gehört, wie du zu anderen spöttische Bemerkungen über mich machtest; ich habe gesehen, wie du George zublinzeltest, wenn du dachtest, ich merkte es nicht ...»

«Himmel, nie habe ich ...»

«Leugne es nicht ab, Lila, dadurch beleidigst du mich erst recht. Ich will dir eines sagen: Mir ist es egal, wenn man mich auslacht. Das ist einer der Unterschiede zwischen dir und mir. Mich hat es nie gekränkt, um meines Glaubens willen als lächerliche Figur zu gelten. Größere Menschen als ich sind verhöhnt und verachtet worden. Und wenn sich der ganze Gerichtshof vor Lachen die Seiten hielte ...»

«Oh, paß auf, du stößt den Hut in die Butter! Gib her, ich hänge ihn ...»

«Hör mir jetzt zu, Lila! Kein noch so lautes Gelächter könnte mich aus der Fassung bringen, weil Mater mich einmal – vor vielen, vielen Jahren – sehr grausam ausgelacht hat. Damals habe ich geweint, aber zum letztenmal, Lila zum allerletztenmal. Denn Maters Spott war das Schlimmste, was mir geschehen konnte, und wenn man das Schlimmste hinter sich hat, fürchtet man nichts mehr. Ich bin furchtlos. Menschen können mir nichts mehr anhaben. Du dagegen – du fürchtest alles.»

«Dummes Zeug!»

«Schon als kleines Mädchen warst du so. Du tust mir leid.»

«Aber jeder fürchtet doch irgend etwas.»

«Mag sein, nur überträgt nicht jeder seine Ängste auf andere.»

«Was soll das nun wieder heißen?»

«Nun, du hast zum Beispiel George deine Angst eingeimpft, bis er ...»

«Niemals!»

«O doch. Immer, immer hast du dich gesorgt und geängstigt. Denk nur an die Wahl. Deine ständige Rede war: Wenn er nun *nicht* gewählt wird? Natürlich wurde er nicht gewählt!»

«Das hatte doch nichts damit zu tun, daß ich ...»

«Dann wieder hieß es: Vielleicht findet er nie mehr eine Stellung? Und jetzt fragst du dich unablässig, wie lange er sie behalten wird.»

«Haha. Die Wirtschaftskrise ist wohl auch meine Schuld, wie?»

«Schiebe nicht alles auf die äußeren Umstände, Lila. Als es euch gut ging, warst du genauso kleinmütig. Jedes Stück Packpapier, jede Schnur hast du aufbewahrt, für den Fall ...»

«Wenn man nicht mal mehr sparsam sein darf ...»

«Immer verzagt, immer negativ. Zweifelsucht aber ist ansteckend, und so begann auch George an sich zu zweifeln. Oh, ich habe es genau beobachtet. Ich habe gesehen, wie sich die Veränderung in ihm vollzog. Er war ein positiver, selbstbewußter Mensch, bis du ihn mit deinem ewigen Gejammer und deinem Gerede von bösen Vorzeichen zermürbt hast. ‹George, du bist unter einer Leiter durchgegangen!› – ‹George, hör doch die Regenpfeifer!› Kein Wunder, daß er in Apathie verfallen ist. Und nun machst du es mit P.S. ebenso.»

«Das ist wohl das Ungerechteste, was ich jemals ...»

«Genau dasselbe machst du mit P.S.»

«Würdest du mir das bitte etwas näher erklären?»

«Du hast den Streit mit Vanessa heraufbeschworen.»

«Oh, ganz gewiß. Selbstverständlich habe ich nichts sehnlicher gewünscht als all diesen Ärger.»

«Lila, du hast Angst vor Vanessa, und schon lange vor ihrer Rückkehr hast du P.S. deine Angst eingepflanzt. Nun, die Saat ist üppig aufgegangen.»

«Mein Gott, wenn du nur wüßtest, wie fair ich war! Nie habe ich zu P.S. ein Wort gegen Vanessa gesagt.»

«Weil es gar nicht mehr nötig war.»

«Weißt du überhaupt, was in der Villa vorgegangen ist? Weißt du, was das Hausmädchen uns erzählt hat? Der Junge mußte sich im Badezimmer einschließen, um ihr zu entrinnen! Tut ein Kind so etwas, weil *ich* eine furchtsame Natur bin?»

«Deine Angst hat den Stein ins Rollen gebracht.»

«Eine Frage, Agnes: Auf wessen Seite stehst du eigentlich?»

«Auf der des Herrn.»

«Tatsächlich? Du redest, als hieltest du zu Vanessa.»

«Nein. Aber sei nicht so sicher, daß du völlig recht hast und Vanessa völlig unrecht.»

«Sicher ist nur eines, Agnes – wir brauchen deine Zeugenaussage nicht.»

«Ich richte mich nach Sindens Anweisungen, nicht nach deinen. Morgen früh gehe ich zu eurem Rechtsanwalt und sage ihm das.»

«Tu's nur, tu's! Mr. Gentle wird dir daraufhin sagen, daß du verrückt bist! Daß du ins Irrenhaus gehörst!»

Kaum waren die Worte heraus, da schämte sich Lila ihres häßlichen Keifens und ergriff vor Agnes' Märtyrerblick die Flucht. Vorbei an P.S., der neugierig durch die angelehnte Hintertür spähte, lief sie auf den Hof.

Verrückt! Wie konnte sie dem armen Ding so etwas Grausames ins Gesicht schleudern – ihrer Schwester Agnes mit den jämmerlichen Kleidern, den abgetragenen Schuhen, den kalten Händen und dem gläubigen Herzen. Mochte Agnes' Glaube auch unsinnig sein, so war er doch durch eine unwandelbare Zuversicht geadelt und in der Kraft seiner Verrücktheit vielleicht wirklich imstande, jegliche Logik zu besiegen.

«Sie ist verrückt», sagte Lila in die Krone des Pfefferbaumes hinauf. «Total verrückt», teilte sie dem Abendstern mit, der kalt am Himmel blinkte. Es war einfach lächerlich, sich in Debatten mit Agnes einzulassen und sich obendrein über ihre Behauptungen aufzuregen.

Und doch ... Und doch ...

Angenommen, Agnes hatte in ihrer Verdrehtheit den Nagel auf den Kopf getroffen? War es möglich, daß all den Enttäuschungen und Fehlschlägen der letzten Jahre dieselbe geheime Ursache zugrunde lag? Lila mußte sich eingestehen, daß Angst und Aberglaube von jeher ihr Leben beeinflußt hatten. Verschüttetes Salz, zerbrochene Spiegel, von der Wand gefallene Bilder, Hüte auf dem Bett, der Anblick dreier Nonnen – das alles hatte sie schon als Kind in Panik versetzt und Anlaß zu manchem Familienwitz gegeben. Aber was hatte das mit Georges vereitelten Hoffnungen zu tun? Wie konnte ihre Ahnung kommenden Unheils den Tod ihrer Schwester bewirkt haben? Sinden wäre auf jeden Fall gestorben, und George war nur deshalb nicht gewählt worden, weil er für die Prohibition eintrat, obgleich jeder wußte, daß sie sich in Amerika nicht durchgesetzt hatte. Nichts, was Menschen dachten oder befürchteten, hatte jemals Vanessas Persönlichkeit verändern können. Wie also kam Agnes zu der Behauptung, nur Lilas abergläubische Angst habe den Kampf um P.S. heraufbeschworen? Ach nein, die traurige Wahrheit lautete anders: Ein Fehlschlag zieht andere nach sich, und über kurz oder lang hinterläßt das Mißgeschick seine Spuren, prägt sich im Gesicht aus, im Gang, in der Stimme. Kein Kleid täuscht darüber hinweg; die demütigende Wahrheit bleibt niemandem verborgen, besonders nicht einem Richter. Aber warum sollte das ihre Schuld sein? Es war ungerecht. Nie war ihr Gerechtigkeit widerfahren, soweit sie zurückdenken konnte.

«Ungerecht», sagte sie laut. «Ungerecht.» Sie preßte die Hände auf den Mund und weinte wie ein Kind.

Vanessa hatte sich für ihren fünften Besuch beim Rechtsanwalt fertiggemacht und verließ ihr Zimmer. Während sie rasch auf die Treppe zuging, wandte sie bewußt den Blick von der Zimmertür des Jungen ab. Seit P.S. fort war, hatte sie den Raum nicht mehr betreten, und sie erlaubte auch nicht, daß Elsie, das neue Dienstmädchen, dort Staub wischte. Irgend etwas sagte ihr, es heiße unbekannte Götter herausfordern, wenn sie allzu fest an ihren Sieg glaubte und das Zimmer für die Rückkehr des Jungen bereithielt. Sosehr sie sich über diese uncharakteristische Schwäche wunderte und ärgerte, sie hatte der abergläubischen Regung dennoch nachgegeben, das Zimmer abgeschlossen und den Gedanken daran aus ihrem Kopf verbannt. Seither rottete sie jeden Zweifel, der sich hervorwagen wollte, so energisch aus, wie sie etwa eine Küchenschabe zertreten hätte. Warum sollte sie auch zweifeln? Sie hatte ja Mr. Hood, und Mr. Hood war ihr von keinem Geringeren empfohlen worden als von Mr. Lawson, dem Präsidenten der Englisch-Schottisch-Australischen Bank. Schon bei ihrem ersten Besuch war Vanessa stark beeindruckt gewesen von Mr. Hoods ruhigem, luxuriösem Büro, von seiner Kleidung – schwarzer Maßanzug und dezent gemusterte schwarze Seidensocken –, von seiner sonoren, redegewohnten Stimme, die keine Spur des verhaßten australischen Akzents aufwies, und vor allem von der vertrauenerweckenden Überlegenheit, die er ausstrahlte. («Wiederholen Sie das doch bitte, Miss Scott. Aha. Hochinteressant!») In der fahlen Morgendämmerung, wenn der Zweifel die Oberhand zu gewinnen drohte, pflegte Vanessa ihre Gedanken auf Mr. Hood zu richten und sich wollüstig der Erinnerung an seine klangvolle Burgunderstimme und seine massive Zuversicht zu überlassen. Sie fing an, sich auf die Besuche in seinem Büro zu freuen, suchte sie unauffällig zu verlängern. («Irgend etwas wollte ich Ihnen noch sagen; was war es nur?» – «Überlegen Sie in aller Ruhe, Miss Scott, ich habe es durchaus nicht eilig.») Sie schleppte kleine Kostbarkeiten mit sich nach Hause – gewisse Blicke, ein plötzliches strahlendes Lächeln –; manchmal ertappte sie sich dabei, daß sie wie festgewurzelt mitten in einem Zimmer stand und auf den Teppich starrte, in köstliche Reminiszenzen verloren. Einmal, als sie nach einer Unterredung mit Mr. Hood im Begriff war, zu gehen, und sich die Handschuhe anzog, fiel ihr Blick auf eine große silbergerahmte Fotografie, die seinen Schreibtisch schmückte und eine fischäugige, unmodern gekleidete Dame darstellte. «Ihre Frau?» fragte Vanessa beiläufig. Mr. Hood antwortete nur mit einem kurzen Ja, warf ihr aber dabei einen Blick zu, der ihr Herz zum Erzittern brachte. Unfähig zu sprechen, von Wonneschauern durchrieselt, nahm sie sein stummes Eingeständnis lang erduldeter Qualen entgegen.

Heute hatte sie ihm zu Ehren das elegante blaue Patoumodell und dazu die Lapislazuli-Kette gewählt. Sie betrachtete ihr Gesicht eingehend im Spiegel, experimentierte mit Ohrringen, schwankte zwischen diesem oder jenem Parfum, beschloß, auf Wimperntusche zu verzichten, und entglitt unversehens in eine Traumwelt. Nebelhafte Gestalten wogten durcheinander; eine trat aus dem Dunst hervor, und es war Mr. Hood, aber ärgerlicherweise mit Logans Gesicht ... Sie stand hastig auf und schüttelte sich wie eine nasse Katze, um die absurde Vision zu verscheuchen. Dafür durchströmte sie nun ein Gefühl angenehmer Erwartung und stolzer Eitelkeit, wie sie es seit Jahren nicht mehr empfunden hatte. Mater, für einen Moment aus dem Grabe heraufbeschworen, sagte mißmutig: «Eines muß man Ness lassen – sie ist von euch allen die schönste.»

Ja, und ich habe mich gut gehalten, teure Mater. Kaum eine Falte, noch kein graues Haar, und ich verstehe meine Kleider zu tragen – also vielen herzlichen Dank, daß du mich damals zu Ettie geschickt hast, obgleich du genau wußtest, daß sie eigentlich Vere haben wollte. Deine Abneigung gegen mich ist mir im großen und ganzen sehr zum Vorteil ausgeschlagen, liebe Mater. Ich habe im Leben mehr erreicht als die vier anderen zusammen – hoffentlich siehst du's und ärgerst dich schwarz! Zu schade, daß du tot bist! Wie gern würde ich dir so einiges unter die Nase reiben und das salbungsvolle Kirchenlächeln von deinem Gesicht wischen. Du mit deiner scheinheiligen Güte! Du mit deiner bewundernswerten Lila, die mir dauernd als Beispiel vorgehalten wurde! «Lila ist wirklich rührend; sieh nur, Ness, was sie mir für ein hübsches Parfumfläschchen mitgebracht hat.» – «Lila hat mir den Rücken massiert, Ness.»

– «Lila hat sich mit einem reizenden Mann verlobt, Ness; hoffentlich triffst du es auch mal so gut.» Und alles nur, weil Pater mich lieber hatte als dich ... War das nicht der wahre Grund, Mater? Bitte beantworte diese Frage meines Rechtsanwalts Mr. Hood ...

Was?

Ach so, Elsie, das zwergenhaft kleine Hausmädchen, stand an der Tür. Miss Scott möge die Störung entschuldigen, aber das Auto sei vorgefahren.

Vanessa ließ die arme, wohlmeinende Mater ins Grab zurücksinken, nahm ihre Krokodilledertasche und ging rasch, ohne einen Blick auf die Zimmertür des Jungen zu werfen, über den Korridor zur Treppe.

«Mrs. Bult wird heute allein essen», sagte sie zu der feindselig dreinschauenden Ellen und fragte sich gleichzeitig, ob es sehr klug von Mr. Hood gewesen sei, diese Frau als Zeugin zu benennen. Doch dann vergaß sie vor Schreck alles, denn im Salon fand sie Ettie platt auf dem Teppich liegen.

«Mein Gott», rief sie, ließ ihre Handtasche fallen und kniete sich hin, um nach Etties Herzen zu fühlen. Aber da hob Ettie schon den Kopf und lachte.

«Bin bloß gestolpert.»

«O Gott, hast du dir weh getan? Vorsichtig, leg den Arm um mich, so, und nun streck dich auf dem Sofa aus ... Ettie, also wirklich, ich könnte dich prügeln! Hältst du so dein Versprechen? Dabei bist du doch wochenlang brav gewesen. Und jetzt ... Am hellichten Mittag, es ist ja noch nicht mal ein Uhr!»

Vanessa ging zur Tür und schloß sie geräuschlos, denn die neugierige Elsie polierte in der Halle mit betontem Eifer an einem Tisch herum.

«Ich bin so durcheinander, Ness.»

«Das kann man wohl sagen! Stell dir nur vor, du müßtest heute vor Gericht erscheinen! Was hätten wir dann tun sollen? Du weißt doch, wieviel für uns auf dem Spiel steht. Ganz abgesehen davon, daß du deiner Gesundheit schadest.»

«O Ness ...»

«Versuch gar nicht erst, dich zu entschuldigen. Damit ist es nicht getan.»

«Ich denke nicht dran.»

«Woran?»

«Mich zu entschuldigen.»

«Ettie!»

«So ist es aber.»

«Wie redest du denn auf einmal?»

«Ich will nicht mehr.»

«Nicht mehr trinken? Das möchte ich stark hoffen.»

«Vor Gericht aussagen.»

«Was?»

«Ich will nicht vor Gericht aussagen.»

«Was soll das heißen, Ettie?»
«Ach Ness, Ness ...» Tränen flossen über das alte Gesicht; der kleine Mund zog sich faltig zusammen.
«Also bitte, Ettie, heraus mit der Sprache. Was ist passiert?»
«Nichts ist passiert. Ich glaube nur, daß wir im Unrecht sind.»
«Du meinst, *ich* bin im Unrecht, nicht wahr?»
Stummes Nicken. Ganz wie P.S. Nicken und stoßweises Atmen. Nasses, verknäultes Taschentuch. Süßlicher Sherrygeruch.
«Ich bin also im Unrecht, und Lila ist im Recht, ja?»
«Woher weißt du denn, daß er zu dir zurück will?»
«Weil es so ist.»
«Zu mir hat er aber gesagt ...»
«Natürlich bietet Lila ihren ganzen Einfluß auf, um ihn ...»
«Laß uns entweichen.»
«Sei doch vernünftig, Ettie. Vorläufig müssen wir ...»
«Nein, das hat er zu mir gesagt, Ness.»
«Wann?»
«Als er das letzte Mal hier war. Ich war traurig, krank vor Heimweh, und du hattest mich gerade kühl abgefertigt – sehr, sehr kühl. Das tat mir so weh ...»
«Was hat P.S. gesagt?»
«Er kam zu mir ins Zimmer und sagte: ‹Ettie, laß uns entweichen.›»
Entweichen! Das Wort traf Vanessa wie ein gutgezielter kleiner Stein. Vor ihrem inneren Auge tauchte ein Bild auf: der Richter, der das Urteil zugunsten Lilas verkündete. Erst nach Sekunden gelang es ihr mit gewaltiger Willensanstrengung, sich ganz auf den Gedanken an Mr. Hood zu konzentrieren und damit ihre Zuversicht wiederzugewinnen.
«Unsinn!»
«Er hat's aber gesagt!»
«Kinder reden in der Aufregung alles mögliche.»
«*Ich* war aufgeregt, er gar nicht.»
«Du wirst ihn mißverstanden haben. Er hat bestimmt nicht gemeint, daß er von *uns* fort will.» Und doch – wenn Lila irgendwie von dieser wirren Geschichte hörte, wenn ihr Rechtsanwalt die Sache geschickt aufbauschte ...? «Ettie, vergiß diesen Vorfall und erwähne ihn nie mehr. Sprich zu keinem Menschen darüber.»
Ganz unerwartet lachte Ettie laut auf. «Nicht weitersagen!» In dem grotesken Versuch, Vanessas Lächeln nachzuäffen, entblößte sie ihre kleinen gelblichen Zähne. «Nicht weitersagen, Ettie. Erzähl's vor allem nicht Mr. Hood.»
«Mr. Hood kannst du erzählen, was du willst.»
«Vielleicht tu ich's.»
«Bitte sehr.»
Vanessa erhob sich majestätisch und schritt zur Tür. Ein wütendes Gemurmel bewog sie, sich umzudrehen.
«Sagtest du etwas, Ettie?»

«Ich habe gesagt: Wie kannst du wagen, mich so zu behandeln?»

Ettie glich jetzt einer alten Stoffpuppe mit zerraufter Perücke und klumpig gewordener Kapokfüllung, aber die blauen Glasaugen sprühten ebensolche Funken wie das pendelnde Brillantherzchen. Unsicher, leicht schwankend ging sie auf Vanessa zu, die ihre Hände ergriff, um sie zu stützen.

Nach einigen Sekunden verblüfften Schweigens fragte Vanessa: «Wie behandle ich dich denn?»

«Ich habe genug», stieß Ettie hervor.

«Wovon?»

Ettie entzog sich ihr mit einem Ruck, hob stolz das strubbelige Köpfchen und setzte die Miene einer indignierten Herzogin auf. Mit der Würde der Beschwipsten erwiderte sie langsam, um deutliche Aussprache bemüht: «Ich habe genug davon, daß ich hier nur noch Statistin bin.»

«Aber Ettie!»

«P.S., P.S., P.S.!» Ettie knickste tief vor einem unsichtbaren P.S., so lange, bis sie das Gleichgewicht zu verlieren drohte und Vanessa rasch zupackte, um die taumelnde Gestalt zu einem Sessel zu führen.

«Ettie, Liebste, dieser Vorwurf ist wirklich nicht berechtigt. Du hast doch nie hinter P.S. zurückstehen müssen.»

Wie dumm von mir, dachte Vanessa. Wie ungeschickt, all die kleinen Anspielungen einfach zu überhören. Kinder sind nun mal eifersüchtig, und sie ist ja nichts weiter als ein sehr altes Kind. Deshalb hat sie sich diese Geschichte aus den Fingern gesogen. Entweichen – das Wort klingt so unecht, daß es nur von ihr stammen kann. Genauso hat sie sich in Paris benommen, als ich diesen netten Engländer kennenlernte. Eine hysterische Szene nach der anderen. Damals machte es mir nichts aus, es war ohnehin nur ein harmloser Flirt; aber jetzt... Lieber Gott, was soll werden, wenn sie gerade jetzt gegen mich aufmuckt?

«Ettie», sagte sie beschwörend, «P.S. ist mein *Mündel*. Das ändert doch nichts an *unserer* Beziehung. Du hast für mich immer an erster Stelle gestanden.»

«In letzter Zeit nicht mehr.»

«Wie kannst du nur so etwas denken?»

«Alle meine Bekannten haben es gemerkt.»

(Was mag sie ihren Bridge-Freundinnen erzählt haben? Diesen Klatschbasen und Kränzchenschwestern?)

«Ettie, Liebste, du solltest jetzt etwas essen und dich dann für ein Stündchen hinlegen.»

«Ich will nichts essen. Ich will mich nicht hinlegen. Warum denn hinlegen? Ich bin nicht krank. Glaubst du, ich wäre krank, oder was? Ich bin kein Kind mehr!»

«Ettie...»

«Kommandiere P.S. herum, wenn es dir Spaß macht. Mir hast du nichts zu befehlen.»

«Aber laß mich doch ausreden... Ich wollte sagen, daß ich den Besuch beim Rechtsanwalt auch verschieben kann. Dann hätten wir diesen Nachmittag ganz für uns. Was meinst du zu einer hübschen Spazierfahrt und einer Teestunde an der Watson Bay?»

«Vielen Dank, dazu habe ich keine Lust.»

«Und wozu *hast* du Lust?»

Beleidigtes Schweigen. Etties Mund glich einer zugeschnappten Mausefalle. Vanessa wollte eines der Puppenhändchen ergreifen, doch Ettie entriß es ihr heftig und starrte sie aus blauen Glasaugen an.

«Sag mir doch deine Wünsche, Ettie.»

Keine Antwort. Ganz wie P.S. – diese gräßliche Waffe des Schweigens.

«Wollen wir für ein paar Tage in die Blue Mountains fahren? Mir würde eine kleine Abwechslung auch guttun. Erinnerst du dich an das Hotel Ritz in Leura? Ach, was für herrliche Spaziergänge haben wir damals gemacht! Und die Autofahrten ins Megalong-Tal, wo es so gutes Gebäck und Devonshire-Sahne gab. Weißt du noch, die lodernden Holzfeuer und die prickelnde Luft in den Bergen? Paradiesisch. Ich würde gern noch mal hinfahren.»

«Tu's doch.»

«Aber allein macht's mir keinen Spaß, Liebste.»

«Dann nimm Mr. Hood mit.»

(Also auf Mr. Hood bist du auch eifersüchtig! Soso. Mr. Hood ist dein neuester Rivale, wie? Ich wünschte fast, daß es so wäre, denn wenn du nicht bald mit diesem kindischen Blödsinn aufhörst, könnte ich mich eines Tages überreden lassen, auf und davon zu gehen. Ohne Rücksicht auf dich, meine Liebe ...)

«Wirklich, Ettie, du benimmst dich wie ein Kind.»

«Immerzu sprichst du von ihm, nur von ihm.»

«Oh, das tut mir leid. Ettie. Entschuldige bitte.»

«Ich hab's satt, Tag und Nacht von deinem verdammten Mr. Hood zu hören. Tag und Nacht, von früh bis spät dreht sich alles um Mr. Hood und P.S. Der Teufel soll sie holen!»

In jäher Wut packte Ettie den Schäfer aus Royal-Doulton-Porzellan und schleuderte ihn gegen den Kamin. Der Kopf brach ab und rollte über das Parkett.

Vanessa wollte im ersten Moment ihren Augen nicht trauen. Aber es mußte ja wahr sein, sonst hätte ihr Herz nicht so wild geklopft. Sie bückte sich, um die Scherben aufzuheben.

«Mein Hausmädchen wird das wegräumen», sagte Etties kehlige Stimme hinter ihr.

«Wie du willst», erwiderte Vanessa beherrscht, nahm Handschuhe und Tasche, öffnete die Tür und ging hinaus. In der leeren Halle blieb sie stehen. Sie wartete, schätzte auf Grund ihrer Erfahrung ab, wieviel Zeit bis zum Einsetzen von Reue und Zerknirschung verstreichen würde, und lächelte, als pünktlich die Geräusche unterdrückten Weinens an ihr Ohr drangen. Nachdem sie langsam bis zehn gezählt hatte, betrat sie den Salon. Die Gestalt im Sessel richtete sich auf, taumelte ihr entgegen, stürzte sich in ihre Arme. Wolliges weißes Haar, das schwach nach altem Holz roch, kitzelte sie im Gesicht, keuchender Atem traf ihren Hals, das Brillantherzchen kratzte sie.

«Was ist denn?» fragte sie sanft.

Das verzerrte Gesicht blickte zu ihr auf.

«O Ness, verzeih mir!»

«Schon gut, Ettie.»

«Halt mich fest, Ness. Ach, wie konnte ich nur ...»

«Still, wir wollen nicht mehr darüber reden.»

«Küß mich, Ness. Bitte, küß mich ... küß mich ...»

(O Gott, jetzt kommt das Schlimmste von allem!)

«Ach meine Süße, ich bin so ein böses, undankbares Geschöpf. Wie du mich verabscheuen mußt!»

«Unsinn, Ettie.»

«Ich wollte, ich wäre tot!»

«Dummes Zeug. Du gehörst doch zu mir. Du bist mein geliebtes Mütterchen.»

(Zum Speien ist das! Jedesmal diese widerliche Versöhnungsformel ... Und dabei stimmt sie sogar. Im Grunde liebe ich dich, du alter Mühlstein, den ich um den Hals habe, du mein anderes Kind.)

Ettie wischte sich die Augen und sagte kichernd: «Sind wir nicht närrisch, wir beiden?»

«Ja.» Vanessa gönnte sich endlich eine Zigarette. «Und jetzt muß Schluß damit sein, ein für allemal. Du weißt, was ich meine.»

«Ja, Ness.»

«Schluß mit dem Trinken, Ettie.»

«Nie wieder, nie wieder. Ich gebe dir mein Ehrenwort!»

«Das hast du mir schon oft gegeben.»

«Ich schwör's auf die Bibel.»

«Sonst bringe ich dich in eine Entziehungsanstalt.»

«Ich schwöre ...»

«Es ist mein Ernst, Ettie. Ich möchte nicht deinetwegen den Prozeß verlieren.»

«Ich weiß, ich weiß.»

«Ich möchte P.S. nicht verlieren.»

«Ich weiß.»

Etties reuige Miene versprach alles: Blankoschecks, Schmuck, Lebensversicherung, eine reiche Erbschaft. Vanessa machte sich das zunutze, indem sie nachdrücklich sagte: «P.S. hat mich nie verlassen wollen.»

«Nein, Ness, nie.»

«Denke daran, falls es vor Gericht zur Sprache kommt.»

«Ja, Ness.»

Vanessa hob die Teile des zerbrochenen Schäfers auf und bemerkte, um Ettie zu strafen: «Auf dem Rückweg von *Mr. Hood* werde ich das zu Gebrüder Hardy bringen. Vielleicht können sie es kitten.»

«Vielen Dank, Ness.»

Vanessa schob die Scherben in ihre Handtasche, ließ das Schloß laut zuschnappen und beendete damit das Gespräch.

Während Ettie vom Fenster aus beobachtete, wie Vanessa zum Auto ging und im kalten Augustwind ihren Hut festhielt, drückte sie das Gesicht an die Scheibe, die sich von ihrem Atem trübte, und murmelte pflichtschuldigst ihr Sprüchlein: «Er hat dich nie verlassen wollen.»

«Die Verhandlung beginnt.»

Scharrend und hüstelnd erhoben sich alle Anwesenden in dem gewölbten Saal, dessen schmutziggelbe Wände einen Geruch nach Karbol und altem Kummer ausströmten. Der Gerichtsdiener hielt die Tür auf, um den im Eiltempo nahenden, von schwarzer Robe umwehten Richter, den Honorable Mr. Hay-Piggott, einzulassen.

Der Henker, dachte Lila und blickte angstvoll auf die riesige Gestalt, die mit dem Gesicht eines aristokratischen Hechtes mißmutig in den Saal starrte. Stahlbrille zwischen den lächerlichen grauen Korkenzieherlocken der Perücke, lange, schmale Hände, die ungeduldig in Akten blätterten. Offenbar hatte Mr. Hay-Piggott den dringenden Wunsch, diesen trivialen Streit um eine Vormundschaft so schnell wie möglich zu schlichten und zur spanischen Inquisition zurückzukehren. Seine granitene Stirn hob und senkte sich gereizt, als sei schon das Einleitungsgemurmel des Gerichtsschreibers eine unerträgliche Nervenbelastung: «Oberster bla-bla-bla von New South Wales, in Sachen bla-bla-bla Marriott, eines Kindes unter einundzwanzig Jahren, und in Sachen des testamentarisch bestimmten Familiensorgerechts beziehungsweise der Vormundschaft bla-bla-bla ...»

Während dieser Präliminarien erstarb der matte Wintersonnenschein hinter den hohen, schmutzverkrusteten Fenstern. Graues Licht sickerte in den Saal, überzog die Gesichter mit fahlem Staub, bildete häßliche Schattenpfützen um die Pulte, hüllte die Zuschauerbänke in Düsternis. Lilas Herz krampfte sich bei diesem plötzlichen unheilvollen Omen zusammen; obendrein hörte sie draußen das höhnische Kreischen der Regenpfeifer. Sie sah zur anderen Seite des Saales hinüber, wo Vanessa saß, sehr damenhaft, sehr selbstsicher in einem schwarzen Kostüm mit Perlenkette. Unbeeindruckt von Regenpfeifern und schwindendem Sonnenlicht, lauschte sie so hingerissen dem Gemurmel des Schreibers, als sei sie in einer Kathedrale und werde sogleich mit Mr. Hood getraut werden, der ihr gerade in diesem Moment einen siegesgewissen Blick zuwarf.

Lila wandte die Augen ab und richtete sie auf Mr. Gentle, denn sie verspürte plötzlich das Bedürfnis nach einem ähnlichen Trostsignal. Aber Mr. Gentle war vollauf damit beschäftigt, eine Kette aus Büroklammern anzufertigen.

«Laß nur», flüsterte sie George zu und drückte seinen Arm, «das Recht ist auf unserer Seite.»

«Was?» fragte George so laut, daß mehrere Leute sich umdrehten. Sogar Mr. Gentle hob den Kopf und legte seinen kurzen, dicken Zeigefinger an die Lippen.

Lila, schon jetzt gerügt, schnaufte leise, griff nervös an den neuen weißen Hut vom Winterschlußverkauf, mit dem sie nicht gerade die beste Wahl getroffen hatte, stellte fest, daß ihr Kostüm bei Tageslicht nicht malvenfarben, sondern rotbraun war, und bedauerte, daß sie die Gelegenheit, auf der Fähre noch einmal zu verschwinden, nicht wahrgenommen hatte.

Inzwischen war Mr. Hood aufgestanden.

«Euer Gnaden, wenn es gestattet ist...»

Mit einer Stimme, die voll und mild war wie überreife Reineclauden, verlas er die eidesstattliche Erklärung der Klägerin, Vanessa Scott, ledig, zur Zeit wohnhaft Wolsley Road 36, Point Piper, urkundlich zum Vormund besagten Kindes bestimmt... Es war von Ernest Huxley die Rede, von Sinden, Logan und Lila selbst, «im folgenden die Beklagte genannt». Sooft Mr. Hood an das Wort «die Beklagte» kam, sprach er es in einem Ton mitleidiger Herablassung aus, und obgleich er Vanessas Angaben juristisch korrekt formuliert hatte, war es ihm gelungen, seine Mandantin von vornherein in ein günstiges Licht zu rücken. («Ich beschloß daher, ungeachtet beträchtlicher persönlicher Opfer meinerseits und seitens der Mrs. Ethelreda Bult, nach Australien zurückzukehren und meine Pflicht zu erfüllen, wie ich es meiner verstorbenen Schwester schuldig war...») Lila dagegen kam nicht so gut weg. («Die Beklagte war und ist die Ehefrau von George Mason Baines, zur Zeit meines Wissens als Nachtwächter in den Uneeda-Packmaterial-Werken beschäftigt...») Aus der Erklärung ging hervor, daß sich die Beklagte geweigert hatte, die Vormundschaft mit der Klägerin zu teilen, obwohl deren Rechte urkundlich festgelegt waren (die Urkunde wurde dem Gericht respektvoll als Beweisstück A überreicht). Die Beklagte hatte vielmehr die harmonische Zusammenarbeit mit allen Mitteln behindert und war so weit gegangen, besagtes Kind zur Unwahrheit anzuhalten und es in einer Weise zu beeinflussen, die bei ihm zwangsläufig Gefühlsverwirrungen hervorrufen mußte.

Und so weiter.

Dann verlas die sonore Stimme Vanessas Beschreibung ihrer hiesigen Wohnung, die demnach einer Götterburg glich, und auch die runde, blinkende Summe, die sie als Monatsgehalt von Mrs. Bult bezog, kam zur Sprache. Von Lilas Haus wurde gesagt, es sei zwar sauber, aber recht ärmlich und viel zu klein, zumal die Beklagte kürzlich eine Untermieterin aufgenommen habe, in der Person einer weiteren Schwester, «einer Sektiererin, die den Weltuntergang predigt». Hier hielt Mr. Hood einen Moment inne und gab damit seinen Zuhörern Gelegenheit, sich Agnes vorzustellen, wie sie ekstatisch in Lilas Haus umherhüpfte. Eine leichte Welle der Belustigung lief durch den Saal. Lila warf einen raschen Blick auf Mr. Gentle. Sie erwartete, ihn fieberhaft Notizen kritzeln zu sehen, aber Mr. Gentle war in die Betrachtung eines alten, nicht mehr benutzten Gasleuchters versunken.

Mr. Hood las weiter. Er schilderte Miss Piles renommierte Privatschule und die Freuden der Klavier- und Reitstunden, deren die Beklagte infolge ihrer unverzeihlichen Eigenmächtigkeit besagtes Kind beraubt hatte. Dann verlangte er zu dem Schicksalssonntag, an dem, entgegen der Vereinbarung, das Kind nicht in sein Heim in der Wolsley Road zurückgebracht wurde, eine Tatsache, von der es auf Betreiben der Beklagten die erschütterte Klägerin telefonisch in Kenntnis setzte. Nachdem Beweisstück B vorgelegt worden war, ein Brief an die Beklagte, den Mr. Hood im Auftrag der Klägerin verfaßt hatte und in dem die sofortige Rückkehr besagten Kindes gefordert wurde, beschrieb der Anwalt die hysterische Weigerung der Beklagten, dieser Aufforderung nachzukommen, und richtete abschließend die respektvolle Bitte an das Hohe Gericht, der schwergeprüften Klägerin die uneingeschränkte Vormundschaft über besagtes Kind zuzusprechen.

In der kurzen Pause, die der Redner nun eintreten ließ, gähnte George laut und ausgiebig. Lila knuffte ihn, blickte ihn wütend an und reckte dann den Hals, um zu sehen, ob Mr. Gentle aufspringen und Mr. Hood unter Donner und Blitz zerschmettern würde.

Aber Mr. Hood war noch nicht fertig. Er erbat die Erlaubnis des Gerichts, die schriftliche Erklärung seiner Mandantin durch mündliche Befragung zu ergänzen und zu erhellen, worauf Vanessa, schlank und anmutig, in den Zeugenstand trat und gelobte, die Wahrheit zu sagen und nichts als die Wahrheit, so wahr ihr Gott helfe.

Mr. Hood lächelte ihr aufmunternd zu. Dann verlas er einen Brief von Sinden und erreichte es dank seiner emphatischen Betonung, daß ihre impulsiven Sätze wie verzweifelte Hilfeschreie klangen. «‹Ich *sehne* mich jetzt oft nach Dir und Deinem *bewundernswerten* Organisationstalent›. – ‹Ich habe ja schon immer gesagt: Ich kriege die Kinder, und Ness wird sie *erziehen.*›» Lila preßte die Lippen zusammen. Sie wußte, wie sehr Sinden zu Übertreibungen geneigt hatte; sie wußte auch, wie spöttisch sich die Schwester über diese verlogenen Advokaten geäußert hätte und erst recht über Vanessa, die so lammfromm dasaß, die Rolle der beraubten Mutter spielte und genau das richtige Maß gekränkter Würde zur Schau trug. Ekelhaft, einfach ekelhaft, wie sie mit dieser unverfrorenen Heuchelei Sins Andenken besudelten!

(«Lila, ich habe das alles natürlich nicht *wörtlich* gemeint!» – «Ja, ich weiß, Liebling. Dieser gräßliche Anwalt verdreht deine Worte.» – «Lila steh auf und ruf ihnen zu, daß ich nur Spaß gemacht habe.» – «Mein Engel, hier vor Gericht geht das leider nicht. Aber keine Sorge, Sin, warte nur ab, bis Mr. Gentle deinen letzten Brief an *mich* vorliest.»)

Lila, deren Gedanken bei einem Grab mit blauen Schwertlilien waren, kehrte widerstrebend in den Gerichtssaal zurück, als Mr. Hood den Brief vorlas, in dem Ernest Huxley versicherte, Vanessa sei die einzige geeignete Persönlichkeit, seinen Teil der Vormundschaft zu übernehmen.

Nachdem Mr. Hood seine Mandantin zur perfekten Mutter erhoben hatte, wechselte er abrupt die Taktik und begann ein strenges Verhör.

«Sie standen Ihrer verstorbenen Schwester sehr nahe, Miss Scott?»

«Ja.»

«Warum hat denn Mrs. Marriott in ihrem Testament nicht Sie zum Vormund bestimmt?»

Lila zuckte zusammen. Aber das ist doch *unser* Einwand, dachte sie. Er bringt unseren Einwand vor!

«Weil ich zu jener Zeit in England lebte», erwiderte Vanessa ruhig.

«Aha. Waren Sie damit einverstanden, daß das Kind Mrs. Baines überlassen wurde?»

«Damals – ja.»

«Sie hatten also nicht den Wunsch, Vormund zu werden?»

«Durchaus nicht. Ich fühlte mich in erster Linie Mrs. Bult verpflichtet.»

«Natürlich. Haben Sie wähend ihres Aufenthaltes in England mit Mrs. Baines korrespondiert?»

«Ja, gelegentlich. Ihre Briefe an mich enthielten meistens nur ein paar Worte des Dankes für Geschenke, die ich dem Kind schickte.»

«Woraus bestanden diese Geschenke?»

«Ach, hauptsächlich waren es wohl Kleidungsstücke und Bücher.»

«Keine finanzielle Unterstützung?»

«O nein, nie.»

«Sie haben den Baines wirklich kein Geld geschickt?»

«Aber nein, damit hätte ich sie doch beleidigt.»

«Wieso?»

«Nun ... gerade *weil* sie in fianziellen Schwierigkeiten waren.»

«Darüber wußten Sie also Bescheid?»

«Ja.» Kurzes Auflachen. «Ja, allerdings.»

«Hat Sie das beunruhigt? Ich meine im Hinblick auf Ihren Neffen?»

«Ja, sehr sogar.»

«Warum haben Sie nicht eingegriffen?»

«Ich *konnte* ja nichts tun. Mr. Huxley war Mitvormund, nicht ich.»

«Und wo befand sich Mr. Huxley?»

«In den Vereinigten Staaten.»

«Ein Vormund, der in einem anderen Land lebt – war das nicht sehr unpraktisch?»

«Gewiß. Aber meine verstorbene Schwester dachte leider selten praktisch.»

«Richtig, sie war *Schriftstellerin*, nicht wahr?»

«Ja.»

Mr. Hood machte eine Pause, und im Saal war unterdrücktes Gelächter zu hören. Lila bemerkte mit Entsetzen, daß Mr. Gentle ebenfalls lachte.

«Weshalb hat wohl Ihre verstorbene Schwester Mr. Huxley zum Mitvormund bestimmt, obgleich er in den Vereinigten Staaten lebte?»

«Ich habe nicht die leiseste Ahnung.»

Mr. Hood schüttelte den imposanten Kopf und seufzte vernehmlich.

«Ist Mr. Ernest Huxley an Sie herangetreten, und zwar mit dem Ziel, diese Angelegenheit neu zu regeln?»

«Ja.»

«*Er* hat sich also an *Sie* gewandt?»

«Ja. Er hatte geschäftlich in London zu tun und bat mich, ihn zu empfangen.»

«Wie verlief diese Unterredung?»

«Ernest ... Mr. Huxley erklärte mir, die Situation sei ihm äußerst unangenehm, und er sorge sich besonders um P.S.»

Der Richter beugte sich vor und ließ zum erstenmal seine knarrende Stimme hören.

«Um wen?»

Mr. Hood wirbelte mit flatternder Robe zum Richtertisch herum und verbeugte sich.

«Um P.S., Euer Gnaden. Soviel ich weiß, handelt es sich um den Spitznamen des Kindes.»

Mr. Hay-Piggott griff nach einem Federhalter.

«P.S.?»

«P.S., Euer Gnaden. Das bedeutet Postskriptum.»

«Meine verstorbene Schwester nannte ihn so», erklärte Vanessa.

«Der Spitzname stammt also von der Mutter selbst?» Der Richter hob buschige Weihnachtsmann-Brauen und schrieb die Buchstaben P.S., als unterzeichne er einen staatspolitisch überaus wichtigen Vertrag.

Mr. Hood wandte sich Vanessa zu. «Hat Mr. Huxley ...»

«P.S.!» wiederholte der Richter mit bekümmerter Miene. «Fahren Sie fort, Mr. Hood.»

«Hat Mr. Huxley aus eigenem Antrieb vorgeschlagen, daß Sie seinen Teil der Vormundschaft übernehmen sollten, Miss Scott?»

«Ja. Er hatte nicht die Absicht nach Australien zurückzukehren, und er fand, man könne Mrs. Baines nicht länger zumuten, die finanzielle Last allein zu tragen. Ich war derselben Meinung. Mrs. Baines hatte in all den Jahren keinerlei Unterstützung von dem Vater des Kindes erhalten.»

«Der Vater, Henry Logan Marriott, war damals im Staate Victoria wohnhaft?»

«Ja.»

«Er konnte aber ausfindig gemacht werden und genehmigte mit seiner Unterschrift die Übertragung der Vormundschaft auf Sie?»

«Ja.»

«Wo hält er sich jetzt auf?»

«Das ist mir nicht bekannt.»

«Er hat keine feste Stellung?»

«Nicht daß ich wüßte.»

«Ist er Alkoholiker?»

«Ja.»

«Was geschah, Miss Scott, als Sie nach Australien zurückkehrten? Sind Sie Ihren Pflichten als Vormund sofort nachgekommen?»

«Nicht sofort. Wir mußten ja zunächst ein geeignetes Haus suchen und Dienstboten engagieren.»

«Natürlich. Fürs erste fand also keinerlei Änderung des *status quo* statt?»

«Nein. Mein Neffe wohnte weiterhin bei Mrs. Baines.»

«Und wie verhielt sich die Beklagte?»

«Sehr ablehnend.»

«Sehr ... wie bitte?»

«Ablehnend.»

«Inwiefern?»

«Sie forderte mich telefonisch auf, zu ihr zu kommen, und ich ging hin. Bei dieser Gelegenheit teilte sie mir mit, sie mißbillige meine Einmischung und sei sehr empört über Mr. Huxley.»

«Warum das?»

«Soweit ich mich erinnere, sagte sie, Mr. Huxley habe nicht das Recht gehabt, mir die Mitvormundschaft zu übertragen und sich damit seiner *Pflicht* gegen meine verstorbene Schwester zu entziehen.»

«Genaugenommen, hatte er aber diese Pflicht nie erfüllt, sechs Jahre lang nicht – ist das richtig ausgedrückt?»

«Ja, zweifellos.»

«Und trotzdem stand Ihnen die Beklagte von Anfang an ablehnend gegenüber?»

«Von Anfang an, ja. Sie sagte, ihr Haus sei gut genug für das Kind.»

«Und Ihre Meinung war ...?»

«Daß dies nicht zutraf.»

«Warum nicht?»

«Nun ... beispielsweise war das Schlafzimmer des Jungen ein winziges Kämmerchen, in dem nicht einmal ein Teppich lag. Und die ... die sogenannte Toilette befand sich im Hof.»

Hier erwachte Mr. Gentle endlich zum Leben, sprang auf und schwenkte seine gelbbehaarte Hand.

«Einspruch, Euer Gnaden. Die Zeugin wird hier zu Meinungsäußerungen veranlaßt, die geeignet sind, ein Vorurteil gegen die Beklagte hervorzurufen.»

Der Richter spähte umher, als müsse er Mr. Gentle erst suchen, hüstelte und sagte: «Der Herr Verteidiger wird später Gelegenheit haben, für die Behauptung, daß kein Teppich in dem betreffenden Raum lag und die Toilette sich außerhalb des Hauses befand, den Gegenbeweis zu erbringen.»

Mr. Hood sandte ein strahlendes Lächeln zum Richtertisch hinauf. «Euer Gnaden, daß es sich hier um eine Slum-Wohnung handelt, ist nicht so wichtig, es kommt uns ...»

«Einspruch!» schrie Mr. Gentle.

Mr. Hood fügte sich. «Ich ziehe den Ausdruck ‹Slum› zurück.»

Mr. Gentle nickte mürrisch, nahm wieder Platz und rieb sich die Augen.

«Tatsächlich», fuhr Mr. Hood fort, «kommt es uns weniger auf den Zustand des – äh – Hauses an als auf das, was darin vorging. Miss Scott, welche vorläufige Vereinbarung trafen Sie mit Ihrer Schwester?»

«Wir einigten uns darauf, daß der Junge jedes zweite Wochenende bei mir verbringen sollte.»

«Warum nur die Wochenenden?»

«Ich wollte weder meiner Schwester noch dem Kind von heute auf morgen einschneidende Veränderungen zumuten.»

«Aha. Wie lange blieb es bei diesem Turnus?»

«Ich glaube . . Ja, etwa zwei Monate.»

«Was bewog Sie, eine neue Vereinbarung zu fordern?»

«Ein Besuch in der Schule des Jungen.»

«Was war das für eine Schule?»

«Eine Volksschule.»

Der Richter blickte Vanessa an. «Eine *staatliche* Schule also?»

«Ja, Euer Gnaden.»

«Eine staatliche Volksschule», wiederholte Mr. Hood lächelnd. «Und Sie fanden auch diese Schule nicht gut genug für das Kind?»

«Nein.»

Vanessa strich sich den Rock glatt und betrachtete dann angelegentlich ihre eleganten Schuhe. Lila kniff die Lippen zusammen. Das klingt alles, als wäre es aus *Oliver Twist*, dachte sie.

«Die Kindergartenklasse war sehr überfüllt», fuhr Vanessa nach kurzem Schweigen fort. «Ich zählte nicht weniger als dreiunddreißig Kinder, und der Unterricht wurde auf dem Hof erteilt. Die Schulleiterin sagte mir, drinnen wäre für die Kleinsten kein Platz.»

«Auch nicht im Winter?»

«Wie sie sich im Winter zu behelfen pflegten, weiß ich nicht. Ich machte mit der Schulleiterin einen Rundgang und stellte dabei fest, daß alle Räume unbeschreiblich verlottert waren. So etwas Unhygienisches wie die Toiletten . . .»

«Pardon, Miss Scott, jede Bemerkung über Toiletten bringt uns in den Verdacht, daß wir Vorurteile erwecken wollen.» Mr. Hood lächelte Mr. Gentle zu, der das Lächeln erwiderte. «Unter dem Eindruck dieser Besichtigung haben Sie jedenfalls das Kind in der Privatschule der Miss Charlotte Pile angemeldet, nicht wahr?»

«Hat die Beklagte diesen Wechsel gutgeheißen?»

«Nein, sie hat sich sehr dagegen gesträubt.»

«Aber Sie haben sich über ihren Protest hinweggesetzt?»

«Ich sah mich dazu genötigt. Schließlich willigte meine Schwester ein, die frühere Abmachung umzukehren. Das heißt, mein Neffe sollte von montags bis freitags bei mir wohnen, um die Schule zu besuchen, und dafür die Wochenenden bei Mrs. Baines verbringen.»

«Und dabei blieb es bis zum vierzehnten Juli dieses Jahres?»

«Ja.»

«Was geschah an jenem Wochenende?»

«Ich hatte mich strikt an die Vereinbarung gehalten und das Kind am Freitag zu Mrs. Baines fahren lassen. Am Sonntag rief mich meine Schwester gegen sechs Uhr abends an. Sie sagte nichts weiter als: ‹P.S. möchte dich sprechen.›»

«P.S.», murmelte der Richter.

«Und Ihr Neffe, Miss Scott?»

«Das Kind sagte: ‹Ich komme nicht zurück. Es ist mein eigener Entschluß.›»

«Das war alles?»

«Das war alles. Er legte ohne ein weiteres Wort auf.»

«Können Sie sich erklären, weshalb er nicht zu Ihnen zurückkehren wollte?»

«Nein.»

«Waren Sie erschrocken? Überrascht?»

«Ich war sehr erschrocken. Und in größter Sorge.»

«Glauben Sie, das Kind könnte von dritter Seite zu dieser Äußerung veranlaßt worden sein?»

«Ja. Ich zweifle nicht daran.»

«Ihrer Meinung nach wäre also Ihr Neffe lieber zu Ihnen zurückgekehrt, wie gewöhnlich?»

«Ja.»

«Womit begründen Sie diese Annahme? Kam Ihnen der Kleine aufgeregt vor – verstört?»

«Verstört, ja das ist das richtige Wort. Völlig verstört.»

Mr. Hood spielte mit seiner Uhrkette. «Haben Sie sich daraufhin an mich als Ihren Rechtsanwalt gewandt und mich gebeten, ich möge die Beklagte in einem Brief auffordern, das Kind binnen zwei Tagen herauszugeben?» Mr. Hood schwenkte den Brief wie eine Fahne.

«Ja.»

«Haben Sie mich ferner gebeten, der Beklagten den Brief persönlich zu überbringen?»

«Ja.»

«Würden Sie uns wohl schildern, was am Abend des siebzehnten Juli dieses Jahres geschah?»

«Ja. Ich fuhr mit Ihnen zum Hause der Beklagten und wartete im Wagen, während Sie ihr den Brief brachten. Nach einigen Minuten kam meine Schwester mit Ihnen heraus. Sie machte einen sehr erregten Eindruck und erklärte in gereiztem Ton: ‹P.S. wird nie mehr zu dir zurückkehren, und es ist mir ganz gleich, was Mr. Hood sagt, meinetwegen kannst du mich verklagen.› Ich fragte sie betont ruhig, ob ich wenigstens noch einmal mit meinem Neffen sprechen dürfe.»

«Und wie reagierte die Beklagte?»

«Nach einigem Zögern ging sie ins Haus und holte den Jungen. Ich sagte zu ihm: ‹Was ist eigentlich los, P.S.? So etwas sieht dir gar nicht ähnlich.›»

«Und was antwortete der Junge?»

«Er wiederholte lediglich die beiden Sätze, die er schon am Telefon gesagt hatte. ‹Ich komme nicht zurück. Es ist mein eigener Entschluß.›»

«*Es ist mein eigener Entschluß ...*»

«Ja. Ich bat ihn nun, sich einen Moment zu mir zu setzen, damit wir alles in Ruhe besprechen könnten.»

«Sie forderten ihn auf, in den Wagen zu steigen?»

«Ja.»

«Der Abend war kalt.»

«Ja, sehr kalt.»

«Und Sie wollten nicht, daß der Kleine im Kalten stand, während Sie sich mit ihm unterhielten.»

«So ist es.»

«Gut. Bitte fahren Sie fort.»

«Ich streckte die Hand aus, um ihm beim Einsteigen zu helfen, und ...»

«Einen Moment. Weigerte sich der Kleine, Ihrer Aufforderung Folge zu leisten?»

«Keineswegs. Er war sofort dazu bereit. Er streckte die Hand aus ...»

«Sie meinen, er streckte *als erster* die Hand aus?»

«Ja.»

«Wissen Sie das genau?»

«Ganz genau. Er streckte die Hand nach mir aus, und gerade als ich zugreifen und ihm beim Einsteigen helfen wollte, riß meine Schwester ihn zurück.»

«Die Beklagte riß ihn gewaltsam zurück?»

«Ja, und sie hielt ihn fest.»

«Sagte sie etwas?»

«O ja. Sie war in einem völlig überreizten Zustand, schrie mich hysterisch an, nannte mich eine Kidnapperin und erreichte, daß die Nachbarschaft zusammenlief. Die Leute wurden von ihr ermuntert, mich anzupöbeln.»

«War der Junge aufgeregt?»

«Natürlich. Er strampelte, um von ihr loszukommen, und weinte.»

«Er strampelte und weinte ...»

«Ja, er weinte jämmerlich.»

Mr. Hood hob die Arme zu einer Gebärde herzzerreißenden Mitleids mit allen heimatlosen, verwaisten Kindern dieser Erde.

«Der Kleine strampelte also, weinte und versuchte, zu Ihnen zu gelangen. Wie haben Sie sich daraufhin verhalten, Miss Scott?»

«Nun, schließlich rief ich dem Chauffeur zu, er solle abfahren. Ich wollte die Qualen des Kindes nicht unnötig verlängern. Der Vorfall hatte ja gezeigt, daß es unmöglich war, mit meiner Schwester vernünftig zu reden, und ich sah nur noch einen Weg: Die Hilfe ... die Entscheidung des Gerichts zu erbitten.»

Mr. Hood zog ein Batisttaschentuch aus dem Ärmel seiner Robe und putzte sich geräuschvoll die Nase.

«Wie sie die Tatsachen verdreht!» sagte Lila leise zu George. «So etwas Niederträchtiges! Ein Glück, daß Mater das nicht mehr erleben muß.»

«Was?»

«Ich bin froh, daß Mater tot ist.»

«Warum?»

«Ich erklär's dir später.»

«Miss Scott», ließ sich Mr. Hood vernehmen, «über einige Einzelheiten werden Sie das Gericht noch informieren müssen. Aus Ihrer eidesstattlichen Erklärung geht hervor, daß die Beklagte sich oft Ihren Erziehungswünschen bezüglich des Jungen entgegenstellte und ihn sogar zum Lügen anhielt.»

«Ja.»

«Können Sie dafür ein Beispiel nennen?»

«Ja. Im Mai dieses Jahres – ich glaube, es war im Mai – hat sie ihn trotz meines Einspruchs zu einem Schriftstellertreffen mitgenommen.»

«Zu *was* für einem Treffen?» fuhr der Richter dazwischen.

«Eine Gruppe von Schriftstellern – der sogenannte *Pen and Ink Club* – veranstaltete ein Wohltätigkeitsfest, zu dem wir als Hinterbliebene meiner verstorbenen Schwester eingeladen waren.»

«Was hatten Sie dagegen einzuwenden?»

«Ich finde, daß Schriftsteller – *solche* Schriftsteller – kein passender Umgang für ein Kind von sechseinhalb Jahren sind.»

«Sie kannten diese Leute?»

«Einige. Es waren Freunde meiner Schwester Sinden. In meinen Augen sind sie Bohemiens.»

Der Richter runzelte die Stirn. «Bohemiens? Ist das eine besondere Kategorie von Menschen?»

«Meinen Sie, daß diese Leute haltlos sind, unberechenbar, exzentrisch?» half Mr. Hood ein.

«Genau das», bestätigte Vanessa.

«Hat Ihnen der Junge von dem Ausflug erzählt, als er nach Hause kam?»

«Nicht gleich. Er war angewiesen worden, es mir zu verschweigen.»

«Wie haben Sie das herausgefunden?»

«Er war so nervös und erregt, daß ich es sofort erriet. Ich sagte zu ihm: ‹P.S., du brauchst keine Angst zu haben, aber ich möchte die Wahrheit wissen. Hat Lila . . .›»

«Mit ‹Lila› meinen Sie die Beklagte?»

«Ja. ‹Hat Lila dich zu diesem Picknick mitgenommen?› fragte ich, und nach einigem Hin und Her gab er es zu.»

«Hat er Ihnen dieses . . . dieses Picknick beschrieben?»

«Sehr anschaulich sogar. Die Leute waren ihm alle recht seltsam vorgekommen. Er erzählte, sie hätten sich wie Verrückte aufgeführt und schrecklich viel getrunken.»

«Einige dieser Schriftsteller waren betrunken?»
«Seiner Beschreibung nach ja. Außerdem bekam er allerlei Geschwätz über seine Mutter zu hören.»
«Was für Geschwätz?»
«Nun... Zum Beispiel berichtete er mir, seine Mutter sei immer barfuß gegangen.»
«Wieso das?»
«Irgendwer scheint erzählt zu haben, daß meine verstorbene Schwester ihren Mann, Logan Marriott, auf einem Kostümfest kennenlernte und ohne Schuhe mit ihm davonlief.»
«Einspruch!» schrie Mr. Gentle. «Dies ist eine bloße Vermutung, und nichts beweist, daß...»
Mr. Hood lächelte. «Euer Gnaden, hier geht es nicht darum, ob die verstorbene Mrs. Marriott ohne Schuhe davonlief oder nicht. Es geht um das, was das Kind zu Hause berichtete.»
«Einspruch abgewiesen», sagte Mr. Hay-Piggott und warf Mr. Gentle einen langen, strengen Blick zu.
«Machte sich das Kind Gedanken über diese Geschichte?»
«Natürlich.»
«Und Sie?»
«Offen gestanden –» Vanessas Haltung war jetzt die einer Königin – «ich habe keine Ahnung, wie sich die erste Begegnung meiner Schwester mit Logan – ich meine Mr. Marriott – abgespielt hat, aber ich finde es nicht richtig, in Gegenwart eines Kindes derartige Anekdoten über seine Mutter zu erzählen.»
«Fahren Sie bitte fort.»
«Anscheinend sind auch Bemerkungen gefallen, die in ihm den Eindruck erweckten, er sei am Tode seiner Mutter schuld.»
Mehrere Frauen in Lilas Nähe stießen ein mitleidiges «Oooh» aus. Der Richter klopfte mit seinem Hammer auf den Tisch und spähte umher wie ein Adler, der sich zum Flug anschickt.
Lila legte die Hand über die Augen. Von Atemnot gequält, hörte sie Mr. Hood fragen: «Wäre es nicht möglich, Miss Scott, daß sich der Junge das ausgedacht hat?»
«Ich glaube kaum. Er erzählte, einer dieser Schriftsteller hätte von ihm verlangt, er solle später einen unvollendeten Roman meiner Schwester zu Ende schreiben. Diese Forderung beängstigte ihn so sehr, daß er mir erklärte, er wolle nie Schriftsteller werden – niemals. In diesem Zusammenhang gebrauchte er übrigens einen vulgären Ausdruck, den er dort aufgeschnappt hatte.»
«Wie lautete dieser Ausdruck?»
Schweigen. Vanessa betrachtete wiederum ihre Schuhe. Schließlich sagte sie leise: «Scheiße mit Reis.»
Der Richter beugte sich über den Tisch. «Wie war das? Scheiße...?»
«...mit Reis, Euer Gnaden», ergänzte Mr. Hood und biß sich auf die Unterlippe.

Der Richter machte sich eine Notiz.

Nachdem das Gekicher im Saal verstummt war, fragte Mr. Hood: «Noch etwas, Miss Scott?»

«Ja.» Vanessa blickte von ihren Schuhen auf und sah Mr. Hood fest in die Augen. «Das Kind wollte von mir wissen, was ein Homosexueller wäre.»

Die Zuhörer schnappten nach Luft, und dieses Geräusch war wie eine Welle, die Lila mitriß und aufs Trockene warf.

«Hat der Junge dieses Wort gebraucht?»

«Nein.»

«Welches dann?»

«Ein sehr häßliches.»

«Welches?»

«Muß ich es wirklich...? Schwul. Er fragte: ‹Was ist ein Schwuler?›»

Um etwaige Unklarheiten zu beseitigen, teilte Mr. Hood laut und im Ton sittlicher Entrüstung mit: «Schwul, Euer Gnaden, ist eine Vulgärbezeichnung für homosexuell.»

Der Richter zog die Brauen hoch und erkundigte sich, wie man das schriebe. Mr. Hood buchstabierte mit schamhaft gesenktem Kopf. Dann wandte er sich wieder an Vanessa.

«Ist Ihnen bekannt, was den Jungen zu dieser Frage veranlaßte?»

«Anscheinend wurde ein Freund seiner Mutter als... nun, mit diesem Wort bezeichnet.»

«Haben Sie versucht, ihm den Ausdruck zu erklären?»

«Nein, ich sagte nur, es sei ein sehr häßliches Schimpfwort, das er auf keinen Fall gebrauchen dürfe.»

Lila spürte, daß man sie anstarrte, und ihr war, als würde sie öffentlich gesteinigt. Sie zermarterte sich den Kopf, was damals passiert war, und entsann sich plötzlich mit Unbehagen, daß Conchita Ewers irgend so etwas erwähnt hatte – in Zusammenhang mit einem jungen Mann, der freiwillig in den Tod gegangen war. Soviel Aufhebens um eine zufällige Bemerkung, an die sie selbst sich nur verschwommen erinnerte! Außerdem hatte sie gar nicht gewußt, was dieses Wort bedeutete. Sie hätte George danach fragen sollen... Aber nun war es zu spät, das Unheil war geschehen.

«Haben Sie Ihrer Schwester wegen dieses – sagen wir fatalen – Ausflugs Vorwürfe gemacht?»

«Nein. Was hätte das schon genutzt? Ich erkannte, daß es höchste Zeit war, energisch durchzugreifen und das Kind aus Mrs. Baines' Einflußbereich zu entfernen.»

«Sie haben sich daraufhin mit dem Vater des Kindes in Verbindung gesetzt?»

«Ja.»

«Ist Mr. Logan Marriott auf Ihre Bitte nach Sydney gekommen?»

«Ja.»

«Und auf Ihre Kosten?»

«Ja.»

«Was haben Sie Mr. Marriott vorgeschlagen?»

«Ich bat ihn um die Erlaubnis, das Kind nach England mitzunehmen, damit es sich ungestört entwickeln könne und nicht unter diesen gefährlichen Spannungen zu leiden habe.»

«Wie reagierte Mr. Marriott darauf?»

«Er stand leider so stark unter Alkohol, daß er den Ernst der Situation nicht erfaßte, und daher erreichte ich nichts.»

«Mit anderen Worten: Er war zu betrunken, um eine Entscheidung zu treffen?»

«Ja.»

«Ist es bei dieser einen Unterredung geblieben? Haben Sie keinen weiteren Versuch unternommen?»

«Ich habe ihn mehrmals angerufen, aber er meldete sich nicht, und am nächsten Abend fuhr er Hals über Kopf nach Melbourne zurück.»

«Ist er mit der Beklagten in Verbindung getreten?»

«Soviel ich weiß, hat meine Schwester ihn an den Zug gebracht.»

«Sie hat ihn an den Zug gebracht?» Mr. Hood machte ein Gesicht, als hätte er einen Schlag vor den Kopf bekommen. «Sie ist mit ihm zum Bahnhof gegangen und hat ihn *an den Zug gebracht*?»

«Ja.»

«Am nächsten Abend?»

«Ja.»

«Und am folgenden Wochenende, *unmittelbar danach,* wurde Ihnen das Kind nicht zurückgegeben?».

«Ja.»

«Vielen Dank, Miss Scott. Ich habe keine weiteren Fragen.»

Vanessa neigte den Kopf. Der letzte Punkt ihrer Aussage blieb bösartig glitzernd in der Luft hängen, und vor den Augen der Zuhörer erstand das abstruse Bild einer Liga, die Logan mit vorgehaltener Pistole zwang, in den Zug zu steigen.

Mr. Hood schritt gelassen zu seinem Platz zurück. Beifälliges Murmeln folgte ihm, verstummte jedoch sofort, als Mr. Gentle sich erhob. Weder die Robe noch sein betont forscher Gang vermochten über seine Jugend hinwegzutäuschen. Vanessa betrachtete ihn mit der milden Verachtung einer Erzherzogin, die von einem dreisten Klempner angesprochen wird.

«Sie sagten, Mr. Marlowe war betrunken?» begann Mr. Gentle mit hoher, näselnder Stimme das Verhör.

«Wer ist Mr. Marlowe?» fragte Vanessa.

«Ah – äh –» Mr. Gentle blätterte in seinen Papieren.

Mr. Hood scharrte mit dem Stuhl und sagte: «Euer Gnaden . . .»

Der Richter fragte beißend: «Bezieht sich der Herr Verteidiger auf . . .»

«*Marriott*. Mr. Marriott. Bitte um Verzeihung.» Mr. Gentle grinste. Mr. Hood lachte. Vanessa lächelte schwach.

Mein Gott, dachte Lila, wenn er nicht einmal die Namen behält!

«Kann ja mal passieren», meinte Mr. Gentle. «Also – war Mr. Marriott zu betrunken, um sich auf eine Diskussion über Ihre Pläne einzulassen, oder war er dagegen, daß Sie das Kind seinen bisherigen Pflegeeltern wegnehmen wollten?»

«Er war betrunken.»

«Aha. Mit anderen Worten – es kam gar nicht zu einer Unterredung.»

«O doch, wir hatten eine Unterredung.»

«Eine lange?»

«Eine ziemlich lange.»

«Was verstehen Sie darunter?»

«Nun, auf die Minute genau kann ich es nicht sagen ... Etwa eine Stunde.»

«Etwa *eine Stunde*!»

«Vielleicht nicht ganz so lange», schränkte Vanessa rasch ein.

«Jedenfalls kann Mr. Marriott nicht sinnlos betrunken gewesen sein, sonst hätten Sie doch nicht soviel Zeit an ihn verschwendet.»

«Ich habe ihm meine Ansichten vorgetragen.»

«Dann muß er zugehört haben. Das heißt also, er war fähig, Ihren Ausführungen zu folgen.»

Schweigen.

«Er hat gehört, was Sie sagten, und gewußt, was Sie wollten», präzisierte Mr. Gentle. «Ist es so, Miss Scott?»

«Ja», antwortete Vanessa widerwillig.

«Ja!» Mr. Gentle stürzte sich auf dieses Ja, warf es in die Luft, spielte damit wie ein junger Spaniel mit einem Gummiball. «Ja! Er wußte genau, was Sie wollten, und trotzdem haben Sie nichts bei ihm erreicht.»

«Er war voreingenommen, und zudem keineswegs nüchtern.»

«Wie dem auch sei, er hat Ihnen nicht gestattet, den Jungen Mrs. Baines' Einfluß zu entziehen, nicht wahr?»

Nach kurzem Zögern gab sich Vanessa in diesem Punkt geschlagen. «Nein.»

«Nein!» rief Mr. Gentle emphatisch. «Er wollte sein Söhnchen weiterhin bei der Tante wissen, die es aus den Armen der toten Mutter an ihr Herz genommen hatte!»

Mr. Hood sprang auf. «Einspruch, Euer Gnaden. Das ist eine bloße Vermutung.»

«Dem Einspruch wird stattgegeben.»

«Trotzdem, *gesagt* hat er's», flüsterte Lila ihrem Mann zu.

«Miss Scott, Sie haben die Meinung geäußert, daß Ihr Neffe gern zu Ihnen zurückkehren wollte. Demnach glauben Sie also, daß er sich in Ihrem Haus wohl gefühlt hat?»

«Ich zweifle nicht daran.»

«Hm. Können Sie uns dann erklären, warum er sich eines Tages stundenlang im Badezimmer eingeschlossen hat?»

Vanessa lächelte. «O ja, das kann ich.»

«Sie geben also zu, daß er ins Badezimmer geflüchtet ist und sich dort eingeschlossen hat?»

«Ja, und das war einzig und allein meine Schuld. Ich hätte ihn nicht mit seinem Vater zusammenbringen dürfen. Irgendwie ist bei dem Jungen der Eindruck entstanden, sein Vater sei gekommen, um ihn von *mir* wegzuholen.»

«Sind Sie sicher, daß er es nicht getan hat, weil Sie ihn bedroht und geohrfeigt haben?»

Mr. Hood erhob lauten Einspruch, und der Richter erinnerte Mr. Gentle daran, daß es nicht angängig sei, Zeugen durch unbewiesene Behauptungen einzuschüchtern, und daß die Zeugin, die er augenblicklich vernehme, nicht als Beklagte, sondern als Klägerin vor Gericht stehe. Mit lehrhaft erhobenem Zeigefinger fügte Mr. Hay-Piggott hinzu: «Ich sehe Sie heute zum erstenmal im Gerichtssaal, und ungeachtet des lobenswerten Eifers, mit dem Sie sich für Ihre Mandantin einsetzen, muß ich Sie darauf aufmerksam machen, daß wir hier eine Zivilsache verhandeln und keinen Bedarf an kriminalistischem Feuerwerk haben. Sollten Sie über die vorschriftsmäßige Abwicklung einer Zivilsache nicht informiert sein, so lassen Sie sich in Zukunft bitte vorher von mir beraten.»

«Jawohl, Euer Gnaden.» Mr. Gentle quittierte den Verweis mit einem Lächeln.

«Haben Sie noch Fragen an die Zeugin?»

«Nein, Euer Gnaden.»

Vanessa verließ den Zeugenstand, und der Richter erklärte, man werde nun bis zwei Uhr fünfzehn eine Pause einlegen.

Während Lila eine pappige, mit lauwarmem Ragout gefüllte Pastete herunterwürgte, sagte sie: «Ich fürchte, der Richter hat etwas gegen Mr. Gentle.»

«Ach», meinte George, «das ist so die Art dieser Juristen. Vor Gericht hacken sie aufeinander los, und abends treffen sie sich im *Tattersall's Club* und sind die besten Freunde.»

«Na, *du* mußt es ja wissen.»

Gleich darauf schämte sich Lila dieser höhnischen Bemerkungen, und ihr Schuldbewußtsein wuchs, als George auf der Straße fürsorglich ihre Hand nahm und sie wie ein Kind durch das Verkehrsgewühl führte.

In dem schmutzigen Korridor, zwischen wippenden grauen Perücken und schwarzen Roben, stießen sie unversehens auf Vanessa, die sich leise mit Mr. Hood besprach. Eine Sekunde lang starrten die Schwestern einander an wie Fremde in einem Autobus. Dann kehrten sie, jede für sich, in den Gerichtssaal zurück.

Mrs. Bults schriftliche Aussage, mit der die Verhandlung fortgesetzt wurde, enthielt nichts Wichtiges, abgesehen von dem überschwenglichen Lob, das Ettie der Selbstlosigkeit, liebevollen Fürsorge, Aufopferung und vornehmen Gesinnung Vanessas zollte. Während Mr. Hood die Erklärung vorlas, blickte Lila zu Ettie hinüber, und das Lächeln der alten Dame antwortete ihr: Nun ja, das alles stimmt doch. Aber du bist auch ein liebes Ding, also vertrage dich mit Vanessa und erlaube, daß ich euch alle miteinander zu einem feinen, teuren Versöhnungsdinner einlade.

Mr. Hood verzichtete darauf (wohlweislich, wie Lila dachte), Mrs. Bult des näheren zu befragen. Er ging sofort zur schriftlichen Aussage der Miss Charlotte Pile über – einem Loblied auf die erlesenen Vorzüge ihrer Privatschule – und bat dann die Lehrerin in den Zeugenstand. Miss Pile rühmte mit honigsüßer Stimme die Fortschritte von Miss Scotts kleinem Neffen. Bei seinem Eintritt in die Klasse, erklärte sie, sei er nicht fähig gewesen, die einfachsten Wörter zu buchstabieren, aber er habe alles nachgeholt und eine Woche vor seinem bedauerlichen Ausscheiden einen recht guten Aufsatz über das Thema «Ein Gang durch den Garten» geschrieben. (Beweisstück: ein Schulheft.)

Abschließend erwähnte Miss Pile, der Junge habe zuerst einen so furchtbaren australischen Akzent gehabt, daß die anderen Kinder ihn kaum verstanden hätten, doch sei dies dank ihrer Bemühungen bald korrigiert worden.

Mr. Gentle sprang auf, um Miss Pile zu fragen, was sie an dem australischen Akzent auszusetzen habe. «Sogar unser Premierminister», fügte er im Tonfall des waschechten Australiers hinzu, «spricht mit australischem Akzent.»

«Ja, leider», erwiderte Miss Pile und ließ ein perlendes Lachen hören.

Der Richter lächelte und tat nichts, um die Heiterkeit des Publikums zu dämpfen.

Die nächste Zeugin, Miss Claire Colden vom Londoner Konservatorium, sagte aus, ihr Schüler besitze eine rasche Auffassungsgabe und habe beispielsweise das Stück «Teegesellschaft bei den Emus» schon nach kurzer Zeit fehlerfrei spielen können. Dann kam Miss Colden auf Vanessa zu sprechen, und zwar derart enthusiastisch, daß selbst Mr. Hood verlegen wurde. Nach einer unergiebigen Diskussion mit Mr. Gentle, der den Wert von Klavierstunden in so jugendlichem Alter bezweifelte, war Miss Coldens Vernehmung beendet. Sie wandte sich noch einmal an den Richter und sagte mit ergriffener Stimme: «Euer Gnaden, es ist mir ein Bedürfnis, dem Gericht zu versichern, daß Miss Scott die feinste, liebenswürdigste und charmanteste Frau ist, die ich je kennengelernt habe, und daß ich stolz darauf bin, für sie eintreten zu dürfen.»

Die nächste Zeugin war Ellen Glossop, Köchin und Haushälterin, seit sieben Monaten bei der Klägerin tätig. Wie sie erklärte, wurde der luxuriöse Haushalt tadellos geführt. Ja, der Kleine war oft zum Plaudern in die Küche gekommen. Ein aufgeweckter Junge und immer vergnügt. Nur schade, daß er zu sehr verwöhnt wurde. Viel zuviel teure Spielsachen, und alles drehte sich nur um ihn, und er ließ sich von hinten und vorne bedienen wie ein Prinz – so etwas schadete einem Kind, wenn man *ihre* Meinung wissen wollte. Mr. Hood teilte Ellen hocherfreut mit, daß Privatmeinungen vor Gericht nichts bedeuteten – hier zählten nur Tatsachen. Ellen nickte mit säuerlicher Miene. Die Handtasche, der sie ein Taschentuch entnahm, hatte zweifellos – Lila stellte es blinzelnd fest – früher einmal Vanessa gehört.

Mr. Gentle sprang auf.

«Miss Glossop, warum wurde das Dienstmädchen Diana Huggens entlassen?»

«Keine Ahnung.»

«Aber Sie müssen sich doch Gedanken darüber gemacht haben.»

«Nein. Angeblich hat sie nichts getaugt.»

«War das der einzige Grund?»

«Soviel ich weiß, ja.»

«Denken Sie mal genau nach. Sind Sie sicher, daß Diana nicht deswegen gehen mußte, weil sie zufällig dabei war, als der Junge schlecht behandelt wurde?»

Ellen nestelte an ihrer Handtasche. «Ich weiß von nichts.» Dann sah sie Mr. Gentle an und fügte hinzu: «Ich mache meine Arbeit und klatsche nicht über das, was im Haus vorgeht.»

«Haben Sie Mrs. Bult jemals betrunken gesehen?»

Ellen erwiderte, daß Mrs. Bult und Miss Scott *manchmal* einen Sherry vor dem Dinner nähmen.

«Ich fragte, ob Sie Mrs. Bult je betrunken gesehen haben.»

«Ich? Nein.»

«Ist das die Wahrheit?»

«Jawohl. Ich weiß, was ein Eid bedeutet.»

«Hoffentlich», sagte Mr. Gentle.

Mr. Hood erhob Einspruch gegen die Art der Befragung, die zu bestimmten Schlußfolgerungen verleite.

Der Richter hüstelte. «Wenn die Tatsache, daß sich jemand vor dem Dinner einen Sherry genehmigt, den Schluß zuläßt, daß der Betreffende zum Trunk neigt, dann sind wir alle trunksüchtig», sagte er, und die Zuhörerschaft belachte dankbar den ersten wirklichen Witz des Richters. Mr. Hay-Piggott wischte sich zufrieden die trockenen Lippen und fragte, ob Mr. Hood noch mehr Zeugen vorgeladen habe. Mr. Hood verneinte, und die Verhandlung wurde auf den nächsten Vormittag, zehn Uhr dreißig, vertagt.

Mr. Gentle, der unbedingt noch ein Bier trinken wollte, bevor die Kneipen um sechs Uhr schlossen, sagte hastig zu Lila: «Morgen sind *wir* dran, Mrs. Baines, da zeigen wir denen mal, was 'ne Harke ist.»

In der Diele stürmte ihnen P.S. entgegen, bohrte den Kopf in Lilas Magengrube und fragte: «Haben wir gewonnen?»

«Soweit ist es noch nicht, Liebling. Himmel, was hast du für ein schmutziges Gesicht!»

«Warum ist es noch nicht soweit?»

«Weil es sehr viel zu besprechen gibt.»

«Wie lange dauert's denn noch? Bis morgen?»

«Wahrscheinlich sogar ein bißchen länger. Schätzchen, laß mich jetzt los, ich muß mich um den Tee kümmern, sonst kommt George zu spät in die Fabrik.»

Sie hörte George in der Küche wütend aufschreien, lief hinein und sah auf dem Linoleumteppich ein wildes Durcheinander: Georges Album mit den Zeitungsausschnitten, Buntstifte, Tuschkasten, Pinsel und ein Becher mit giftig schillerndem Wasser. Alan, der kleine Nachbarsjunge, lag bäuchlings auf dem Boden und blickte erstaunt zu dem empörten, zornroten George hoch.

«Lila, sieh bloß, was sie angestellt haben!»

«O mein Gott! P.S., wo hast du das her?»

«Wir konnten nichts anderes zum Anmalen finden», sagte P.S., der ihr gefolgt war.

Lila hob das Album auf. Eine Schlagzeile auf vergilbtem Zeitungspapier sprang ihr entgegen: G. M. BAINES KANDIDAT DER LABOUR PARTY – DER WAHLKAMPF BEGINNT, und daneben war ein Foto von George, bis zur Unkenntlichkeit verschmiert.

«So hat er alle Bilder zugerichtet!»

«P.S.!»

«Wenn wir doch nichts anderes zum Anmalen gefunden haben ...»

«Du weißt genau, wie George an dem Buch hängt. Wir haben dir streng verboten, es anzurühren.»

«Aber wenn wir doch nichts anderes ...»

«Jetzt langt's mir!» brüllte George mit Donnerstimme. «Das hat mir gerade noch gefehlt! Ich habe genug!»

«George!»

«*Genug*, habe ich gesagt!»

In der Totenstille, die dieser Explosion folgte, hörten sie Agnes in ihrem Hinterzimmer singen:

«Ich wandle, wandle ins Heilige Land
Mit der Fackel des Herrn in der Hand.»

George drehte den Kopf in die Richtung der quäkenden Stimme und preßte die Lippen aufeinander. Lila berührte zaghaft den Arm des Versteinerten. Bin ich an allem schuld? fragte sie stumm. Ja, antwortete der fremde Mann neben ihr. Du und deine Familie! Und plötzlich erkannte Lila den Fremden: Es war George Baines, wie er damals, bevor er sie kennenlernte, an einem Kreuzweg seines Lebens gestanden hatte, leicht verwirrt von den außerordentlichen Möglichkeiten, die sich ihm eröffneten, noch allein, unbeeinflußt von ihr. Dann aber, als sie ihm winkte, war er in den Weg eingebogen, der zu ihr führte. Die Liebe, hatte sie gesagt, wird uns gemeinsam ans Ziel bringen, und er war ihr gläubig gefolgt. Doch das Wunder war in immer weitere Ferne gerückt, und nun, am Dienstag, dem 14. August 1934, um fünf Uhr neunundzwanzig, standen sie hier in der Küche und starrten auf das ruinierte Buch seines Lebens.

«P.S. wird sich entschuldigen», sagte Lila hilflos und meinte damit: *Ich* muß mich entschuldigen. Micht entschuldigen für alles, was geschehen ist. Wenn es nach mir gegangen wäre, säßest du längst als Sir Georges Baines in London und berietest mit dem Premierminister über die Geschicke des Empire. Aber wir mußten ja zuerst Mater aufnehmen, dann Sinden, dann P.S. und nun auch noch Agnes, die sich ausgerechnet diesen verhängnisvollen Augenblick ausgesucht hat, um dich daran zu erinnern, wo du von deinem Weg abgewichen bist. Ist es wirklich so weit gekommen, daß Buntstifte, Wasserfarben und eine Hymne dich dazu bringen, Schluß mit allem zu machen? Was kann ich dir sagen? Was wirst du mir sagen?

«Setz Teewasser auf», sagte George schließlich, und Lila flüchtete sich an ihren Herd. George ging hinaus.

Draußen blieb er stehen, hob lauschend den Kopf...

«Komm nur her, mein Guter.»

Die Sonne brannte auf seine Schultern. Er warf irgend etwas hin – war es ein Spaten? –, spuckte in die Hände, damit es keine Blasen gab, und stapfte durch das hohe Gras zu dem Pfefferbaum, in dessen Schatten sie an einem kleinen Tisch saß. Sie trug himmelblaue Leinenhosen und ein altes rosa Hemd von Logan. Als George herankam, legte sie einen Stein auf den Stapel beschriebener Blätter und verdeckte den Bogen in der Schreibmaschine mit ihren Händen.

«Nicht hinsehen, bitte!»

«Geht's gut voran, Sin?»

«Besch... eiden. Ich habe gerade gemerkt, daß die Heldin genau wie ich ist. Sie kapiert alles zu spät.» Sinden streckte der Schreibmaschine die Zunge heraus. «Myra, du blöde Gans, konntest du dir das nicht vor hundert Seiten klarmachen? Damit hättest du mir viel Arbeit erspart. War der Briefträger schon da?»

«Ja, aber er kommt nachmittags noch mal.»

«Wenn er mir einen Brief von meinem Fünfminutenmann bringt, haue ich sofort ab!»

«Wohin?»

«Über den Regenbogen zur Goldader. Keine Ahnung, wo das ist, aber ich werd's schon finden. Dann wohne ich in einem Zelt und koche Tee für all die schwitzenden, haarigen Goldschürfer, die tagsüber den Flußsand auswaschen und abends am Lagerfeuer den Mond und die Schnaken ansingen... Weit, weit weg von Sydney, wo man immer irgend etwas Sinnloses tun muß – Geld verdienen, zum Beispiel.»

Ein spöttisch kreischender Regenpfeifer flog von dem Pfefferbaum auf.

«Du Scheusal, ich will keinen Regen!» Sie schirmte die Augen mit der Hand ab, schaute zu dem strahlenden Himmel hinauf, als suche sie etwas, und fragte plötzlich: «George, gibt es Goldsucher, die Gold *finden*?»

«Ab und zu kommt es wohl vor, aber so wie achtzehnhunderteinundfünfzig in Ballarat ist es bestimmt nicht mehr. Vielleicht stößt er statt dessen auf Zinn.»

«Nein, es muß Gold sein. Er denkt nur an Gold. Natürlich ist das bei ihm nicht Habsucht wie bei manchen alten Geldsäcken. Für ihn bedeutet es die Erfüllung seines Lebens. Ein bißchen Gold wäre schon genug. Dann würden wir uns eine Bäckerei in Bacchus Marsh kaufen. Schreiben und Brot backen – etwas Besseres kann ich mir gar nicht vorstellen, und er wäre bestimmt auch zufrieden, weil er seinen Traum endlich verwirklicht hätte. Ich bin ja viel anspruchsloser als er. Außer ihm wünsche ich mir nur zweierlei: daß ein Buch von mir in den Vereinigten Staaten herauskommt und daß ich einen Jungen kriege. Weder das Buch noch der Junge brauchen großen Erfolg zu haben, nur von mir müssen sie sein. Aber Logan hat sich nun mal auf Gold kapriziert.» Sie senkte den Kopf, und aus dem wolkenlosen Himmel fiel ein Wassertropfen auf das Manuskript mit den vielen Korrekturen.

George legte die Hand auf ihre Schulter. Sie drehte sich wortlos um, schmiegte sich an seine Brust und schlang die Arme um ihn.

«Ich liebe dich, Sin», sagte George, hob ihr widerstrebendes Gesicht und küßte sie.

«Ich weiß.»

«Aber ich liebe dich wirklich», wiederholte er eindringlich, und ihm war, als explodiere die Wahrheit in seiner Kehle. Er fühlte einen scharfen Schmerz zwischen den Augen; das Schrillen der Baumheuschrecken verstummte, und er hörte nur noch die lautlosen Schreie seines Herzens.

«Ja, das weiß ich.» Sie löste sich hastig von ihm und stand auf. Ihr Gesicht war verstört, aber sie sah ihm fest in die Augen. «Ich weiß, daß du mich liebst, George. Und ich liebe dich auch.»

Eine Sekunde lang erstarrten sie beide in lächerlicher Haltung, als wäre der Ablauf eines Films jäh unterbrochen worden. Dann kam die Projektion ihres Lebens wieder in Gang: Er schlug nach einer Mücke, sie entfernte ein welkes Blatt aus ihrem Haar.

«George», sagte sie, «erzähl Lila vorläufig nichts davon – bis jetzt weiß es noch nicht einmal Vere –, aber einer meiner Wünsche wird bald in Erfüllung gehen. Ich bekomme ein Kind.»

Ein Fensterladen flog klappernd auf. Licht strömte in den dunklen, kalten Garten.

«George, bist du auf dem Klo?» rief Lila. «Komm rein, dein Essen ist fertig. Du mußt doch zur Arbeit. George, hörst du mich?»

Hörst du mich, Sin? Ich liebe dich.

Und deswegen ist alles so gekommen. Heute – ach, Sin, ich bin noch anspruchsloser als du – heute wünsche ich mir nur noch eines. Was? Schlafen.

Vanessa betrachtete ihre Nägel, während sie Mr. Gentle zuhörte, der Lilas schriftliche Aussage vorlas. Dieser entsetzliche Akzent! Und zu allem Überfluß die wahrhaft *peinliche* Sentimentalität, von der das Ganze strotzte! Die «kleine» Mutter des Jungen hatte dies und das gewünscht. In ihrem letzten Brief aus der Klinik hatte die «kleine» Mutter kurz vor ihrem Tode das treue Ehepaar Baines flehentlich gebeten, das Kind aufzunehmen. (Konnte es nicht zur Abwechslung auch mal die «kleine, aber unglaublich zähe» Mutter heißen?) Das Haus der Baines war ein bescheidenes Heim, jedoch voller Liebe. (Rechtfertigte das eine Toilette im Hof?) Außerdem war eine staatliche Volksschule in der Nähe, die auch von seinen Spielgefährten besucht wurde und sogar für den Sohn eines Rechtsanwaltes gut genug war. (Ja, weil der Vater vermutlich auf Stimmenfang ausging.) «Jeder Junge braucht eine väterliche Hand, die ihn führt.» (Als ob der arme, verpennte George auch nur ein Pferd führen könnte!) In dieses Familienglück war die Klägerin eingedrungen – herrschsüchtig, aggressiv, raffiniert, anspruchsvoll und auf Kosten einer wohlhabenden älteren Verwandten lebend. (Mit anderen Worten: Zwang und Erpressung. Etwa so: «Ettie, ich muß das Kind haben, auf Biegen oder Brechen, und du tust gut daran, das Unternehmen zu finanzieren, denn sonst ...») Die Klägerin hatte sich von Anfang an in Lilas Befugnisse eingemischt; eine gütliche Einigung mit ihr war unmöglich gewesen; sie hatte Lila sogar verbieten wollen, die Hemden des Jungen zu waschen! Im Laufe der Zeit war es diesem Ungeheuer gelungen, den Tagesablauf des Kindes despotisch zu regeln. Der Kleine wurde nachmittags mit überflüssigen Unterrichtsstunden geplagt, so daß ihm keine Zeit mehr für Erholung und Spiel blieb; es war auch vorgekommen, daß die Klägerin seine Spielsachen wegschloß. Was Wunder also, wenn sich der arme Kleine jeden Sonntagabend mehr dagegen sträubte, zu der Klägerin zurückzukehren; die liebe, gute, mütterliche Mrs. Baines hatte immer von neuem ihre Überredungskunst aufbieten müssen, damit er sich fügte. Er hatte oft bitterlich geweint, er ...

Vanessa blickte, um sich abzulenken, auf Mr. Hoods starken, muskulösen Nacken und glitt, wie so oft, sanft in eine Traumwelt hinüber.

«Vanessa, schon lange drängt es mich, Ihnen etwas zu gestehen.»

«Ich weiß, Jonathan.»

«Wie einfühlsam Sie sind!»

«Jonathan, bitte ...»

«Liebste ... Geliebte ...»

«Wir sind beide so hoffnungslos gebunden. Sie an Ihre Frau und ich an P.S.»

«Ness, wollen Sie damit sagen, daß wir uns nicht einmal mehr sehen dürfen?»

Was?

Verdammt. Offenbar hatte sie etwas verpaßt, denn da erhob sich schon Lila und schritt unter dem Raunen der Zuhörer zum Zeugenstand.

Vanessa beobachtete sie. Dieser zimperliche Gang und dieses unterwürfige Schafslächeln! Sie trippelt durch den Saal, als brächte sie Mater eine Tasse Tee. Unschuld, dein Name ist Lila Baines! Armer alter George. Mit so einer Heuchlerin verheiratet zu sein ...

«Mrs. Baines», begann Mr. Gentle, «haben Sie jemals versucht, Ihr Mündel in irgendeiner Weise gegen die Klägerin zu beeinflussen?»

«Nein, nie.»

«Haben sie ihm geraten, die Rückkehr zu verweigern?»

«Nein. Es war sein eigener Entschluß. Ich habe ihm vergebens zugeredet, wenigstens noch so lange bei meiner Schwester zu bleiben, bis wir juristischen Rat eingeholt hätten.»

«Sie haben sich bemüht, ihn zur Einsicht zu bringen?»

«O ja. Aber er antwortete immer nur: ‹Ich will nicht zurück, ich will nicht zurück›, und wenn ich in seine Nähe kam, klammerte er sich an den Bettpfosten und schrie. Daher gab ich schließlich nach, aber ich sagte, Vanessa müsse es von ihm selbst erfahren.»

«Haben Sie am darauffolgenden Abend, als Miss Scott mit ihrem Rechtsanwalt bei Ihnen erschien, den Jungen gewaltsam gehindert, in das Auto zu steigen?»

«Ja, weil ich sah, daß der Chauffeur die Hand an der Tür hatte, um sie hinter dem Jungen zuzuschlagen.»

«Hat der Kleine geweint und gestrampelt, um trotzdem in das Auto zu kommen?»

«Keineswegs. Er hielt sich an *mir* fest.»

«Haben Sie die Nachbarn zusammengeschrien?»

Davon könne keine Rede sein, erklärte Lila energisch. Vanessa habe sich wie eine Wahnsinnige aufgeführt und so laut, so unbeherrscht gekeift, daß die Nachbarn von dem Lärm angelockt worden seien. Sie selbst, Lila, habe nach diesem Auftritt einen ihrer seltenen Asthma-Anfälle erlitten. Ein ärztliches Attest bestätigte, daß solche Attacken bei Mrs. Baines durch starke seelische Erregung hervorgerufen wurden.

Geleitet und gesteuert von Mr. Gentle, erging sich Lila in schwülstigen Beteuerungen ihrer Nächstenliebe. Der arme Logan Marriott war nur durch Vanessas anmaßende Befehle und Drohungen zu seiner überstürzten Abreise getrieben worden. Ja, ihre Schwester Agnes, der sie Obdach gewährt hatte, gehörte einer religiösen Sekte an (hier stockte Lila einen Moment), aber sie versuchte niemals, das Kind zu beeinflussen, da sie wußte, daß die Baines ihren Glauben nicht teilten.

An dieser Stelle erhob sich Mr. Hood, um mit Erlaubnis des Richters eine Frage zu stellen. Befand sich Miss Agnes Scott im Saal?

Nein, erwiderte Mr. Gentle.

«Sie ist *nicht* anwesend?» Mr. Hood heuchelte fassungsloses Staunen.

«Da Miss Agnes Scott erst seit einem Monat im Hause der Beklagten wohnt und keines der Ereignisse, die zu diesem Prozeß führten, miterlebt hat, wurde sie von uns nicht als Zeugin benannt.»

«Nicht benannt? Ich verstehe.»

Mr. Hood setzte sich, die Brauen bis zum Perückenansatz hochgezogen, und Agnes' Abwesenheit machte den gebührenden Eindruck.

In Anbetracht der zahlreichen Fußangeln war Mr. Gentle bestrebt, rasch über das unselige Schriftstellertreffen hinwegzugehen. Mrs. Baines, erklärte er, habe ihre Befugnisse durchaus nicht überschritten, als sie den «Kleinen» mit ein paar Freunden seiner «kleinen» Mutter bekannt machte. Schließlich sei die Mutter ja auch Schriftstellerin gewesen.

Eine «kleine» Schriftstellerin, dachte Vanessa.

Lila griff das Stichwort prompt auf. «Ich bin sicher, daß es im Sinne seiner Mutter war», sagte sie und betupfte sich die Augen mit dem Taschentuch.

«Ist es wahr, Mrs. Baines, daß bei diesem Treffen in Gegenwart des Jungen behauptet oder angedeutet wurde, er sei irgendwie am Tode seiner Mutter schuld?»

«Nein.»

«Bestimmt nicht?»

«Bestimmt nicht.»

«Wer hat ihn dann aber auf diesen Gedanken gebracht?»

«Die andere Erziehungsberechtigte.»

«Die *Klägerin.*» Jetzt war Mr. Gentle an der Reihe, fassungsloses Staunen zu heucheln. «Woher wissen Sie das?»

«Von ihm selbst. Wie er mir erzählte, hat Vanessa einmal zu ihm gesagt, seine Geburt habe sich verzögert, und deshalb sei seine Mutter gestorben.»

«Wann war das?»

«Lange vor dem Schriftstellertreffen.»

«Vorher?»

«Ja. Vanessa war eines Tages mit ihm zu Muschis Gärtchen gefahren ...»

«Zu was für einem Gärtchen?» fragte der Richter scharf.

Mr. Gentle erläuterte den Ausdruck. Der Richter kritzelte etwas auf seinen Notizblock.

«So nennen Sie also das Grab?» wandte er sich dann an Lila.

«Ja, Euer Gnaden. Wir finden, für ein Kind klingt das netter.»

Mr. Hay-Piggott blickte Lila grimmig an. «Was haben *Sie* denn dem Jungen über den Tod seiner Mutter erzählt?»

«Nun ...» Lila war sichtlich nervös. «Daß sie jetzt bei den Engeln ist.»

«Bei den Bengeln?» rief der Richter schockiert.

«Bei den *Engeln*, Euer Gnaden», sagte Mr. Gentle hastig. «Und nun, Mrs. Baines ...»

«Moment.» Der Richter schwenkte seinen Federhalter. «Ich verstehe das nicht. Wenn der Junge denkt, daß seine Mutter bei den Engeln ist – wie kann er dann gleichzeitig glauben, sie sei in irgendeinem Gärtchen?»

«Das glaubt er ja gar nicht», antworteten Lila und Mr. Gentle wie aus einem Munde.

«Ich frage die Zeugin», sagte der Richter gereizt.

Lila erklärte mit zitternder Stimme: «Das Gärtchen war für ihn nur eine Art ... Gedenkstätte ... wo wir Blumen hinbrachten und so weiter ...»

«Und so weiter? Was heißt das?»

«Nichts, Euer Gnaden. Nur Blumen. Ich ... Wir haben immer versucht, dem Kind alle traurigen Vorstellungen fernzuhalten. Aber dann kam meine Schwester dazwischen und erzählte ihm, seine Mutter liege da unten in einer *Kiste.*»

«Das stimmt doch wohl», meinte der Richter. «Ich begreife nicht, worauf Sie hinauswollen.»

«Euer Gnaden», sagte Mr. Gentle, «es geht darum, daß die Klägerin bewußt alles unterminiert hat, was die Pflegeeltern so liebevoll ...»

«Albernes Gewäsch», knurrte der Richter. «Ich muß den Herrn Verteidiger daran erinnern, daß wir hier nicht sitzen, um uns sentimentale Ergüsse über Engel und Gärtchen anzuhören. Halten wir den einzig wichtigen Punkt fest: Der Junge erfuhr, daß seine Mutter bei seiner Geburt gestorben ist.»

«Ja, Euer Gnaden.»

«Und er erfuhr es von der Klägerin?»

«Ja, Euer Gnaden.»

«Das ist alles, was wir wissen müssen. Schließlich wollen wir ja keinen Roman darüber schreiben. Wir haben schon viel zuviel Zeit mit Nebensächlichkeiten vergeudet. Haben Sie noch weitere Fragen an die Zeugin?»

«Nein, Euer Gnaden», erwiderte Mr. Gentle rasch und setzte sich. Mr. Hood trat mit strahlendem Lächeln auf Lila zu.

«Mrs. Baines, waren Sie am Zug, als Mr. Marriott nach Melbourne zurückfuhr?»

«Ja.»

«Weil er sich weigerte, Sie in Ihrem Haus aufzusuchen?»

«O nein!» widersprach Lila entrüstet. «Er wollte kommen. Ich hatte schon alles vorbereitet, das Essen war fertig – und in letzter Minute rief er an ...»

«Er kam also nicht?»

«Nein, er sagte ab, und ...»

«Und deshalb mußten Sie zu ihm gehen?»

«Er war im Begriff, abzureisen.»

«Nun, dann hätte er Sie ja keinesfalls in Ihrem Haus aufsuchen können.»

«Ja, aber ...»

«Was haben Sie am Bahnhof mit ihm gesprochen?»

«Nichts. Dazu war keine Zeit mehr.»

«Was *wollten* Sie mit ihm besprechen?»

«Natürlich die Sache mit P.S.»

«Drücken Sie sich bitte etwas deutlicher aus.»

«Mein Mann und ich wollten P.S. adoptieren, und dazu brauchten wir Logans Zustimmung.»

«Aha. Aber Sie konnten dieses Thema nicht zur Sprache bringen?»

«Nur ganz kurz.»

«Oh – dann *haben* Sie also darüber gesprochen. Sagten Sie nicht eben, es sei keine Zeit mehr dazu gewesen?»

«Der Zug fuhr schon ab, als wir ...» Lila atmete jetzt keuchend.

«Hat sich Mr. Marriott zu Ihrer Bitte geäußert?»

«Er sagte, *wir* sollten P.S. haben.»

«Waren noch Dritte bei diesem Gespräch zugegen?»

«Mein Mann und meine Schwester Vere.»

«Oh, Ihr Mann. Natürlich. War Mr. Marriott nüchtern?»

Lila schluckte mehrmals und rang nach Luft. «Nein. Aber er verstand mich und sagte, wir würden es schriftlich erledigen.»

«Pardon? Ich habe die letzten Worte nicht gehört.»

«... schriftlich erledigen.»

«Sie sollten ihm also schreiben? Wohin?»

«Wir wissen ja nicht, wo er sich aufhält. Wir ...»

«Fühlen Sie sich nicht wohl, Mrs. Baines? Möchten Sie ein Glas Wasser?»

Lila schüttelte den Kopf. Als sie ihre Stimme wieder in der Gewalt hatte, fuhr sie fort: «Wir haben über die Adresse seiner Schwester an ihn geschrieben.»

«Hat er auf diesen Brief reagiert?»

«Nein.»

«Nein. Da Sie Mr. Marriotts Talent kennen, sich jeder Verantwortung zu entziehen, haben Sie wohl auch kaum erwartet, von ihm zu hören. Oder waren Sie, nachdem er das Weite gesucht hatte, wirklich und ehrlich überzeugt, daß er eine schriftliche Erklärung zu Ihren Gunsten abgeben würde?»

«Wir hielten es immerhin für möglich ... Er war doch so wütend auf Vanessa ...»

«Ich bedauere, daß Sie sich nicht wohl fühlen, aber ich muß Sie trotzdem bitten, etwas lauter zu sprechen.»

«Verzeihung, ich ...»

«Ich wiederhole: Rechneten Sie auf eine postwendende Entscheidung zu Ihren Gunsten?»

«Das nicht, aber ...»

«Natürlich nicht.» Mr. Hoods Ton war gütig und verständnisvoll. «Wie hätten Sie auch darauf rechnen sollen? Sie hatten ihn seit mehr als sechs Jahren nicht gesehen, und folglich lag die Vermutung nahe, daß Sie nun wieder sechs Jahre lang ohne Nachricht bleiben würden. Waren Sie ärgerlich, als der Zug mit ihm abdampfte?»

«Ein bißchen.»

Mr. Hood legte pantomimisch die Hand an das Ohr.

«Ein bißchen», keuchte Lila.

«Ein bißchen ärgerlich. Nun, das läßt sich denken. Ich könnte mir sogar vorstellen, daß Sie sehr ärgerlich waren. Und am Sonntag darauf weigerte sich der Junge, zu Miss Scott zurückzukehren?»

«Ja.»

«Die Weigerung erfolgte also am nächsten Sonntag, wenige Tage nach Ihrem mißglückten Versuch, die Zustimmung des Vaters zur Adoption zu erhalten?»

«Ja.»

«Und Sie behaupten dennoch, daß es der *eigene* Entschluß des Jungen war?»

«Ja. Ja.»

«Das Gericht soll Ihnen glauben, daß sich ein sechsjähriges Kind aus heiterem Himmel entschließt, nicht mehr in sein bisheriges Heim zurückzukehren? Bleiben Sie wirklich bei der Behauptung, daß diese verblüffende zeitliche Übereinstimmung reiner Zufall war?»

«Ja.»

Mr. Hood sah schweigend zu, wie Lila nach Luft schnappte, keuchte, ächzte, zuckte, sich in seinem Fangnetz wand und dem Publikum den typischen Anblick einer Zeugin bot, die sich in ihren eigenen Lügen verstrickt hat. Schließlich gönnte er ihr ein mitleidiges Lächeln, meinte, sie solle vielleicht lieber den Zeugenstand verlassen, und streckte die Hand aus, um ihr in die Grube zu helfen, die er für sie gegraben hatte.

Sofort war Mr. Gentle auf den Beinen. Seine weiten Ärmel flatterten wie schwarze Flügel, als er krähend gegen die Unterstellung protestierte, seine Mandantin befinde sich bei schlechter Gesundheit. Mrs. Baines sei ihr Leben lang nicht ernstlich krank gewesen und könne sehr wohl den ganzen Tag lang Fragen beantworten, vorausgesetzt, daß sie auf korrekte Art gestellt würden.

Der Richter erklärte, dies sei der Fall gewesen, und fragte Mr. Hood, ob er die Zeugin noch weiter vernehmen wolle.

Mr. Hood erwiderte liebenswürdig, seiner Meinung nach habe das keinen Zweck. Mr. Hay-Piggott warf den beiden Anwälten einen Blick zu, aus dem tiefe Abneigung sprach, bemerkte mit seiner knarrigsten Stimme, es sei zu hoffen, daß die Verhandlung heute noch zu Ende geführt werde, und setzte eine Mittagspause an.

Mr. Hood hielt für Vanessa die Schwingtür offen, die auf den Korridor führte, legte dann andeutungsweise den Arm um sie und sagte: «So weit – so gut. Allerdings steht uns noch die Aussage des Dienstmädchens bevor. Da könnte es Schwierigkeiten geben, und vielleicht muß ich Sie noch einmal in den Zeugenstand rufen.»

Im gleichen Moment versicherte Mr. Gentle seiner Mandantin, sobald Diana als Zeugin auftrete, hätten sie gewonnenes Spiel. Nicht daß der Sieg von Dianas Aussage abhänge – wenn es je einen glasklaren Fall gegeben habe, dann diesen. Übrigens, fügte Mr. Gentle hinzu, wolle der Richter morgen nachmittag in seinem Privatbüro mit P.S. sprechen.

Ettie, die aus der Damentoilette herauskam, stand unversehens Lila gegenüber, die hinein wollte, und die beiden fielen einander impulsiv um den Hals.

«Lila, mein armes, armes Lämmchen! Wie geht es dir denn, mein Herz?»

«Ettie! Du Liebe! Oh, deine Hände sind ja eiskalt. Hast du keine Handschuhe bei dir?»

«Ach, du Gute – immer nur um andere besorgt. Ja, ich habe einen Muff, aber es ist so gräßlich kalt im – äh – Gerichtssaal.»

«Nicht wahr? Man müßte sich beschweren. Mitte August, und nicht einmal ein Heizofen!»

«Wie geht es dem lieben ...»

«Gut, Ettie. Ach, Ettie, wer hätte gedacht ... Wir haben das bestimmt nicht gewollt.»

«Natürlich nicht, ihr Armen, Lieben. Ness auch nicht.»

«Also das ...»

«Meine arme Lila! Ach, und die arme Ness!»

Vanessa, die plötzlich und unerwartet um die Ecke kam, ertappte die beiden auf frischer Tat. «Ettie!»

Etties brillantenfunkelnde Händchen machten nutzlose Abwehrbewegungen, protestierten schwach gegen das Weggezogenwerden, signalisierten, daß sie es alle miteinander doch herzlich gut meinten. Blut, sagten die flatternden Hände, ist dicker als Wasser. Könnt ihr euch nicht einfach einen Kuß geben und euch vertragen, bevor wir alle noch mehr Schaden an unserer Seele nehmen?

«Schließlich ist sie die Tochter meiner Cousine ersten Grades.» Ettie sah flehend in Vanessas steinernes Gesicht.

«Natürlich, *das* entschuldigt alles.»

«Ach, Ness ...»

«Bitte. Ich bin heute ziemlich nervös.»

Vanessas Nervosität steigerte sich noch im Laufe des Nachmittags. George Mason Baines erklärte schlicht, er liebe den Jungen, und jeder Junge brauche einen Vater. Die Anwesenden erfuhren, daß Mr. Baines mehr als sechs Jahre lang für das Kind gesorgt und ihm ein Heim gegeben hatte, in guten wie auch in schlechten Zeiten. Mr. Baines hatte mit Schwierigkeiten zu kämpfen gehabt, aber sie waren nicht unüberwindlich. Ja, seine Aussichten, bald wieder in der Handelskammer arbeiten zu können, waren so blendend, daß es wie eine persönliche Taktlosigkeit des Saaldieners wirkte, die verstaubten grünen Lampen genau in dem Moment anzuzünden, als davon die Rede war. Mr. Hood fragte respektvoll, für welche Partei Mr. Baines bei den Wahlen 1926 kandidiert habe. Ah, für die *Labour Party*. Ja, natürlich. Dann waren es wohl auch die *Sozialisten* – Verzeihung, die Labourleute –, denen er die Stellung bei der Gewerkschaft zu verdanken hatte? Ja. Und jetzt arbeitete Mr. Baines als Nachtwächter? Ah, nur vorübergehend, wegen des allgemeinen Personalabbaus, ich verstehe. Wurde bei ihm zu Hause viel von Politik gesprochen? Nicht viel? Erstaunlich, bei dem zugegebenen Interesse für die Labour Party, für Gewerkschaften und *Streiks*. Einspruch? Oh, Pardon, Euer Gnaden, diese Bemerkung sollte keinesfalls zu Schlußfolgerungen verleiten.

Die Hausfrau Florence Grindel hatte zu Protokoll gegeben, daß ihre

Nachbarn anständige und saubere Leute waren, gute, nahrhafte Hausmannskost aßen und ein glückliches Familienleben führten. Die kleine Mama hatte die letzten Monate ihrer Schwangerschaft in dem Haus verbracht, und ihr war es gut genug gewesen. Alles war in Butter, bis die Klägerin dazwischenkam. Von da an hatte sich das Kind zusehends verändert; es machte einen nervösen, ängstlichen Eindruck. Das wüste Benehmen der Klägerin gegen die arme Mrs. Baines hatte Mrs. Grindel selbst miterlebt, und sie war nahe daran gewesen, die Polizei zu rufen. Das Kind hatte sich vor Aufregung in die Hortensien übergeben. Ein wahres Wunder, daß sich der arme Kleine nicht schon lange vorher geweigert hatte, zur Klägerin zurückzukehren.

Nun wurde endlich die Aussage des Hausmädchens Diana verlesen, und das Publikum spitzte die Ohren. Vanessa nahm lächelnd zur Kenntnis, daß sie als «Dragoner» bezeichnet wurde, der «strikte Disziplin» verlangte. Wie töricht von diesem jugendlichen Anwalt, einem Dorftrampel derartige Ausdrücke in den Mund zu legen! Armes Ding! Da stolperte sie nun zum Zeugenstand in einem gallegrünen, rüschenbesetzten Kleid, einen Koalabären aus Rheinkieseln an der gräßlichen Baskenmütze, kirschrot im Gesicht, völlig benommen, weil sie plötzlich in den Mittelpunkt des Interesses gerückt war. Schon nach ihren ersten Worten wurde der Richter ungeduldig und fuhr sie an: «Sprechen Sie gefälligst deutlich! Wenn *ich* Sie nicht hören kann, hört Sie auch niemand anders.»

Zu Vanessas Erleichterung gab Diana eine erbärmliche Zeugin ab. In ihrer Aufregung verfehlte sie jeden Ball, den Mr. Gentle ihr hoffnungsvoll zuwarf. Sie brachte Daten und Ereignisse durcheinander, so daß man des öfteren gezwungen war, Teile ihrer schriftlichen Aussage nochmals vorzulesen. Jeden belastenden Satz mußte Mr. Gentle wie mit glühenden Zangen aus ihr herausziehen. Ja-a-a, die alte Dame hatte von Zeit zu Zeit einen gehoben. Betrunken? Nein, das eigentlich nicht – höchstens beschwipst, sozusagen. Und zu *ihr* war sie immer nett gewesen. Nein, grausam konnte man Miss Scott wohl nicht nennen – eher schon streng. Man mußte sich höllisch bei ihr vorsehen. Das Jungchen hatte viel zu viele Privatstunden, so daß ihm nie Zeit blieb, nach der Schule mit anderen Kindern zu spielen. Das Jungchen war oft so k. o. (Übersetzung für den Richter: «Müde, Euer Gnaden»), daß es schon vor dem Dunkelwerden zu Bett gebracht werden mußte.

Hatte sie je gesehen, daß Miss Scott das Kind schlug?

Nach einer langen Pause: Ja-a-a, einmal.

Wann?

An dem Tag, als der Vater dagewesen war. Es hatte einen riesigen Krach gegeben, man hörte es bis in die Küche. Der Vater hatte gebrüllt, Miss Scott sollte sich zum Teufel scheren, und dann war er aus dem Haus gelaufen. Gleich darauf war Miss Scott nach oben gerannt, hatte das Jungchen in sein Zimmer geschubst und ohne jeden Grund geohrfeigt. Das Jungchen war ihr entwischt und hatte sich im Badezimmer eingeschlossen. Wie lange? Oh, stundenlang. Er wollte und wollte nicht herauskommen. Ihr, Diana, war die ganze Geschichte so an die Nieren gegangen, daß sie Miss Scott ihre Meinung gesagt hatte, und daraufhin war sie fristlos entlassen worden.

«Danke.» Mr. Gentle setzte sich.

Mr. Hood stand auf und fragte: «Sind Sie schwere Arbeit gewohnt?»

Das konnte man wohl sagen. Sie kam ja von einer Farm, und da hatte sie schon als Kind jeden Morgen vor Sonnenaufgang zehn Kühe melken und dann für zwanzig Tagelöhner kochen und auch sonst kräftig zugreifen müssen, achtzehn Stunden am Tag.

«Achtzehn Stunden am Tag», wiederholte Mr. Hood. «Und da finden Sie, daß eine Stunde Klavierunterricht oder ein Ritt durch den Park zu anstrengend für einen sechsjährigen Jungen sind?»

«Na ja ...»

«Hat Miss Scott Sie manchmal getadelt, als Sie bei ihr angestellt waren? Ich meine, hatte sie an Ihrer Arbeit etwas auszusetzen?»

«O ja, sie ...»

«Hat sie mit Ihnen gescholten?»

«Und wie! Wegen jeder Kleinigkeit hat sie einem die Hölle heiß gemacht, schon wenn man mal die Servietten vergaß und so.»

«Hat Sie das nicht gekränkt?»

«Na ja, ich laß mich nicht gern anschreien. Ich tu, was ich kann.»

«Der Verlust Ihrer Stellung war wohl ein schwerer Schlag für Sie?»

«Na klar. Wo ich doch 'nen kranken Vater habe ... und alles.»

«Sind Sie zur Zeit berufstätig?»

«Ja, halbtags, in so 'nem Abfüllbetrieb.»

«Gefällt Ihnen das besser als Ihre frühere Beschäftigung?»

«Nein, aber wenigstens schreit mich da keiner an.»

Mr. Hood wandte sich ab und drehte sich unvermittelt wieder um. «Ach, noch etwas. Wo stand der Junge, als Miss Scott ihn, Ihrer Aussage nach, ohrfeigte?»

«In seinem Schlafzimmer.»

«Wo im Schlafzimmer?»

«Och ... das kann ich nicht so genau sagen.»

«Warum nicht?»

«Na ja, ich kam doch gerade erst die Treppe rauf ...»

«Sie waren auf der Treppe? Konnten Sie denn von dort aus ins Zimmer des Jungen sehen?»

«Nicht direkt, aber ...»

«Sie haben also nicht mit eigenen Augen gesehen, daß der Junge geohrfeigt wurde?»

«Na ja, ich ...»

«Haben Sie es gesehen oder nicht?»

Diana schlang verzweifelt ihre Wurstfinger umeinander. «N-n-nein ... Aber gehört hab ich's.»

«Sie haben etwas *gehört*, was wie eine Ohrfeige klang?»

«Ja.»

«Danke, das ist alles.»

Wenige Sekunden später knatterte ein leichtes Maschinengewehrfeuer durch den Saal. Miss Gwenevere Scotts imitierte Bernsteinkette riß in dem Moment, als sie in den Zeugenstand trat, und die braunen Kugeln rollten nach allen Seiten über den Fußboden.

«Großer Gott, meine Kette! Bitte tausendmal um Entschuldigung.»

Allgemeine Heiterkeit. Saaldiener jagten den geräuschvoll kullernden Perlen nach, sammelten sie auf und überreichten sie Miss Scott, die mittlerweile ihre Handtasche fallen gelassen hatte.

Der Richter, am Ende seiner Geduld, klopfte scharf auf den Tisch und forderte Ruhe.

Was in aller Welt mochte Vere zu sagen haben?

Wie eine Figur aus einer Vorstadtposse, dachte Vanessa, während sie Veres zusammengestoppelten Putz betrachtete: ein rotes Wollkostüm, ein breitrandiger schwarzer Samthut mit einem Messingpfeil, der scheinbar quer durch Veres Schädel gestochen war und über dem linken Ohr herausragte, und dazu ein abgetragenes Marderkollier.

«Wie hübsch die liebe Vere aussieht», murmelte Ettie und winkte ihr verstohlen Mut zu.

Bei Vere erübrigte sich jede Ermahnung, deutlich zu sprechen. Sie stand hier auf der Bühne, und ihr hoher, klarer Sopran drang bis in die letzte Saalecke, schallte von der schmutzigen gewölbten Decke zurück.

Logan Marriott hatte ihr gegenüber den Wunsch geäußert, daß sein Sohn bei Lila und George aufwachsen sollte. Er war in schrecklicher Sorge, daß Vanessa einen Waschlappen aus dem Kind machen würde. Nein, als er das sagte, war er durchaus nicht betrunken. Sie hatten nur ein, zwei Glas Bier im Carlton getrunken. Und wenn Mr. Marriott die Stadt so fluchtartig verlassen hatte, dann deshalb, weil Vanessa ihn einwickeln wollte.

«*Was* wollte sie?»

Ihn einwickeln, Euer Gnaden. Ihm das Kind abjagen. Logan wußte genau, was Vanessa vorhatte, und war nur gekommen, um seinen Sohn wenigstens kurz zu sehen. Daß Vanessa das Kind ganz für sich haben wollte, stand außer allem Zweifel. Wieso? Nun, Lila hatte oft und gern erlaubt, daß der Junge mit ihr, Vere, einen Nachmittag verbrachte – sie gingen dann ins Kino oder in den Botanischen Garten. Vanessa dagegen hatte ihn nur ein einziges Mal zu ihr gelassen und obendrein eine gräßliche Szene gemacht, weil sie sich bei der Rückkehr ein paar Minuten verspätet hatten. So aggressiv war sie geworden, daß sowohl der Junge als auch Mrs. Bult sie, Vere, zu schützen versuchten. Und dann hatte ihr Vanessa das Haus verboten.

Mr. Hood erhob sich und richtete seinen langen Zeigefinger auf Vere.

«Gestatten Sie mir eine Frage. Finden Sie nicht, daß ein Vormund das Recht hat, gewisse Verhaltungsmaßregeln für das Kind aufzustellen?»

«Das hängt von dem Kind ab.»

«Betrachten Sie dieses Kind als eine Ausnahme?»

«Nein, aber P.S. ist ein guter Junge. Er braucht keine strenge Hand.»

«Und was braucht er Ihrer Meinung nach?»

«Eine Mutter weniger.»

Der Gerichtssaal hallte von Gelächter wider. Sogar der Richter lächelte, und Vanessa und Lila sagten «Stimmt genau» zu Ettie beziehungsweise zu George. Mr. Hay-Piggott erinnerte Mr. Gentle, daß er den Jungen am nächsten Tag um zwei Uhr zu sprechen wünsche, und teilte mit, die gerichtliche Entscheidung werde heute in zwei Wochen verkündet werden.

Endlich war es vorbei.

«Haben wir gewonnen?»

«Das steht noch nicht fest, Liebling.»

«Oh...» Wie konnten Erwachsene, die bei Gericht tätigt waren, solche Idioten sein? «Wann erfahren wir's denn? Wann?»

«Sehr bald. In zwei Wochen.»

«In zwei Wochen!» Eine Ewigkeit! Das sah den Erwachsenen wieder mal ähnlich. Immer hieß es: «Warte nur ab.» – «Du wirst schon sehen.» – «Vielleicht.»

«Weißt du, was wir morgen machen?» sagte Lila. «Wir beide fahren in die Stadt, und du unterhältst dich mit dem Richter, ganz allein. Na, ist das nicht fabelhaft?»

Fabelhaft? Hielt Lila *das* für ein Vergnügen?

«Darf Alan mitkommen?»

Mr. Gentle erwartete sie vor einem sehr schmutzigen alten Gebäude, dessen Fenster mit Eisenstäben vergittert waren. P.S. blieb einen Schritt hinter Lila zurück und umklammerte krampfhaft ihre Hand. Brachte man ihn etwa ins Gefängnis, wie Winnie behauptet hatte? Ob Lila und George geschwindelt hatten, als sie sagten, der Richter wolle ihn sprechen? Sie gingen durch das eiserne Tor, überquerten den Vorhof, stiegen ein paar Stufen hinauf und standen vor einem Portal, auf dem ein Emu und ein Känguruh einen Schild zwischen sich hielten. Mr. Gentle läutete, und nach einer Weile wurde die Tür von einem fahrigen jungen Mann geöffnet, der es eilig zu haben schien, sehr schnell sprach und alles zweimal sagte: «Kommen Sie – kommen Sie, setzten Sie sich – setzen Sie sich.» Er führte sie in ein dunkles Büro voller Bücher und Akten. Lila half P.S. beim Ausziehen des Mantels und der Handschuhe, und während sie ihm das Haar kämmte, beugte sich der junge Mann über einen Kasten auf dem Schreibtisch. «Der kleine Marriott ist da, Euer Gnaden», meldete er, worauf knurrende Geräusche und ein scharfes Knacken aus dem Kasten drangen. Mr. Gentle ermahnte P.S., keine Angst zu haben und immer schön bei der Wahrheit zu bleiben, ganz egal, was der Richter ihn fragte, und Lila sagte auch, er solle die Wahrheit sprechen, das sei sehr wichtig, und gab ihm einen Kuß. Dann mußten sie lange warten. Sie starrten die Wände an, und von Zeit zu Zeit richtete Lila eine halblaute Frage an Mr. Gentle, und Mr. Gentle, der an seiner Pfeife sog, erwiderte auf Erwachsenenart: «Vielleicht» – «Möglich» – «Wir werden sehen», und meinte, es werde hoffentlich nicht zu lange dauern, denn er habe einen Mandanten in sein Büro bestellt. Endlich tönte ein lautes Summen aus dem Kasten. Der fahrige junge Mann lauschte einem abermaligen Knurren, sagte: «Ja, Euer Gnaden», und teilte ihnen mit, der Richter sei nunmehr bereit, den kleinen Marriott zu empfangen. Lila flüsterte P.S. noch einmal zu, er solle keine Angst haben und die Wahrheit sagen, und der fahrige junge Mann klopfte an eine Tür und bedeutete ihm, hineinzugehen.

Bestimmt hätte sogar Vanessa dieses Zimmer großartig gefunden, denn so etwas gab es sonst nur in Hollywoodfilmen. Die Wände waren aus poliertem Holz, und die Bücherregale reichten bis an die Decke. Der Teppich war weich, als ginge man auf Moos, und alles hatte gewaltige Ausmaße, besonders die Ledersessel und der Schreibtisch, den man als Tennisplatz hätte benutzen können. In dem Kamin, der doppelt so hoch war wie P.S., loderte ein prasselndes Feuer. Am eindrucksvollsten aber war der Richter, der vor dem Kamin stand. P.S. mußte plötzlich an Gott denken. Der Richter trug zwar einen modernen Anzug, aber sonst sah er mit seinem weißen Haar und den buschigen weißen Brauen genau wie Gott aus. Die Ähnlichkeit war so groß, daß P.S. beinahe vor ihm auf die Knie gefallen wäre. Aber er bezwang sich und streckte ihm höflich die Hand entgegen. Der Richter gab ihm eine riesengroße, marmorkalte, weiße Hand. «Guten Tag», sagte er. «Bist du P.S.?» Er antwortete: «Guten Tag, ja», und der Richter lächelte, und plötzlich hatte er überhaupt keine Angst mehr, sondern empfand nur Ehrfurcht, als stünde er wirklich vor Gottes Angesicht.

«Setz dich, P.S.», forderte der Richter ihn auf und half ihm in einen der Ledersessel, in dem er fast verschwand; seine Beine ragten über den Rand hinaus waagerecht in die Luft.

«Ißt du gern Schokolade?» erkundigte sich der Richter.

«Ja, danke», erwiderte P.S., und der Richter schenkte ihm eine rotgoldene Tafel Nestle-Schokolade, eine ganz große, die mindestens zwei Shilling gekostet hatte. «Vielen Dank», flüsterte P.S. überwältigt.

«Iß aber nicht alles auf einmal auf», sagte der Richter. «Wenn du dir den Magen verdirbst, macht deine Tante mir Vorwürfe.»

Welche Tante? Ach so, er meinte wohl Vanessa. Sie hielt nichts von Süßigkeiten für Kinder, weil das schädlich für die Zähne war, und wahrscheinlich hatte sie dem Richter streng befohlen, ihm keine Schokolade zu geben. Aber der Richter setzte sich einfach darüber hinweg, vielleicht war er sogar ein bißchen ärgerlich auf Vanessa. Der Ton, in dem er «deine Tante» gesagt hatte, ließ so etwas vermuten, und das war ein gutes Zeichen. Bestimmt hatten sie den Prozeß gewonnen, und der Richter würde ihm gleich sagen, er dürfe für immer bei Lila und George bleiben.

«Also, P.S. –» der Richter ließ sich ihm gegenüber nieder und faltete die großen marmorweißen Hände – «ich möchte dir jetzt ein paar Fragen stellen. Alles, was wir hier sprechen, bleibt unter uns, und deshalb kannst du mir unbesorgt die Wahrheit sagen. Ist das klar?»

P.S. nickte.

«Hast du einen jungen Hund?» fragte der Richter.

«Nein», antwortete P.S. verblüfft. Wollte ihm der Richter auch noch einen Hund schenken?

«Wenn du einen hättest – würdest du dann gut für ihn sorgen?»

«O ja!»

Vanessa konnte Hunde nicht ausstehen und hatte ihm nie erlaubt, einen zu halten. Sooft sich ein streunender Hund in den Garten verlief, scheuchte sie ihn weg. «Raus mit dir, du Köter!» Einmal, auf der Straße, war ein braunes Hündchen auf P.S. zugesprungen, aber als er es streicheln wollte, hatte Vanessa seine Hand zurückgerissen und gesagt: «Faß ihn nicht an, P.S., er hat bestimmt Flöhe. Fort mit dir, geh nach Hause!» Der arme kleine Hund war so verängstigt gewesen, daß er sich platt an den Boden drückte und am ganzen Leibe zitterte. Früher hatte P.S. einen kleinen Bastardwelpen gehabt, ein Geschenk von Lila zu seinem vierten Geburtstag. Aber der dumme Bäckerjunge, der morgens die Brötchen brachte, hatte die Gartentür offengelassen, und der Hund war auf die Straße gelaufen und überfahren worden. Lila war darüber noch unglücklicher gewesen als P.S. selbst und hatte auf seine Frage, ob er einen neuen Hund bekäme, schluchzend geantwortet: «Nein, Liebling, nein, ich könnte es nicht ertragen, einen anderen Hund mit Winkys Halsband zu sehen – unser armer kleiner Winky!»

«Ein junger Hund», sprach der Richter weiter, «muß erzogen werden, damit er dies und das nicht mehr tut. Und wenn er ungezogen ist, kriegt er einen Klaps, nicht wahr? So lernt er sich benehmen und wächst zu einem anständigen, brauchbaren Hund heran, stimmt's?»

«Ja», antwortete P.S. und fragte sich, worauf der Richter eigentlich hinauswollte.

Nun, in gewisser Beziehung sei er, P.S., mit einem jungen Hund zu vergleichen, erklärte der Richter. Er sei noch zu klein, um von sich aus alles richtig zu machen, und darum müsse er eben erzogen und betreut werden, bis er gelernt habe, eigene Entschlüsse zu fassen. Könne er das verstehen?

O ja.

«Wenn du nun einen jungen Hund hättest und dich aus irgendeinem Grunde von ihm trennen müßtest – wem würdest du ihn geben?»

Wem? Oje, das war schwierig. Winnie? Alan? Cynthia Lawson?

Der Richter kam ihm zu Hilfe. «Würdest du ihn nicht demjenigen geben, von dem du weißt, daß er am besten für ihn sorgen wird?»

«Ja», sagte er dankbar. Er war jetzt ganz sicher, daß der Richter von Lila sprach. Sie konnte ja an keinem Hund vorbeigehen, ohne ihn zu streicheln und freundlich mit ihm zu reden.

Der Richter wußte offenbar – genau wie Gott –, was P.S. dachte, denn seine nächste Frage war: «Deine Tante Lila ist immer sehr gut zu dir gewesen, nicht wahr?»

Ja, sehr gut, versicherte er dem allwissenden Gott; er hatte Lila und George so lieb.

«Und wie steht's mit deiner Tante Vanessa? War sie nicht auch sehr gut zu dir?»

O doch, ja. Es war wohl besser, nichts gegen Vanessa zu sagen, zumal aus den Worten des Richters deutlich hervorging, daß er ihn Lila überlassen wollte.

«Warum hast du dich dann so gesträubt, zu ihr zurückzukehren?»

Komisch – das war sehr schwer zu erklären. Er wußte einfach nicht, wie er sich ausdrücken sollte. Bis jetzt hatte ihn noch niemand so geradezu nach dem Warum gefragt. Er begann zu grübeln, dachte an hunderterlei zugleich – an die Traurigkeit, die ihn in der großen Villa, fern von Lila, oft überfallen hatte, an Vanessa und ihre strengen Vorschriften, an Miss Pile und Miss Colden, an seine Angst, nach England verschleppt zu werden, an Vanessa, die auf seinem Bett lag und verlangte, daß er sie umarmte ... Es war wie bei einer schweren Frage in der Schule, wenn alle ihn anstarrten und auf eine falsche Antwort lauerten, damit sie ihn auslachen konnten ... Er sah, daß der Richter die Stirn runzelte und die Fingerspitzen aneinanderklopfte – anscheinend wurde er ungeduldig.

«Ich weiß nicht», murmelte er ratlos.

«Und warum hast du ihr *gesagt*, du wolltest nicht mehr zurück?»

Am Telefon? Hätte er das nicht tun dürfen? Doch, es war ja unbedingt nötig gewesen, daß er selbst mit Vanessa sprach. Lila hatte es ihm sehr einleuchtend erklärt. Aber vielleicht war sie nicht dazu gekommen, es auch dem Richter zu erklären.

«Lila hat gemeint, ich müßte Vanessa sagen, daß es mein eigener Entschluß ist.»

Dem Richter schien nun alles klar zu sein, denn er nickte, drehte sich zum Schreibtisch um, nahm einen goldenen Bleistift und schrieb etwas auf einen Notizblock.

P.S. wollte dem Richter gerade auseinandersetzen, daß er schon vor jenem Sonntag beabsichtigt hatte, von Vanessa zu entweichen, aber da läutete das Telefon. Der Richter hob den Hörer ab. «Ja ... Wer? Ah, verbinden Sie bitte. Hallo, Sir Frank ...»

Das Gespräch dauerte sehr lange. P.S. las alles, was er auf dem Schokoladenpapier entziffern konnte, und betrachtete dann die Bilder an den Wänden. Sehr interessant waren sie nicht – die meisten stellten uralte Herren mit grimmigen Gesichtern und langen grauen Perücken dar. Über dem Schreibtisch hing eine große Fotografie des Königs. Er sah recht traurig aus – kein Wunder bei all den Sorgen, die er hatte. Als der Richter den Hörer auflegte, fand er P.S. in die Betrachtung des Bildes versunken und fragte: «Na, mein Junge, weißt du auch, wer das ist?»

«Der König», erwiderte P.S. Er merkte, daß der Richter über seine prompte Antwort erfreut war, und das ermutigte ihn, diesen Mann, der doch gewiß über alle Staatsangelegenheiten genau informiert war, um eine Auskunft zu bitten. «Macht er so ein trauriges Gesicht, weil sie ihn totschießen wollen?»

«Niemand denkt daran, den König von England zu erschießen, mein Junge», sagte der Richter in strengem Ton. «Wer hat das behauptet?»

«Winnie», antwortete P.S. und erläuterte, wer Winnie war. Er erfuhr nun, daß Winnie unrecht hatte und daß alle britischen Untertanen treu zu ihrem König hielten. Hin und wieder kam es zwar vor, daß ein schlechter Herrscher einem Mörder zum Opfer fiel, aber so etwas passierte immer nur im *Ausland*, und diese Könige hatten nichts mit König George gemein, der zu all seinen Untertanen gütig und gerecht war, sogar zu den Schwarzen. Der Richter hielt darüber einen richtigen Vortrag, den er nur gelegentlich unterbrach, um sich die Nase zu putzen. Schließlich holte er eine große goldene Uhr aus der Westentasche, sah sie längere Zeit zerstreut an, zog sie auf, schob sie in die Tasche zurück und sagte: «Nun, P.S., lassen wir's genug sein. Ich danke dir für deinen Besuch und die nette Unterhaltung.»

Konnte er schon gehen? Es war kein bißchen schlimm gewesen – im Gegenteil, eher ein Vergnügen, und P.S. hatte gar keine Hemmungen, den Richter rundheraus zu fragen: «Darf ich jetzt *nach Hause*?»

«Ja», antwortete der Richter.

Hätte der Richter beim Abschied den üblichen Erwachsenenwunsch geäußert, so wäre P.S. mit Freuden bereit gewesen, ihm einen dicken Kuß auf die gefurchte Wange zu geben. Aber er brauchte ihm nur wieder höflich die Hand zu schütteln, und diesmal machte er auch, um seine Dankbarkeit zu zeigen, einen vorschriftsmäßigen Tanzstundendiener.

«Auf Wiedersehen», sagte er.

«Auf Wiedersehen», sagte der Richter.

Auf der Fähre (sie saßen drinnen, weil es so kalt war) stand sein Mund keinen Augenblick still, denn er mußte doch von dem Gespräch mit dem Richter erzählen. Lila nickte, lachte ein bißchen über die Geschichte mit dem jungen Hund und sagte «Na so was, Liebling» und «Aha». Nur seine Frage nach dem König schien ihr nicht zu behagen.

«Wie konntest du solchen Unsinn reden! *Wir* denken doch nicht so.»

«Ja, aber...»

«Mußt du denn immer alles ausplappern? Zuerst bei Vanessa und nun beim Richter. Weißt du nicht, daß der Richter ein Vertreter der Regierung ist – ein Vertreter des Königs also? Und da gehst du hin und belästigst ihn mit Winnies Geschwätz. Was ist dir nur eingefallen! Unglaublich ist das. Genau wie deine Mutter – *mir* wird nie was erzählt, aber jeder Fremde kriegt alles zu hören.»

«Na, jedenfalls haben wir gewonnen», sagte P.S., verärgert über Lilas Vorwürfe. «Der Richter hat mir erlaubt, nach Hause zu gehen.»

Lila antwortete nicht. Sie blickte aus dem Kabinenfenster auf den grauen Hafen und die kreischenden Möwen, die der Fähre nachflogen.

Agnes, der er zu Hause voller Wichtigkeit alles haarklein berichtete, nahm keinen Anstoß an der Sache mit dem König. Sie sagte verträumt: «In Amerika, wo ich leben und lehren durfte, brauchen die Bürger keinen König. Sie haben ihren Präsidenten Roosevelt.»

Warum?

Warum, fragte er empört, mußten sie noch einmal zum Gericht? War denn nicht alles erledigt? Der Richter hatte doch ausdrücklich gesagt, er dürfe nach Hause gehen.

«Ganz so war's nicht gemeint», erwiderte Lila, während sie ihm hastig mit dem Waschlappen übers Gesicht fuhr (sie ahnte schon, daß sie die Fähre verpassen und zu spät kommen würden; die Uhr ging bestimmt nach, und da konnte es ja nicht klappen).

Wieso? Hatte der Richter ihn etwa angeschwindelt? Nein, Liebling, natürlich nicht. Aber der Richter mußte seine Entscheidung öffentlich bekanntgeben, in Gegenwart aller Beteiligten. Ja, Vanessa kam auch. George? Nein, der nicht. Der arme George war nach dem Nachtdienst zu müde.

«Los, beeil dich, P.S. Welche Krawatte willst du umbinden? Steh doch nicht so herum, die Fähre wartet nicht.» Und dann vergeudete sie selbst kostbare Zeit, indem sie ihn unvermittelt in die Arme schloß.

Agnes setzte ihren komischen Dreispitz auf und sagte: «Wenn ihr mich auch als Zeugin abgelehnt habt, Lila, so will ich doch für euch beten, um Sindens willen.» Sie küßte P.S. und fügte hinzu: «In deines Vaters Hause sind viele Wohnungen, mein Kleiner.»

«Von heute an hoffentlich nur noch eine», bemerkte Lila.

George, der gerade schlafen ging, zerzauste ihm ein bißchen das Haar. «Na, alter Junge, heute abend schlachten wir das gemästete Kalb für dich, was?»

P.S. wollte fragen, was George damit meinte, aber da hastete Lila schon mit ihm aus dem Haus und zur Straßenbahnhaltestelle. Eine magere schwarze Katze huschte vor ihnen über die Straße, und bei diesem Anblick zog Lila die Luft scharf durch die Zähne.

«Wir müssen so tun, als hätten wir's nicht gesehen», murmelte sie. Und nach einer kurzen Pause: «Andererseits ... es *könnte* auch ein gutes Vorzeichen sein.»

Im Gerichtsgebäude gingen sie Hand in Hand die schmutzige Treppe hinauf und kamen in einen langen, eiskalten Korridor, wo Herren in schwarzen Talaren und grauen Perücken hin und her liefen und Leute mit bekümmerten Gesichtern auf Bänken saßen. Eine Dame weinte, und die anderen streiften sie von Zeit zu Zeit mit einem raschen Blick, wandten sich dann wieder ab, lasen Zeitung oder starrten vor sich hin. Es roch nach Tinte, Kohlen und feuchten Wänden, und der hölzerne Fußboden war schon ganz abgenutzt, weil hier so viele Menschen ein und aus gingen. P.S. sagte zu Lila, dieses Haus sei noch schmutziger als die

Schule in Neutral Bay, und Lila antwortete, hoffentlich hätte er wenigstens *das* dem Richter nicht mitgeteilt; übrigens sei es tatsächlich ein sehr altes Gebäude – «Denk mal, vor über hundert Jahren haben die Sträflinge es selbst erbaut.»

Lila erzählte ihm das mit krampfhaft fröhlicher Stimme und lachte so gezwungen, wie sie es immer tat, wenn sie sich oder anderen einreden wollte, daß alles in bester Ordnung sei. Dann fragte sie, was er von einem schönen belegten Brot halte – als ob es sich um einen Zoo-Ausflug handelte. Er schüttelte den Kopf. Nein, danke. Warum dauerte es denn so lange? Wo war der Richter? Im Gerichtssaal, erklärte Lila. Er hatte noch andere Fälle zu entscheiden, und wenn es soweit war, würde Mr. Gentle sie holen.

«Im Gerichtssaal mußt du ganz brav und still sein», ermahnte sie ihn, während sie ihm für alle Fälle das feuchte Butterbrotpäckchen in die Tasche steckte. «Oh, es wird sehr interessant werden. Stell dir vor, du bekommst den Richter in Robe und Perücke auf seinem hohen Sitz zu sehen! Paß nur gut auf, damit du heute abend Alan und Winnie...»

Mitten im Satz hielt Lila plötzlich den Atem an, als hätte sie eine Gräte verschluckt, und P.S. entdeckte Vanessa, die den Korridor entlangkam. Ein Herr begleitete sie – derselbe große, schwarzhaarige Herr, der an dem Abend, als der schreckliche Zank gewesen war, mit ihr im Auto gesessen hatte. Für P.S. lag jener Abend schon sehr weit zurück, so weit, daß er fast vergessen hatte, wie Vanessa aussah. Sie war so etwas wie eine Sagengestalt geworden, unwirklich, nur in seiner Phantasie existierend – und nun war sie auf einmal wieder da, in dunklem Kleid und Pelzmantel, auf dem Kopf die schwarze Kappe mit dem goldenen Pompon. Vanessa, wie sie leibte und lebte, hochaufgerichtet, selbstbewußt, zu strengen Befehlen bereit. Als ihr Blick auf P.S. fiel, blieb sie mit einem Ruck stehen, und eine bange Sekunde lang glaubte er, sie würde auf ihn und Lila zustürzen, sie beide anschreien und ihn vielleicht schlagen, weil er so ungezogen zu ihr gewesen war. Aber Vanessa stand nur da und starrte Lila an, und als P.S. zu Lila aufschaute, sah er, daß sie Vanessa genauso anstarrte. Sie taten, als wären sie einander ganz fremd, und doch hatte man den Eindruck, jede wisse von der anderen die schrecklichsten Geheimnisse.

Dann kehrte Vanessa ihnen den Rücken – einen kerzengeraden, zornigen Rücken –, und P.S. hörte, daß es in Lilas Brust schnurrte. Ihr Asthma meldete sich, wie immer, wenn irgend etwas schiefzugehen drohte. Aber was konnte denn jetzt noch schiefgehen? Hatte er nicht alles mit dem Richter abgesprochen? Er sah Lila forschend an, aber sie lächelte ihm nur mit bebenden Lippen zu, und es war auch keine Zeit mehr, Fragen zu stellen, denn Mr. Gentle flatterte in einem schwarzen Talar heran, die kleine graue Perücke schief auf dem gelben Haar. Er sprach leise ein paar Worte mit Vanessas Begleiter, der kurz nickte, Vanessas Arm nahm und sie durch eine große Tür führte. Nun kam Mr. Gentle zu ihnen und flüsterte mit Lila.

«O nein», sagte Lila erschrocken. «Warum? Kann er nicht bei mir bleiben?»

Wieder Geflüster, und dann wandte sich Mr. Gentle an P.S. «Na, Jungchen, komm mal mit, ich will dir zeigen, wo du warten mußt.»

P.S. schmiegte sich ängstlich an Lila, aber als sie sagte, er solle ruhig mitgehen, ließ er sich von Mr. Gentle an die Hand nehmen.

«Halt, halt!» rief Lila plötzlich. «Seine Handschuhe!» Sie kam ihnen laut keuchend nachgerannt, stopfte P.S. die Wollhandschuhe in die Tasche, gab ihm einen feuchten Kuß und flüsterte: «Keine Angst, Liebling, es dauert nicht lange.»

Von Mr. Gentle weitergezogen, drehte er sich noch einmal um, sah Lila winken, ihm Kußhändchen zuwerfen und dann auf die große Tür zugehen, hinter der Vanessa verschwunden war.

Mr. Gentle trabte mit ihm ein paar Stufen hinunter, machte vor einer Tür halt und klopfte an. Von drinnen rief jemand: «Herein.»

Es war dasselbe Büro, in dem er mit Lila vor seinem Besuch bei dem Richter gewartet hatte, und am Schreibtisch saß derselbe fahrige junge Mann.

«Der Kleine soll hier warten», erklärte Mr. Gentle und eilte davon.

Was war denn nun los? Wollte sich der Richter noch einmal mit ihm unterhalten?

«Setz dich – setz dich», sagte der junge Mann. «Am besten da drüben beim Heizofen, da hast du's wärmer.»

P.S. verstand überhaupt nichts mehr. Lila hatte ihm doch versprochen, daß er den Richter auf seinem hohen Sitz sehen würde und daß er die ganze Zeit bei ihr bleiben dürfte. Und jetzt ... Er ließ sich verschüchtert auf einen harten Stuhl nieder. Der junge Mann las irgendein Aktenstück. Das Zimmer war sehr still. Ab und zu klirrte es in den glühenden Drähten des Heizofens. Eine Uhr tickte langsam – es klang wie ein tropfender Wasserhahn. Trotz des Ofens rann ihm eine unheimliche Kälte durch die Adern. Er wäre gern auf die Toilette gegangen, wagte aber nicht, den jungen Mann nach dem Weg zu fragen.

Er konnte nichts anderes tun als warten und die Bilder an den grauen Wänden anstarren. Jetzt dauerte es bestimmt nicht mehr lange. Hoffentlich wußte Lila, wo er auf sie wartete. Er malte sich aus, wie sie ihn nachher, wenn alles glücklich vorbei war, hier abholen würde, wie sie singend nach Hause fahren und das gemästete Kalb schlachten würden, ganz egal, was das sein mochte. Aber es half nichts, die Kälte breitete sich immer mehr in ihm aus, und ihm war genauso zumute wie damals, als er nachts aufwachte und entdeckte, daß Lila und George ihn allein gelassen hatten.

Warum trödelten sie nur so entsetzlich? Wie lange saß er hier schon? Eine Stunde? Zwei Stunden? Er blickte auf die große Wanduhr, wurde aber aus den Ziffern nicht klug – lauter X und V. War jetzt Mittag? Oder schon Nachmittag? Zum Tee würde der Richter sicherlich nach Hause gehen. Das taten doch alle. Nur George nicht, der am Tage schlief und nachts arbeitete. Jedenfalls mußte es schon sehr spät sein, und gewiß war etwas Furchtbares passiert – etwas so Furchtbares, daß sie sich nicht trauten, es ihm zu sagen. Lila war ins Gefängnis gesperrt worden. Oder in Ohnmacht gefallen. Wie damals, als sie auf der Verandatreppe umgekippt war und er sich so schrecklich geängstigt hatte, weil er dachte, sie sei tot. Vielleicht hatte man sie ins Krankenhaus bringen müssen und ihn in der Aufregung einfach vergessen.

Er war vor Angst kalt wie Eis. Sollte er sich zur Tür schleichen und weglaufen? Draußen waren so viele Türen. Wenn er nun Lila nicht fand?

Gerade als er sich entschlossen hatte, es trotzdem zu riskieren, ertönte der Summer auf dem Schreibtisch. Der junge Mann legte das Aktenstück hin, beugte sich über den Kasten und sagte: «Ja, Euer Gnaden.» Der Kasten quakte eine Weile, und der junge Mann sagte noch einmal: «Ja, Euer Gnaden.» Im gleichen Augenblick klopfte es an der Tür, und P.S. sah zu seiner größten Erleichterung Mr. Gentle hereinkommen; ihm folgte der schwarzhaarige Herr, der Vanessa begleitet hatte. «Sie werden schon erwartet, meine Herren», sagte der junge Mann. Die beiden gingen an P.S. vorbei, ohne ihn auch nur anzuschauen, und öffneten die Tür zum Nebenzimmer. Für den Bruchteil einer Sekunde erblickte P.S. den Richter, der gerade seine schwarze Robe ablegte; dann schloß sich die Tür.

Wo blieb Lila? Sie schienen doch fertig zu sein – warum holte sie ihn nicht ab? Es war, als hätte der junge Mann die unausgesprochene Frage gehört, denn bevor er sich wieder seinen Akten zuwandte, sagte er zu P.S.: «Jetzt dauert's nicht mehr lange.» Lila wartete also wahrscheinlich draußen, und in der nächsten Minute ...

Aber die Minute zog sich gewaltig in die Länge. Er hörte Stimmengemurmel hinter der Tür und das trockene Husten des Richters. Einmal glaubte er, angestrengt lauschend, den Namen «Mrs. Baines» zu hören. Vielleicht war Lila auch drinnen? Sie konnte ja mit dem Richter durch eine andere Tür gegangen sein. An diese Hoffnung klammerte er sich, aber als die Tür endlich geöffnet wurde, stellte er fest, daß der Richter mit den beiden Herren allein war. Der Richter sagte: «Um Szenen zu vermeiden ...» und sprach dann so leise weiter, daß nichts mehr zu verstehen war. Mr. Gentle und der Schwarzhaarige nickten mit ernster Miene und murmelten: «Jawohl, Euer Gnaden. Danke, Euer Gnaden.» Sie wollten schon gehen, als sich der Richter plötzlich an Mr. Gentle wandte. «Ach, noch etwas wegen Mrs. Baines ...» sagte er und zog sich mit dem Anwalt zurück.

«Hallo, P.S.» Der Schwarzhaarige zeigte lächelnd seine blendend weißen Zähne. «Ich bin Mr. Hood. Du hast lange warten müssen, nicht wahr? Na, dann knöpf dir mal deinen Mantel zu und komm mit.»

Was sollte das heißen?

«Wo ist Lila?» fragte P.S. «Ich muß doch auf Lila warten.»

«Ah, ich verstehe», sagte Mr. Hood in einem Ton, als verstünde er gar nichts, und schob ihn vor sich her zu der anderen Tür. Sie gingen den Korridor entlang, aber nicht nach der Seite, von der P.S. mit Mr. Gentle gekommen war.

«Wohin...?» flüsterte er, bis ins Mark erstarrt. Er versuchte zurückzubleiben, doch Mr. Hood nahm ihn an die Hand, öffnete noch eine Tür, und plötzlich flutete ihnen grelles Sonnenlicht entgegen. P.S. erkannte den schmutzigen Vorhof, über den Mr. Gentle neulich Lila und ihn zum Büro des Richters geführt hatte.

Millionen von winzigen Lichtpünktchen tanzten wie Leuchtkäfer vor seinen Augen, aber er wußte, daß sie in Wirklichkeit gar nicht da waren. Und Lila war auch nicht da. Vor dem Eisentor stand ein großes schwarzes Auto, und der Chauffeur hielt den Schlag auf.

«Nein», stieß er hervor und hörte kaum seine eigene Stimme. «Nein», wiederholte er, während er schon auf das Auto zuging, mit feuchtkalten Beinen, schwankend wie ein kleines Kind, das seine ersten Schritte macht. «Ich will den Richter sprechen», sagte er.

Mr. Hood lachte. «Nicht jetzt – der Richter hat sehr viel zu tun.» Damit hob er ihn in den Wagen und nahm neben ihm Platz.

Der Chauffeur fuhr los. P.S. wandte den Kopf, um aus dem Rückfenster zu blicken, konnte jedoch nichts deutlich erkennen, weil die Leuchtkäfer noch immer vor seinen Augen tanzten und alles verwischten. Die Leute auf der Straße schienen ganz gelassen ihrer Wege zu gehen, als wäre nichts geschehen. Vielleicht träumte er nur und würde gleich in der Geborgenheit seines Bettes aufwachen.

«Weißt du, wer das ist?» Mr. Hood zeigte auf ein Denkmal. «Das ist die Königin Victoria.»

Die Marienkirche, die hohen Feigenbäume von Morton Bay, die William Street, King's Cross, Rushcutter's Bay. Rechts war das Stadion, links der blauschimmernde Hafen; vor ihnen lag Edgecliffe, dann kam Double Bay, und dahinter ragten Hügel auf... P.S. kniff die Augen zu, um die Leuchtkäfer endlich loszuwerden.

Über das Ziel der Fahrt konnte kein Zweifel mehr bestehen.

«Sieh mal», sagte Vanessa und öffnete die Tür seines Zimmers. Vor dem Bett stand ein funkelnagelneues blaues Auto mit blauen Lederpolstern, dicken Gummireifen, schwarzen Stoßstangen, Lenkrad, Hupe und Pedalen. Außerdem war ein großer Modellbaukasten da, ein Ozeandampfer mit drei Schornsteinen, ein großer grauer Esel auf Rädern, ein kleines Theater mit einem Vorhang, den man hochziehen und herunterlassen konnte, und mit Schauspielern aus Pappmaché, deren Arme und Beine sich bewegten, wenn man an Schnüren zog. Zwei Fortsetzungsbände *Doktor Doolittle* und verschiedene Gesellschaftsspiele...

P.S. empfand nichts beim Anblick dieser Geschenke. Er war einfach nicht aufnahmefähig; er konnte nicht einmal denken. Die lästigen Käfer summten beharrlich um seine Augen und Ohren.

Vanessa, noch immer mit dem Hut auf dem Kopf, redete in einem fort. Sie hatte wieder einmal ihre eigenen Vorschriften vergessen und sich auf das Bett gesetzt. Anscheinend erklärte sie irgend etwas, aber P.S. verstand kein Wort, weil das Käfergesumm alles übertönte. Sein einziger Gedanke war, daß er nicht weinen durfte, denn er wollte auf keinen Fall von ihr getröstet und womöglich in die Arme genommen werden. Er starrte die ganze Zeit an ihr vorbei, starrte durch das Fenster auf die fernen Schornsteine von Lawsons Villa. Es gelang ihm, die Tränen zurückzuhalten, indem er die Augen krampfhaft aufriß und immerzu schluckte, aber die Anstrengung bewirkte, daß sein Kopf und der Hals schmerzten. Das wichtigste war, die Schornsteine da drüben im Auge zu behalten, sich einzureden, alles sei nur ein böser Traum, und gelegentlich zu nicken, damit Vanessa glaubte, er höre zu.

«Liebling», sagte Vanessa, «hörst du eigentlich zu? Verstehst du, was ich meine?»

Ja, ja, er verstand es, natürlich. (Wieso kippen Schornsteine eigentlich nicht um?)

Vanessa sprach weiter. Wirklich, man hätte die Sache nicht besser regeln können; sogar Lila durfte mit dieser Lösung sehr zufrieden sein. Der Richter hatte sich enorme Mühe gegeben, eine gerechte Entscheidung zu treffen und Streitigkeiten ein für allemal zu verhindern. In Zukunft würden Frieden und Eintracht herrschen. P.S. hörte nur Satzbruchstücke – irgend etwas über die großen Ferien und Lila und eine Vereinbarung, die Vanessa höchst anständig fand, wenn sie bedachte, was geschehen war. Anscheinend sollte Lila ihn für die Hälfte der Ferien bekommen, aber das war noch eine Ewigkeit hin, nach Weihnachten. Und zu Ostern auch. Und wenn ein gesetzlicher Feiertag auf einen Montag fiel ... verstand er das? Man mußte den Beschluß des Gerichts anerkennen, und Vanessa tat es, ungeachtet ihrer Enttäuschung, daß sie nicht alles durchgesetzt hatte, was sie wünschte. Das war nur Logans Schuld. Sie hätten nach England fahren können, wenn Logan nicht so ein gemeiner, rachsüchtiger Kerl wäre, dem es nur darum ging, sie zu kränken – aus Gründen, die sie P.S. erklären würde, wenn er älter war. Aber ob so oder so – von nun an sollte das Leben voller Freude und Sonnenschein sein. In dieser Woche brauchte er nicht zur Schule; auch die Klavier-, Reit- und Tanzstunden fielen aus. Bis zum Montag wollten sie sich ausschließlich amüsieren, sie beide ganz allein. Wozu hatte er denn Lust? Zu einer Kindervorstellung im Theater? Zu einem Zoobesuch? Wollte er zu Ian Lawsons Geburtstagsfeier gehen?

P.S. starrte auf die Schornsteine, und Vanessa redete, redete, redete. Nächstes Jahr würde sie ihn nach Edgecliffe auf die Vorschule schicken, und später, wenn er zehn war, in das berühmte Internat Cranbrook. Sie plante sein ganzes Leben, und er hatte dabei dasselbe Gefühl wie manchmal im Traum, wenn er auf den Eisenbahngleisen stand, einen D-Zug auf sich zurasen sah und nicht imstande war, auch nur den Fuß zu heben. Endlich – Gott sei Dank – erschien Elsie, das kleine Dienstmädchen, und bat Miss Scott zum Telefon.

Vanessa erhob sich, sagte, er werde nie, nie erraten, was es heute zum Lunch gebe, warf einen raschen Blick in den Spiegel, schien sehr zufrieden mit ihrem Ebenbild, sehr zufrieden mit allem, ging hinaus und klapperte auf ihren hohen Absätzen die Treppe hinunter.

Eines Tages, dachte P.S., werde ich erwachsen sein, und dann nehme ich mir den Richter vor. Warte nur! drohte er dem Richter. Und er sah ihn zitternd zurückweichen, auf den Knien um Gnade flehen, während ihm die Schlinge schon um den Hals gelegt wurde. P.S. aber (dem Filmstar Richard Arlen zum Verwechseln ähnlich) befahl den anderen Cowboys knapp und männlich, den Lynchakt zu vollziehen.

Doch das waren nur Wunschträume; die Wirklichkeit sah anders aus. Das Bett hier war wirklich und die blaue Tapete und der Geruch des großen Hauses und das Schlagen der Uhr in der Halle. Das Schlimmste, das Allerschlimmste war Wirklichkeit geworden, und Gott mochte wissen, wie viele Jahre der Gefangenschaft vor ihm lagen. Es war, wie Vere immer sagte, «das absolute Ende». Jeder Versuch, zu entweichen, war sinnlos, denn der Richter würde ihn mit Gewalt zu Vanessa zurückbringen lassen. Der Richter war das Gesetz, und niemand außer Gott reichte an seine Macht heran. Festgenagelt. Für immer festgenagelt. Endgültig. Selbst wenn er nach Hause durfte, weil – wie war das? – ein gesetzlicher Feiertag auf einen Montag fiel, nützte es gar nichts, sich gegen die Rückkehr zu sträuben, denn Mr. Hood durfte ihn ohne weiteres mit dem Auto abholen. Nichts konnte er machen – überhaupt nichts. Er suchte in seiner Jacke nach einem Taschentuch, und dabei kam Lilas zerdrücktes Butterbrotpäckchen zum Vorschein. Nie hätte er gedacht, daß er wegen so etwas wie ein Baby heulen könnte. Von Schmerz und Kummer überwältigt, warf er sich auf das Bett und drückte das Gesicht ins Kissen, damit niemand ihn hörte.

Er weinte so heftig, daß ein Schluckauf daraus wurde, und als das endlich aufhörte, lag er ganz still und starrte zu den Stuckornamenten der Decke hinauf. Die Leuchtkäfer flimmerten und summten nicht mehr; er war so müde, so schlapp, und er sehnte sich nach Ruhe und Vergessen. Er wußte, daß er etwas für immer verloren hatte, und es war nicht nur Lila. Aber was es auch war, er würde es nie wiederfinden, sich nie mehr daran erinnern können, ebensowenig wie an den Moment des Einschlafens oder den Moment seiner Geburt.

Der Frühling kam über Nacht, mit lauem Regen und plötzlich hervorbrechendem Sonnenschein, und er bedrängte Vanessa so stark wie nie mit jenem Gefühl der Vergänglichkeit, das die meisten Menschen im Herbst empfinden.

Dieses vulgäre Grünen, Knospen und Sprießen hatte in ihr von jeher Gedanken an den Tod wachgerufen. Der Frühling, die Zeit des Werdens, bewirkte, daß sie in eine Art Kontraststimmung verfiel und endlos über die Zeit des Welkens, über Alter und Nutzlosigkeit grübelte. In London hatte sie diese Anwandlungen energisch überwunden und den

Frühling einfach mit Hilfe chemisch gereinigter Vorhänge ausgeschlossen. Hier aber kam der Frühling nicht als sanftes, zögerndes Vorspiel des Sommers, mit Anemonen und Lämmern auf der Weide – er kam herrisch und abrupt, überfiel einen unvermittelt mit scharfen Tang- und Salzgerüchen, mit aromatischem Eukalyptusduft und dem süßlichen Fäulnishauch, der den Akazien entströmte. Er hallte wider von dem Gelächter der Kookaburras und dem Quäken der Galahs.

Morgens weckte die weißglühende Sonne sie viel zu früh, und die erinnerungschweren Düfte zwangen sie gegen ihren Willen, fortwährend an Waverly zu denken. Manchmal, wenn sie aus dem Schlaf fuhr, war das Gefühl, in die Mädchenzeit zurückgeglitten zu sein, so intensiv, daß sie Paters Rufe und Sindens Lachen zu hören glaubte.

«Geht weg», murmelte sie, stieß die Geister der Vergangenheit beiseite, sprang hastig aus dem Bett und begann ihr Haar zu bürsten. Aber die Geister wollten nicht weichen. Sie nährten ihr blasses Ektoplasma mit der warmen Frühlingsluft, schwebten neben Vanessa die Treppe hinauf und hinab, waren allgegenwärtig in dem Geruch von Bohnerwachs, Leinöl, Kampfer und Zedernholz. Draußen roch es nach Hafen und Aronstab, und die Luft war schon morgens gewitterschwanger. Vanessa hatte das Gefühl, daß ihr jemand schweigend auf Schritt und Tritt folgte, und wenn von den Bäumen winzige Nüsse oder Beeren auf ihren Kopf fielen, zuckte sie erschrocken zusammen.

Je länger und wärmer die Tage wurden, desto mehr steigerte sich ihre Nervosität. Sie war reizbar und unbeherrscht, regte sich über die geringste Kleinigkeit auf. Keine Serviette war ihr ordentlich genug gefaltet, kein Ausguß, kein Waschbecken sauber genug gescheuert. Sie kontrollierte die Wäsche, warf mit Befehlen um sich, tadelte alles und jedes. Ellen kündigte zweimal, ließ sich jedoch beide Male gegen eine kleine Lohnerhöhung zum Bleiben bewegen.

Vanessa, an methodisches Denken gewöhnt, bemühte sich, eine Erklärung für ihre innere Rastlosigkeit zu finden. Es lag am Wetter, sagte sie sich, an diesem grauenhaften australischen Frühling. Und hinzu kamen die natürlichen Nachwirkungen des Prozesses. Sie hatte irgendwo gehört oder gelesen, daß jeder Sieg zugleich eine Enttäuschung ist und tiefe Niedergeschlagenheit hervorruft. Das Langersehnte, das einem endlich zuteil wird, schmeckt nie so süß wie die Erwartung. Morgen würde sie sich gewiß schon besser fühlen, sich wieder in der Gewalt haben. Aber nein, es wurde nicht besser, sondern schlimmer, und der glühende Himmel, geladen mit Donner, Blitz und den Warnrufen der Regenpfeifer, lastete bleischwer auf ihr. Mein Gott, dachte sie, ich bin ja schon wie Lila. Und dann ertappte sie sich dabei, daß sie über den Hafen starrte, sich fragte, was Lila wohl gerade jetzt täte, und nicht begriff, weshalb sie sich das fragte.

Ob Lila sie haßte? Zwischen den beiden Häusern lag eisiges Schweigen. Lila hätte ebensogut auf dem Mond sein können; warum also dieses Kopfzerbrechen? Was war das für eine seltsame neue Schwäche, die der Schwester gestattete, unversehens in ihre Gedanken einzudringen? Wütend auf sich selbst, ging Vanessa umher und knallte Schubladen zu, als könnte sie Lila darin einsperren. Zum Teufel mit ihr.

Vielleicht hatte ihre ungewöhnliche Reizbarkeit auch etwas mit Ettie zu tun, deren Verhalten neuerdings mehr als rätselhaft war. Obgleich sie bestimmt nicht trank – Vanessa hatte alle ihr bekannten Verstecke durchsucht und nirgends eine Flasche gefunden –, tänzelte sie vergnügt durch das Haus und kicherte oft vor sich hin, als hätte sie eine vertrauliche, höchst erheiternde Nachricht erhalten. Waren das die ersten Symptome von Altersschwachsinn? Nein, gewiß nicht – sie war ja munterer, aufgeschlossener, geselliger denn je. Unvermutet erschienen nachmittags ältere Damen zum Bridgespielen und zum Tee. («Ettie, du hättest mir aber wirklich vorher Bescheid sagen können. Wir haben keinen Kuchen im Haus, und jetzt muß ich Elsie losschicken...» – «Hihi, ist ja alles längst besorgt, Ness.») Zum erstenmal in all den Jahren ihres Zusammenlebens hatte Vanessa das Gefühl, daß *sie* die Abhängige sei. Der australische Frühling, der sie lähmte, schien Ettie neu zu beleben. Wie ließ es sich sonst erklären, daß Ettie plötzlich eine Leidenschaft für Gartenarbeit entwickelte? Von einem riesigen Strohhut gegen die Sonne geschützt, buddelte sie stundenlang in der Erde, jätete verunkrautete Rabatten und riß auf diese Weise einen Teil der Macht an sich. Denn Vanessa war nun nicht mehr befugt, mit dem Gärtner Jocko zu verhandeln oder ihn gar zurechtzuweisen. Er war Etties Verbündeter, und die beiden brauchten Vanessas Rat nicht, wenn sie in der glühenden Hitze nach Herzenslust säten, pflanzten, umtopften und düngten.

Sogar die Köchin und das Dienstmädchen erlaubten sich gelegentlich, Vanessas Befehlen mit einem «Mrs. Bult hat aber gesagt...» zu widersprechen. Ettie war ihr zuvorgekommen, und das empfand Vanessa jedesmal wie einen Schlag ins Gesicht; sie beeilte sich dann, auf eine andere Haushaltsangelegenheit abzulenken. Als sie sich beschwerte und von Prestigeverlust sprach, lachte Ettie sie aus und trieb es noch toller – eines Abends ging sie sogar mit Elsie ins Kino. Vanessa war empört, hielt aber den Mund. Es lag an diesem verhaßten Frühling, der allen Leuten den Kopf verdrehte, sagte sie sich und entschuldigte damit Etties skandalöses Benehmen, weil ihr nichts anderes übrigblieb.

Eigentlich war ja alles beim alten, redete sie sich ein, ohne daran zu glauben. Alles war wie immer, nur... Nur was? Warum gelang es ihr nicht, das Gefühl nahenden Unheils abzuschütteln? Die Geister lauerten überall, sprangen ihr aus jedem Schrank entgegen, flüsterten in den Glyzinien, und es gab nur ein Mittel, sie wirksam zu bannen: Man mußte den Grund für das alles finden.

Sie forschte nach diesem Grund, erahnte, erriet ihn, scheute sich, der Wahrheit ins Gesicht zu sehen, wich immer wieder zurück, bis schließlich Erschöpfung und Angst sie zwangen, das Versteckspiel aufzugeben.

Der Grund all dieser Veränderungen war P.S.

Der Junge verschanzte sich hinter einem Schweigen, das ihn unangreifbar machte. Vanessa hatte sich auf Widersetzlichkeit und drängende Fragen eingestellt. P.S. aber fragte nichts, und statt der erwarteten Stürme herrschte eine tödliche Stille. Er war der vollkommene Musterknabe. Zuerst war sie erleichtert gewesen und hatte sich zu dem Erfolg ihrer Erziehung beglückwünscht. Mit der Zeit wurde ihr jedoch seine unerschütterliche Höflichkeit verdächtig, und sie fragte sich, ob er, vielleicht sogar unbewußt, sie mit ihren eigenen Waffen zu schlagen suchte. Sie bemühte sich, ihn zum Widerspruch zu reizen – vergebens. Schwarz war weiß, wenn sie es wünschte. Sie sehnte sich nach einer offenen, lautstarken Auseinandersetzung, die das Eis zwischen ihnen brechen würde, aber P.S. versteifte sich hartnäckig darauf, artig und gehorsam zu sein. So verdammt artig und gehorsam, daß es ihr manchmal in den Fingern juckte, ihn kräftig zu schütteln. Wie ein kleiner Schatten strich er durch das Haus. Er hatte sich angewöhnt (war es Absicht?), plötzlich vor ihr aufzutauchen, immer dann, wenn sie es am wenigsten erwartete. Lief sie zum Beispiel eilig die Treppe hinunter, so hockte er auf irgendeiner Stufe. («P.S., Stufen sind nicht zum Sitzen da. Was machst du denn hier?» – «Nichts.») Nichts – er tat immer nur «nichts», wollte nirgendwohin, er hatte mit niemandem gesprochen. Wenn sie ein Zimmer betrat, fiel sie zuweilen fast über ihn, der am Türpfosten lehnte; wandte sie sich vom Spiegel ab, so zuckte sie zusammen, weil er hinter ihr stand und träumerisch das Teppichmuster betrachtete. («Himmel! Ich habe dich gar nicht kommen hören. Hast du nicht geklopft? Möchtest du etwas, Liebling?» – «Nein, danke.» – «Könntest du dich nicht irgendwie beschäftigen?») Nachmittags, wenn er die Schule und den Privatunterricht hinter sich hatte, mußte sie Spiele erfinden, für Abwechslung sorgen, und sie begann diese Stunden zu fürchten. Er saß wie ein Mehlsack auf ihrem Schoß und ließ sie aus *Doktor Doolittle* vorlesen, bis sie heiser wurde, oder sie spielten schweigend Ludo, bis sie – überzeugt, daß er es nur ihr zu Gefallen tat und somit wieder einmal den Spieß umdrehte – sich als Geschlagene erhob und unter irgendeinem Vorwand in die Küche flüchtete.

Sie versuchte sich einzureden, es werde vorübergehen – ein Junge von knapp sieben Jahren war bestimmt nicht fähig, so etwas durchzuhalten. Und doch erkannte sie immer deutlicher, daß er ein geheimes Spiel mit ihr trieb. Sie konnte nur gewinnen, wenn sie hinter die Spielregeln kam. Aber wer kommt schon hinter die Spielregeln von Kindern?

Auch ihre Geschenke wurden in den stillen Kampf einbezogen. Vanessa füllte die Badewanne für den Stapellauf des neuen Ozeandampfers, und als sie nach kurzer Abwesenheit zurückkehrte, schwamm das Schiff einsam auf dem Wasser, während der Junge im Korridor auf dem Rücken lag und an einem Stückchen Schnur herumknotete. Ein andermal stolperte sie über seinen umgefallenen Esel. Als sie sich bückte, um ihn aufzuheben, tauchte P.S. lautlos hinter ihr auf und sagte: «Er kann nicht mehr stehen.» – «Warum nicht?» – «Weil er tot ist.» – «Oh, der arme Esel! Woran ist er denn gestorben?» – «An nichts. Er ist eben tot.» Eines Tages schloß sie bei einem plötzlichen Wolkenbruch das Fenster und sah, daß sein neues blaues Auto mit den schönen Lederpolstern mitten im Regen stand. Sie rannte in den Garten und schob das Auto auf die Veranda, wo sie entdeckte, daß P.S. hinter den Glyzinien hervorspähte. «P.S.», sagte sie ärgerlich, «du darfst dein Auto nicht im Regen stehenlassen. Soll es denn ganz verrosten? Nächstes Mal denke bitte daran.» – «Verzeihung», murmelte er, warf einen schmutzigen Gummiball in die Luft und fing ihn wieder auf. Sie begriff sogleich, daß er das Auto absichtlich in den Regen gestellt hatte. Diese Unverschämtheit verschlug ihr den Atem und tat so weh, daß sie versucht war, auch ihm weh zu tun – ihn zu prügeln. Er blickte mit engelhaft unschuldiger Miene zu ihr auf, aber das triumphierende Glitzern seiner Augen verriet ihn, und er sah Logan so ähnlich, daß Vanessa sich zitternd abwandte. «Geh und laß dir von Elsie einen Wischlappen geben», sagte sie leise.

Eines Morgens, sehr früh, erwachte sie mit trockenem Hals, stand auf, um sich ein Glas Wasser zu holen, und stellte erschrocken fest, daß die Tür des Jungen offenstand und das Zimmer leer war. Von den schrecklichsten Befürchtungen gequält – Lila, Kindesentführung, Flucht –, hetzte sie durch das Haus und fand ihn in dem großen Salon, wo er im Pyjama auf dem Boden kauerte.

«Wieso bist du schon auf? Es ist ja erst sechs Uhr!» Sie sah, daß er etwas in der Hand verbarg. «Was hast du da? Zeig doch mal her.»

Gehorsam streckte er ihr die flache Hand hin. Es war der Steinbrocken mit dem Katzengold, den Logan ihm mitgebracht hatte.

«Was machst du denn damit?»

«Nichts.»

Wieder diese aufreizende Unschuldsmiene.

«Bitte, P.S.», begann Vanessa. «Bitte ...» Weiter kam sie nicht, denn ihr fehlten die Worte für das, was sie von ihm erbitten wollte. Sie nahm den Stein und legte ihn in ihren Nähtisch. Um dem Blick des Jungen auszuweichen – so früh am Morgen konnte sie es wirklich nicht ertragen, in Logans Augen zu sehen –, öffnete sie ein Fenster, als wäre sie nur deswegen in den Salon gekommen. «Warum kriechst du schon im Morgengrauen hier herum?» fragte sie über die Schulter. «Kannst du nicht in deinem Zimmer bleiben und lesen oder mit deinen Spielsachen spielen? Was paßt dir denn daran nicht?»

Sie sprach ins Leere. Er hatte lautlos das Zimmer verlassen.

Natürlich war es töricht, das alles so wichtig zu nehmen. Mrs. Lawson, zu der sie andeutungsweise über ihre Sorgen sprach, tröstete sie mit einer englischen Zigarette und der Versicherung, daß Kinder nun einmal so seien, besonders in diesem Alter; sie selbst habe mit ihrer Cynthia ähnliches erlebt: sechs Monate passiver Resistenz, weil dem Kind das heißersehnte Pony verweigert wurde. Vanessa schwor sich daraufhin, daß nichts, was der Junge tat, sie in Zukunft beeindrucken sollte. Aber sie brach dieses Gelübde schon an demselben Abend. Nach dem Essen, als sie ihm sagte, er dürfe jetzt aufstehen, schlang er plötzlich die Arme um Etties Hals, küßte sie herzhaft ab und rief mit hoher, schriller Stimme (offenbar ahmte er irgendeine Frau nach): «Ach, ich könnte dich fressen, fressen, fressen!»

«Mein Engelchen», gurrte Ettie. «So schöne Küsse, und ich habe dich nicht mal darum gebeten!»

Vanessa fügte dies im stillen der Liste ihrer Schmerzen hinzu. «Sieh mal an», bemerkte sie, «mir scheint, *du* bist die Favoritin.» Der Blick, den Ettie ihr zuwarf, bevor sie sich wieder in ihren Samenkatalog vertiefte, sagte deutlich: Geschieht dir ganz recht. Vanessa würgte mühsam ihren Pudding hinunter.

Sie beobachtete, wartete, stellte Erwägungen an, nährte ihren Kummer und betrachtete ihn, wenn sie allein war, so gründlich, als suche sie nach Mottenlöchern im Gewebe ihres Daseins.

Dies war die Strafe. P.S. und Ettie rächten sich an ihr, weil sie logisch gehandelt, das einzig Richtige getan hatte. Im Fall des Jungen war es die unvernünftige Rache eines Kindes, das nicht begreift, wie gut man es mit ihm meint. In Etties Fall aber entsprang der Wunsch, sie zu strafen, einer geradezu kindischen Bosheit. Ettie, von jeher eifersüchtig und besitzergreifend, stellte sich auf die Seite von P.S., weil sie es nicht verwinden konnte, daß Vanessa den Prozeß gewonnen hatte und nun nicht mehr ihr allein gehörte.

Als Ettie einmal erwähnte, eine ihrer Bridge-Freundinnen habe die Absicht, einige Jahre in England zu verbringen, griff Vanessa hastig nach diesem Strohhalm. Wollte Ettie nicht mitfahren? Das ließ sich doch ohne weiteres einrichten. P.S. und sie würden dann eben in ein kleineres Haus oder sogar in eine Mietwohnung ziehen.

Aber Ettie sah sie mit erstaunten Kinderaugen an und sagte: «Ich bitte dich, Ness! Glaubst du, ich brächte es übers Herz, von hier fortzugehen? Außerdem will ich gar nicht nach England. Was sollte denn aus dem Garten werden?» Damit nahm sie ihre Gladiolenknollen, trippelte hinaus und überließ es Vanessa, sich mit der Situation abzufinden.

Es war ein Fehler gewesen, davon zu reden. Auch die Sache mit Miss Colden hätte ihr nie passieren dürfen. Sich ausgerechnet dieser Frau anzuvertrauen! Aber Miss Colden war ihr so zuverlässig und solide erschienen und zudem durch ihren Beruf so erfahren im Umgang mit Kindern, daß sie der Versuchung erlegen war. Die Klavierlehrerin hatte mit größter Aufmerksamkeit zugehört und teilnahmsvoll Vanessas Arm gestreichelt, bis – ja bis das Wort «Undankbarkeit» eine Wunde in ihrem mit Schottenstoff bedeckten Herzen aufriß.

Undankbarkeit! Oh, was das betraf, da konnte sie mitreden, weiß Gott!

Miss Colden hatte England verlassen, ihre reizende kleine Wohnung in London aufgegeben («Genau wie Sie, liebe Miss Scott»), um nach Australien zu fahren und für eine ehemalige Schulfreundin namens Lloydie zu sorgen. Lloydie war lungenkrank, und Miss Colden hatte sie vor und nach einer schwierigen Operation aufopfernd gepflegt, sie ins Gebirge begleitet, alles für sie getan und ihr zuliebe sogar ihre künstlerische Karriere aufgegeben. Zum Dank hatte Lloydie sie schmählich hintergangen. Ihr Verrat wurde offenbar, als Miss Colden zufällig («Ich suchte wahrhaftig nur einen Kamm in der Schublade, Miss Scott!») eine Rechnung fand, aus der sie ersah, daß Lloydie für eine gewisse Mickey eine echte Perlenkette gekauft hatte. («Denken Sie bitte nicht, daß *ich* irgendein Geschenk von ihr erwartete, Miss Scott!») Und dann hatte Lloydie es tatsächlich fertiggebracht, gemeinsam mit Mickey ein kleines Café zu eröffnen, ohne einen Penny von all dem Geld zurückzuzahlen, das sie Miss Colden schuldete. Und ...

Vanessa hörte nur mit halbem Ohr zu und dachte: O Gott, hätte ich doch den Mund gehalten! Warum müssen Menschen, denen man sich anvertraut, einen sofort mit ihren eigenen Problemen belästigen? Schließlich stand sie auf, um der Sache ein Ende zu machen, aber zu ihrem Entsetzen hing Miss Colden im nächsten Augenblick an ihrem Hals und wimmerte, sie sei so einsam! So einsam ohne Lloydie, und niemand könne das verstehen – niemand außer der lieben Miss Scott.

Vanessa befreite sich energisch aus Miss Coldens Umklammerung und sagte, sie verstünde das durchaus nicht und hätte auch nicht den Wunsch, es zu verstehen.

Ach, wirklich nicht? Miss Colden schnallte ernüchtert die Riemen ihrer Notenmappe zu. So sah es also aus! Sie hatte geglaubt, sie dürfe sich offen aussprechen, um so mehr, als auch Miss Scott sehr offen gewesen war. Sie hatte Miss Scott als *Freundin* betrachtet. Lieber Gott, wie man sich doch täuschen konnte!

Das könne mal allerdings, bestätigte Vanessa kühl. Übrigens, sie denke schon seit einiger Zeit daran, P.S. aufs Konservatorium zu schicken, und habe sich daher entschlossen, auf Miss Coldens Dienste zu verzichten. Sie werde ihr noch heute einen Scheck zugehen lassen.

«Sie haben's nötig, von Undankbarkeit zu reden», sagte Miss Colden bitter.

Vanessas Gewissen regte sich, als sie vom Fenster aus die arme Miss Colden davonschleichen sah. Die kleine Gestalt in dem bunten Schottenkleid machte einen völlig gebrochenen Eindruck. Andererseits – wer gab dieser Person das Recht, bei ihr, Vanessa, Verständnis für ihre unglaublichen Geschmacklosigkeiten zu suchen, sie sogar zu umarmen und sich derart hysterisch zu gebärden?

«Wir hatten eine Meinungsverschiedenheit», teilte sie Ettie mit.

«Ach, wie schade. Das arme, liebe Ding.»

«Wieso ist sie ein armes, liebes Ding?»

«Sie braucht doch bestimmt das Geld, Ness. Ich finde es so grausam ... Denk nur daran, wie rührend sie sich vor Gericht für dich eingesetzt hat.»

Unmöglich, Ettie *das* zu erklären.

Immerhin bot ihr das Problem der Klavierstunden einen Vorwand, Mr. Hood anzurufen. Mr. Hood sagte sanftmütig, Entscheidungen dieser Art blieben selbstverständlich Miss Scott überlassen.

Aber sie brauche auch sonst Rat, erklärte sie hastig. Ach nein, an den Richter wolle sie sich in dieser Angelegenheit lieber nicht wenden; er könnte womöglich glaube, sie sei ihren Erziehungsaufgaben nicht gewachsen. Ja, danke, vier Uhr passe ihr ausgezeichnet.

Was sie wirklich brauchte, war Mr. Hoods tröstender, männlicher Zuspruch. Sie war von törichten Weibern umgeben, denen der Frühling das letzte Restchen Verstand raubte. Mr. Hood, ein Mann und obendrein ein Jurist, war solchen Stimmungen gewiß nicht unterworfen. Ein langer, bewundernder Blick von ihm würde genügen, ihr das verlorene Selbstbewußtsein wiederzugeben.

Aber Mr. Hood empfing sie erstaunlich zurückhaltend, und als sie ihm gegenübersaß, fiel es ihr schwer, ihm den Grund ihres Kommens zu erklären. Sie konnte ihre Unruhe nicht in Worte fassen. Alles, was sie sagte, klang gekünstelt, war ohne Überzeugungskraft, traf nicht den Kern der Sache. Wie sollte sie diesem Mann verständlich machen, daß eingeregnete Spielsachen ihr Angst einjagten?

Mr. Hood sah zweimal auf die Uhr und sagte schließlich: «Ich bin kein Psychologe, sondern Rechtsanwalt, aber mir scheint, Sie messen diesen Dingen zuviel Bedeutung bei. Es ist doch ganz natürlich, daß der Junge so reagiert, und an Ihrer Stelle würde ich seine Ungezogenheiten einfach ignorieren. Mit der Zeit wird sich das schon geben.»

Vanessa hätte gern erwidert: Aber es handelt sich ja um *mich*. Ich gehe daran zugrunde, und ich bilde mir das nicht etwa ein. Ich habe Angst.

Statt dessen sagte sie höflich: «Vielen Dank.»

Sie stand auf und reichte ihm die Hand. Wie charmant du sein konntest, als dich das dicke Honorar lockte, dachte sie. Jetzt bin ich dir nur noch lästig. Diese bittere Erkenntnis verlieh ihr Haltung. Sie schritt hochaufgerichtet aus dem Büro und schwor sich, keinem Menschen mehr zu vertrauen.

Sie mußte den Kampf mit P.S. allein ausfechten.

Und P.S. erwartete sie. Schon von weitem sah sie ihn durch die Eisenstäbe des Gartentors spähen. Sie winkte. Er rührte sich nicht, starrte ihr jedoch unverwandt entgegen. Und dann, als sie nahe heran war, löste er sich gleichsam in Luft auf. Sie ging durch das Tor. Er war schon an der Rebenpergola, rannte auf den Gemüsegarten zu.

«Hallo!» rief sie munter. «Warte doch!»

Aber er war verschwunden.

Hör auf damit, P.S.! Bitte, hör auf.

Der Sommer verdrängte den Frühling mit glühender Hitze, die den Garten austrocknete und den Rasen braun färbte. Die Abendstunden waren erfüllt vom Sprühen und Plätschern der Wasserschläuche und Sprenger, vom Klappern der Rasenmäher, von Vogelgezwitscher und den Stimmen lufthungriger Menschen. Das wichtigste Gesprächsthema war die Frage, ob wohl endlich einmal ein frischer, kühlender Südwind aufkommen würde. Alle sagten, es sei ungewöhnlich heiß, viel zu heiß für Oktober. Wie sollte das nur werden, wenn es bis Weihnachten so weiterging – Gott sei uns gnädig!

Vanessa sorgte dafür, daß alle Räume im Haus verdunkelt waren. Sie saß im Salon, von grünlichen Lichtreflexen umspielt, betupfte Handgelenke und Schläfen mit Eau de Cologne und bereitete freudlos die Geburtstagsfeier des Jungen vor. Man mußte Limonade, Ingwerbier und Eiskrem bestellen, einen Zauberkünstler engagieren, eine Rutschbahn mieten, Papierhüte und Luftschlangen kaufen, kleine Geschenke für die «Schatzsuche», hübsche Einladungskarten ...

«Wen möchtest du einladen, P.S.?»

«Ich weiß nicht.»

«Na, dann werden wir uns mal die Namenliste ansehen, die Miss Pile mir gestern gegeben hat. Kevin Beresford – soll er kommen?»

«Meinetwegen.»

«Und Jill Boynton-Jones? Bist du mit ihr befreundet?»

«Nein.»

«Willst du sie lieber nicht dabeihaben? Es ist *dein* Geburtstag, also sag ja oder nein.»

«Ist mir egal.»

«Wir können nicht die ganze Klasse einladen, und deshalb möchte ich wissen, wer deine Freunde sind – verstehst du?»

«Ich habe keine Freunde.»

«Aber natürlich! Die Lawsons zum Beispiel. Bei denen warst du doch schon oft zu Besuch. Und Jacky Green. Und Hillary. Kannst du denn keinen von deinen Mitschülern leiden?»

«Doch, ein paar.»

«Dann sag mir bitte die Namen, P.S. Die Einladungen müssen spätestens morgen abgeschickt werden. Gibt's da draußen im Garten etwas Besonderes zu sehen?»

«Nein.»

«Ich dachte nur, weil du immerzu aus dem Fenster starrst. Würdest du mir jetzt wohl fünf Minuten zuhören? Bitte ...!»

Trotz alldem war Vanessa stolz auf ihr Werk, als sie einen letzten Blick auf das festlich geschmückte Eßzimmer warf. Bunte Luftschlangen und Lampions, Teller und Becher aus hellblauer Pappe, Bonbons in glänzenden roten und grünen Hüllen, neben jedem Gedeck ein kleines Geschenk, in Gold- oder Silberpapier eingewickelt und mit Seidenband verschnürt. Weiße Pappkaninchen hielten die Tischkarten, die Vanessa säuberlich beschriftet hatte. Die Rutschbahn stand im Garten bereit; die Zettel für die Schatzsuche (Vanessa hatte die Hinweise in Versform gebracht und sich dabei sehr um witzige Formulierungen bemüht) waren in den Salvienbüschen, im Briefkasten, im Astloch des Feigenbaumes und an siebzen anderen sorgfältig ausgewählten Stellen versteckt; man durfte es den Kindern weder zu leicht noch zu schwer machen. Im Salon waren alle zerbrechlichen Gegenstände entfernt und vierzehn Stühle für die Zaubervorstellung aufgestellt worden. Ellen hatte ein wahres Wunderwerk von Torte geschaffen: zweistöckig, mit kristallweißem Zuckerguß, blauen und rosa Ornamenten, Marzipanrosen und sieben blauen Kerzen. In der Mitte bildeten silberne Zuckerperlen die Buchstaben P.S.

Vanessa hatte lange nach einem passenden Geburtstagsgeschenk gesucht und sich schließlich für einen kleinen Metzgerladen mit Verkaufstisch, Waage, Hackklotz und Beil entschieden. Die winzigen Rinderkeulen, Hammellenden und Schinken waren aus Marzipan, und das Schaufenster trug die Aufschrift: J. GRUBB & SÖHNE. Vanessa trug ihre Gabe am Morgen des großen Tages in sein Zimmer, räusperte sich und sang mit etwas heiserer Stimme *Happy birthday to you.* Beim Anblick des Metzgerladens leuchteten die Augen des Jungen unwillkürlich auf, doch es gelang ihm, sein Interesse rasch zu verbergen. Dagegen befaßte er sich lange mit Lilas Päckchen, das mit der Post kam. Er öffnete es feierlich und behandelte den Inhalt so vorsichtig, als hielte er eine Reliquie in der Hand. Es war eine Tanzpuppe, ein blecherner Matrose, dessen ruckartige Bewegungen verzweifelt an Schüttellähmung erinnerten.

(Soll ich erklären, weshalb Lila nicht kommt? Alles auf den Richter schieben? Aber was erreiche ich schon damit?)

P.S. stellte keine Fragen. Er tat so, als sei dies ein Tag wie jeder andere.

«Sieh mal!» rief Vanessa mit gespielter Fröhlichkeit und hielt goldene Papiersterne in die Höhe. «Und hier – ist das nicht hübsch?» Sie zeigte ihm geflochtene Körbchen mit Pfefferminzfondants.

«Ja», sagte er.

Bitte ...! Bitte, P.S., mach endlich Schluß mit dem grausamen Spiel.

Später, beim Umkleiden, hörte sie die Regenpfeifer schreien, und als sie die Jalousie hochzog, sah sie, daß sich Gewitterwolken über dem Meer zusammenballten. Die Luft war erstickend schwül.

O Gott, wenn es jetzt regnete, ging alles schief. Sämtliche Spiele, mit Ausnahme der Zaubervorstellung, waren für draußen geplant. Wie sollte sie vierzehn Kinder im Hause beschäftigen? Und ihr lag so unendlich viel daran, daß die Geburtstagsfeier ein Erfolg wurde, denn das konnte der Wendepunkt in diesem stummen, erbitterten Kampf sein, den nicht sie begonnen hatte.

Pünktlich um drei trafen die Kinder ein. Sie kamen zu zweien oder dreien, von einer Mutter oder auch von dem Chauffeur abgeliefert.

P.S. trug einen blauen Matrosenanzug mit blanken Knöpfen, und Vanessa, die neben ihm im Garten stand, war stolz auf sein gutes Aussehen und seine tadellosen Manieren. Sie hieß die kleinen Gäste fröhlich willkommen, begrüßte die Mädchen in ihren hübschen Kleidern mit breiten rosa oder blauen Schärpen und die Jungen im Sonntagsanzug. Jedesmal, wenn P.S. ein Geschenk auswickelte, rief sie begeistert: «Oh, wie entzückend!»

Die Kinder bildeten automatisch zwei Gruppen – hier die Jungen, dort die Mädchen – und standen so stumm und teilnahmslos herum wie gelangweilte Erwachsene auf einer Gartenparty.

«Limonade!» rief Vanessa aufmunternd, als Elsie den Teewagen auf den Rasen schob. Es gab nicht nur Limonade, sondern auch leckere *petits fours*, Butterschnittchen und Mürbegebäck. Obgleich die Kinder nur unlustig zugriffen, ermahnte Vanessa sie lachend, noch ein Plätzchen für die Geburtstagstorte frei zu lassen.

Die Sonne, die allmählich hinter grauen Wolkenbergen verschwand, tauchte den Garten in schwefelgelbes Licht. Es wurde immer heißer.

«Kommt, kommt, wir spielen Blindekuh!» Vanessa klatschte in die Hände wie eine Turnlehrerin und schwenkte die Augenbinde. «Wer fängt an?» Niemand meldete sich. Die Kinder starrten mißmutig vor sich hin, bis Cynthia Lawson schließlich mit einem gottergebenen Seufzer sagte: «Na schön, dann also ich.»

Trotz einiger komischer Irrtümer kam keine Heiterkeit auf. Zwei Jungen, die sich verdrücken wollten, wurden von Vanessa mit sanfter Gewalt zurückgeholt. «Nein, Kinder, heute spielen wir alle zusammen. P.S. hat doch Geburtstag.» Sie kehrte in den Kreis zurück, lachte, scherzte, rief bravo und hatte dabei das peinliche Gefühl, die einzige zu sein, die sich wie ein Kind benahm.

Bald half auch das nichts mehr; das Spiel lief sich tot, und die Kinder wanderten ziellos über den Rasen.

«Jetzt kommt die Schatzsuche!» verkündete Vanessa energisch, trieb sie wie Schafe zusammen und fühlte dabei, daß ihr der Schweiß den Rücken hinunterrann. Sie hatte die Schatzsuche eigentlich für viel später vorgesehen, aber der Himmel bewölkte sich immer mehr, und das zwang sie zu einer raschen Programmänderung.

Das Aufstellen der sieben Paare nahm eine Ewigkeit in Anspruch. Ließ Vanessa ein kleines Mädchen an seinem Platz stehen, um ihm einen Partner zu suchen, so war das Kind bestimmt verschwunden, wenn sie mit einem widerstrebenden Jungen zurückkam. Ein gräßlicher Bengel, dessen Name ihr entfallen war, wehrte sich mit lautem Nein-nein und zum Heulen verzogenem Gesicht.

«Aber Herzchen, wenn du nicht mitspielst, bleibt doch eines von den Mädchen ...»

«Nein, nein, ich will nicht.»

«Na schön, dann sieh eben nur zu. Hilary, Liebes, mit wem möchtest du am liebsten auf Schatzsuche gehen?»

«Ich bin nicht Hilary. Ich bin Margaret. Die da ist Hilary.»

«Oh, entschuldige. Ian, mein Junge, du gehst mit Margaret, ja?»

«Ach, ist das ein Spaß, ach, ist das lustig», rief sie immer wieder, und im stillen sagte sie sich: Um Gottes willen, nur nicht nachlassen! Jetzt heißt es durchhalten!

Endlich hatte sie die Paare beisammen, händigte strahlend den ersten Zettel aus, beobachtete, wie sie darüber brüteten und verständnislos den Kopf schüttelten, wenn sie ein Wort nicht entziffern konnten. Unermüdlich erläuterte Vanessa die einfachen Spielregeln, während die Kinder sie stumpfsinnig anglotzten.

«Ist jetzt alles klar? Na, dann los und viel Glück.»

Sie zogen ab, als ginge es zur Schlachtbank. Aus den Paaren waren schon wieder Dreier- und Verergruppen geworden, aber das machte ja nichts. Wenigstens waren sie fürs erste beschäftigt. Zum Teufel mit ihnen, dachte Vanessa, zündete sich eine Zigarette an und ging ins Haus.

Drinnen sprach Ettie mit dem Zauberer, einem wachsbleichen Mann, der schwarzgefärbtes Haar und ein lückenhaftes Gebiß hatte.

«So ein Pech», wandte er sich an Vanessa. «Das ist ja wieder dieselbe Gesellschaft.»

«Wie meinen Sie das?»

«Dieselben Kinder wie im vorigen Monat bei Mrs. Rutherford. Denen kann ich nichts Neues mehr zeigen.»

«Daran hätte Mrs. Lawson aber wirklich denken können», sagte Vanessa gereizt. «Haben Sie nicht ein paar Tricks, die die Kinder noch nicht kennen?»

Der Zauberer meinte, in diesem Fall werde es wohl schwerhalten. Die Bälger gingen ja jede Woche zu irgendeiner Gesellschaft. Seiner Meinung nach durften sie viel zu viele Feste feiern, während das Volk unter der Wirtschaftskrise ächzte und andere Kinder verhungerten.

«Ihre Meinung interessiert mich nicht», wies Vanessa ihn zurecht. «Ziehen Sie ein Kaninchen aus Ihrem Zylinder, das ist alles, was ich von Ihnen verlange.»

«Wie Sie wünschen, Miss», sagte der Zauberer patzig.

Ein ekelhafter Kerl! Nun, sie wollte schon dafür sorgen, daß Mrs. Lawson und die anderen Mütter ihn nicht mehr beschäftigten.

«Miss Scott!»

Cynthia Lawson stand auf der Schwelle, mit wirrem Haar, erhitzt und beleidigt.

«Miss Scott, Molly Barker hat den Schatz gefunden!»

«Was, jetzt schon?»

«Ja, weil sie mit P.S. zusammen gesucht hat!»

«Aber Cynthia, P.S. hat keine Ahnung gehabt, wo der Schatz versteckt war.»

«Und wieso ist er dann mit Molly direkt auf die Stelle losgegangen?»

Draußen schlug Vanessa eine Welle der Empörung entgegen. Alle lärmten und schrien. Ein anämisches kleines Mädchen in blauem Organdykleid drückte den «Schatz» krampfhaft an sich.

«Kinder», übertönte Vanessa das Gezänk, «Molly und P.S. haben bestimmt nicht gemogelt. P.S., du hast nicht gewußt, wo der Schatz lag, nicht wahr?»

Wieder diese Unschuldsmiene.

«Nein», antwortete er. «Es war eben zu einfach.»

Vielen Dank! Du bist mir eine große Hilfe, das muß ich schon sagen.

Sie rang sich ein Lächeln ab. «Na, macht euch nichts draus; jeder bekommt einen Trostpreis.»

Nur sie nicht.

Das Fest war mißlungen, war ebenso quälend wie die Gewitteratmosphäre.

Um die Teezeit hatte sich der Himmel so sehr verdunkelt, daß sie im Eßzimmer das Licht einschalten mußten. In das *Happy birthday to you*, das die Kinder herunterleierten, mischte sich fernes Donnergrollen. Vanessa spürte, wie die alte Kindheitsfurcht sie überkam – diese panische Angst, die noch heute den Trieb in ihr weckte, sich in einen Schrank zu verkriechen und den Kopf in ein Kissen zu drücken. Sie betete, das Gewitter möge erst dann ausbrechen, wenn die Kindergesellschaft überstanden war. Dann konnte sie wenigstens in die Dunkelheit ihres Zimmers flüchten und sich Watte in die Ohren stopfen. Aber der Donner wurde immer lauter, und als die ersten blassen Blitze aufzuckten, flüsterte Vanessa dem Mädchen Elsie zu, sie solle die Messer hinaustragen.

(«Sei nicht so albern, Ness.» – «Ich kann nicht dagegen an, Mater.» – «Es sind doch nur elektrische Entladungen, und die tun einem nichts.» – «O doch! Ich habe ein Bild von einem kleinen Mädchen gesehen, das ganz verkohlt war.» – «Dann hat das Kind unter einem Baum gestanden. Blitze sind nur gefährlich, wenn man unter einem Baum steht.»)

«Oho!» Sie lachte nervös auf, als sie den Donner dumpf rollen hörte. «Ich glaube, im Himmel werden Möbel gerückt.» Das war ein alter Scherz, aber die phantasielosen Kinder von heute sahen nur kurz von ihrem Eiskrem auf und verzogen keine Miene.

«Habt ihr alle ein Stück von der Geburtstagstorte gehabt? Wie wär's dann mit einem netten Gesellschaftsspiel? P.S., wenn alle fertig sind, führe deine Gäste bitte in den Salon. Ich bin gleich wieder da.»

Sie lief nach oben, um die Fenster zu schließen. Inzwischen regnete es schon in Strömen; dicke Tropfen klatschten gegen die Scheiben, und ein Donnerschlag nach dem anderen ließ das Haus erbeben.

Vanessa nahm allen Mut zusammen und schickte sich an, hinunterzugehen, prallte aber zurück, als ein greller Blitz über dem Oberlicht flammte und sie so sehr erschreckte, daß sie am liebsten laut aufgeschrien hätte. Lächerlich. Krankhaft, daß sie in ihrem Alter noch nicht fähig war, diese alberne Furcht zu überwinden. Aber da stand sie und zitterte am ganzen Leibe.

Eine alte Jungfer. Eine Neurotikerin, die sich an die Wand preßte, weil sie Angst vor ein paar Blitzen und Donnerschlägen hatte. Wie entsetzlich, wie demütigend, wenn eines der Kinder sie dabei ertappte. Sie gab sich einen Ruck und ging weiter. Aus dem Salon klang ihr schallendes Gelächter entgegen. Na, endlich schienen sie sich zu amüsieren; vielleicht hatte das Gewitter sie aus ihrem Stumpfsinn aufgerüttelt. Sie setzte ein strahlendes Lächeln auf, näherte sich der Salontür und blieb wie erstarrt stehen, die Finger um den gläsernen Türknopf gekrallt, als sie

P.S. mit hoher, gezierter Stimme sagen hörte: «O weh, o weh, was für ein schreckliches Gewitter!»

Was sollte das bedeuten? Sie wartete.

«Uh, dieser furchtbare Donner... Und die Blitze... Wir werden alle erschlagen werden!»

Für einen siebenjährigen Jungen war die Imitation gar nicht so übel. Das war unverkennbar ihr Tonfall, ihr leichter Mayfair-Akzent. Vanessa stieß die angelehnte Tür ein wenig weiter auf.

P.S. stelzte auf und ab, eine unangezündete Zigarette in der Hand – er ahmte ihren Gang nach. Jetzt blieb er vor dem Sofa stehen, knuffte ein Kissen und rief: «P.S., P.S., du mußt aufwachen! Komm doch, komm!» Dann, als ein neuer Donnerschlag krachte (den Vanessa diesmal nicht hörte), kreischte er auf und wimmerte: «Halte mich, Logan, halt mich fest!»

Die Kinder lachten, und Cynthia fragte: «Wer ist Logan?»

«Mein Vater.»

«Wohnt der denn jetzt bei euch?»

«Nein, aber wenn sie Angst hat, schreit sie nach ihm.»

Er preßte das Sofakissen an seine Brust, krümmte sich und mimte zitterndes Entsetzen. «Logan – oh, oh – halte mich, Logan!»

Die Kinder jubelten vor Vernügen, einige klatschten Beifall. Während das Haus von neuem unter dem Donner erbebte, griffen sie das Spiel auf, liefen hin und her, machten Luftsprünge und riefen mit hoher, erregter Stimme: «Logan, Logan, halte mich fest – oooh!» Es war wie ein Albdruck, wie eine Szene im Irrenhaus –vierzehn Kinder, die unter Donner und Blitz umhertanzten und Vanessas Angst schamlos karikierten.

Plötzlich wandte P.S. den Kopf und sah Vanessa auf der Schwelle stehen. Sein Lächeln fuhr ihr wie ein elektrischer Schlag durch die Glieder. Sie stürzte auf ihn zu, ohne sich darum zu kümmern, daß sie ein hüpfendes Kind über den Haufen rannte. In ihren Haarwurzeln kribbelte es, ihr Gesicht brannte wie Feuer. Sie packte den Jungen an den Schultern und schüttelte ihn.

Sie schüttelte ihn, schüttelte ihn wortlos. In ihren Ohren krachten Explosionen, brüllte eine tosende Brandung; vor ihren Augen barsten weißglühende Feuerwerkskörper, und dazwischen nahm sie undeutlich die neugierigen Gesichter der Kinder wahr, die einen stummen Kreis bildeten. Sie schüttelte ihn und sah ihn dunkelrot anlaufen, sah seine Arme hin und her schlenkern – aber er lächelte noch immer, lächelte und lächelte, während sie ihn schüttelte, bis ihre Kraft erlahmte und sie sich röchelnd atmen hörte. Da gab sie sich geschlagen. Sie stieß ihn von sich, und er fiel schwer auf den Boden. In seinen Augen, die zu ihr aufblickten, stand unverhüllter Haß, und doch lächelte er.

Sie wandte sich ab. Durch kochendes Wasser hindurch sah sie verschwommene Engelsgesichter, die sie fasziniert anstarrten.

«Geht», sagte sie heiser. «Geht nach Hause.»

Sie taumelte durch ein Erdbeben, vorbei an einstürzenden Wänden, vorbei an Ettie und den Dienstboten, die in der Halle versteinert waren, auf die Treppe zu, die ihr entgegenfiel. Irgendwie gelangte sie in ihr Zimmer.

Sie weinte. Noch nie hatte sie so geweint, nicht einmal bei Paters Tod.

Dann lag sie erschöpft in dem stickigen Dunkel, hörte nichts als das Tropfen der Regenrinne und von Zeit zu Zeit das Tuten einer Fähre.

Ettie klopfte zweimal, murmelte irgend etwas von Aspirin und von Essen – wollte sie das Dinner ans Bett gebracht haben?

«Laß mich in Ruhe», antwortete Vanessa.

Laß mich in Ruhe!

Sehr viel später hörte sie sein munteres Geplapper, dazwischen Etties dämpfendes Gurren. Er ging zu Bett, und wahrscheinlich putzte er sich nicht die Zähne, um *sie* zu strafen. Bei diesem Gedanken lachte sie auf. Was konnte sie jetzt noch kränken oder verletzen? Sie war so weit von ihm und Ettie entfernt wie das Siebengestirn. Mochten sie auf ihre kindische Art selig werden! Sie gehörte nur noch sich selbst, und nun, da der erste, unglaublich schmerzhafte Schock vorüber war, konnte sie wieder klar denken und, gleichsam von ihrem Ich losgelöst, mit einem gewissen Stolz beobachten, wie ihre innere Kraft zurückkehrte. Die eindeutige Erkenntnis, daß P.S. sie haßte, hatte die letzte Barriere höflicher Verstellung zwischen ihnen niedergerissen und ihr eine außerordentliche Freiheit geschenkt. Nach dieser Explosion empfand sie keine Furcht mehr; ein Schlußpunkt war erreicht, und ihr logisches Denken versicherte ihr, daß in alledem ein tieferer Sinn liege. Sie mußte und wollte diese Katastrophe überleben, verjüngt und erneut aus der Asche steigen und fortan ihr eigener Herr sein. Dazu mußte sie aber in die Abgründe ihres Ichs hineinleuchten, durfte sich nicht mehr mit den trügerischen Erklärungen zufriedengeben, an die sie sich bisher stets geklammert, mit denen sie ihre Wunden behandelt hatte, bevor sie sich blindlings neuen Schlägen aussetzte.

Damit war es nun vorbei.

Es wird ein bißchen weh tun, sagte sie zu sich selbst wie ein verständnisvoller Arzt. Aber du wirst ja heute neu geboren, und das geht nun einmal nicht ohne Schmerzen ab.

Denke zurück.

Rolle alles von Anfang an auf. Erinnere dich derer, die deine heiße Liebe mit Treulosigkeit und Grausamkeit vergalten. Kehre in deine Klasse zurück und schau dir die blasse, hübsche Miss Mortimer an. Wie innig du sie liebtest! Du brachtest ihr Äpfel und zarte Farnsträußchen mit und bautest deine Gaben auf dem Katheder auf, obgleich die anderen Mädchen dich auslachten; du schriebst mit deinem Herzblut ein Huldigungsgedicht auf sie. Was für ein Schlag ins Gesicht, als sie sagte, sentimentaler Unsinn werde auch dann nicht besser, wenn er sich reime. Mit anderen Worten hieß das: Ich liebe dich nicht, Vanessa; für mich bist du nur eine von sechsundzwanzig Schülerinnen, die mir allesamt gleichgültig sind. Und plötzlich sahst du, daß sie in Wirklichkeit ein Gesicht wie ein Schellfisch und eine Seele aus Backpflaumen hatte ... erinnere dich an den Jungen in Waverly mit den Schultern eines Athleten und dem Gesicht eines Bellini-Cherubs. Als er dich in die Arme nahm und küßte, empfandest du eine so unbeschreibliche Seligkeit, daß du ihm alles geben wolltest, was du, die Vierzehnjährige, besaßest: einen Shilling und zehn Penny-Münzen. Du drücktest ihm das Geld in die Hand, und er schleuderte es ins Gras und sagte: «Hör mal, dafür laß ich mich nicht bezahlen.» Und dann plapperte er überall aus, die kleine Scott bezahle dafür, und seine Freunde brüllten vor Lachen. Du ranntest zu Pater, um ihm schluchzend dein Herz auszuschütten, und Pater tröstete dich. «Aber Kindchen, das sind doch ganz ordinäre Jungen, Bauernlümmel, die nie begreifen werden, wie du es gemeint hast, mein Engel, und im übrigen liebe ich dich ja viel mehr, als irgendein Junge dich lieben könnte.» Sinden aber, der du dich später anvertrautest, sagte: «Ness, begreifst du denn nicht, daß du seinen Stolz verletzt hast? Ich an deiner Stelle hätte mich einfach küssen lassen.» Du suchtest es ihr zu erklären. «Sin, ich wollte ihm doch nur meine Liebe zeigen, so wie ich es tue, wenn ich Pater irgend etwas schenke.» Und Sinden erwiderte: «Na ja, Ness, aber schließlich ist nicht jeder wie Pater.»

«Vielleicht finde ich doch einen, der so ist», hast du damals gesagt und ihn schon vor dir gesehen: reinen Herzens wie du selbst, zärtlich, rücksichtsvoll, unfähig, dich zu besudeln, nur von dem Wunsch beseelt, dich zu lieben, und zwar so zu lieben, daß das Geschlechtliche nur ein Teil der geistigen Bindung wäre.

«Warum mußt du bloß alle Leute schulmeistern, Ness?» fragte Vere, die mit neunzehn im Besitz eines stattlichen Busens und ungezählter Verehrer war. «Unsinn, Vere, ich schulmeistere niemanden, ich prüfe und sichte nur ein bißchen, damit ich das finde, was ich suche.» – «Weißt du denn überhaupt, was du suchst?» – «Natürlich.» Und du fuhrst fort, an den Männern, die dir begegneten, herumzumeißeln, bis sie zu Fremden wurden, die du unmöglich lieben konntest. Keiner wollte sich von dir umformen lassen. Dann aber kam einer, der deinem Ideal zu entsprechen schien. Logan, der schöne Logan aus Bacchus Marsh, brachte dir so viel zartfühlende Achtung entgegen, daß du sicher warst – fast sicher –, bei ihm Verständnis zu finden.

Und wieder hattest du geirrt! Auch Logan war verschlagen und hinterhältig. Der Bäckerjunge tätschelte auf einer dunklen Viehweide an dir herum, und obwohl du lange um ihn weintest, war dir klar, daß du ihn nie hättest ändern können.

Ach, und als du es dann erfuhrst! Du saßest mit irgendwelchen langweiligen Leuten auf der Terrasse eines eleganten Restaurants an der Themse, und alle dachten, du wärst übergeschnappt. Man hatte dir das Kabel gebracht, das so echt Sinden war: NESS HABE SOEBEN SCHÖNSTES GEBISS VON BACCHUS MARSH GEHEIRATET RATE MAL WEN STOP MACHT DAS LEBEN NICHT UNGLAUBLICHE WITZE STOP BRIEF FOLGT. Und die anderen fragten: «Du lieber Himmel, Vanessa, was ist denn an dieser Nachricht so komisch? Kennen Sie den Mann? Hat er etwa ein Holzbein?» Du hast geantwortet, es sei wirklich zum Totlachen, aber erklären könntest du es nicht – ein Familienscherz, nur für Eingeweihte verständlich. Unmöglich, diesen Leuten zu sagen, daß du vor plötzlicher Wut fast ersticktest. Nicht wegen Logan – der konnte sich deinetwegen zum Teufel scheren, diese Wunde war längst vernarbt –, nein, weil Sinden das fertigbrachte, was dir nie gelungen war. Sinden war fähig zu lieben, ohne Menschen und Dinge ändern zu wollen. Sinden war die wahrhaft Herzensreine, die sich furchtlos und ohne Bedenken den Stürmen des Lebens aussetzte, um das zu finden, was sie suchte, während du dich zitternd in Schränken verstecktest und dir die Ohren zuhieltest.

Was bist du doch für eine Schwindlerin, hatte Logan gesagt. Hättest du ihn nur damals schon verstanden! Denn alle deine Bemühungen sind gescheitert: Nie wurde dir Liebe zuteil.

Erinnere dich, wie es in Paris war ... Du sagtest dem Mann, du könntest Ettie nicht im Stich lassen, doch der eigentliche Grund war, daß du ihn nicht zu ändern vermochtest.

Ihn nicht und keinen anderen.

Ah – aber vielleicht ließ sich ein Kind formen!

Nicht Logan, sondern sein Sohn. Wenn P.S. dich liebte, würde dir das die Jahre ersetzen, die (um mit Pater zu reden) die Würmer gefressen hatten.

Aber P.S. verabscheut dich, und du bist endgültig geschlagen. Du bist allein, und du wirst allein bleiben.

Du verstehst nicht zu lieben.

Gut, endlich hast du es ausgesprochen.

Nun weißt du wenigstens, wer und was du bist. Nun erst bist du neu geboren.

Sie hörte das Geräusch eines Rasenmähers, drehte sich auf die andere Seite, öffnete blinzelnd die Augen und stellte erstaunt fest, daß es nach zehn Uhr morgens war.

Nie zuvor hatte sie in den Kleidern geschlafen. Ihr neues Leben (sie erinnerte sich sofort und sehr deutlich) hatte also mit etwas Ungewöhnlichem begonnen, und dieser Gedanke belustigte sie ein wenig.

Sie zog sich aus und ging unter die Dusche. Wie gut, daß P.S. in der Schule war und Ettie immer erst spät aufstand. So hatte sie noch etwas Zeit, sich auf die Begegnung mit ihnen vorzubereiten.

Seltsamer Schwebezustand: Sie war weder glücklich noch unglücklich – sie fühlte sich nur erlöst. Die bösen Ahnungen, die sie in den letzten Wochen gequält hatten, waren verschwunden, die sommerlichen Laute und Geräusche beschworen keine Geister mehr herauf. Die Zeit der Unschlüssigkeit war vorüber. Sie wußte jetzt genau, was sie zu tun hatte, und sie freute sich sogar darauf – die Vorfreude rief ein leichtes Kribbeln hervor, wie eine heilende Wunde.

In dem Bestreben, sich auch äußerlich zu verändern, probierte sie eine neue Frisur aus, zog einen seitlichen Scheitel, schlang den Knoten tiefer im Nacken. Sie fand, daß sie trotz allem, was geschehen war, recht frisch und wohl aussah. Zu dem eleganten Kleid aus Shantungseide, das sie bisher aufgespart hatte (wofür? Wann gehe ich schon aus? Wer beachtet mich denn?), zog sie ihre braun-weißen Schuhe an und betrachtete sich dann lange im Spiegel. Auch diese unverhohlene Eitelkeit war ein Teil ihrer neuen Freiheit. Es brauchte sie nicht mehr zu kümmern, ob jemand sie vor dem Spiegel ertappte. Die Meinung der anderen war unwichtig; von nun an würde sie leben, wie es ihr gefiel.

Sie ging hinunter in die Küche, fragte, ob sie Frühstück bekommen könnte, sprach liebenswürdig mit Ellen und Elsie, die sie entgeistert anstarrten – offenbar hatten sie erwartet, ein völlig gebrochenes Geschöpf oder einen Racheengel zu sehen. Ja, Eier bitte, wenn es nicht zuviel Mühe machte, und Schinken. Sie war am Verhungern.

«Ich habe nämlich gestern abend nichts gegessen», fügte sie überflüssigerweise hinzu.

Sie setzte sich in das sonnige Eßzimmer und griff nach der Zeitung. Irgend jemand war so taktvoll gewesen, die Luftschlangen und die sonstigen Überbleibsel der Geburtstagsgesellschaft zu entfernen. Der *Sydney Morning Herald* berichtete, an diesem Abend werde die Welt untergehen – jedenfalls behaupteten das ein gewisser Dr. Pollack und seine Jünger. Bei Sonnenuntergang wollten sie sich in ihrem Tempel der Immerwährenden Liebe versammeln und den Heiland erwarten. Arme Agnes! Wieder einmal würde sie als die Blamierte dastehen!

Vanessa verspürte plötzlich das Bedürfnis, ein wenig zu plaudern. Sie wechselte ein paar Worte mit Elsie, die ihr das Frühstück servierte, sprach über das Wetter, über eine leichte, kleidsame Sommertracht, die sie für die Mädchen anschaffen wollte, und über die skandalösen Fischpreise. Als Ettie zögernd eintrat und ihr mit ängstlicher Miene einen Kuß gab, sagte sie: «Liebste, ich bin vollkommen in Ordnung – wirklich. Ich möchte nicht mehr darüber reden.»

Warte nur, du wirst dich wundern!

Nach dem Frühstück spazierte sie durch den Garten, bewunderte alles, roch an Rosen und Hibiskusblüten und entdeckte, daß die salzige Hafenbrise und der Duft feuchter Eukalyptusblätter sie nicht mehr schmerzhaft an die verlorene Jugend gemahnten. Im Gegenteil, sie brachten ihr höchst erfreulich zum Bewußtsein, daß sie quicklebendig war. Sie unterhielt sich ein Weilchen mit Jocko, fragte nach seiner Arbeit, beglückte ihn ab und zu mit einem Lächeln oder einem kleinen Kompliment. Gegen Mittag spähte sie wieder und wieder zum Gartentor, bis ihr plötzlich einfiel, daß P.S. heute Schwimmunterricht hatte und nicht vor drei Uhr nach Hause kommen würde.

Also noch drei lange Stunden.

Ettie beobachtete sie neugierig, ging ihr überallhin nach, immer ein paar Schritte hinter ihr, und trällerte nervös. Da sie aus Vanessas Benehmen nicht klug wurde, schützte sie schließlich Kopfweh vor und zog sich in ihr Zimmer zurück.

Um halb vier stand Vanessa am Salonfenster und hielt ungeduldig Ausschau nach Miss Piles Wagen. Es war schon kurz vor vier, als das Auto vorfuhr. Sie sah P.S. aussteigen, winken und dann sehr langsam die Auffahrt entlangschlendern. Er trug die feuchte Badehose in der Hand; seine Miene verriet, wie ungern er in das Haus zurückkehrte. Als Vanessa seine Schritte in der Halle hörte, rief sie: «P.S., komm einen Moment in den Salon, bitte.»

Komisch. Sie hatte nicht einmal verlangt, daß er seine nasse Badehose aufhängte. Er behielt sie also in der Hand, da er nicht wußte, wo er sie lassen sollte. Was war überhaupt los? Vanessa sah merkwürdig verändert aus, und das lag nicht nur an ihrem Haar, das sie heute so hübsch frisiert hatte, sondern auch an ihrem Gesichtsausdruck. Als wäre sie jemand anders – eine Frau, die er nicht kannte.

Er war darauf gefaßt, daß jetzt die Strafe für seine gestrige Ungezogenheit folgen würde: zuerst natürlich eine langatmige Rede über das, was sich zwischen «Freunden» gehörte, und dann die üblichen Verbote – kein Zirkusbesuch, bis auf weiteres kein Lesen im Bett –, und er hatte sich seine Entschuldigung schon zurechtgelegt. Er wollte ihr sagen, er wisse selbst nicht, weshalb er so unartig gewesen sei; es hätte eigentlich nur ein Spaß sein sollen.

Statt dessen fragte sie ihn nach der Schwimmstunde. Brustschwimmen konnte er wohl schon? Und Seitenschwimmen auch? Was mochte er denn lieber? Nach ihrem Benehmen zu urteilen, hatte sich bei der Geburtstagsfeier nichts Ungewöhnliches ereignet. Es war, als müßte er sich mit der langweiligen Mutter eines Spielkameraden unterhalten, während der Junge gerade mal draußen war. Ihm wurde angst und bange, denn wenn Vanessa so überaus ruhig und höflich war, bedeutete das nie etwas Gutes.

Plötzlich sah sie ihm fest in die Augen und sagte mit kühler, fast unbeteiligter Stimme: «Ich habe dir eine Mitteilung zu machen. Da es in erster Linie dich betrifft, sollst du es als erster erfahren. Ich gebe dich auf.»

Er verstand das nicht. Sie gab ihn auf? Sollte er fort? Wohin? Er dachte entsetzt an die Polizei, an den Richter. Würde man ihn etwa ins Gefängnis werfen?

«Für immer», fügte Vanessa hinzu. «Verstehst du? Morgen gehe ich zum Richter und erkläre ihm, daß ich die Vormundschaft niederlege und daß nichts mich von diesem Entschluß abbringen kann. Es ist dann seine Sache, eine andere Lösung zu finden. Ich nehme an, er wird es für das beste halten, wenn du zu Lila zurückkehrst.»

P.S. saß da, die nasse Badehose auf den bloßen Knien, keiner Bewegung, keines Wortes fähig. Jetzt begriff er, daß er gestern nicht nur «unerzogen» gewesen war. Er hatte etwas so Schlimmes getan, daß es sein ganzes Leben veränderte.

Vanessa richtete den Blick auf das Fenster. «Heute abend werde ich zu Lila fahren und alles mit ihr besprechen. Es wäre mir lieb, wenn du es vorläufig niemandem erzähltest, auch nicht Ettie.»

Nun war es soweit. Tag und Nacht hatte er davon geträumt und dabei gewußt, daß es nie Wirklichkeit werden würde. Und auf einmal sagte sie ihm klipp und klar, er dürfe nach Hause gehen. Für immer. Warum jubelte er nicht? Warum führte er keinen Freudentanz auf?

Vanessa wollte ihn nicht mehr haben, weil er es gestern zu arg getrieben hatte. Trotzdem schien sie kein bißchen aufgeregt zu sein – nicht einmal ärgerlich. Sie schaute zum Fenster hinaus, betrachtete den Rasen, auf dem schon der Nachmittagsschatten lag, und hielt den Kopf ein wenig zur Seite geneigt, als lausche sie einer fernen Musik.

Nach einer Weile sagte sie in dem höflichen Ton, in dem sie mit Fremden sprach, die sie langweilten: «Hoffentlich wird einmal ein tüchtiger Mann aus dir.»

Damit schien die Unterredung beendet zu sein, denn sie erhob sich. P.S. dachte, sie werde das Zimmer verlassen, aber sie ging zum Kamin und blickte zu dem Bild seiner Mutter auf.

«Jeder wird das bekommen, was er sich wünscht», murmelte sie. «Und das gilt nun auch für mich.»

Sie nahm eine Zigarette aus der Dose auf dem Kaminsims und kramte dann in der Schublade des Nähtisches nach Streichhölzern. Der Stein, den Logan als Geschenk für P.S. mitgebracht hatte, fiel dabei auf den Teppich, wo er im rötlichen Sonnenlicht glitzerte.

Vanessa hob den Stein auf. «Weißt du, daß es kein echtes Gold ist?»

«Ja», flüsterte er.

«Du solltest ihn aber trotzdem aufbewahren», sagte sie und gab ihm den Stein. «Wenn du älter bist, wird er dich vielleicht daran erinnern, daß es keinen Sinn hat, zeitlebens dem Unerreichbaren nachzujagen. Es gibt nun mal Dinge, die nicht für einen bestimmt sind, und wenn man sich darauf versteift, sie zu kriegen, kann man sehr leicht vom richtigen Weg abkommen.»

Inzwischen hatte sie eine Streichholzschachtel entdeckt. Sie zündete ihre Zigarette an und ließ das Flämmchen herunterbrennen, bis es ihr fast die Fingerspitzen versengte.

Dann fuhr sie fort: «Alle Menschen sehnen sich nach etwas, was wir Liebe nennen. Viele finden sie nie und begnügen sich mit irgendeinem Ersatz, der nicht echter ist als das Gold in dem Stein da. Aber was echt und was falsch ist, läßt sich nicht mit Bestimmtheit sagen, weil jeder seine eigenen Ansichten darüber hat. Liebe ist nicht unbedingt das, was Lila darunter versteht oder was ich darunter verstehe. Ein Kind küssen und streicheln und schön warm zudecken – das allein ist noch nicht Liebe. Eines Tages wirst du deinen ersten wirklichen Schmerz erfahren, und keiner wird da sein, der dich tröstet: ‹Komm, Liebling, wir pusten drauf, dann tut's nicht mehr weh.› Du wirst ohne Hilfe damit fertig werden müssen.»

Sie stellte sich ans Fenster und blickte auf Jocko, der den Rasen sprengte.

«Armer Kerl», sagte sie, und P.S. wußte im ersten Moment nicht, ob sie Jocko oder ihn meinte. «Bis jetzt hast du nicht viel Gelegenheit gehabt, du selbst zu sein; du bist ja dauernd herumgeschoben und bald hierhin, bald dorthin gezerrt worden. Denke immer daran, daß auch Erwachsene sich irren können. Und vergiß nicht, daß ich dir das gesagt habe. Hör gut zu, P.S. Wenn ich nicht mehr da bin, laß dich nicht von den anderen in eine Form pressen, die dir nicht paßt. Und sei nicht nur ein Anhängsel deiner Mutter, ein P.S. ohne eigene Persönlichkeit. Finde dich selbst. Wenn du erkennst, wer du bist und was du bist, mein lieber Junge, dann wirst du auch fähig sein, andere Menschen richtig zu lieben. So. Weiter habe ich nichts mehr zu sagen.»

Dies sind meine letzten Worte zu dir, hörte er aus ihrem Ton heraus. Er schaute zu ihr auf und sah, daß sie weder zornig noch traurig war, aber schon weit weg von ihm. Sie stand noch im Zimmer, und doch schien sie nicht mehr da zu sein. Er spürte, daß er etwas Unwiederbringliches verloren hatte, und ihm war ängstlich zumute. Obwohl er nicht viel von ihrer langen Rede begriffen hatte, wußte er, daß es ein Abschied für immer war.

Jetzt wünschte er nichts sehnlicher, als daß sie ihn ohrfeigte, ihn anschrie, er sei ein böser Junge, der ungezogenste Junge der Welt – dann hätte er doch wenigstens sagen können, daß es ihm leid tat. Wirklich, es tat ihm leid, was er da angerichtet hatte. Sie tat ihm leid – und er sich auch.

Die großartige Neuigkeit machte ihn gar nicht froh. Vielleicht konnte er sich später darüber freuen, aber nicht jetzt, nicht bevor er Vanessa irgend etwas Nettes, Tröstliches gesagt hatte.

Er dachte angestrengt nach, doch ihm wollte nichts einfallen, und dabei wußte er, daß er sich beeilen mußte, denn sie hatte ihre Zigarette schon ausgedrückt, Schal und Handtasche genommen und sich zum Gehen gewandt.

P.S. lief hinterher, und als sie seine Schritte hörte, blieb sie stehen, ohne sich umzudrehen. Er legte zaghaft die Hand auf ihren Arm, aber er fand noch immer keine Worte, und so standen sie beide stumm da, bis Vanessa mit einem seltsamen Lachen sagte: «Nun, P.S., anscheinend ist es mir endlich gelungen, dir eine Freude zu machen.»

Dann ging sie hinaus, schlug die Haustür hinter sich zu und ließ ihn in der plötzlich dunkel gewordenen Halle allein.

Vanessa fuhr mit der Straßenbahn zum Circular Quay. Es war ein offener Wagen, und der Wind zerzauste ihr Haar, aber das kümmerte sie nicht. Der Gedanke, daß sie ohne Hut aus dem Hause gegangen war und auch die Handschuhe vergessen hatte, steigerte nur ihr Gefühl glücklicher Gelöstheit. Als ihr der nette junge Schaffner den Fahrschein gab, lächelte sie ihn an wie ein junges Mädchen, das zu einem Rendezvous unterwegs ist. Sie freute sich schon auf die Zwanzigminutenfahrt quer über den Hafen. Noch nie hatte sie die Fähre benutzt, um nach Neutral Bay zu gelangen; sie war immer im Taxi oder in ihrem Mietwagen über die lange Hafenbrücke gefahren. Aber es war erst halb fünf, und sie wollte nicht bei Lila eintreffen, bevor George das Haus verlassen hatte, um zur Arbeit zu gehen; außerdem war Bescheidenheit ein Teil ihrer Sühne. Keine Protzerei mehr vor den Nachbarn, keine schwarze Luxuslimousine! Sie wollte unbemerkt durch den Garten gehen, an der Tür klingeln und die völlig überraschte Lila fragen, ob sie hereinkommen dürfe. Sie habe ihr etwas sehr Wichtiges mitzuteilen, und über Miss Gulfs Telefon lasse sich das schlecht erörtern. Vielleicht könnten sie sich in die Küche setzen und bei einer Tasse Tee miteinander reden wie in alten Tagen?

George, würde Lila später aufgeregt zu ihrem Mann sagen, ich dachte, ich falle um, als auf einmal Ness vor der Tür stand! Sie war mit der Straßenbahn und der Fähre gekommen und machte überhaupt nichts von sich her. Läßt du mich herein? hat sie lieb und freundlich gefragt. Also wirklich, ich weiß nicht, was da passiert ist, aber sie ist ein ganz anderer Mensch geworden! Dabei haben wir uns nie besonders nahegestanden, nicht mal in unserer Mädchenzeit. Und als sie dann sagte, sie hätte sich entschlossen...

Halt, halt! Vanessa lachte im stillen über ihre unausrottbare Gewohnheit, sich alles im voraus auszumalen. Natürlich würde es nicht so ablaufen. Lila hatte sich ja gewiß nicht verändert; mißtrauisch und verbittert, wie sie war, würde sie nicht an Vanessas plötzliche Wandlung glauben, sondern sich einbilden, die Schwester stelle ihr eine Falle. Aber vielleicht war es doch möglich, sie in einem ruhigen Gespräch zu überzeugen, daß Vanessa die Wunden vieler Jahre heilen wollte, indem sie P.S. aufgab.

Aufgeben – das war es. Was für eine himmlische Erleichterung es doch sein konnte, etwas aufzugeben! Sie hatte nichts mehr zu fürchten. Verzicht bedeutet Ehrlichkeit und Läuterung der Seele. Am toten Punkt zwischen Ende und Neubeginn herrscht wunschloser Friede.

An jeder Haltestelle stiegen neue Fahrgäste zu. Vanessa betrachtete die Menschen um sie herum, die mit sorgenvollen Gesichtern die schlechten Nachrichten in der Abendzeitung lasen, und sie hätte ihnen am liebsten zugerufen: «Seht mich doch an, Leute! Ich habe die Lösung gefunden.»

Die Sonne sank. Vanessa geriet in den Strudel der Hauptverkehrszeit, als sie in eine andere Straßenbahn umstieg. In dem überfüllten Wagen mußte sie bis zum Circular Quay stehen und sich an einer Lederschlaufe festhalten. Am Ziel angekommen, ging sie beschwingten Schrittes durch das Drehkreuz zum Landesteg der Fähre. Nichts störte sie, nicht einmal die rücksichtslosen Ladenjünglinge, die im Nu die begehrten Plätze auf dem Deck besetzten.

«Schrecklich, diese Drängelei», sagte jemand hinter ihr.

«Ja, wirklich», bestätigte eine müde ältere Frau. «Jeder denkt nur an sich. Heutzutage haben sie alle keinen Respekt mehr. Und keine Manieren.»

Vanessa lachte nur. Ihr war es gleichgültig, daß sie beiseite gestoßen und in die Rippen gepufft wurde, daß irgendein Lümmel ihr auf den Fuß trat und den braun-weißen Schuh mit einem großen Schmutzfleck verunzierte. Sie ging in die Kabine hinunter, die nach Teer, alten, feuchten Tauen und einem Desinfektionsmittel roch. Unterwegs hatte sie eine Zeitung gekauft, aber sie war nicht zum Lesen aufgelegt. Ihre Gedanken nahmen sie viel zu sehr in Anspruch.

Ein Tuten – die Fähre löste sich von der Hafenmauer. Vanessa sah in der allmählich zurückweichenden Stadt die ersten Lichtreklamen aufflammen. Eine riesige Flasche neigte sich in regelmäßigen Abständen und schüttete rote Funken in ein weißstrahlendes Glas. TRINKT PENFOLDS WEIN, befahl die Unterschrift. Das Bild erlosch, leuchtete von neuem auf, erlosch, leuchtete auf, bis eine leichte Drehung der Fähre es Vanessas Blicken entzog.

Bald würde sie in einem anderen, größeren Schiff diesen Hafen verlassen, über Ceylon, Aden, Neapel und Gibraltar nach London fahren, um nie wieder nach Australien zurückzukehren.

Gibt es wohl (so pflegte Miss Mortimer einst im Unterricht zu fragen) ein Menschenkind mit so erstorbener Seele, daß sein Herz bei dem Gedanken an unsere teure Heimat nicht höher schlüge?

Jawohl, Miss Mortimer, das gibt es!

Vanessa schloß die Augen und beschwor das abendliche London herauf – Harrods, die Portobello Road ... Aber noch war es nicht soweit. Immerhin hatte sie gewisse Verpflichtungen gegen Ettie. Wenn Ettie in ihrem neuen Garten Wurzeln geschlagen hatte und hierbleiben wollte – um so besser. Zog es aber auch sie «nach Hause», so würde sich die gemeinsame Rückfahrt kaum umgehen lassen. Dann mußte Vanessa die Verbindung in London lösen, ganz allmählich, sehr behutsam. Natürlich würde es trotzdem Szenen geben.

Du verläßt mich!

Nein, ich mache mich nur selbständig. Mater hat mich dir gegeben, und nun nehme ich mich zurück. Es hat lange genug gedauert.

Wenn Ettie in Sydney blieb, konnte Vanessa schon bald abreisen. Da sie dann kein Gehalt mehr bekam, mußte sie wahrscheinlich in der Touristenklasse fahren, doch das spielte keine Rolle. Für sie würde das Schiff die *Argo* sein, mit der sie neuen Welten und einem neuen Leben entgegensegelte. Große Dinge harrten ihrer, erwarteten sie schon all die Jahre hindurch, die sie wichtigtuerisch mit Nichtigkeiten vergeudet hatte.

Auf dem Schiff würde sie Zeit finden, das alles gründlich zu überdenken. Und auch später, wenn sie in einer eigenen, gemütlichen kleinen Wohnung lebte. Sie hatte unendlich viel Zeit, weil sie ja eben erst geboren war.

Nanu, warum stoppte denn die Fähre? Waren sie schon am anderen Ufer?

Die Schiffsglocke läutete. Pfeifen schrillten. Das Stampfen der Maschinen setzte in einem anderen Takt neu ein. Fuhren sie jetzt rückwärts? Die Leute rannten an die Fenster, kletterten auf die Sitze, blickten hinaus.

«Was ist denn?» fragte Vanessa.

«Sie springen über Bord!» kreischte jemand.

«Wer?» rief sie. «Was ist los?»

Sie stand auf und wurde augenblicklich von der Menge mitgerissen. Verblüfft sah sie, daß einige Leute sich durch die Fenster zwängten.

«Auf die andere Seite!» schrie ein Mann ihr zu.

«Brennt es?» Aber sie bekam keine Antwort – alles drängte an ihr vorbei zum Ausgang. Waren die Leute plötzlich verrückt geworden? In einem Menschenknäuel eingekeilt, das sich an der Tür staute, hörte sie das ohrenbetäubende Tuten des großen Signalhorns und sah gerade noch die schattenhaft aufragende Wand, auf die das Fährschiff mit gräßlichem Knirschen auflief. Dann kippte der Boden unter ihr weg; sie wurde mit den anderen hochgerissen, mit den anderen in die Tiefe geschleudert, in ein zappelndes Durcheinander von Armen und Beinen hinein – so schnell, daß sie nicht einmal erschrak. Nur ein Gedanke durchzuckte sie: Großer Gott, Agnes hatte recht. Dies ist das Ende.

Wassermassen wälzten sich gurgelnd über sie. Tiefes Schwarz – dann blendend weißes, grelles Licht.

Nein, nicht das Ende. Der Anfang.

«Wer spricht da?» fragte Lila zum zweitenmal. «Die Verbindung ist schrecklich schlecht.»

Die aufgeregte Stimme – so fern, als käme sie vom Mars – schien jetzt zu schreien. «Ettie.»

«Ettie! Was ist denn? Ist etwas mit ...»

Sie verstand nur den Namen Ness.

«Kannst du nicht lauter reden?»

«Ist Ness bei dir?»

«Ness? Nein. Wieso denn? Ist P.S. krank, oder ...»

Undeutliches Krächzen. Irgend etwas über P.S.

«Was?»

«P.S. sagt, sie wollte zu dir.»

«Zu mir? Weswegen? Ist bei euch etwas passiert?»

«... vier Uhr ... zu Tode geängstigt ...»

«*Was* war um vier Uhr?» schrie Lila so laut ins Telefon, daß Miss Gulf aus dem Nebenzimmer kam und in mahnendem Ton sagte: «Mrs. Baines, meine kranke Schwester versucht zu schlafen.»

«Bitte, Ettie, sprich langsam», flehte Lila.

«... P.S. sagt ... weggegangen ... dich besuchen ... nicht nach Hause gekommen.»

«Nein, bei mir ist sie nicht gewesen. Ich war den ganzen Tag zu Hause.»

Nun sprach Ettie von einem Unglück. Was? Hatte Lila noch nichts von dem schrecklichen Fährenunglück gehört? Im Radio wurde immerzu darüber berichtet. Ein P. & O.-Schiff und eine Fähre waren im Hafen zusammengestoßen. Ja, furchtbar, und wenn nun Ness ...

«Ettie, sie hätte mich bestimmt nicht unangemeldet besucht. Außerdem würde sie *niemals* mit der Fähre kommen, das wäre ihr viel zu umständlich. Und warum hätte sie überhaupt kommen sollen? Ich bin doch die letzte, zu der sie .. .»

«Die armen Menschen ... Hilflos in der Kabine ... In Sekunden untergegangen ...»

«Ness war bestimmt nicht dabei. Ettie. Ausgeschlossen, daß sie jemals die Fähre benutzt. Wahrscheinlich ist sie bei Freunden und hat die Zeit versäumt. Was macht P.S.? Ist er noch auf? Könnte ich ihn wohl einen Moment sprechen?»

Hallo? Keine Antwort. Ettie hatte aufgelegt.

Der Vollmond stand leuchtend über dem Hof, und eines von Maters Ammenmärchen kam Lila in den Sinn: Wenn einem beim Schlafen der Vollmond ins Gesicht schien, wurde man wahnsinnig – daher das Wort «Mondsucht». Nun, jedenfalls litten viele Leute bei Vollmond unter nervösen Störungen. So verhielt es sich gewiß auch mit Ettie, und zudem hatte sie wahrscheinlich beim Dinner einen Schluck über den Durst getrunken.

Lila stützte sich auf die taufeuchte Verandabrüstung und starrte in den Garten. Der tintenschwarze Schatten des Pfefferbaums fiel über das struppige, lange nicht mehr geschnittene Gras bis zu Georges verdorrtem Gemüsebeet. Nichts regte sich. Sogar die Grillen schwiegen. Die frischgewaschenen Hemden auf der Leine wirkten in dem toten, bleichen Licht wie Gespenster.

Warum hätte Vanessa ausgerechnet zu mir kommen sollen? fragte sich Lila.

In der Ferne glitt eine Fähre mit blinkenden Lichtern über das Wasser. Verrückter Gedanke, daß Ness etwas passiert sein könnte. Inzwischen war sie bestimmt schon zu Hause und las Ettie die Leviten, weil sie sich unterstanden hatte, Lila anzurufen.

Der Gedanke an eine zornige, hochaufgerichtete Vanessa hatte etwas Beruhigendes. Lila sah die Schwester deutlich vor sich: Sie stand sicher und geborgen im rosigen Licht des Salons in Point Piper, ließ ein Zündholz herunterbrennen und machte mit halbgeschlossenen Augen eine bissige Bemerkung.

Aber da ... Zwischen Neutral Bay und Cremorne schwankte ein Kreis von Lichtern auf dem dunklen Wasser.

War das die Unglücksstelle? Hatte man mit Leuchtbojen diesen Zauberring gezogen, um die Hafenschiffahrt umzuleiten? Wie tief mochte das Wasser dort sein?

Lila fröstelte plötzlich. Ein Grabeshauch hatte sie gestreift.

Sie ging schnell ins Haus. Der Gedanke, der sich ihr aufgedrängt hatte war so abscheulich, daß ihr die Schamröte ins Gesicht stieg.

Wenn Vanessa tot wäre...

«Gott verzeih mir!» sagte sie laut und ließ die Jalousie herunter, um das unheimliche Mondlicht auszusperren.

«Gott verzeih mir», wiederholte sie, und eine schreckliche Vorahnung stieg in ihr auf.

«Er ist uns nahe», predigte Dr. Pollack unverdrossen, obgleich er bereits vor Enttäuschung schwitzte. «Er kommt! Ehret den Höchsten!»

«Gelobt sei der Herr!» sang Agnes im Chor mit den wenigen Jüngern, die noch ausharrten. «Unser Erlöser kommt», jubelte sie, als der Mond unterging und Finsternis den Tempel umhüllte.

Sie saßen schweigend, bis Dr. Pollack rief: «Freunde, er kommt in mancherlei Gestalt zu uns. Bedenkt, daß wir ihn mit unseren blöden Augen nicht immer zu sehen vermögen. Wahrlich, ich sage euch: er ist bei uns. Wir sind nicht vergebens gekommen.»

«Nicht vergebens!» wiederholte Agnes, während noch ein paar Jünger den Tempel verließen.

«Ich wandle, wandle ins Heilige Land
mit der Fackel des Herrn in der Hand.»

«Amen.» Sie sangen die Hymne zum soundsovieltenmal. Ein leichter Wind raschelte in den Lantana-Ranken.

«Er ist im Wind», versicherte Dr. Pollack. «Er ist in den Sternen. Er ist überall. Er kommt!»

Sie warteten, den Mantelkragen zum Schutz gegen den kalten Wind hochgeschlagen, das Gesäß lahm vom stundenlangen Sitzen auf dem harten Beton. Unter ihnen schlappte das Meer träge an den Strand. Im fernen Hafen schwankten Lichter, die letzte Straßenbahn kroch quietschend hügelan, und im Zoo schrie ein Raubtier verzweifelt vor Heimweh nach Afrika.

Niemand kam.

Das Telefon gellte in aller Morgenfrühe durch die schlafende Villa, und P.S. hörte Elsie an den Apparat gehen. Gleich darauf gab es sehr viel Hin und Her auf der Treppe, Dielen knarrten, Türen klappten, und einmal ertönte Etties wütende Stimme: «Dies ist *mein* Haus, und ich lasse mir keine Vorschriften machen.»

Er zog sich rasch an. Seine Sachen lagen noch genauso unordentlich auf dem Fußboden, wie er sie gestern, schon halb im Schlaf, hingeworfen hatte. Er wunderte sich. Wieso hatte Vanessa nicht aufgeräumt?

Ihre Zimmertür war geschlossen, also schlief sie wohl noch. Sie war ja auch gestern abend spät nach Hause gekommen – sehr spät mußte es gewesen sein. Noch nie war er so lange wachgeblieben, bis nach elf Uhr. Hatte irgend etwas sie in der Stadt aufgehalten? Er wußte es nicht. Ettie hatte nach einem Telefongespräch nur gesagt, er sei ein süßer, lieber Junge, daß er auf Ness warten wolle, aber er brauche sich wirklich keine Gedanken zu machen, denn alles sei in bester Ordnung – also husch, husch ins Bett, eben habe schon der Sandmann um die Ecke geschaut.

Als er hinunterkam, blickte Elsie ihn ganz verstört an. Sie war im Gesicht so rot wie eine Tomate. Ellen auch.

Er fragte, ob Vanessa nach Hause gekommen sei, und sie antworteten, ja, ja, natürlich, Jungchen, alles okay. Wie wär's denn, wenn er sein Frühstück ausnahmsweise mal in der Küche äße, damit sie sich das Tischdecken im Eßzimmer sparen könnten? Er setzte sich also hin und aß Porridge mit Sirup, während sie flüsterten und buchstabierten. Zweimal klingelte das Telefon, und sie rannten einander fast um, weil jede zuerst am Apparat sein wollte. Dann kam ein Arzt mit dem Auto angefahren und eilte die Treppe hinauf, und P.S. fragte – nun wirklich in Angst –, ob Vanessa krank sei. «Ach wo, Jungchen! Mrs. Bult fühlt sich heute nicht so besonders, weißt du. Ein bißchen unpäßlich, weiter nichts. Na, möchtest du jetzt ein schönes Rührei, hm?» Aber P.S. hatte plötzlich keinen Appetit mehr. Irgend etwas stimmte hier nicht; das wurde ihm klar, als Ellen sagte, heute brauche er nicht zur Schule, er könne sich mitten in der Woche einen netten Ferientag machen. In der Küche war er offenbar unerwünscht. Geh und spiel, sagten sie. Es ist ja sündhaft, an einem so schönen Morgen im Haus zu hocken, sagten sie und schoben sein blaues Auto in den Garten. Als er trotzdem an der Küchentür herumlungerte, um etwas von ihren Reden aufzuschnappen, scheuchten sie ihn mit Schürzengewedel, flatternden roten Händen und übertrieben spaßhaftem Getue hinaus, und schließlich sagte Ellen in scharfem Ton, er solle doch um Himmels willen verschwinden und ihnen nicht dauernd im Wege stehen.

Jocko unterhielt sich über den Zaun hinweg mit dem Gärtner von nebenan, aber als P.S. näher kam, sprachen sie nicht weiter, sondern machten krampfhafte Scherze über den Nikolaus, der ja nun bald käme – ob P.S. auch immer artig gewesen sei?

«Pah», sagte P.S. «der Nikolaus ist ja bloß George, ich hab ihn letztes Jahr an seinen Stiefeln erkannt.»

Es war ein merkwürdig leeres Gefühl, ohne jeden Grund schulfrei zu haben. Er fragte sich, was die anderen heute bei Miss Pile machten. Ob sie seinetwegen die Köpfe zusammensteckten und flüsterten? Immer wieder sah er zu Vanessas Fenster hinauf, aber die Jalousie blieb geschlossen, und die von Etties Fenster auch.

Endlich erschien Ellen an der Küchentür.

«Deine Tante kommt», sagte sie.

«Welche?»

«Na, die andere.»

«Lila?»

«Ja. Sie hat eben angerufen. Gleich nach dem Mittagessen holt sie dich ab.»

«Soll ich nach Hause?»

«Ja, mein Jungchen. Ich pack dir jetzt alles zusammen, was du brauchst. Und du bleibst schön artig hier unten, hörst du? Mrs. Bult geht's gar nicht gut, und der Doktor hat ihr ein Schlafmittel gegeben. Da dürfen wir oben nicht rumpoltern und sie wecken, nicht wahr?»

Ellen kehrte auf Zehenspitzen ins Haus zurück.

Dann war es also doch wahr. Vanessa hatte ihn aufgegeben, und Lila holte ihn zu sich.

Aber...

War ihm Vanessa denn immer noch böse? So sehr, daß sie sich nicht von ihm verabschieden wollte? Inzwischen hatte er sich sogar ein Sprüchlein zurechtgelegt, ein sehr nettes – nie im Leben hatte er zu jemandem etwas so Nettes gesagt, nicht einmal zu Vere. Gestern war Vanessa doch gar nicht ärgerlich gewesen – nur anders als sonst –, warum also machte sie nicht ihre Tür auf, kam mit klappernden Absätzen die Treppe herunter und kümmerte sich um den Haushalt, wie sie es sonst immer tat? Na, zum Lunch mußte sie ja wohl kommen.

Aber sie kam auch nicht zum Lunch.

In einem unbewachten Augenblick schlich er sich trotz Ellens Verbot nach oben, ängstlich bemüht, nicht auf die Stufen zu treten, die knarrten. Er klopfte an Vanessas Tür und wartete auf ihr Herein. Als sich drinnen nichts rührte, öffnete er die Tür vorsichtig einen Spalt breit. Es war ziemlich dunkel im Zimmer, aber er sah deutlich das leere, sorgsam gemachte Bett mit Vanessas Seidenpantoffeln davor. Auf dem Frisiertisch lagen ihre Kämme und die silbernen Bürsten; daneben stand Großvater Scotts Foto. Alles schien auf sie zu warten. Das einzige Geräusch war das leise, hastige Ticken der kleinen Uhr auf dem Nachttisch.

Vanessa war entwichen!

Nun wußte er es genau. Sie war fortgegangen, hatte sie alle ohne ein Wort des Abschieds verlassen. Deswegen flüsterten sie heute so viel. Deswegen hatte Ettie einen Arzt gebraucht. Es lag etwas Spukhaftes und Trauriges über all diesen Dingen, die auf Vanessa warteten und denen sie den Rücken gekehrt hatte, ohne auch nur auf Wiedersehen zu sagen.

Er schloß die Tür und lief wie gehetzt nach unten, fort von diesem unheimlichen stillen Zimmer, hinaus in die Sonne. Gerade kam Lila durch das Gartentor, und er raste ihr entgegen, warf sich so stürmisch an sie, daß sie beinahe das Gleichgewicht verlor.

«Wo ist Vanessa?» fragte er atemlos. «Sag doch, Lila, wo ist Vanessa?»

Lila sah sehr müde und alt aus und war merkwürdig grau im Gesicht.

«Liebling», murmelte sie, «Vanessa ist... verreist.»

«Wohin?»

«Nun...»

Er hatte Lila lange nicht gesehen, und inzwischen war sie wohl alt geworden. Wie grau ihr Haar unter dem pflaumenfarbenen Hut war!

«Wohin?» wiederholte er.

Lila wollte es ihm anscheinend nicht sagen. Sie nahm ihn an die Hand und ging schweigend auf das Haus zu. Endlich stieß sie mit halberstickter Stimme hervor: «Sie brauchte Ruhe, weißt du ... Und jetzt ist sie an einem sehr schönen, stillen Ort.»

«Aber sie hat ja gar nichts mitgenommen», sagte P.S. «Ist sie entwichen?»

«Ja», antwortete Lila. «Sie ist entwichen.»

«Das habe ich mir gedacht. Sie wollte mich dir zurückgeben und dann entweichen.»

Lila hörte offenbar nicht zu. Sie hatte den Kopf abgewandt und hielt sich ein Taschentuch vors Gesicht.

Viele Stunden später, als er schon zu Hause in seinem Bett lag, wurde in der Küche sehr erregt gesprochen, und dann kam George zu ihm herein, setzte sich auf die Bettkante, streichelte ihm den Kopf und sagte: «P.S., wir wollen dich nicht länger beschwindeln. Vanessa ist tot.»

Sonderbar – er empfand gar nichts. Er war nicht einmal überrascht. Ihm war nur, als wäre irgend etwas stehengeblieben und eine tiefe Stille breite sich in der Welt aus.

«Oh», flüsterte er. Und als die Stille wuchs und wuchs: «So ist das also.»

Lila fand ihre Blumen sehr schön: ein großer Strauß gelber Rosen.

Im Blumenladen, noch halb betäubt, noch unfähig zu begreifen, was geschehen war und weshalb sie Blumen kaufen mußte, hatte sie «etwas Schlichtes» verlangt. Nein, keine Lilien. Ihre Schwester hatte Lilien nie gemocht. Während ihr die junge Verkäuferin künstliche Blumen aufzuschwatzen suchte («ein unvergänglicher letzter Gruß, meine Dame»), scheußlich ordinäre Wachsgebilde unter Glas, die Vanessa aufs höchste empört hätten, fiel Lilas Blick auf die Rosen, und plötzlich tauchte die Erinnerung an etwas längst Vergessenes auf – Paters Begräbnis und die gelben Rosen der armen Ness, die aus Versehen, wahrhaftig nur aus Versehen zu Hause liegengeblieben waren.

Diese Rosen hier waren die teuersten Blumen im Laden, und Lila kämpfte beschämt mit sich selbst, bevor sie sagte, sie wolle zwei Dutzend haben und eine ganz einfache Schleife, bitte. Auf die Begleitkarte schrieb sie: «In Liebe und Dankbarkeit – P.S.»

Der Sarg war vollständig von Blumen eingerahmt. Vanessa hätte die kostspieligen Kränze mit den unpersönlichen Visitenkarten – «Mrs. Alexander G. Lawson» oder «Mrs. John Boynton-Jones» – wahrscheinlich zu protzig gefunden. Sogar Etties riesiger Kranz aus weißen Nelken und blaßblauen Kornblumen erweckte den Eindruck übertriebener Trauer. Ettie selbst war zu elend, um am Begräbnis teilzunehmen, aber ihr Kranz schrie förmlich nach Beachtung: Schau her, Ness! Du siehst, daß mein Kummer viel viel tiefer ist als der aller anderen, nicht wahr?

Die gelben Rosen wirkten entschieden am feinsten, und irgendwer vom Bestattungsinstitut schien das auch gefunden zu haben, denn der Strauß lag als einziger auf dem Mahagonideckel des Sarges.

Wie heiß es ist, dachte Lila. Und ihr schwarzes Kleid roch so unangenehm *neu*! Sieben Shilling neun Pence hatte sie für den schwarzen Strohhut ausgegeben und sich natürlich wieder einmal in der Wahl vergriffen. Der Rand blieb einfach nicht unten – dauernd klappte er hoch, was höchstens einem Schulmädchen zu Gesicht gestanden hätte. Ihre Gedanken waren fortwährend bei dem Hut und bei der Hitze und bei der Frage, mit wem sie nachher in der Limousine zurückfahren würden.

Der junge Pfarrer verkündete, Gott habe in seiner unendlichen Weisheit die Seele ihrer geliebten Schwester Vanessa, seiner treuen Dienerin, in sein himmlisches Reich aufgenommen, denn ihr Leben sei zwar kurz, aber voller Selbstlosigkeit und Menschenliebe gewesen.

Wie hätte Vanessa diese heuchlerischen Klischees verabscheut, die der Geistliche in aller Eile herunterleierte, weil wahrscheinlich gleich anschließend der nächste Trauergottesdienst stattfand.

«Ich bin die Auferstehung und das Leben; wer an mich glaubt...»

Was sind wir alle für Heuchler, dachte Lila mit einem Seitenblick auf Vere, die sich unablässig die Augen wischte, auf die Köchin und das Hausmädchen, die in ihre Taschentücher trompeteten.

Hätte sie doch auch um Vanessa weinen können! Ehrlichen Herzens, nicht aus schreckhaftem Schuldgefühl, weil die Schwester eines gewaltlosen Todes gestorben war, als ein Überseedampfer so schnell in den Hafen einfuhr, daß die Fähre nicht mehr ausweichen konnte.

Lasset uns beten.

Nur einer in dieser jämmerlichen Trauergemeinde wußte nicht, wie sie gestorben war. Lila hatte P.S. erzählt, Vanessas Herz habe plötzlich zu schlagen aufgehört, und er hatte diese Erklärung ebenso gleichmütig hingenommen, wie er das ganze Geschehen hinnahm. Später würde sie ihm natürlich die Wahrheit sagen müssen, abgesehen von gewissen Einzelheiten, die George erfahren hatte, als er zur Hafenbehörde gegangen war – irgend jemand hatte ja hingehen müssen.

Lila hatte ihm dieses Opfer schlecht gedankt. Er solle ihr gefälligst nicht Sachen erzählen, die sie noch jahrelang bis in den Traum verfolgen würden, hatte sie sich empört. Die arme, arme Ness! Und dann, als George meinte, P.S. solle lieber nicht am Begräbnis teilnehmen, war sie wütend geworden und hatte sich energisch jede Einmischung verbeten. Auch Vere war mit ihrem Protest nicht durchgedrungen.

«Nein, er muß Vanessa die letzte Ehre erweisen», hatte Lila gesagt.

Nur – warum weinte er jetzt nicht?

Für Vanessa, falls ihre Seele sie noch umschwebte, wäre es sicherlich ein Trost gewesen, hätte wenigstens dieses Kind sie ehrlich beweint.

Aber P.S. zählte die Messingknöpfe an den Sesseln der Friedhofskapelle.

Sie standen unter dem weißglühenden Himmel. In den Gummibäumen lachten und kreischten die Kookaburras, und der heiße, trockene Wind trieb Zeitungsfetzen und welke Blätter vor sich her.

Der junge Pfarrer redete unentwegt, und Lila hielt ihre Hutkrempe fest, um die Augen gegen die grelle Sonne zu schützen. Das neue schwarze Kleid klebte an ihrem Rücken. Sie erinnerte sich, daß es genauso gewesen war, als sie hier vor sieben Jahren Sinden begraben hatten: die gleiche Hitze, das gleiche monotone Insektengesumm, der gleiche bedrückende Freesienduft.

Seltsam – sieben Jahre, fast auf den Tag genau. Alles war wie damals und doch so anders. Bei Sindens Beerdigung hatte der Schmerz Lila so zugesetzt, daß George sie stützen mußte. Jetzt fühlte sie sich nur entsetzlich müde und elend und sehnte das Ende der Trauerfeier herbei. Nun, lange konnte es nicht mehr dauern. Die Seile wurden schon um den Sarg gelegt.

«Und ob ich auch wanderte im finsteren Tal...» psalmodierte der Pfarrer im nüchternen Ton eines Bahnhofsvorstehers, der die Abfahrt des Vorortzuges ankündigt. P.S. trat einen Schritt vor. Lila hoffte, er werde wenigstens jetzt, beim endgültigen Abschied, in Tränen ausbrechen, in Tränen, die sie alle entsühnten und dem abgedroschenen Zeremoniell einen Sinn gaben. Aber sein Gesicht drückte nichts als lebhafte Neugierde aus.

Er schob sich noch ein wenig näher an das offene Grab heran. Diesmal faßte sie ihn an der Schulter und raunte ihm zu: «Bleib hier.»

«Ich will sehen...»

«Es gibt nichts zu sehen», flüsterte sie fast ärgerlich.

«Wieso? Da muß doch noch eine sein.»

«Was meinst du denn?»

«Na, die *andere* Kiste.»

Lila war so entsetzt, daß sie ihn am liebsten geschlagen und ihn angeschrien hätte, er sei völlig entartet und wie könne er sich unterstehen, so etwas zu fragen? Aber das hätte George und Vere nur bewiesen, daß sie recht gehabt hatten. Sie allein war schuld. In dem Bestreben, altes Unrecht durch eine großzügige Geste wiedergutzumachen, hatte sie, wie üblich, das Falsche getroffen, und sie glaubte Vanessa sagen zu hören: «Ich begreife dich nicht, Lila. Du weißt ganz genau, daß ich die Anwesenheit des Jungen bei meinem Begräbnis niemals geduldet hätte.»

Verzeih mir, Ness.

«Amen», murmelte sie mit den anderen, als der Pfarrer das Gebetbuch schloß.

Dann zog sie P.S. zurück. «Hier ist nichts zu sehen, Liebling.»

«Aber Vanessa hat doch gesagt, daß Muschi da unten in einer Kiste liegt.»

Du lieber Himmel! Einem Kind so etwas zu erzählen! Nun, vielleicht war es nicht schlimmer als der Fehler der ihr selbst unterlaufen war.

Verzeih mir, Ness.

Sie gingen langsam zu dem wartenden Wagen. Vere hatte kaum Platz genommen, als sie sich schon eine Zigarette anzündete.

Nachdem Vere, mit den Resten des kalten Abendessens und einer angeschlagenen Teetasse beschenkt, davongestürzt war, um die Zehn-Uhr-Fähre zu erreichen, schlüpfte Lila in ihre Hausschuhe, setzte sich an den Küchentisch und schrieb einen Brief an Logan, per Adresse Alice Clark. Sie wußte nicht, ob er noch in Bacchus Marsh war oder schon wieder auf seiner ewigen Goldsuche. Würde er den Brief jemals erhalten? Und wenn – würde ihn die Nachricht irgendwie berühren?

Es war schwierig, Logan, einem Fremden, von Vanessa, einer ihm Fremden, zu erzählen. Im Grunde hatten sich die beiden ja kaum gekannt. Logan mußte sinnlos betrunken gewesen sein, als er Vanessa seinen Sohn überließ, und bei diesem Gedanken verspürte Lila den Drang, ihre höflich gedrechselten Sätze auszustreichen und zu schreiben: «Wenn Du Deine Pflicht getan hättest, wäre das alles nicht passiert und Vanessa würde heute noch leben.» Statt dessen schrieb sie: «Trotz einiger Unstimmigkeiten zwischen Vanessa und mir weiß ich, daß sie ein gutes Herz hatte und auf ihre Art bemüht war, das Beste für P.S. zu tun.»

Mit dem Abfassen dieses Nachrufs beschäftigt, achtete sie nicht auf den Gewitterregen, der plötzlich einsetzte. Erst als die sekundenlang aufflammenden Blitze den Hof taghell erleuchteten, stand sie auf und ließ die Jalousie herunter, dankbar, daß auf den drückend heißen Tag eine kühle, erquickende Nacht folgen würde.

Da hörte sie einen gellenden Schrei.

«Lila!» P.S. saß schreckensstar in seinem Bett.

«Was ist denn, Liebling?»

Gewitterfurcht kannte er nicht; also mußte er wohl schlecht geträumt haben.

«Sie ist draußen!»

Sah er Gespenster?

«Nein, Liebling, niemand ist ...»

Ein Donnerschlag übertönte ihre Stimme. Sie wollte den Jungen in die Arme nehmen, aber er stieß sie heftig zurück.

«Sie ist draußen – ganz allein!»

«Herzchen, sie ist im Himmel bei den Engeln und bei Muschi.»

«Nein, nein, nein!» schrie er. «Sie ist draußen im Dunkeln – auf dem Friedhof!»

Sie mußte förmlich mit ihm kämpfen. Er wollte sie nicht an sich heranlassen, schirmte sich mit dem Kissen gegen sie ab, warf sich im Bett hin und her und schrie immer wieder, Vanessa sei ganz allein da draußen und habe niemanden, der sie halte.

«P.S., nun hör doch zu ... Sie hat jetzt keine Angst mehr. Glaub mir, sie kann die Blitze nicht sehen und den Donner nicht hören.»

Aber er war durch nichts zu beruhigen. Er schrie wie ein überfahrenes Tier, wehrte ihre Liebkosungen ab, krümmte und wand sich verzweifelt. Wieder und wieder suchte Lila ihm klarzumachen, daß Tote kein Gewitter und überhaupt nichts mehr fürchteten, daß Kummer und Leid ihnen nichts anhaben konnten – vergebens. Der Junge steigerte sich in wilde Hysterie hinein, schlug mit den Fäusten auf das Bett, kreischte und tobte. Lila, die vor Erregung zitterte, lief ins Badezimmer, holte Wasser und redete ihm mit ohnmächtigen Beschwichtigungsworten zu, einen Schluck zu trinken. Doch auch jetzt riß er sich von ihr los. Er wühlte den Kopf ins Kissen und murmelte irgend etwas Unverständliches.

Wie ein unerwünschter Eindringling saß sie neben ihm, während draußen der Donner krachte, allmählich zu einem fernen Grollen und Murren abebbte und schließlich verstummte, so daß nur noch das Rauschen des Regens zu hören war. Der Junge, offensichtlich erschöpft, lag nun still auf dem Rücken und protestierte nicht, als Lila ihm das Kissen wegzog und das zerwühlte Bett in Ordnung brachte.

Nach einer Weile hörte sie ihn leise etwas sagen. Sie beugte sich über ihn und fragte: «Was möchtest du, Liebling?»

«Ich habe sie so geärgert ...»

«Aber nein, Liebling, im Gegenteil.» Sie schüttelte das Kissen auf und schob es ihm unter den Kopf. «Du hast sie glücklich gemacht.»

Er drehte sich wimmernd zur Wand und begann zu weinen – mit den langen, bebenden Schluchzern untröstlichen Kummers.

Gott sei Dank, dachte Lila erleichtert, denn dieses Weinen war natürlich und heilsam. Aber da soll sich einer mit Kindern auskennen! Er hat sie also doch geliebt.

Dann, als sie in ihren Augen das Prickeln fühlte, das einen warmen, erlösenden Tränenregen einleitete, empfand sie fast etwas wie Stolz.

Siehst du, Ness? Wir trauern um dich!

Der Rasen vor der Villa war seit langem weder gemäht noch gesprengt worden, und die Rosen waren verwelkt. Das war das erste, was P.S. bemerkte, als er zwischen Lila und George den Garten betrat. Eigentlich hatte er das große Haus gar nicht wiedersehen wollen, aber Lila hatte gesagt, er müsse mitkommen und die Sachen aussuchen, die er behalten wolle. Vanessa hatte ihm so viel Schönes geschenkt, daß sie nicht alles mit nach Hause nehmen konnten, und deshalb sollte das, woran ihm weniger lag, an arme Kinder in einem Waisenhaus geschickt werden. Lila und George hatten Koffer mitgebracht, und was da nicht hineinging, würde später mit einem Lastwagen abgeholt werden.

Ettie hatte sich nämlich entschlossen, nach England zurückzukehren und zu ihrer Cousine Esmé zu ziehen; sie gab die Villa auf und verkaufte sämtliche Möbel. Als P.S. wissen wollte, warum sie die Möbel nicht mitnehme, meinte Lila, wahrscheinlich mache der Anblick sie traurig.

Der Garten sah jedenfalls so aus, daß man traurig werden konnte. Er war völlig verwahrlost, und der braune Hund von nebenan scharrte in den Salvien.

«Raus mit dir, du Köter!» rief P.S.

«Was ist denn?» fragte Lila erstaunt. «Ich denke, du hast Hunde so gern. Armes Hundchen! Er sucht doch nur seinen vergrabenen Knochen.»

Die Haustür war offen, und in der Halle standen viele große Kisten und Koffer mit Plakatanhängern. Auch sein blaues Auto war da, und irgendwer hatte eine Menge Bücher hineingepackt. Das war natürlich nicht richtig. Vanessa hätte nie erlaubt, daß man das Auto in der Halle abstellte. Es gehörte auf die Seitenveranda. Und wieso trug Ellen, die dort drüben mit Lila und George schwatzte, statt ihrer Köchinnenuniform ein blaues Kleid? Das durfte sie doch gar nicht. Und warum hatten sie alle Bilder von den Wänden genommen, so daß man nur noch an den großen weißen Rechtecken sah, wo sie einmal gehangen hatten?

Es war unerhört, das Haus so zu verschandeln. Sie wußten doch, wie sehr es Vanessa geärgert hätte, den Eßtisch voller Pappkartons zu finden. In den Kartons waren die Teller und Gläser, die silbernen Butterdosen und Saucieren, die Tassen und Untertassen, die er bei den Mahlzeiten so oft vor sich gehabt hatte.

Er wanderte von Zimmer zu Zimmer, begriff nicht, weshalb ihm das Haus auf einmal so klein vorkam, und entdeckte überall Sachen am falschen Platz, den Schirmständer zum Beispiel in der Speisekammer und Vanessas gelben Lehnstuhl in der Nische, die für das Klavier bestimmt war.

In der Küche stand ein fremder Mann auf dem Tisch und schraubte an der Deckenlampe herum. «Hallo», sagte er mit einem Blick über die Schulter.

«Wo ist Elsie?» fragte P.S.

«Keine Ahnung», erwiderte der Mann und setzte eine Bierflasche an den Mund.

Vanessa hätte gesagt: Man steigt nicht auf Tische. Kommen Sie augenblicklich herunter – Sie mit ihren schmutzigen Stiefeln!

«Was machst du denn hier?» erkundigte sich der Mann. «Bist du mit den Leuten da draußen gekommen?»

«Ich wohne hier», antwortete P.S. und ging durch die grüne Tür in die Halle zurück, wo Ettie gerade George und Lila umarmte.

Bei seinem Anblick gab sie einen halberstickten Laut von sich, der wie ein Aufschluchzen klang. Er rannte auf sie zu und rief: «Ettie, alles steht falsch!»

Ettie klammerte sich an ihn wie ein kleines Mädchen, und ihr Brillantherzchen kratzte ihn an der Wange. Sie roch ein wenig nach Lavendel und sehr stark nach dem anderen Zeug, und er hatte den Eindruck, sie sei zusammengeschrumpft. Sie war jetzt kaum größer als er.

«Dahin, dahin», murmelte Ettie und schwenkte die Hände, als wollte sie mit Hilfe eines unsichtbaren Zauberstabes das Haus und sie alle in rosaroten Rauch aufgehen lassen. «Ich fahre nach Hause, Lämmchen», erklärte sie, kippte seitlich gegen Lila und fügte kindlich schmollend hinzu: «Aber jetzt will ich gar nicht mehr fort.»

«Natürlich willst du», sagte Lila so energisch, wie sie auch mit P.S. manchmal sprach.

George gab ihm einen Wink mit den Augen und sagte: «Lauf mal nach oben zu Vere.»

Was hatte denn Vere hier zu suchen?

Er stürmte die Treppe hinauf und blieb wie versteinert stehen, als er sah, daß Vanessas Tür offen war und daß Vere vor dem Spiegel Vanessas schwarze Kappe mit dem goldenen Pompon aufprobierte.

Vere fuhr herum und kreischte: «Oh, oh! Was hast du mir wieder für einen Schreck eingejagt! Ist das mein Kind? Ist das wirklich mein Herzenskind oder ein böser Wolf, der mich fressen will?»

Aber er hatte heute keinen Sinn für Veres Späße. Vielleicht kam es daher, daß sie diesen Hut trug und noch dazu auf eine ganz verrückte Art. Vanessa hatte ihn nie so schräg über das rechte Auge gequetscht.

P.S. betrat das Zimmer und stellte fest, daß es Vere gelungen war, hier die gleiche Unordnung anzurichten wie in ihrer Wohnung. Überall lag etwas herum. Ein alter, verbeulter Koffer auf dem Bett war mit Sachen vollgestopft, die Vanessa gehörten: Nachthemden, ihr gesteppter Morgenrock, ein grüner Mantel, Schuhe und Parfumflaschen. Die Hüte hatte Vere achtlos auf die Matratze geworfen, und Vanessas Kleider, leer und seelenlos, waren im Zimmer verstreut. Mehrere Paar Schuhe standen auf dem Frisiertisch, wo Vere eine Puderschachtel umgestoßen hatte.

Er wich Veres Umarmung aus und sagte: «Das sind Vanessas Sachen.»

«P.S., irgendwer muß sie doch kriegen. Mach nicht so ein Gesicht, Süßer. Wenn jemand stirbt, werden seine Sachen eben verteilt.» Vere sah ihn durch blauen Zigarettenrauch an und ließ die Asche auf Vanessas schönen rosa Teppich fallen. «Weißt du übrigens», fuhr sie fort, «daß du einen Haufen Pennies von ihr erbst? Später, meine ich, wenn du einundzwanzig bist.»

«Hat sie das gesagt?»

«Sie nicht, Schätzchen. Mr. Hood.»

Mr. Hood? Was wußte denn der? P.S. war sicher, daß er die Pennies in Vanessas Lederbörse nicht bekommen würde, denn sie hatte ihn ja aufgegeben.

«Sie hat mich aufgegeben», sagte er, aber Vere hörte nicht zu. Sie probierte jetzt einen gelben Strohhut auf und zerrte an der Krempe herum.

«Nicht!» rief er. «Du machst ihn kaputt!»

«Mein Gott, du bist mir ein komischer Junge! Glaubst du nicht, daß sie ihn lieber mir schenken würde als der verdammten Heilsarmee?»

Ihm schien das gar nicht so sicher. Er wußte doch, daß Vanessa mit Vere gestritten und ihr sehr energisch die Tür gewiesen hatte.

Na ja, vielleicht war es Vanessa jetzt egal, wer ihre Sachen trug. Aber das Zimmer gehörte noch immer ihr, und deshalb nahm er die Schuhe vom Frisiertisch und stellte sie säuberlich auf den Fußboden, wie *sie* es getan hätte. Vere hatte eine Zigarette in Vanessas blauem Haarnadelschälchen ausgedrückt. Er warf den Stummel in den Papierkorb und rieb die Schale mit dem Ärmel blank.

Vere lachte. «Meine Güte, du bist ja ein richtiger kleiner Pedant geworden!»

P.S. dachte daran, wie er damals Vanessas Flaschen aus dem Badezimmerfenster geworfen und sie ihm gesagt hatte, sie sei eine Schildkröte. Seine Augen füllten sich plötzlich mit Tränen, und er stampfte mit dem Fuß auf, weil er nicht weinen wollte. Dann verließ er das Zimmer, denn ihm war eingefallen, daß es etwas gab, was er nach ihrem Willen behalten und aufbewahren sollte.

Er ging in sein Zimmer hinüber, wo Lila, keuchend und purpurrot im Gesicht, über einen riesigen Karton gebeugt stand und Spielsachen einpackte. Sie sagte, sie wüßte wirklich nicht, wo sie zu Hause seine elektrische Eisenbahn unterbringen sollten. Hinter ihrem Rücken schlich er sich zur Kommode, zog die oberste Schublade auf, tastete nach seinem Stein und fand ihn genau an der Stelle, wo er ihn hingelegt hatte.

Lila sah das im Spiegel, und natürlich fragte sie: «Was hast du da, P.S.?»

«Nichts. Besonderes.»

«Laß doch mal sehen, Liebling.»

Warum mußten die Erwachsenen immer alles *sehen*?

«Oh, woher hast du denn das?» (Ihm war klar, daß sie es wußte.) «Das mußt du sehr gut aufheben, Liebling. Es ist Gold.»

Arme Lila. «Nein», erwiderte er, «es ist nicht echt. Sieht nur so aus.»

Er ging nach unten. Auf der Treppe traf er Agnes, die Vanessas Regenschirm in der Hand hatte.

«Hallo, Tante Agnes», begrüßte er sie. «Hast du dir auch was geholt?»

Die spöttische Frage tat ihm sofort leid. Man mußte jetzt nett zu der armen Agnes sein, weil das Ende der Welt nicht gekommen war und sie ihren Tempel verloren hatte. Neulich waren sie auf dem Wege zum Strand daran vorbeigegangen, und George hatte gesagt: «Denk mal, P.S., das ist jetzt ein Freilichtkino. Da spielen sie *King Kong*.»

Agnes schloß die Augen und murmelte: «Sei nicht traurig, P.S.»

Er ging weiter und wunderte sich, daß gerade sie wußte, wie traurig er war.

Sie packten Vanessa in Koffer und Pappkartons ... Er hörte sie von einem Zimmer zum anderen rufen: Kannst du das brauchen? Was meinst du, werfen wir das hier weg? Ist das deine Größe?

Er setzte sich in den stillen, in grünliches Licht getauchten Salon, der schon fast ausgeräumt war, lauschte mit halbem Ohr auf das Hin und Her im Hause und dachte angestrengt nach.

Da war etwas, woran er sich erinnern mußte ... Aber was war es nur?

Er betrachtete das Bild seiner Mutter, das man abgenommen und gegen einen Sessel gelehnt hatte. Sie blickte ihn an, als wäre sie böse auf ihn, weil er sich verspätet hatte – aber jetzt war ihm das egal. Sie kannten einander ja gar nicht. Nur Vanessa hatte ihn gekannt, durch und durch, und deshalb mußte er sich ihre Abschiedsworte ins Gedächtnis zurückrufen. Sehr schnell mußte er das tun, bevor die da oben sie auseinandergefetzt und in vielen Paketen und Koffern davongeschleppt hatten; denn wenn sie erst einmal zerstückelt war, blieb nichts mehr von ihr übrig, und sogar er würde sie vergessen. Schon jetzt fiel es ihm schwer, sich ihr Gesicht vorzustellen. Er kniff die Augen zu und bemühte sich, sie so zu sehen wie an jenem letzten Nachmittag, als sie ihm hier gegenübergesessen hatte, nicht mehr ärgerlich, nur weit, weit weg, in Gedanken schon auf der Reise.

Bewahre den Stein auf, hatte sie gesagt, damit du das Echte vom Falschen unterscheiden lernst.

Aber das war noch nicht das Eigentliche.

Dort drüben am Fenster hatte sie gestanden und gesagt: Hoffentlich wird einmal ein tüchtiger Mann aus dir. War es das? Nein.

Und später, den Blick auf Jocko gerichtet, der den Rasen mähte, hatte sie gesagt: Sei nicht nur ein Anhängsel deiner Mutter, ein P.S. ohne eigene Persönlichkeit.

Das war es!

Finde dich selbst, hörte er ihre Stimme so deutlich, als stünde sie wirklich vor ihm. Das war alles gewesen, jedenfalls konnte er sich an nichts anderes erinnern. Aber dies genügte. Es war das Wichtigste, und nun wußte er auch, wie er ihr eine Freude machen konnte.

Sei kein P.S.!

«P.S.!» riefen sie aus der Küche. «P.S., wir trinken jetzt Tee. Wo steckst du denn, P.S.? Komm!»

Er schob den glitzernden Stein in die Tasche und gelobte sich, ihn sein Leben lang aufzubewahren. Dann ging er in die Küche und fragte, obgleich sie ihm den Rücken zukehrten und mit den Vorbereitungen zum Tee beschäftigt waren: «Wer bin ich?»

Alle lachten, sogar Ettie. Sie dachten, es wäre ein neues Spiel.

«Laß mich mal raten!» rief Vere. «Bist du vielleicht Captain Hook?»

«Nein», antwortete er. «Wer bin ich?»

Nun rieten sie alle um die Wette, wie Kinder. War er der Kricketspieler Don Bradman? Der Flieger Kingsford Smith? Ronald Colman?

Schließlich wurde ihnen die Sache langweilig, und sie sagten: «Du bist P.S.»

«Nein», widersprach er. «Jetzt nicht mehr.»

Einen kurzen Augenblick blieb es still. Lila setzte ihre Teetasse hin. «Was soll das bedeuten, Liebling?»

«Wie ist mein *Name*?»

«Aber das weißt du doch. Du kannst ja deinen Namen sogar schon schreiben. Warum fragst du da noch?»

«Ich nehme an, er wird einen Grund dafür haben, Lila», meinte George.

Lila wischte sich den Mund und sagte in dem Ton, in dem sie Märchen erzählte: «Also paß auf: Du heißt William nach deinem Großvater und Scott nach der Familie deiner Mutter. Du bist William Scott Marriott.»

Er nickte. «Ja, der bin ich.»

Vere streckte die Arme nach ihm aus. «Aber für uns wirst du immer P.S. bleiben.»

«Nein», sagte er. «Von jetzt an bin ich Bill.»

Sie lachten, und er merkte, daß der Gedanke, er sei Bill, ihnen gar nicht behagte, sie würden ihn P.S. nennen, bis er uralt war, mindestens dreißig.

«Ich bin Bill», wiederholte er mit Nachdruck.

«Aber Liebling», sagte Lila, «du weißt doch, daß Muschi dich P.S. genannt hat, weil du alles bist, was von ihr übriggeblieben ist.»

Sollte auch er aufgeteilt und herumgereicht werden wie Vanessas Hinterlassenschaft?

«Nein», rief er so energisch, daß sie auf einmal still wurden und ihn anstarrten, als wäre er ein fremdes Wesen vom Nordpol. Er hielt Lilas Blick stand, bis sie schließlich den Kopf zum Fenster wandte. Auf ihrem Gesicht lag jener traurige, sorgenvolle Ausdruck, den sie immer hatte, wenn sie lange vor allen anderen die Regenpfeifer hörte.

Nach einer Weile fragte George: «Möchtest du ein Stück Kuchen, Bill?»

«Nein, danke», antwortete er höflich, machte kehrt und lief hinaus in den verlassenen Garten. Im Rückwärtsgang, Schritt für Schritt wanderte er dem Tor zu und schlurfte dabei mit den Füßen durch den Kies. Er kam sich wichtig und geheimnisvoll vor, denn nun gab es, wie Vanessa gesagt hatte, nur noch ihn: Bill.

«Ich bin Bill!» rief er der großen traurigen Villa zu und er teilte es auch dem Hund von nebenan mit, der ihn erstaunt ansah.

Er kletterte auf das Torgitter, um größer zu sein, und rief noch einmal: *«Ich bin Bill!»*

Es überkam ihn wie ein Rausch. Er schrie seinen Namen, so laut er konnte, wieder und wieder, damit sie ihn hörte, wo sie auch sein mochte. Dann lauschte er, wartete auf die Antwort, den Blick auf das Haus gerichtet. Die sinkende Sonne ließ alle Fenster hell aufflammen, besonders Vanessas Fenster, in dem echtes Gold glühte.

Ferne Stimmen vom Hause her, das Tuten einer Fähre und das trockene Rascheln der Bäume – das war alles, was er hörte. Er lauchte angestrengt, und für den Bruchteil einer Sekunde war ihm, als habe ihn jemand gerufen, weit, weit weg jenseits des Gartens, jenseits des Hafens, wo der Leuchtturm soeben aufblinkte.

Er konnte nicht hören, was Vanessa ihm sagte, aber eines Tages, zu anderer Zeit und an anderem Ort, würde er es deutlich vernehmen.

rororo

rowohlts rotations romane

Ungekürzte Romane bekannter Autoren aus aller Welt

Verzeichnis aller lieferbaren Titel

* hinter dem Titel: Für Jugendliche ab 10 Jahren zu empfehlen

** hinter dem Titel: Für Jugendliche ab 14 Jahren zu empfehlen

Romane und andere Prosa

ABE, KOBO Die Frau in den Dünen [1265]

ABECASSIS, GUY 100 Koffer auf dem Dach [702], Kopfkissen für Globetrotter [1065]

ÅBERG, JOHN EINAR Engel – gibt's die? [1064]

ADAMSON, JOY Frei geboren . . . Eine Löwin in zwei Welten / Mit 32 Bildtafeln [844] **, Die gefleckte Sphinx / Mit Bildtafeln [1626] **

AIRTH, RENNIE Der Schnapp [1525]

ALLER LÜSTE ANFANG. Das 7. Buch der Werbung. Zusammengestellt von Dieter Hülsmanns und Friedolin Reske [1579]

AMADO, JORGE Gabriela wie Zimt und Nelken [838]

AMALRIK, ANDREJ Unfreiwillige Reise nach Sibirien [1452]

ANATOL, ANDREAS Olympische Liebesspiele. Eine heitere Mythologie der Griechen. Illustrationen: Wilhelm M. Busch [1306]

ARNAUD, CÉCILE Die kleine und die große Liebe [1523]

ARNOTHY, CHRISTINE Sommerspiele [1629]

AYMÉ, MARCEL Die grüne Stute [402]

BACHER, MANFRED Immer bin ich's gewesen! Illustrationen: G. Bri [1375] **, Lehrer sein dagegen sehr / Illustrationen: Dieter Klama [1529] **

BALDWIN, JAMES Giovannis Zimmer [999], Gehe hin und verkünde es vom Berge [1415]

BARLAY, STEPHEN Die Sex-Händler / Ein Bericht über moderne Formen der Sklaverei [1359]

BEAUVOIR, SIMONE DE Das Blut der anderen [545], Die Mandarins von Paris [761], Ein sanfter Tod [1016], Memoiren einer Tochter aus gutem Hause [1066], In den besten Jahren [1112], Der Lauf der Dinge [1250], Alle Menschen sind sterblich [1302], Die Welt der schönen Bilder [1433], Eine gebrochene Frau [1489], Sie kam und blieb [1310]

BECHER, ULRICH Männer machen Fehler / 12 Kurzgeschichten [1283], Das Profil [1612]

BECKETT, SAMUEL [Nobelpreisträger] Murphy [311]

BELLOW, SAUL Das Opfer [1085], Herzog [1132], Mann in der Schwebe [1367]

BICHSEL, PETER Die Jahreszeiten [1241]

BIGIARETTI, LIBERO Heiß [1487]

BLONDIN, ANTOINE / GUIMARD, PAUL Jeder Mann wird mal schwach. Illustrationen: Cabu [1445]

BLOOM, MURRAY Der Mann der Portugal stahl. Der größte Schwindel aller Zeiten [1619]

BORCHERT, WOLFGANG Draußen vor der Tür und ausgewählte Erzählungen [170] **, Die traurigen Geranien und andere Geschichten aus dem Nachlaß. Hg.: Peter Rühmkorf [975] **

BRANDNER, UWE ‹Innerungen› und ‹Drei Uhr Angst› / Zwei Romane [1512]

BRECHT, BERTOLT Kalendergeschichten [77], Drei Groschen Roman [263], Die Geschäfte des Herrn Julius Caesar [639], Bertolt Brechts Hauspostille [1159]

BREINHOLST, WILLY Das süße Leben des Ehemannes in Theorie und Praxis. Illustration: Léon van Roy [1249]

BRINITZER, CARL Zwei Löffel Goethe – eine Prise Shaw / Kulinarisches literarisch [1161]

BRINKMANN, ROLF DIETER Keiner weiß mehr [1254]

BRISTOW, GWEN Tiefer Süden [804] **, Die noble Straße [912] **, Am Ufer des Ruhmes [1129] **, Alles Gold der Erde [1590 ** – Aug. 73]

BUCK, PEARL S. [Nobelpreisträger] Ostwind – Westwind [41] **, Die Mutter [69] **, Die Frau des Missionars [101] **, Die erste Frau und andere Novellen [134], Der Engel mit dem Schwert / Gottesstreiter im fernen Land [167] **, Die springende Flut [425]

BURGESS, ANTHONY Der Doktor ist übergeschnappt [1257]

BUSCH, FRITZ B. Einer hupt immer / Heitere Automobilgeschichten mit Benzin geschrieben [1084] **, Lieben Sie Vollgas? Heitere Automobilgeschichten hinter dem Steuer geschrieben [1181] **, Wer einmal unterm Blechdach saß. Das fahrende Volk im Rückspiegel betrachtet [1574] **

CAIN, JAMES M. Es begann am Sacramento [1585]

CAMUS, ALBERT [Nobelpreisträger] Die Pest [15], Der Fremde [432], Kleine Prosa [441] **, Der Fall [1044], Verteidigung der

Freiheit / Politische Essays [1096], Der Mensch in der Revolte [1216], Tagebücher 1935–1951 [1474]

CAPOTE, TRUMAN Frühstück bei Tiffany [459], Kaltblütig [1176]

CARLETON, JETTA Wenn die Mondwinden blühen [1522]

CARRÉ, JOHN LE Schatten von gestern [789] **, Der Spion der aus der Kälte kam [865] **, Krieg im Spiegel [995], Ein Mord erster Klasse [1120], Eine kleine Stadt in Deutschland [1511]

CASTILLO, MICHEL DEL Der Tod der Gabrielle Russier. Geschichte einer verfemten Liebe [1573]

CAVANAUGH, ARTHUR Als die Kinder verschwanden [1568]

CHAGALL, BELLA Brennende Lichter / Zeichnungen: Marc Chagall [1223], Erste Begegnung. Zeichnungen: Marc Chagall [1630 – Aug. 73]

CHEVALIER, MAURICE Mein glückliches Leben. Erinnerungen [1613]

CHRISTIAN, TINA Verdammtes kleines Luder [1400]

CLEAVER, ELDRIDGE Nach dem Gefängnis. Aufsätze und Reden. Hg. und eingeleitet von Robert Scheer [1553]

COHN, NIK AWopBopaLooBop ALopBamBoom. Pop History [1542]

COLETTE Gigi und andere Erzählungen [143], Das Hotelzimmer [909]

COLLANGE, CHRISTIANE Madame und ihr Management. Der gut geplante Haushalt [1632 – Aug. 73]

COLLIER, JOHN Blüten der Nacht. Befremdliche Geschichten [1324], Mitternachtsblaue Geschichten [1559]

CONLON, KATHLEEN Rosalind, laß ab mein Kind [1473]

COOPER, SIMON Puppenspiele [1465]

COUTEAUX, ANDRÉ Frau für Vater und Sohn gesucht [1518]

COWARD NOËL Palmen, Pomp und Paukenschlag [616]

CRONIN, A. J. Kaleidoskop in ‹K› [10], Die Zitadelle [39], Der neue Assistent [112], Der spanische Gärtner [127], Die Dame mit den Nelken [345], Das Licht [376], Doktor Murrays Auftrag [677], Dr. Shannons Weg [774], Der Judasbaum [857], Geh auf den Markt [927], Doktor Finlays Praxis [1383], Kinderarzt Dr. Carroll [1570]

DAHL, ROALD Küßchen, Küßchen [835], . . . steigen aus . . . maschine brennt . . . / 10 Fliegergeschichten [868], Der krumme Hund. Illustrationen: Catrinus N. Tas [959], . . . und noch ein Küßchen! Weitere ungewöhnliche Geschichten [989]

DEGENHARDT, FRANZ JOSEF Spiel nicht mit den Schmuddelkindern. Balladen / Chansons / Grotesken / Lieder. Illustrationen: Horst Janssen [1168], Im Jahr der Schweine [1661 – Sept. 73]

DEGENHARDT, FRANZ JOSEF / NEUSS, WOLFGANG / HÜSCH, HANNS DIETER / SÜVERKRÜP, DIETER Da habt ihr es! Stücke und Lieder für ein deutsches Quartett. Zeichnungen: Eduard Prüssen [1260]

DIE ZEHN GEBOTE. Zehn exemplarische Erzählungen. Hg. von Jens Rehn [1233]

DILLON, EILIS Die Insel der Pferde. Illustrationen: Willy Kretzer [1202] **

DJILAS, MILOVAN Die unvollkommene Gesellschaft / Jenseits der «Neuen Klasse» [1377]

DU MAURIER, DAPHNE Rebecca [179]

DÜRRENMATT, FRIEDRICH Der Richter und sein Henker. Illustrationen: Karl Staudinger [150] **, Der Verdacht [448]

DURRELL, GERALD Zoo unterm Zeltdach. Als Tierfänger in Kamerun [1366] ** Ein Noah von heute. Illustrationen: Ralph Thompson [1419] **. Eine Verwandte namens Rosy [1510] **, Ein Schildkrötentransport und andere heitere Geschichten [1631 ** – Aug. 73]

DURRELL, LAWRENCE Justine [710], Balthazar [724], Mountolive [737], Clea [746], Leuchtende Orangen. Rhodos – Insel des Helios [1045] **, Schwarze Oliven. Korfu – Insel der Phäaken [1102] **, Tunc [1517], Nunquam [1595]

DYER, CHARLES Unter der Treppe oder Charlie erzählt Harry fast alles [1580]

ECHARD, MARGARET Unsere ehrbare Mama [1128] **

EHLERT, CHRISTEL Wolle von den Zäunen [1048] **

EINSTEIN, ALBERT / BORN, MAX Briefwechsel 1916–1955. Geleitwort: Bertrand Russell. Vorwort: Werner Heisenberg [1478]

EKERT-ROTHOLZ, ALICE M. Reis aus Silberschalen [894], Wo Tränen verboten sind [1138], Strafende Sonne, lockender Mond [1164], Mohn in den Bergen [1228], Die Pilger und die Reisenden [1292], Elfenbein aus Peking / Sechs Geschichten [1277], Limbo oder Besuch aus Berlin [1567], Der Juwelenbaum [1621]

ELIOT, ALEXANDER Love Play. Eine Romankomödie [1271]

ELLIN, STANLEY Die Millionen des Mr. Valentine [1564]

ELLIOTT, SUMNER LOCKE Leise, er könnte dich hören [1269]

ELSNER, GISELA Die Riesenzwerge [1141]

ETIEMBLE Lob eines Körpers [1582]

FABIAN, JENNY / BYRNE, JOHNNY Groupie [1477]

FALL, THOMAS Der Clan der Löwen [1309]

FALLADA, HANS Kleiner Mann – was nun? [1], Wer einmal aus dem Blechnapf frißt [54], Damals bei uns daheim [136] **, Heute bei uns zu Haus [232], Der Trinker [333], Bauern, Bonzen und Bomben [651], Jeder stirbt für sich allein [671], Wolf unter Wölfen [1057], Kleiner Mann, Großer Mann – alles vertauscht oder Max Schreyvogels Last und Lust des Geldes [1244], Ein Mann will nach oben. Die Frauen und der Träumer [1316], Lieschens Sieg und andere Erzählungen [1584], Zwei zarte Lämmchen weiß wie Schnee. Eine kleine Liebesgeschichte [1648 – Okt. 73]

FAULKNER, WILLIAM Licht im August [1508]

FESLIKENIAN, FRANCA Meine lieben Ungeheuer [1586]

FICHTE, HUBERT Die Palette [1300], Interviews aus dem Palais d'Amour etc. [1560]

FITZGERALD, JOHN D. Vater heiratet eine Mormonin [1350]

FRANK, BRUNO Trenck. Roman eines Günstlings [1657]

FREED, ARTÈLLE Nerzhäschen [1311]

FRISCH, MAX Homo faber [1179]

FUCHS, GÜNTER BRUNO Bericht eines Bremer Stadtmusikanten [1276]

GALLICO, PAUL Meine Freundin Jennie [499] *, Ein Kleid von Dior [640] **, Der geschmuggelte Henry [703] **, Thomasina [750], Ferien mit Patricia [796], Die Affen von Gibraltar [883], Immer diese Gespenster! [897], Die spanische Tournee [963], Waren Sie auch bei der Krönung? Zwei heitere Geschichten zu einem festlichen Ereignis [1097] **, Die Hand von drüben / Fast ein Kriminalroman [1236], Jahrmarkt der Unsterblichkeit [1364], Freund mit Rolls-Royce [1387], Schiffbruch [1563], Adam der Zauberer [1643 – Okt. 73]

GANS, GROBIAN Die Ducks. Psychogramm einer Sippe [1481] **

GARCÍA MÁRQUEZ, GABRIEL Hundert Jahre Einsamkeit [1484]

GHIOTTO, RENATO Die Sklavin [1388]

GOETZ, CURT Tatjana [734]

GORDON, NOAH Ein Haus für den Herrn [1466]

GORDON, RICHARD Aber Herr Doktor! [176], Doktor ahoi! [213], Hilfe! Der Doktor kommt [223], Dr. Gordon verliebt [358], Dr. Gordon wird Vater [470], Doktor im Glück [576], Eine Braut für alle [648], Doktor auf Draht [742] **, Onkel Horatios 1000 Sünden [953], Sir Lancelot und die Liebe [1191], Der Schönheitschirurg [1346]

GORDON-DAVIS, JOHN Die Beute [1379]

GOSCINNY, RENÉ Prima, Prima, Oberprima! Tips für Schüler, Lehrer und leidgeprüfte Eltern [1256] **

GOVER, ROBERT Ein Hundertdollar Mißverständnis [1449], Kitten in der Klemme [1467], Trip mit Kitten [1628]

GRASS, GÜNTER Katz und Maus [572], Hundejahre [1010]

GRAU, SHIRLEY ANN Die Hüter des Hauses [1464]

GRAY-PATTON, FRANCES Guten Morgen, Miss Fink [1064] **

GREENE, GRAHAM Die Kraft und die Herrlichkeit [91], Das Herz aller Dinge [109], Der dritte Mann [211], Der stille Amerikaner [284], Heirate nie in Monte Carlo. Illustrationen: Marianne Weingärtner [320], Unser Mann in Havanna [442], Die Stunde der Komödianten [1189], Leihen Sie uns Ihren Mann? [1278], Die Reisen mit meiner Tante [1577]

GRUHL, HANS Fünf tote alte Damen. Illustrationen: Dietrich Lange [1423]

GRÜN, MAX VON DER Irrlicht und Feuer [916]

GUARESCHI, GIOVANNINO Don Camillo und Peppone / Mit Zeichnungen des Autors [215], Don Camillo und seine Herde / Mit Zeichnungen des Autors [231]

HAGEN, CHRISTOPHER S. Geheimauftrag. Authentic-Western mit 13 Illustrationen nach Originalfotos [1527]

HALLET, JEAN-PIERRE Afrika Kitabu. Ein Bericht. Mit 8 Bildtafeln [1507], Animal Kitabu. Ein leidenschaftliches Plädoyer für Afrikas Tierwelt. Mit 16 Bildtafeln [1587]

HANDKE, PETER Die Hornissen [1098]

HÄRTLING, PETER Das Familienfest oder Das Ende der Geschichte [1368]

HARTUNG, HUGO Deutschland deine Schlesier. Rübezahls unruhige Kinder [1624]

HAŠEK, JAROSLAV Die Abenteuer des braven Soldaten Schwejk – Ungekürzte Ausgabe. Illustrationen: Josef Lada Band I [409], Band II [411], Schwejkiaden. Geschichten vom Autor des braven Soldaten Schwejk [1424]

HAVEMANN, ROBERT Fragen, Antworten, Fragen. Aus der Biographie eines deutschen Marxisten [1556]

HEINRICH, WILLI Schmetterlinge weinen nicht [1583]

HEMINGWAY, ERNEST [Nobelpreisträger] Fiesta [5], In einem andern Land [216], In unserer Zeit [278], Männer ohne Frauen [279], Der Sieger geht leer aus [280], Der alte Mann und das Meer [328] *, Schnee auf dem Kilimandscharo [413], Über den Fluß und in die Wälder [458], Haben und Nichthaben [605], Die grünen Hügel Afrikas [647], Tod am Nachmittag / Mit 81 Abb. [920], Paris – ein Fest fürs Leben [1438], 49 Depeschen [1533]

HESSE, HERMANN Klingsors letzter Sommer [1462], Roßhalde [1557]

HEYER, GEORGETTE Die bezaubernde Arabella [357], Die Vernunftehe [477], Die drei Ehen der Grand Sophy [531], Geliebte Hasardeurin [569], Der Page und die Herzogin [643], Die spanische Braut [698], Venetia und der Wüstling [728], Penelope und der Dandy [736], Die widerspenstige Witwe [757], Frühlingsluft [790] **, April Lady [854], Falsches Spiel [881], Serena und das Ungeheuer [892], Lord «Sherry» [910], Ehevertrag [949],

Liebe unverzollt [979], Barbara und die Schlacht von Waterloo [1003], Der schweigsame Gentleman [1053], Heiratsmarkt [1104], Die galante Entführung [1170], Die Jungfernfalle [1289], Brautjagd [1370], Verlobung zu dritt [1416], Verführung zur Ehe [1212], Damenwahl [1480], Die Liebesschule [1515], Skandal im Ballsaal [1618], Ein Mord mit stumpfer Waffe. Detektivroman [1627]

HIGNETT, SEAN Liverpool 8 [1356]

HLASKO, MAREK Folge ihm durchs Tal [1479]

HOCHHUTH, ROLF Krieg und Klassenkrieg / Studien [1455]

HUDSON, JEFFERY Die Intrige [1540]

HUMOR SEIT HOMER [625]

IHR ABER TRAGT DAS RISIKO. Reportagen aus der Arbeitswelt. Hg. vom Werkkreis [1447]

IMOG, JO Die Wurliblume [1471]

J . . . Die sinnliche Frau [1634 – Aug. 73]

JEAN-CHARLES Die Knilche von der letzten Bank [1616]

JOHNSON, UWE Zwei Ansichten [1068]

JONES, MERVYN John und Mary. Jeder Tag beginnt bei Nacht [1320]

JUUL, OLE Das tosende Paradies [1062]

KARDOS, GYÖRGY Die sieben Tage des Abraham Bogatir [1519]

KAWABATA, YASUNARI [Nobelpreisträger] Kyoto oder Die jungen Liebenden in der alten Kaiserstadt [1225], Tausend Kraniche / Schneeland [1291], Tagebuch eines Sechzehnjährigen. Eine Auswahl. Hg. von Oscar Benl [1428]

KAZANTZAKIS, NIKOS Alexis Sorbas / Abenteuer auf Kreta [158]

KEROUAC, JACK Unterwegs / On the Road [1035], Engel, Kif und neue Länder [1391], Gammler, Zen und Hohe Berge [1417]

KIRST, HANS HELLMUT Verdammt zum Erfolg [1644 – Okt. 73]

KISHON, EPHRAIM Arche Noah, Touristenklasse [756]

KOCH, THILO Ähnlichkeit mit lebenden Personen ist beabsichtigt. Begegnungen [1531]

KRESSING, HARRY Der Koch [1446]

KRÜGER, HARDY Eine Farm in Afrika / Mein Momella. Zeichnungen: Francesca Krüger [1530]

KUSENBERG, KURT Mal was andres [113], Lob des Bettes. Illustrationen: Raymond Peynet [613], Der ehrbare Trinker / Eine bacchische Anthologie [1025], Man kann nie wissen. Eine Auswahl merkwürdiger Geschichten [1513]

LAWRENCE, D. H. Der Regenbogen [610], Liebende Frauen [929], Lady Chatterley [1638 – Sept. 73]

LEDERER, WILLIAM J. / BURDICK, EUGENE Der häßliche Amerikaner / Im Zwielicht der Diplomatie [845] **

LESLIE, DORIS Eine echte Peverill [1353]

LETTAU, REINHARD Täglicher Faschismus. Amerikanische Evidenz aus 6 Monaten [1614]

LEVENSON, SAM Kein Geld – aber glücklich. Chronik einer Familie [1322] **

LONDON, JACK Das Mordbüro [1615]

LOWELL, JOAN Ich spucke gegen den Wind [23] **, Das Land der Verheißung [1047] **

MACDONALD, BETTY Das Ei und ich [25] **, Betty kann alles [621], Die Insel und ich [641]

MALAMUD, BERNARD Der Fixer [1150]

MALDONADO, TOMÁS Umwelt und Revolte. Zur Dialektik des Entwerfens im Spätkapitalismus [1534]

MANN, HEINRICH Professor Unrat [35], Die Jugend des Königs Henri Quatre [689], Die Vollendung des Königs Henri Quatre [692], Novellen [1312]

MARCEAU, FÉLICIEN Creezy [1593]

MASON, RICHARD . . . denn der Wind kann nicht lesen [144], Suzie Wong [325], Zweimal blüht der Fieberbaum [715]

MATMOR, YORAM Wer spielt denn schon Klavier am Strand? [1558]

MATTHIAS, L. L. Die Kehrseite der USA [1494]

MAYER, HANS Deutsche Literatur seit Thomas Mann [1063]

MEAD, MARGARET / BALDWIN, JAMES Rassenkampf–Klassenkampf. Ein Streitgespräch [1617 – Sept. 73]

MECHTEL, ANGELIKA Kaputte Spiele [1572]

METALIOUS, GRACE Die Leute von Peyton Place [406]

MICHENER, JAMES A. Die Kinder von Torremolinos [1636 – Sept. 73]

MILLER, ARTHUR Brennpunkt [147], Nicht gesellschaftsfähig / The Misfits [446], Ich brauche dich nicht mehr. Erzählungen [1620]

MILLER, HENRY Lachen, Liebe, Nächte [227], Der Koloß von Maroussi [758], Big Sur und die Orangen des Hieronymus Bosch [849], Land der Erinnerung [934], Nexus [1242], Plexus [1285], Schwarzer Frühling. Erzählungen [1610]

Henry Miller Lesebuch. Hg.: Lawrence Durrell [1461]

MISSERLY, HÉLÈNE Zimmer zu vermieten [1131]

MITCHELL, MARGARET Vom Winde verweht [1027]

MNAČKO, LADISLAV Die Nacht von Dresden [1485]

MONNIER, THYDE Die kurze Straße [30], Liebe – Brot der Armen [95]

MOORE, BRIAN Die Wölfe von Belfast [1431]

MOORE, JOHN Septembermond [1372]

MORAVIA, ALBERTO Die Römerin [513], Cesira [637], Der Konformist [766], La

Noia [876], Inzest [1077], Die Verachtung [1111], Die Lichter von Rom [1142], Der Ungehorsam [1238], Die Kulturrevolution in China [1456]

MÖSSLANG, FRANZ HUGO Deutschland deine Bayern / Die weiß-blaue Extrawurscht [1352]

MULIAR, FRITZ Streng indiskret! Aufgezeichnet von Eva Bakos. Illustrationen: Rudolf Angerer [1429]

MURENA, H. A. Gesetze der Nacht [1492]

MUSIL, ROBERT Drei Frauen [64], Die Verwirrungen des Zöglings Törleß [300], Nachlaß zu Lebzeiten [500] **

NABOKOV, VLADIMIR Gelächter im Dunkel [460], Lolita [635], Verzweiflung [1562], Einladung zur Enthauptung [1641 – Sept. 73]

NÉMETH, LÁSZLÓ Maske der Trauer [1645 – Okt. 73]

NEUGEBAUER, PETER Lexikon der Erotik. Mit Textillustrationen [1509]

NICKLISCH, HANS Vater unser bestes Stück [1609]

NOACK, BARBARA Die Zürcher Verlobung [1611], Ein gewisser Herr Ypsilon [1646 – Okt. 73]

NOSSACK, HANS ERICH Spätestens im November [1082], Der Fall d'Arthez [1393]

OATES, JOYCE CAROL Ein Garten irdischer Freuden [1491]

O'BRIEN, EDNA Der lasterhafte Monat [1261], Mädchen im Eheglück [1520]

O'DONNELL, PETER Modesty Blaise – Die tödliche Lady [1115], Modesty Blaise – Die Lady bittet ins Jenseits [1184], Modesty Blaise, – Die Lady reitet der Teufel [1304], Modesty Blaise – Ein Gorilla für die Lady [1493]

PAUSEWANG, GUDRUN Die Entführung der Doña Agata [1591]

PERGAUD, LOUIS Der Krieg der Knöpfe [662] **

PHILIPE, ANNE Nur einen Seufzer lang [1121], Morgenstunden des Lebens [1468]

PIAF, EDITH Mein Leben [859]

POLLINI, FRANCIS Glover [1143]

PORTER, KATHERINE ANNE Das Narrenschiff [785]

PORTIS, CHARLES Die mutige Mattie [1483]

POULSEN, KNUD Wenn die Tugend Amok läuft [977]

PRÉVERT, JACQUES Gedichte und Chansons. Französisch und Deutsch. Nachdichtung von Kurt Kusenberg [1421]

PROUTEAU, GILBERT Das Geschlecht der Engel [1486]

PUZO, MARIO Der Pate [1442], Mamma Lucia [1528]

QUALTINGER, HELMUT / MERZ, CARL Der Herr Karl und weiteres Heiteres [607]

RAABE, WILHELM Stopfkuchen [100] **

RADECKI, SIGISMUND VON Das ABC des Lachens [84] **

RANDALL, FLORENCE ENGEL Denn die Nacht ist verschwiegen [1307]

RAWLINGS, MARJORIE K. Frühling des Lebens [153] *

REICH-RANICKI, MARCEL Deutsche Literatur in West und Ost. Prosa seit 1945 [1313]

REINIG, CHRISTA Orion trat aus dem Haus. Neue Sternbilder [1470]

REITBERGER, REINHOLD C. / FUCHS, WOLFGANG J. Comics. Anatomie eines Massenmediums [1594]

REXHAUSEN, FELIX Die Sache. Einundzwanzig Variationen [1418], Germania unter der Gürtellinie. Ein satirisches Geschichtsbuch [1516]

REZZORI, GREGOR VON Maghrebinische Geschichten [259], Neue maghrebinische Geschichten [1475]

RICHTER, HANS WERNER Deutschland deine Pommern / Wahrheiten, Lügen und schlitzohriges Gerede. Illustrationen: Franz Wischnewski [1537]

RINGELNATZ, JOACHIM Als Mariner im Krieg [799], Mein Leben bis zum Kriege [855]

ROBBINS, HAROLD Einen Stein für Danny Fisher [991]

ROCHEFORT, CHRISTIANE Frühling für Anfänger [1490]

RODA RODA's Geschichten [205], Heiteres und Schärferes [1521]

ROSENDORFER, HERBERT Der stillgelegte Mensch [1592]

ROTH, HENRY Nenne es Schlaf [1565]

ROTH, JOSEPH Radetzkymarsch [222], Der stumme Prophet [1033]

RUARK, ROBERT Der Honigsauger [1647 – Okt. 73]

RUHLA FRANK Vielgeliebte alte Penne. Illustrationen: Dieter Klama [1566] **

RÜHM, GERHARD Die Frösche und andere Texte [1460]

RÜHMKORF, PETER Über das Volksvermögen. Exkurse in den literarischen Untergrund [1180]

SABATIER, ROBERT Die schwedischen Zündhölzer [1633 – Aug. 73]

SAINT-EXUPÉRY, ANTOINE DE Flug nach Arras [206] **, Carnets [598]

SALINGER, JEROME D. Der Fänger im Roggen [851], Franny und Zooey [906], Hebt den Dachbalken hoch, Zimmerleute & Seymour wird vorgestellt [1015], Neun Erzählungen [1069]

SALOMON, ERNST VON Der Fragebogen [419], Die schöne Wilhelmine / Ein Roman aus Preußens galanter Zeit [1506]

SAND, FROMA Das Apartmenthaus [1440]

SARTRE, JEAN-PAUL Das Spiel ist aus / Les Jeux sont faits [59], Zeit der Reife [454], Der Aufschub [503], Der Pfahl im Fleische [526], Der Ekel [581], Die Wörter [1000], Porträts und Perspektiven [1443],

Die Mauer. Das Zimmer, Herostrat, Intimität, Die Kindheit eines Chefs. / Erzählungen [1569], Bewußtsein und Selbsterkenntnis [1649 – Okt. 73]

SCHIEFER, HERMANN / HALBRITTER, KURT Die Kunst, Lehrer zu ärgern [1472] **, Wer abschreibt, kriegt 'ne 5! Illustrationen: Kurt Halbritter [1526] **

SCHMIDT, MANFRED Mit Frau Meier in die Wüste / Eine Auswahl verschmidtster Reportagen [907], Frau Meier reist weiter / Eine neue Auswahl verschmidtster Reportagen [1081] *

SCHNECK, STEPHEN Der Nachtportier oder dessen völlig wahre Beichte [1432]

SEGAL, ERICH Love Story [1623]

SEGHERS, ANNA Transit [867], Ausgewählte Erzählungen [1119]

SELBY, HUBERT Letzte Ausfahrt Brooklyn [1469]

SERVADIO, GAIA Melinda [1420]

SHADBOLT, MAURICE Und er nahm mich bei der Hand [1589]

SIMMEL, JOHANNES MARIO Affäre Nina B. [359], Mich wundert, daß ich so fröhlich bin [472], Das geheime Brot [852], Begegnung im Nebel [1248]

SLEZAK, LEO Meine sämtlichen Werke [329] *, Der Wortbruch. Zeichnungen: Walter Trier [330] **, Rückfall. Zeichnungen: Hans Kossatz [501] **

SOEBORD, FINN Und sowas lebt [78]

SOLSCHENIZYN, ALEXANDER Krebsstation. Buch 1 und 2. Vorwort: Heinrich Böll [1395 u. 1437]

SOUTHERN, TERRY / HOFFENBERG, MASON Candy oder Die sexte der Welten [1482]

SPARK, MURIEL Die Lehrerin [1171], Mädchen mit begrenzten Möglichkeiten [1266]

SPEYER, WILHELM Der Kampf der Tertia. Zeichnungen: Wilhelm M. Busch [17] **

SPOERL, HEINRICH Man kann ruhig darüber sprechen [401] **

STAMMEL, H. J. Das waren noch Männer. Die Cowboys und ihre Welt. Mit 32 Bildtafeln [1571] **

STANDER, SIEGFRIED Ein Fremdling in der Herde / Das Pferd [1441]

STONE, IRVING Vincent van Gogh / Ein Leben in Leidenschaft [1099]

STRANGER, JOYCE Das Glück hat eine weiche Schnauze [1496]

STRICKER, TINY Trip Generation [1514]

SWARTHOUT, GLENDON Denkt bloß nicht, daß wir heulen [1640 – Sept. 73]

TAGEBUCH EINES BÖSEN BUBEN Neu bearbeitet und mit einem Nachwort von Kurt Kusenberg [695]

TANIZAKI, JUNICHIRO Naomi oder Eine unersättliche Liebe [1335], Der Schlüssel [1463]

TELSCOMBE, ANNE Oma reist aufs Dach der Welt [1538]

THOMA, LUDWIG / TASCHNER, IGNATIUS Eine bayerische Freundschaft in Briefen [1637 – Sept. 73]

TRAUBERG, URSULA Vorleben. Nachwort: Martin Walser [1330]

TRAVEN, B. Das Totenschiff [126] **, Die weiße Rose [488], Die Baumwollpflücker [509], Der Karren [593], Die Brücke im Dschungel [764] **

TROLL, THADDÄUS Deutschland deine Schwaben / Vordergründig und hinterrücks betrachtet. Illustrationen: Günter Schöllkopf [1226]

TUCHOLSKY, KURT Schloß Gripsholm. Illustrationen: Wilhelm M. Busch [4], Zwischen Gestern und Morgen [50], Panter, Tiger & Co. [131], Rheinsberg. Zeichnungen: Kurt Szafranski [261], Ein Pyrenäenbuch [474], Politische Briefe [1183], Politische Justiz / Vorwort: Franz Josef Degenhardt. Zusammengestellt von Martin Swarzenski [1336], Politische Texte. Hg.: Fritz J. Raddatz [1444], Literaturkritik. Vorwort: Fritz J. Raddatz [1539]

TURNBULL, AGNES S. Liebesidyll in einer Kleinstadt [1635 – Aug. 73]

UPDIKE, JOHN Ehepaare [1488], Das Fest am Abend [1625]

UXKULL, BORIS Armeen und Amouren / Ein Tagebuch aus napoleonischer Zeit [1215]

VASCONCELOS, JOSÉ MAURO DE Ara Ara. Ein Abenteuerroman aus dem brasilianischen Urwald [1642 – Sept. 73]

VASZARY, GÁBOR VON Monpti [20], Mit 17 beginnt das Leben [228], Die nächste Liebe, bitte [391], Kuki [1203]

VIDAL, GORE Myra Breckinridge [1211]

VONNEGUT, KURT Schlachthof 5 [1524]

WALKER, MARGARET Flieht wie ein Vogel auf eure Berge [1532]

WALSER, MARTIN Ehen in Philippsburg [557]

WANDREY, UWE [Hg.] Stille Nacht allerseits – Ein garstiges Allerlei [1561]

WEBB, CHARLES Jede will mich [1578]

WEISS, ERNST Der Fall Vukobrankovics [1622]

WELK, EHM Die Heiden von Kummerow [561] **, Die Gerechten von Kummerow [1425]

WELLERSHOFF, DIETER Die Schattengrenze [1376]

WIENER, OSWALD Die Verbesserung von Mitteleuropa, Roman [1495]

WILDT, DIETER Deutschland deine Sachsen / Eine respektlose Liebeserklärung. Illustrationen: Heiner Rotfuchs [1075] **, Deutschland deine Preußen. Mehr als ein Schwarzweiß-Porträt. Illustrationen: Ulrik Schramm [1179] **

WOHMANN, GABRIELE Abschied für länger [1178]

WOIWODE, L. Das verlorene Jahr [1575]

WOLF, ALEXANDER Zur Hölle mit den Paukern. Illustrationen: Kurt Halbritter [874] **

WOLFE, THOMAS Schau heimwärts, Engel! Eine Geschichte vom begrabnen Leben [275]
WOLFE, TOM Das bonbonfarbene tangerinrot-gespritzte Stromlinienbaby [1094]
ZAK, JAROSLAV Pennäler contra Pauker. Strategie, Tricks und Abwehr [1325] **

rororo theater

BALDWIN, JAMES Blues für Mr. Charlie / Amen Corner – Zwei Schauspiele [1385]
BRECHT, BERTOLT Der Jasager und Der Neinsager / Die Maßnahme / Die Ausnahme und die Regel / Die Rundköpfe und die Spitzköpfe / Das Badener Lehrstück vom Einverständnis – Lehrstücke [889], Die Mutter – Ein Stück [971]
HOCHHUTH, ROLF Der Stellvertreter. Ein christliches Trauerspiel. Mit einem Vorwort von Erwin Piscator und einem Essay von Walter Muschg [997], Soldaten / Nekrolog auf Genf [1323], Guerillas. Tragödie in 5 Akten [1588]
LENZ, SIEGFRIED Die Augenbinde / Schauspiel – Nicht alle Förster sind froh / Ein Dialog [1284]
SARTRE, JEAN-PAUL Die Fliegen / Die schmutzigen Hände – Zwei Dramen [418] **, Die Eingeschlossenen / Les Séquestrés d'Altona [551], Bei geschlossenen Türen / Tote ohne Begräbnis / Die ehrbare Dirne – Drei Dramen [788]
SIMMEL, JOHANNES MARIO Der Schulfreund – Ein Schauspiel [642]
WEISS, PETER Die Ermittlung. Oratorium in 11 Gesängen [1192]

rororo Kochbücher

DAS GROSSE KIEHNLE-KOCHBUCH Standardwerk der Kochkunst [6414]
MENGE, WOLFGANG Ganz einfach – chinesisch [6411]

Rowohlt Taschenbuch Verlag GmbH, Reinbek bei Hamburg

84/6